O PEREGRINO

John Twelve Hawks

O PEREGRINO

Tradução de
Alyda Christina Sauer

Rocco

Título original
THE TRAVELER

Todos os personagens deste livro são fictícios e qualquer semelhança com pessoas reais, vivas ou não, é mera coincidência.

Copyright © 2005 by John Twelve Hawks

Edição brasileira publicada mediante acordo com a Doubleday, uma divisão da Random House, Inc.

Direitos para a língua portuguesa reservados com exclusividade para o Brasil à
EDITORA ROCCO LTDA.
Avenida Presidente Wilson, 231 – 8º andar
20030-021 – Rio de Janeiro – RJ
Tel.: (21) 3525-2000 – Fax: (21) 3525-2001
rocco@rocco.com.br
www.rocco.com.br

Printed in Brazil/Impresso no Brasil

preparação de originais
FÁTIMA FADEL

CIP-Brasil. Catalogação-na-fonte.
Sindicato Nacional dos Editores de Livros, RJ.

T92p	Twelve Hawks, John O peregrino/John Twelve Hawks; tradução de Alyda Christina Sauer. Rio de Janeiro: Rocco, 2006.
	Tradução de: The traveler ISBN 85-325-1980-6
	1. Sobrenatural – Ficção. 2. Romance norte-americano. I. Sauer, Alyda Christina. II. Título.
05-3663	CDD – 813 CDU – 821.111 (73)-3

Este livro foi impresso na Editora JPA Ltda.,
Av. Brasil, 10.600 – Rio de Janeiro – RJ,
para a Editora Rocco Ltda.

PARA OS MEUS DESBRAVADORES DO CAMINHO

Prelúdio

O CAVALEIRO, A MORTE E O DEMÔNIO

Maya estendeu o braço e segurou a mão do pai quando saíam da estação de metrô para a rua iluminada. Thorn não afastou a filha nem disse para ela se concentrar na postura do corpo. Sorrindo, subiu com ela por uma escada estreita e entraram num túnel ascendente ladrilhado de branco. A companhia do metrô havia instalado barras de aço em um lado do túnel e essa grade fazia com que a passagem comum parecesse parte de uma imensa prisão. Se estivesse sozinha, Maya talvez se sentisse presa e ressabiada, mas não tinha com que se preocupar, porque estava acompanhada do pai.

É um dia perfeito, pensou ela. Bem, talvez fosse o segundo dia mais perfeito. Ainda se lembrava de dois anos antes, quando o pai perdera seu aniversário e o Natal, para só aparecer no dia de Reis, num táxi cheio de presentes para Maya e para a mãe dela. Aquela manhã tinha sido iluminada e cheia de surpresas, mas esse sábado parecia prometer uma felicidade mais duradoura. Em vez da ida habitual até o armazém vazio perto do cais Canary, onde seu pai ia ensinar para a filha como chutar, socar e usar armas, eles passaram o dia no zoológico de Londres, onde ele contou diferentes histórias sobre os animais. O pai dela viajara pelo mundo inteiro e podia descrever o Paraguai ou o Egito como um guia turístico.

As pessoas olhavam para eles quando passavam pela frente das jaulas. A maioria dos Arlequins procurava se misturar na multidão, mas o pai dela sempre se destacava num grupo de cidadãos comuns. Ele era alemão, tinha um nariz forte, cabelo até os ombros e olhos azul-escuros. Thorn usava roupas de cores escuras e uma pulseira *kara* de aço que parecia uma algema quebrada.

Maya havia encontrado um livro velho de história da arte no armário do apartamento que eles tinham alugado na zona leste de Londres. No início do livro, havia um quadro de Albrecht Dürer chamado *O Cavaleiro, a Morte e o Demônio*. Ela gostava de ficar olhando para aquela imagem, apesar de provocar uma sensação estranha. O cavaleiro de armadura era como seu pai, calmo e valente, cavalgando nas montanhas, enquanto a Morte segurava uma ampulheta e o Demônio seguia atrás, fingindo ser um escudeiro. Thorn também carregava uma espada, só que escondida dentro de um tubo metálico com uma tira de couro para pendurar no ombro.

Tinha orgulho de Thorn, mas ele também a deixava constrangida e envergonhada. Às vezes queria ser apenas uma garota comum, com um pai gorducho que trabalhasse num escritório, um homem alegre que comprasse sorvete de casquinha e contasse piadas de cangurus. O mundo à volta dela, com suas novidades coloridas, música popular e programas de televisão, era uma tentação constante. Queria mergulhar naquela água quente e se deixar levar pela correnteza. Era exaustivo ser filha de Thorn, sempre evitando a fiscalização da Imensa Máquina, sempre alerta por causa dos inimigos, sempre consciente do ângulo de ataque.

Maya tinha doze anos de idade, mas ainda não era suficientemente forte para usar uma espada de Arlequim. Para substituí-la, seu pai havia tirado uma bengala do armário e dado para ela, antes de saírem do apartamento aquela manhã. A menina tinha a mesma pele branca e as feições fortes do pai e o cabelo preto e grosso da mãe sikh. Os olhos eram de um azul tão claro que, de certo ângulo, pareciam transparentes. Maya detestava quando mulheres bem-intencionadas se aproximavam de sua mãe e elogiavam a beleza da filha. Em poucos anos, ela teria idade suficiente para se disfarçar e parecer bem comum.

O PEREGRINO

Saíram do zoológico e foram caminhando pelo Regent's Park. O mês de abril chegava ao fim e jovens jogavam futebol no gramado enlameado, enquanto pais e mães empurravam bebês bem agasalhados em andadores. A cidade inteira parecia estar nas ruas aproveitando o sol depois de três dias de chuva. Maya e o pai pegaram o metrô da linha Piccadilly até a estação Arsenal; já estava escurecendo quando chegaram à rua na saída do metrô. Havia um restaurante indiano na Finsbury Park onde Thorn tinha reservado uma mesa para jantar. Maya ouviu sons de buzinas e gritos ao longe e ficou imaginando se eram de alguma manifestação política. Então seu pai a fez passar pela roleta e entrar numa guerra.

Parada na calçada, ela viu uma multidão marchando pela Highbury Hill Road. Não carregavam nenhum cartaz de protesto, nenhuma bandeira e Maya percebeu que estava vendo o fim de uma partida de futebol. O estádio do Arsenal era no fim daquela rua e um time de uniforme azul e branco, o Chelsea, tinha acabado de jogar contra os donos da casa. Os torcedores do Chelsea saíam pelo portão do time visitante, do lado oeste do estádio, e avançavam por uma rua estreita ladeada por casas idênticas. Em geral a caminhada era breve até a entrada do metrô, mas naquele momento a rua North London tinha se transformado num funil. A polícia protegia os torcedores do Chelsea dos vândalos do Arsenal que tentavam atacá-los e iniciar uma briga.

Policiais cercavam a multidão. Azul e branco no centro. Vermelho arremessando garrafas e procurando furar o cerco. Cidadãos pegos na frente da turba corriam entre os carros estacionados e derrubavam latas de lixo. Pilriteiros floridos cresciam ao longo do meio-fio e suas flores cor-de-rosa tremiam sempre que alguém era jogado contra uma das árvores. Pétalas adejavam no ar e caíam sobre a massa de gente que avançava.

O grupo maior se aproximou da estação de metrô, que ficava a cerca de cem metros. Thorn poderia ter virado para a esquerda e subido a Gillespie Road, mas permaneceu na calçada e estudou as pessoas em volta deles. Sorria um pouco, seguro do próprio poder e achando graça da violência sem propósito dos arruaceiros. Junto com a espada, ele levava pelo menos uma faca e um revólver que obtivera de contatos nos Estados Unidos. Se quisesse, podia matar muita gente ali, mas aquele era um confronto público e a polícia estava na área. Maya olhou para o pai. Devíamos fugir, ela pensou. Aquelas pessoas eram completamente loucas. Mas Thorn olhou feio para a filha, como se acabasse de perceber o medo que ela sentia, e Maya ficou calada.

Todos gritavam. As vozes se misturavam e se transformavam num rugido feroz. Maya ouviu um apito agudo. O gemido da sirene da polícia. Uma garrafa de cerveja voou e explodiu em fragmentos a poucos metros de onde os dois estavam. Subitamente uma formação em cunha de camisas e cachecóis vermelhos rompeu as linhas da polícia e Maya viu homens desfechando chutes e socos. O sangue escorreu pelo rosto de um policial, mas ele ergueu seu cassetete e revidou.

Maya apertou a mão do pai.

– Estão vindo na nossa direção – disse ela. – Precisamos sair da frente.

Thorn virou para a filha e puxou-a de volta para a entrada da estação de metrô, como se fosse um abrigo. Mas a polícia naquele momento estava conduzindo os torcedores do Chelsea para frente, como uma manada de bois, e Maya se viu cercada por homens de roupas azuis. Pegos pela multidão, ela e o pai foram empurrados para trás, para além da cabine de venda de passagens, onde o vendedor idoso se encolhia atrás do vidro espesso.

O pai saltou por cima da roleta e Maya fez o mesmo. Agora estavam de novo no túnel comprido, andando na direção dos trens. Tudo bem, pensou Maya. Agora estamos a salvo. Mas então percebeu que homens de roupa vermelha tinham invadido o túnel e corriam ao lado deles. Um deles segurava uma meia de lã recheada com alguma coisa pesada – pedras, bilhas – e bateu com a meia, como se fosse um taco, no velho bem na frente dela, arrancando fora seus óculos e quebrando seu nariz. Outros vândalos do

O PEREGRINO

Arsenal apareceram e espremeram um torcedor do Chelsea contra as grades do lado esquerdo do túnel. O homem tentava se safar enquanto era chutado e espancado. Sangue. Mais sangue. E nenhum policial à vista.

Thorn agarrou as costas do casaco de Maya e arrastou-a pelo meio da pancadaria. Um homem quis atacá-los, mas Thorn impediu no mesmo instante com um golpe rápido e cortante na garganta dele. Maya correu pelo túnel, procurando chegar à escada. Antes de poder reagir, uma coisa que parecia uma corda caiu sobre o seu ombro direito e na frente do peito. Maya viu que Thorn tinha acabado de amarrar um cachecol azul e branco do Chelsea em volta do seu corpo.

Naquele instante, entendeu que o dia no zoológico, as histórias divertidas e a ida ao restaurante eram parte de um plano. O pai sabia do jogo de futebol, devia ter estado lá antes e cronometrado a chegada deles à estação. Maya olhou para trás e viu Thorn sorrir e balançar a cabeça afirmativamente, como se acabasse de contar uma piada. Então ele deu meia-volta e se afastou.

Maya voltou-se quando três torcedores do Arsenal se adiantaram, gritando com ela. Não pense. Reaja. Ela atacou com a bengala como se fosse uma lança e a ponta de aço acertou a testa do homem mais alto com um estalo. O sangue jorrou da cabeça dele e ele começou a desmoronar, mas Maya já tinha virado para trás para dar uma rasteira com a bengala no segundo homem. Ele cambaleou para trás, ela pulou bem alto e chutou o rosto dele. O homem rodopiou e desabou no chão. Caiu. Ele ficou no chão. Maya correu e chutou-o de novo.

Ela estava recuperando o equilíbrio, quando o terceiro homem a agarrou por trás e tirou-a do chão. Ele apertou com força, querendo quebrar as costelas dela, mas Maya deixou cair a bengala, estendeu os dois braços e agarrou as orelhas dele com as duas mãos. O homem berrou, ela o puxou por cima dos ombros e o jogou no chão.

Maya chegou à escada, desceu dois degraus de cada vez e viu o pai parado na plataforma ao lado das portas abertas de um vagão do metrô. Ele a agarrou com a mão direita e usou a esquerda para avançar para dentro do trem. As portas moveram-se para um lado e para o outro e finalmente se fecharam. Torcedores do Arsenal correram para o trem, socaram o vidro das janelas, mas o trem começou a andar e se embrenhou no túnel.

As pessoas estavam amontoadas lá dentro. Maya ouviu uma mulher chorar e um menino na frente dela apertar um lenço na boca e no nariz. O metrô fez uma curva e ela esbarrou no pai, deu de cara no sobretudo de lã. Odiava e amava aquele homem, queria bater nele e abraçá-lo, tudo ao mesmo tempo. Não chore, pensou. Ele está observando. Os Arlequins não choram. E Maya mordeu o lábio com tanta força que rasgou a pele e sentiu o gosto do próprio sangue.

1

Maya aterrissou no aeroporto Rusyne no fim da tarde e pegou o ônibus do terminal para Praga. A sua escolha de transporte era um pequeno ato de rebeldia. Um Arlequim teria alugado um carro ou procurado um táxi. Num táxi era sempre possível cortar a garganta do motorista e assumir o controle. Aviões e ônibus eram opções perigosas, pequenas armadilhas com poucas rotas de fuga.

Ninguém vai me matar, ela pensou. Ninguém se importa. Os Peregrinos herdavam seus poderes, por isso a Tábula procurava exterminar todos de uma mesma família. Os Arlequins defendiam os Peregrinos e seus mestres Desbravadores do Caminho, mas aquela era uma decisão voluntária. Uma criança Arlequim podia renunciar ao caminho da espada, aceitar um nome de cidadão e encontrar um lugar na Imensa Máquina. Se não arranjasse encrenca, a Tábula a deixaria em paz.

Alguns anos antes, Maya tinha ido visitar John Mitchell Kramer, filho único de Greenman, um Arlequim inglês, morto por um carro-bomba da Tábula em Atenas. Kramer tinha se tornado criador de porcos em Yorkshire, e Maya observava o homem chafurdando na lama com baldes de ração para os animais que guinchavam.

— Para eles, você ainda não saiu da linha – disse ele. — A escolha é sua, Maya. Você ainda pode ir embora e ter uma vida normal.

Maya resolveu ser Judith Strand, uma jovem com alguns cursos de projeto de produto na Universidade de Salford em Manchester. Mudou-se para Londres, começou a trabalhar como assistente numa firma de design e acabou sendo convidada a trabalhar em tempo integral. Os três anos no centro da cidade foram uma série de desafios pessoais e pequenas vitórias. Maya ainda se lembrava da primeira vez que saíra do apartamento sem qualquer arma. Não tinha como se proteger da Tábula, sentia-se fraca e exposta. Todos na rua a observavam. Todos que chegavam perto eram possíveis assassinos. Ela esperava a bala ou a facada, mas nada aconteceu.

Aos poucos, foi ficando fora de casa por períodos cada vez mais longos, testando sua nova postura diante do mundo. Maya não espiava vitrines para ver se estava sendo seguida. Quando comia num restaurante com seus novos amigos, não escondia uma arma no beco dos fundos nem se sentava de costas para a parede.

Em abril, ela violou uma lei Arlequim importante e começou a fazer análise com um psiquiatra. Passou cinco sessões caríssimas sentada numa sala cheia de livros em Bloomsbury. Queria falar da infância e daquela primeira traição na estação Arsenal, mas não foi possível. O dr. Bennett era um homenzinho impecável que conhecia vinho e porcelana antiga muito bem. Maya ainda se lembrava do seu jeito confuso quando ela o chamou de cidadão.

– Ora, é claro que sou um cidadão – disse ele. – Nasci e me criei na Inglaterra.

– É apenas um termo que meu pai usa. Noventa e nove por cento das pessoas são cidadãos ou malandros.

O dr. Bennett tirou os óculos com armação de ouro e limpou as lentes com um pedaço de pano verde.

– Importa-se de explicar isso?

– Cidadãos são pessoas que pensam que entendem o que acontece no mundo.

– Eu não entendo *tudo*, Judith. Nunca disse isso. Mas sou bem informado quanto aos acontecimentos atuais. Assisto ao noticiário todas as manhãs enquanto caminho na esteira.

O PEREGRINO

Maya hesitou um pouco e então resolveu contar a verdade.
– A maior parte dos fatos que o senhor conhece é pura ilusão. A verdadeira batalha da história acontece sob a superfície.
O dr. Bennett deu um sorriso condescendente.
– Fale dos malandros.
– Malandros são as pessoas sobrecarregadas demais pelo desafio de sobreviver, que não se dão conta do que acontece fora do seu dia-a-dia.
– Quer dizer, as pessoas pobres?
– Podem ser pobres ou prisioneiros do terceiro mundo, mas mesmo assim podem se transformar. Meu pai costumava dizer que os cidadãos ignoram a verdade. Os malandros estão apenas cansados demais.
Dr. Bennett pôs os óculos outra vez e pegou seu caderno de notas.
– Quem sabe não seria bom falar sobre os seus pais?
A terapia terminou com aquela pergunta. O que Maya podia dizer de Thorn? Seu pai era um Arlequim que sobrevivera a cinco atentados da Tábula. Ele era arrogante, cruel e muito corajoso. A mãe de Maya era de uma família sikh, aliada dos Arlequins havia muitas gerações. Em homenagem à mãe, ela usava uma pulseira *kara* de aço no pulso direito.
Naquele verão, uma das mulheres da firma de design levou-a para fazer compras nas butiques do oeste de Londres. Maya comprou algumas roupas elegantes e coloridas. Começou a assistir à televisão e tentou acreditar nas notícias. Às vezes sentia-se feliz, quase feliz, e gostava das intermináveis distrações da Imensa Máquina. Havia sempre algum medo novo com que se preocupar ou um novo produto que todos queriam comprar.
Maya não andava mais armada, mas de vez em quando ia até uma academia de kickboxing no sul de Londres e treinava com o instrutor. Às terças e quintas, freqüentava aulas do curso avançado de uma academia de kendo e lutava com uma espada *shinai* de bambu. Maya procurava fingir que estava apenas se mantendo em

forma, como as outras pessoas da firma, que corriam ou jogavam tênis. Mas sabia que era mais do que isso. Numa luta, você pensa unicamente naquele momento, concentra-se em se defender e em destruir seu oponente. Nada do que ela fazia na vida civil chegava aos pés daquela intensidade.

Agora estava em Praga para ver o pai e aquela paranóia tão conhecida dos Arlequins voltava com toda a força. Depois de comprar a passagem no quiosque do aeroporto, ela subiu no ônibus e se sentou na parte de trás. Aquela era uma posição ruim para se defender, mas não ia se incomodar com isso. Maya observou um casal de idosos e um grupo de turistas alemães subindo no ônibus e arrumando a bagagem. Procurou se distrair pensando em Thorn, mas seu corpo assumiu o controle e obrigou-a a escolher outro assento perto da saída de emergência. Derrotada pelo treino e cheia de raiva, cerrou os punhos e ficou olhando fixo para a janela.

Tinha começado a chuviscar quando partiram do terminal e já caía uma chuva grossa quando chegaram ao centro da cidade. Praga era construída dos dois lados de um rio, mas as ruas estreitas e prédios de pedras cinza lhe davam a sensação de estar presa num labirinto de arbustos. Catedrais e castelos pontilhavam a cidade e suas torres pontiagudas furavam o céu.

No ponto de ônibus, Maya deparou-se com mais opções. Podia ir andando até o hotel ou pegar um táxi que passasse pela rua. O lendário Arlequim japonês, Sparrow, um dia escreveu que os verdadeiros guerreiros deviam "cultivar o aleatório". Em poucas palavras, ele havia sugerido uma filosofia completa. Um Arlequim rejeitava rotinas insensatas e hábitos confortáveis. Viviam uma vida de disciplina, mas não temiam a desordem.

Chovia. Ela estava ficando toda molhada. A escolha mais previsível era pegar um táxi que aguardava estacionado no meio-fio. Maya hesitou alguns segundos e então resolveu agir como uma cidadã normal. Carregando sua bagagem com uma mão, abriu a porta e se sentou no banco de trás do táxi. O motorista era um homenzinho atarracado, de barba, que parecia um anão das lendas escandinavas. Ela disse o nome do hotel, mas o homem não reagiu.

— Vou para o Kampa Hotel — disse Maya em inglês. — Algum problema?

— Problema algum — respondeu o motorista, saindo com o carro.

O Kampa Hotel era um prédio grande de quatro andares, sólido e respeitável, com toldos verdes nas janelas. Ficava numa rua de paralelepípedos, perto da ponte Charles. Maya pagou ao motorista, mas quando quis sair a porta estava trancada.

— Abra a maldita porta.

— Desculpe, senhora.

O anão barbudo apertou um botão e o trinco subiu com um estalo. Observou sorrindo Maya descer do táxi.

Maya deixou o porteiro carregar sua bagagem para dentro do hotel. Para visitar o pai, sentira necessidade de levar as armas habituais. Estavam escondidas no tripé da sua câmera de vídeo. A aparência dela não sugeria nenhuma nacionalidade específica e o porteiro falou com ela em francês e em inglês. Para aquela viagem a Praga, Maya havia descartado as roupas coloridas londrinas e usava botas de cano curto, um suéter preto e calça cinza, larga. Havia um estilo Arlequim para se vestir que enfatizava tecidos caros de cores escuras e roupas feitas sob medida. Nada apertado nem chamativo. Nada que pudesse comprometer a agilidade em combate.

Havia mesas pequenas com poltronas baixas no saguão. Uma tapeçaria desbotada pendia na parede. Numa área lateral que funcionava como restaurante, um grupo de mulheres idosas tomava chá e se deliciava com uma bandeja de doces. Na recepção, o funcionário do hotel olhou para o tripé e para a câmera de vídeo e pareceu satisfeito. Era lei para os Arlequins sempre ter uma explicação de quem você é e por que está naquele determinado lugar. O equipamento de vídeo era o próprio artefato de cena. O porteiro e o recepcionista deviam estar pensando que ela era algum tipo de cineasta.

O quarto dela no hotel era uma suíte no terceiro andar, escura e cheia de luminárias que imitavam as vitorianas e móveis estofados grandes demais. Uma janela dava para a rua e a outra para o restaurante ao ar livre no jardim do hotel. Ainda chovia, o restaurante estava fechado. Os guarda-sóis listrados sobre as mesas estavam encharcados e as cadeiras do restaurante se apoiavam como soldados exaustos nas mesas redondas. Maya espiou embaixo da cama e encontrou um pequeno presente de boas-vindas do pai. Um arpéu e cinqüenta metros de corda de alpinismo. Se a pessoa errada batesse na porta, ela podia sair pela janela e se afastar do hotel em cerca de dez segundos.

Tirou o casaco, jogou um pouco de água no rosto e então pôs o tripé em cima da cama. Na fiscalização de segurança do aeroporto, as pessoas sempre desperdiçavam um tempo enorme examinando a câmera de vídeo, com suas inúmeras lentes. As verdadeiras armas estavam escondidas no tripé. Havia duas facas numa perna – uma com peso distribuído para arremesso e um estilete para esfaquear. Guardou as duas em suas bainhas e as prendeu nos antebraços com bandagens elásticas. Enrolou cuidadosamente as mangas do suéter e se olhou no espelho. O suéter era suficientemente largo para esconder completamente as duas armas. Maya cruzou os pulsos, moveu os braços com rapidez e apareceu uma faca na sua mão direita.

A lâmina da espada estava na segunda perna do tripé. A terceira continha o cabo da espada e a guarda. Maya montou tudo na lâmina. A guarda ficava sobre um pino que podia ser empurrado de lado. Quando carregava a espada na rua, a guarda ficava paralela à lâmina, de modo que a arma inteira se transformava numa linha reta. Quando tinha de lutar, a guarda encaixava na posição apropriada.

Junto com o tripé e a câmera, Maya tinha levado um tubo de metal de um metro e vinte, com uma correia para pendurar no ombro. O tubo parecia algo técnico, como um equipamento que um artista poderia levar para o seu estúdio. Era usado para carregar

O PEREGRINO

a espada quando andava pela cidade. Maya conseguia tirar a espada do tubo em dois segundos e levava só mais um segundo para atacar. Seu pai lhe havia ensinado como usar a arma quando ela ainda era adolescente e desenvolvera a técnica numa aula de kendo com um instrutor japonês.

Os Arlequins também eram treinados para usar armas de fogo e fuzis de guerra. A arma favorita de Maya era um fuzil como uma escopeta de combate, de preferência calibre doze, com cabo de pistola e culatra dobrável. O uso de uma espada antiquada junto com armas modernas era aceito – e recomendado – como parte do estilo Arlequim. Armas de fogo eram um mal necessário, mas as espadas existiam independentemente dos tempos modernos, livres do controle e das concessões da Imensa Máquina. O treino de um espadachim ensinava equilíbrio, estratégia e crueldade. Como o *kirpan* de um sikh, a espada do Arlequim servia de ponte entre cada lutador e a obrigação espiritual e a tradição guerreira.

Thorn também acreditava que havia motivos práticos para o uso da espada. Escondida em equipamentos como um tripé, as espadas podiam passar pelos sistemas de segurança dos aeroportos. Uma espada era silenciosa e tão inesperada que oferecia a vantagem do choque quando era utilizada contra um inimigo desavisado. Maya visualizou um ataque. Finta na cabeça do seu oponente e um golpe embaixo, no lado do joelho. Uma certa resistência. O estalo do osso e da cartilagem. E acabava de cortar fora a perna de alguém.

Havia um envelope pardo entre as voltas da corda de alpinista enrolada. Maya rasgou a ponta e leu o endereço e a hora do encontro. Sete horas. O bairro Betlémské námesti na Cidade Velha. Pôs a espada no colo, apagou todas as luzes e procurou meditar.

Imagens flutuaram em seu cérebro, lembranças da única época em que havia lutado sozinha como Arlequim. Tinha dezessete anos então e seu pai a levara para Bruxelas, a fim de proteger um monge zen que visitava a Europa. O monge era um Desbravador, um dos mestres espirituais que mostravam para um Peregrino potencial como atravessar para outro plano. Apesar de os Arlequins não terem feito nenhum voto para proteger os Desbravadores do Caminho, ajudavam sempre que podiam. O monge era um grande mestre e estava na lista de assassinatos da Tábula.

Aquela noite em Bruxelas, o pai de Maya e seu amigo francês, Linden, estavam lá em cima, perto da suíte do monge no hotel. Tinham pedido para Maya guardar a entrada do elevador de serviço no subsolo. Quando dois mercenários da Tábula chegaram, não havia ninguém por perto para ajudá-la. Ela acertou um tiro na garganta de um deles com uma automática e furou o outro mercenário até a morte com sua espada. O sangue espirrou no seu uniforme cinza de camareira, cobriu seus braços e suas mãos. Maya chorava, histérica, quando Linden a encontrou.

Dois anos depois disso, o monge morreu num acidente de carro. Todo aquele sangue, todo aquele sofrimento foram inúteis. Acalme-se, ela pensou. Descubra algum mantra particular. Nossos Peregrinos que estão no céu. Que se danem todos eles.

A chuva parou por volta das seis e Maya resolveu ir a pé até o apartamento de Thorn. Saiu do hotel, encontrou a rua Mostecká e seguiu por ela até a ponte Charles. A ponte gótica era larga e iluminada com lâmpadas coloridas que clareavam uma longa fila de estátuas. Um mochileiro tocava seu violão com um chapéu na frente e artistas de rua desenhavam a carvão o retrato de uma turista idosa. A estátua de um santo mártir tcheco ficava bem no meio da ponte e Maya se lembrou de ter ouvido que era um amuleto de boa sorte. Sorte era algo que não existia, mas tocou na placa de bronze embaixo da estátua mesmo assim e murmurou baixinho: "Que alguém me ame e que eu o ame também."

Envergonhada com essa manifestação de fraqueza, apressou um pouco o passo e continuou a travessia da ponte, até a Cidade Velha. Lojas, igrejas e boates nas antigas adegas subterrâneas se espremiam como passageiros num trem lotado. Os jovens tchecos e mochileiros estrangeiros se reuniam nas portas dos bares, com ar de tédio, fumando maconha.

Thorn morava na rua Konviktská, um quarteirão ao norte da prisão secreta da Bartolomejská. No tempo da Guerra Fria, a polícia especial tinha tomado um convento e usado as celas como prisão e câmaras de tortura. Agora as Irmãs da Misericórdia estavam novamente instaladas no prédio e a polícia tinha se mudado para outros edifícios ali por perto. Enquanto andava pelo bairro, Maya percebeu por que Thorn escolheu aquele lugar para morar. Praga ainda mantinha uma certa aparência medieval e a maioria dos Arlequins detestava qualquer coisa que parecesse nova. A cidade tinha um sistema de saúde decente, bom transporte público e Internet. Um terceiro fator era ainda mais importante: a polícia tcheca aprendera sua ética na era comunista. Se Thorn molhasse a mão das pessoas certas, teria acesso aos arquivos e crachás da polícia.

Uma vez, Maya conheceu um cigano, em Barcelona, que explicou para ela por que tinha o direito de bater carteiras e assaltar hotéis de turistas. Quando os romanos crucificaram Jesus, prepararam um prego de ouro para enfiar no coração do Salvador. Um cigano – parece que havia ciganos na antiga Jerusalém – roubou o prego e assim Deus deu-lhes permissão para roubar até o fim dos tempos. Os Arlequins não eram ciganos, mas Maya concluiu que a mentalidade era mais ou menos a mesma. Seu pai e os amigos dele tinham um sentido altamente desenvolvido de honra e uma moral bem particular. Eram disciplinados e leais uns com os outros, mas desprezavam qualquer lei criada pelos cidadãos. Os Arlequins acreditavam que tinham o direito de matar e de destruir por causa do seu voto de proteger os Peregrinos.

Maya passou lentamente pela igreja da Santa Cruz, depois olhou para o outro lado da rua e procurou o número 18 da Konviktská.

Era uma porta vermelha espremida entre uma loja de peças hidráulicas e outra de lingerie, em que o manequim da vitrine usava uma liga elástica e um par de meias com lantejoulas. Acima das lojas, havia mais dois andares e todas as janelas superiores estavam fechadas ou com os vidros pintados de cinza fosco. Os Arlequins tinham pelo menos três saídas em suas casas e uma delas era sempre secreta. Aquele prédio tinha a porta vermelha e uma segunda porta no beco dos fundos. Devia haver uma passagem secreta que dava na loja de lingerie.

Maya abriu a extremidade da bainha da espada e inclinou um pouco para o cabo sair alguns centímetros. Em Londres, a convocação tinha chegado da forma habitual: um envelope de papel-manilha sem identificação embaixo da porta. Não tinha idéia se Thorn ainda estava vivo e à sua espera naquele prédio. Se a Tábula tivesse descoberto que ela participara das mortes no hotel oito anos antes, seria mais fácil atraí-la para fora da Inglaterra e executá-la numa cidade estrangeira.

Ela atravessou a rua, parou na frente da loja de lingerie e ficou espiando a vitrine. Procurou algum sinal tradicional Arlequim, como uma máscara ou uma peça de roupa com desenho em losangos, qualquer coisa para aplacar a tensão crescente. Eram sete horas. Foi andando lentamente pela calçada e viu uma marca de giz no concreto. Uma forma oval e três linhas retas, uma sugestão abstrata do alaúde de um Arlequim. Se a Tábula tinha feito aquilo, devia ter tomado mais cuidado para fazer o desenho parecer o instrumento. Só que aquela marca era casual e malfeita, como se uma criança entediada a tivesse posto lá.

Maya passou pela campainha da porta, ouviu um som de rolamento e viu que havia uma pequena câmera de segurança na parede, apontando para ela. A tranca da porta abriu com estalo e ela entrou. O hall de entrada era pequeno e dava numa escada íngreme de metal. A porta atrás dela bateu e uma tranca de oito centímetros deslizou para a posição. Presa. Ela desembainhou a espada, encaixou o cabo no lugar e começou a subir a escada. No topo,

O PEREGRINO

havia outra porta de aço e uma segunda campainha. Apertou o botão e uma voz eletrônica soou no pequeno alto-falante.

— Amostra de voz, por favor.

— Vá pro inferno.

Um computador analisou a voz dela e três segundos depois aquela segunda porta abriu. Maya entrou numa sala grande e branca, com assoalho de madeira encerada. O apartamento do pai dela era frugal e despojado. Não havia nada de plástico, nada falso ou que chamasse a atenção. Uma meia-parede definia a entrada e a sala de estar. O cômodo continha uma poltrona de couro e uma mesa de centro de vidro com uma única orquídea amarela num vaso.

Dois cartazes emoldurados na parede. Um anunciava uma exibição de espadas de samurais japoneses no Instituto Nezu do Museu de Belas-Artes em Tóquio. O caminho da espada. A vida do guerreiro. O segundo cartaz mostrava uma colagem de 1914 chamada *"Three Standard Stoppages"* de Marcel Duchamp. O francês tinha deixado cair alguns pedaços de barbante numa tela prussiana azul de uma altura de um metro e depois pintou suas formas. Como qualquer Arlequim, Duchamp não lutava contra o acaso e a incerteza. Tinha usado justamente isso para criar sua obra de arte.

Ela ouviu passos de pés descalços no assoalho e um rapaz de cabeça raspada apareceu num canto, segurando uma submetralhadora. O homem sorria e a arma estava virada para baixo, num ângulo de quarenta e cinco graus. Se ele cometesse a tolice de levantar a arma, Maya resolveu que pularia para a esquerda e cortaria o rosto dele com a espada.

— Bem-vinda a Praga — disse ele em inglês, com sotaque russo. — Seu pai virá recebê-la em um minuto.

O jovem usava calça com cadarço embutido na cintura e uma camiseta sem manga com ideogramas japoneses impressos na malha. Maya notou que seus braços e pescoço tinham várias tatuagens. Cobras. Demônios. Uma visão do inferno. Nem precisava vê-lo nu para saber que ele era uma espécie de épico ambulante.

Os Arlequins costumavam atrair marginais e desajustados para servi-los.

Maya guardou a espada na bainha.

— Como é seu nome?

— Alexi.

— Há quanto tempo trabalha para Thorn?

— Não é trabalho. — O rapaz parecia muito satisfeito consigo mesmo. — Eu ajudo seu pai e ele me ajuda. Estou treinando para ser um mestre de artes marciais.

— E está indo muito bem — disse o pai dela.

Maya primeiro ouviu a voz e depois Thorn chegou dirigindo uma cadeira de rodas elétrica. Sua espada Arlequim estava numa bainha presa a um braço da cadeira. Thorn tinha deixado a barba crescer nos últimos dois anos. Seus braços e torso continuavam fortes e quase faziam esquecer suas pernas murchas e inúteis.

Thorn parou a cadeira de rodas e sorriu para a filha.

— Boa-noite, Maya.

A última vez que Maya tinha visto o pai tinha sido em Peshawar, na noite que Linden descera com ele das montanhas na fronteira noroeste do Paquistão. As roupas de Linden estavam cobertas de sangue e seu pai estava inconsciente.

Usando artigos falsos de jornal, a Tábula atraiu Thorn, Linden, uma Arlequim chinesa chamada Willow e um Arlequim australiano chamado Libra para uma região tribal no Paquistão. Thorn tinha se convencido de que duas crianças — um menino de doze anos e a irmã dele, de dez — eram Peregrinos que corriam perigo, ameaçados por um líder religioso local. Os quatro Arlequins e seus aliados sofreram uma emboscada de mercenários da Tábula num passo da montanha. Willow e Libra foram mortos. A medula de Thorn foi secionada e ele ficou paralisado da cintura para baixo.

Dois anos depois, Thorn morava num apartamento em Praga com uma aberração tatuada como servo e tudo era uma maravilha. Vamos esquecer o passado e seguir em frente. Naquele momento,

O PEREGRINO

Maya estava quase contente do pai ser paraplégico. Se não tivesse sofrido aquele acidente, negaria que a emboscada tinha acontecido.

— E como vai você, Maya? — Thorn virou para o russo. — Não vejo a minha filha há bastante tempo.

O fato de Thorn ter usado a palavra "filha" deixou Maya furiosa. Significava que a tinha chamado a Praga para pedir um favor.

— Mais de dois anos — disse ela.

— Dois anos? — Alexi sorriu — Acho que devem ter muito que conversar.

Thorn fez sinal com a mão e o russo pegou um scanner numa mesa de canto. O scanner parecia um pequeno detector de metais da segurança de aeroportos, mas se destinava a descobrir as contas rastreadoras usadas pela Tábula. As contas eram do tamanho de pérolas e emitiam um sinal que podia ser detectado e localizado por satélites GPS. Havia contas rastreadoras de rádio e outras especiais, que emitiam sinais infravermelhos.

— Não perca seu tempo procurando contas. A Tábula não se interessa por mim.

— Só estou sendo cuidadoso.

— Não sou uma Arlequim e eles sabem disso.

O scanner não disparou. Alexi retirou-se da sala e Thorn apontou para a poltrona. Maya sabia que o pai tinha ensaiado a conversa mentalmente. Devia ter passado algumas horas pensando no que ia vestir e como arrumaria a mobília. Ela não dava a mínima para isso. Ia pegá-lo de surpresa.

— Bom empregado esse seu. — Ela se sentou na poltrona e Thorn rolou a cadeira de rodas para perto. — Bem colorido.

Normalmente, em conversas particulares, eles podiam falar alemão. Thorn fazia uma concessão para a filha. Maya tinha diversos passaportes, de diversas nacionalidades, mas ultimamente se considerava inglesa.

— É, a tinta funciona. — O pai dela sorriu. — Alexi tem um artista da tatuagem que está criando um quadro do Primeiro Mundo no corpo dele. Não é muito bonito, mas foi ele que escolheu.

— É. Todos temos livre-arbítrio. Até os Arlequins.

— Não parece muito feliz de me ver, Maya.

Ela planejou se controlar e ser disciplinada, mas as palavras começaram a jorrar.

— Tirei você do Paquistão, praticamente subornei ou ameacei a metade das autoridades do país para pô-lo naquele avião. Depois, em Dublin, Madre Blessing assumiu o controle e tudo bem, é território dela. Liguei para o número do telefone por satélite no dia seguinte e ela me disse: "Seu pai está paralisado da cintura para baixo. Nunca mais vai andar." Então desligou o telefone e na mesma hora desativou a linha telefônica. E pronto. Fim. De tudo. Nunca mais soube de você nesses mais de dois anos.

— Estávamos protegendo você, Maya. É tudo muito perigoso hoje em dia.

— Diga isso para o rapaz tatuado. Vi você usar o perigo e a segurança como desculpas para tudo, mas isso não funciona mais. Não há mais batalhas. Na verdade, nem Arlequins, apenas um punhado de pessoas como você, Linden e Madre Blessing.

— Shepherd está morando na Califórnia.

— Três ou quatro pessoas não podem mudar nada. A guerra acabou. Vocês não entendem isso? A Tábua venceu. Nós perdemos. *Wir haben verloren.*

As palavras em alemão parece que tocaram Thorn um pouco mais fundo do que o inglês. Thorn encostou no controle manual da cadeira de rodas e virou um pouco para Maya não ver seus olhos.

— Você também é uma Arlequim, Maya. Essa é sua verdadeira identidade. Seu passado e seu futuro.

— Eu não sou uma Arlequim e não sou como você. A essa altura, já devia saber disso.

— Precisamos da sua ajuda. É importante.

— É sempre importante.

— Preciso que vá para os Estados Unidos. Nós pagaremos todas as despesas. Cuide dos preparativos.
— Os Estados Unidos são território do Shepherd. Peça para ele cuidar disso.

O pai usou todo o poder que tinha no olhar e na voz.
— Shepherd deparou-se com uma situação inusitada. Ele não sabe o que fazer.
— Tenho uma vida de verdade agora. Não faço mais parte disso.

Thorn ainda tinha disciplina suficiente para ocultar a raiva. Moveu o pino de controle e desenhou um oito gracioso com a cadeira de rodas no chão da sala.
— Ah, sim. Uma vida de cidadã na Imensa Máquina. Tão agradável e divertida. Conte-me como é.
— Você nunca perguntou antes.
— Você não trabalha em uma espécie de firma?
— Sou desenhista industrial. Trabalho com uma equipe desenvolvendo embalagens de produtos para diversas empresas. Semana passada, criei um novo vidro de perfume.
— Parece um grande desafio. Tenho certeza de que você faz sucesso. E quanto ao resto do seu mundo? Algum namorado que eu precise saber?
— Não.
— Havia aquele advogado... como era mesmo o nome dele? — Thorn sabia, claro. Mas fingiu vasculhar a memória. — Connor Ramsey. Rico. Bonitão. Família influente. E que largou você por outra mulher. Aparentemente saía com ela o tempo todo em que namorava você.

Para Maya, aquilo foi como se Thorn tivesse lhe dado um tapa na cara. Ela já devia ter imaginado que ele usaria seus contatos em Londres para obter informações. Ele sempre tinha de saber de tudo.
— Isso não é da sua conta.
— Não perca seu tempo preocupada com Ramsey. Alguns mercenários que trabalhavam para Madre Blessing explodiram o carro dele há alguns meses. Agora ele acredita que os terroristas

estão atrás dele. Contratou seguranças. Vive com medo. E isso é bom. Não é? O sr. Ramsey precisava ser punido por enganar a minha menininha.

Thorn deu meia-volta com a cadeira de rodas e sorriu para ela. Maya sabia que devia parecer ultrajada, mas não conseguia. Lembrou-se do abraço de Connor no cais em Brighton, depois de Connor sentado no restaurante três semanas depois, anunciando que ela não servia para se casar com ele. Maya tinha lido sobre a explosão do carro nos jornais, mas não associou o pai ao ataque.

– Não precisava fazer isso.

– Mas fiz.

Thorn recuou até a mesa de centro.

– Explodir um carro não muda nada. Eu não vou para os Estados Unidos.

– Quem falou de Estados Unidos? Estamos apenas conversando.

O treinamento de Arlequim dizia que ela devia partir para o ataque. Como Thorn, tinha se preparado para aquele encontro.

– Diga uma coisa, pai. Só uma coisa. Você me ama?

– Você é minha filha, Maya.

– Responda à pergunta.

– Desde que sua mãe morreu, você é a única coisa preciosa que eu tenho na vida.

– Tudo bem. Vamos aceitar essa afirmação por enquanto. – Maya inclinou o corpo para a frente. – O desenvolvimento da Imensa Máquina destruiu o equilíbrio de poder que existia há milhares de anos. Pelo que eu sei, não há mais Peregrinos e apenas alguns poucos Arlequins.

– A Tábua pode usar scanners de feições, vigilância eletrônica, cooperação de funcionários do governo e...

– Não quero um motivo. Não estamos falando disso. Apenas de fatos e conclusões. No Paquistão, você foi ferido e duas pessoas foram mortas. Eu sempre gostei do Libra. Ele costumava me levar ao teatro quando ia a Londres. E Willow era uma mulher forte e elegante.

O PEREGRINO

— Ambos lutadores que aceitaram os riscos — disse Thorn. — Os dois tiveram uma Morte Digna.

— É, eles estão mortos. Enganados e destruídos por nada. E agora você quer que eu morra do mesmo jeito.

Thorn apertou os braços da cadeira de rodas e por um instante Maya pensou que ele ia tentar se levantar, num ato de pura força de vontade.

— Aconteceu uma coisa extraordinária — disse ele. — Pela primeira vez, temos um espião do outro lado. Linden mantém contato com ele.

— É só mais uma armadilha.

— Pode ser. Mas todas as informações que temos recebido estão corretas. Algumas semanas atrás ficamos sabendo que talvez existam dois possíveis Peregrinos nos Estados Unidos. São irmãos. Eu protegi o pai deles, Matthew Corrigan, há muitos anos. Antes de ele desaparecer, eu lhe dei um talismã.

— A Tábua sabe da existência desses irmãos?

— Sabe. Eles estão sendo vigiados vinte e quatro horas por dia.

— Por que a Tábua simplesmente não os mata? É isso que eles costumam fazer.

— Eu só sei que os Corrigan estão correndo perigo e que temos de ajudá-los o quanto antes. Shepherd vem de uma família de Arlequins. Seu avô salvou centenas de vidas. Mas um futuro Peregrino não confiaria nele. Shepherd não é muito organizado nem inteligente. Ele é um...

— Um tolo.

— Exatamente. Você poderia cuidar de tudo, Maya. Tudo que precisa fazer é encontrar os Corrigan e levá-los para um lugar seguro.

— Talvez nem sejam Peregrinos.

— Só vamos saber quando interrogá-los. Mas você está certa numa coisa, não há mais Peregrinos. Essa pode ser a nossa última chance.

— Vocês não precisam de mim. Contratem alguns mercenários.

— A Tábula tem mais dinheiro e mais poder. Os mercenários acabam sempre nos traindo.
— Então faça você mesmo.
— Estou aleijado, Maya. Preso aqui, neste apartamento, nesta cadeira de rodas. Você é a única capaz de fazer isso.

Por alguns segundos, ela realmente sentiu vontade de desembainhar a espada e entrar na batalha, mas então se lembrou da luta na estação do metrô em Londres. Um pai devia proteger a filha. Em vez disso, Thorn tinha destruído a infância dela.

Maya se levantou e foi até a porta.
— Vou voltar para Londres.
— Então não se lembra do que eu ensinei? *Verdammt durch das Fleisch. Gerettet durch das Blut...*

Amaldiçoado pela carne. Salvo pelo sangue. Maya ouvia aquela frase Arlequim — e a detestava — desde menina.
— Diga os seus slogans para seu novo amigo russo. Não funcionam comigo.
— Se não há mais Peregrinos, então a Tábula finalmente conquistou a história. Daqui a uma ou duas gerações, o Quarto Mundo vai se transformar num lugar frio e estéril, onde todos serão vigiados e controlados.
— Já é assim.
— Essa é a nossa obrigação, Maya. É isso que nós somos. — A voz de Thorn estava cheia de dor e pesar. — Muitas vezes desejei ter uma vida diferente, quis ter nascido ignorante e cego. Mas nunca pude dar as costas e negar o passado, negar todos aqueles Arlequins que se sacrificaram por uma causa tão importante.
— Você me deu armas e me ensinou a matar. Agora está me mandando para a morte.

Thorn pareceu menor, quase murcho, na cadeira de rodas. A voz dele era um sussurro áspero.
— Eu morreria por você.
— Mas eu não vou morrer por uma causa que não existe mais.

O PEREGRINO

Maya estendeu a mão na direção do ombro de Thorn. Era um gesto de adeus, uma chance de fazer contato com ele pela última vez — mas a expressão dele de raiva a fez recuar.

— Adeus, pai. — Ela se virou de novo para a porta e abriu o trinco. — Tenho uma pequena chance de ser feliz. Não a tire de mim.

2

Nathan Boone estava sentado no segundo andar do armazém do outro lado da rua, na frente da loja de lingerie. Através de um binóculo para visão noturna, observou Maya sair do prédio de Thorn, andando na calçada. Boone já havia fotografado a filha de Thorn chegando ao terminal do aeroporto, mas gostou de vê-la de novo. A maior parte do seu trabalho ultimamente era ficar diante da tela de um computador, verificando telefonemas e contas de cartões de crédito, lendo relatórios médicos e boletins da polícia de uma dúzia de países. Avistar um Arlequim de verdade ajudava a associar-se mais uma vez com a realidade daquilo que estava fazendo. O inimigo ainda existia. Pelo menos alguns deles. E era sua responsabilidade eliminá-los.

Dois anos antes, depois do tiroteio no Paquistão, ele encontrou Maya vivendo em Londres. Seu comportamento público indicava que havia rejeitado a violência dos Arlequins e resolvido levar uma vida normal. A Irmandade chegou a pensar na execução de Maya, mas Boone enviou-lhes um longo e-mail recomendando que não fizessem isso. Ele sabia que Maya podia levá-lo até Thorn, Linden ou Madre Blessing. Esses três Arlequins ainda eram perigosos. Tinham de ser encontrados e destruídos.

Maya teria notado qualquer pessoa que a seguisse nas ruas de Londres, por isso Boone enviou um grupo de técnicos ao apartamento dela para instalar contas rastreadoras em cada peça da bagagem. Depois que ela conseguiu um emprego e passou a ter uma vida pública, os computadores da Irmandade monitoravam constantemente suas chamadas telefônicas, e-mails e transações com cartões de crédito. O primeiro alerta veio depois que Maya enviou um e-mail para o seu supervisor pedindo uma licença para visitar "um parente doente". Quando ela comprou uma passagem de avião numa sexta-feira para Praga, Boone concluiu que a cidade era um lugar lógico para Thorn se esconder. Ele tinha três dias para viajar para a Europa e arquitetar um plano.

Naquela manhã, um dos empregados de Boone tinha lido o bilhete deixado no quarto de hotel de Maya pelo jovem russo que trabalhava para Thorn. Agora Boone conhecia a localização do apartamento de Thorn e seria apenas uma questão de minutos para estar cara a cara com o Arlequim.

Boone ouviu a voz de Loutka no fone do rádio.

– E agora? Fazemos o quê? –perguntou Loutka. – Vamos segui-la?

– Isso é função do Halver. Ele pode cuidar disso. Thorn é o alvo principal. Cuidaremos de Maya mais tarde, à noite.

Loutka e os três técnicos estavam na traseira de uma van de entregas estacionada perto da esquina. Loutka era tenente da polícia tcheca e supostamente devia cuidar das autoridades locais. Os técnicos estavam ali para executar suas tarefas específicas e ir para casa.

Com a ajuda de Loutka, Boone havia contratado dois matadores profissionais em Praga. Os mercenários estavam sentados no chão atrás dele, esperando ordens. O magiar era um homem grande que não sabia falar inglês. Seu amigo sérvio, ex-soldado, falava quatro línguas e parecia inteligente, mas Boone não confiava nele. Era o tipo de pessoa que poderia fugir se encontrasse resistência.

Fazia frio na sala e Boone usava uma parca impermeável e um gorro de lã. O cabelo com corte militar e os óculos com armação de aço davam a impressão de um homem disciplinado e em ótima forma física, como um engenheiro químico que corria maratonas nos fins de semana.

— Vamos — disse Loutka.
— Não.
— Maya está voltando para o hotel. Acho que Thorn não vai mais receber visitas esta noite.
— Você não conhece essa gente. Eu conheço. Eles fazem coisas imprevisíveis de propósito. Thorn pode resolver sair de casa. Maya pode resolver voltar. Vamos esperar cinco minutos para ver o que acontece.

Boone abaixou o binóculo e continuou a vigiar a rua. Nos últimos seis anos, tinha trabalhado para a Irmandade, um pequeno grupo de homens de países diferentes unidos por uma visão particular do futuro. A Irmandade — que era chamada de Tábula por seus inimigos — assumira o compromisso de destruir os Arlequins e os Peregrinos.

Boone era o elemento de ligação entre a Irmandade e seus mercenários. Ele achava fácil lidar com pessoas como o sérvio e o tenente Loutka. Um mercenário sempre quer dinheiro ou algum tipo de favor. Primeiro você negocia o preço, depois resolve se vai pagar.

Apesar de Boone receber um salário generoso da Irmandade, nunca se considerou um mercenário. Dois anos antes, ele tinha recebido permissão para ler uma coleção de livros chamada de "o Conhecimento" que lhe deu uma visão mais ampla dos objetivos e da filosofia da Irmandade. O Conhecimento mostrou para Boone que ele fazia parte de uma batalha histórica contra as forças do caos. A Irmandade e seus aliados estavam prestes a estabelecer uma sociedade perfeitamente controlada, mas esse novo sistema não sobreviveria se os Peregrinos pudessem sair do sistema e depois voltar para desafiar a visão aceita. Paz e prosperidade só seriam possíveis se as pessoas parassem de fazer perguntas e aceitassem as respostas inevitáveis.

Os Peregrinos trouxeram o caos para o mundo, mas Boone não os odiava. Um Peregrino nascia com o poder de passar para o outro lado. Não havia nada que pudessem fazer em relação à sua estranha herança. Os Arlequins eram diferentes. Apesar de haver famílias de Arlequins, cada homem ou mulher podia optar por proteger os Peregrinos, ou não. O comportamento deliberadamente aleatório deles contradizia as regras que governavam a vida de Boone.

Alguns anos atrás, Boone tinha viajado para Hong Kong para matar um Arlequim chamado Crow. Ao examinar o corpo do homem, Boone encontrou as armas e os passaportes falsos habituais, junto com um aparelho eletrônico chamado gerador de números aleatórios. Esse GNA era uma miniatura de computador que produzia um número matemático aleatório sempre que se apertava um botão. Às vezes os Arlequins usavam o GNA para tomar decisões. Um número ímpar podia significar sim, um número par, não. Aperte um botão e o GNA dirá por qual porta entrar.

Boone lembrou estar sentado num quarto de hotel, analisando o aparelho. Como é que uma pessoa podia viver daquele jeito? Para ele, qualquer um que usasse números aleatórios para orientar sua vida devia ser caçado e exterminado. Ordem e disciplina eram os valores que impediam a destruição da civilização ocidental. Bastava olhar para a periferia da sociedade para ver o que aconteceria, se as pessoas deixassem as decisões da vida à mercê de escolhas aleatórias.

Dois minutos tinham passado. Ele apertou um botão no relógio de pulso e o mecanismo marcou seus batimentos cardíacos e depois a temperatura do corpo. Aquela era uma situação estressante e Boone ficou satisfeito de ver que sua pulsação estava apenas seis pontos mais alta do que a média. Conhecia seus batimentos em descanso e quando fazia exercícios, assim como a percentagem de gordura do corpo, taxa de colesterol e consumo diário de calorias.

Ouviu o estalo de um palito de fósforo acendendo e depois sentiu o cheiro de fumaça de cigarro. Virou-se para trás e viu que o sérvio estava fumando.

– Apague isso.

– Por quê?
– Não gosto de respirar ar tóxico.
O sérvio deu um sorriso largo.
– Você não está respirando nada, meu amigo. O cigarro é meu.
Boone levantou-se e se afastou da janela. Com expressão impassível avaliou a oposição. Aquele homem era perigoso? Precisava de intimidação para garantir o sucesso da operação? Com que rapidez ele reagiria?
Boone enfiou a mão num dos bolsos da parte de cima da parca, apalpou a lâmina de barbear enrolada numa fita e segurou-a com firmeza entre o polegar e o indicador.
– Apague esse cigarro imediatamente.
– Quando eu acabar de fumar.
Boone atacou de cima para baixo e cortou fora a ponta do cigarro. Antes de o sérvio poder reagir, Boone agarrou o colarinho dele e ficou com a lâmina de barbear a um centímetro do olho direito do homem.
– Se eu cortasse seus olhos, meu rosto seria a última coisa que você ia ver. Ia pensar em mim o resto da vida, Josef. A imagem ficaria marcada a fogo no seu cérebro.
– Por favor – murmurou o sérvio. – Por favor, não faça isso...
Boone recuou e guardou a lâmina de novo no bolso. Olhou para o magiar. O homenzarrão parecia impressionado.
Boone voltou para o seu lugar perto da janela e a voz do tenente Loutka soou no fone do rádio.
– O que está acontecendo? Estamos esperando o quê?
– Não estamos mais esperando nada – disse Boone. – Diga para o Skip e o Jamie que está na hora de merecer os salários deles.
Skip e Jamie Todd eram irmãos, de Chicago, peritos em vigilância eletrônica. Ambos eram baixos e gorduchos e usavam macacões marrons idênticos. Boone ficou observando com seu binóculo noturno e viu os dois homens tirando uma escada de alumínio

da van, carregando pela calçada até a loja de lingerie. Pareciam eletricistas chamados para consertar algum problema de fiação.

Skip abriu a escada e Jamie subiu nela até a placa luminosa pendurada sobre a vitrine da loja de lingerie. Uma minicâmera controlada por rádio tinha sido posta na ponta da placa mais cedo aquele dia. Tinha feito secretamente um vídeo de Maya quando ela parou na calçada.

Uma câmera de vigilância estava escondida dentro da proteção de metal da porta do prédio de Thorn. Jamie subiu na escada mais uma vez, tirou a câmera e substituiu por um minigravador de DVD. Quando os irmãos terminaram, dobraram a escada e levaram de volta para a van. Por três minutos de trabalho, eles receberam dez mil dólares e uma noitada grátis num bordel na rua Korunni.

— Prepare-se — Boone disse para o tenente Loutka. — Vamos descer.

— E o Harkness?

— Diga para ele ficar dentro da van. Nós o traremos para cima quando for seguro.

Boone guardou o binóculo noturno no bolso e apontou para os mercenários.

— É hora de ir.

O sérvio deu a ordem para o magiar e os dois ficaram de pé.

— Tenham cuidado quando entrarem no apartamento — disse Boone. — Os Arlequins são muito perigosos. Quando atacados, reagem imediatamente.

O sérvio já tinha recuperado um pouco da sua segurança.

— Talvez sejam perigosos para você. Mas meu amigo e eu podemos cuidar de qualquer problema.

— Os Arlequins não são normais. Passam toda a infância aprendendo como matar os inimigos.

Os três desceram e encontraram Loutka. O tenente da polícia parecia pálido sob a luz da rua.

— E se não funcionar? — ele perguntou.

— Se está com medo, pode ficar na van com o Harkness, mas não vai receber por isso. — Boone tocou no braço do policial. — Não se preocupe. Quando organizo uma operação, tudo funciona.

Boone atravessou a rua com os homens até a porta do prédio de Thorn e sacou sua pistola automática com mira a laser. Tinha um controle de rádio na mão esquerda. Apertou o botão amarelo e o DVD começou a rodar uma imagem de Maya na calçada, meia hora antes. Olhou para a esquerda. Olhou para a direita. Todos prontos. Apertou o botão da porta e esperou. Lá em cima, o jovem russo — provavelmente não seria Thorn — foi até um monitor de circuito fechado de televisão, olhou para a tela e viu Maya. A tranca abriu com um clique. Estavam dentro do prédio.

Os quatro homens subiram a escada. No primeiro andar, Loutka pegou um gravador.

— Amostra de voz, por favor — disse a voz eletrônica.

Loutka ligou o gravador e tocou o áudio gravado mais cedo, dentro do táxi.

— Vá pro inferno — disse Maya. — Vá pro...

A tranca elétrica da porta fez um clique e Boone foi o primeiro a entrar. O russo tatuado ficou lá parado segurando um pano de prato, muito surpreso. Boone apontou a automática e disparou à queima-roupa. A bala nove milímetros atingiu o peito do russo como um punho gigante e ele foi arremessado para trás.

Querendo levar vantagem para o próximo assassinato, o magiar deu a volta correndo na meia-parede que dividia a sala. Boone ouviu o homenzarrão gritar. Correu para frente, seguido por Loutka e pelo sérvio. Entraram numa cozinha e viram que o magiar estava deitado de barriga para baixo no colo de Thorn, as pernas no chão, os ombros imprensados entre os braços da cadeira de rodas. Thorn tentava empurrar o corpo para longe para poder pegar sua espada.

— Segurem os braços dele — disse Boone. — Andem logo! Agora!

O PEREGRINO

O sérvio e Loutka agarraram os braços de Thorn e o imobilizaram. O sangue jorrou sobre a cadeira de rodas. Quando Boone tirou o magiar de cima dele, viu o cabo de uma faca de arremesso saindo da base da garganta do homem morto. Thorn o matou com a faca, mas o magiar caiu para frente, em cima da cadeira.

— Para trás. Tragam-no para cá — Boone disse para os dois. — Cuidado. Não sujem seus sapatos de sangue.

Ele pegou algumas tiras de plástico e amarrou os pulsos e as pernas de Thorn juntos. Quando terminou deu um passo para trás e examinou o Arlequim inválido. Thorn estava derrotado, mas parecia arrogante como sempre.

— É um prazer conhecê-lo, Thorn. Sou Nathan Boone. Errei por pouco quando atirei em você dois anos atrás no Paquistão. Escureceu muito rápido, não acha?

— Eu não falo com mercenários da Tábula — Thorn disse calmamente.

Boone tinha ouvido a voz do Arlequim nas gravações dos grampos telefônicos. Ao vivo era mais profunda, mais ameaçadora.

Boone olhou em volta.

— Gostei do seu apartamento, Thorn. Gostei mesmo. É despojado e simples. Cores sóbrias. Em vez de entupir o lugar com porcaria, você optou pelo estilo minimalista.

— Se quer me matar, mate agora. Não me faça perder meu tempo com essa conversa inútil.

Boone fez sinal para Loutka e o sérvio. Os dois arrastaram o corpo do magiar para a sala de estar.

— A longa guerra acabou. Os Peregrinos desapareceram e os Arlequins foram derrotados. Eu poderia matá-lo agora mesmo, mas preciso da sua ajuda para terminar meu trabalho.

— Não vou trair ninguém.

— Coopere e deixaremos Maya levar uma vida normal. Senão, ela terá uma morte bem desagradável. Meus mercenários passaram dois dias estuprando aquela Arlequim chinesa quando a capturamos no Paquistão. Gostaram da mulher ter lutado e reagido. Acho que as mulheres do lugar simplesmente se entregam numa situação dessas.

Thorn ficou em silêncio e Boone imaginou se estava avaliando a oferta. Será que amava a filha? Os Arlequins eram capazes de sentir essa emoção? Os músculos dos braços de Thorn se retesaram quando ele tentou rasgar as tiras que o prendiam. Desistiu e curvou-se novamente na cadeira de rodas.

— Mate-me — sussurrou Thorn. — Faça isso agora.

Boone ligou seu fone de ouvido e falou ao microfone.

— Sr. Harkness, venha aqui para cima, por favor, e traga seu equipamento. A área está segura.

O sérvio e Loutka arrancaram Thorn da cadeira de rodas, levaram-no para o quarto e o largaram no chão. Harkness apareceu alguns minutos depois, carregando com dificuldade a caixa pesada. Ele era um inglês idoso que raramente falava, mas Boone achava difícil sentar-se ao seu lado num restaurante. Havia alguma coisa nos dentes amarelos e na pele esbranquiçada do homem que sugeria morte e podridão.

— Eu sei qual é o sonho dos Arlequins. Uma Morte Digna. Não é essa a expressão que usam? Posso providenciar isso para você, uma morte nobre, que dê alguma dignidade à sua vida. Mas você terá de me dar algo em troca. Diga como encontrar seus dois amigos, Linden e Madre Blessing. Se recusar, há uma alternativa mais humilhante...

Harkness pôs a caixa na frente da porta do quarto. Tinha orifícios para entrada de ar em cima, cobertos por um aramado forte. Garras arranhavam a base de metal da caixa e Boone ouviu um som áspero de respiração.

Boone tirou a lâmina de barbear do bolso.

— Enquanto vocês Arlequins estavam enclausurados em seus sonhos medievais, a Irmandade obteve uma nova fonte de conhecimento. Eles superaram as dificuldades da engenharia genética.

Boone cortou a pele logo abaixo dos olhos do Arlequim. A criatura dentro da caixa podia farejar o sangue de Thorn. Emitiu um som estranho, que parecia uma risada, depois bateu na lateral e enfiou as garras no aramado de cima.

– Este animal foi criado geneticamente para ser agressivo e destemido. Obedece ao impulso de atacar sem pensar na própria sobrevivência. Essa não será uma Morte Digna. Você será devorado como um pedaço de carne.

O tenente Loutka saiu do corredor e voltou para a sala de estar. O sérvio parecia curioso e assustado. Ficou alguns metros atrás de Harkness, na porta do quarto.

– Última chance. Dê-me um fato. Reconheça a nossa vitória.

Thorn rolou e adotou outra posição, olhando fixo para a caixa. Boone percebeu que o Arlequim ia lutar quando a criatura atacasse, ia tentar esmagá-la com o corpo.

– Pense como quiser – ele disse devagar. – Mas essa é uma Morte Digna.

Boone voltou para a porta e sacou a arma. Teria de matar o animal antes que ele acabasse com Thorn. O som de risada silenciou e a criatura ficou quieta como um caçador, aguardando. Boone meneou a cabeça para Harkness. O velho subiu na caixa e puxou lentamente o painel da frente para cima.

3

Maya chegou à ponte Charles e percebeu que estava sendo seguida. Thorn tinha dito uma vez que os olhos projetam energia. Se você fosse bastante sensível, podia sentir as ondas vindo na sua direção. Quando Maya era pequena, em Londres, seu pai contratava de vez em quando alguns ladrões de rua para segui-la da escola até em casa. Maya tinha de descobri-los e atingi-los com as bilhas de aço que levava na mochila.

Escureceu mais ainda depois que ela atravessou a ponte e virou à direita, na rua Saská. Resolveu ir para a igreja de Nossa Senhora da Corrente; lá havia um pátio sem iluminação com três rotas de fuga diferentes. Apenas continue andando, pensou. Não olhe para trás. A rua Saská era estreita e tortuosa. A luz dos raros postes era amarelo-escura. Maya passou por um beco, recuou e se escondeu no escuro. Abaixou-se atrás de uma caçamba de lixo e esperou.

Passaram dez segundos. Vinte segundos. Então o anãozinho do táxi que a levara para o hotel apareceu na calçada. Hesitar nunca. Reagir sempre. Quando o homem passou pela entrada do beco, Maya pegou o estilete e surpreendeu-o por trás, segurou seu ombro com a mão esquerda e apertou a ponta da faca na nuca.

— Não se mova. Não tente fugir. — A voz dela era suave, quase sedutora. — Vamos chegar para a direita agora e não quero barulho.

Ela fez o motorista do táxi virar, arrastou-o para o escuro e o empurrou contra a caçamba de lixo. Agora a lâmina apontava para o pomo-de-adão dele.

O PEREGRINO

— Conte-me tudo. Nada de mentiras. E talvez não o mate. Está entendendo?

Apavorado, o anão meneou a cabeça de leve.

— Quem o contratou?

— Um americano.

— O nome dele?

— Eu não sei. Era um amigo do tenente Loutka, da polícia.

— E quais foram as suas instruções?

— Segui-la. Só isso. Pegá-la no táxi e segui-la esta noite.

— Alguém está esperando no hotel?

— Eu não sei. Juro que é verdade — ele começou a choramingar. — Por favor, não me machuque. Misericórdia...

Thorn teria esfaqueado o homem na mesma hora, mas Maya resolveu que não ia ceder àquela loucura. Se matasse aquele homenzinho idiota, destruiria a própria vida.

— Eu vou seguir pela rua e você vai para o outro lado, de volta para a ponte. Está entendendo?

O anão balançou a cabeça rapidamente.

— Sim, sim — sussurrou ele.

— Se vir você de novo, eu o mato.

Maya voltou para a calçada e foi na direção da igreja, então se lembrou do pai. Será que o anão a tinha seguido até o apartamento de Thorn? Quanto eles sabiam?

Correu de volta para o beco e ouviu a voz do anão. Agarrado a um telefone celular, ele tagarelava para o patrão. Maya saiu da sombra, ele deu um grito sufocado de susto e deixou o celular cair nas pedras do calçamento. Maya agarrou-o pelo cabelo, suspendeu e enfiou a ponta do estilete na orelha esquerda dele. Apavorado, o homem ficou imóvel.

Aquele era o momento em que a lâmina podia parar. Maya tinha consciência da escolha que estava fazendo e da passagem sombria que se abria diante dela. Não faça isso, pensou. Você ainda tem uma chance. Mas o orgulho e a raiva a impeliram.

— Preste atenção — disse ela. — Essa é a última coisa que você vai saber. Foi morto por um Arlequim.

Ele lutou contra ela, tentando se desvencilhar, mas Maya enfiou a faca no canal auditivo dele, até o cérebro.

Maya soltou o motorista de táxi, que caiu na frente dela. O sangue encheu a boca do homem e escorreu pelo nariz. Os olhos estavam abertos e pareciam surpresos, como se alguém acabasse de lhe dar uma má notícia.

Ela limpou o estilete e o escondeu embaixo do suéter. Manteve-se nos cantos mais escuros, arrastou o homem até o fim do beco e o cobriu com sacos de lixo tirados da caçamba. Na manhã seguinte, alguém encontraria o corpo e chamaria a polícia. Assim teria a noite inteira para descobrir se seu pai corria perigo.

Não corra, Maya pensou. Não demonstre que está com medo. Ela se concentrou no próprio corpo e procurou relaxar enquanto atravessava novamente o rio. Chegou à rua Konviktská, subiu por uma escada de incêndio até o telhado da loja de lingerie e saltou o vão de um metro e meio de largura para o prédio de Thorn. Não havia clarabóia. Nenhum alçapão ou porta de emergência. Teria de encontrar outra entrada.

Maya pulou de volta para o telhado da loja e percorreu os prédios do quarteirão até encontrar uma corda de varal esticada entre dois postes de metal. Cortou a corda com a faca, voltou para o prédio do pai e amarrou a corda numa chaminé de ventilação. Estava escuro, exceto pela luz do único poste na rua e da lua nova que parecia uma linha fina e amarela rasgando o céu.

Experimentou a corda para ter certeza de que agüentaria. Com todo o cuidado, passou por cima da mureta baixa que cercava o telhado e desceu mão a mão até a janela do segundo andar. Espiou pelo vidro e viu que o apartamento estava cheio de uma fumaça cinza-esbranquiçada. Maya deu impulso para longe do edifício e bateu com os pés no vidro. A fumaça saiu pelo buraco e foi absorvida pela noite. Ela chutou de novo e mais uma vez, deslocando as bordas pontiagudas de vidro ainda presas à moldura da janela.

O PEREGRINO

Fumaça demais, Maya pensou. Cuidado, senão será apanhada. Ela deu o máximo de impulso para fora que podia e se lançou através do buraco. A fumaça subiu para o teto e saiu pela janela quebrada. Havia alguns metros de visibilidade acima do chão. Maya ficou de quatro. Engatinhou até o outro lado da sala de estar e encontrou o russo morto, caído ao lado da mesa de centro. Com um tiro. No peito. Uma poça de sangue rodeava a parte de cima do corpo dele.

– Pai!

Maya se levantou, passou meio cambaleante pela meia-parede e viu uma pilha de livros e almofadas queimando no meio da mesa da sala de jantar. Perto da cozinha tropeçou em outro corpo. Um homem grande, com uma faca enfiada na garganta.

Será que tinham capturado seu pai? Será que ele era prisioneiro da Tábula? Deu a volta no homenzarrão e foi pelo corredor até o cômodo vizinho. Uma cama e dois abajures pegavam fogo. As paredes brancas estavam todas manchadas de digitais ensangüentadas.

Havia um homem deitado de lado perto da cama. Estava de costas para ela, mas reconheceu as roupas do pai e o cabelo comprido. A fumaça rodopiou em volta dela quando se abaixou e foi engatinhando para perto dele, como uma criança. Maya tossia. Chorava.

– Pai! – não parava de gritar. – Pai!

E então viu o rosto dele.

4

Gabriel Corrigan e seu irmão mais velho, Michael, tinham crescido na estrada e se consideravam especialistas em paradas de caminhão, cabanas para turistas e museus à beira da estrada que exibiam ossos de dinossauros. No longo tempo que passavam viajando, a mãe deles se sentava entre os dois no banco de trás, lendo livros ou contando histórias. Uma das histórias favoritas dos irmãos era sobre Eduardo V e o irmão dele, o duque de York, os dois jovens príncipes trancafiados na Torre de Londres por Ricardo III. De acordo com a sua mãe, os príncipes iam ser asfixiados por um dos capangas de Ricardo, mas encontraram uma passagem secreta e atravessaram um fosso a nado, para a liberdade. Disfarçados com trapos e com o auxílio de Merlin e de Robin Hood, os irmãos viveram aventuras na Inglaterra do século XV.

Quando eram pequenos os irmãos Corrigan fingiam ser os príncipes perdidos nos parques públicos e pontos de parada na estrada. Mas, agora que eram adultos, Michael via a brincadeira com outros olhos.

– Eu pesquisei nos livros de história – disse ele. – Ricardo III acabou conseguindo. Os dois príncipes foram assassinados.

– Que diferença isso faz? – perguntou Gabriel.

– Ela mentiu, Gabe. Foi só mais uma invenção. Mamãe nos contou todas aquelas histórias quando éramos pequenos, mas nunca nos contou a verdade.

O PEREGRINO

Com seus pára-quedas, capacete de salto e mochila com as roupas penduradas nas costas, Gabriel Corrigan saiu de Los Angeles antes do amanhecer e foi para sudeste em sua motocicleta, para a cidade de Hemet. Ao entrar na auto-estrada, o sol surgiu do chão como uma bolha brilhante, cor de laranja. Livrou-se da gravidade e flutuou no céu.

O aeroporto de Hemet consistia numa pista de asfalto com mato crescendo nas rachaduras, uma área para estacionar os aviões e uma coleção de trailers e construções improvisadas caindo aos pedaços. O escritório da HALO ficava num trailer duas vezes a largura dos outros, perto da extremidade sul da pista. Gabriel deixou a motocicleta próxima da entrada e soltou as cordas que prendiam seu equipamento.

Saltos de grandes altitudes eram caros e Gabriel havia dito para Nick Clark, o instrutor da HALO, que ia se limitar a um salto por mês. Só doze dias tinham passado e lá estava ele de novo. Quando ele entrou no trailer, Nick deu um sorriso largo como um anotador de apostas ou um traficante de drogas saudando um dos seus clientes habituais.

– Não conseguiu resistir?

– Ganhei um dinheiro a mais – disse Gabriel. – Não sabia em que gastar.

Gabriel deu para Nick um maço de notas e foi para o banheiro masculino vestir a roupa térmica e o macacão. Quando saiu do banheiro, um grupo de cinco homens coreanos tinha chegado. Usavam uniformes iguais, em verde e branco, carregavam um equipamento caro e tinham cartões laminados com frases úteis em inglês. Nick anunciou que Gabriel ia saltar com eles e os coreanos se aproximaram para apertar a mão do americano e tirar uma foto dele.

– Quantos saltos HALO você deu? – perguntou um dos homens.

– Não mantenho registro – disse Gabriel.

Essa resposta foi traduzida e todos pareceram surpresos.

– Manter registro – disse o mais velho para Gabriel. – Então você sabe o número.

Nick disse para os coreanos se prepararem e o grupo começou a citar um detalhado checklist.

– Esses caras vão saltar em cada um dos sete continentes – sussurrou Nick. – Aposto que custa rios de dinheiro. Eles vão usar trajes espaciais especiais para saltar na Antártica.

Gabriel gostou dos coreanos, eles levavam o pára-quedismo a sério, mas preferia ficar sozinho quando verificava seu equipamento. A preparação toda era um prazer, quase uma forma de meditação. Vestiu um colete de vôo sobre a roupa, examinou suas luvas térmicas, capacete e óculos flexíveis, depois inspecionou o pára-quedas principal e o de reserva, as correias e o puxador. Todos esses objetos pareciam bem comuns no chão, mas iam se transformar quando pulasse no céu.

Os coreanos tiraram mais algumas fotografias e todos se espremeram dentro do avião. Os homens se sentaram lado a lado, dois por fila, e prenderam as mangueiras de oxigênio no console da aeronave. Nick falou com o piloto e o avião decolou, iniciando sua lenta subida até nove mil metros. Era difícil falar com as máscaras de oxigênio e Gabriel ficou aliviado com o fim da conversa. Fechou os olhos e se concentrou na respiração, enquanto o oxigênio sibilava baixinho na máscara.

Detestava a gravidade e as exigências do seu organismo. O movimento dos pulmões e as batidas do coração pareciam as reações mecânicas de uma máquina irracional. Uma vez, tentou explicar isso para Michael, mas parecia que falavam línguas diferentes.

– Ninguém pediu para nascer, mas estamos aqui assim mesmo – disse Michael. – Só temos de responder a uma pergunta: estamos no pé da montanha ou no topo?

– Talvez a montanha não seja importante.

Michael achou graça.

O PEREGRINO

— Nós dois vamos estar no topo — disse ele. — É para lá que estou indo e vou levar você comigo.

Acima de seis mil metros, cristais de gelo começaram a aparecer dentro do avião. Gabriel abriu os olhos quando Nick passou pelo estreito corredor central para a cauda do avião e abriu a porta alguns centímetros. Um vento gelado invadiu a cabine e Gabriel começou a ficar animado. Era isso. O momento de liberdade.

Nick olhou para baixo, à procura da área de aterrissagem, enquanto conversava com o piloto pelo intercomunicador. Finalmente fez sinal para todos se prepararem e os homens puseram seus óculos e apertaram as correias. Passaram dois ou três minutos. Nick acenou de novo e pôs o dedo na máscara. Havia uma pequena garrafa de oxigênio presa à perna esquerda de todos os pára-quedistas. Gabriel puxou o regulador da garrafa dele e sua máscara inchou um pouco. Depois de se desprender do console de oxigênio do avião, ele estava pronto para saltar.

Estavam na mesma altitude do monte Everest e fazia muito frio. Talvez os coreanos quisessem dar uma parada na porta e dar um salto acrobático, mas Nick queria que eles pulassem antes de o oxigênio das garrafas deles acabar. Um por um, os coreanos se levantaram, foram para a porta arrastando os pés e caíram no céu. Gabriel tinha se sentado na poltrona mais perto do piloto, para poder ser o último a saltar. Ele se movia devagar e fingia ajustar a corda do pára-quedas, para ficar completamente sozinho na queda. Quando chegou à porta, ainda atrasou mais alguns segundos sinalizando para Nick com o polegar para cima e então se jogou do avião e começou a cair.

Gabriel mudou o lado do peso do corpo e se virou de costas para não ver nada além do espaço em cima dele. O céu era azul-escuro, mais escuro do que qualquer coisa que se podia ver lá do solo. Um azul-noite com um ponto distante de luz. Vênus. Deusa do amor. Uma área exposta do maxilar dele começou a arder, mas Gabriel ignorou a dor e se concentrou no céu, na pureza absoluta do mundo que o cercava.

Na terra, dois minutos eram um intervalo para um comercial num programa de televisão, um avanço lento de seiscentos metros numa avenida engarrafada, um fragmento de uma canção de amor. Mas, caindo no ar, cada segundo se ampliava como uma pequena esponja jogada na água. Gabriel passou por uma camada de ar quente, depois o frio voltou. Sua cabeça estava cheia de pensamentos, mas ele não pensava. Todas as dúvidas e compromissos da sua vida na terra tinham desaparecido.

O altímetro no pulso começou a soar bem alto. Ele mais uma vez mudou o peso do corpo e se virou para baixo. Viu a paisagem marrom e monótona do sul da Califórnia e uma linha de montanhas ao longe. À medida que se aproximava da terra, podia ver os carros, as casas espalhadas e a névoa amarelada da poluição do ar pairando sobre a auto-estrada. Gabriel queria continuar caindo para sempre, mas uma vozinha dentro do seu cérebro ordenou que puxasse o cabo.

Olhou para o céu lá no alto, procurando gravar exatamente como era, e então o pára-quedas se abriu sobre ele.

Gabriel morava numa casa na zona oeste de Los Angeles que ficava a cinco metros da rodovia San Diego. À noite, um rio branco de faróis fluía para o norte através do passo Sepulveda e outro rio paralelo de luzes vermelhas de freio ia para o sul, para as cidades litorâneas e para o México. Assim que o proprietário da casa de Gabriel, o sr. Varosian, descobriu dezessete adultos e cinco crianças morando nela, tratou de deportá-los todos de volta para El Salvador, depois pôs um anúncio para "um morador apenas, sem exceção". Ele achava que Gabriel devia estar metido em algum negócio ilegal, algum inferninho noturno ou a venda de peças de carros roubados. O sr. Varosian não se importava com as peças de carros desmontados, mas impunha certas regras.

– Nada de armas. Nada de fabricar drogas. Nada de gatos.

O PEREGRINO

Gabriel podia ouvir o som constante dos carros, caminhões e ônibus que iam para o sul. Toda manhã ele ia até a cerca de arame dos fundos do terreno para ver o que a auto-estrada deixara em suas margens. As pessoas sempre jogavam coisas pela janela dos carros: embalagens de lanchonete, jornais, uma boneca Barbie de plástico de cabelo eriçado, diversos telefones celulares, uma fatia de queijo de cabra mordida, camisinhas usadas, ferramentas de jardinagem e uma urna de plástico de algum crematório, cheia de cinzas e dentes carbonizados.

A garagem que ficava separada da casa estava toda pichada e o gramado da frente cheio de mato, mas Gabriel nunca mexia no exterior da propriedade. Era um disfarce, como os trapos que os príncipes perdidos usaram. No verão anterior, ele comprou um adesivo de pára-choque de um grupo religioso numa feira de escambo que dizia "Estaríamos Amaldiçoados por Toda a Eternidade se não Fosse o Sangue do Nosso Salvador". Gabriel cortou o adesivo e deixou apenas "Amaldiçoados por Toda a Eternidade" e grudou na porta da frente. E quando os corretores de imóveis e vendedores ambulantes passaram a evitar a casa, ele considerou uma pequena vitória pessoal.

Por dentro, a casa era limpa e agradável. Toda manhã, quando o sol chegava a um certo ângulo, os cômodos se enchiam de luz. Sua mãe dizia que as plantas purificavam o ar e estimulavam pensamentos positivos, por isso Gabriel tinha mais de trinta plantas dentro da casa, pendendo do teto ou em vasos no chão. Ele dormia num futon em um dos quartos e guardava todas as suas coisas em alguns sacos de lona. Seu capacete e armadura de kendo ficavam numa moldura especial perto da mesa com a espada de bambu *shinai* e a antiga espada japonesa que o pai deixara para ele. Se acordasse no meio da noite e abrisse os olhos, parecia que um guerreiro samurai estava ali para protegê-lo enquanto dormia.

O segundo quarto estava vazio, a não ser por algumas centenas de livros em pilhas encostadas na parede. Em vez de obter um cartão da biblioteca e procurar um livro específico, Gabriel lia qualquer livro que caísse em suas mãos. Muitos clientes davam livros para ele quando terminavam de ler e ele pegava livros abandonados em salas de espera ou na beira da estrada. Havia muitas brochuras com capas de mau gosto, relatórios técnicos sobre ligas metálicas e três romances de Dickens manchados de água.

Gabriel não pertencia a nenhum clube ou partido político. Acreditava mesmo que devia continuar a viver longe da Grade. No dicionário, uma grade era definida como linhas horizontais e verticais eqüidistantes umas das outras, que podiam ser usadas para localizar algum objeto ou ponto específico. Se olhássemos para a civilização moderna de certa forma, parecia que todos os empreendimentos comerciais ou programas do governo faziam parte de uma grade gigantesca. As diferentes linhas e quadrados podiam localizar e determinar a sua localização; eles podiam descobrir quase tudo sobre você.

A grade era composta de linhas retas num plano, mas ainda era possível ter uma vida secreta. Você podia arranjar um emprego na economia informal ou mover-se com tanta rapidez que as linhas jamais pudessem determinar sua localização exata. Gabriel não tinha conta em banco nem cartão de crédito. Usava seu primeiro nome verdadeiro, mas tinha um sobrenome falso na carteira de motorista. Apesar de ter dois telefones celulares, um para as ligações pessoais, o outro para o trabalho, ambos estavam em nome da corretora de imóveis do irmão dele.

A única ligação que Gabriel tinha com a Grade ficava numa mesa na sala de estar. Um ano antes, Michael dera para ele um computador e pôs uma conexão com uma linha DSL. Na internet, Gabriel podia baixar *trance Musik* da Alemanha, sons hipnóticos produzidos por DJs filiados a um grupo misterioso chamado Die Neunen Primitiven. A música servia para ajudá-lo a dormir quando voltava para casa à noite. Fechava os olhos e ouvia uma jovem cantando: *Comedores de lótus perdidos na Nova Babilônia. Peregrino solitário, encontre o caminho de casa.*

O PEREGRINO

Refém do sonho, ele despencou na escuridão, passou por nuvens e neve e chuva. Bateu no telhado de uma casa, passou pelas ripas de cedro, o revestimento de piche e a armação de madeira. E agora era criança de novo, parado no corredor do segundo andar da casa de fazenda na Dakota do Sul. E a casa pegava fogo, a cama dos pais, o armário e a cadeira de balanço no quarto deles fumegavam, brilhavam e explodiam em chamas. Saia, ele pensava. Encontre Michael. Vão se esconder na adega subterrânea. Mas a criança que tinha sido, caminhando pelo corredor, parecia não ouvir o aviso do adulto. Alguma coisa explodiu atrás de uma parede e ele ouviu um barulho surdo de algo caindo. Então o fogo rugiu escada acima, rodopiando em volta do corrimão e da balaustrada. O fogo invadiu o corredor numa onda de calor e dor.

O celular perto do colchão começou a tocar. Gabriel levantou a cabeça do travesseiro. Eram seis horas da manhã e a luz do sol se infiltrava por uma fresta nas cortinas. Nenhum incêndio, pensou. Mais um dia.

Atendeu ao aparelho e ouviu a voz do irmão. Michael parecia preocupado, mas isso era normal. Desde criança, Michael se sentia responsável por ele, como irmão mais velho. Assim que ouviu no rádio sobre um acidente de moto, ligou para o celular de Gabriel, para saber se ele estava bem.

– Onde você está? – perguntou Michael.

– Em casa. Na cama.

– Liguei para você cinco vezes ontem. Por que não telefonou de volta?

– Era domingo. Não estava com vontade de conversar com ninguém. Deixei os celulares aqui e fui até o Hemet para saltar.

– Faça o que quiser, Gabe, mas avise para onde vai. Eu fico preocupado quando não sei onde você está.

– Está bem. Vou procurar me lembrar disso – Gabriel rolou de lado e viu suas botas de motoqueiro com biqueiras de aço jogadas no chão. – Como foi seu fim de semana?

— O de sempre. Paguei algumas contas e joguei golfe com dois empreiteiros. Você esteve com a mãe?
— Estive. Passei no asilo no sábado.
— Está tudo bem nesse novo lugar?
— Ela tem conforto.
— Tem de ser mais do que conforto.

Dois anos antes, a mãe deles tinha ido para o hospital para fazer uma cirurgia simples de bexiga e os médicos descobriram um tumor maligno na parede abdominal. Apesar da quimioterapia, o câncer havia se espalhado pelo corpo todo. Agora ela morava numa casa de repouso em Tarzana, subúrbio a sudoeste do vale de San Fernando.

Os irmãos Corrigan dividiram as responsabilidades do tratamento da mãe. Gabriel a visitava quase todos os dias e cuidava do seu conforto. O irmão mais velho passava lá uma vez por semana, mas pagava todas as contas. Michael sempre desconfiou dos médicos e das enfermeiras. Assim que percebia alguma falha, transferia a mãe para outra instituição.

— Ela não quer sair daquele lugar, Michael.
— Ninguém está falando de ela sair de lá. Eu só quero que os médicos façam o trabalho deles.
— Os médicos não são mais importantes agora que ela parou de fazer quimioterapia. São as enfermeiras e assistentes que cuidam dela.
— Se houver qualquer problema, por menor que seja, avise-me imediatamente. E cuide-se você também. Vai trabalhar hoje?
— Vou. Acho que vou.
— Aquele incêndio em Malibu está piorando e agora tem um foco novo no leste, perto do lago Arrowhead. Todos os piromaníacos estão soltos por aí, com suas caixas de fósforo. Deve ser o tempo.
— Eu sonhei com fogo — disse Gabriel. — Estávamos na nossa velha casa na Dakota do Sul. Estava tudo queimando e eu não conseguia sair.

O PEREGRINO

– Você precisa parar de pensar nisso, Gabe. É perda de tempo.
– Você não quer saber quem nos atacou?
– Mamãe já nos deu dúzias de explicações. Escolha uma delas e siga sua vida. – Um segundo telefone tocou no apartamento de Michael. – Deixe o celular ligado – disse ele. – Vamos nos falar à tarde.

Gabriel tomou uma ducha, pôs um short de corrida e uma camiseta e foi até a cozinha. Bateu leite com iogurte e duas bananas no liquidificador. Enquanto bebia a vitamina, regou todas as plantas penduradas, depois voltou para o quarto e começou a se vestir. Quando Gabriel estava nu, dava para ver as cicatrizes do seu último acidente de moto. Linhas brancas na perna e no braço esquerdos. O cabelo castanho encaracolado e a pele lisa lhe davam uma aparência juvenil, mas isso mudava quando vestia a calça jeans, uma camiseta de manga comprida e as botas pesadas de motociclista. As botas estavam gastas e arranhadas pelo modo agressivo com que ele se inclinava nas curvas. Seu casaco de couro também estava bem arranhado e com manchas escuras de óleo nos punhos e nas mangas. Os dois telefones celulares de Gabriel estavam ligados a um fone de ouvido com microfone embutido. As ligações de trabalho entravam no ouvido esquerdo. Os telefonemas pessoais no direito. Rodando de moto, ele podia ativar um fone ou outro apertando com a mão um bolso externo.

Com um dos capacetes na mão, Gabriel foi para o quintal nos fundos da casa. Era outubro no sul da Califórnia e o vento quente de Santa Ana soprava dos cânions do norte. O céu em cima dele estava limpo, mas quando Gabriel olhou para o noroeste viu uma nuvem de fumaça cinza escura, do incêndio de Malibu. Havia uma sensação claustrofóbica de aflição no ar, como se a cidade inteira tivesse sido trancada numa sala sem janelas.

Gabriel abriu a porta da garagem e examinou suas três motocicletas. Quando tinha de estacionar num bairro desconhecido, em geral usava a Yamaha RD400. Era sua moto menor, amassada e temperamental. Só o ladrão de moto mais louco pensaria em roubar aquele lixo. Ele também tinha uma Guzzi V11, poderosa motocicleta italiana com eixo, motor e máquina muito potente. Era sua moto de fim de semana, que ele usava para longas viagens através do deserto. Naquela manhã, resolveu usar sua Honda 600, uma moto esporte leve que chegava facilmente a cento e sessenta quilômetros por hora. Gabriel suspendeu a roda traseira, espalhou lubrificante na corrente com uma lata aerossol e deixou os solventes entranharem nos pinos e rolamentos. A Honda tinha problemas na corrente do motor, por isso ele pegou uma chave de fenda e uma inglesa ajustável na bancada de ferramentas e guardou na bolsa de mensageiro.

Relaxou no minuto em que montou na motocicleta e deu partida no motor. A moto sempre dava a impressão de que podia deixar a casa e a cidade para sempre, apenas rodar e rodar até desaparecer na bruma escura do horizonte.

Sem destino certo, Gabriel entrou na Santa Monica Boulevard e foi para oeste, na direção da praia. A hora do rush matinal estava começando. Mulheres bebendo de suas canecas de viagem de aço inoxidável dirigiam seus Land Rovers para o trabalho, enquanto guardas de escolas com coletes de segurança aguardavam nos cruzamentos. Num sinal vermelho, Gabriel pôs a mão no bolso e ligou seu celular de trabalho.

Ele trabalhava para dois serviços de entrega: Sir Speedy e seu concorrente, Blue Sky Messengers. Sir Speedy era de Artie Dressler, um ex-advogado de 170 quilos que raramente saía de sua casa no bairro de Silver Lake. Artie era assinante de vários sites pornográficos e atendia aos telefonemas, enquanto admirava colegiais nuas pintando as unhas dos pés. Ele odiava o concorrente, Blue Sky Messengers, e sua dona, Laura Thompson. Laura já havia trabalhado como editora de filmes e agora morava numa casa em

O PEREGRINO

Topanga Canyon. Acreditava em cólon limpo e em alimentos cor de laranja.

O telefone tocou assim que o sinal ficou verde e Gabriel ouviu o sotaque estridente de Nova Jersey de Artie no fone de ouvido.

— Gabe! Sou eu! Por que você desligou seu celular?

— Desculpe. Esqueci.

— Estou assistindo a um vídeo ao vivo no meu computador. Duas meninas no chuveiro. Começou bem, mas agora o vapor está embaçando as lentes.

— Parece interessante.

— Tenho uma encomenda para você pegar em Santa Monica Canyon.

— É perto do incêndio?

— Não. A quilômetros de distância. Não tem problema. Mas tem um incêndio novo no vale Simi. Esse está completamente fora de controle.

O guidom da motocicleta era curto e os pedais e assento inclinados, de modo que ele tinha de ficar o tempo todo debruçado para a frente. Gabriel sentia a vibração do motor e ouvia as marchas mudando. Quando em alta velocidade, a máquina virava parte dele, uma extensão do seu corpo. Às vezes as extremidades do guidom ficavam a poucos centímetros dos carros quando ele seguia pela linha pontilhada que separava as pistas. Ele olhava para a rua mais adiante, via sinais, pedestres, caminhões fazendo curvas devagar e sabia no mesmo instante se devia parar ou acelerar ou desviar dos obstáculos.

Santa Monica Canyon era um enclave de mansões construídas perto de uma estrada de duas pistas que dava na praia. Gabriel pegou um envelope pardo deixado na porta de uma delas e levou para uma financeira em West Hollywood. Quando chegou ao endereço, tirou o capacete e entrou no escritório. Detestava aquela parte do trabalho. Na motocicleta, tinha liberdade para ir para qualquer lugar. Parado na frente da recepcionista, sentia seu corpo lento, sob o peso da jaqueta e das botas.

De novo na moto. Deu partida no motor. De novo em movimento.

— Querido Gabriel, está me ouvindo? — Era a voz calma de Laura, soando no fone de ouvido. — Espero que tenha tomado um bom café da manhã hoje. Carboidratos complexos estabilizam a taxa de açúcar no sangue.

— Não se preocupe. Comi alguma coisa.

— Ótimo. Você tem de pegar uma encomenda em Century City.

Gabriel conhecia aquele endereço muito bem. Tinha namorado algumas recepcionistas e secretárias que conhecia entregando encomendas, mas só fizera uma boa amiga, a advogada criminalista Maggie Resnick. Havia cerca de um ano, ele apareceu no escritório dela para fazer uma entrega e ficou esperando enquanto as secretárias procuravam um documento legal perdido. Maggie perguntou sobre o trabalho dele e acabaram conversando uma hora inteira, muito tempo depois de terem encontrado o documento. Ele se ofereceu para levá-la para passear na moto e ficou surpreso quando ela aceitou.

Maggie tinha sessenta e poucos anos, era uma mulher pequena e ativa que gostava de usar vestidos vermelhos e sapatos muito caros. Artie Dressler dizia que ela defendia astros de cinema e outras celebridades que se metiam em encrencas, mas raramente falava dos seus casos. Ela tratava Gabriel como seu sobrinho preferido, um pouco irresponsável. Você devia fazer faculdade, ela dizia. Abrir uma conta num banco. Comprar imóveis. Gabriel nunca seguia nenhum desses conselhos, mas gostava porque Maggie se preocupava com ele.

Quando chegou ao vigésimo segundo andar, a recepcionista disse para ele seguir pelo corredor até a sala de Maggie. Ele entrou e encontrou a advogada fumando um cigarro e falando ao telefone.

— Claro que você pode falar com o promotor público, mas não tem acordo. E não tem acordo porque ele não tem um caso.

O PEREGRINO

Converse com ele e depois ligue para mim. Vou almoçar mas podem me encontrar pelo celular. — Maggie desligou o telefone e bateu a cinza do cigarro. — Filhos da mãe. São todos uns mentirosos filhos da mãe.

— Tem uma encomenda para mim?

— Nenhuma encomenda. Só queria vê-lo. Pagarei uma entrega para a Laura.

Gabriel reclinou no sofá e abriu o zíper da jaqueta. Havia uma garrafa de água mineral em cima da mesa de centro e ele serviu-se de um copo.

Maggie inclinou o corpo para a frente e parecia tensa.

— Se você é traficante de drogas, Gabriel, vou matá-lo pessoalmente.

— Não sou traficante.

— Você me falou do seu irmão. Não devia se envolver nos golpes dele para ganhar dinheiro.

— Ele está comprando imóveis, Maggie. Só isso. Prédios de escritórios.

— Espero que sim, querido. Corto a língua dele, se ele arrastar você para algo ilegal.

— O que está havendo?

— Eu trabalho com um ex-policial que virou consultor de segurança. Ele me ajuda quando algum maluco persegue um dos meus clientes. Ontem estávamos conversando ao telefone e, de repente, esse homem disse: "Você não conhece um mensageiro de moto chamado Gabriel? Eu o conheci na sua festa de aniversário." E é claro que eu disse que conheço. E então ele disse: "Uns amigos meus vieram me perguntar sobre ele. Onde trabalha. Onde mora."

— Quem são essas pessoas?

— Ele não quis dizer — disse Maggie. — Mas você deve ficar de olho, querido. Alguém poderoso está interessado em você. Esteve envolvido num acidente de carro?

— Não.

— Algum tipo de processo na justiça?

— É claro que não.
— E as suas namoradas? — Ela olhou fixa e intensamente para ele. — Alguma muito rica? Alguma que tenha marido?
— Eu saí com aquela garota que conheci na sua festa. Andrea...
— Andrea Scofield? O pai dela é dono de quatro vinícolas no Vale Napa. — Maggie deu uma risada. — É isso. Dan Scofield está se certificando de que você é boa pessoa.
— Nós só passeamos de moto algumas vezes.
— Não se preocupe, Gabriel. Vou conversar com o Dan e dizer para ele não ser tão superprotetor. Agora se manda daqui. Preciso me preparar para uma acusação.

Caminhando na garagem subterrânea, Gabriel estava com medo e desconfiado. Será que alguém o vigiava naquele momento? Os dois homens na caminhonete? A mulher com a pasta que ia para os elevadores? Enfiou a mão na bolsa de mensageiro e tocou na pesada chave inglesa. Se fosse preciso podia usá-la como arma.

Seus pais teriam fugido na hora que soubessem que alguém havia perguntado por eles. Mas Gabriel morava em Los Angeles havia cinco anos e ninguém tinha arrombado sua porta. Talvez devesse seguir os conselhos de Maggie, fazer uma faculdade e arrumar um emprego de verdade. Quando se tinha ligação com a Grade, a vida ficava mais substancial.

Ao dar partida na motocicleta, a história que a mãe contava voltou com toda a sua força tranqüilizante. Michael e ele eram os príncipes perdidos, disfarçados de mendigos, mas cheios de iniciativa e bravura. Gabriel subiu a rampa da saída com o ronco da moto, misturou-se ao trânsito e deu a volta numa picape. Passou a segunda marcha. A terceira. Acelerando. E estava andando de novo, sempre em movimento, uma pequena fagulha de consciência cercada de máquinas.

5

Michael Corrigan acreditava que o mundo era um campo de batalha em permanente estado de guerra. Essa guerra incluía as campanhas militares de alta tecnologia organizadas pelos americanos e seus aliados, mas havia também conflitos menores entre os países do terceiro mundo e ataques genocidas contra diversas tribos, raças e religiões. Havia bombardeios e atentados terroristas, atiradores malucos alvejando as pessoas por motivos loucos, gangues de rua, cultos e cientistas descontentes enviando antraz pelo correio para desconhecidos. Imigrantes dos países meridionais lotavam as fronteiras dos países setentrionais trazendo novos vírus e bactérias horríveis devoradoras. A natureza estava tão incomodada com a superpopulação e com a poluição, que revidava com enchentes e furacões. A calota polar estava derretendo e os oceanos avançando, enquanto a camada de ozônio era rasgada por aviões a jato. Às vezes Michael perdia de vista determinada ameaça, mas ficava sempre alerta para o perigo geral. A guerra nunca acabaria. Só estava crescendo e ficando mais invasiva, ceifando novas vítimas de formas sutis.

Michael morava no oitavo andar de um prédio alto em um condomínio no oeste de Los Angeles. Demorou quatro horas para decorar o apartamento. No dia em que assinou o contrato de aluguel, foi até uma enorme loja de móveis no Venice Boulevard e escolheu os conjuntos sugeridos para a sala de estar, o quarto e um escritório doméstico. Michael tinha se oferecido para alugar um apartamento para o irmão no mesmo prédio e mobiliá-lo do mesmo modo, mas Gabriel não quis. Por algum motivo perverso, seu irmão mais novo queria morar no que devia ser a casa mais feia de toda Los Angeles e ficar respirando o escapamento dos carros da auto-estrada.

Se Michael fosse até a pequena varanda podia ver o oceano Pacífico ao longe, mas ele não se importava com nenhuma vista e normalmente mantinha as cortinas fechadas. Depois de falar com Gabriel, ele fez café, comeu uma barra de cereais e começou a telefonar para diversas firmas de investimentos em imóveis de Nova York. Como havia uma diferença de três horas, eles já estavam trabalhando em seus escritórios enquanto ele passeava pela sala de cueca.

– Tommy! É o Michael! Recebeu a proposta que mandei para você? O que achou? O que disse o comitê de empréstimos?

Em geral os comitês de empréstimos eram covardes ou burros, mas não se podia deixar de desencorajar. Naqueles últimos cinco anos, Michael tinha encontrado um bom número de investidores para comprar dois prédios de escritórios e já estava para fechar um terceiro prédio no Wilshire Boulevard. Michael esperava que as pessoas dissessem não, mas já tinha pronta sua contra-argumentação.

Por volta das oito horas, ele abriu seu closet e escolheu uma calça cinza e um blazer azul-marinho. Enquanto dava o nó numa gravata de seda vermelha, foi andando pelo apartamento, passando de um aparelho de televisão para outro. Os incêndios e os fortes ventos Santa Ana eram a grande notícia aquela manhã. Um incêndio em Malibu ameaçava a casa de um astro do basquete. Outro incêndio estava fora de controle a leste das montanhas e a tela da televisão mostrava imagens de pessoas jogando álbuns de fotografias e montes de roupa em seus automóveis.

Pegou o elevador até a garagem e entrou no seu Mercedes. No momento em que saiu do apartamento, sentiu que era um soldado que ia para a batalha ganhar dinheiro. A única pessoa com quem podia realmente contar era Gabriel, mas era óbvio que seu irmão mais novo jamais conseguiria um trabalho de verdade. Michael sustentava a mãe deles que estava doente. Não reclame, ele dizia a si mesmo. Apenas continue lutando.

Depois de economizar bastante, ele ia comprar uma ilha em algum lugar do Pacífico. Nem ele nem Gabriel tinham namorada firme e Michael não conseguia imaginar que tipo de esposa seria adequado para um paraíso tropical. Em seu sonho, Gabriel e ele cavalgavam na praia e as duas mulheres estavam um pouco fora de foco, de pé numa elevação, com vestidos compridos e brancos. O mundo era quente e ensolarado e eles estavam seguros, realmente em segurança. Para sempre.

6

O fogo ainda ardia nas montanhas a oeste e o céu estava amarelo-mostarda, quando Gabriel chegou à casa de repouso. Deixou sua motocicleta no estacionamento e entrou. A casa de repouso era um motel de dois andares reformado, com camas para dezesseis pacientes com doenças terminais. Uma enfermeira filipina chamada Anna estava sentada à mesa da entrada.

— Que bom que você chegou, Gabriel. Sua mãe tem perguntado por você.

— Desculpe não ter trazido nenhum sonho esta noite.

— Eu adoro sonhos, mas eles me adoram muito mais. — Anna tocou no braço gordo e moreno. — Você deve ir ver sua mãe agora mesmo. É muito importante.

Os serventes da casa de repouso estavam sempre lavando o chão e trocando as roupas de cama, mas o prédio cheirava a urina e a flores mortas. Gabriel subiu pela escada até o segundo andar e foi andando pelo corredor. As luzes fluorescentes no teto emitiam um ruído suave.

A mãe estava dormindo quando ele entrou no quarto. O corpo dela tinha se transformado num pequeno monte sob as cobertas brancas. Sempre que visitava a clínica, Gabriel procurava lembrar como sua mãe era, quando Michael e ele eram pequenos. Ela gostava de cantar quando estava sozinha, em geral canções de rock-and-roll antigas como "Peggy Sue" ou "Blue Suede Shoes".

O PEREGRINO

Adorava aniversários ou qualquer outro motivo para dar uma festa de família. Apesar de estarem sempre morando em quartos de motel, ela queria comemorar tudo, desde o Dia da Árvore até o solstício de inverno.

Gabriel se sentou ao lado da cama e segurou a mão da mãe. Estava fria, por isso ele a apertou bem. Diferentemente dos outros pacientes da casa de repouso, sua mãe não tinha levado nenhum travesseiro especial ou fotografias em porta-retratos para transformar o ambiente árido num pequeno lar. Seu único gesto pessoal foi quando pediu para desligar e tirar a televisão do quarto. O fio da tevê a cabo estava enrolado numa prateleira como uma cobra preta e fina. Uma vez por semana, Michael enviava um novo buquê de flores para o quarto dela. A última remessa de três dúzias de rosas já estava fazendo quase uma semana e as pétalas caídas haviam formado um círculo vermelho em volta do vaso.

Os olhos da sra. Corrigan se abriram e ela ficou olhando fixo para o filho. Levou alguns segundos para reconhecê-lo.

– Onde está o Michael?
– Ele virá na quarta-feira.
– Quarta não. Será tarde demais.
– Por quê?

Ela largou a mão dele e falou com voz calma.

– Vou morrer esta noite.
– Do que é que você está falando?
– Não quero mais sentir dor. Estou cansada do meu invólucro.

Invólucro era o nome que a mãe dele dava para o seu corpo. Todos tinham um invólucro que continha uma pequena porção do que ela chamava de Luz.

– Você ainda tem força – disse Gabriel. – Você não vai morrer.
– Ligue para o Michael e diga para ele vir.

Ela fechou os olhos e Gabriel foi até o corredor. Anna estava lá, segurando lençóis limpos.

– O que ela disse para você?
– Ela disse que vai morrer.

— Disse a mesma coisa para mim quando cheguei — disse Anna.
— Quem é o médico esta noite?
— Chatterjee, aquele indiano. Mas ele saiu para jantar.
— Chame-o pelo bip. Por favor. Faça isso já.

Anna desceu para a mesa da enfermeira, enquanto Gabriel ligava seu celular. Digitou o número de Michael e o irmão atendeu depois do terceiro toque. Ouviu barulho de uma multidão ao fundo.

— Onde você está? — perguntou Gabriel.
— No estádio Dodger. Na quarta fileira das cadeiras, bem atrás da *home plate*. Está ótimo.
— Estou na casa de repouso. Você precisa vir para cá agora.
— Passo aí às onze horas, Gabe. Talvez um pouco mais tarde. Quando o jogo acabar.
— Não. Isso não pode esperar.

Gabriel ouviu mais vozes da multidão e a voz do irmão abafada dizendo: "Com licença, com licença." Michael devia ter deixado sua cadeira para subir os degraus do estádio de beisebol.

— Você não entendeu — disse Michael. — Isso aqui não é lazer. É trabalho. Paguei um dinheirão por essas cadeiras. Esses banqueiros vão financiar a metade do meu novo imóvel.
— Mamãe disse que vai morrer esta noite.
— Mas o que o médico disse?
— Ele saiu para jantar.

Um dos jogadores de beisebol devia ter conseguido rebater bem, porque a multidão começou a gritar.

— Então encontre-o! — berrou Michael.
— Ela já resolveu. Acho que pode acontecer mesmo. Venha para cá o mais depressa que puder.

Gabriel desligou o celular e voltou para o quarto da mãe. Mais uma vez, segurou a mão dela, mas ela levou alguns minutos para abrir os olhos.

— Michael está aqui?
— Eu liguei. Ele está a caminho.

— Andei pensando nos Leslie...

Era um nome que Gabriel nunca ouvira antes. Em diversos momentos sua mãe mencionava pessoas diferentes e contava várias histórias, mas Michael tinha razão... nada fazia sentido.

— Quem são os Leslie?

— Amigos da faculdade. Estavam no casamento. Quando seu pai e eu viajamos para a lua-de-mel, deixamos que ficassem no nosso apartamento em Minneapolis. Estavam pintando o deles... — A sra. Corrigan fechou os olhos com força, como se procurasse rever tudo. — Então voltamos da lua-de-mel e a polícia estava lá. Uns homens tinham invadido o nosso apartamento à noite e fuzilado nossos amigos deitados na nossa cama. Queriam nos matar e cometeram um erro.

— Eles queriam matar vocês? — Gabriel procurou parecer calmo. Não queria assustá-la e interromper a conversa. — Pegaram os assassinos?

— Seu pai me fez entrar no carro e fomos embora. Foi então que ele me contou quem realmente era...

— E quem ele era?

Mas ela se ausentou novamente, voltou para um mundo sombrio que ficava a meio caminho do lugar onde estavam e de outro muito distante. Gabriel continuou a segurar sua mão. Ela descansou um pouco, depois acordou e fez a mesma pergunta.

— Michael está aqui? Michael está vindo?

O dr. Chatterjee voltou para a clínica às oito horas e Michael apareceu poucos minutos depois. Como sempre, estava bem alerta e cheio de energia. Todos ficaram diante da mesa da enfermeira, enquanto Michael procurava descobrir o que estava acontecendo.

— Minha mãe diz que vai morrer.

Chatterjee era um homenzinho educado que usava um jaleco de médico manchado. Ele estudou o prontuário da mãe deles para mostrar que estava a par do problema.

— Pacientes com câncer muitas vezes dizem essas coisas, sr. Corrigan.
— Então quais são os fatos?
O médico apontou para as anotações.
— Ela pode morrer em poucos dias ou algumas semanas. É impossível prever.
— Mas e sobre *esta noite*?
— Não houve nenhuma alteração no estado dela.
Michael se afastou do dr. Chatterjee e começou a subir a escada. Gabriel seguiu o irmão. Eram só os dois na escada. Ninguém podia ouvi-los.
— Ele o chamou de sr. Corrigan.
— Isso mesmo.
— Quando foi que começou a usar seu nome verdadeiro?
Michael parou no primeiro lance.
— Já faço isso há um ano. Só não contei para você. Agora eu tenho um número do seguro social e estou pagando impostos. Meu novo prédio no Wilshire Boulevard será uma propriedade legalizada.
— Mas agora você está dentro da Grade.
— Eu sou Michael Corrigan e você é Gabriel Corrigan. É isso que nós somos.
— Você sabe o que papai disse...
— Que merda, Gabe! Não podemos ficar sempre repetindo essa conversa. O nosso pai era maluco. E mamãe era tão fraca que compactuou com isso.
— Então por que aqueles homens nos atacaram e queimaram a casa?
— Por causa do nosso pai. É óbvio que ele deve ter feito algo de errado, algo ilegal. *Nós* não temos culpa de nada.
— Mas a Grade...
— A Grade é apenas a vida moderna. Todo mundo tem de enfrentar isso. — Michael segurou o braço de Gabriel. — Você é meu irmão, está bem? Mas é também meu amigo. Faço isso por

O PEREGRINO

nós dois. Juro por Deus. Não podemos continuar agindo como baratas, nos escondendo nos lugares escuros toda vez que alguém acende a luz.

Os dois irmãos entraram no quarto e ficaram um de cada lado da cama. Gabriel tocou na mão da mãe. Parecia que todo o sangue tinha se esvaído do corpo dela.
– Acorde – disse ele suavemente. – Michael está aqui.
Ela abriu os olhos e sorriu ao ver os dois filhos.
– Vocês estão aqui – disse ela. – Eu estava sonhando com os dois.
– Como está se sentindo? – Michael olhou para o rosto e para o corpo dela, avaliando seu estado. A tensão no ombro e o modo rápido de mexer as mãos indicavam que ele estava preocupado, mas Gabriel sabia que o irmão jamais deixaria isso transparecer. Em vez de aceitar qualquer tipo de fraqueza, ele sempre seguia em frente com determinação. – Acho que está um pouco mais forte.
– Ah, Michael. – Ela deu um pequeno sorriso para ele, como se o filho acabasse de deixar pegadas enlameadas no chão da cozinha. – Por favor, não seja assim. Esta noite, não. Preciso falar sobre seu pai, para vocês dois.
– Nós já conhecemos todas as histórias – disse Michael. – Não vamos falar disso hoje. Está bem? Precisamos conversar com o médico e cuidar do seu conforto.
– Não. Deixe-a falar.
Gabriel se inclinou para a cama. Estava excitado e um pouco assustado. Talvez aquele fosse o lugar e a hora em que finalmente a razão do sofrimento da sua família ia ser revelada.
– Eu sei que contei para vocês histórias diferentes – disse Rachel Corrigan. – Perdoem-me. A maioria delas não era verdade. Eu só queria protegê-los. – Michael olhou para o irmão do outro lado da cama e meneou a cabeça, com ar de triunfo. Gabriel sabia o que ele queria dizer. *Está vendo? O que foi que eu sempre disse? Era tudo invenção.*

— Esperei tempo demais — disse ela. — É muito difícil explicar. O seu pai era... Quando ele disse... Eu não... — Os lábios dela tremeram como se milhares de palavras quisessem sair. — Ele era um Peregrino.

Ela olhou para Gabriel. *Acredite em mim* era a expressão no rosto dela. *Por favor. Acredite em mim.*

— Continue — disse Gabriel.

— Os Peregrinos podem sair de seus corpos e viajar para outras dimensões. É por isso que a Tábula tenta matá-los.

— Mãe, pare de falar. Você só vai ficar mais fraca. — Michael parecia perturbado. — Vamos chamar o médico para você se sentir melhor.

A sra. Corrigan levantou a cabeça do travesseiro.

— Não temos tempo para isso, Michael. Tempo nenhum. Você *precisa* prestar atenção. A Tábula tentou... — Ela começou a ficar confusa outra vez. — E então nós...

— Tudo bem. Está tudo bem — sussurrou Gabriel, quase como se recitasse uma ladainha.

— Um Arlequim chamado Thorn nos encontrou quando morávamos em Vermont. Os Arlequins são pessoas perigosas, muito violentas e cruéis, mas juraram proteger os Peregrinos. Estivemos a salvo alguns anos e então Thorn não pôde mais nos proteger. Ele nos deu dinheiro e a espada.

Ela deitou a cabeça no travesseiro de novo. Cada palavra roubava um pouco da sua força, pequenos pedaços da sua vida.

— Observei vocês dois crescendo — disse ela. — Observei os dois, procurando os sinais. Não sei se vocês podem atravessar para o outro lado. Mas, se vocês tiverem o poder, precisam se esconder da Tábula...

Ela fechou os olhos com força, enquanto a dor se alastrava por todo o seu corpo. Desesperado, Michael tocou o rosto dela com a mão.

— Eu estou aqui. Gabe está aqui também. Nós vamos proteger você. Eu vou contratar mais médicos, todo tipo de médico...

O PEREGRINO

A sra. Corrigan respirou fundo. Seu corpo se enrijeceu, depois relaxou. Parecia que o quarto tinha esfriado de repente, como se algum tipo de energia houvesse escapado pela pequena fresta por baixo da porta. Michael virou e correu para fora do quarto, gritando por socorro. Mas Gabriel sabia que estava terminado.

Depois que o dr. Chatterjee confirmou a morte, Michael pegou uma lista de funerárias do lugar e ligou para uma do seu celular. Disse o endereço, pediu cremação e deu-lhes o número de um cartão de crédito.

– Está tudo bem com você? – ele perguntou.

– Está. – Gabriel estava entorpecido e muito cansado.

Ele olhou para o objeto que agora estava escondido sob o lençol. Um invólucro sem a Luz.

Ficaram ao lado da cama até aparecerem dois homens da agência funerária. Puseram o corpo num saco, sobre uma maca, e o levaram lá para baixo, para uma ambulância sem identificação. Quando a ambulância partiu, os dois irmãos Corrigan ficaram juntos sob a lâmpada de segurança.

– Quando tivesse bastante dinheiro ia comprar para ela uma casa com um grande jardim – disse Michael. – Acho que ela ia gostar disso. – Ele olhou em volta do estacionamento como se tivesse acabado de perder algo valioso. – Comprar uma casa para ela era um dos meus objetivos.

– Precisamos conversar sobre o que ela contou.

– Conversar sobre o quê? Você pode explicar qualquer coisa para mim? A mãe nos contou histórias de fantasmas e animais que falam, mas nunca mencionou alguém chamado Peregrino. As únicas viagens que fizemos foi naquela maldita picape.

Gabriel sabia que Michael tinha razão; as palavras ditas pela mãe deles não faziam nenhum sentido. Ele sempre acreditou que ela daria uma explicação para o que tinha acontecido com a família deles. Agora nunca mais poderia descobrir.

— Mas talvez parte disso seja verdade. De certa forma...
— Eu não quero discutir com você. Foi uma noite longa e estamos ambos cansados. — Michael estendeu o braço e abraçou o irmão. — Somos apenas nós dois agora. Precisamos apoiar um ao outro. Vamos descansar um pouco e conversamos de manhã.

Michael entrou no seu Mercedes e saiu do estacionamento. Quando Gabriel montou na motocicleta e deu a partida no motor, Michael já estava entrando no Ventura Boulevard.

A lua e as estrelas se escondiam atrás de uma névoa espessa. Um fragmento de cinza flutuou no ar e grudou no visor de Plexiglass do capacete dele. Gabriel engatou a terceira e atravessou o cruzamento. Olhou para o bulevar e viu Michael virar para a rampa que dava na auto-estrada. Havia quatro carros algumas centenas de metros atrás do Mercedes. Eles aceleraram, formaram um grupo e subiram a rampa de acesso.

Tudo aconteceu muito rápido, mas Gabriel sabia que os carros estavam juntos e que estavam seguindo o irmão dele. Passou a quarta marcha e avançou mais depressa. Podia sentir a vibração do motor nas pernas e nos braços. Guinada para a esquerda. Depois para a direita. E ele estava na auto-estrada.

Gabriel alcançou o grupo de carros cerca de dois quilômetros já na estrada. Eram duas vans sem placas e duas caminhonetes com placas de Nevada. Os quatro veículos tinham vidros com películas escuras e era difícil ver quem estava dentro. Michael continuava dirigindo normalmente; parecia não perceber o que estava acontecendo. Gabriel viu uma das caminhonetes ultrapassar Michael pela esquerda, enquanto a outra se aproximava do Mercedes por trás. Os quatro motoristas estavam se comunicando, manobrando juntos, se preparando para alguma coisa.

Gabriel passou para a pista da direita enquanto seu irmão se aproximava da transição para a auto-estrada de San Diego. Todos iam tão rápido agora que as luzes pareciam riscos passando por eles. Inclinar na curva. Frear um pouco. E agora eles estavam saindo da curva e subindo a colina para o passo Sepulveda.

O PEREGRINO

Rodaram mais dois quilômetros e a caminhonete na frente do Mercedes desacelerou, enquanto as duas vans avançavam pelas pistas da esquerda e da direita. Agora Michael estava preso entre os quatro carros. Gabriel estava bem perto, de modo que deu para ouvir o irmão tocar a buzina. Michael chegou alguns centímetros para a esquerda, mas o motorista da caminhonete reagiu com violência e bateu na lateral do Mercedes. Os quatro carros começaram a desacelerar juntos e Michael tentava encontrar uma saída.

O celular de Gabriel começou a tocar. Ele atendeu e ouviu a voz assustada de Michael.

– Gabe! Onde você está?

– Quinhentos metros atrás de você.

– Estou encrencado. Esses caras estão me engavetando.

– Continue dirigindo. Vou tentar livrar você.

A moto de Gabriel passou por um buraco e ele sentiu uma coisa mexer dentro da bolsa de mensageiro. A chave de fenda e a chave inglesa ainda estavam guardadas lá. Ficou segurando o guidom da moto só com a mão direita, abriu o velcro, enfiou a outra mão na bolsa e pegou a chave inglesa. Gabriel acelerou ainda mais, costurando entre o Mercedes do irmão e a van na pista da direita.

– Prepare-se – ele disse para o irmão. – Estou bem do seu lado.

Gabriel se aproximou da van e bateu com a chave inglesa na janela. O vidro rachou, formando um desenho intrincado de linhas. Golpeou uma segunda vez com a chave inglesa e a janela se espatifou.

Viu o motorista por um instante, era um jovem de brinco e cabeça raspada. Ele pareceu surpreso quando Gabriel apontou a chave inglesa para a cara dele. A van deu uma guinada para a direita e bateu no guard rail. Metal raspou em metal, fagulhas voaram na escuridão. Continue em frente, pensou Gabriel. Não olhe para trás. E seguiu o irmão na saída da auto-estrada.

7

Os quatro carros não saíram da auto-estrada, mas Michael dirigia como se ainda estivessem no seu encalço. Gabriel seguiu o Mercedes subindo uma ladeira íngreme por um cânion cheio de mansões rebuscadas apoiadas em colunas finas de metal. Depois de várias curvas em alta velocidade foram dar nas montanhas com vista para o vale San Fernando. Michael saiu da estrada e parou no estacionamento de uma igreja lacrada com tábuas. Garrafas vazias e latas de cerveja coalhavam o asfalto.

Gabriel tirou o capacete e Michael desceu do carro. Parecia cansado e zangado.

– São os Tábulas – disse Gabriel. – Eles sabiam que nossa mãe estava morrendo e que íamos visitá-la na clínica. Ficaram à nossa espera na avenida e resolveram capturar você primeiro.

– Essas pessoas não existem. Nunca existiram.

– Será que só eu vi aqueles homens tentando forçar seu carro para fora da estrada?

– Você não entende. – Michael deu as costas para o irmão. Andou um pouco pelo estacionamento e chutou uma lata vazia. – Lembra quando comprei aquele primeiro prédio na avenida Melrose? De onde acha que tirei o dinheiro?

– Você disse que provinha de investidores da Costa Leste.

– Era de gente que não gosta de pagar impostos. Eles têm muito dinheiro que não pode ser depositado em bancos. A maior

O PEREGRINO

parte do financiamento veio de um cara da máfia da Filadélfia chamado Vincent Torrelli.

– E por que você inventou de fazer negócio com um cara desses?

– O que eu podia fazer? – Michael ficou irritado. – O banco não quis me dar um empréstimo. Eu não estava usando meu nome verdadeiro. Por isso peguei o dinheiro do Torrelli e comprei o imóvel. Um ano atrás, estava assistindo ao noticiário na televisão, e vi que Torrelli foi assassinado na frente de um cassino em Atlantic City. Não recebi mais notícias da família nem dos amigos dele, então parei de mandar o dinheiro do aluguel para uma caixa postal na Filadélfia. Vincent tinha muitos segredos. Imaginei que não tinha contado para muita gente dos seus investimentos em Los Angeles.

– E agora eles descobriram?

– Acho que foi isso que aconteceu. Não é nada de Peregrinos e todas aquelas outras histórias malucas que mamãe contou para nós. São apenas uns caras da máfia querendo reaver o dinheiro deles.

Gabriel voltou para a sua motocicleta. Olhando para o leste podia ver o vale San Fernando. Distorcida pelas lentes do ar poluído, a iluminação das ruas do vale brilhavam num tom de laranja opaco. Naquele momento, tudo que ele queria era pular na sua moto e partir para o deserto, para algum lugar ermo onde pudesse ver as estrelas, com a luz do farol da moto dançando numa estradinha de terra. Perdido. Sem destino. Daria qualquer coisa para se desligar do passado, da sensação de ser um prisioneiro num enorme presídio.

– Sinto muito – disse Michael. – As coisas finalmente caminhavam na direção certa. Agora está tudo ferrado.

Gabriel olhou para o irmão. Uma vez, quando moravam no Texas, a mãe deles andava tão distraída que se esqueceu do Natal. Não havia nada na casa na véspera do Natal, mas na manhã seguinte Michael apareceu com um pinheiro e alguns videogames que havia furtado de uma loja de artigos eletrônicos. Não importava o que acontecesse, eles sempre seriam irmãos, os dois contra o mundo.

– Esqueça essa gente, Michael. Vamos dar o fora de Los Angeles.

– Preciso de um dia ou dois. Talvez eu possa fazer um acordo com eles. Até lá, vamos nos instalar em um hotel. Não é seguro ir para casa.

Gabriel e Michael passaram a noite num motel ao norte da cidade. Os quartos ficavam a quinhentos metros da auto-estrada Ventura e o barulho dos carros passando entrava pelas janelas. Quando Gabriel acordou às quatro horas da manhã, ouviu Michael no banheiro, falando ao celular.

– Eu tenho uma opção – sussurrava Michael. – Do jeito como você fala, parece que não tenho nenhuma.

De manhã, Michael ficou na cama, com as cobertas puxadas por cima da cabeça. Gabriel saiu do quarto, foi a pé até um restaurante ali perto, comprou bolinhos de milho e café. O jornal na prateleira tinha a fotografia de dois homens correndo de uma muralha de fogo com uma manchete que anunciava *Ventos fortes intensificam os incêndios do Sul*.

De volta ao quarto, Michael já tinha se levantado e tomado uma chuveirada. Estava limpando os sapatos com uma toalha molhada.

– Vem um cara aqui para conversar comigo. Acho que ele pode resolver o problema.

– Quem é?

– O nome verdadeiro dele é Frank Salazar, mas todos o chamam de sr. Bolha. Quando era jovem e morava no leste de Los Angeles, tinha uma máquina de soprar bolhas numa boate.

Enquanto Michael assistia ao noticiário financeiro na televisão, Gabriel estava deitado na cama, olhando para o teto. Fechou

O PEREGRINO

os olhos e se viu na sua moto, no alto da estrada que subia a montanha até Angeles Crest. Descia solto a serra, inclinado em cada curva, e o mundo verde passava veloz por ele. Michael estava de pé, andando de um lado para outro diante da televisão.

Alguém bateu na porta. Michael deu uma espiada através da cortina e então abriu a porta. Um enorme samoano de cara larga e cabelo preto crespo estava lá parado no corredor. Usava uma camisa havaiana desabotoada por cima de uma camiseta e procurava esconder o coldre pendurado no ombro que continha uma .45 automática.

– Oi, Deek. Onde está o seu patrão?

– Lá no carro. Tenho que examinar isso aqui primeiro.

O samoano entrou e verificou o banheiro e o closet minúsculo. Passou as mãos enormes por baixo das cobertas e amassou todas as almofadas do sofá.

Michael ficou sorrindo como se nada de anormal estivesse acontecendo.

– Nada de armas, Deek. Você sabe que não ando com nada.

– Segurança é prioridade máxima. É isso que o sr. Bolha diz o dia inteiro.

Depois de revistar os irmãos, Deek saiu e voltou em seguida com um guarda-costas latino careca e um homem mais velho que usava grandes óculos escuros e uma camisa de golfe turquesa. O sr. Bolha tinha manchas vermelhas na pele e uma cicatriz cor-de-rosa de alguma cirurgia próxima do pescoço.

– Esperem lá fora – ele disse para os dois seguranças e depois fechou a porta.

O sr. Bolha apertou a mão de Michael.

– Bom te ver. – Ele tinha uma voz suave e delicada. – Quem é o seu amigo?

– Esse é o meu irmão, Gabriel.

– Família é bom. Fique sempre junto com a família. – O sr. Bolha foi apertar a mão de Gabriel. – Você tem um irmão inteligente. Talvez inteligente demais dessa vez.

O sr. Bolha se instalou na poltrona perto da televisão. Michael se sentou na ponta da cama e ficou de frente para ele. Desde que tinham fugido da fazenda na Dakota do Sul, Gabriel via o irmão convencer estranhos de que tinham de comprar alguma coisa ou fazer parte do esquema dele. O sr. Bolha ia ser uma venda difícil. Mal se podiam ver os olhos dele atrás das lentes escuras e o homem exibia um leve sorriso, como se fosse assistir a algum programa humorístico.

– Conversou com seus amigos na Filadélfia? – perguntou Michael.

– Vai demorar um pouco para acertar isso. Vou proteger você e o seu irmão alguns dias, até o problema ser resolvido. Vamos dar o prédio da Melrose para a família Torrelli. Como pagamento, ficarei com a sua parte da propriedade da Fairfax.

– Isso é demais para um favor – disse Michael. – Assim não terei mais nada.

– Você cometeu um erro, Michael. E agora tem gente que quer te matar. De uma forma ou de outra, o problema tem de ser resolvido.

– É, pode ser, mas...

– Segurança é prioridade máxima. Você perde o controle de dois prédios comerciais, mas continua vivo. – Ainda sorrindo, o sr. Bolha se reclinou na poltrona. – Considere isso uma oportunidade de aprendizado.

8

Maya pegou a câmera de vídeo e o tripé no Kampa Hotel, mas deixou a mala e as roupas no quarto. No trem indo para a Alemanha, examinou cuidadosamente o equipamento de vídeo, mas não encontrou nenhuma conta rastreadora. Era óbvio que sua vida de cidadã tinha acabado. Depois que a Tábula encontrasse o motorista de táxi morto, ia caçá-la e matá-la assim que a visse. Ela sabia que seria difícil se esconder. A Tábula já devia ter tirado fotos dela inúmeras vezes nos anos que passou em Londres. Podiam também ter suas impressões digitais, uma varredura de voz e amostra de DNA dos lenços que jogava no cesto de papéis do escritório.

Quando chegou a Munique, ela se dirigiu a uma mulher paquistanesa na estação de trem e conseguiu o endereço de uma loja de roupas islâmicas. Maya ficou tentada a cobrir-se inteiramente com a burca azul usada pelas mulheres afegãs, mas a roupa volumosa dificultava o manuseio das armas. Acabou comprando um chador preto para cobrir suas roupas ocidentais e alguns óculos bem escuros. Voltou para a estação de trem, destruiu sua identificação britânica e usou um segundo passaporte para se transformar em Gretchen Voss, estudante de medicina, filha de pai alemão e mãe iraniana.

Viajar de avião era perigoso, por isso foi de trem até Paris, para a estação de metrô Gallieni, e pegou um ônibus para a Inglaterra. O ônibus estava cheio de trabalhadores imigrantes senegaleses e famílias da África setentrional carregando sacolas com roupas velhas. Quando o ônibus chegou ao canal da Mancha, todos desceram e ficaram passeando numa imensa barca. Maya observou os turistas britânicos que compravam bebida livre de impostos, que enfiavam moedas nas máquinas e assistiam a uma comédia na televisão. A vida era normal, quase entediante, quando se era cidadão. Parecia que eles não se davam conta de que eram monitorados pela Imensa Máquina ou que nem se importavam com isso.

Havia quatro milhões de câmeras de circuito fechado na Grã-Bretanha, cerca de uma câmera para cada quinze pessoas. Thorn uma vez disse para ela que uma pessoa comum, trabalhando em Londres, seria fotografada por trezentas câmeras de vigilância diferentes em um dia. Quando as câmeras surgiram pela primeira vez, o governo espalhou cartazes dizendo a todos que estavam "Em Segurança sob Olhares Atentos". Sob a proteção de novas leis antiterrorismo, todo país industrializado passou a seguir o exemplo britânico.

Maya ficava pensando se era uma opção consciente dos cidadãos ignorar aquela intrusão. A maioria realmente acreditava que as câmeras as protegiam de criminosos e terroristas. As pessoas achavam que continuavam anônimas sempre que andavam pelas ruas. Eram poucas as que compreendiam o poder dos novos programas de varredura de traços faciais. No momento em que o seu rosto era fotografado por uma câmera de vigilância, podia ser transformado num retrato com tamanho, contraste e brilho consistentes, que por sua vez podia ser comparado com a fotografia de uma carteira de motorista ou de um passaporte.

Os programas de varredura identificavam rostos individuais, mas o governo também podia usar as câmeras para detectar qualquer comportamento incomum. Esses programas, que chamavam de "Sombra", já estavam sendo usados em Londres, Las Vegas e Chicago. O computador analisava imagens instantâneas feitas pelas câmeras e alertavam a polícia, se alguém deixava um pacote na frente de algum prédio público ou estacionava um carro no acostamento de alguma estrada. O Sombra notava qualquer pessoa passeando calmamente pela cidade, em vez de estar correndo para o trabalho. Os franceses tinham um nome para essas pessoas curiosas – *flâneurs* –, mas no que dizia respeito à Imensa Máquina, qualquer um flanando pelas esquinas ou olhando para o alto dos edifícios era imediatamente considerado suspeito. Em poucos segundos, imagens em cores dessas pessoas eram selecionadas e enviadas para a polícia.

Diferentemente do governo britânico, a Tábula não se complicava com leis ou servidores públicos. A organização deles era relativamente pequena e muito bem financiada. Seus centros de informática em Londres eram capazes de invadir qualquer sistema de vigilância com câmeras e selecionar as imagens com um programa poderoso de varredura. Felizmente havia tantas câmeras de vigilância na América do Norte e na Europa que a Tábula ficava sobrecarregada de dados. Mesmo quando conseguiam uma identificação exata para uma de suas imagens arquivadas, não podiam reagir com rapidez suficiente para chegar a uma estação de trem específica ou saguão de hotel. Não pare nunca, Thorn havia dito para ela. Eles não podem pegá-la, se ficar se movendo o tempo todo.

O perigo estava em qualquer ato habitual que mostrasse um Arlequim fazendo um caminho diário e previsível para algum lugar. O programa de varredura facial acabaria descobrindo aquele padrão e então a Tábula poderia montar sua emboscada. Thorn sempre desconfiou de situações que chamava de "canais" ou "becos engavetados". Um canal era quando você tinha de viajar por um caminho determinado sob a observação das autoridades. Becos engavetados eram canais que levavam a algum lugar sem saída, como um avião ou uma sala da imigração para interrogatório. A Tábula contava com a vantagem de ter dinheiro e tecnologia. Os Arlequins tinham sobrevivido graças à coragem e à capacidade que tinham de cultivar o comportamento aleatório.

Quando chegou a Londres, Maya pegou o metrô até a estação Highbury-Islington, mas não voltou para o seu apartamento. Em vez disso, subiu a rua até um restaurante que vendia quentinhas chamado Hurry Curry. Deu para o entregador uma chave da porta do prédio e disse para ele esperar duas horas e aí pôr a quentinha com o frango dentro da portaria. Quando começou a escurecer, ela subiu no telhado do Highbury Barn, um pub que ficava do outro lado da rua, em frente ao seu prédio. Ônibus de dois andares paravam ali a cada quatro ou cinco minutos e cidadãos desciam carregando pastas e sacolas de compras. Uma van branca de entregas estava estacionada perto do apartamento dela, mas não havia ninguém no banco da frente.

O menino indiano do Hurry Curry apareceu exatamente às sete e meia. No minuto em que ele destrancou a porta de entrada, dois homens saltaram da van de entrega e o empurraram para dentro do prédio. Podiam matar o garoto ou apenas fazer perguntas e deixá-lo vivo. Maya não se importava muito. Já estava recuperando a mentalidade de Arlequim: nenhuma compaixão, nenhum vínculo, nenhuma misericórdia.

Passou a noite no apartamento no leste de Londres, que seu pai havia comprado muitos anos antes. Maya e a mãe viviam lá, se escondendo no meio da comunidade do Leste Asiático, até ela morrer de um ataque do coração, quando Maya tinha quatorze anos. O apartamento de três cômodos ficava no último andar de um prédio decadente, próximo da Brick Lane. Havia uma agência de viagens bengali no térreo e alguns homens que trabalhavam lá conseguiam carteiras de trabalho e de identidade por um certo preço.

O leste de Londres sempre esteve fora das muralhas da cidade, um lugar bem conveniente para fazer ou comprar qualquer coisa ilegal. Por centenas de anos, foi um dos piores bairros pobres do mundo, território de caça para Jack, o Estripador. Agora multidões de turistas americanos eram guiadas pelas ruas pisadas pelo Estripador à noite, a velha cervejaria Truman tinha sido transformada num pub ao ar livre e as torres de vidro do complexo comercial de Bishop's Gate se projetavam para o alto no coração do antigo bairro.

O PEREGRINO

O que costumava ser tomado de ruelas escuras superpovoadas agora era pontilhado por galerias de arte e restaurantes chiques, mas, se você soubesse onde procurar, ainda podia encontrar uma grande variedade de produtos úteis para evitar o escrutínio da Imensa Máquina. Todo fim de semana, os camelôs apareciam na parte mais alta da Brick Lane, perto da rua Cheshire. Os mascates vendiam estiletes e socos-ingleses para brigas de rua, vídeos e chips SIM piratas para telefones celulares. Por mais algumas libras, eles podiam ativar o chip com um cartão de crédito anexado a uma firma de fachada. As autoridades possuíam tecnologia para escutar ligações telefônicas, mas não podiam rastreá-las ao dono do telefone celular. A Imensa Máquina podia monitorar os cidadãos que tinham endereços permanentes e contas bancárias com a maior facilidade. Os Arlequins que viviam à margem da Grade usavam um fornecimento infinito de telefones e carteiras de identidade descartáveis. Quase tudo, menos suas espadas, podia ser usado umas poucas vezes e depois jogado fora como papel de bala.

Maya telefonou para o patrão na firma de design e explicou que seu pai estava com câncer e que teria de parar de trabalhar para cuidar dele. Ned Clark, um dos fotógrafos que trabalhava na firma, deu-lhe o nome de um médico homeopata e depois perguntou se Maya estava tendo problemas com a Receita.

– Não, por que essa pergunta?

– Um homem da Receita Federal esteve na firma perguntando por você. Conversou com o pessoal da contabilidade e exigiu informação sobre o pagamento dos seus impostos, números de telefone e endereços.

– E deram para ele?

– Bem, é claro que sim. Ele é do governo. – Clark abaixou a voz. – Se tiver onde ficar na Suíça, recomendo que vá para lá agora mesmo. Que se ferrem esses filhos da mãe. Quem quer pagar impostos?

Maya não sabia se o homem da Receita era realmente funcionário do governo ou apenas um mercenário da Tábula com uma identidade falsa. De qualquer modo, estavam procurando por ela. De volta ao apartamento, Maya encontrou a chave do guarda-móveis em Brixton. Tinha ido ao depósito com o pai quando era menina, mas fazia anos que não visitava o lugar. Podia estar vazio depois de todo aquele tempo, mas ela esperava que tivesse os suprimentos necessários para sua sobrevivência. Depois de ficar observando o guarda-móveis algumas horas, ela entrou no prédio, mostrou sua chave para o empregado idoso e pegou o elevador para o terceiro andar. O depósito era um quarto sem janelas, mais ou menos do tamanho de um closet. As pessoas guardavam vinho no lugar e a temperatura era mantida bem baixa com aparelhos de ar-condicionado. Maya acendeu a luz do teto, trancou a porta e começou a examinar as caixas.

Quando era mais jovem, seu pai a tinha ajudado a obter catorze passaportes de vários países diferentes. Os Arlequins adquiriam certidões de nascimento de pessoas mortas em acidentes de automóvel e usavam essas certidões para se candidatar a identidades oficiais. Infelizmente a maioria desses passaportes já estava obsoleta, uma vez que o governo tinha começado a computar informações biométricas, varreduras faciais, desenhos de íris e impressões digitais e a pôr essa informação num chip digital fixado ao documento de identidade de cada cidadão. Quando esse chip era lido por um scanner, era comparado com a informação arquivada no Registro Nacional Britânico de Identidades. Nos vôos internacionais para os Estados Unidos, os dados do passaporte tinham de ser idênticos às varreduras de íris e às impressões digitais feitas no aeroporto.

A Austrália e os Estados Unidos estavam distribuindo passaportes com chips de identificação por freqüência de rádio embutidos nas capas. Esses passaportes novos eram convenientes para os fiscais da imigração, mas também representavam para a Tábula uma ferramenta poderosa para caçar seus inimigos. Uma máquina chamada "coador" era capaz de ler as informações do passaporte escondido dentro do bolso do casaco ou de uma bolsa. Os coado-

O PEREGRINO

res eram instalados em elevadores ou nos pontos de ônibus, em qualquer lugar onde as pessoas ficassem paradas algum tempo. Enquanto um cidadão pensava no almoço, o coador gravava uma grande variedade de informações pessoais. O coador podia procurar nomes que sugerissem uma certa raça, religião ou característica étnica. Podia descobrir a idade, o endereço e os dados das impressões digitais do cidadão, assim como para onde ele tinha viajado nos últimos anos.

Essa nova tecnologia forçava Maya a contar com apenas três passaportes falsificados que tinham diferentes versões de seus dados biométricos. Ainda era possível enganar a Imensa Máquina, mas a pessoa tinha de ser esperta e ter muita iniciativa.

A primeira coisa a disfarçar era a sua aparência. Os sistemas de reconhecimento se concentravam nos pontos nodais que compunham a exclusividade de cada rosto humano. O computador analisava os pontos nodais de uma pessoa e os transformava numa seqüência de números para criar a impressão do rosto. Lentes de contato coloridas e perucas de vários matizes podiam modificar sua aparência superficial, mas só drogas especiais eram capazes de derrotar os scanners. Esteróides faziam a pele e os lábios incharem. Calmantes faziam a pele relaxar e parecer mais velha. As drogas tinham de ser injetadas nas bochechas e na testa antes de chegar a um aeroporto que tivesse scanners. Cada um dos seus passaportes falsos usava doses diferentes de drogas e uma seqüência diferente de injeções.

Maya tinha assistido a um filme de ficção científica de Hollywood em que o herói passava por uma verificação da íris, mostrando os globos oculares de um homem morto para a máquina. No mundo real, essa não era uma opção. Os scanners de íris projetavam um raio de luz vermelha no olho humano e as pupilas de um homem morto não iam se contrair. As agências do governo alardeavam que os scanners de íris eram um meio infalível de identificação. As dobras, manchas e pontos de pigmentação na íris de uma pessoa começavam a se desenvolver no útero da mãe. O scanner podia se confundir com cílios muito compridos ou lágrimas, mas a própria íris continuava a mesma durante toda a vida da pessoa.

Thorn e os outros Arlequins que viviam na clandestinidade tinham desenvolvido uma reação ao scanner de íris alguns anos antes de serem usados pelos fiscais da imigração. Oculistas em Cingapura receberam milhares de dólares para fabricar lentes de contato especiais. O desenho da íris de outra pessoa era gravado na superfície do plástico flexível. Quando a pupila recebia a luz vermelha do scanner, a lente se contraía exatamente como o tecido humano.

O obstáculo biométrico final era o scanner de impressão digital. Ácido e cirurgia plástica podiam mudar a impressão digital de alguém, mas o resultado era permanente e deixava cicatrizes. Numa viagem que fez ao Japão, Thorn descobriu que os cientistas da Universidade de Yokohama tinham copiado impressões digitais deixadas na superfície de copos e transformado em películas gelatinosas que podiam cobrir os dedos de uma pessoa. Esses revestimentos de dedos eram delicados e difíceis de colocar, mas cada um dos passaportes falsificados de Maya tinha um conjunto diferente de impressões digitais para aquela identidade falsa.

Remexendo nas caixas do depósito, Maya encontrou uma *nécessaire* de couro que continha duas seringas hipodérmicas e uma variedade de drogas para mudar sua aparência. Passaportes. Revestimentos para os dedos. Lentes de contato. Sim, estava tudo lá. Examinou as outras caixas e encontrou facas, armas de fogo e maços de dinheiro de diversos países. Havia um telefone celular por satélite não registrado, um notebook e um gerador de números aleatórios mais ou menos do tamanho de uma caixa de fósforos pequena. O GNA era um verdadeiro artefato Arlequim, que dividia o mesmo nível de importância da espada. Nos tempos antigos, os cavaleiros que defendiam os peregrinos levavam dados feitos de ossos ou marfim que podiam ser lançados no solo antes da batalha. Agora tudo que Maya precisava fazer era apertar um botão e números ao acaso começavam a piscar na tela.

O PEREGRINO

Havia um envelope fechado grudado no telefone celular por satélite. Maya rasgou a ponta e reconheceu a letra do pai.

Quando estiver na internet, tome cuidado com Carnívoro. Sempre finja que é cidadã e use linguagem suave. Fique alerta, mas não tenha medo. Você sempre foi uma pessoa forte e com muita iniciativa, mesmo quando era uma menininha. Agora que estou mais velho, só sinto orgulho de uma coisa na vida – de você ser minha filha.

Maya não tinha chorado pelo pai quando estava em Praga. E na viagem de volta para Londres, estava muito concentrada na própria sobrevivência. Mas agora, sozinha ali naquele quarto do depósito, se sentou no chão e começou a chorar. Havia ainda alguns Arlequins sobreviventes, mas ela estava praticamente sozinha. Se cometesse um erro, por menor que fosse, a Tábula a destruiria.

9

Como neurocientista, o dr. Phillip Richardson usara uma variedade de técnicas para estudar o cérebro humano. Tinha examinado varreduras de tomografias axiais computadorizadas, raios X e imagens de ressonância magnética que mostravam o cérebro pensando e reagindo aos estímulos. Ele havia dissecado cérebros, pesado e segurado a massa cinzenta nas mãos.

Todas essas experiências tinham capacitado o neurocientista a observar as atividades do próprio cérebro enquanto dava a aula da Ciência de Dennison na Universidade de Yale. Richardson leu seu discurso de fichas com anotações e apertou um botão que exibia diversas imagens na tela no alto. Ele coçava o pescoço, punha o peso num pé, depois no outro e passava a mão na superfície lisa do pódio. Fazia tudo isso enquanto contava o público e o separava em categorias diferentes. Havia seus colegas da faculdade de medicina e cerca de uma dúzia de universitários de Yale. Tinha escolhido um assunto polêmico para sua palestra – "Deus encaixotado: avanços recentes na neurociência" – e era gratificante ver que alguns não acadêmicos tinham resolvido assistir.

– Nesta última década estudei a base neurológica da experiência espiritual humana. Reuni como amostra um grupo de indivíduos que rezava ou meditava freqüentemente, injetei neles um rastreador radioativo sempre que eles achavam que tinham uma ligação direta com Deus e com o universo infinito. Os resultados foram os seguintes...

O PEREGRINO

Richardson apertou o botão e a imagem da emissão de fótons de um cérebro humano apareceu na tela. Algumas partes do cérebro brilhavam em vermelho, enquanto outras áreas tinham uma cor alaranjada.

– Quando a pessoa reza, o córtex pré-frontal se concentra nas palavras. Enquanto isso o lobo parietal superior, no topo do cérebro, se apaga. O lobo esquerdo processa a informação sobre a nossa posição no espaço e no tempo. Ele nos dá a idéia de que temos um corpo físico distinto. Quando o lobo parietal se desliga, não podemos mais distinguir o nosso ser do resto do mundo. O resultado disso é que o indivíduo acredita que está em contato com o poder eterno e infinito de Deus. A sensação é de uma experiência espiritual, mas na verdade é apenas uma ilusão neurológica.

Ele clicou o botão e mostrou outra imagem de um cérebro.

– Nestes últimos anos também examinei os cérebros de pessoas que acreditam que tiveram experiências místicas. Observem essa seqüência de imagens. O indivíduo que está tendo uma visão religiosa na verdade está reagindo a ondas de estímulo neurológico no lobo temporal, a área que é responsável pela linguagem e pelo raciocínio conceitual. Para duplicar a experiência, pus eletromagnetos no crânio dos meus voluntários e criei um campo magnético bem fraco. Todos os indivíduos relataram que tiveram uma sensação de sair do corpo e que estavam em contato direto com um poder divino.

"Experiências como estas nos forçam a questionar idéias tradicionais a respeito da alma humana. No passado, essas questões eram examinadas pelos filósofos e teólogos. Seria inconcebível para Platão ou para São Tomás de Aquino que um médico, ou físico como chamavam na época, tomasse parte do debate. Mas nós entramos num novo milênio. Enquanto os padres continuam a rezar e os filósofos continuam a especular, são os neurocientistas que estão mais perto de responder às perguntas fundamentais da humanidade. Na minha visão científica, verificada por experiências, Deus vive dentro do objeto escondido nesta caixa."

O neurologista era um homem alto e desajeitado de quarenta e poucos anos, mas toda a sua falta de jeito desapareceu quando ele caminhou até uma caixa de papelão que estava em cima da mesa ao lado do pódio. Todos olhavam fixo para ele. Todos queriam ver. Ele enfiou a mão na caixa, hesitou um pouco e então tirou um vidro contendo um cérebro.

– Um cérebro humano. Apenas um pedaço de tecido flutuando em formol. Eu provei com as minhas experiências que a chamada consciência espiritual não passa de uma reação cognitiva a uma mudança neurológica. Nosso sentido de divino, nossa crença de que estamos cercados por um poder espiritual são criados pelo cérebro. Dêem um último passo, julguem as implicações desses dados e vocês devem concluir que Deus é também uma criação do nosso sistema neurológico. Evoluímos para uma consciência capaz de idolatrar a si mesma. E esse é o verdadeiro milagre.

O cérebro do homem morto tinha criado um final dramático para a palestra, mas agora Richardson precisava levá-lo para casa. Com todo o cuidado, ele pôs o vidro de novo na caixa e desceu os degraus do tablado. Alguns amigos da faculdade de medicina o rodearam e lhe deram os parabéns. Um jovem cirurgião acompanhou-o até o estacionamento.

– De quem é esse cérebro? – perguntou o jovem. – De alguém famoso?

– Ora, claro que não. Deve ter mais de trinta anos. Algum paciente que assinou o formulário para a doação.

O dr. Richardson pôs o cérebro na mala do seu Volvo e saiu da universidade rumo ao norte. Depois que sua mulher tinha assinado os papéis do divórcio e ido morar na Flórida com um professor de dança de salão, Richardson chegou a pensar em vender a casa em estilo vitoriano na avenida Prospect. Sua mente racional concluiu que a casa era grande demais para uma pessoa só, mas inconscientemente cedeu às emoções e resolveu manter o imóvel.

O PEREGRINO

Cada cômodo era como uma parte do cérebro. Tinha uma biblioteca repleta de estantes e um quarto no segundo andar cheio de fotografias da sua infância. Quando queria mudar sua orientação emocional, simplesmente mudava de cômodo.

Richardson estacionou seu carro na garagem e resolveu deixar o cérebro no porta-malas. Na manhã seguinte, o levaria de volta para a faculdade de medicina e o poria de novo no aquário onde ficava exposto.

Saiu da garagem e puxou a porta até o chão. Eram mais ou menos cinco horas da tarde. O céu estava roxo-escuro. Richardson sentiu o cheiro de madeira queimada da fumaça que saía da chaminé do vizinho. Ia fazer frio aquela noite. Talvez acendesse a lareira na sala de estar depois do jantar. Podia sentar na grande poltrona verde, enquanto lia o primeiro esboço da dissertação de um aluno.

Um desconhecido saltou de uma caminhonete verde do outro lado da rua, atravessou e caminhou para a entrada da casa. Aparentava ter quarenta anos, cabelo curto e óculos com armação de metal. Havia uma intensidade, uma concentração na postura dele. Richardson imaginou que devia ser algum cobrador enviado pela ex-mulher. Tinha deixado, deliberadamente, de pagar a pensão daquele mês depois que ela mandou uma carta registrada pedindo mais dinheiro.

– Sinto ter perdido sua palestra – disse o homem. – Deus encaixotado parecia bem interessante. Foi muita gente?

– Perdão – disse Richardson. – Eu o conheço?

– Eu sou Nathan Boone. Trabalho para a Fundação Sempre-Verde. Nós lhe demos uma bolsa de pesquisa. Certo?

Nos últimos seis anos, a Fundação Sempre-Verde vinha patrocinando a pesquisa neurológica de Richardson. Era difícil conseguir a primeira bolsa. Não se podia pedir diretamente para a fundação; era ela que entrava em contato com você. Mas depois de cruzar essa barreira inicial, a renovação era automática. A fundação jamais telefonava ou enviava alguém para o laboratório avaliar a sua pesquisa. Os amigos de Richardson brincavam dizendo que a Sempre-Verde era a coisa mais próxima de financiamento gratuito em ciência.

— Sim. Vocês sustentam o meu trabalho há algum tempo — disse Richardson. — Posso fazer alguma coisa pelo senhor?

Nathan Boone enfiou a mão por dentro do casaco de náilon e tirou um envelope branco.

— Essa é uma cópia do nosso contrato. Pediram para eu chamar sua atenção para a cláusula 18-C. Está familiarizado com essa seção, doutor?

Richardson lembrava-se da cláusula, é claro. Era uma coisa exclusiva da Fundação Sempre-Verde, aparentemente incluída em todos os contratos de financiamento para se proteger de fraudes e perdas.

Boone tirou o contrato do envelope e começou a ler.

— Número 18-C. O beneficiário da bolsa, acho que esse é o senhor, doutor, concorda em reunir-se com um representante da fundação a qualquer momento para dar uma descrição da pesquisa em andamento e uma declaração descrevendo a alocação dos recursos do financiamento. O horário dessa reunião será determinado pela fundação. Transporte será providenciado. A recusa de honrar essa exigência resultará na anulação do financiamento. O beneficiado com a bolsa deverá devolver todos os recursos recebidos anteriormente para a fundação.

Boone folheou o resto do manuscrito e chegou à página final.

— E o senhor assinou isso, dr. Richardson? Correto? Essa é sua assinatura autenticada?

— Claro que é. Mas por que eles iam querer falar comigo agora?

— Tenho certeza de que deve ser apenas um pequeno problema que precisa ser esclarecido. Faça sua mala com algumas meias e uma escova de dentes, doutor. Vou levá-lo até o nosso centro de pesquisa em Purchase, Nova York. Eles querem que o senhor faça

uma revisão de alguns dados esta noite para poder se encontrar com a equipe amanhã de manhã.
— Isso é totalmente impossível — disse Richardson. — Eu tenho de dar aula para meus alunos de medicina. Não posso sair de New Haven.
Boone estendeu a mão e agarrou o braço direito de Richardson. Apertou um pouco, de modo que o médico não podia escapar. Boone não sacou uma arma nem fez ameaças, mas havia alguma coisa muito intimidadora na personalidade dele. Diferentemente da maioria das pessoas, ele não demonstrava nenhuma dúvida ou hesitação.
— Eu conheço os seus horários, dr. Richardson. Verifiquei antes de vir para cá. O senhor não tem de dar aulas amanhã.
— Solte-me. Por favor.
Boone largou o braço dele.
— Não vou forçá-lo a entrar no carro e a ir para Nova York. Não vou obrigá-lo a nada. Mas se resolver ser irracional, então terá de se preparar para as conseqüências negativas. Nesse caso, eu ia sentir muito que um homem tão brilhante fizesse uma escolha tão errada.
Como um soldado que acabasse de transmitir uma mensagem, Boone deu meia-volta e foi andando lentamente para o carro. Para o dr. Richardson foi como se tivesse levado um soco no estômago. Do que aquele homem estava falando? Conseqüências negativas.
— Um minuto, sr. Boone. Por favor...
Boone parou no meio-fio. Estava escuro demais para ver o rosto dele.
— Se eu for para o centro de pesquisa, onde vou ficar?
— Nós temos aposentos muito confortáveis para a nossa equipe, doutor.
— E estarei de volta amanhã à tarde?
A voz de Boone mudou um pouco. Parecia que ele estava sorrindo.
— Pode contar com isso.

10

O dr. Richardson arrumou uma mala com o que ia precisar para uma noite, enquanto Nathan Boone ficou esperando no hall de entrada. Saíram imediatamente rumo ao sul, para Nova York. Quando chegaram ao município de Westchester, perto da cidade de Purchase, Boone pegou uma estradinha rural de duas pistas. A caminhonete passou por casas luxuosas construídas com tijolos e pedra. Carvalhos e olmos enfeitavam os gramados dos jardins e as folhas outonais cobriam a grama.

Passava um pouco das oito da noite, quando Boone virou numa entrada de cascalho e chegou a um conjunto de prédios murados. Uma placa discreta anunciava que estavam num laboratório de pesquisas da Fundação Sempre-Verde. O guarda na entrada reconheceu Boone e abriu o portão.

Estacionaram numa área pequena cercada de pinheiros e desceram da caminhonete. Quando subiram por um caminho de lajes, Richardson viu os cinco prédios grandes que ocupavam o terreno. Eram quatro estruturas de aço e vidro, uma em cada canto de um quadrilátero, ligadas umas às outras por passarelas cobertas no segundo andar. Um prédio sem janelas com fachada de mármore branco ficava no centro do quadrado. Lembrava ao dr. Richardson as fotografias que tinha visto da Caaba, o santuário muçulmano em Meca, onde mantinham a misteriosa pedra negra que Abraão recebeu de um anjo.

O PEREGRINO

— Essa é a biblioteca da fundação — disse Boone, apontando para o prédio no canto setentrional do quadrilátero. — No sentido horário, depois, vêm o prédio onde se faz pesquisa genética, o prédio de pesquisa de computadores e o centro administrativo.

— O que é o prédio branco sem janelas?

— Construíram esse há apenas um ano — disse Boone. — Tem o nome de Instalação de Pesquisa Cibernética Neurológica.

Boone guiou Richardson até o prédio da administração. O saguão estava vazio, a não ser por uma câmera de vigilância montada num suporte na parede. Havia dois elevadores nos fundos. Os dois homens estavam atravessando o saguão quando a porta de um deles se abriu.

— Alguém está nos observando?

Boone sacudiu os ombros.

— Essa é sempre uma possibilidade, doutor.

— Alguém deve estar nos vendo, porque acabaram de abrir essas portas.

— Tenho comigo um chip de identificação com freqüência de rádio. Chamamos de Elo Protetor. O chip informa para um computador que estou no prédio e me aproximando de um ponto de entrada.

Os dois entraram no elevador e a porta se fechou. Boone bateu com o dedo três vezes numa placa cinza embutida na parede. Ouviram um estalo baixinho e o elevador começou a subir.

— Na maioria dos prédios, usam apenas crachás de identidade.

— Poucas pessoas por aqui ainda usam crachás. — Boone levantou o braço e Richardson viu uma cicatriz nas costas da mão direita dele. — Mas todos que têm permissão de segurança máxima usam um Elo Protetor implantado por baixo da pele.

Chegaram ao terceiro andar. Boone levou o neurologista até uma suíte com quarto, banheiro e sala de estar.

— É aqui que vai passar a noite — explicou Boone. — Sente-se. Fique à vontade.

— O que vai acontecer?

— Não há nada com que se preocupar, doutor. Alguém quer conversar com o senhor.

Boone saiu do quarto e fechou a porta quase sem ruído. Isso é loucura, pensou Richardson. Estão me tratando como se eu fosse um criminoso. O neurologista ficou alguns minutos andando de um lado para outro, socando a palma da mão esquerda e então a raiva começou a diminuir. Talvez tivesse mesmo feito alguma coisa errada. Houve aquela conferência na Jamaica e o que mais? Alguns jantares e hospedagem em hotéis que não tiveram nada a ver com a pesquisa. Como poderiam saber disso? Quem contou para eles? Pensou nos seus colegas da Yale e resolveu que alguns tinham inveja do seu sucesso.

A porta do quarto se abriu e um jovem asiático entrou com uma pasta verde cheia de papéis. O homem usava uma camisa branca impecável e uma gravata preta estreita que lhe dava uma aparência limpa e respeitosa. Richardson relaxou imediatamente.

— Boa-noite, doutor. Eu sou Lawrence Takawa, gerente de projetos especiais da Fundação Sempre-Verde. Antes de começar a nossa reunião, eu só gostaria de dizer que gostei muito de ler seus livros, especialmente *A máquina no crânio*. O senhor certamente criou algumas teorias interessantes sobre o cérebro.

— Eu quero saber por que me trouxeram para cá.

— Nós precisamos conversar com o senhor. A cláusula 18-C nos dá essa oportunidade.

— Por que a reunião esta noite? Sei que assinei o contrato, mas isso é muito incomum. O senhor poderia ter entrado em contato com a minha secretária para marcar esse encontro.

— Nós precisamos reagir a uma situação específica.

— O que vocês querem? Um resumo da pesquisa feita este ano? Eu enviei um relatório preliminar. Ninguém leu?

— O senhor não está aqui para nos dizer nada, dr. Richardson. Nós é que queremos lhe dar uma informação importante. — Lawrence apontou para uma das poltronas e os dois se sentaram de frente um para o outro. — O senhor fez várias experiências diferentes nos últimos seis anos, mas a sua pesquisa confirma uma idéia específica: de que não há realidade espiritual no universo. A consciência humana é simplesmente um processo bioquímico que acontece dentro do nosso cérebro.

— Esse é um resumo simplista, sr. Takawa. Mas está basicamente correto.

— Os resultados das suas pesquisas apóiam a filosofia da Fundação Sempre-Verde. As pessoas que administram a fundação acreditam que cada ser humano é uma unidade biológica autônoma. O nosso cérebro é um computador orgânico com suas capacidades de processamento determinadas pela herança genética. Durante a vida, enchemos o nosso cérebro com conhecimento aprendido e reações condicionadas às diversas experiências. Quando morremos, nosso cérebro computador é destruído, junto com todos os seus dados e programas operacionais.

Richardson meneou a cabeça.

— Acho que isso ficou claro.

— É uma teoria maravilhosa — disse Lawrence. — Infelizmente, não é verdadeira. Descobrimos que existe um fragmento de energia dentro de cada ser vivo, independentemente do cérebro ou do corpo. Essa energia entra em cada planta ou animal quando eles nascem. E sai de nós quando morremos.

O neurologista tentou sorrir.

— O senhor está falando da alma humana.

— Nós a chamamos de Luz. Parece seguir as leis da teoria quântica.

— Chame do que quiser, sr. Takawa. Eu não me importo. Vamos supor, neste momento, que realmente tenhamos uma alma. Está dentro de nós quando estamos vivos. Parte quando morremos. Mesmo se aceitar uma alma, ela não tem relevância nas nossas vidas. Quero dizer, não podemos *fazer* nada com essa alma. Medi-la. Confirmá-la. Tirá-la e guardá-la num vidro.

— Um grupo de pessoas chamadas Peregrinos consegue controlar sua Luz e enviá-la para fora do corpo.

– Eu não acredito em nenhuma dessas bobagens espirituais. Não podem ser comprovadas com experiências.
– Leia isso e diga o que pensa. – Lawrence pôs a pasta verde sobre a mesa. – Volto daqui a pouco.
Lawrence saiu e, mais uma vez, Richardson se viu sozinho. A conversa tinha sido tão estranha e inesperada que o neurologista não teve uma reação imediata. Peregrinos. A Luz. Por que o empregado de uma organização científica respeitada usava termos tão místicos? O dr. Richardson encostou de leve a ponta dos dedos na pasta verde, como se o conteúdo pudesse queimá-lo. Respirou fundo, abriu a primeira página e começou a ler.

O livro era dividido em cinco partes, cada uma numerada separadamente. A primeira parte resumia as experiências de diversas pessoas que acreditavam que o espírito havia deixado o corpo, passado através de quatro barreiras e atravessado para outra dimensão. Esses "Peregrinos" acreditavam que todos os seres humanos tinham uma energia dentro do corpo, como um tigre enjaulado. Subitamente a porta da jaula se abria e a Luz era libertada.
A parte dois descrevia a vida de Peregrinos que apareceram nos últimos mil anos. Alguns se tornaram eremitas e foram viver no deserto, mas muitos desses Peregrinos criaram movimentos e desafiaram as autoridades. Como tinham saído do mundo, os Peregrinos viam tudo de um ângulo diferente. O autor da parte dois sugeria que São Francisco de Assis, Joana d'Arc e Isaac Newton tinham sido Peregrinos. O famoso "Diário Negro" de Newton, escondido no cofre da biblioteca da Universidade de Cambridge, revelava que o matemático inglês sonhava que havia atravessado barreiras de água, terra, ar e fogo.
Na década de 1930, Joseph Stálin decidiu que os Peregrinos eram uma ameaça à sua ditadura. A parte três descrevia como a polícia secreta russa tinha prendido mais de uma centena de místicos e líderes espirituais. Um médico chamado Boris Orlov exami-

nava os Peregrinos encarcerados numa prisão especial fora de Moscou. Quando os prisioneiros passavam para outras dimensões, seus corações batiam uma vez a cada trinta segundos e eles paravam de respirar. "São como mortos", escreveu Orlov. "A energia da vida deixou seus corpos."

Heinrich Himmler, chefe da SS alemã, leu uma tradução do relatório de Orlov e resolveu que os Peregrinos seriam a fonte de uma nova arma secreta que poderia vencer a guerra. A parte quatro do texto descrevia como os Peregrinos capturados nos países ocupados eram enviados para laboratórios de pesquisa nos campos de concentração sob a supervisão do famoso "Doutor Morte", Kurt Blauner. Retiravam partes dos cérebros dos prisioneiros e os submetiam a eletrochoques e a banheiras com água gelada. Depois que as experiências falharam em produzir uma nova arma, Himmler resolveu considerar os Peregrinos "elementos cosmopolitas degenerados" e eles passaram a ser alvos dos esquadrões da morte da SS.

Richardson não sentia nenhuma afinidade com aquelas pesquisas toscas executadas no passado. As pessoas que pensavam que viajavam para mundos alternativos sofriam de atividade anormal em certas partes do cérebro. Teresa de Ávila, Joana d'Arc e todos os outros visionários deviam ser epiléticos com disfunção dos lobos temporais. Os nazistas tinham se enganado, é claro. Aquelas pessoas não eram santas ou inimigas do Estado; simplesmente precisavam de tranqüilizantes modernos e de terapia para enfrentar o desgaste emocional provocado por suas doenças.

Quando Richardson chegou à quinta parte do livro, ficou contente de ver que os dados experimentais eram obtidos com ferramentas neurológicas modernas como varreduras de tomografias computadorizadas e máquinas de ressonância magnética. Queria saber os nomes dos cientistas, mas toda essa parte da informação havia sido riscada com caneta preta. Os dois primeiros relatórios eram avaliações neurológicas detalhadas de pessoas que tinham se tornado Peregrinos. Quando esses indivíduos entravam em transe, seus corpos passavam para um estado de hibernação. As varreduras de tomografia computadorizada nesses períodos mostravam praticamente nenhuma atividade neurológica, exceto pela reação dos batimentos cardíacos controlados pela medula cerebral.

O terceiro artigo descrevia uma experiência num laboratório médico em Beijing, onde um grupo de pesquisadores chineses tinha inventado uma máquina que chamavam de Monitor de Energia Neurológica. Essa Máquina MEN media a energia bioquímica produzida pelo corpo humano. Mostrava que os Peregrinos tinham a capacidade de criar breves descargas do que Lawrence Takawa tinha chamado de Luz. Esse poder neurológico era incrível, chegava a ser trezentas vezes mais forte do que a força débil que percorria um sistema nervoso típico. Os pesquisadores sem nome sugeriam que a energia devia ter ligação com a capacidade de viajar para outros mundos.

Isso ainda não provava nada, pensou Richardson. A energia sobrecarrega o cérebro e essas pessoas pensam que viram anjos.

Virou a página, era outro relatório e leu rapidamente. Nessa experiência, os cientistas chineses tinham posto cada Peregrino dentro de uma caixa de plástico – quase como um caixão –, com equipamento especial para monitorar a atividade energética. Toda vez que um Peregrino entrava em transe, uma descarga intensa de energia era liberada do corpo. A Luz acionava os monitores, passava pela caixa e escapava. Richardson examinou para ver se havia notas de rodapé, para encontrar os nomes dos cientistas e dos Peregrinos. Em cada relatório de pesquisa, havia algumas palavras que pareciam um comentário casual no final de uma longa conversa. "Paciente retornou para custódia preventiva. Paciente incapaz de cooperar. Paciente morto."

O dr. Richardson estava transpirando. O quarto era abafado, parecia que a ventilação não funcionava. Abra a janela, pensou. Respire um pouco do ar frio da noite. Mas quando abriu a pesada cortina, viu uma parede. Não havia janelas na suíte e a porta estava trancada.

Uma loja bengali de trajes para casamento na extremidade sul da Brick Lane. Passando pelos sáris dourados e decorações cor-de-rosa para as festas, chegava-se a uma sala nos fundos onde se podia entrar na internet sem ser rastreado. Maya enviou mensagens em código para Linden e para Madre Blessing. Com o cartão de crédito do dono da loja pôs notas de obituário no *Le Monde* e no *Irish Times* on-line.

Faleceu em Praga de mal súbito: H. Lee Quinn, fundador da Thorn Security Ltd. Deixa uma filha, Maya. Em vez de flores, favor enviar doação para o Fundo dos Peregrinos.

No fim da tarde, ela recebeu a resposta numa lousa Arlequim: um muro de tijolos perto da estação de metrô Holborn, onde uma mensagem podia ser rabiscada como grafite. Com um pedaço de giz cor-de-laranja, alguém havia deixado um alaúde de Arlequim, uma série de números e as palavras: Cinco/Seis/Bush/Green. Era fácil decifrar isso. Os números davam a hora e a data. O local do encontro era no número 56 da Shepherd's Bush Green.

Maya guardou uma pistola no bolso da capa de chuva e pendurou a bainha com a espada no ombro esquerdo. O número 56 da

Shepherd's Bush Green era uma sala de projeção com descontos num beco perto do Cine Empire. Naquela tarde, estavam apresentando no Empire um filme chinês de Kung Fu e um documentário de viagem chamado *Provence: terra de encantamento*.

Maya comprou uma entrada da jovem sonolenta na bilheteria do cinema. Alguém havia rabiscado três losangos de Arlequim perto da entrada do Cinema Dois, de modo que ela entrou e encontrou um bêbado dormindo na terceira fila. Quando as luzes foram apagando e o filme começou, a cabeça do homem caiu para trás e ele passou a roncar.

O filme não tinha nada a ver com a França rural. Em vez disso, a trilha sonora era uma gravação toda arranhada da cantora americana de jazz Josephine Baker, cantando "J'ai Deux Amours", enquanto a tela exibia notícias e fotografias históricas tiradas da internet. Qualquer cidadão que entrasse naquele cinema por acaso concluiria que o filme era uma besteira visual, mistura de imagens desconexas de dor, opressão e terror. Só Maya percebeu que o filme apresentava uma visão Arlequim concisa do mundo. A história convencional ensinada nos livros escolares era uma ilusão. Os Peregrinos eram a única verdadeira força de mudança no mundo, mas a Tábula queria destruí-los.

Por milhares de anos, a matança foi levada a cabo por reis e líderes religiosos. Um Peregrino aparecia numa sociedade tradicional e apresentava uma nova visão que desafiava os poderosos. Essa pessoa era perseguida e depois destruída. Aos poucos, os governantes começaram a seguir a "estratégia do rei Herodes". Se os Peregrinos prevalecessem em algum grupo étnico ou religioso, as autoridades matavam todos que pudessem encontrar daquele grupo.

No fim da Renascença, um pequeno grupo de homens que se chamavam de Irmandade começou a organizar esses ataques. Usando sua riqueza e ligações com pessoas influentes, matavam Arlequins ou rastreavam Peregrinos que tinham fugido para outros países. A Irmandade servia a reis e a imperadores, mas eles se consideravam acima da expressão do poder mundano. O que mais valorizavam era a estabilidade e a obediência: uma sociedade organizada em que cada pessoa conhecia o seu lugar.

No século XVIII, o filósofo inglês Jeremy Bentham criou o Panóptico: uma prisão modelo onde um observador podia monitorar centenas de prisioneiros, permanecendo invisível. A Irmandade usava o desenho da prisão Panóptico como base teórica para suas idéias. Eles acreditavam que seria possível controlar o mundo inteiro assim que os Peregrinos fossem exterminados.

Apesar de a Tábula ter dinheiro e influência, os Arlequins defenderam bem os Peregrinos por centenas de anos. A introdução dos computadores em todo o mundo e a expansão da Imensa Máquina mudaram tudo. A Tábula finalmente possuía os meios para rastrear e destruir seus inimigos. Depois da Segunda Guerra Mundial, havia aproximadamente duas dúzias de Peregrinos conhecidos no mundo. Agora não sobrava mais nenhum e os Arlequins estavam reduzidos a um punhado de guerreiros. Apesar de a Irmandade continuar na clandestinidade, ela adquirira segurança suficiente para fundar uma organização pública chamada de Fundação Sempre-Verde.

Qualquer jornalista ou historiador que começasse a investigar as lendas sobre os Arlequins e os Peregrinos tinha seus computadores infectados por vírus que fugiam ao controle e minavam o resto do sistema. Os especialistas em computadores da Tábula atacavam sites legítimos da rede, depois construíam sites falsos que conectavam teorias sobre os Peregrinos com círculos em plantações, OVNI e com o Livro das Revelações. Pessoas comuns ouviam boatos sobre o conflito secreto, mas não tinham como saber se era verdade.

Josephine Baker continuava a cantar. O bêbado continuava a roncar. Lá na tela, a matança continuava. A maioria dos Peregrinos tinha sido destruída e os Arlequins não podiam mais defendê-los.

Maya assistiu a uma cobertura jornalística de oficiais do primeiro escalão em diversos governos, todos homens mais velhos, com olhares mortos e sorrisos falsos, que controlavam exércitos de soldados e policiais. Eles eram a Irmandade, ou seus apoiadores. Estamos perdidos, pensou Maya. Irremediavelmente perdidos.

Na metade do filme, um homem e uma mulher entraram no cinema e se sentaram na primeira fila. Maya tirou a pistola automática do bolso do casaco e soltou a trava de segurança. Preparou-se para se defender, então o homem abriu o zíper da calça, a prostituta se inclinou sobre o braço da poltrona e começou a atender seu cliente. Josephine Baker e as imagens da destruição dos Peregrinos não provocaram nenhum efeito no bêbado, só que ele acordou e notou os invasores.

— Vocês deviam ter vergonha na cara! — disse para eles com a voz arrastada. — Há lugar para isso, sabiam?

— Vai te catar — disse a mulher e começaram uma discussão em altos brados, que terminou quando o casal foi embora e o bêbado saiu atrás deles.

Maya ficou sozinha no cinema. O filme parou de rodar numa imagem do presidente da França cumprimentando o secretário de Estado dos Estados Unidos. Quando a porta da sala do projetor se abriu, Maya se levantou, mirou a automática e se preparou para atirar.

Um homem corpulento de cabeça raspada saiu da sala do projetor e desceu uma escada curta. Como Maya, ele carregava sua espada de Arlequim numa bainha metálica pendurada no ombro.

— Não atire — disse Linden. — Estragaria o meu dia.

Maya abaixou a arma.

— Aquelas pessoas estavam trabalhando para você?

— Não. Apenas cidadãos comuns. Pensei que nunca mais iam embora. Gostou do filme, Maya? Eu o fiz no ano passado, quando morava em Madri.

Linden desceu o corredor e abraçou Maya. Tinha braços e ombros muito fortes e ela se sentiu segura por alguns segundos, protegida pelo corpo volumoso e pela força de Linden.

O PEREGRINO

— Sinto pelo seu pai — disse Linden. — Ele era um grande homem. A pessoa mais corajosa que eu já conheci.

— Meu pai disse que você tem um informante que trabalha para a Tábula.

— Isso mesmo.

Eles se sentaram lado a lado e Maya encostou a mão no braço de Linden.

— Quero que você descubra quem matou meu pai.

— Já perguntei para o informante — disse Linden. — Deve ter sido um americano chamado Nathan Boone.

— E como faço para encontrá-lo?

— Matar Boone não é nosso objetivo imediato. O seu pai se comunicou comigo três dias antes de você ir a Praga. Queria que você fosse para os Estados Unidos ajudar Shepherd.

— Ele pediu para eu fazer isso. Eu me recusei.

Linden meneou a cabeça.

— E agora estou pedindo de novo. Eu compro a passagem de avião. Você pode partir esta noite.

— Eu quero encontrar o homem que matou meu pai. Vou matá-lo e depois desaparecer.

— Muitos anos atrás, seu pai descobriu um Peregrino chamado Matthew Corrigan que vivia nos Estados Unidos com a mulher e dois filhos. Quando ficou óbvio que eles corriam perigo, ele deu uma mala cheia de dinheiro para Corrigan e uma espada que tinha sido de Sparrow. O seu pai recebeu a espada quando ajudou a noiva de Sparrow a sair do Japão.

Maya estava impressionada com o presente do pai. Uma espada usada por um Arlequim famoso como Sparrow era um objeto precioso. Mas seu pai tinha feito a escolha certa. Só um Peregrino poderia usufruir de todo o poder de um talismã.

— Meu pai disse que os Corrigan passaram a viver na clandestinidade.

— É. Mas a Tábula os encontrou na Dakota do Sul. Ouvimos dizer que os mercenários tinham matado todos eles, mas parece que a mãe e os filhos escaparam. Ficaram perdidos um longo tempo até que um dos irmãos, Michael Corrigan, deu seu nome verdadeiro para a Imensa Máquina.

– Os filhos sabem que são capazes de passar para o outro lado?

– Acho que não. A Tábula planeja capturar os irmãos e transformá-los em Peregrinos.

– Não acredito nisso, Linden. A Tábula nunca fez isso antes.

Linden ficou de pé rapidamente e Maya ficou pequena ao lado dele.

– Nossos inimigos desenvolveram algo chamado computador quântico. Fizeram uma descoberta importante usando o computador, mas o nosso informante não consegue ter acesso a essa informação. O que a Tábula descobriu fez com que mudassem sua estratégia. Em vez de matar Peregrinos, eles querem usar o poder deles.

– Shepherd devia fazer alguma coisa.

– Shepherd nunca foi um bom lutador, Maya. Sempre que estou com ele, ele fica falando de algum novo esquema para ganhar dinheiro. Já pensei em eu mesmo voar para os Estados Unidos, mas a Tábula sabe demais a meu respeito. Ninguém consegue encontrar Madre Blessing. Ela fechou todos os canais de comunicação. Ainda temos contato com uns poucos mercenários confiáveis, mas eles não são capazes de enfrentar esse tipo de problema. Alguém tem de encontrar os Corrigan antes que a Tábula os capture.

Maya se levantou e foi até a frente da tela.

– Eu matei alguém em Praga, mas esse foi só o começo do pesadelo. Quando retornei ao apartamento do meu pai, encontrei-o caído no chão do quarto. Mal pude reconhecê-lo... só aquelas antigas cicatrizes de faca nas mãos. Algum tipo de animal havia mutilado o corpo dele.

– Uma equipe de pesquisadores da Tábula está criando animais geneticamente modificados. Os cientistas os chamam de "sobrepostos" porque diversos tipos de DNA são separados e postos uns em cima dos outros. Tudo isso é perigoso, mas sua prioridade absoluta é encontrar Michael e Gabriel Corrigan.

O PEREGRINO

– Eu não dou a mínima para os Peregrinos. Ainda lembro meu pai dizendo que a maioria dos Peregrinos nem gosta de nós. Eles ficam flutuando para outros mundos e nós estamos presos neste aqui... para sempre.

– Você é filha do Thorn, Maya. Como pode recusar esse último pedido dele?

– Não – ela disse. – Não. – Mas foi traída pela voz.

12

Lawrence Takawa estava sentado diante da mesa observando o dr. Richardson na tela do monitor do seu computador. Havia quatro câmeras escondidas na suíte de hóspedes. Tinham fotografado Richardson naquelas últimas doze horas enquanto ele lia o texto sobre os Peregrinos, dormia e tomava uma ducha.

Um segurança do centro de pesquisa tinha acabado de entrar na suíte para recolher a bandeja do café da manhã. Lawrence moveu o cursor para a parte de cima da tela. Clicou no sinal de mais e a câmera dois ampliou a cara do neurologista.

– Quando vou encontrar a equipe da fundação? – perguntou Richardson.

O guarda era um homem grande, equatoriano, chamado Immanuel. Usava um blazer azul-marinho, calça cinza e gravata vermelha.

– Eu não sei, senhor.

– Será esta manhã?

– Ninguém me disse nada.

Immanuel segurou a bandeja com uma das mãos e abriu a porta para o corredor com a outra.

– Não tranque a porta – disse Richardson. – Não é necessário.

– Não estamos trancando o senhor aqui. Estamos impedindo que saia. O senhor não tem permissão da segurança para andar pelo prédio.

O PEREGRINO

Quando a tranca da porta foi para o lugar, Richardson xingou em voz alta. Levantou-se de um pulo como se fosse fazer algo definitivo, depois começou a andar pelo quarto. Era fácil olhar para o rosto de Richardson e saber o que ele estava pensando. Parecia alternar duas emoções principais: raiva e medo.

Lawrence Takawa tinha aprendido como esconder suas emoções quando cursava o primeiro ano da faculdade na Universidade de Duke. Apesar de ter nascido no Japão, sua mãe o trouxera para os Estados Unidos quando tinha seis meses. Lawrence se considerava cem por cento americano e se recusava a aprender japonês. Então um grupo itinerante de atores do teatro nô chegou para se apresentar na universidade e ele assistiu a um dia inteiro de espetáculo que mudou sua vida.

No início, o drama nô parecia exótico e difícil de entender. Lawrence ficou fascinado com os movimentos estilizados dos atores no palco, os homens fazendo o papel de mulheres e o som fantasmagórico da flauta *nohkan* e dos três tambores. Mas as máscaras nô foram a verdadeira revelação. Máscaras esculpidas em madeira eram usadas pelos personagens principais, personagens femininos e idosos. Fantasmas, demônios e pessoas loucas usavam máscaras feias que representavam uma emoção forte, mas a maioria dos atores usava uma máscara com uma expressão propositalmente neutra. Mesmo os homens de meia-idade que trabalhavam sem máscara procuravam não mover nenhum músculo do rosto. Cada gesto no palco, cada fala e reação era uma opção consciente.

Lawrence tinha acabado de entrar para uma fraternidade que organizava reuniões para beber e executar rituais de trote elaborados. Sempre que olhava para seu reflexo no espelho, via insegurança e confusão. Um jovem que não ia se encaixar em lugar nenhum. Uma máscara viva resolveria o problema. De pé na frente do espelho do banheiro, ele praticava máscaras de felicidade, admiração e entusiasmo. Quando chegou ao último ano da faculdade, foi eleito presidente da fraternidade e seu professor ofereceu sólidas referências para a pós-graduação.

O telefone na mesa tocou baixinho e Lawrence deu as costas para a tela do computador.
– Como o nosso novo hóspede está reagindo? – perguntou Boone.
– Parece agitado. Um pouco assustado.
– Não há nada de estranho nisso – disse Boone. – O general Nash acabou de chegar. Pegue Richardson e o ponha na Sala da Verdade.

Lawrence desceu de elevador até o terceiro andar. Como Boone, ele tinha uma identificação com freqüência de rádio chamada de Elo Protetor embaixo da pele. Abanou a mão na frente do sensor da porta. A tranca abriu e ele entrou na suíte.

O dr. Richardson reagiu como se acabasse de flagrar Lawrence colando numa prova.
– Isso é um ultraje – disse ele. – O sr. Boone disse que eu ia ter uma reunião com a sua equipe. Em vez disso, me mantiveram trancado aqui dentro... como um prisioneiro.
– Desculpe a demora – disse Lawrence. – O general Nash acabou de chegar e está querendo muito falar com o senhor.

Richardson pareceu surpreso.
– Está falando de Kennard Nash? O seu diretor-executivo?
– Ele mesmo. Tenho certeza de que já o viu na televisão.
– Não o vejo há alguns anos – disse Richardson. – Mas lembro quando ele era consultor da presidência.
– O general sempre esteve envolvido com o serviço público – disse Lawrence. – Por isso foi uma transição natural para ele juntar-se à Fundação Sempre-Verde. – Lawrence enfiou a mão no bolso do paletó e tirou um detector de metal portátil, o tipo de equipamento que os guardas dos aeroportos usavam. – Por motivos de segurança, gostaríamos que o senhor por favor deixasse todos os

objetos de metal aqui no quarto. E isso inclui seu relógio de pulso, moedas, cinto.

Se Lawrence tivesse dado uma ordem direta, Richardson poderia se recusar a obedecer. Em vez disso, ele se deparou com a simples suposição de que tirar o relógio de pulso era procedimento padrão para ter o encontro com uma pessoa importante. Richardson hesitou, depois pôs suas coisas em cima da mesa. Lawrence passou o detector pelo corpo dele e levou o neurologista pelo corredor, até o elevador.

– O senhor leu o texto ontem à noite?

– Li.

– Espero que tenha achado interessante.

– É incrível. Por que esses estudos recentes não foram publicados? Nunca ouvi falar desses Peregrinos.

– Por ora, a Fundação Sempre-Verde quer manter sigilosa essa informação.

– Não é assim que a ciência funciona, sr. Takawa. Descobertas importantes acontecem porque cientistas do mundo inteiro têm acesso aos mesmos dados.

Pegaram o elevador, desceram ao subsolo, seguiram por um corredor até uma porta branca sem maçaneta ou puxador. Quando Lawrence abanou a mão, a porta deslizou e abriu. Ele indicou para o dr. Richardson entrar e o cientista se viu numa sala sem janelas. Não havia mobília, apenas uma mesa de madeira e duas cadeiras também de madeira.

– Essa é uma sala segura especial – explicou Lawrence. – Tudo que é dito aqui é confidencial.

– E onde está o general Nash?

– Não se preocupe. Ele estará aqui em poucos minutos.

Lawrence acenou com a mão direita e a porta se fechou, trancando Richardson dentro da Sala da Verdade. Nos últimos seis anos, a Fundação Sempre-Verde tinha custeado uma pesquisa secreta para descobrir quando alguém estava mentindo. Isso não era feito com analisador de voz nem com um detector de mentiras que gravava a respiração e os batimentos cardíacos das pessoas. O medo podia distorcer o resultado desses testes e um bom ator era capaz de suprimir os sinais e enganar a máquina.

Ignorando qualquer mudança física, os cientistas da Fundação Sempre-Verde viam o cérebro diretamente, por dentro, usando imagens de ressonância magnética. A Sala da Verdade era simplesmente uma grande câmara de ressonância magnética, onde a pessoa podia falar, comer e se mexer. O homem ou mulher sendo interrogado ali não precisava saber o que estava acontecendo e isso possibilitava uma variação maior de reações.

Observar o cérebro de uma pessoa quando ela respondia a perguntas permitia notar de que forma diferentes setores de tecido cerebral reagiam ao que era dito. Os cientistas da fundação descobriram que era mais fácil para o cérebro dizer a verdade. Quando a pessoa mentia, o córtex pré-frontal esquerdo e a fáscia circunvolutiva anterior se acendiam como manchas de lava derretida.

Lawrence continuou andando pelo corredor até uma porta sem nome. A fechadura se abriu com um estalo suave e ele entrou numa sala escura. Havia quatro monitores de televisão embutidos numa parede em frente a uma bancada de computadores e uma mesa comprida onde ficava o painel de controle. Um homem gorducho, de barba, estava sentado à mesa e digitava instruções num teclado de computador. Gregory Vincent havia construído e instalado o equipamento que usavam naquele dia.

– Tirou tudo que ele tinha de metal? – perguntou Vincent.
– Tirei.
– Por que você não entrou? Tem medo de dizer alguma coisa que eu possa ver?

Lawrence rolou uma cadeira até o painel de controle e se sentou.
– Estava apenas obedecendo a ordens.

— Ah, é. Claro. — Vincent coçou a barriga. — Ninguém quer entrar na Sala da Verdade.

Lawrence olhou para os monitores e viu que o corpo de Richardson tinha virado uma imagem desfocada formada por várias manchas de luz. A luz mudava de cor e de intensidade quando Richardson respirava, engolia e pensava naquela provação. Ele era um homem digital que podia ser medido e analisado pelos computadores atrás deles.

— Parece bom — disse Vincent. — Isso vai ser fácil. — Ele olhou para um pequeno monitor de segurança que pendia do teto. Um homem careca apareceu no corredor. — Tempo perfeito. Aí vem o general.

Lawrence adotou a máscara adequada. Pensativo. Concentrado. Olhou de forma fixa para os monitores quando Kennard Nash entrou na Sala da Verdade. O general era um homem mais velho e careca, de nariz grande e postura militar, com as costas muito retas. Lawrence admirava o jeito com que Nash ocultava sua dureza com o estilo simpático de um treinador esportivo bem-sucedido.

Richardson se levantou e Nash apertou a mão dele.

— Dr. Richardson! Prazer em vê-lo. Sou Kennard Nash, diretor-executivo da Fundação Sempre-Verde.

— É uma honra conhecê-lo, general Nash. Lembro-me de quando o senhor trabalhava para o governo.

— É. Aquilo era um verdadeiro desafio, mas chegou a hora de seguir em frente. Tem sido muito interessante administrar a Sempre-Verde.

Os dois homens se sentaram à mesa. Na sala dos monitores, Vincent digitou comandos no computador. Imagens diferentes do cérebro de Richardson apareceram nos monitores.

— Soube que leu o que chamamos de o "Livro Verde".

— A informação é inacreditável — disse Richardson. — É verdade mesmo?

— É. Certas pessoas têm a capacidade de projetar sua energia neurológica para fora do corpo. É uma anormalidade genética que pode passar de pais para filhos.

— E para onde vai a energia?

Kennard Nash descruzou as mãos e as escondeu embaixo da mesa. Olhou de forma fixa para Richardson alguns segundos, movendo um pouco os olhos para examinar o rosto do médico.

— Conforme indica o nosso relatório, eles vão para outra dimensão e depois voltam.

— Isso não é possível.

O general parecia estar se divertindo.

— Oh, nós já sabemos sobre outras dimensões há anos. É uma das bases da teoria quântica moderna. Sempre tivemos as provas matemáticas, mas não os meios para fazer essa viagem. Foi uma surpresa descobrir que esses chamados Peregrinos fazem isso há séculos.

— Vocês deviam chamar a imprensa e divulgar seus dados experimentais. Projetos de pesquisa deviam começar a trabalhar imediatamente.

— É exatamente o que nós não queremos fazer. O nosso país está sob ataque de fanáticos e subversivos. A fundação e nossos amigos pelo mundo todo estão preocupados com o fato de os terroristas poderem usar o poder dos Peregrinos para destruir o sistema econômico. Os Peregrinos tendem a ser anti-sociais.

— Vocês precisam de mais dados sobre essas pessoas.

— Por isso estamos desenvolvendo um novo projeto de pesquisa aqui no centro. Agora mesmo estamos aprontando o equipamento e já descobrimos um Peregrino disposto a cooperar. Podemos até conseguir dois deles. Dois irmãos. Precisamos de um neurologista com a sua experiência para implantar sensores no cérebro deles. Então poderemos usar nosso computador quântico para rastrear para onde está indo essa energia.

— Nas outras dimensões?

O PEREGRINO

– É. Como chegar lá e como voltar. Com o computador quântico vamos poder acompanhar o que acontecer. Não precisa saber como funciona esse computador, doutor. Só tem de implantar esses sensores e deixar os Peregrinos fazerem o resto. – O general Nash ergueu as duas mãos como se invocasse alguma divindade. – Estamos no limiar de uma grande descoberta que vai mudar a nossa civilização. Nem preciso dizer como isso tudo é excitante, dr. Richardson. Ficaria honrado se o senhor se juntasse à nossa equipe.

– E tudo seria secreto?

– Em curto prazo, sim. Por motivo de segurança, o senhor se mudaria para o centro de pesquisa e usaria a nossa equipe. Se tivermos sucesso, o senhor poderá publicar sua pesquisa. Comprovar a existência de dimensões diferentes significaria um Prêmio Nobel automático, mas o senhor entende que é muito mais do que isso. Seria uma descoberta que ficaria no mesmo nível da obra de Albert Einstein.

– E se isso falhar? – perguntou Richardson.

– Nossas medidas de segurança vão nos proteger do escrutínio da mídia. Se a experiência fracassar, ninguém precisa ficar sabendo. Os Peregrinos podem voltar a ser lendas folclóricas sem nenhuma comprovação científica.

O cérebro de Richardson apresentou uma cor vermelha enquanto ele analisava as possibilidades.

– Acho que vou me sentir mais à vontade trabalhando na Yale.

– Eu sei o que acontece na maioria dos laboratórios de universidades – disse Nash. – Vocês são obrigados a enfrentar comitês de revisão do trabalho e uma papelada infinita. No nosso centro de pesquisa, não existe burocracia. Se quiser um equipamento novo, será entregue no seu laboratório em quarenta e oito horas. Não se preocupe com os custos. Nós pagamos tudo. E além disso gostaríamos de pagar honorários significativos pela sua contribuição pessoal.

– Na universidade, eu tenho de preencher três formulários para receber uma caixa nova de tubos de ensaio.

— Esse tipo de bobagem é um desperdício da sua inteligência e criatividade. Queremos oferecer-lhe tudo de que vai precisar para fazer uma descoberta importante.

O corpo do dr. Richardson relaxou. Seu lobo frontal apresentou alguns pontos cor-de-rosa de atividade.

— Tudo isso é muito tentador...

— Estamos correndo contra o tempo, doutor. Temo que precise tomar uma decisão agora mesmo. Se o senhor não tiver certeza, terei de contatar outros cientistas. Acho que o seu colega Mark Beecher está na nossa lista.

— Beecher não tem experiência clínica — disse Richardson na mesma hora. — Vocês precisam de um neurologista que seja neurocirurgião. Quem mais tinham em mente?

— David Shapiro de Harvard. Parece que ele andou fazendo algumas experiências importantes com o córtex.

— É, mas só com animais. — Richardson tentou parecer relutante, mas seu cérebro estava muito ativo. — Acho que sou a escolha mais lógica para esse projeto.

— Maravilhoso! Sabia que podíamos contar com o senhor. Volte para New Haven e comece a cuidar da saída da universidade por alguns meses. Vai descobrir que a Fundação Sempre-Verde tem muitos contatos de alto nível na universidade, de modo que o tempo não será problema. Lawrence Takawa é o seu contato. — O general Nash se levantou e apertou a mão de Richardson. — Vamos mudar o mundo para sempre, doutor. E o senhor fará parte desse trabalho.

Lawrence observou o corpo luminoso do general Nash saindo da sala. Um dos monitores continuou a mostrar o dr. Richardson, inquieto na cadeira. As outras telas mostravam gravações digitais de diversos segmentos da conversa anterior. Apareceu uma grade de linhas verdes sobre o crânio do neurologista. Era a análise das reações do cérebro dele a cada coisa que dizia.

— Não vejo nenhuma indicação de falsidade em qualquer frase do dr. Richardson — disse Vincent.

— Ótimo. Era isso que esperávamos.
— A única falsidade é do general Nash. Olha só...
Vincent digitou um comando e um dos monitores mostrou uma gravação digital do cérebro de Kennard Nash. Um close-up do córtex revelou que o general estava escondendo alguma coisa em quase toda a conversa.
— Por razões técnicas, eu sempre gravo imagens das duas pessoas na Sala da Verdade — disse Vincent. — Isso acusa qualquer problema que houver com os sensores.
— Isso não foi autorizado. Por favor, remova do sistema todas as imagens do general Nash.
— Claro. Sem problema.
Vincent digitou um comando novo e o cérebro mentiroso de Nash desapareceu da tela.

Um guarda de segurança acompanhou o dr. Richardson para fora do prédio. Cinco minutos depois, o neurologista estava sentado no banco de trás de uma limusine que o levaria de volta para New Haven. Lawrence voltou para a sala dele e enviou um e-mail para alguém da Irmandade que tinha contatos na Faculdade de Medicina de Yale. Abriu um arquivo para Richardson e digitou as informações pessoais sobre o médico.

A Irmandade categorizava todos os seus funcionários em um dos dez níveis de segurança. Kennard Nash era nível um e tinha conhecimento completo de todas as operações. O dr. Richardson recebeu uma avaliação de nível cinco de acesso. Sabia sobre os Peregrinos, mas jamais tomaria conhecimento dos Arlequins. Lawrence era um funcionário de confiança do nível três. Ele tinha acesso a uma grande quantidade de informações, mas jamais conheceria as grandiosas estratégias da Irmandade.

Câmeras de vigilância seguiram Lawrence na saída da sala dele, pelo corredor e no elevador, até o estacionamento no subsolo do centro administrativo. Quando Lawrence passou no seu carro pelos portões do complexo, seus movimentos foram rastreados por um GPS e enviados para o computador da Fundação Sempre-Verde.

Quando estava na Casa Branca, o general Nash propôs que todos os cidadãos americanos tivessem um Elo Protetor, ou "dispositivo EP". O programa Livre do Medo do governo enfatizava a segurança nacional e os aspectos práticos do programa. Codificado de certa forma, o dispositivo EP podia ser um cartão de crédito e de débito universal. Com ele a pessoa teria acesso a todas as informações médicas em caso de acidente. Se todos os americanos leais e cumpridores das leis usassem um dispositivo EP, o crime de rua poderia desaparecer em poucos anos. No anúncio de uma revista, jovens pais usando EPs punham a filha na cama e o cartão Elo Protetor da menina estava nas patas do ursinho de pelúcia. O slogan do anúncio era simples, mas eficiente: "Combatendo o terrorismo enquanto dorme."

Chips de identificação que emitem freqüências de rádio já tinham sido postos sob a pele de milhares de americanos. Principalmente dos idosos ou de pessoas com doenças sérias. Dispositivos semelhantes de identificação serviam para rastrear os funcionários que trabalhavam para grandes empresas. A maioria dos americanos parecia aprovar um dispositivo que pudesse protegê-la de perigos desconhecidos e ajudá-la a passar pela fila do caixa do supermercado. Mas o Elo Protetor foi atacado por uma aliança de grupos esquerdistas pelas liberdades civis e por libertários de direita. Depois que perdeu o apoio da Casa Branca, o general Nash foi forçado a deixar o cargo.

Quando Nash assumiu a Fundação Sempre-Verde, ele imediatamente montou um sistema particular com o Elo Protetor. Os funcionários podiam guardar a identificação no bolso da camisa ou pendurá-la num cordão ao pescoço, mas todos os funcionários mais graduados tinham o chip implantado sob a pele. A cicatriz nas

O PEREGRINO

costas da mão direita indicava que pertenciam ao alto escalão da fundação. Uma vez por mês, Lawrence tinha de pôr a mão num carregador. Tinha uma sensação de calor e formigamento quando o chip recebia energia suficiente para continuar transmitindo.

Lawrence gostaria de saber como o EP funcionava no início do programa. Um satélite de posicionamento global rastreava os movimentos de alguém e os computadores estabeleciam uma grade de freqüência de destino para cada funcionário. Como a maioria das pessoas, Lawrence passava noventa por cento da vida dele na mesma grade de destino. Fazia compras em certas lojas, se exercitava na mesma academia e viajava da sua casa na cidade para o trabalho e de volta para casa. Se Lawrence soubesse da existência dessa grade, teria feito algumas coisas incomuns durante o primeiro mês.

Sempre que ele se desviava da sua grade de freqüência de destino, uma lista de perguntas aparecia imediatamente no seu computador. *Por que estava em Manhattan na quarta-feira, às 21 horas? Por que foi para a Times Square? Por que atravessou a rua 42 e foi para a estação Grand Central?* As perguntas eram geradas pelo computador, mas tinha de responder a cada uma delas. Lawrence ficava imaginando se suas respostas iam logo para algum arquivo que ninguém lia ou se eram examinadas e avaliadas por algum outro programa. Trabalhando para a Irmandade, ninguém nunca sabia quando estava sendo observado, por isso o melhor era supor que devia ser o tempo todo.

Quando Lawrence entrou na casa dele, tirou os sapatos, a gravata e jogou a pasta na mesa de centro. Tinha comprado toda a mobília com a ajuda de uma decoradora contratada pela Fundação Sempre-Verde. A mulher informou que Lawrence era uma personalidade primaveril, por isso toda a mobília e pintura das paredes eram de cores coordenadas, azul-claros e verde-claros combinando.

Lawrence seguia o mesmo ritual sempre que ficava finalmente sozinho – ele gritava. Então ia até um espelho, sorria, fazia caretas e berrava feito louco. Depois de liberar a tensão, tomava uma chuveirada e vestia um roupão.

    Um ano antes, Lawrence tinha construído um quarto secreto no closet do seu escritório em casa. Levou meses para instalar toda a fiação e ocultar tudo atrás de uma estante que se apoiava em rolimãs embutidos. Lawrence havia estado no quarto secreto havia três dias e já era hora de voltar lá. Puxou a estante um pouco, entrou e acendeu a luz. Num pequeno altar budista, tinha posto duas fotografias dos pais tiradas numa fonte de água quente em Nagano, no Japão. Em uma delas, eles sorriam um para o outro e estavam de mãos dadas. Na segunda fotografia, seu pai estava sentado sozinho, olhando para as montanhas com uma expressão triste. Na mesa diante dele, havia duas espadas japonesas antigas, uma com uma incrustação de jade no cabo e a outra com acabamento de ouro.

    Lawrence abriu uma caixa de ébano e tirou de lá um telefone celular por satélite e um laptop. Um minuto depois, estava conectado, navegando pela rede, até encontrar o Arlequim francês chamado Linden numa sala de bate-papo dedicada à *trance Musik*.

– Filho de Sparrow aqui – Lawrence digitou.

– Em segurança?

– Acho que sim.

– Notícias?

– Encontramos um médico que concordou em implantar sensores no cérebro da cobaia. O tratamento vai começar logo.

– Mais alguma notícia?

– Acho que a equipe do computador fez mais uma descoberta. Pareciam muito contentes no refeitório na hora do almoço. Ainda não tenho acesso à pesquisa deles.

– Eles encontraram os dois elementos mais importantes da experiência?

Lawrence ficou olhando para a tela do monitor e então digitou bem rápido.

– Estão procurando neste momento. O tempo está acabando. Vocês precisam encontrar os irmãos.

13

A portaria do prédio de quatro andares onde ficava a confecção do sr. Bolha era ladeada por dois obeliscos de pedra cimentados na parede de tijolos. Esculturas de gesso de imagens de túmulos egípcios na recepção do andar térreo e hieróglifos de gesso nas paredes das escadas. Gabriel imaginou se tinham encontrado um professor para escrever mensagens verdadeiras com os hieróglifos ou se os símbolos tinham sido copiados de alguma enciclopédia. Quando andava pelo prédio vazio à noite, ele tocava nos hieróglifos e seguia seus desenhos com a ponta do dedo indicador.

    Todas as manhãs, nos dias de semana, os empregados iam chegando para o trabalho na confecção. O térreo era onde despachavam e recebiam mercadoria e era administrado por jovens latinos de calças largas e camisetas brancas. O tecido que chegava subia no elevador de carga para o terceiro andar onde ficavam os cortadores. Naquele momento, estavam confeccionando lingerie para o Dia dos Namorados e os cortadores empilhavam camadas de cetim e de tecido sintético raiom em enormes mesas de madeira para cortar com tesouras elétricas. As costureiras no segundo andar eram imigrantes ilegais do México e da América Central. O sr. Bolha pagava trinta e dois centavos de dólar por cada peça que confeccionavam. Todas trabalhavam demais na sala poeirenta e barulhenta, mas parecia que estavam sempre rindo de alguma coisa ou conversando. Algumas tinham fotografias da Virgem Maria pregadas nas máquinas de costura, como se a Santa Mãe as protegesse enquanto costuravam bustiês vermelhos com pequenos corações dourados pendurados no zíper das costas.

Gabriel e Michael, nos últimos dias, estavam morando no quarto andar, um depósito com caixas vazias e móveis velhos de escritório. Deek tinha comprado sacos de dormir e catres dobráveis numa loja de equipamento esportivo. Não havia nenhum chuveiro no prédio, mas à noite os irmãos desciam e tomavam banho de esponja na sala de estar dos empregados. Comiam sonhos ou pãezinhos no café da manhã. Na hora do almoço, uma caminhonete de um fornecedor de refeições estacionava na frente da fábrica e um dos seguranças levava burritos com ovo ou sanduíches de peru em recipientes de isopor.

Dois salvadorenhos os vigiavam durante o dia. Depois que os empregados iam para casa, Deek chegava com o careca latino do laboratório, ex-leão-de-chácara de boate, chamado Jesús Morales. Jesús passava a maior parte do tempo lendo revistas de automóveis e ouvindo música *ranchero* no rádio.

Se Gabriel ficava entediado e sentia vontade de falar com alguém, descia e conversava com Deek. O samoano grandalhão recebeu esse apelido porque era diácono de uma igreja fundamentalista em Long Beach.

— Cada homem é responsável pela sua alma — disse ele para Gabriel. — Se alguém vai pro inferno, deixa mais espaço pros bons no céu.

— E se você acabar indo para o inferno, Deek?

— Isso não vai acontecer, irmão. Eu vou pro lugar dos bons.

— Mas e se você tiver de matar alguém?

— Depende da pessoa. Se ela for uma verdadeira pecadora, então vou transformar o mundo num lugar melhor sem ela. Lixo tem que ir pra lata de lixo. Sabe do que eu estou falando, irmão?

Gabriel tinha levado sua motocicleta Honda e alguns livros para o quarto andar. Passava o tempo desmontando a moto, limpando cada peça e montando de novo. Quando se cansava de fazer isso, lia revistas velhas ou uma tradução de *A história de Genji*.

Gabriel sentia falta da sensação de realização sempre que acelerava sua moto ou saltava de um avião. Agora estava preso na confecção. Sonhava sempre com incêndios. Estava dentro de uma casa velha, olhando para uma cadeira de balanço que queimava com uma imensa chama amarela. Respirava fundo. Acordava no meio da noite. Michael estava deitado a poucos metros, roncando, e um caminhão de lixo lá fora recolhia o lixo de uma caçamba.

Durante o dia, Michael andava para lá e para cá no quarto andar, falando ao celular. Tentava salvar a compra do prédio comercial na Wilshire Boulevard, mas não conseguia explicar seu desaparecimento súbito para o banco. O negócio estava entrando pelo cano e ele implorava um prazo maior.

– Deixe para lá – disse Gabriel. – Você pode encontrar outro prédio.

– Isso pode levar anos.

– Nós podemos nos mudar para outra cidade. Começar uma vida diferente.

– Eu achava que essa ia ser a minha vida. – Michael se sentou num caixote, tirou um lenço do bolso e tentou limpar uma mancha de graxa na ponta do sapato. – Eu trabalhei duro, Gabe. Agora parece que tudo está prestes a desaparecer.

– Nós sempre sobrevivemos.

Michael balançou a cabeça. Parecia um lutador de boxe que acabou de perder uma luta pelo campeonato.

– Eu queria nos proteger, Gabe. Nossos pais não fizeram isso. Eles só procuravam se esconder. O dinheiro compra proteção. Ergue uma muralha entre você e o resto do mundo.

14

O avião cortava a noite rumo ao oeste, cruzando os Estados Unidos. Quando as comissárias acenderam as luzes, Maya levantou a pequena cortina de plástico e espiou pela janela. Uma linha brilhante de luz do sol no horizonte oriental iluminava o deserto lá embaixo. O avião devia estar sobrevoando o estado de Nevada ou do Arizona. Ela não sabia ao certo. Um conjunto de luzes piscava numa pequena cidade. Ao longe, a linha escura de um rio serpenteava pela terra.

Maya não quis o café da manhã e o champanhe de cortesia, mas aceitou um bolinho quente, servido com morangos e creme. Maya ainda lembrava quando a mãe costumava assar aqueles bolinhos para o chá da tarde. Era a única hora do dia em que se sentia uma criança comum, sentada à pequena mesa lendo uma revistinha, enquanto a mãe se ocupava na cozinha. Chá bem forte com muito creme de leite e açúcar. Lascas de peixe à milanesa. Arroz-doce. Bolos. Torradas cortadas em pequenos palitos que a mãe dela chamava de soldadinhos.

Uma hora antes do pouso, Maya foi até o banheiro na parte de trás do avião e trancou a porta. Abriu o passaporte que estava usando, prendeu no espelho sobre a pia e comparou a imagem na fotografia com sua aparência. Os olhos dela agora eram castanhos, graças às lentes de contato especiais. Infelizmente o avião tinha decolado do aeroporto de Heathrow com três horas de atraso e as drogas que usava para modificar o rosto já começavam a perder o efeito.

Abriu a bolsa e tirou a seringa e os esteróides diluídos que usava para retoques. Os esteróides estavam disfarçados de ampolas de insulina e o estojo continha uma receita do médico que parecia oficial, afirmando que Maya era diabética. Olhando para o reflexo do seu rosto no espelho, Maya enfiou a agulha bem fundo no músculo da face e injetou meia seringa.

Quando terminou de aplicar os esteróides, encheu a pia, pegou o tubo de ensaio na bolsa e jogou uma película com impressões digitais na água fria. O revestimento gelatinoso era branco-acinzentado, fino e frágil. Parecia um pedaço do intestino de um animal.

Maya pegou um vidro de perfume falso da bolsa e espalhou adesivo no dedo indicador esquerdo. Enfiou a mão na pia, o dedo na película gelatinosa e tirou rapidamente a mão da água. O revestimento cobriu a ponta do dedo com uma nova impressão digital para a varredura na imigração. Antes de o avião pousar, usaria uma lixa para tirar a parte que cobria a unha.

Maya aguardou dois minutos para o primeiro revestimento secar, depois abriu o segundo tubo de ensaio com a película que grudaria no indicador direito. O avião entrou numa área de turbulência e começou a balançar. Uma luz vermelha acendeu dentro do banheiro. *Por favor, volte para o seu assento.*

Concentre-se, ela pensou. Você não pode errar. Quando enfiou o dedo na película, o avião balançou de repente e o tecido frágil rasgou.

Maya bateu de costas na parede do banheiro, nauseada. Só tinha uma película de reserva e se essa não desse certo, muito provavelmente seria presa quando aterrissasse nos Estados Unidos. A Tábula devia ter obtido suas impressões digitais quando trabalhava na firma de design em Londres. Seria fácil inserir informações falsas no computador da imigração nos Estados Unidos, que seriam ativadas por uma varredura de impressões digitais. *Pessoa suspeita. Contatos terroristas. Deter imediatamente.*

Maya abriu um terceiro tubo de ensaio e jogou o único revestimento reserva na água da pia. Espalhou mais uma vez o adesivo amarelo no dedo indicador direito. Respirou fundo e enfiou a mão na água.

— Com licença! — A comissária bateu na porta do banheiro. — Por favor, volte para o seu assento imediatamente!

— Só um minuto.

— O piloto acendeu o aviso de apertar o cinto de segurança! O regulamento determina que todos os passageiros voltem para os seus lugares!

— Eu... eu estou enjoada — disse Maya. — Dê-me só um minuto. Só isso.

O suor escorria pelo pescoço dela. Dessa vez, respirou bem devagar, encheu os pulmões de ar, enfiou o dedo na película e tirou a mão da água. Ainda molhado, o revestimento gelatinoso brilhava na ponta do dedo.

A comissária de bordo, uma mulher mais velha, olhou zangada para Maya quando ela voltou para o assento.

— Não viu a luz acesa?

— Eu *sinto* muito — sussurrou Maya. — Mas estou muito enjoada. Tenho certeza de que a senhora compreende.

O avião chacoalhou de novo quando Maya apertou o cinto de segurança e se preparou mentalmente para a batalha. Um Arlequim que chegava a um país estrangeiro pela primeira vez devia ser recebido por um contato local que lhe daria armas, dinheiro e identificação. Maya levava sua espada e facas escondidas no tripé da câmera de vídeo. Tanto as armas quanto o tripé tinham sido fabricados em Barcelona por um fabricante de espadas catalão que testava tudo com um aparelho particular de raios X.

Shepherd devia encontrá-la no aeroporto, mas o Arlequim americano estava demonstrando a incompetência habitual. Nos três dias antes de Maya sair de Londres, Shepherd mudou de idéia várias vezes, depois enviou um e-mail dizendo que estava sendo seguido e que tinha de tomar muito cuidado com seus movimentos. Shepherd tinha entrado em contato com um jonesie e essa pessoa prometeu que estaria no terminal.

"Jonesie" era o apelido dos membros da Igreja Divina de Isaac T. Jones. Era um grupo pequeno de afro-americanos que acreditava que um Peregrino chamado Isaac Jones era o maior profeta que tinha existido na terra. Jones era um sapateiro que viveu no Arkansas na década de 1880. Como muitos Peregrinos, ele começou pregando uma mensagem espiritual, depois passou a divulgar idéias que iam contra a estrutura de governo. No sul do Arkansas, meeiros brancos e negros eram controlados por um pequeno grupo de proprietários de terras poderosos. O profeta dizia que esses pobres agricultores deviam descumprir os contratos que os mantinha naquela escravidão econômica.

Em 1889, Isaac Jones foi falsamente acusado de apalpar uma mulher branca que foi à loja dele mandar fazer um par de sapatos. Ele foi preso pelo xerife da cidade e morto naquela mesma noite por uma multidão de linchadores que arrombou a porta da sua cela. Na noite em que Jones foi sacrificado, um caixeiro-viajante chamado Zachary Goldman estava na delegacia. Quando os linchadores entraram, Goldman matou três homens com a espingarda do xerife e mais outros dois com um pé-de-cabra. A multidão dominou Goldman e o jovem foi castrado, depois queimado vivo na mesma fogueira que consumiu Isaac Jones.

Apenas os verdadeiros crentes conheciam a história real: que Zachary Goldman era um Arlequim chamado Leão do Templo, que tinha ido para Jackson City com dinheiro suficiente para subornar o xerife e tirar o profeta da cidade. Quando o xerife fugiu, Goldman ficou na delegacia e morreu defendendo o Peregrino.

A igreja sempre foi aliada dos Arlequins, mas esse relacionamento havia mudado na última década. Alguns jonesies acreditavam que Goldman não estava realmente na prisão e, sim, que os Arlequins tinham inventado aquela história para se promover. Outros acreditavam que a igreja tinha feito tantos favores para os

Arlequins, que o feito de Goldman havia sido pago anos atrás. Incomodava-os o fato de haver outros Peregrinos no mundo, porque novas revelações nunca deviam suplantar os ensinamentos do profeta. Apenas um pequeno número de jonesies empedernidos se chamava DNPs, abreviação de "Dívida Não Paga". Um Arlequim tinha morrido com o profeta no seu martírio e era obrigação deles honrar esse sacrifício.

No aeroporto de Los Angeles, Maya pegou sua mala com as roupas, a câmera e o tripé, passou pela polícia com seu passaporte alemão. As lentes de contato e as películas de impressões digitais funcionaram perfeitamente.

– Bem-vinda aos Estados Unidos – disse o homem de uniforme e Maya sorriu educadamente.

Ela seguiu pela porta com luz verde para os passageiros que não tinham nada a declarar e subiu uma longa rampa até a recepção.

Centenas de pessoas eram empurradas contra um corrimão de aço, à espera dos passageiros que chegavam ao aeroporto. Um motorista de limusine segurava um pedaço de cartolina com o nome J. Kaufman. Uma jovem com saia bem justa e ruidosos sapatos de salto alto se adiantou correndo e abraçou um soldado americano. A mulher ria e chorava como uma boba pelo namorado magricela, mas Maya sentiu uma ponta de inveja. O amor deixa as pessoas vulneráveis. Se entregar o coração para alguém, essa pessoa pode abandonar você ou morrer. No entanto, ela estava cercada de imagens de amor. Pessoas se abraçando perto da porta e cartazes feitos à mão. *Nós te amamos, David! Bem-vindo ao lar!*

Maya não tinha idéia de como encontrar o jonesie. Fingiu estar procurando um amigo e saiu andando devagar pelo terminal. Maldito Shepherd, pensou. O avô dele era um letão que salvara centenas de vidas na Segunda Guerra Mundial. O neto assumiu seu honrado nome Arlequim, mas sempre foi um idiota.

Maya chegou à porta de saída, deu meia-volta e retornou para a barreira de segurança. Talvez devesse tentar encontrar o contato reserva que Linden tinha indicado. Um homem chamado Thomas

O PEREGRINO

que morava ao sul do aeroporto. O pai dela passou a vida toda fazendo isso, viajando para países desconhecidos onde contratava mercenários e procurava Peregrinos. Agora ela estava sozinha, insegura e um pouco assustada.

Deu-se um prazo de cinco minutos, então notou uma jovem negra de vestido branco parada ao lado do balcão de informações. A mulher segurava um pequeno buquê de rosas de boas-vindas. Havia três losangos cintilantes de papelão – um sinal Arlequim – no meio das flores. Quando Maya se aproximou do balcão viu que a mulher tinha uma pequena fotografia de um negro sério e com ar solene pregada no peito do vestido. Era a única fotografia que tinham tirado de Isaac T. Jones.

15

Com as rosas na mão, Victory From Sin Fraser estava parada no meio do terminal. Como a maioria dos membros da igreja, conheceu Shepherd em uma de suas ocasionais viagens a Los Angeles. O homem parecia tão convencional, com seu sorriso simpático e roupas finas, que Vicki achou difícil acreditar que era um Arlequim. Em suas fantasias, os Arlequins eram guerreiros exóticos que andavam pelas paredes e pegavam projéteis de armas de fogo com os dentes. Sempre que ela via alguém agindo com crueldade, desejava que um Arlequim aparecesse quebrando o vidro de uma janela ou pulando de um telhado para fazer justiça instantânea.

Vicki deu as costas para o balcão e viu uma mulher se aproximando. Ela carregava uma mala de lona, um tubo preto pendurado no ombro, uma câmera de vídeo e um tripé. Estava de óculos escuros e tinha cabelo castanho, bem curto. Apesar de magra, o rosto era rechonchudo e feio. Mais de perto, Vicki notou que a mulher tinha algo de feroz e perigoso, uma intensidade mal controlada.

A mulher parou na frente de Vicki e examinou-a de alto a baixo.

– Está à minha procura? – ela disse com sotaque britânico.

– Eu sou Vicki Fraser. Estou esperando alguém que conhece um amigo da nossa igreja.

— Deve ser o sr. Shepherd.

Vicki meneou a cabeça.

— Ele pediu para eu cuidar da senhorita até ele descobrir um lugar seguro para encontrá-la. Ele está sendo observado.

— Tudo bem. Vamos dar o fora daqui.

Saíram do terminal internacional no meio de um grupo e atravessaram a rua estreita para um edifício de quatro andares de estacionamento. A mulher não deixou Vicki carregar nenhuma peça da bagagem. Ficava olhando para os lados como se estivesse sendo seguida. Quando subiram a escada de concreto, ela agarrou o braço de Vicki e a fez virar de frente.

— Para onde estamos indo?

— Eu... eu estacionei o carro no segundo andar.

— Volte lá para baixo comigo.

As duas retornaram ao andar térreo. Uma família de latinos conversando em espanhol passou por elas e subiu a escada. A Arlequim deu meia-volta e olhou para todos os lados. Nada.

Subiram de novo e Vicki foi andando para um sedã Chevrolet com um adesivo na janela de trás: *Conheça a verdade! Isaac T. Jones morreu por VOCÊ!*

— Onde está a minha arma? — perguntou a mulher.

— Que arma?

— Vocês deviam providenciar armas, dinheiro e identificação americana para mim. Esse é o procedimento padrão.

— Sinto muito, senhorita... Srta. Arlequim. Shepherd não falou nada sobre isso. Ele só pediu para eu levar algo em forma de losango e encontrá-la no terminal do aeroporto. Minha mãe não queria que eu fizesse isso, mas eu vim assim mesmo.

— Abra a mala... o porta-malas... qualquer que seja o nome que vocês americanos dão para isso.

Vicki se atrapalhou com as chaves e abriu a mala do carro. Estava cheia de latas de alumínio e garrafas de plástico que ela ia levar para o posto de reciclagem. Ficou constrangida quando a Arlequim viu aquilo.

A jovem pôs a câmera e o tripé dentro da mala. Olhou em volta. Não havia ninguém observando. Sem se dar ao trabalho de explicar, ela desmontou o tripé e tirou duas facas e uma espada. Tudo aquilo era brutal demais. Vicki se lembrou dos Arlequins imaginários dos seus sonhos, que usavam espadas douradas e flutuavam no ar com cordas. A arma diante dela era uma espada de verdade que parecia muito afiada. Sem saber o que dizer, ela se lembrou de uma passagem da escritura das *Coletânea de Cartas de Isaac T. Jones.*

– "Quando o Último Mensageiro chegar, o Maligno cairá no Mundo Mais Sombrio e as espadas se transformarão em Luz."

– Parece maravilhoso. – A Arlequim enfiou a espada numa bainha com correia. – Mas enquanto isso não acontece, eu mantenho minha espada sempre afiada.

Entraram no carro e a Arlequim arrumou o espelho retrovisor externo da direita para poder ver se tinha alguém atrás delas.

– Vamos sair daqui – disse ela. – Precisamos ir para algum lugar onde não haja câmeras.

Saíram do edifício garagem, seguiram o fluxo do trânsito do aeroporto e viraram no Sepulveda Boulevard. Era novembro, mas fazia calor e o sol refletia em todos os pára-brisas e vidros de janelas. Passaram por um bairro comercial com prédios de dois e três andares, prédios modernos de escritórios de frente para quitandas e salões de manicure de imigrantes. Não havia muita gente nas calçadas. Um pobre, um idoso e um louco de cabelo sujo parecido com João Batista.

– Tem um parque a poucos quilômetros daqui – disse Vicki. – Sem câmeras de vigilância.

– Tem certeza disso ou é apenas um palpite? – A Arlequim continuava espiando pelo espelho retrovisor.

– É um palpite. Mas um palpite lógico.

A mulher parece que achou graça da resposta.

– Tudo bem. Então vamos ver se a lógica funciona melhor na língua americana.

O PEREGRINO

O parque era uma faixa estreita de terra com algumas árvores, do outro lado da rua da Universidade Loyola. Não havia ninguém no estacionamento e parecia não ter também câmeras de vigilância. A Arlequim examinou a área com todo o cuidado, então tirou os óculos escuros, as lentes de contato coloridas e a peruca castanha. O cabelo dela era espesso e preto e os olhos muito claros, com apenas uma sugestão de azul. A aparência inchada se devia a algum tipo de droga. Quando foi perdendo o efeito, ela ficou muito mais jovem e ainda mais agressiva.

Vicki tentou não olhar fixo para a bainha da espada.

– Está com fome, srta. Arlequim?

A jovem enfiou a peruca na mala de viagem. E mais uma vez espiou pelo espelho retrovisor.

– Meu nome é Maya.

– Meu nome na igreja é Victory From Sin Fraser. Mas peço para quase todo mundo me chamar de Vicki.

– Uma escolha sábia.

– Está com fome, Maya?

Em vez de responder, Maya abriu a bolsa e tirou um pequeno aparelho eletrônico do tamanho de uma caixa de fósforos. Apertou um botão e números brilharam numa tela estreita. Vicki não sabia o que os números significavam, mas a Arlequim usou-os para tomar uma decisão.

– Tudo bem. Vamos almoçar – disse Maya. – Leve-me para um lugar onde se pode comprar comida e comer no carro. Estacione perto da saída, de frente para a rua.

Acabaram num quiosque de comida mexicana. Vicki levou os refrigerantes e burritos para o carro. Maya ficou em silêncio e comeu o recheio de carne com um garfo de plástico. Sem saber o que fazer, Vicki observava as pessoas chegando e saindo do estacionamento. Uma senhora idosa, atarracada, com feições indígenas de camponesa guatemalteca. Um casal de filipinos de meia-idade. Dois rapazes asiáticos, provavelmente coreanos, com roupas espalhafatosas e jóias de ouro dos rappers negros.

Vicki olhou para a Arlequim e procurou parecer segura.
— Pode me dizer o que veio fazer em Los Angeles?
— Não.
— Tem a ver com um Peregrino? O pastor da minha igreja diz que não existem mais Peregrinos. Que todos foram caçados e mortos.

Maya abaixou a mão segurando um copo de refrigerante.
— Por que sua mãe não queria que você viesse me encontrar?
— A Igreja Divina de Isaac T. Jones não acredita em violência. Todos na igreja sabem que os Arlequins... — Vicki parou de falar e ficou constrangida.
— Matam pessoas?
— Tenho certeza de que as pessoas que vocês combatem são más e cruéis. — Vicki jogou o resto de comida num saco de papel e olhou diretamente para Maya. — Diferentemente da minha mãe e das amigas dela, eu acredito na Dívida Não Paga. Não devemos esquecer nunca que o Leão do Templo foi a única pessoa com coragem suficiente para defender o profeta na noite do seu martírio. Ele morreu com o profeta e foi queimado na mesma fogueira.

Maya balançou o gelo no copo.
— E o que você faz quando não está recebendo desconhecidos no aeroporto?
— Eu terminei o ensino médio esse verão e agora minha mãe quer que eu faça a prova para os Correios. Muitos fiéis aqui em Los Angeles são carteiros. É um bom emprego, tem muitos benefícios. Pelo menos é isso que dizem.
— E o que você quer fazer?
— Seria maravilhoso poder viajar pelo mundo inteiro. Há tantos lugares que só vi nos livros e na televisão.
— Então faça isso.
— Eu não tenho dinheiro e passagens de avião como você. Nem nunca estive num restaurante bom ou numa boate. Os Arlequins são as pessoas mais livres do mundo.

O PEREGRINO

Maya balançou a cabeça.

— Você não ia gostar de ser Arlequim. Se eu fosse livre, não estaria nesta cidade.

O telefone celular começou a tocar a *Ode à alegria* de Beethoven dentro da bolsa dela. Vicki hesitou um pouco, então atendeu e ouviu a voz animada de Shepherd.

— Pegou a encomenda no aeroporto?

— Sim, senhor.

— Deixe-me falar com ela.

Vicki passou o telefone para Maya e ouviu a Arlequim dizer "sim" três vezes. Ela desligou o celular e deixou cair no banco do carro.

— Shepherd está com as minhas armas e documentos de identidade. Você deve me levar para Sudoeste 489, seja lá o que isso significa.

— É um código. Ele me disse para tomar cuidado quando falar ao celular.

Vicki pegou uma lista telefônica de Los Angeles no banco de trás e abriu na página 489. No canto inferior esquerdo da página, a parte sudoeste, encontrou o anúncio de uma loja chamada Autopeças Ressurreição. O endereço era em Marina del Rey, a poucos quilômetros do mar. Elas saíram do estacionamento e foram para oeste pelo Washington Boulevard. Maya espiava pela janela como se procurasse pontos de referência para lembrar depois.

— Onde fica o centro de Los Angeles?

— Devia ser o centro da cidade, eu acho. Mas não é. Não há um centro aqui, apenas pequenas comunidades.

A Arlequim enfiou a mão por dentro da manga do suéter e ajeitou uma das facas.

— Às vezes meu pai recitava uma poesia de Yeats quando passeávamos em Londres. — Ela hesitou um pouco e depois disse baixinho: "Girando e girando em círculos cada vez maiores, o falcão não escuta mais o falcoeiro; tudo se desfaz, o centro desmorona..."

Passaram por centros comerciais, postos de gasolina e áreas residenciais. Alguns bairros eram pobres e decadentes, com pequenas casas em estilo espanhol ou com lajes nos telhados, cobertas de cascalho. Na frente de cada casa, havia uma faixa de capim-de-burro e uma ou duas árvores, em geral uma palmeira ou um olmo chinês.

A Autopeças Ressurreição ficava numa rua transversal estreita, entre uma fábrica de camisetas e um salão de bronzeamento. Na frente do prédio sem janelas, alguém tinha pintado uma versão da mão de Deus da Capela Sistina. Em vez de dar vida a Adão, a mão pairava sobre um silencioso.

Vicki estacionou do outro lado da rua.

— Posso esperar você aqui. Não me incomodo.

— Não é necessário.

As duas desceram do carro e tiraram a bagagem da mala. Vicki esperava que Maya dissesse "até logo" ou "muito obrigada", mas a Arlequim já estava concentrada naquele ambiente novo. Olhou para um lado e para o outro da rua, avaliou cada entrada de prédio e carro estacionado, depois pegou sua mala, o tripé e a câmera de vídeo e foi se afastando.

— Isso é tudo?

Maya parou e olhou para trás.

— O que você quer dizer?

— Nós não vamos mais nos ver?

— É claro que não. Você já cumpriu a sua missão, Vicki. É melhor nunca mencionar isso para ninguém.

Maya atravessou a rua com toda a bagagem na mão esquerda e foi para a Autopeças Ressurreição. Vicki tentou abafar a raiva do seu coração, mas era difícil. Quando era pequena, tinha ouvido histórias sobre os Arlequins, como eram bravos defensores dos justos. Agora conhecia dois Arlequins. Shepherd era uma pessoa comum e aquela jovem, Maya, era egoísta e mal-educada.

Era hora de ir para casa e preparar o jantar para a mãe. A Igreja Divina teria uma reunião para orações naquela noite, às sete horas.

O PEREGRINO

Vicki voltou para o carro e para o Washington Boulevard. Parou num sinal vermelho e se lembrou de Maya atravessando a rua com a bagagem na mão esquerda. Assim ficava com a mão direita livre. É, era isso. Livre para desembainhar a espada e matar alguém.

16

Maya evitou a porta da frente da loja Autopeças Ressurreição, entrou no estacionamento e começou a dar a volta no prédio. Havia uma porta de emergência sem nenhuma placa nos fundos, com a marca de um losango Arlequim rabiscada no metal enferrujado. Ela abriu a porta e entrou. Cheiro de óleo e de algum solvente de limpeza. Som de vozes ao longe. Estava num cômodo cheio de prateleiras de madeira com carburadores e escapamentos usados. Tudo empilhado e selecionado por fabricante e modelo. Maya puxou a espada um pouco mais para fora da bainha e foi andando na direção da luz. Havia uma porta entreaberta e quando espiou pela fresta viu Shepherd e dois outros homens de pé, em volta de uma pequena mesa.

Eles ficaram surpresos quando Maya apareceu. Shepherd pôs a mão dentro do paletó para pegar a arma, então a reconheceu e deu um sorriso largo.

— Aí está ela! Crescida e muito bonita. Essa é a famosa Maya, de quem eu estava falando.

Ela havia visto Shepherd seis anos antes, quando ele foi visitar o pai dela em Londres. O americano tinha um plano para ganhar milhões de dólares com filmes piratas de Hollywood, mas Thorn recusou-se a financiar a operação. Apesar de ter quase cinqüenta anos, Shepherd parecia bem mais novo. O cabelo louro tinha corte espetado e ele usava camisa cinza de seda e um paletó esporte feito sob medida. Como Maya, carregava sua espada numa bainha pendurada no ombro.

Os outros dois homens pareciam irmãos. Ambos com vinte e poucos anos, dentes ruins e cabelo louro oxigenado. O mais velho tinha tatuagens de presidiário borradas nos braços. Maya resolveu que eram manchados – a gíria Arlequim para mercenários de classe baixa – e decidiu ignorá-los.

– O que está havendo? – perguntou para Shepherd. – Quem andou seguindo você?

– Essa conversa fica para depois – disse Shepherd. – Agora quero que conheça Bobby Jay e Tate. Estou com o seu dinheiro e identificação. Mas é o Bobby Jay que vai providenciar as armas.

Tate, o irmão mais novo, olhava fixo para ela. Usava uma calça de moletom e uma camiseta de jogador de futebol tão grande que devia esconder uma arma.

– Ela tem uma espada igual à sua – disse ele para Shepherd.

O Arlequim deu um sorriso condescendente.

– É inútil andar com isso por aí, mas é como fazer parte de um clube.

– Quanto vale a sua espada? – Bobby Jay perguntou para Maya. – Quer vender?

Irritada, Maya virou para Shepherd.

– Onde você descobriu esses manchados?

– Fique tranqüila. Bobby Jay compra e vende armas de todos os tipos. Está sempre querendo fazer negócio. Escolha seu equipamento. Eu pago e depois nós vamos.

Havia uma mala de aço em cima da mesa. Shepherd abriu e expôs cinco pistolas sobre um acolchoado de esponja. Maya chegou mais perto e viu que uma das armas era feita de plástico preto, com um cartucho adaptado na parte de cima da estrutura.

Shepherd pegou a arma de plástico.

– Já viu uma assim? É uma Taser que dá choque elétrico. Você teria uma arma de verdade, é claro, mas essa daria a possibilidade de não matar a pessoa.

— Não me interessa — disse Maya.
— Estou falando sério. Juro por Deus. Eu tenho uma Taser. Se você atira em alguém com uma pistola, a polícia acaba entrando na história. Isso aqui lhe dá mais opções.
— A única opção é atacar ou não atacar.
— Tudo bem. Está bom. Como você quiser...
Shepherd sorriu e apertou o gatilho. Antes de Maya poder reagir, dois dardos presos a cordas saíram voando do cano e a atingiram no peito. Um choque elétrico fortíssimo a derrubou no chão. Quando tentou ficar de pé levou outro choque e mais outro e acabou perdendo os sentidos.

17

O general Nash telefonou para Lawrence no sábado de manhã e disse que Nathan Boone ia ter uma teleconferência com o comitê executivo da Irmandade às quatro horas da tarde naquele dia. Lawrence saiu de carro imediatamente da sua casa na cidade para o centro de pesquisa no município de Westchester e deixou a lista das pessoas com entrada liberada para o guarda do portão. Passou pela sua sala, verificou os e-mails, depois subiu para o terceiro andar para preparar tudo para a reunião.

Nash já havia digitado o comando para dar permissão a Lawrence para entrar na sala de conferência. Quando Lawrence se aproximou da porta, seu Elo Protetor foi detectado por um scanner e a tranca abriu automaticamente. O salão de conferências tinha uma mesa de mogno, cadeiras de couro marrom e uma tela de televisão que ocupava uma parede inteira. Duas câmeras de vídeo filmavam ângulos diferentes da sala, de modo que a Irmandade no outro continente podia assistir às conversas.

Nunca permitiram bebida alcoólica nas reuniões do comitê, por isso Lawrence pôs garrafas de água mineral e copos na mesa. Sua principal função era certificar-se de que o sistema de circuito fechado da televisão estava funcionando. Pelo painel de controle que ficava num canto, ele conectou uma câmera de vídeo que ficava num escritório alugado em Los Angeles. A câmera mostrou uma mesa e uma cadeira vazia. Boone ia se sentar nela quando a reunião começasse e transmitir o relatório sobre os irmãos Corrigan. Em vinte minutos, quatro quadrados pequenos apareceram na parte de baixo da tela da televisão e o painel de controle indicou que os membros da Irmandade que viviam em Londres, Tóquio, Moscou e Dubai participariam da conversa.

Lawrence estava procurando parecer diligente e respeitoso, mas feliz de não ter mais ninguém na sala. Tinha medo e sua máscara habitual não escondia mais suas emoções. Uma semana antes, Linden tinha enviado para ele pelo correio uma câmera de vídeo miniatura a bateria, chamada de Spider. Escondida no bolso de Lawrence, a Spider parecia uma bomba-relógio capaz de explodir a qualquer momento.

Verificou mais uma vez os copos de água, para ter certeza de que estavam limpos, e foi para a porta. Não posso fazer isso, pensou. É perigoso demais. Mas seu corpo se recusava a sair da sala. Lawrence começou a rezar mentalmente. *Ajude-me, pai. Não sou tão corajoso como você.*

A raiva que sentia da própria covardia subitamente dominou seu instinto de sobrevivência. Tirou rapidamente os sapatos, usou uma das cadeiras como apoio e subiu no meio da mesa. Lawrence pôs a Spider dentro do tubo de ar-condicionado central no teto. Verificou se os ímãs estavam todos em contato com o metal e pulou para o chão. Cinco segundos passaram. Oito segundos. Dez segundos. Lawrence ligou a câmera de circuito fechado e começou a arrumar as cadeiras.

Quando era pequeno, Lawrence nunca suspeitou de que seu pai era Sparrow, o Arlequim japonês. A mãe tinha dito que ficou grávida dele quando estudava na Universidade de Tóquio. Seu namorado rico recusou-se a se casar com ela e ela não quis fazer um aborto. Em vez de criar um filho ilegítimo na sociedade japonesa, imigrou para os Estados Unidos e criou o filho em Cincinnati, Ohio. Lawrence aceitou perfeitamente a história. Apesar de ter

O PEREGRINO

aprendido a ler e falar japonês com a mãe, nunca teve vontade de ir para Tóquio para procurar algum empresário egoísta que tinha abandonado uma universitária grávida.

A mãe de Lawrence morreu de câncer, quando ele estava no terceiro ano da faculdade. Numa fronha velha escondida num armário, ele encontrou cartas dos parentes dela no Japão. As cartas simpáticas e afetuosas foram uma surpresa para ele. Sua mãe tinha dito que a família a expulsara de casa quando ela engravidou. Lawrence escreveu para os membros da família e sua tia Mayumi viajou para os Estados Unidos para o enterro.

Depois da cerimônia, Mayumi ajudou o sobrinho a empacotar tudo na casa e mandar para um depósito. Foi então que encontraram as coisas que a mãe dele havia levado do Japão: um quimono antigo, alguns cadernos velhos da faculdade e um álbum de fotografias.

– Essa é a sua avó – disse Mayumi, apontando para uma senhora idosa que sorria para a câmera.

Lawrence virou a página.

– E essa é a prima da sua mãe. E suas amigas da escola. Eram meninas tão bonitas.

Lawrence virou a página de novo e caíram duas fotos. Uma era da sua mãe jovem, sentada ao lado de Sparrow. A outra fotografia era de Sparrow sozinho, com as duas espadas.

– E quem é esse? – perguntou Lawrence. O homem na fotografia parecia calmo e muito sério. – Quem é essa pessoa? Por favor, me diga. – Ele olhou insistentemente para a tia e ela começou a chorar.

– Esse é o seu pai. Só o vi uma vez, com a sua mãe, num restaurante em Tóquio. Era um homem muito forte.

Tia Mayumi só sabia algumas coisas do homem nas fotografias. Ele se apelidava de Sparrow, mas de vez em quando usava o nome Furukawa. O pai de Lawrence estava envolvido em alguma coisa perigosa. Talvez fosse um espião. Havia muitos anos tinha sido morto com um grupo de gângsteres da Yakuza num tiroteio no Hotel Osaka.

Depois que a tia voltou para o Japão, Lawrence começou a passar todo o tempo que tinha livre na internet, à procura de informações sobre o pai. Foi fácil descobrir o incidente do Hotel Osaka. Os artigos sobre o massacre apareceram em todos os jornais japoneses e também na imprensa internacional. Dezoito da Yakuza tinham morrido. Um gângster chamado Hiroshi Furukawa estava na lista dos mortos e uma revista japonesa divulgou uma foto do pai dele no necrotério. Parecia estranho para Lawrence o fato de que nenhum dos artigos dava um motivo definido para o incidente. Os repórteres chamavam de "disputa de território" das gangues ou de "conflito por lucros ilegais". Dois Yakuza feridos sobreviveram, mas se recusaram a responder às perguntas.

Na Universidade de Duke Lawrence, aprendeu como criar programas de computador para processar uma grande quantidade de dados estatísticos. Depois de se formar, ele trabalhou para um site de jogos na internet, administrado pelo exército norte-americano, que analisava as reações dos adolescentes que formavam equipes virtuais e lutavam umas contra as outras numa cidade destruída por bombardeios. Lawrence ajudou a criar um programa para gerar um perfil psicológico de cada jogador. Os perfis elaborados no computador correspondiam muito às avaliações cara a cara executadas pelos recrutadores do exército. O programa determinava quem seria um futuro sargento, quem ia ser operador de rádio e quem se apresentaria para as missões de alto risco.

O emprego no exército levou ao da Casa Branca e a Kennard Nash. O general achou que Lawrence era um bom administrador e que não devia desperdiçar seu talento criando programas para computador. Nash tinha um relacionamento com a CIA e a Agência Nacional de Segurança. Lawrence percebeu que o trabalho para Nash poderia ajudá-lo a obter uma avaliação muito boa na segurança de alto nível e isso lhe daria acesso a dados secretos sobre seu pai. Havia estudado a fotografia em que o pai aparecia com as duas espadas. Sparrow não tinha as tatuagens elaboradas que eram típicas dos membros da Yakuza.

Com o tempo, o general Nash acabou chamando Lawrence à sala dele e ofereceu-lhe o que a Irmandade chamava de "o Conhecimento". Ele aprendeu a versão mais básica: que havia um grupo terrorista cujos membros se chamavam Arlequins, que protegiam hereges chamados Peregrinos. Para o bem da sociedade, era importante destruir os Arlequins e controlar os visionários. Lawrence voltou para sua sala de trabalho com seus primeiros códigos de acesso da Irmandade, digitou o nome do pai em informações do banco de dados e recebeu a revelação. NOME: *Sparrow.* TAMBÉM CONHECIDO COMO: *Hiroshi Furukawa.* CURRÍCULO: *Famoso Arlequim japonês.* RECURSOS: *Nível 2.* EFICIÊNCIA: *Nível 1.* STATUS ATUAL: *Exterminado – Hotel Osaka – 1975.*

Lawrence recebeu mais do Conhecimento e códigos de acesso de maior alcance e descobriu que a maioria dos Arlequins tinha sido destruída pelos mercenários da Irmandade. Agora ele estava trabalhando para as forças que tinham assassinado seu pai. Estava cercado pelo mal, mas como um ator do teatro nô, jamais tirava a máscara.

Quando Kennard Nash saiu da Casa Branca, Lawrence foi com ele para o novo emprego na Fundação Sempre-Verde. Permitiram que ele lesse os livros Verde, Vermelho e Azul que descreviam os Peregrinos, os Arlequins e uma breve história da Irmandade. Nessa nova era, a Irmandade rejeitava o controle totalitário e brutal de Stálin e de Hitler, em favor do sistema mais sofisticado do Panóptico desenvolvido pelo filósofo britânico no século XVIII Jeremy Bentham.

– Você não precisa vigiar todo mundo se todos acreditam que estão sendo vigiados – explicava Nash. – Castigo não é necessário, mas a inevitabilidade da punição precisa ser programada no cérebro.

Jeremy Bentham acreditava que a alma não existia e que não havia outra realidade senão o mundo físico. Ao morrer, ele prometeu deixar sua fortuna para a Universidade de Londres se seu corpo fosse preservado, vestido com suas roupas preferidas e posto numa redoma de vidro. O corpo do filósofo era um santuário particular da Irmandade e todos iam visitá-lo quando estavam em Londres.

Um ano antes, Lawrence tinha viajado para Amsterdã, para uma reunião com uma das equipes da Irmandade de monitoração da internet. Ficou um dia em Londres à espera da conexão e pegou um táxi até a Universidade de Londres. Chegou pela entrada da rua Gower e atravessou a praça principal. O verão estava quase no fim e ainda fazia calor. Havia estudantes de short e camiseta sentados nos degraus de mármore branco do prédio Wilkins e Lawrence sentiu inveja da liberdade despreocupada deles.

Bentham estava sentado numa cadeira dentro da sua caixa de vidro e madeira na entrada do claustro meridional. Tinham tirado toda a carne do esqueleto dele, forrado com palha e algodão e depois vestido com as roupas do filósofo. A cabeça de Bentham ficava guardada num recipiente aos pés dele, mas os estudantes a tinham furtado para jogar futebol na praça central. Agora a cabeça não ficava mais lá, era guardada no cofre da universidade. Substituída por uma de cera, pálida e fantasmagórica.

Normalmente um guarda da universidade ficava sentado numa caixa idêntica, de vidro e madeira, a cerca de seis metros do filósofo. Os membros da Irmandade que iam prestigiar o inventor do Panóptico costumavam brincar, dizendo que era impossível saber quem estava mais morto – Jeremy Bentham ou o preguiçoso obediente que vigiava o corpo dele. Mas, naquela tarde específica, o guarda tinha desaparecido e Lawrence estava sozinho no salão. Lentamente foi se aproximando da vitrine e olhou bem para o rosto de cera. O escultor francês que havia criado a cabeça fizera um trabalho muito bem-feito e a leve curva para cima da boca de Bentham sugeria que ele devia estar bem satisfeito com o progresso do novo milênio.

Depois de observar o corpo alguns segundos, Lawrence chegou para a esquerda para ver um resumo da vida de Bentham.

O PEREGRINO

Olhou para baixo e viu um rabisco feito com lápis cera vermelho no friso de bronze azinhavrado embaixo da vitrine. Era uma forma oval cortada por três linhas retas. Lawrence sabia, pela pesquisa que fez, que era um alaúde de Arlequim.

Seria um gesto de desprezo? Um desafio da oposição? Ele se abaixou, estudou a marca mais de perto e viu que uma das linhas era uma seta que apontava para o esqueleto acolchoado de Bentham. Um aviso. Uma mensagem. Lawrence olhou para uma tapeçaria no fim do corredor do claustro. Uma porta bateu em algum lugar no prédio, mas ninguém apareceu.

Faça alguma coisa, pensou. Essa é sua única chance. A porta da vitrine era presa por um pequeno cadeado de latão, mas Lawrence puxou com força e soltou a tranca. Quando a porta rangeu e abriu, ele enfiou a mão e vasculhou os bolsos externos do paletó preto de Bentham. Nada. Abriu o paletó, tocou no enchimento de algodão e encontrou um bolso interno. Havia alguma coisa nele. Um cartão. Sim, um cartão-postal. Escondeu o prêmio na sua maleta, fechou a porta de vidro e se afastou rapidamente.

Uma hora depois, ele estava sentado num pub perto do Museu Britânico, examinando um cartão-postal de La Palette, um café na rue de Seine em Paris. Um toldo verde. Mesas e cadeiras na calçada. Tinha um X desenhado em uma das mesas na fotografia, mas Lawrence não entendeu o que queria dizer. Do outro lado do cartão-postal, alguém tinha escrito em francês: *Quando o templo caiu.*

Lawrence analisou o cartão-postal depois que voltou para os Estados Unidos e passava horas pesquisando na internet. Um Arlequim teria deixado o cartão como pista, indicação de um certo destino? Qual templo tinha caído? Só conseguia pensar no templo judeu original de Jerusalém. A arca perdida. O mais sagrado de tudo que havia de sagrado.

Uma noite em casa, Lawrence bebeu uma garrafa inteira de vinho e compreendeu que a antiga Ordem dos Templários tinha ligação com os Arlequins. O líder dos templários tinha sido aprisionado pelo rei da França e queimado na fogueira. Quando isso aconteceu? Lawrence usou seu notebook, entrou na internet e descobriu imediatamente. Outubro de 1307. Numa sexta-feira, treze.

No ano atual, havia duas sextas-feiras treze e uma delas dali a poucas semanas. Lawrence mudou seu período de férias e viajou para Paris. Na manhã do dia treze, foi até o La Palette, usando um suéter com desenho Arlequim de losangos. O café ficava numa rua estreita com pequenas galerias de arte, perto da Pont Neuf. Lawrence se sentou do lado de fora, a uma das pequenas mesas, e pediu para o garçom um café com creme. Estava tenso e excitado, pronto para a aventura, mas, depois de uma hora ali, nada aconteceu.

Examinou o cartão-postal mais uma vez e notou que o X estava numa mesa na extremidade esquerda da área do restaurante na calçada. Quando um casal de jovens franceses terminou de ler o jornal e foi trabalhar, ele se mudou para a mesa assinalada e pediu uma baguette com presunto. Esperou até meio-dia e então um garçom idoso, de camisa branca e colete preto, se aproximou da mesa dele.

O homem falou em francês. Lawrence balançou a cabeça. O garçom tentou falar inglês.

– Está procurando alguém?
– Estou.
– E quem é?
– Não posso dizer. Mas vou saber quando a pessoa aparecer.

O velho garçom enfiou a mão no colete, tirou um telefone celular e deu para Lawrence. O telefone tocou quase na mesma hora e Lawrence atendeu. Uma voz grave falou em francês, em alemão e depois em inglês.

– Como encontrou esse lugar? – perguntou a voz.
– Um cartão-postal no bolso de um homem morto.
– Você encontrou um ponto de acesso. Temos sete pontos desses em todo o mundo para receber aliados e contatar mercenários. Esse é apenas um ponto de acesso. Não significa que terá permissão para entrar.

— Eu compreendo.
— Então me diga... o que aconteceu hoje?
— A Ordem dos Templários foi cercada e destruída. Mas alguns sobreviveram.
— Quem sobreviveu?
— Os Arlequins. Um deles era o meu pai, Sparrow.
Silêncio. Depois o homem ao telefone riu baixinho.
— O seu pai ia adorar este momento. Ele gostava muito de coisas inesperadas. E quem é você?
— Lawrence Takawa. Trabalho para a Fundação Sempre-Verde.
Silêncio outra vez.
— Ahhh, sim — sussurrou a voz. — É a fachada pública do grupo que se denomina a Irmandade.
— Eu quero saber mais sobre meu pai.
— Por que eu confiaria em você?
— A escolha é sua — disse Lawrence. — Ficarei sentado aqui mais dez minutos.
Ele desligou o celular e esperou que o aparelho explodisse, mas nada aconteceu. Cinco minutos depois, um homem grandalhão de cabeça raspada veio marchando pela calçada, parou em frente à mesa. O homem carregava um tubo preto de metal pendurado no ombro e Lawrence descobriu que estava olhando para um Arlequim com sua espada escondida.
— *Apportez-moi une eau-de-vie, s'il vous plaît* — disse ele para o garçom e se sentou numa cadeira de vime.
O Arlequim pôs a mão direita no bolso da capa, como se estivesse segurando uma arma. Lawrence se perguntou se o Arlequim iria executá-lo imediatamente ou se esperaria o seu drinque chegar.
— Desligar o telefone foi um ato decisivo, sr. Takawa. Gosto disso. Talvez você seja mesmo filho do Sparrow.
— Tenho uma fotografia dos meus pais juntos. Pode ver, se quiser.
— Talvez eu o mate primeiro — disse o Arlequim.
— A escolha é sua.

O francês sorriu pela primeira vez.
— Então por que está arriscando sua vida para me conhecer?
— Eu quero saber por que meu pai morreu.
— Sparrow era o último Arlequim que havia no Japão. Quando a Tábula contratou gângsteres da Yakuza para matar três Peregrinos conhecidos, ele defendeu essas pessoas e as manteve vivas por quase oito anos. Um dos Peregrinos era um monge budista que vivia num templo de Kyoto. Os líderes da Yakuza enviaram algumas equipes de homens para assassinar esse monge, mas os matadores sempre desapareciam. Sparrow pegava todos, é claro, e os ceifava como se fossem ervas-daninhas num jardim. Diferente de muitos Arlequins modernos, ele de fato preferia usar a espada.
— O que aconteceu? Como foi que o pegaram?
— Ele conheceu sua mãe num ponto de ônibus perto da Universidade de Tóquio. Eles começaram a se ver e se apaixonaram. Quando ela engravidou, a Yakuza descobriu isso. Raptaram sua mãe e a levaram para um salão de festas no Hotel Osaka. Ela foi amarrada e pendurada numa corda. Os membros da Yakuza pretendiam se embebedar e estuprá-la. Não conseguiam matar Sparrow, por isso iam humilhar a única pessoa importante na vida dele.
Um garçom serviu uma taça de conhaque e o homenzarrão tirou as mãos dos bolsos. O barulho do trânsito, o som das conversas em volta deles, tudo emudeceu. Lawrence só ouvia a voz daquele homem.
— O seu pai entrou no salão de festas disfarçado de garçom. Tirou uma espada e uma submetralhadora de doze tiros de baixo de um carrinho de serviço. Sparrow atacou os gângsteres da Yakuza, matou alguns e feriu o resto. Então libertou a sua mãe e disse para ela fugir.
— Ela obedeceu?
— Obedeceu. Sparrow teria fugido junto com a sua mãe, mas tinham ofendido sua honra. Ele andou por todo o salão com sua

espada, matando os membros da Yakuza. Enquanto fazia isso, um dos homens feridos sacou uma arma e atirou nele pelas costas. A polícia local foi subornada para não revelar os fatos e os jornais disseram que foi um tipo de guerra de gangues.

— E quanto aos Peregrinos?

— Sem ninguém para protegê-los, foram descobertos e dizimados em poucas semanas. Um Arlequim alemão chamado Thorn viajou para o Japão, mas já era tarde demais.

Lawrence ficou olhando pensativo para a xícara de café.

— E foi isso que aconteceu...

— Goste ou não, você é filho de um Arlequim e trabalha para a Tábula. A questão é: o que vai fazer a respeito disso?

Lawrence sentiu voltar um medo intenso à medida que se aproximava a hora da reunião. Trancou a porta da sala dele, mas qualquer um que tivesse um maior privilégio — como Kennard Nash — poderia entrar. Quando faltavam cinco minutos para as quatro horas, ele pegou o receptor que Linden enviara junto com a Spider e conectou no seu notebook. Linhas vermelhas embaçadas apareceram no monitor, depois de repente ele viu a sala de conferências e ouviu vozes no fone de ouvido.

Kennard Nash estava de pé perto da mesa comprida, cumprimentando a Irmandade à medida que as pessoas iam chegando para a reunião. Alguns homens usavam roupas de golfe e tinham passado a tarde num country club de Westchester. Os membros da Irmandade apertavam-se as mãos com firmeza, contavam piadas e conversavam sobre a situação política do momento. Um observador desinformado talvez achasse que aquele grupo de homens mais velhos e bem-vestidos administravam uma fundação de caridade que promovia um banquete anual e distribuía prêmios honoríficos.

— Muito bem, cavalheiros — disse Nash. — Sentem-se. Está na hora da nossa conversa.

Lawrence digitou instruções no seu computador e acertou o foco da lente da Spider. Viu Nathan Boone aparecer na tela de vídeo da sala de conferências. Os pequenos quadrados na parte de baixo da tela mostraram imagens dos rostos de membros da Irmandade de outros países.

– Olá a todos. – Boone falava com calma, como um consultor financeiro discorrendo sobre os rendimentos atuais. – Eu queria fazer um resumo da situação atual de Michael e Gabriel Corrigan.

"Um mês atrás iniciei um programa de vigilância para observar esses dois homens. Uma equipe temporária foi contratada em Los Angeles e alguns funcionários vieram de outras cidades. Nossos homens receberam instrução para observar os irmãos e obter informação sobre suas características pessoais. Só deviam deter os Corrigan se ficasse claro que eles pretendessem fugir daqui."

A tela da televisão mostrou uma imagem de um prédio de dois andares bem decadente.

– Algumas noites atrás, os dois irmãos se encontraram na clínica onde a mãe deles estava internada. A nossa equipe não tinha um aparelho de imagem térmica, mas tinha um scanner de áudio. Rachel Corrigan disse o seguinte para os filhos...

A voz fraca da mulher moribunda soou nos alto-falantes da televisão.

– O seu pai... era um Peregrino... Um Arlequim chamado Thorn nos encontrou... Se vocês tiverem o poder, devem se esconder da Tábula.

Apareceu o rosto de Boone na tela.

– Rachel Corrigan morreu naquela noite e os dois irmãos saíram da clínica. O sr. Prichett era o responsável pela equipe. Ele tomou a decisão de capturar Michael Corrigan. Infelizmente Gabriel seguiu o irmão até uma auto-estrada e atacou um dos nossos veículos. Os Corrigan escaparam.

– Onde eles estão agora? – perguntou Nash.

Lawrence viu uma nova imagem aparecer na tela. Um homem grande que parecia vir das ilhas dos Mares do Sul e um homem careca com uma pistola protegendo os irmãos Corrigan que saíam de uma pequena casa.

— Na manhã seguinte, uma das nossas equipes de vigilância viu o irmão e dois guarda-costas na casa de Gabriel. Meia hora depois, o mesmo grupo foi até o apartamento de Michael e pegou algumas roupas.

"Os quatro homens foram de carro para o sul de Los Angeles, para uma confecção na City of Industry. A fábrica é de um homem chamado Frank Salazar. Ele fez dinheiro com atividades ilegais, mas agora é dono de alguns negócios legítimos. Salazar era um investidor em um dos prédios de escritórios de Michael. Os homens dele estão atualmente protegendo os dois irmãos."

— E eles ainda estão na confecção? — perguntou Nash.

— Isso mesmo. Peço permissão para atacar o prédio esta noite e capturar os irmãos.

Os homens em volta da mesa de conferência ficaram calados alguns segundos, então o representante careca de Moscou começou a falar.

— Essa fábrica fica numa área pública?

— Fica — disse Boone. — Há dois prédios de apartamentos a cerca de quinhentos metros de distância.

— O comitê resolveu alguns anos atrás que devíamos evitar atos que pudessem atrair a atenção da polícia.

O general Nash chegou para frente.

— Se essa fosse uma execução de rotina, eu pediria para o sr. Boone recuar e esperar uma oportunidade melhor. Mas a situação mudou rápido demais. Graças ao computador quântico, tivemos oportunidade de conquistar um aliado muito poderoso. Se o Projeto Travessia for bem-sucedido, então finalmente teremos a tecnologia necessária para controlar a população em geral.

— Mas nós precisamos de um Peregrino — disse um dos homens à mesa.

O general Nash batucou com o dedo na mesa.

– É. E até onde sabemos, os Peregrinos não existem mais. Esses dois jovens são filhos de um Peregrino conhecido e isso significa que podem ter herdado o dom do pai. Precisamos controlá-los. Não há outra alternativa.

18

Maya sentou-se em silêncio e observou os três homens. Tinha demorado algum tempo para se recuperar do choque elétrico e ainda sentia uma queimação no peito e no ombro esquerdo. Enquanto estava inconsciente, os homens arrancaram a correia de um ventilador e a usaram para amarrar as pernas dela. Os pulsos estavam presos com algemas passadas por baixo da cadeira. Naquele momento, Maya tentava controlar a raiva e encontrar um nicho de calma no coração. Pense numa pedra, seu pai costumava dizer. Uma pedra negra e lisa. Pegue-a num riacho gelado de uma montanha e fique com ela na mão.

– Por que ela não diz nada? – perguntou Bobby Jay. – Se eu fosse ela, estaria berrando que você é um filho da mãe.

Shepherd olhou para Maya e riu.

– Ela está tentando descobrir um jeito de cortar a sua garganta. O pai ensinou como matar pessoas quando ela era uma menininha.

– Isso é intenso.

– Não, isso é insano – disse Shepherd. – Outra Arlequim, a irlandesa chamada Madre Blessing, foi para uma cidade na Sicília e assassinou treze pessoas em dez minutos. Estava querendo salvar um padre católico que tinha sido seqüestrado por alguns mafiosos do lugar que trabalhavam como mercenários. O padre levou um tiro e sangrou até morrer dentro de um carro, mas Madre Blessing escapou. E agora, juro por Deus, existe um altar numa capela à beira da estrada ao norte de Palermo que tem uma pintura de Madre Blessing como o Anjo da Morte. Ah, que se danem. Ela é uma maldita psicopata, isso sim.

Mascando chiclete e se coçando, Tate foi até a cadeira e inclinou o corpo de modo que sua boca ficou a poucos centímetros do rosto de Maya.

– É isso que você está fazendo, docinho? Pensando em nos matar? Ora, isso não é bonito.

– Fique longe dela – disse Shepherd. – Deixe-a aí na cadeira. Não solte as algemas. Não lhe dê nenhuma comida nem água. Eu volto assim que encontrar Prichett.

– Traidor.

Maya devia ter ficado calada, não havia vantagem nenhuma em conversar, mas a palavra parece que saiu sozinha da sua boca.

– Essa palavra implica traição – disse Shepherd. – Mas sabe de uma coisa? Não tenho nada para trair. Os Arlequins não existem mais.

– Não podemos deixar a Tábula assumir o controle.

– Tenho algumas novidades para você, Maya. Os Arlequins estão desempregados porque a Irmandade não está mais matando Peregrinos. Eles vão capturá-los e usar o poder deles. Era isso que nós devíamos ter feito, anos atrás.

– Você não merece seu nome Arlequim. Você traiu a memória do seu avô.

– Tanto meu avô quanto meu pai só se importavam com os Peregrinos. Nenhum deles pensou em mim. Nós somos iguais, Maya. Nós dois crescemos com pessoas que veneravam uma causa perdida.

Shepherd virou para Bobby Jay e Tate.

– Não tirem os olhos dela – disse ele e saiu.

Tate foi até a mesa e pegou a faca de arremesso de Maya.

– Olha só para isso – disse para o irmão. – É perfeitamente balanceada.

— Nós vamos ficar com as facas, a espada de Arlequim dela e algum dinheiro a mais quando Shepherd voltar.

Maya flexionou um pouquinho os braços e as pernas, à espera de uma oportunidade. Quando era bem mais jovem, o pai a levou para um clube no Soho, onde jogavam bilhar com três tabelas. Ela aprendeu a antecipar as jogadas e organizar uma seqüência rápida de movimentos. A bola branca batia na vermelha e depois rebatia nas almofadas de borracha.

— Shepherd tem muito medo dela. — Com a faca na mão, Tate se aproximou de Maya. — Os Arlequins têm essa reputação enorme, mas não há nada que prove isso. Olhe só para ela. Tem dois braços e duas pernas como todo mundo.

Tate começou a cutucar o rosto de Maya com a ponta da faca. A pele se distendeu e cedeu. Ele fez mais força e apareceu uma pequena gota de sangue.

— Ora, quem diria. Eles sangram também.

Com muito cuidado, como um artista dando forma ao barro molhado, Tate fez um corte raso do lado do pescoço de Maya até a clavícula. Ela sentiu o sangue do ferimento escorrer pela pele.

— Está vendo? Sangue vermelho. Igual ao seu e ao meu.

— Pare com essa brincadeira — disse Bobby Jay. — Você vai acabar nos metendo em encrenca.

Tate deu um largo sorriso e voltou para a mesa. Ficou de costas alguns segundos, bloqueando a visão do irmão. Maya caiu para frente, de joelhos, e esticou os braços para trás, o máximo que pôde. Quando se libertou da cadeira, deslizou os braços por baixo das pernas e ficou com as mãos na frente do corpo.

Maya se levantou, com pulsos e tornozelos ainda amarrados e pulou, passando por Tate. Com um salto mortal ela subiu na mesa, pegou sua espada e aterrissou na frente de Bobby Jay. Espantado, ele se atrapalhou procurando a arma dentro do casaco de couro. Maya girou a espada com as duas mãos e rasgou o pescoço dele. O sangue jorrou da artéria cortada e Bobby Jay começou a cair. Já estava morto e Maya não pensava mais nele. Passou a espada por trás da correia do ventilador e soltou as pernas.

    Mais rápido. Agora. Deu a volta na mesa para alcançar Tate enquanto ele enfiava a mão na camiseta enorme e pegava uma automática. Maya levantou a espada e chegou para a esquerda, golpeou-o com força e cortou fora o antebraço dele. Tate deu um berro e cambaleou para trás, mas ela já estava em cima dele, golpeando para lá e para cá o pescoço e o peito do homem.

    Tate caiu no chão e Maya parou em cima dele, agarrando a espada com força. Naquele momento, o mundo ficou menor, encolheu como uma estrela negra e se transformou num pontinho de medo, fúria e exultação.

19

Os irmãos Corrigan já estavam morando no andar de cima da fábrica de roupas havia quatro dias. naquela tarde, o sr. Bolha telefonou para Michael e garantiu que as negociações com a família Torrelli na Filadélfia estavam caminhando bem. Dali a uma semana mais ou menos, Michael teria de assinar alguns documentos para a transferência de propriedades e então estariam livres.

Deek apareceu uma noite e pediu comida chinesa. Pediu para Jésus Morales descer e esperar a van de entrega e iniciou uma partida de xadrez com Gabriel.

– Muito xadrez na prisão – explicou Deek. – Mas os irmãos lá só jogam xadrez de um jeito. Eles atacam e continuam atacando até o rei de um deles cair.

Ficava tudo muito quieto na fábrica quando desligavam as máquinas de costura e os operários iam para casa, ao encontro de suas famílias. Gabriel ouviu o barulho de um carro vindo pela rua e parando na frente do prédio. Espiou pela janela do quarto andar e viu um motorista chinês descer do carro com duas sacolas de comida.

Deek olhava fixo para o tabuleiro de xadrez, pensando na próxima jogada.

– Alguém vai ficar zangado quando Jésus fizer o pagamento. Aquele motorista veio de longe e o pão-duro do Jésus deu-lhe um dólar de gorjeta.

O motorista pegou o dinheiro com Jésus e começou a voltar para o carro. De repente, enfiou a mão por dentro do blusão e tirou uma arma. Alcançou Jésus, levantou a arma e estourou a parte de cima da cabeça do guarda-costas. Deek ouviu o tiro. Correu para a janela, quando dois carros aceleraram na rua. Um bando de homens saltou e seguiu o chinês para dentro do prédio.

Deek discou um número no seu telefone celular e falou com urgência.

– Mande alguns irmãos para cá, depressa. Seis homens, armados, estão entrando aqui. – Ele desligou o celular, pegou seu fuzil M-16 e apontou para Gabriel. – Você trate de ir encontrar Michael. Fique com ele até o sr. Bolha chegar para nos ajudar.

O grandalhão desceu a escada devagar, com todo o cuidado. Gabriel saiu correndo pelo corredor e encontrou Michael parado ao lado das camas dobráveis.

– O que está acontecendo?

– Estão atacando o prédio.

Ouviram a explosão de um tiroteio, abafada pelas paredes. Deek estava na escada, atirando contra os atacantes. Michael parecia confuso e amedrontado. Parado na porta, ele viu Gabriel pegar a pá enferrujada.

– O que está fazendo?

– Vamos dar o fora daqui.

Gabriel bateu com a pá na parte de baixo de uma janela e conseguiu abri-la. Jogou fora a pá, forçou a janela com as mãos e espiou lá fora. Uma laje com oito centímetros de largura contornava toda a parede externa do prédio. O telhado de outro edifício ficava a dois metros, do outro lado do beco, um andar mais baixo do que o deles.

Alguma coisa explodiu dentro da fábrica e as luzes se apagaram. Os atacantes tinham jogado uma granada para atordoar. Gabriel foi para um canto e pegou a espada japonesa do pai. Enfiou-a com o punho para baixo na mochila, de modo que apenas a ponta da bainha ficou aparecendo. Mais tiros. Então Deek deu um grito de dor.

Gabriel pôs a mochila nas costas e voltou para a janela aberta.

— Vamos embora. Podemos pular para o prédio vizinho.

— Eu não posso fazer isso — disse Michael. — Vou me atrapalhar e errar o pulo.

— Você tem de tentar. Se ficarmos aqui, seremos mortos.

— Eu falo com eles, Gabe. Eu levo qualquer um no papo.

— Esqueça. Esse pessoal não veio aqui para negociar.

Gabriel saiu pela janela e ficou de pé na laje segurando na janela com a mão esquerda. Havia luz suficiente na rua para ver o telhado, mas o beco entre os dois prédios era uma mancha negra. Ele contou até três, deu impulso e se lançou no ar, caindo na superfície de piche do telhado. Levantou e olhou para a fábrica.

— Venha logo! Depressa!

Michael hesitou, fez como se fosse sair pela janela, mas recuou.

— Você consegue! — Gabriel percebeu que devia ter ficado lá com o irmão para ajudá-lo a pular primeiro. — Lembre-se do que você sempre disse, Michael. Nós temos de ficar juntos. É o único jeito.

Um helicóptero com um holofote cruzou o céu ruidosamente. O facho de luz cortou a escuridão, passou rapidamente pela janela aberta e continuou pelo telhado da fábrica.

— Agora! Pule agora!

— Eu não posso! Vou procurar algum lugar para me esconder.

Michael pôs a mão no bolso do casaco, pegou alguma coisa e jogou para o irmão. Quando o objeto caiu no telhado, Gabriel viu que era um clipe de ouro com um cartão de crédito e um maço de notas de vinte dólares.

— Encontro você no Wilshire Boulevard com a Bundy ao meio-dia — disse Michael. — Se eu não aparecer, espere vinte e quatro horas e tente de novo.

— Eles vão matar você.

— Não se preocupe. Tudo vai dar certo.
Michael se afastou da janela e desapareceu na escuridão. Gabriel ficou lá sozinho e o helicóptero voltou por cima do prédio. Ele viu duas sombras sentadas dentro quando o helicóptero pairou no ar. O holofote mirava direto nele e teve de fechar os olhos. Meio cego com a luz, saiu tropeçando do telhado por uma saída de emergência, segurou numa escada de aço e deixou a gravidade puxá-lo para baixo.

20

Maya tirou a roupa suja de sangue e pôs num saco plástico de lixo. Os dois corpos estavam a poucos metros e ela procurou não pensar no que tinha acontecido. Atenha-se ao presente, pensou. Concentre-se em cada ato. Estudiosos e poetas escreviam sobre o passado, admiravam, sentiam saudade, arrependimento, mas Thorn tinha ensinado à filha que devia evitar essas distrações. A lâmina da espada era o modelo adequado, brilhando no ar.

Shepherd saíra para encontrar alguém chamado Prichett, mas podia voltar a qualquer momento. Maya queria ficar e matar o traidor, mas seu primeiro objetivo era descobrir onde estavam Gabriel e Michael Corrigan. Talvez já tivessem sido capturados, pensou. Ou talvez não tivessem poder para se tornar Peregrinos. Havia apenas uma maneira de resolver essas dúvidas. Tinha de encontrar os irmãos o mais depressa possível.

Maya pegou roupa limpa na mala e vestiu calça jeans, camiseta e um blusão azul de algodão. Cobriu as mãos com tiras de sacos plásticos, examinou as armas de Bobby Jay e escolheu uma pequena automática alemã com coldre de tornozelo. Havia uma escopeta com punho de pistola e coronha dobrável na maleta comprida de aço e resolveu ficar com ela também. Pronta para partir, jogou um jornal velho no chão coberto de sangue e pisou nele para examinar os bolsos dos homens mortos. Tate tinha quarenta dólares e três recipientes de plástico cheios de cocaína em pedra. Bobby Jay tinha mais de novecentos dólares em espécie, enrolados com um elástico. Maya pegou o dinheiro e deixou a droga ao lado do corpo de Tate.

Carregando a caixa com a escopeta e o resto do seu equipamento, Maya saiu pela porta de emergência, caminhou alguns quarteirões para oeste e jogou as roupas ensangüentadas numa lata de lixo. Estava no Lincoln Boulevard, uma rua de quatro pistas cheia de lojas de móveis e lanchonetes. Fazia calor e tinha a sensação de que o sangue continuava grudento na pele.

Tinha apenas um contato reserva. Alguns anos antes, Linden viajara para os Estados Unidos a fim de obter passaportes e cartões de crédito falsos. E estabeleceu um ponto de comunicação com um homem chamado Thomas que morava em Hermosa Beach.

Ela usou um telefone público para chamar um táxi. O motorista era um senhor sírio que mal falava inglês. Ele abriu um livro com mapas, examinou demoradamente e então disse que a levaria para aquele endereço.

Hermosa Beach era uma pequena cidade ao sul do aeroporto de Los Angeles. Havia um bairro central turístico com restaurantes e bares, mas a maioria das construções era de casinhas de um andar a poucos quarteirões do mar. O motorista do táxi se perdeu duas vezes. Parou, folheou o livro de mapas de novo e finalmente conseguiu encontrar a casa na Sea Breeze Lane. Maya pagou a corrida e esperou o táxi desaparecer no fim da rua. Talvez a Tábua já estivesse lá, à espera, dentro da casa.

Subiu à varanda da frente e bateu na porta. Ninguém atendeu, mas ela ouviu música que vinha do quintal nos fundos. Maya abriu um portão lateral e entrou numa passagem entre a casa e um muro de concreto. Para ficar com as mãos livres, deixou toda a bagagem perto do portão. A automática de Bobby Jay estava no coldre preso ao tornozelo esquerdo. A bainha com a espada pendurada no ombro. Ela respirou fundo, preparou-se para o combate e seguiu em frente.

O PEREGRINO

Havia alguns pinheiros junto ao muro, mas o resto do quintal não tinha nenhuma vegetação. Tinham cavado um pouco o terreno arenoso e posto uma cobertura de vime de metro e meio de altura com ripas unidas com corda. Um rádio portátil tocava música country e um homem sem camisa cobria a estrutura com quadrados de couro de vaca pintado de preto.

O homem viu Maya e parou de trabalhar. Ele era um índio norte-americano, tinha cabelo negro e comprido e barriga flácida. Ele sorriu e exibiu uma falha nos molares.

– É amanhã – ele disse.

– Perdão?

– Eu troquei a data da cerimônia da tenda do suor. Todos os participantes receberam um e-mail, mas acho que você deve ser uma das amigas do Richard.

– Estou procurando alguém chamado Thomas.

O homem se abaixou e desligou o rádio.

– Sou eu. Sou Thomas Walks the Ground. E com quem estou falando?

– Jane Stanley. Acabei de chegar da Inglaterra.

– Fui a Londres uma vez para dar uma palestra. Algumas pessoas perguntaram por que eu não usava penas na cabeça. – Thomas se sentou num banco de madeira e começou a vestir uma camiseta. – É que não precisava depenar uma águia para ser um índio. Eu disse que sou um dos absaroka, o povo pássaro, mas vocês brancos nos chamam de tribo Corvo.

– Um amigo me contou que você sabe muitas coisas.

– Talvez saiba, talvez não. Isso é você que vai decidir.

– E agora constrói tendas do suor indígenas?

– Isso mesmo. Costumo ter uma em atividade todos os fins de semana. Nesses últimos anos, já organizei tendas de suor para homens e mulheres divorciados. Depois de dois dias suando e batendo um tambor, as pessoas resolvem que não odeiam mais seus ex. – Thomas sorriu e fez um gesto com as mãos. – Não é grande coisa, mas ajuda o mundo. Todos nós travamos uma batalha todos os dias, só que não sabemos. Amor contra ódio. Coragem contra medo.

— Meu amigo disse que você podia explicar como a Tábula adotou esse nome.

Thomas olhou para um refrigerador portátil e um blusão dobrado no chão. Era ali que tinha escondido a arma. Provavelmente um revólver.

— A Tábula. Certo. Acho que ouvi falar disso. — Thomas bocejou e passou a mão na barriga, como se ela acabasse de perguntar sobre um grupo de escoteiros. — Tábula vem da expressão em latim, *tabula rasa*, que significa "placa em branco". A Tábula acha que a mente humana é uma placa em branco quando nascemos. Dessa forma, os homens no comando podem encher seu cérebro com informações selecionadas. Se você fizer isso com um grande número de pessoas, pode controlar a maior parte da população mundial. A Tábula odeia qualquer pessoa capaz de demonstrar que existe uma realidade diferente.

— Como um Peregrino?

Mais uma vez, Thomas olhou para a arma escondida. Ele hesitou um pouco e então deve ter resolvido que não poderia pegá-la a tempo de se salvar.

— Ouça, Jane, ou qualquer que seja seu nome. Se quer me matar, faça isso agora. Eu não estou nem aí. Um dos meus tios era Peregrino, mas eu não tenho o poder da travessia. Quando meu tio voltou de outro mundo para esta dimensão, ele tentou organizar as tribos de modo que nos afastássemos do álcool e assumíssemos controle da nossa vida. Os homens no poder não gostaram nada disso. Havia terras envolvidas nessa história. Licenças para exploração de petróleo. Seis meses depois que meu tio começou a pregar, alguém o atropelou na estrada. E fez parecer um acidente, não é? Um atropelamento e fuga, sem testemunhas.

— Sabe o que é um Arlequim?

— Talvez...

O PEREGRINO

— Você conheceu um Arlequim francês chamado Linden alguns anos atrás. Ele usou seu endereço para obter passaportes falsos. Neste momento, estou com um problema. Linden disse que poderia me ajudar.

— Eu não luto ao lado dos Arlequins. Isso não faço.

— Eu preciso de um carro ou picape, algum tipo de veículo que não possa ser rastreado pela Imensa Máquina.

Thomas Walks the Ground olhou bem para ela um longo tempo e Maya sentiu o poder nos olhos dele.

— Está bem — ele disse, bem devagar. — Posso fazer isso.

21

Gabriel caminhava pela vala de drenagem paralela à auto-estrada de San Diego. O dia estava quase amanhecendo. Uma linha fina e alaranjada bruxuleava no horizonte oriental, a luz do sol. Carros e caminhões passavam por ele, indo para o sul.

Quem atacou a fábrica de roupas do sr. Bolha devia estar esperando que ele voltasse para sua casa no oeste de Los Angeles. Gabriel tinha deixado a Honda na fábrica e precisava de outra motocicleta. Em Nova York ou em Hong Kong, em qualquer cidade vertical, poderia se perder no metrô ou no meio da multidão. Mas só os sem-teto e imigrantes ilegais andavam a pé em Los Angeles. Se tivesse uma motocicleta, poderia se misturar ao trânsito que fluía das ruas para a confusão anônima das auto-estradas.

Um velho chamado Foster morava a duas portas da casa de Gabriel. Tinha um barracão de ferramentas com teto de alumínio no quintal dos fundos. Gabriel subiu no muro de concreto que separava a auto-estrada das casas na sua rua e pulou para o barracão. Espiou por cima dos telhados e viu uma caminhonete da companhia de eletricidade estacionada do outro lado da rua. Ficou lá alguns minutos, pensando no que devia fazer e uma chama amarela brilhou dentro da cabine da caminhonete. Alguém lá sentado no escuro tinha acabado de acender um cigarro.

Gabriel pulou de cima do barracão e galgou o muro que dava para a auto-estrada. Agora o sol já estava mais alto, emergindo como um balão sujo por trás da linha dos armazéns. Faça isso agora, pensou. Se eles ficaram esperando a noite inteira, deviam estar cochilando.

Voltou para o muro, segurou na parte de cima e se jogou no próprio quintal cheio de mato. Sem parar, Gabriel saiu correndo para a garagem e abriu a porta lateral com um chute. Sua motocicleta italiana Guzzi estava no meio da garagem. O motor grande, o tanque de gasolina preto e o guidom curto de competição sempre faziam Gabriel se lembrar de um touro bravo à espera do toureiro.

Gabriel socou com o punho cerrado o botão que ativava a porta da garagem, montou na motocicleta e deu partida com o pé. A porta de metal da garagem rangeu quando subiu e se abriu. Assim que viu um metro e meio livres, ele pisou no acelerador.

Três homens pularam da caminhonete e correram para cima dele. Enquanto Gabriel acelerava para a rua, um homem de casaco azul levantou uma arma que parecia uma escopeta com uma granada presa no cano. Gabriel quicou da calçada para a rua e o homem disparou a arma. A granada afinal era um saco de plástico grosso recheado com algo pesado. Bateu na lateral da motocicleta e ela inclinou para o lado.

Não pare, pensou Gabriel. Não diminua a marcha. Ele virou o guidom para a esquerda, recuperou o equilíbrio e roncou pela rua até o fim do quarteirão. Deu uma espiada para trás e viu os três homens correndo para a picape de conserto.

Gabriel virou a esquina num ângulo bem fechado, a roda traseira da Guzzi levantou cascalho. Acelerou tudo e a explosão de velocidade fez com que grudasse no banco. Seu corpo começou a fazer parte da máquina, uma extensão da sua força, ele segurou firme no guidom e passou a toda por um sinal vermelho.

Seguiu sempre por estradas secundárias, rumo ao sul para Compton, depois deu a volta e retornou para Los Angeles. Ao meio-dia, passou devagar pela esquina da Wilshire com a Bundy, mas

Michael não estava lá. Gabriel comprou gasolina com dinheiro vivo, foi para o norte até Santa Barbara e passou a noite num motel decadente a alguns quilômetros da praia. Voltou para Los Angeles no dia seguinte, mas Michael não estava na esquina.

Gabriel comprou diversos jornais e leu todos os artigos sobre Los Angeles. Não havia menção ao tiroteio na fábrica de roupas. Ele sabia que os anunciantes de jornais e da televisão se baseavam em certo nível de realidade. O que estava acontecendo com ele era coisa de outro nível, como num universo paralelo. Diversas sociedades cresciam ou eram destruídas em volta dele, formando novas tradições ou agindo contra as leis, enquanto os cidadãos fingiam que os rostos mostrados na televisão eram as únicas histórias importantes.

Ficou rodando de motocicleta o resto do dia e só parou uma vez para abastecer e beber água. Gabriel sabia que precisava encontrar um esconderijo, mas uma energia nervosa fazia com que continuasse em movimento. Quando se cansou, Los Angeles desmembrou-se em fragmentos, imagens isoladas e desconexas. A perna de uma mulher descendo do carro. Um adesivo de pára-choque que dizia com orgulho *Meu filho é bom aluno*. Folhas mortas de palmeira na sarjeta. A sombra de um prédio comercial ao meio-dia. Então o sinal ficou verde e ele acelerou para lugar nenhum.

Gabriel tinha saído com várias mulheres em Los Angeles, mas os relacionamentos raramente duravam mais do que um ou dois meses. Elas não iam gostar se ele aparecesse na casa delas procurando abrigo. Tinha alguns poucos amigos homens que gostavam de pular de pára-quedas e outros que corriam de moto, mas não havia nenhum elo concreto entre eles. Para evitar a Grade, tinha se isolado de todo o mundo, menos do irmão.

Indo para leste pelo Sunset Boulevard, pensou em Maggie Resnick. Confiava na advogada; ela saberia o que fazer. Saiu da Sunset e seguiu pela rua tortuosa que subia a estrada Coldwater Canyon.

O PEREGRINO

A casa de Maggie ficava numa encosta íngreme. A garagem ficava na base e tinha três andares de vidro e aço de tamanhos decrescentes como camadas de um bolo de noiva. Era quase meia-noite, mas as luzes ainda estavam acesas. Gabriel tocou a campainha e Maggie abriu a porta, com um roupão vermelho de algodão e chinelos felpudos.

– Espero que não tenha vindo me chamar para dar uma volta de motocicleta. Está frio, escuro e estou cansada. Tenho de ler mais três depoimentos.

– Eu preciso conversar com você.

– O que houve? Algum problema?

Gabriel fez que sim com a cabeça.

Maggie se afastou da entrada.

– Então entre. A virtude é admirável, mas chata. Acho que é por isso que pratico advocacia criminal.

Apesar de detestar cozinhar, Maggie instruíra o arquiteto a projetar uma cozinha bem grande. Panelas de cobre pendiam de ganchos no teto. Taças de vinho de cristal estavam arrumadas numa prateleira de madeira. Havia uma geladeira imensa de aço inoxidável com quatro garrafas de champanhe e uma caixa de comida chinesa. Enquanto Maggie fazia um chá, Gabriel se sentou ao balcão da cozinha. O simples fato de estar ali podia ser perigoso para ela, mas ele precisava desesperadamente contar para alguém o que tinha acontecido. Agora que tudo era instável, as lembranças da infância abriam caminho no meio dos seus pensamentos.

Maggie serviu uma xícara de chá para ele, se sentou do lado oposto do balcão e acendeu um cigarro.

– Tudo bem. Neste momento, sou sua advogada. Desse modo, tudo que você disser para mim será confidencial, a menos que você esteja planejando algum crime futuro.

– Eu não fiz nada de errado.

Ela moveu a mão e uma linha de fumaça do cigarro pairou no ar.

– Claro que fez, Gabriel. Todos nós cometemos crimes. A primeira pergunta é: a polícia está à sua procura?

Gabriel fez um breve relato da morte da mãe, depois descreveu os homens que atacaram Michael na estrada, o encontro com o sr. Bolha e o incidente na fábrica de roupas. Quase todo o tempo Maggie deixou Gabriel falar, mas de vez em quando ela perguntava como é que ele sabia de um certo fato.

— Eu achava que o Michael ia acabar metendo você numa encrenca — ela disse. — As pessoas que escondem seu dinheiro do governo em geral se envolvem com outros tipos de atividades criminosas. Se Michael parasse de pagar o aluguel do prédio comercial, eles não chamariam a polícia. Contratariam algum bandido para encontrá-lo.

— Pode ser outra coisa — disse Gabriel. — Quando éramos pequenos na Dakota do Sul, apareceram uns homens procurando meu pai. Eles incendiaram a nossa casa e meu pai desapareceu, mas nunca soubemos por que isso aconteceu. Minha mãe contou uma história maluca antes de morrer.

Gabriel havia sempre evitado contar qualquer coisa sobre sua família, mas naquele momento não conseguia parar de falar. Deu alguns detalhes sobre a vida deles na Dakota do Sul e descreveu o que a mãe falou no seu leito de morte. Maggie passara a maior parte da vida escutando seus clientes explicarem seus crimes. Era treinada para não revelar nenhum ceticismo até a história terminar.

— Isso é tudo, Gabriel? Mais algum detalhe?
— É tudo que consigo lembrar.
— Quer um pouco de conhaque?
— Agora não.

Maggie pegou uma garrafa de conhaque francês e serviu-se.

— Eu não vou descartar o que sua mãe disse, mas não tem relação com o que eu sei. As pessoas costumam se meter em encrenca por sexo, orgulho ou dinheiro. Às vezes são as três coisas juntas. Esse gângster de quem Michael falou, Vincent Torelli, realmente foi assassinado em Atlantic City. Pelo que você me contou sobre o Michael, acho que ele deve ter ficado tentado a aceitar algum financiamento ilegal e depois inventou um jeito de não pagar.

— Você acha que Michael está bem?
— Deve estar. Eles precisam dele vivo, se querem proteger seu investimento.
— O que posso fazer para ajudá-lo?
— Não pode fazer grande coisa — disse Maggie. — Por isso a questão é se vou me envolver nisso. Imagino que você não tem nenhum dinheiro.

Gabriel balançou a cabeça.

— Eu gosto muito de você, Gabriel. Você nunca mentiu para mim e isso é um prazer. Passo a maior parte do tempo lidando com mentirosos profissionais. Depois de um tempo fica cansativo.

— Eu só queria uns conselhos, Maggie. Não estou pedindo para você se envolver numa coisa que pode ser perigosa.

— A vida é perigosa. É isso que a torna interessante. — Ela terminou de beber o conhaque e tomou uma decisão. — Tudo bem. Vou ajudar você. É um *mitzvah* e posso apelar para o meu instinto maternal que nunca foi usado. — Maggie abriu um armário da cozinha e tirou um vidro de comprimidos. — Agora faça a minha vontade e tome essas vitaminas.

22

Quando Victory From Sin Fraser tinha oito anos de idade, uma prima hospedada na casa dela em Los Angeles contou a história do bravo Arlequim que se sacrificara pelo profeta. Uma história tão dramática, que Victory sentiu uma ligação imediata com esse misterioso grupo de defensores. Quando Vicki cresceu, a mãe dela, Josetta, e o pastor, o reverendo J. T. Morganfield, procuraram afastá-la da aliança com a Dívida Não Paga. Vicki Fraser costumava ser uma serva obediente da igreja, mas se recusava a mudar de opinião sobre essa questão. A Dívida Não Paga substituiu a necessidade de beber e de sair de casa escondida à noite; era seu único ato concreto de rebeldia.

Josetta ficou furiosa quando a filha confessou que tinha conhecido uma Arlequim no aeroporto.

– Você devia se envergonhar – disse ela. – O profeta disse que é pecado desobedecer a seus pais.

– O profeta também disse que podemos desobedecer a regras menos importantes quando seguimos a vontade maior de Deus.

– Os Arlequins não têm nada a ver com a vontade divina – disse Josetta. – Eles cortam o seu pescoço e depois se irritam porque você está sangrando no sapato deles.

Um dia depois de Vicki pegar a Arlequim no aeroporto, uma caminhonete da companhia de eletricidade apareceu na rua dela. Um negro e seus dois parceiros brancos começaram a subir nos postes e a verificar as linhas de transmissão, mas Josetta não caiu nessa. Os empregados de araque ficaram duas horas almoçando e parecia que nunca terminariam o serviço. Durante o dia todo, havia sempre um deles por ali, observando a casa dos Fraser. Josetta mandou a filha ficar dentro de casa e longe do telefone. O reverendo Morganfield e outros membros da igreja vestiram suas melhores roupas e começaram a aparecer na casa para reuniões de oração. Ninguém ia arrombar a porta e raptar aquela serva de Deus.

Vicki estava encrencada por ter ajudado Maya, mas não se arrependia disso. As pessoas raramente prestavam atenção nela e agora toda a congregação comentava o que tinha feito. Como não podia sair, passava a maior parte do tempo pensando em Maya. Será que a Arlequim estava a salvo? Será que tinha sido morta?

Três dias depois da sua desobediência, estava espiando pela janela dos fundos, quando Maya saltou a cerca do quintal. Por um momento, Vicki teve a sensação de que tinha invocado a Arlequim dos seus sonhos.

Enquanto atravessava o gramado, Maya sacou uma pistola automática de dentro do bolso do casaco. Vicki abriu a porta de vidro de correr e acenou.

— Tenha cuidado — disse ela. — Há três homens trabalhando na rua. Agem como se fossem da companhia de energia elétrica, mas achamos que são da Tábula.

— Eles estiveram dentro da casa?

— Não.

Maya tirou os óculos escuros quando passou da sala de estar para a cozinha. A arma desapareceu no bolso, mas ficou com a mão direita na ponta da bainha de metal com a espada que pendia do seu ombro.

— Está com fome? — perguntou Vicki. — Quer que eu prepare um café da manhã?

A Arlequim ficou parada perto da pia, observando todos os objetos da cozinha. E Vicki viu uma cozinha diferente, como se a conhecesse pela primeira vez na vida. As panelas e potes verde-abacate. O relógio de plástico na parede. A caipira bonitinha ao lado do poço de cerâmica. Tudo era comum e seguro.

— Shepherd é um traidor — disse Maya. — Ele está trabalhando para a Tábula. E você o ajudou. De modo que pode ser uma traidora também.

— Eu não traí você, Maya. Juro, em nome do profeta.

A Arlequim parecia cansada e vulnerável. Ficava olhando tudo na cozinha como se alguém fosse atacá-la a qualquer momento.

— Não confio realmente em você, mas no momento não tenho muitas opções. Estou disposta a pagar pela sua ajuda.

— Eu não quero dinheiro de Arlequim.

— Ele garante alguma lealdade.

— Ajudo de graça, Maya. É só pedir.

Olhando bem para os olhos de Maya, ela percebeu que o que pedia era uma coisa muito difícil para um Arlequim dar. Pedir ajuda de alguém exigia um certo grau de humildade e de reconhecimento da própria fraqueza. Os Arlequins se alimentavam de orgulho e de uma segurança inabalável.

Maya murmurou algumas palavras, tentou de novo e falou com muita clareza.

— Eu quero que você me ajude.

— Sim. Será um prazer. Você tem um plano?

— Preciso encontrar esses dois irmãos antes de a Tábula capturá-los. Você não terá de encostar em nenhuma arma ou faca. Não terá de machucar ninguém. É só me ajudar a contratar um mercenário que não me traia. A Tábula é muito poderosa neste país e Shepherd os está ajudando. Eu não posso fazer isso sozinha.

— Vicki? — A mãe dela ouviu as vozes. — O que está havendo? Tem visita?

Josetta era uma mulher grande, de rosto largo. Naquela manhã, estava usando um conjunto de calça e blusa verde-bandeira e o broche de coração com o retrato do falecido marido. Entrou pela porta e parou ao ver a desconhecida. As duas se encararam sérias e, mais uma vez, Maya pôs a mão na bainha da espada.

O PEREGRINO

— Mãe, essa é...
— Eu sei quem ela é — disse Josetta. — Uma pecadora assassina que trouxe morte para as nossas vidas.
— Estou tentando encontrar dois irmãos — disse Maya. — Eles podem ser Peregrinos.
— Isaac T. Jones foi o último Peregrino. Não há outros.
Maya tocou no braço de Vicki.
— A Tábula está vigiando esta casa. Às vezes eles usam equipamentos que possibilitam a visão através das paredes. Não posso mais ficar aqui. É perigoso para todas nós.
Vicki se pôs entre a mãe e a Arlequim. Grande parte da sua vida pareceu desfocada e vaga até aquele momento, como uma fotografia fora de foco em que figuras embaçadas fugiam da câmera. Mas agora, naquele exato momento, tinha uma opção verdadeira na vida. Caminhar é fácil, dizia o profeta. Mas para encontrar o caminho certo precisamos de fé.
— Eu vou ajudá-la.
— Não — disse Josetta. — Não dou minha permissão.
— Eu não preciso de permissão, mãe.
Vicki pegou sua bolsa e saiu para o quintal. Maya a alcançou quando chegava ao fim do gramado.
— Lembre-se de uma coisa — disse Maya. — Estamos trabalhando juntas, mas ainda não confio em você.
— Está bem. Você não confia em mim. Então qual é a primeira coisa que nós vamos fazer?
— Segurar no topo da cerca e saltar.

Thomas Walks the Ground deu para Maya uma van de entrega Plymouth. Não tinha janelas laterais, de modo que ela podia dormir na parte de trás, se precisasse. Quando Vicki entrou na van, Maya disse para ela tirar toda a roupa.
— E por que eu devo fazer isso?
— Você e sua mãe ficaram dentro de casa esses dois últimos dias?

— Não o tempo todo. Nós fomos encontrar o reverendo Morganfield.

— A Tábula entrou na sua casa e revistou tudo. Eles devem ter posto contas rastreadoras nas suas roupas e bagagens. Quando você sair do bairro um satélite vai rastreá-la.

Um pouco constrangida, Vicki entrou na traseira da van e tirou os sapatos, a blusa e a calça. Apareceu um estilete na mão de Maya e ela usou a arma para examinar cada bainha e cada costura.

— Você mandou esse sapato para o conserto recentemente? — perguntou ela.

— Não. Nunca.

— Alguém usou um martelo nele.

Maya enfiou a ponta da faca por baixo do salto e o separou da sola. Tinham cavado um buraco no salto por dentro. Ela virou o sapato de cabeça para baixo e uma conta rastreadora branca caiu na palma da mão dela.

— Maravilha. Agora eles sabem que você saiu de casa.

Maya jogou a conta pela janela e foi dirigindo a van até um bairro coreano na avenida Western. Compraram um par de sapatos novos para Vicki, depois passaram por uma igreja Adventista do Sétimo Dia e pegaram uma dúzia de panfletos religiosos. Fingindo ser uma missionária adventista, Vicki foi até a casa de Gabriel perto da auto-estrada e bateu na porta. Não havia ninguém em casa, mas ela teve a sensação de estar sendo vigiada.

As duas mulheres seguiram para o estacionamento de um armazém e se sentaram na traseira da van. Enquanto Vicki vigiava, Maya conectou um notebook num celular por satélite e digitou um número de telefone.

— O que você está fazendo?

— Entrando na internet. Isso é perigoso por causa do Carnívoro.

— O que é isso?

— O nome de um programa de vigilância desenvolvido pelo seu FBI. A Agência Nacional de Segurança desenvolveu ferramentas ainda mais poderosas, mas meu pai e seus amigos Arlequins sempre usavam a palavra "Carnívoro". Esse nome antigo servia de lembrança para eles terem cuidado quando usavam a internet. O Carnívoro é um programa farejador que vê tudo que entra através de uma rede específica. Seu alvo são websites e endereços de e-mail, mas ele também detecta certas palavras-chave e frases.

– E a Tábula sabe desse programa?

– Eles têm acesso não-autorizado através da operação de monitoramento da internet. – Maya começou a digitar no teclado do computador. – É possível enganar o Carnívoro usando linguagem suave, evitando palavras-chave.

Vicki se sentou no banco da frente da van e ficou olhando para o estacionamento enquanto Maya procurava outro Arlequim. Os cidadãos saíam do armazém com carrinhos enormes cheios de comida, roupas e equipamento eletrônico. Os carrinhos estavam muito pesados com todas essas compras e os cidadãos tinham de inclinar o corpo para frente para conseguir empurrá-los até seus carros. Vicki lembrou o que tinha lido no ensino médio sobre Sísifo, o rei grego condenado a empurrar uma pedra montanha acima por toda a eternidade.

Depois de procurar em vários sites e de digitar palavras em códigos diferentes, Maya encontrou Linden. Vicki espiou por cima do ombro de Maya, que enviava mensagens instantâneas usando eufemismo. O Arlequim traidor, Shepherd, virou "o neto de um bom homem" que se uniu a uma "empresa rival" e destruiu "nosso possível empreendimento conjunto".

– Você está bem de saúde? – perguntou Linden.

– Estou.

– Problemas com a negociação?

– Carne resfriada vezes dois – digitou Maya.

– Ferramentas suficientes?

– Adequadas.

– Condição física?

– Cansada, mas nenhum dano.

— Tem ajuda?
— Um funcionário local da Jones e Companhia. Contratando um profissional hoje.
— Ótimo. Recursos à disposição.
A tela ficou em branco um segundo, então Linden escreveu:
— Última vez que tive notícia do meu amigo, quarenta e oito horas atrás. Sugiro que você procure...
O informante de Linden dentro da Fundação Sempre-Verde tinha dado para ele seis endereços onde poderia encontrar Michael e Gabriel Corrigan. Havia notas curtas como "joga golfe com M." ou "amigo de G.".
— Obrigada.
— Tentarei obter mais dados. Boa sorte.
Maya anotou os endereços e desligou o computador.
— Temos mais alguns lugares para verificar – disse para Vicki. – Mas eu preciso de um mercenário, alguém que possa me dar cobertura.
— Eu conheço uma pessoa.
— Ele faz parte de alguma tribo?
— O que quer dizer?
— Às vezes as pessoas que rejeitam a Imensa Máquina se juntam em grupos que vivem em diversos níveis de clandestinidade. Algumas tribos rejeitam alimentos industrializados. Outras rejeitam a música da Máquina e seus estilos de moda. Algumas tribos procuram viver pela fé. Rejeitam o medo e o preconceito da Máquina.
Vicki deu risada.
— Então a igreja de Isaac T. Jones é uma tribo.
— Isso mesmo. – Maya ligou o motor da van e foi saindo do enorme estacionamento. – Uma tribo guerreira é um grupo que pode se defender, fisicamente, da Máquina. Os Arlequins os usam como mercenários.
— Hollis Wilson não faz parte de nenhum grupo. Mas ele definitivamente sabe lutar.

O PEREGRINO

A caminho do sul de Los Angeles, Vicki explicou que a Igreja Divina sabia que seus jovens seguidores podiam se ver tentados pelo materialismo espalhafatoso da Nova Babilônia. Incentivavam os adolescentes a serem missionários da igreja na África do Sul ou no Caribe. Isso era considerado uma boa forma de canalizar a energia da juventude.

Hollis Wilson fazia parte de uma família conhecida da igreja, mas não quis ser missionário e passou a andar com os membros da gangue do bairro. Os pais rezavam por ele e o trancavam no quarto. Uma vez ele chegou em casa às duas da madrugada e encontrou um ministro jonesie esperando para exorcizar o demônio do coração do jovem. Quando Hollis foi preso perto de um carro roubado, o sr. Wilson levou o filho para ter aulas de caratê na Liga Atlética da Polícia. Achou que o professor de caratê talvez pudesse acrescentar alguma estabilidade à vida errática de Hollis.

O mundo disciplinado das artes marciais foi o verdadeiro poder que arrancou Hollis da igreja. Depois de obter a faixa preta de quarto grau de caratê, Hollis foi com um dos professores para a América do Sul. Acabou no Rio de Janeiro e morou lá seis anos, transformando-se num especialista de um estilo brasileiro de arte marcial chamado capoeira.

– Então ele voltou para Los Angeles – disse Vicki. – Eu o conheci no casamento da irmã dele. Ele abriu uma academia de artes marciais em South Central.

– Descreva esse Hollis para mim. Como ele é? Grande? Pequeno?

– Ombros largos, mas magro. Cabelo crespo e comprido, como dos rastafáris.

– E como é a personalidade dele?

– Seguro e vaidoso. Acho que ele teve sucesso demais com as mulheres.

A academia de artes marciais de Hollis Wilson ficava na avenida Florence, entre uma loja de bebidas e uma locadora de vídeos. Alguém tinha pintado palavras na janela do andar térreo em cores fortes, vermelho e amarelo. *Defenda-se! Caratê, kickboxing e capoeira. Nada de contratos. Principiantes são bem-vindos.*

Ouviram atabaques quando se aproximaram da academia e o som ficou mais alto ao abrirem a porta da frente. Hollis tinha construído uma área de recepção com folhas de madeira compensada, onde havia uma mesa e cadeiras dobráveis. Pregados num quadro de avisos, o horário das aulas e cartazes anunciando campeonatos locais de caratê. Maya e Vicki passaram por dois vestiários pequenos, com colchas velhas no lugar de portas, e entraram numa sala comprida, sem janelas.

Um homem idoso batia no atabaque num canto e o som ecoava nas paredes de concreto. De camiseta e calça de algodão branca, os capoeiristas formavam uma roda. Batiam palmas no ritmo do atabaque e observavam duas pessoas jogando. Uma delas era um latino baixo cuja camiseta dizia Pense Criticamente. Ele tentava se defender de um negro de vinte e poucos anos que dava instruções entre os golpes. O homem olhou para as duas visitantes e Vicki tocou no braço de Maya. Hollis Wilson tinha pernas compridas e braços musculosos. As tranças rastafári desciam até os ombros. Depois de observar alguns minutos, Maya se virou e sussurrou para Vicki.

– Esse é o Hollis Wilson?
– É. O de cabelo comprido.
Maya meneou a cabeça.
– Vai servir.

Capoeira era uma mistura peculiar de graça e violência que parecia uma dança ritualística. Depois que Hollis e o latino pararam de jogar, outras duas pessoas entraram na roda. Começaram a avançar uma contra a outra, misturando chutes e golpes rodados com as mãos e com os pés. Quando uma caía, golpeava com a perna para cima, com as mãos no chão. O movimento era contínuo e as camisetas estavam todas encharcadas de suor.

Deram uma volta na roda e Hollis atacava e se defendia. O ritmo foi acelerando e cada pessoa entrava para jogar uma segunda

O PEREGRINO

vez e no fim uma série de duplas passou a jogar mais rápido. Hollis fez sinal para o homem do atabaque e a roda se desfez.

Exaustos, os alunos se sentaram no chão. Esticavam as pernas e respiravam fundo. Hollis não parecia nada cansado. Andava de um lado para outro na frente deles, falando com a cadência de um pregador jonesie.

– Há três tipos de reações humanas: a deliberada, a instintiva e a automática. A deliberada é quando você pensa nos seus atos. A instintiva é quando você apenas reage. A automática é quando você faz o que está habituado a fazer, porque já fez antes.

Hollis parou e olhou bem para os alunos sentados de frente para ele. Parecia estar avaliando suas qualidades e seus defeitos.

– Na Nova Babilônia, muitas pessoas que vocês conhecem, talvez até sua família e seus amigos, pensam que estão agindo deliberadamente e estão apenas tendo uma reação automática. Como um bando de robôs, dirigem seus carros pelas auto-estradas, vão para o trabalho, recebem um salário em troca de suor, sofrimento e humilhação e voltam para casa para ouvir risadas falsas na televisão. Eles já estão mortos. Ou morrendo. Só que não sabem.

"E tem outro grupo de pessoas, os garotões e as gatinhas das baladas. Fumam uns baseados. Bebem. Procuram parceiros para um sexo rápido. Pensam que estão ligados aos seus instintos, ao seu poder natural, mas sabem de uma coisa? Eles funcionam no automático também.

"O guerreiro é diferente. O guerreiro usa o poder do cérebro para agir deliberadamente e o poder do coração para ser instintivo. Guerreiros nunca reagem automaticamente, só quando escovam os dentes."

Hollis fez uma pausa e abriu as mãos.

– Procurem pensar. Sentir. Ser verdadeiro. – Ele bateu palmas. – Por hoje é só.

Os alunos cumprimentaram o mestre, pegaram sacolas e mochilas, calçaram sandálias de borracha e foram embora. Hollis secou o suor do chão com uma toalha, se virou e sorriu para Vicki.

— Ora, essa é uma surpresa de verdade — disse ele. — Você é Victory From Sin Fraser, filha de Josetta Fraser.

— Eu era pequena quando você abandonou a igreja.

— Eu lembro. Orações na quarta-feira à noite. Grupo de jovens sexta à noite. Domingo à noite, jantar comunitário. Eu sempre gostei do canto. Tem música boa na igreja. Mas era oração demais para mim.

— É óbvio que você não é um crente.

— Eu acredito em muitas coisas. Isaac T. Jones foi um grande profeta, mas não o último. — Hollis caminhou até a porta. — O que veio fazer aqui e quem é a sua amiga? As turmas de principiantes são quarta, quinta e sexta à noite.

— Não viemos aqui para aprender a lutar. Essa é minha amiga, Maya.

— E você é o quê? — perguntou ele para Maya. — Uma branca que se converteu?

— Esse foi um comentário tolo — disse Vicki. — O profeta aceitava todas as raças.

— Só estou querendo saber dos fatos, senhorita Victory From Sin. Se não veio para as aulas, então está aqui para me convidar para algum programa da igreja. Acho que o reverendo Morganfield deve ter imaginado que eu teria uma reação melhor mandando duas mulheres bonitas para conversar comigo. Isso pode ser verdade, mas mesmo assim não vai funcionar.

— Isso não tem nada a ver com a igreja — disse Maya. — Quero contratá-lo como lutador. Suponho que você deva ter armas ou acesso a elas.

— Mas, afinal de contas, quem é você?

Vicki olhou para Maya, pedindo permissão. A Arlequim moveu um pouquinho os olhos. Conte para ele.

— Essa é Maya. Ela é uma Arlequim que veio para Los Angeles à procura de dois futuros Peregrinos.

Hollis pareceu surpreso, depois riu alto.

— Certo. E eu sou o maldito rei do mundo. Não me venha com essa besteira, Vicki. Não existem mais Peregrinos nem Arlequins. Todos foram caçados e assassinados.

— Espero que todo mundo pense assim — Maya disse calmamente. — É mais fácil para nós se ninguém acreditar que existimos.

Hollis olhou fixo para Maya, levantou as sobrancelhas como se questionasse o direito dela de estar naquela sala. Então ele afastou as pernas em posição de luta e deu um golpe com o braço a meia velocidade. Vicki gritou, mas Hollis continuou o ataque com um golpe de cabeça e um martelo. Maya cambaleou para trás e a bainha com a espada caiu do ombro e rolou alguns centímetros no chão.

Hollis rodou numa armada e deu um martelo que Maya conseguiu bloquear. Ele se movimentou mais rápido e passou a atacar com toda a força e velocidade. Golpeando com os pés e as mãos, ele empurrou Maya contra a parede. Ela desviou com as mãos e os braços as mãos dele, pôs o peso do corpo no pé direito e chutou Hollis entre as pernas. Hollis caiu para trás, rolou pelo chão e ficou em pé de um pulo, já com nova combinação de golpes.

Agora estavam lutando para valer, procurando machucar o outro. Vicki berrou para pararem, mas nenhum dos dois lhe deu ouvidos. Maya já estava recuperada da surpresa inicial, tinha a expressão calma, os olhos intensos e concentrados. Ela entrou nele com golpes rápidos de mãos e pés, procurando machucá-lo ao máximo.

Hollis foi gingando para longe dela. Mesmo nessa situação, ele tinha de mostrar para todos que era um lutador elegante e inventivo. Rodando os braços e dando meias-luas de compasso, começou a fazer Maya recuar pela sala. A Arlequim parou quando encostou o sapato na bainha com a espada.

Maya fingiu que ia dar um soco na cabeça de Hollis, abaixou-se e agarrou a bainha. E aí a espada apareceu, o cabo estalou quando encaixou no lugar e ela avançou para cima do seu atacante. Hollis perdeu o equilíbrio, caiu de costas e Maya parou de se mexer. A ponta da espada estava a quatro centímetros do pescoço de Hollis Wilson.

— Não! — berrou Vicki e o encanto se desfez.

A violência e a fúria desapareceram da sala. Maya abaixou a espada e Hollis se levantou.

— Sabe, eu sempre quis ver de perto uma dessas espadas de Arlequim.

— A próxima vez que lutar comigo assim, você morre.

— Mas nós não vamos lutar. Estamos do mesmo lado. — Hollis virou a cabeça e piscou para Vicki. — E quanto é que essas duas mulheres bonitas vão me pagar?

23

Hollis dirigia a van azul de entregas e Vicki ia sentada no banco do carona. Maya estava abaixada na parte de trás, longe da janela. Atravessaram Beverly Hills e ela viu imagens esparsas da cidade. Algumas casas tinham sido construídas no estilo espanhol, com telhados de telhas vermelhas e pátios internos. Outras pareciam versões modernas das *villas* toscanas. Algumas eram simplesmente grandes, sem nenhum estilo definido; tinham pórticos elaborados sobre a porta da frente e varandas imitando a de Romeu e Julieta. Era estranho ver tantas construções assim grandiosas e sem graça ao mesmo tempo.

Hollis atravessou a Sunset Boulevard e foi subindo a Coldwater Canyon.

— Muito bem — disse ele. — Estamos chegando.

— Eles podem estar vigiando o lugar. Diminua a marcha e estacione antes de chegar lá.

Hollis parou poucos minutos depois e Maya passou para a frente para poder espiar pelo pára-brisa. Estavam numa ladeira residencial com casas construídas bem perto da rua. Um caminhão do Departamento de Água e Eletricidade tinha estacionado a poucos metros da casa de Maggie Resnick. Um homem de macacão laranja subia num poste, enquanto dois outros observavam da rua.

— Parece tranqüilo — disse Hollis.

Vicki balançou a cabeça.

— Eles estão procurando os irmãos Corrigan. Um caminhão exatamente igual a esse passou os últimos dois dias na frente da minha casa.

Abaixada no chão da van, Maya tirou a escopeta da caixa e carregou com as balas. A arma tinha um cabo de metal que ela dobrou para baixo, de modo que ficasse parecendo uma pistola grande. Voltou para a frente da van e viu que uma caminhonete havia parado atrás do caminhão. Shepherd desceu do veículo, fez sinal com a cabeça para os falsos técnicos e subiu os degraus de madeira que levavam à entrada da casa de dois andares. Tocou a campainha e uma mulher abriu a porta.

— Dê partida na van — disse Maya. — E dirija até a casa.

Hollis não obedeceu.

— Quem é o cara louro?

— É um ex-Arlequim chamado Shepherd.

— E os outros dois homens?

— Mercenários da Tábula.

— Como você quer resolver isso? — perguntou Hollis.

Maya não disse nada. Os dois levaram alguns segundos para perceber que a Arlequim tinha a intenção de destruir Shepherd e os mercenários. Vicki ficou horrorizada e Maya viu-se nos olhos da jovem.

— Você não vai matar ninguém — Hollis disse baixinho.

— Eu contratei você, Hollis. Você é um mercenário.

— Eu disse quais eram as minhas condições. Vou ajudar e proteger você, mas não vou deixar que ataque e mate um desconhecido.

— Shepherd é um traidor — disse Maya. — Ele está trabalhando para...

Antes de Maya terminar de explicar a porta da garagem abriu e um homem de motocicleta saiu lá de dentro. Quando ele desceu da calçada para a rua, um dos homens de macacão laranja falou alguma coisa por um rádio portátil.

Maya tocou no ombro de Vicki.

O PEREGRINO

— Aquele é Gabriel Corrigan — disse ela. — Linden disse que ele só anda de moto.

Gabriel virou à direita e subiu a ladeira da Coldwater Canyon em direção à Mulholland Drive. Poucos segundos depois, três motoqueiros de capacete preto passaram a toda pela van, no encalço dele.

— Parece que outro pessoal estava à espera dele.

Hollis ligou o motor da van e calcou o pé no acelerador. Saiu rabeando por causa dos pneus gastos da van e subiu o cânion. Pouco depois, entraram na Mulholland Drive, a estrada de duas pistas que seguia a vertente das montanhas Hollywood. Olhando para a esquerda, dava para ver uma névoa marrom cobrindo um vale cheio de casas, piscinas azul-claras e prédios de escritórios.

Maya trocou de lugar com Vicki e se sentou ao lado da janela do passageiro com sua escopeta. As quatro motocicletas já estavam bem lá na frente e quando a van fez uma curva perderam o bando de vista por alguns segundos. A estrada ficou reta de novo. Maya viu um dos motoqueiros sacar uma arma que parecia um sinalizador. Ele se aproximou de Gabriel, disparou a arma contra a moto, mas errou. A bala acertou o asfalto fino perto da beira da estrada e o chão explodiu.

— Que merda foi aquela? — berrou Hollis.

— Ele está usando munição Hatton — disse Maya. — É uma mistura de cera e pó metálico. Estão querendo estourar o pneu traseiro.

Na mesma hora, o motociclista da Tábula ficou para trás, enquanto seus dois companheiros continuaram na caçada. Uma picape apareceu, vindo da direção oposta. O motorista apavorado buzinou e acenou, tentando avisar para Hollis o que tinha acabado de ver.

— Não o mate! — Vicki berrou quando chegaram perto do primeiro motociclista.

Rodando a baixa velocidade ao lado do acostamento, o motoqueiro da Tábula carregava de novo a arma sinalizadora. Maya pôs o cano da sua escopeta para fora da janela e atirou e o pneu da frente da moto dele explodiu. A moto desviou para a direita, bateu numa mureta de concreto e o motociclista foi arremessado de lado.

Maya pôs mais uma bala na agulha da escopeta.

– Acelere! – gritou ela. – Não podemos perdê-los!

A van chacoalhava como se não pudesse ir mais depressa, mas Hollis pisou o acelerador até o fundo. Ouviram uma explosão e na saída de uma curva viram que um segundo motociclista tinha ficado para trás para carregar seu sinalizador com outro petardo. Ele encaixou o tambor e voltou para a estrada antes de poderem alcançá-lo.

– Mais rápido! – gritou Maya.

Hollis agarrou com força a direção quando a van derrapou em outra curva.

– Não posso. Um desses pneus vai estourar.

– Mais rápido!

O segundo motoqueiro segurava o sinalizador com a mão direita e o guidom com a esquerda. Passou num buraco e quase perdeu o controle da moto. Ele desacelerou um pouco e a van o alcançou. Hollis chegou para a esquerda. Maya atirou no pneu de trás e o motociclista foi arremessado por cima do guidom. A van continuou em frente e chegou a outra curva. Um grande sedã verde apareceu na frente deles, buzinando e desviando. Volte, sinalizou o motorista. Volte.

Passaram direto pelo sinal vermelho do cruzamento com a Laurel Canyon, buzinando e costurando entre outros carros. Maya ouviu uma terceira explosão, mas não conseguiu ver Gabriel e o terceiro motociclista. Na saída de mais uma curva, avistaram a rua estreita. O pneu traseiro da moto de Gabriel tinha sido atingido, mas a moto continuava andando. Saía fumaça do pneu em frangalhos e o aço da roda rangia no asfalto.

– Lá vamos nós! – exclamou Hollis, virou a van para o meio da rua e ficou à esquerda, emparelhado com o terceiro motociclista.

Maya se debruçou para fora da janela com o cabo da escopeta encostado na porta da van e apertou o gatilho. O tiro atingiu o tanque de gasolina da moto e ela explodiu em chamas. O mercenário da Tábula foi lançado numa vala.

Quinhentos metros mais adiante, Gabriel subiu na entrada de uma casa. Parou a moto, pulou fora e saiu correndo. Hollis embicou a van atrás dele e Maya saltou. Estava muito longe de Gabriel. Ele ia escapar. Mas ela correu e gritou a primeira coisa que lhe veio à cabeça.

– Meu pai conhecia seu pai!

Gabriel parou na beira da encosta. Mais alguns passos e ia despencar por uma descida íngreme e cheia de cactos.

– Ele era um Arlequim! – gritou Maya. – O nome dele era Thorn!

E aquelas palavras – o nome do pai dela – Gabriel ouviu. Pareceu assustado e desesperado para saber mais. Ignorou a escopeta na mão de Maya e se aproximou.

– Quem sou eu?

24

Nathan Boone examinou Michael de alto a baixo, quando o jatinho particular passava sobre os quadrados e retângulos das fazendas de Iowa. Antes de decolar do aeroporto de Long Beach, parecia que o jovem estava dormindo. Agora o rosto dele estava inexpressivo e não reagia a nada. Talvez as drogas fossem fortes demais, pensou Boone. Podiam ter causado danos cerebrais irreversíveis.

Ele se virou no assento de couro e encarou o médico sentado atrás dele. O dr. Potterfield era pago como qualquer mercenário, mas agia sempre como se tivesse privilégios especiais. Boone gostava de ficar dando ordens para ele.

– Verifique os sinais vitais do paciente.

– Fiz isso há quinze minutos.

– Faça de novo.

O dr. Potterfield ajoelhou-se ao lado da maca, encostou o dedo na carótida de Michael e tomou o pulso dele. Auscultou-lhe o coração e os pulmões, abriu uma pálpebra e analisou a íris.

– Não recomendo mantê-lo dopado mais um dia. O pulso está forte, mas a respiração está ficando fraca.

Boone olhou para o relógio.

– E que tal mais quatro horas? É o tempo que vamos demorar para pousar em Nova York e levá-lo para o centro de pesquisa.

– Quatro horas não vão mudar nada.

O PEREGRINO

— Espero que você esteja lá quando ele acordar — disse Boone.
— E se houver algum problema, tenho certeza de que assumirá toda a responsabilidade.

As mãos de Potterfield tremiam um pouco, ele tirou um termômetro digital da maleta preta e pôs dentro da orelha de Michael.

— Não haverá nenhum problema maior, mas não espere que ele suba uma montanha na mesma hora. Isso é como se recuperar de uma anestesia geral. O paciente vai ficar confuso e fraco.

Boone se virou de volta para a pequena mesa no meio da aeronave. Estava irritado de ter de sair de Los Angeles. Depois de entrevistar os motociclistas que perseguiram Gabriel Corrigan, ficou claro que Maya tinha conseguido aliados e capturado o jovem. A equipe em Los Angeles precisava de orientação, mas as instruções que Boone recebeu foram bem claras: o Projeto Travessia tinha prioridade máxima. No momento em que obtivesse o controle de um dos dois irmãos, devia vigiá-lo e escoltá-lo pessoalmente de volta para Nova York.

Passou a maior parte do tempo de vôo usando o computador à procura de Maya. Todos esses esforços eram canalizados através do centro de monitoramento da internet da Irmandade, que ficava num lugar secreto no centro de Londres. O centro se escondia atrás de um prédio comercial comum de dois andares que abrigava uma empresa de serviços que constava da folha de pagamentos da Irmandade.

Privacidade havia se tornado um mito conveniente. Kennard Nash uma vez fez uma palestra sobre o assunto para um grupo de funcionários da Fundação Sempre-Verde. O novo monitoramento eletrônico tinha modificado a sociedade; era como se todos tivessem se mudado para uma casa tradicional japonesa, com as paredes internas feitas de bambu e papel. Dava para ouvir as pessoas espirrando, conversando e fazendo amor, mas socialmente a idéia era que não devíamos prestar atenção nisso. Tínhamos de fingir que as paredes eram sólidas e à prova de som. As pessoas sentiam a mesma coisa quando passavam por uma câmera de vigilância ou quando usavam um telefone celular. Hoje em dia, as autoridades usavam máquinas especiais de raios X no aeroporto de Heathrow que eram literalmente capazes de ver através das roupas dos passageiros. Era muito perturbador saber que várias organizações viam e ouviam as nossas conversas. Era melhor não pensar nisso.

Funcionários do governo que apoiavam a Irmandade deram códigos de acesso a bancos de dados importantíssimos. A maior fonte era o sistema Consciência da Informação Total, criado pelo governo americano depois da aprovação da Lei Patriota dos Estados Unidos. O banco de dados do CIT tinha sido projetado para processar e analisar todas as transações feitas por computador no país. Sempre que uma pessoa usava um cartão de crédito, pegava um livro numa biblioteca ou ia viajar, a informação ia para o banco de dados centralizado. Alguns bibliotecários se opuseram a essa invasão de privacidade, por isso o governo mudou o nome do programa para sistema de Consciência da Informação sobre Terrorismo e todas as críticas cessaram.

Outros países estavam aprovando novas leis de segurança e implantando suas próprias versões do CIT. Se os funcionários da Tábula do centro de computação em Londres não tivessem obtido os códigos de acesso, poderiam ter usado programas chamados Espreita, Serra e Marreta, que possibilitavam a anulação da proteção dos firewalls e a entrada em todos os bancos de dados do mundo.

Boone achava que a arma mais promissora na batalha contra os inimigos da Irmandade eram os novos programas imunológicos de computador. Os programas IC tinham sido inicialmente desenvolvidos para monitorar o sistema computadorizado do Correio Real na Inglaterra. Os programas da Irmandade eram ainda mais poderosos. Tratavam toda a internet como se fosse um enorme corpo humano. Os programas agiam como linfócitos eletrônicos, cujo alvo eram idéias e informações perigosas.

O PEREGRINO

Nos últimos anos, os programas IC tinham sido acionados na internet pela equipe de informática da Irmandade. Esses programas independentes vagavam despercebidos por milhares de sistemas de computador. Às vezes paravam como linfócitos no computador pessoal de alguém, à espera do aparecimento de alguma idéia infecciosa. Quando encontrava alguma coisa suspeita, o programa retornava para a central de processamento em Londres para receber novas instruções.

Os cientistas da Irmandade também faziam experiências com um novo programa interativo que poderia punir concretamente os inimigos da Irmandade, como um grupo de glóbulos brancos combatendo uma infecção. O programa IC identificava as pessoas que mencionavam os Peregrinos ou os Arlequins, em suas comunicações pela internet. Feito isso, o programa introduzia automaticamente um vírus destruidor de dados naquele computador. Uma pequena proporção dos vírus mais perigosos de computador na internet tinha sido criada pela Irmandade ou por seus aliados do governo. Era fácil pôr a culpa num hacker de dezessete anos que morava na Polônia.

Maya tinha sido rastreada com o uso do programa imunológico de computação e com uma varredura convencional de dados. Três dias antes, a Arlequim tinha entrado numa loja de peças de automóvel e assassinado alguns mercenários. Quando Maya fugisse da região, teria de andar a pé, pegar carona com alguém, comprar um carro ou usar algum transporte público. O centro de monitoramento da internet em Londres vasculhou os registros policiais de Los Angeles que incluíam uma jovem na região alvo. Isso não deu resultado, então entraram no sistema de uma companhia de táxi e descobriram quais passageiros usaram táxis no período de quatro horas após os assassinatos. Esses endereços de origem e destino foram comparados com as informações obtidas pelos programas IC. A central processava os nomes e endereços de centenas de pessoas que poderiam ajudar os Peregrinos ou os Arlequins.

Havia cinco anos, a equipe de avaliação psicológica da Irmandade tinha entrado nos computadores dos clubes de compras administrados pelos supermercados americanos. Sempre que uma pessoa comprava alguma coisa e usava seu cartão de descontos, era incluída num banco de dados geral. Durante o estudo inicial, os psicólogos da Irmandade procuravam comparar o consumo de comida e bebida alcoólica de uma pessoa com a sua filiação política. Boone tinha visto algumas dessas correlações estatísticas e elas eram fascinantes. Mulheres que viviam no norte da Califórnia e que compravam mais de três tipos de mostarda em geral eram liberais. Homens que compravam cerveja em garrafa mais cara no leste do Texas em geral eram conservadores. Com endereços e dados de um mínimo de duas centenas de compras de supermercado, a equipe de avaliação psicológica podia realmente prever a atitude de uma pessoa em relação ao controle do governo.

Boone achava interessante ver que tipo de pessoa resistia à disciplina e à ordem social. A oposição às vezes partia de gente que abraçava árvores e era contra a tecnologia, que consumia alimentos orgânicos e resistia aos alimentos industrializados da Imensa Máquina. Mas grupos igualmente encrenqueiros eram organizados pelos fanáticos pela alta-tecnologia que comiam barras de chocolate no jantar e navegavam pela internet à procura de boatos sobre os Peregrinos.

Quando o avião de Boone sobrevoava a Pensilvânia, o centro de monitoramento já tinha enviado uma mensagem para o computador dele. *O endereço de destino corresponde à residência de Thomas Walks the Ground – sobrinho de um Peregrino nativo americano exterminado. O programa imunológico de computação pegou comentários negativos sobre a Irmandade postos por esse indivíduo num site da tribo Corvo.*

O jatinho embicou em ângulo fechado ao se aproximar de um aeroporto regional perto do centro de pesquisa da Fundação Sempre-Verde. Boone apertou a tecla para salvar no computador e olhou para Michael. A Irmandade tinha encontrado aquele jovem, ele estava a salvo dos Arlequins, mas ainda assim podia se recusar a cooperar. Como é que alguém podia negar a verdade? Boone gostaria de saber. Não havia necessidade de se preocupar com religião ou filosofia; a verdade era determinada por quem quer que estivesse no poder.

O jatinho da empresa pousou no aeroporto do município de Westchester e taxiou até um hangar particular. Poucos minutos depois, Boone desceu a escada do avião. O céu estava cinzento, cheio de nuvens e fazia um frio típico de outono.

Lawrence Takawa esperava ao lado da ambulância que ia transportar Michael para o centro de pesquisa da Fundação Sempre-Verde. Ele deu ordens para uma equipe de paramédicos e foi ao encontro de Boone.

– Bem-vindo de volta – disse Takawa. – Como está o Michael?

– Ele vai ficar bem. Está tudo preparado no centro?

– Já estava tudo pronto dois dias atrás, mas tivemos de fazer algumas adaptações de última hora. O general Nash contatou a equipe de avaliação psicológica e eles nos deram uma nova estratégia para lidar com Michael.

Havia uma leve tensão na voz de Lawrence e Boone olhou bem para o rapaz. Toda vez que via o assistente de Nash, ele estava segurando alguma coisa, uma prancheta, uma pasta, uma folha de papel, algum objeto que proclamasse sua autoridade.

– E isso representa algum problema para o senhor? – perguntou Boone.

– A nova estratégia realmente parece muito *agressiva* – disse Lawrence. – Não tenho certeza de que isso é mesmo necessário.

Boone deu meia-volta e olhou para o jatinho. O dr. Potterfield supervisionava uma equipe de paramédicos que descia a maca para o chão.

– Tudo mudou agora que os Arlequins estão com Gabriel. Temos de ter certeza de que Michael vai trabalhar do nosso lado.

Lawrence examinou a prancheta.

– Eu li os relatórios preliminares sobre os dois irmãos. Eles parecem ser muito apegados um ao outro.

– O amor é apenas mais um instrumento de manipulação – disse Boone. – Podemos usar essa emoção como usamos ódio e medo.

A maca de Michael foi posta sobre um carrinho de aço e empurrada até a ambulância. Ainda com ar preocupado, o dr. Potterfield permaneceu ao lado do seu paciente.

– Entendeu o nosso objetivo, sr. Takawa?

– Sim, senhor.

Boone fez um gesto rápido com a mão direita para englobar o avião, a ambulância e todos os funcionários que trabalhavam para a Irmandade.

– Esse é o nosso exército – disse ele. – E Michael Corrigan tornou-se a nossa nova arma.

25

Vicki Fraser viu Hollis e Gabriel levantarem a motocicleta e colocá-la na traseira da van.

— Você dirige — Hollis disse e jogou as chaves para Vicki.

Gabriel e ele ficaram abaixados ao lado da motocicleta e Maya sentou-se no banco do passageiro com a escopeta no colo.

Viraram a oeste e se perderam nas ruas residenciais estreitas que cortavam as montanhas de Hollywood. Gabriel continuava perguntando muito a Maya sobre a história da família dele; parecia desesperado para descobrir tudo, o mais depressa possível.

Vicki só conhecia algumas coisas sobre os Peregrinos e os Arlequins e escutava atentamente a conversa. A capacidade de atravessar para outras dimensões parecia ser genética, herdada do pai, da mãe ou de algum parente, mas de vez em quando novos Peregrinos apareciam sem nenhuma ligação familiar. Os Arlequins mantinham a genealogia elaborada de antigos Peregrinos e foi assim que Thorn ficou sabendo do pai de Gabriel.

Hollis morava a poucas quadras da sua academia de capoeira. As casas do bairro tinham jardins na frente com canteiros de flores, mas havia desenhos e rabiscos de grafiteiros nos muros e nos outdoors. Quando saíram da avenida Florence, Hollis disse para Maya ir para a parte traseira da van. Sentado na frente, ele pediu a Vicki para desacelerar sempre que vissem grupos de rapazes com roupas muito largas e bandanas azuis. Toda vez que paravam ao lado desses membros de gangues, Hollis apertava as mãos dos rapazes e usava seus nomes de rua.

– Podem aparecer pessoas perguntando por mim – disse ele. – Digam que elas estão no bairro errado.

A entrada da casa de dois quartos de Hollis tinha um portão feito com uma trama de tiras de plástico. Depois de entrar com a van e fechar o portão, não dava mais para ver o veículo da rua. Hollis destrancou a porta dos fundos e entraram na casa. Todos os cômodos eram limpos e com poucos móveis e Vicki não viu sinal de nenhuma namorada. As cortinas eram feitas de lençóis, havia laranjas guardadas dentro de uma calota de automóvel e um dos quartos estava cheio de halteres, transformado numa academia.

Vicki se sentou à mesa da cozinha com Gabriel e Maya. Viram Hollis tirar um fuzil de um armário de vassouras. Ele encaixou um estojo de munição e pôs a arma no aparador.

– Ficaremos seguros aqui – disse ele. – Se alguém atacar a casa, vou dar trabalho para eles. Vocês pulam o muro, para o quintal do meu vizinho.

Gabriel balançou a cabeça.

– Não quero que ninguém arrisque a vida por mim.

– Estou sendo pago para isso – disse Hollis. – É Maya que está fazendo isso de graça.

Todos observaram Hollis encher uma chaleira e ferver a água para fazer um chá. Ele abriu a geladeira e pegou pão, queijo, morangos e duas mangas maduras.

– Todo mundo está com fome? – perguntou ele. – Acho que tenho comida suficiente.

Vicki resolveu fazer uma salada de frutas enquanto Hollis preparava queijos quentes na frigideira. Ela gostou de ficar de pé, fatiando os morangos. Era desagradável se sentar ao lado de Maya. A Arlequim parecia exausta, mas não conseguia relaxar. Vicki pensou que devia ser muito sofrido passar a vida sempre pronta para matar, sempre esperando ser atacada. Lembrou-se da carta que Isaac T. Jones escrevera para sua congregação sobre o inferno. É claro que existia um inferno de verdade. O profeta tinha visto com os próprios olhos. *Mas meus irmãos e minhas irmãs, sua principal preocupação deve ser o inferno que vocês criam dentro de seus próprios corações.*

— Você me contou algumas coisas sobre os Peregrinos quando estávamos na van — Gabriel disse para Maya. — Mas e o resto? Fale sobre os Arlequins.

Maya arrumou a correia da bainha com a espada.

— Os Arlequins protegem os Peregrinos. Isso é tudo que você precisa saber.

— Há líderes e regras? Alguém ordenou que você viesse para os Estados Unidos?

— Não. A decisão foi minha.

— Mas por que seu pai não veio com você?

Os olhos de Maya focalizavam o saleiro no meio da mesa.

— Mataram meu pai na semana passada, em Praga.

— Foi a Tábula? — perguntou Hollis.

— Correto.

— O que aconteceu?

— Não é da sua conta — a voz de Maya estava controlada, mas seu corpo quase rígido de tanta raiva. Vicki teve a sensação de que a Arlequim ia dar um pulo e destruir todos eles. — Eu aceitei a obrigação de proteger Gabriel e o irmão dele. Quando isso acabar vou caçar o homem que matou meu pai.

— Michael e eu tivemos alguma coisa a ver com isso? — perguntou Gabriel.

— Não. A Tábula tem caçado meu pai quase toda a vida dele. Quase o mataram no Paquistão, dois anos atrás.

— Sinto muito...

— Não desperdice suas emoções — disse Maya. — Nós não sentimos nada pelo resto do mundo e não esperamos nada em troca. Quando eu era criança, meu pai costumava dizer: *Verdammt durch das Fleisch. Gerettet durch das Blut.* Isso quer dizer: Amaldiçoado pela carne. Salvo pelo sangue. Os Arlequins são prisioneiros do próprio corpo. Estamos condenados a lutar essa batalha sem fim. Mas talvez os Peregrinos nos salvem do inferno.

— E há quanto tempo eles vêm travando essa batalha? — perguntou Hollis.

Maya afastou o cabelo do rosto.

— Meu pai disse que somos uma linha ininterrupta de guerreiros que existe há milhares de anos. Na Páscoa, ele acendia velas e lia o capítulo 18 do Evangelho segundo São João. Depois que Jesus passou a noite no Jardim de Getsêmani, Judas aparece com os soldados romanos enviados pelo sumo sacerdote.

— Eu conheço essa passagem da Bíblia — disse Hollis. — Na verdade é um detalhe estranho. Jesus devia ser o Príncipe da Paz. Em todo o Novo Testamento, ninguém jamais menciona armas ou guarda-costas, mas subitamente, um dos discípulos...

— É Pedro — disse Vicki.

— É claro, agora me lembro. De qualquer modo, Pedro saca uma espada e corta a orelha de um servo do sumo sacerdote, um homem chamado...

Dessa vez, ele olhou para Vicki, sabendo que ela teria a resposta.

— Malco.

— Certo de novo. — Hollis sorriu. — Então o bandido fica lá no jardim com uma orelha só.

— Alguns estudiosos acham que Pedro era membro dos Fanáticos — disse Maya. — Mas meu pai acreditava que ele foi o primeiro Arlequim a ser mencionado num documento histórico.

— Está nos dizendo que Jesus era um Peregrino? — perguntou Vicki.

— Os Arlequins são lutadores, não teólogos. Não anunciamos qual Peregrino é a verdadeira personificação da Luz. O Peregrino mais importante pode ter sido Jesus ou Maomé ou Buda. E também pode ser um rabino hassídico obscuro que morreu no Holocausto. Nós defendemos os Peregrinos, mas não julgamos sua santidade. Isso cabe aos fiéis.

— Mas seu pai citava a Bíblia — disse Gabriel.

O PEREGRINO

— Eu venho do ramo europeu dos Arlequins e tivemos laços mais estreitos com o cristianismo. Na verdade, alguns Arlequins até lêem mais no Evangelho de São João. Depois que Jesus foi levado preso, Pedro...

— ... negou Jesus. — Hollis se afastou do fogão. — Ele era um discípulo, mas negou o Senhor três vezes.

— A lenda diz que os Arlequins são amaldiçoados por isso. Porque Pedro não continuou leal naquele momento, temos de defender os Peregrinos até o fim dos tempos.

— Está me parecendo que você não engoliu isso — disse Hollis.

— É apenas uma história na Bíblia. Não aceito isso individualmente, mas acredito que existe uma história secreta do mundo. Que sempre houve guerreiros defendendo peregrinos ou outros guias espirituais. No tempo das Cruzadas, um grupo de cavaleiros cristãos começou a proteger os peregrinos que viajavam para a Terra Santa. Balduíno II, o cruzado rei de Jerusalém, deixou que esses cavaleiros ocupassem parte do antigo templo judeu. Eles começaram a se chamar de Pobres Cavaleiros de Cristo e Cavaleiros do Templo de Salomão.

— Eles não eram conhecidos como os templários? — perguntou Gabriel.

— Sim, esse é o nome popular deles — disse Maya. — Os templários se transformaram numa ordem rica e poderosa que controlava igrejas e castelos por toda a Europa. Eles possuíam navios e emprestavam dinheiro para os reis europeus. Com o tempo, os templários deixaram de ocupar a Terra Santa e começaram a defender as pessoas que faziam jornadas espirituais. Desenvolveram ligações com grupos hereges, os bogomilos na Bulgária, os cátaros na França. Essas pessoas eram agnósticas que acreditavam que a alma está aprisionada dentro do corpo. Só os indivíduos que tinham um conhecimento secreto eram capazes de escapar dessa prisão e entrar em dimensões diferentes.

— E então os templários foram destruídos — disse Gabriel.

Maya balançou a cabeça lentamente, como se se lembrasse de uma história que tinha ouvido ser contada havia muito tempo.

– O rei Filipe da França temia o poder deles e queria se apoderar dos seus tesouros. Em 1307, enviou suas tropas para o quartel-general dos templários e os prendeu sob a acusação de heresia. O grão-mestre dos templários morreu queimado na fogueira e a ordem deixou de existir, publicamente. Mas apenas poucos templários foram mortos. A maioria entrou para a clandestinidade e se manteve em atividade.

– Hora do almoço – disse Hollis.

Ele pôs um prato com sanduíches na mesa e Vicki acabou de preparar a salada de frutas. Todos se sentaram e começaram a comer, mas a atmosfera era tensa, constrangedora. Maya olhava fixo para Gabriel, como se quisesse descobrir se ele tinha realmente o poder de um Peregrino. Gabriel parecia saber o que ela estava pensando. Ele olhava para baixo e comia sem vontade.

– Mas por que vocês são chamados de Arlequins? – Hollis perguntou para Maya. – Eles não são um tipo de ator, com a cara pintada, como um palhaço?

– Meu pai disse que adotamos esse nome no século XVII. O Arlequim é um dos personagens das peças italianas da *commedia dell'arte*, em geral um serviçal inteligente. O Arlequim usa uma fantasia com desenho de losangos. Às vezes ele toca alaúde ou carrega uma espada de madeira. O Arlequim sempre usa uma máscara para ocultar sua identidade.

– Mas esse nome é italiano – disse Hollis. – Ouvi dizer que os Arlequins existiram no Japão e na Pérsia e praticamente em todos os países do mundo.

– No século XVII, os Arlequins europeus começaram a contatar guerreiros de outras culturas que também defendiam os Peregrinos. Nossa primeira aliança foi com os sikhs que viviam no Punjab. Como os Arlequins, os sikhs tinham uma espada ritualística chamada *kirpan*. Mais ou menos nessa mesma época, também nos unimos aos guerreiros budistas e sufis. No século XVIII, outras ordens de guerreiros judeus da Rússia e da Europa oriental que defendiam os rabinos que estudavam a Cabala também se juntaram a nós.

Vicki disse para Gabriel:

— O Leão do Templo, o Arlequim que defendeu o profeta, vinha de uma família judia.

Hollis deu uma risada.

— Sabem de uma coisa, eu estive naquela cidade do Arkansas onde lincharam Isaac Jones. Trinta anos atrás, a Associação Nacional para Promoção das Pessoas de Cor (NAACP) se juntou a um grupo judeu e erigiu uma placa em homenagem a Zachary Goldman. Fizeram isso como coisa de alguma irmandade paz e amor, porque esse Arlequim tinha matado dois malditos racistas com um pé-de-cabra.

— Já houve alguma reunião de Arlequins? — perguntou Gabriel. — Os diferentes grupos já se encontraram num mesmo lugar?

— Isso nunca poderia acontecer. Os Arlequins respeitam o acaso das batalhas. Não gostamos de regras. As famílias dos Arlequins são ligadas entre si pelo casamento, pela tradição e pela amizade. Algumas famílias são aliadas há centenas de anos. Nós não temos líderes eleitos nem uma constituição. Há apenas a maneira com que o Arlequim vê o mundo. Alguns Arlequins lutam porque é o nosso destino. Outros lutam para defender a liberdade. Não estou me referindo à oportunidade de comprar quatorze tipos diferentes de pasta de dentes nem à insanidade que leva alguns terroristas a explodir um ônibus. A verdadeira liberdade é tolerante. Dá às pessoas o direito de viver e de pensar de formas novas.

— Eu ainda quero saber mais sobre: "Amaldiçoado pela carne, salvo pelo sangue" — disse Hollis. — Sangue de quem, você está falando? Da Tábula, dos Arlequins ou dos Peregrinos?

— Pode escolher — disse Maya. — Talvez de todos.

Havia apenas um quarto na casa. Hollis propôs que as duas mulheres dormissem na mesma cama, enquanto ele e Gabriel ficariam na sala. Vicki percebeu que Maya não gostou da idéia. Agora que tinha encontrado Gabriel, parecia aflita quando o perdia de vista.

– Não se preocupe – murmurou Vicki. – Gabriel está logo ali. Podemos deixar a porta aberta se você quiser. E, além disso, Hollis tem o fuzil.

– Hollis é um mercenário. Não sei até que ponto ele está disposto a se sacrificar.

Maya foi diversas vezes da sala para o quarto, como se quisesse decorar a posição das portas e paredes. Então entrou no quarto e enfiou suas duas facas embaixo do colchão. Com os cabos para fora. Era só abaixar a mão e puxar na mesma hora uma delas de dentro da bainha. Ela finalmente se deitou e Vicki se instalou do outro lado.

– Boa-noite – disse Vicki, mas Maya não respondeu.

Vicki tinha dormido com a irmã mais velha e as primas nas férias e estava acostumada com os movimentos na cama. Maya era diferente em tudo. A Arlequim deitou esticada de costas, com as mãos crispadas. Parecia como se uma força imensa estivesse empurrando o corpo dela para baixo.

26

Ao acordar na manhã seguinte, Maya viu um gato preto com peito branco sentado na cômoda.

– O que você quer? – sussurrou ela, mas não teve resposta.

O gato saltou para o chão, saiu deslizando pela porta e a deixou em paz.

Ela ouviu vozes e espiou pela janela do quarto. Hollis e Gabriel estavam parados na entrada da casa, examinando a motocicleta danificada. A compra de um pneu novo representava uma transação e contato com uma loja conectada à Imensa Máquina. A Tábula já sabia da motocicleta danificada e já devia ter acionado os programas de busca no computador de vendas de pneus de moto na área de Los Angeles.

Pensando no próximo passo, ela foi para o banheiro e tomou uma ducha rápida. As películas com impressões digitais que a fizeram passar pelo controle de imigração dos Estados Unidos estavam começando a descascar dos indicadores como pele morta. Ela se vestiu, prendeu as duas facas nos braços e verificou as outras armas. O gato preto apareceu de novo quando ela saiu do banheiro e foi andando na frente dela pelo corredor. Vicki lavava os pratos na pia da cozinha.

– Já vi que você conheceu Garvey.

– É esse o nome dele?

— É. Ele não gosta de ser tocado e não ronrona. Acho que isso não é normal.

— Eu não poderia saber — disse Maya. — Nunca tive um animal de estimação.

Havia uma cafeteira elétrica em cima do aparador. Maya pôs café numa caneca amarela brilhante e um pouco de creme.

— Acabei de fazer broa de milho. Está com fome?

— Muita.

Vicki cortou uma fatia grossa da broa de milho e pôs numa terrina. As duas se sentaram à mesa. Maya passou manteiga no pão e espalhou uma colherada de geléia de amora. Deu uma mordida, achou delicioso e sentiu um instante de prazer inesperado. Tudo na cozinha era limpo e organizado. Faixas de sol brilhavam no linóleo verde do piso. Apesar de ter se desligado da igreja, Hollis tinha uma fotografia emoldurada de Isaac T. Jones pendurada na parede, ao lado da geladeira.

— Hollis vai comprar umas peças para a moto — disse Vicki. — Mas ele quer que Gabriel fique fora de vista, aqui.

Maya meneou a cabeça e engoliu um pedaço de broa de milho.

— É um bom plano.

— E agora, o que nós vamos fazer?

— Não sei bem. Preciso falar com o meu amigo na Europa.

Vicki pegou os pratos sujos e levou para a pia.

— Você acha que a Tábula sabe que era Hollis dirigindo a van ontem?

— Pode ser. Depende do quanto aqueles motociclistas viram quando passamos por eles.

— E o que vai acontecer quando souberem que era o Hollis?

A voz de Maya ficou propositalmente neutra e fria.

— Vão tentar capturá-lo, torturá-lo para obter informações e matá-lo.

Vicki se virou para ela segurando o pano de prato.

O PEREGRINO

– Foi isso que eu disse para o Hollis, mas ele achou graça. Disse que estava sempre à procura de gente para treinar sua luta.

– Eu acho que Hollis sabe se proteger, Vicki. Ele é um ótimo lutador.

– Ele é confiante demais. Acho que devia...

A porta telada se abriu com um rangido e Hollis entrou tranqüilamente.

– Muito bem, já tenho minha lista de compras. – Ele sorriu para Vicki. – Por que não vem comigo? Vamos comprar um pneu novo e podemos comprar comida também.

– Você precisa de dinheiro? – perguntou Maya.

– Você tem algum?

Maya enfiou a mão no bolso e tirou algumas notas de vinte dólares.

– Use dinheiro. Depois que comprar o pneu, saia imediatamente da loja.

– Não há motivo para ficar por lá.

– Evite lojas com câmeras de vigilância no estacionamento. As câmeras costumam fotografar as placas dos carros.

Maya ficou olhando Vicki e Hollis saírem juntos. Gabriel continuava lá fora, na frente da casa, tirando o pneu da roda da moto. Maya verificou se o portão estava fechado, ocultando Gabriel de qualquer pessoa que passasse na rua. Pensou em discutir o próximo passo com ele, mas resolveu que tinha de falar primeiro com Linden. Gabriel parecia oprimido com tudo que ela havia dito para ele na véspera. Talvez precisasse de algum tempo para digerir aquilo.

Maya voltou para o quarto, ligou seu notebook e entrou na internet com seu celular por satélite. Linden estava dormindo ou então longe do computador. Ela levou uma hora para encontrá-lo e segui-lo até uma sala de bate-papo segura. Com eufemismo para não atiçar o Carnívoro, Maya descreveu o que tinha acontecido.

– Os nossos rivais nos negócios reagiram com táticas agressivas de marketing. Nesse momento, estou na casa do meu empregado com nosso novo sócio.

Maya usou um código Arlequim baseado em números primos aleatórios e deu o endereço da casa para Linden.

O Arlequim francês não respondeu e depois de alguns minutos ela escreveu.

– Entendeu?
– O nosso novo sócio pode viajar para mundos distantes?
– Neste momento, não.
– Vê alguma chance de essa possibilidade existir?
– Não. Ele é apenas um cidadão comum.
– Deve apresentá-lo a um professor que possa avaliar o seu poder.
– Isso não é responsabilidade nossa – escreveu Maya.

Os Arlequins deviam apenas encontrar e proteger os Peregrinos. Não se envolviam com a jornada espiritual de ninguém.

Mais uma vez, houve uma demora de alguns minutos enquanto Linden parecia pensar no que ia responder. Finalmente as palavras começaram a aparecer na tela do computador.

– Nossos concorrentes têm o irmão mais velho sob controle e o levaram para um centro de pesquisa perto da cidade de Nova York. Planejam avaliar sua capacidade e treiná-lo. Neste momento, não conhecemos o objetivo geral. Mas temos de usar todos os nossos recursos para combatê-los.

– E nosso novo sócio é nosso principal recurso?
– Correto. A corrida começou. E neste instante, nosso concorrente está ganhando.

– E se ele não cooperar?
– Use tudo que for necessário para fazer com que ele mude de idéia. Há um professor que mora no sudoeste dos Estados Unidos, protegido por uma comunidade de amigos. Leve o sócio para esse lugar dentro de três dias. Enquanto isso, vou entrar em contato com os nossos amigos e dizer que você está indo para lá. O seu destino é... – Mais uma pausa e uma longa seqüência de números codificados apareceu na tela.

– Confirme a transmissão – digitou Linden.

Maya não respondeu.

As palavras apareceram de novo, dessa vez com letras maiúsculas, exigindo a confirmação dela.

– CONFIRME A TRANSMISSÃO.

Não responda, Maya pensou. Avaliando se devia deixar aquela casa e levar Gabriel para cruzar a fronteira com o México. Era a coisa mais segura a fazer. Poucos segundos se passaram, então Maya pôs os dedos no teclado do computador e digitou lentamente.

– Informação recebida.

A tela ficou branca e Linden desapareceu. Maya decodificou os números com seu computador e descobriu que tinha de ir para uma cidade chamada San Lucas no sul do Arizona. E o que ia acontecer lá? Novos inimigos? Mais um confronto? Ela sabia que a Tábula ia procurá-los usando todo o poder da Imensa Máquina.

Voltou para a cozinha e abriu a porta de tela. Gabriel estava sentado no caminho, ao lado da moto. Ele tinha encontrado um cabide, o endireitado e depois entortado uma ponta do arame. Usava essa ferramenta improvisada para ver se o eixo da roda traseira estava bem alinhado.

– Gabriel, quero dar uma olhada na sua espada.

– Pode pegar. Está na minha mochila, com o cabo para fora. Deixei ao lado do sofá da sala.

Ela continuou parada na porta, sem saber o que dizer. Ele não tinha noção do desrespeito que demonstrava em relação à sua arma.

Gabriel parou de mexer na moto.

– O que foi?

– Essa espada é muito especial. É melhor você pegá-la e me dar em mãos.

Ele pareceu surpreso, então sorriu e deu de ombros.

– Claro. Se é isso que você quer. Só um minuto.

Maya levou a mala dela para a sala e se sentou no sofá. Ouviu a água no encanamento quando Gabriel foi até a cozinha para lavar a graxa das mãos. Quando entrou na sala, ele olhou para ela como se Maya fosse louca e pudesse atacá-lo. Ela percebeu que o formato das facas era visível por baixo das mangas do seu blusão de malha.

Thorn a tinha avisado sobre o relacionamento estranho que havia entre Arlequins e Peregrinos. O fato de os Arlequins arriscarem suas vidas para defender os Peregrinos não significava que os dois grupos gostassem um do outro. As pessoas que faziam a travessia para outras dimensões em geral se tornavam mais espirituais. Mas os Arlequins tinham sempre os pés no chão, marcados pela morte e pela violência do Quarto Mundo.

Aos catorze anos, Maya viajou pela Europa oriental com Madre Blessing. Sempre que a Arlequim irlandesa dava uma ordem, tanto os cidadãos quanto os mercenários pulavam para obedecer. *Sim, senhora. É claro, senhora. Esperamos não criar problemas.* Madre Blessing tinha ultrapassado uma certa linha e as pessoas sentiam isso imediatamente. Maya percebeu que não tinha força suficiente para exercer aquele tipo de poder.

Gabriel tirou a espada da mochila, ainda na bainha preta laqueada. Apresentou-a para Maya com as duas mãos.

Ela sentiu o equilíbrio perfeito da espada e soube na mesma hora que era uma arma especial. O punho de couro de arraia tinha uma faixa enrolada com empunhadura de jade verde-escuro.

– Meu pai a passou para o seu pai quando você era criança.

– Não me lembro disso – disse Gabriel. – Ela sempre esteve por perto quando eu era pequeno.

Maya apoiou a bainha nos joelhos, tirou a espada lentamente de dentro, ergueu-a e pôs em cima da mesa. Era uma espada de estilo *tachi*, uma arma para ser usada com o gume para baixo. A forma era perfeita, mas a verdadeira beleza dela estava no *hamon*, a borda entre o gume de aço temperado da lâmina e o metal não temperado do resto da espada. As áreas brilhantes do aço, chamadas de *nie*, contrastavam com o brilho fosco branco-perolado. Fazia Maya lembrar manchas no chão de uma nevasca leve de primavera.

– Por que essa espada é tão importante? – perguntou Gabriel.

— Foi usada por Sparrow, um Arlequim japonês. Ele era o último Arlequim no Japão, o único sobrevivente de uma nobre tradição. Sparrow era conhecido por sua coragem e iniciativa. Então ele cedeu a uma fraqueza na vida.

— Que fraqueza?

— Ele se apaixonou por uma jovem universitária. Membros da Yakuza que trabalhavam para a Tábula descobriram e seqüestraram essa mulher. Quando Sparrow tentou salvá-la, eles o mataram.

— E como foi que a espada veio parar nos Estados Unidos?

— Meu pai encontrou a universitária. Ela estava grávida e se escondendo da Yakuza. Ele a ajudou a fugir para os Estados Unidos e ela entregou a espada para ele.

— Se essa espada era tão importante assim, por que seu pai não ficou com ela?

— É um talismã. É muito antiga e tem seu próprio poder. Um talismã pode ser um amuleto ou um espelho... ou uma espada. Os Peregrinos podem levar talismãs com eles quando viajam para outra dimensão.

— Então foi por isso que ela acabou sendo nossa.

— Os talismãs não têm dono, Gabriel. O poder deles existe independentemente da ganância e do desejo humano. Só podemos usar um talismã ou passá-lo para outra pessoa. — Maya olhou de novo para o gume da espada. — Este talismã específico precisa de uma limpeza e de polimento. Se não se importa...

— Claro. Fique à vontade. — Gabriel parecia constrangido. — Eu nunca limpei essa espada.

Maya tinha levado material para limpar a sua própria espada. Tirou da bolsa uma folha de papel macio *hosho*, feito da celulose do interior da casca da amoreira. Willow, o Arlequim chinês, tinha ensinado Maya como tratar uma arma com respeito. Ela inclinou um pouco a espada e começou a limpar a sujeira e as manchas de gordura da lâmina.

— Tenho uma má notícia para você, Gabriel. Alguns minutos atrás eu me comuniquei com outro Arlequim pela internet. Meu amigo tem um espião dentro da Tábula e ele confirmou que capturaram seu irmão.

Gabriel chegou o corpo para frente.

– O que podemos fazer? – perguntou ele. – Onde o prenderam?

– Ele está preso num centro de pesquisa muito bem vigiado, perto da cidade de Nova York. Mesmo se eu soubesse onde fica, seria muito difícil libertá-lo.

– Por que não podemos avisar a polícia?

– Os policiais em geral podem ser honestos, mas isso não nos ajudaria. Nossos inimigos manipulam a Imensa Máquina... o sistema mundial de computadores que monitora e controla a nossa sociedade.

Gabriel meneou a cabeça.

– Meus pais chamavam isso de Grade.

– A Tábula pode entrar nos computadores da polícia e inserir relatórios falsos. Eles já devem ter posto uma mensagem no sistema dizendo que você e eu somos procurados por homicídio.

– Tudo bem, esqueça a polícia. Então vamos para esse lugar onde prenderam Michael.

– Eu sou uma só, Gabriel. Contratei Hollis para lutar comigo, mas não sei se posso confiar nele. Meu pai costumava chamar os lutadores de "espadas". É apenas uma forma diferente de contar as pessoas que estão do seu lado. Nesse momento, eu não tenho espadas suficientes para atacar um centro de pesquisa protegido pela Tábula.

– Nós temos de ajudar o meu irmão.

– Acho que não vão matá-lo. A Tábula tem um plano que envolve algo chamado computador quântico, usando um Peregrino. Eles querem treinar seu irmão para ele poder atravessar para outras dimensões, outros mundos. Tudo isso é novidade. Não sei como vão fazer isso. Em geral, os Peregrinos aprendem com alguém que chamamos de Desbravador do Caminho.

– O que é isso?

– Só um minuto. Eu já explico...

O PEREGRINO

Maya examinou a lâmina de novo e notou alguns arranhados e marcas no metal. Só um especialista japonês que chamavam de *togishi* poderia afiar aquela arma. A única coisa que ela podia fazer era cobrir a lâmina com óleo para não enferrujar. Maya pegou uma pequena garrafa marrom e derramou óleo de cravo em um pedaço de gaze. O cheiro doce dos cravos encheu a sala quando ela passou suavemente a gaze na lâmina. E num segundo teve absoluta certeza de uma coisa. Aquela espada era muito poderosa. Tinha matado e mataria novamente.

— O Desbravador do Caminho é uma espécie de mestre especial. Em geral, é uma pessoa com treinamento espiritual. Os Desbravadores não são Peregrinos, eles não são capazes de fazer a travessia para outras dimensões, mas podem ajudar alguém que tem o dom.

— E onde podemos encontrá-los?

— O meu amigo me deu o endereço de um Desbravador do Caminho que mora no Arizona. Essa pessoa vai descobrir se você tem o dom.

— O que eu realmente quero fazer é consertar a minha moto e dar o fora daqui.

— Isso seria tolice. Sem a minha proteção, a Tábula acabaria encontrando você.

— Eu não preciso da proteção de ninguém, Maya. Tenho ficado longe da Grade a maior parte da minha vida.

— Mas agora estão à sua procura... com todos os recursos e poderes ao alcance deles. Você não imagina o que são capazes de fazer.

Gabriel parecia furioso.

— Eu vi o que aconteceu com o meu pai. Os Arlequins não nos salvaram. Ninguém nos salvou.

— Eu acho que você deve vir comigo.

— Por quê? Para quê?

Segurando a espada, Maya falou devagar, lembrando o que o pai tinha lhe ensinado.

— Algumas pessoas acreditam que a tendência natural da humanidade é ser intolerante, vingativa e cruel. Os poderosos querem se agarrar aos seus postos e destroem qualquer um que os ameace.

— Isso parece bastante óbvio — disse Gabriel.

— A necessidade de controlar os outros é muito forte, mas o desejo da liberdade e a capacidade de demonstrar compaixão ainda existem. Essa escuridão está por toda parte, mas a Luz ainda aparece.

— E você acredita nisso por causa dos Peregrinos?

— Eles aparecem em todas as gerações. Os Peregrinos deixam este mundo e voltam para ajudar os outros. Eles inspiram a humanidade, nos dão idéias novas e nos fazem avançar...

— Talvez meu pai fosse uma dessas pessoas, mas não significa que Michael e eu tenhamos a mesma habilidade. Não vou para o Arizona para conhecer esse mestre. Eu quero encontrar o Michael e ajudá-lo a escapar.

Gabriel olhou para a porta como se já tivesse decidido ir embora. Maya buscou a calma que sentia quando lutava. Tinha de dizer a coisa certa, senão ele ia fugir.

— Talvez encontre seu irmão em outra dimensão.

— Você não pode afirmar isso.

— Não posso prometer nada. Se vocês dois forem Peregrinos, isso pode acontecer. A Tábua vai ensinar Michael como atravessar para outros mundos.

Gabriel olhou bem nos olhos de Maya. Ela se surpreendeu um pouco com a coragem e a força dele. Então Gabriel abaixou a cabeça e voltou a ser o jovem comum que usava calça jeans e camiseta desbotada.

— Você pode estar mentindo para mim — disse ele calmamente.

— Você terá de enfrentar esse risco.

— Se nós formos para o Arizona, tem certeza de que vamos encontrar esse Desbravador do Caminho?

Maya fez que sim com a cabeça.

— Ele mora perto de uma cidade chamada San Lucas.

O PEREGRINO

— Eu vou até lá para conhecer essa pessoa. Aí resolvo o que vou fazer.

Ele se levantou rapidamente e saiu da sala. Maya continuou sentada no sofá, segurando a espada de jade. A lâmina estava perfeitamente lubrificada e o aço cintilou quando ela rodou a arma no ar. Guarde-a, pensou. Esconda o poder dela no escuro.

Vozes vinham da cozinha. Pisando de leve para não fazer barulho nas tábuas do assoalho, Maya entrou na sala de jantar e espiou por uma fresta da porta. Hollis e Vicki tinham acabado de chegar. Estavam preparando o almoço e conversavam sobre a igreja. Parece que duas mulheres tinham apostado quem faria o melhor bolo de noiva e a congregação se dividira entre as duas.

— Por isso, quando a minha prima escolheu a srta. Anne para fazer o bolo dela, a srta. Grace foi à festa de recepção e fingiu passar mal depois de comer um pedaço.

— Isso não me surpreende. O que me surpreende é ela não ter posto uma barata morta na massa do bolo.

Os dois riram na mesma hora. Hollis sorriu para Vicki e rapidamente desviou o olhar. Maya fez o chão ranger para eles saberem que ela estava chegando e entrou na cozinha.

— Conversei com o Gabriel. Ele vai colocar o pneu novo e partimos amanhã cedo.

— Para onde vocês vão? — perguntou Hollis.

— Sair de Los Angeles. Vocês só precisam saber disso.

— Tudo bem. É você que sabe. — Hollis deu de ombros. — Não pode me dar nenhuma informação?

Maya se sentou à mesa da cozinha.

— É um risco para nossa segurança usar cheques ou fazer transferências bancárias. A Tábua é muito hábil monitorando coisas como essas. Em poucos dias você vai receber uma revista, ou um catálogo, num envelope postado na Alemanha. Haverá notas de cem dólares escondidas entre as páginas. Pode levar duas ou três entregas, mas nós pagaremos cinco mil dólares para você.

— Isso é dinheiro demais — disse Hollis. — Era mil dólares por dia e só estou ajudando vocês há dois dias.

Maya imaginou se Hollis diria a mesma coisa, se Vicki não estivesse por perto. Gostar de alguém nos tornava tolos e vulneráveis. Hollis queria parecer nobre na frente daquela jovem.

— Você me ajudou a encontrar Gabriel. Estou pagando pelos seus serviços.

— E acabou?

— Sim. O contrato terminou.

— Ora, Maya. A Tábula não vai desistir. Eles vão continuar procurando você e o Gabriel. Se realmente quiser confundi-los, devia espalhar algumas informações falsas. Fazer parecer que continua em Los Angeles.

— E como você faria isso?

— Tenho algumas idéias. — Hollis olhou de lado para Vicki. Sim, ela o observava. — Vocês Arlequins estão me pagando cinco mil dólares. Por isso vou dar-lhes mais três dias de trabalho.

27

Na manhã seguinte, Vicki acordou cedo e fez café e biscoitos para todos. Depois de comer, foram lá para fora e Hollis examinou a van de Maya. Pôs mais um quarto de óleo no cárter e trocou as placas pelas de um carro abandonado de um vizinho. Depois remexeu nos armários e apareceu com suprimentos: garrafas plásticas de água, roupas para Gabriel, uma caixa de papelão comprida para guardar a escopeta e um mapa de estradas para guiá-los até o sul do Arizona.

Maya propôs levar a moto na traseira da van, pelo menos até saírem da Califórnia, mas Gabriel rejeitou a idéia.

— A essa hora há muitas centenas de milhares de veículos trafegando pelas auto-estradas de Los Angeles. Não vejo como a Tábula poderá me encontrar.

— Não é uma pessoa que está fazendo a busca, Gabriel. A Tábula tem acesso a câmeras de vigilância que ficam nas placas das auto-estradas. Um programa de varredura do computador já está processando imagens, à procura da placa da sua moto.

Depois de cinco minutos de discussão, Hollis encontrou uma corda de náilon na garagem e amarrou a mochila de lona de Gabriel no bagageiro da moto. Parecia uma forma casual, improvisada, de carregar a mochila, só que também escondia a placa. Gabriel gostou e deu partida na motocicleta, enquanto Maya subia na van. Ela abriu a janela e fez um gesto afirmativo com a cabeça para Hollis e Vicki.

Vicki já estava se acostumando com o jeito Arlequim. Era difícil para Maya dizer "obrigada" ou "adeus". Talvez aquele comportamento possa ser apenas grosseria ou arrogância, mas Vicki chegara à conclusão de que o motivo era outro. Os Arlequins tinham aceitado uma missão muito séria: defender os Peregrinos com a própria vida. Reconhecer amizade com qualquer pessoa de fora do mundo deles seria uma carga a mais. Por isso, preferiam recorrer a mercenários, que podiam ser usados e descartados.

– A partir de agora você tem de tomar muito cuidado – Maya disse para Hollis. – A Tábula criou um sistema de rastreamento para transações eletrônicas. Também estão fazendo experiências com animais que chamam de "sobrepostos", alterados geneticamente, que podem ser usados para matar pessoas. A melhor estratégia para você é ser disciplinado, mas imprevisível. Os computadores da Tábula têm dificuldade para calcular uma equação com dados aleatórios.

– É só mandar o dinheiro – disse Hollis. – Não precisa se preocupar comigo.

Hollis abriu o portão da casa. Gabriel saiu primeiro e Maya logo atrás. A van e a motocicleta rodaram lentamente pela rua, viraram a esquina e sumiram de vista.

– O que você acha? – perguntou Vicki. – Eles estarão seguros?

Hollis sacudiu os ombros.

– Gabriel tem uma vida bastante independente. Não sei se ele vai aceitar ordens de uma Arlequim.

– E o que você acha da Maya?

– Eu estive no circuito de lutas lá no Brasil. No início de uma luta, você vai até o meio do ringue, o juiz apresenta os dois e você olha nos olhos do seu oponente. Algumas pessoas pensam que a luta acaba nessa hora. Um homem apenas finge ser valente, enquanto o vencedor está olhando através do obstáculo para o outro lado.

– E Maya é assim?

O PEREGRINO

— Ela aceita a possibilidade de morrer e parece que isso não a intimida. Essa é uma grande vantagem para um guerreiro.

Vicki ajudou Hollis a lavar os pratos e a limpar a cozinha. Hollis perguntou se ela queria ir com ele até a academia e fazer a aula de principiantes de capoeira às cinco horas, mas Vicki disse que não e agradeceu. Era hora de voltar para casa.

Os dois não conversaram no carro. Hollis ficava o tempo todo olhando para ela, mas ela não olhava para ele. Quando tomava uma ducha aquela manhã, Vicki havia cedido à curiosidade e examinado o banheiro como uma detetive. Na última gaveta do armário da pia, encontrou uma camisola limpa, uma lata de spray para cabelo, absorventes higiênicos e cinco escovas de dentes novas. Não esperava que Hollis fosse celibatário, mas as cinco escovas de dentes, cada uma na sua caixinha de plástico, sugeriam uma série interminável de mulheres tirando a roupa e deitando na cama dele. De manhã, Hollis devia fazer o café, levar a mulher para casa, jogar fora a escova usada e começar tudo de novo.

Chegando à rua dela em Baldwin Hills, Vicki disse para Hollis estacionar na esquina. Não queria que a mãe os visse no carro e saísse correndo de casa. Josetta ia pensar o pior de Hollis, que a rebeldia da filha tinha sido provocada por um relacionamento secreto com aquele homem.

— Como vai convencer a Tábula de que Gabriel continua em Los Angeles? — ela perguntou para Hollis.

— Não tenho um plano definido, mas vou inventar alguma coisa. Antes de o Gabriel partir, gravei a voz dele no meu gravador. Se eles ouvirem Gabriel falando num telefone daqui, vão pensar que continua na cidade.

— E quando isso terminar, o que você vai fazer?

— Pegar o dinheiro e reformar meu estúdio de artes marciais. Precisamos de um sistema de ar-condicionado e o proprietário não quer comprar um.

Ela deve ter demonstrado sua decepção, porque Hollis pareceu aborrecido.

— Ora, Vicki, não aja como uma menina de igreja. Nessas últimas vinte e quatro horas você não agiu assim nem uma vez.
— E como é agir assim?
— Sempre julgando. Citando Isaac Jones o tempo todo.
— É. Eu esqueci. Você não acredita em nada.
— Eu acredito em enxergar as coisas com clareza. E me parece óbvio que a Tábula tem todo o dinheiro e todo o poder. É muito provável que encontrem Gabriel e Maya. Ela é uma Arlequim, de modo que não vai se entregar... — Hollis balançou a cabeça. — Já estou prevendo que ela deve morrer nas próximas semanas.
— E não vai fazer nada?
— Eu não sou idealista. Deixei a igreja muito tempo atrás. Como já disse, vou terminar esse trabalho. Mas não vou lutar por uma causa perdida.

Vicki tirou a mão da maçaneta da porta e olhou para ele.
— Para que serve todo o seu treinamento, Hollis? Para ganhar dinheiro? Só isso? Você não devia estar lutando por algo nobre e bom? A Tábula quer capturar e controlar qualquer um que possa vir a ser um Peregrino. Querem que o resto de nós vivamos como robôs, obedecendo às caras que vemos na televisão, odiando e temendo as pessoas que não conhecemos.

Hollis deu de ombros.
— Não estou dizendo que você está errada. Mas isso não muda nada.
— E se houver uma grande batalha, de que lado você vai ficar?

Ela segurou de novo a maçaneta, preparada para sair, mas Hollis estendeu o braço e tocou na mão esquerda dela. Deu um puxão de leve, ela chegou mais perto e ele a beijou na boca. Era como se a luz fluísse através dos dois, unida por um segundo. Vicki se afastou e abriu a porta.
— Você gosta de mim? — perguntou ele. — Diga que gosta.
— Dívida Não Paga, Hollis. Dívida Não Paga.

Vicki correu pela calçada, cortou caminho pelo gramado do vizinho e chegou à porta da casa dela. Não pare, pensou. Não olhe para trás.

28

Maya examinou o mapa e viu que havia uma estrada interestadual que ia diretamente de Los Angeles até Tucson. Se fossem por aquela linha verde mais grossa, chegariam lá em seis ou sete horas. Uma rota direta era prática, mas também mais perigosa. A Tábula ia procurá-los nas estradas principais. Maya resolveu atravessar o deserto de Mojave pelo sul de Nevada e depois pegar estradas secundárias pelo campo até o Arizona.

O sistema de auto-estradas era confuso, mas Gabriel sabia para onde estava indo. Ele seguiu na frente em sua moto como escolta policial, acenando com a mão direita para ela desacelerar, mudar de pista, pegar uma saída. No início, seguiram a auto-estrada através do município de Riverside. A mais ou menos cada trinta e dois quilômetros passavam por um centro comercial com imensas lojas atacadistas. Amontoadas em volta das lojas ficavam comunidades residenciais com casas idênticas, telhados de telhas vermelhas e gramados muito verdes.

Todas essas cidades tinham nomes que apareciam nas placas da estrada, mas para Maya eram tão artificiais quanto os cenários de compensado dos palcos de ópera. Não acreditava que alguém tivesse viajado para esses lugares numa carroça coberta para arar a terra e construir uma escola. As cidades de beira de estrada pareciam planejadas, intencionais, como se alguma empresa da Tábula tivesse projetado tudo e os cidadãos obedecido ao plano, comprando as casas, arranjando empregos, tendo filhos e os entregando para a Imensa Máquina.

Quando chegaram a uma cidade chamada Vinte e Nove Palmeiras, saíram da auto-estrada e entraram em outra, asfaltada, de duas pistas, que atravessava o deserto de Mojave. Aquele era um país diferente das comunidades que margeavam a auto-estrada. Para começar, a paisagem era plana e estéril, começaram a passar por pilhas de rocha vermelha, cada uma separada e distinta como as pirâmides. Havia iúcas com folhas em forma de espada e arvorezinhas de Josué com galhos retorcidos que pareciam pessoas levantando os braços.

Agora que estavam fora da auto-estrada, Gabriel passou a gostar da viagem. Inclinava a moto para um lado e para outro, desenhando graciosos S no meio da estrada deserta. De repente, ele aumentou muito a velocidade. Maya pisou no acelerador, tentando acompanhá-lo, mas Gabriel passou a quinta marcha e zuniu na frente dela. Furiosa, Maya ficou vendo o jovem diminuir, diminuir, até moto e motociclista desaparecerem no horizonte.

Maya começou a ficar preocupada, vendo que Gabriel não voltava. Será que tinha resolvido esquecer o Desbravador do Caminho e seguir sozinho? Ou será que tinha acontecido algo de ruim com ele? A Tábula podia tê-lo capturado e estar à espera dela. Passaram dez minutos. Vinte minutos. Quando Maya já estava quase histérica, apareceu um pontinho minúsculo na estrada diante dela. Foi aumentando e finalmente Gabriel surgiu na névoa. Passou por ela voando, rápido demais, na direção oposta, sorrindo e acenando com a mão. Tolo, pensou Maya. Maldito tolo.

Pelo espelho retrovisor, ela viu Gabriel dar a volta e acelerar para alcançá-la. Ao passar mais uma vez pela van, Maya buzinou e piscou o farol. Gabriel passou para a outra pista e ficou ao lado da van. Maya abriu a janela.

– Você não pode fazer isso! – gritou ela.

Gabriel fez alguma coisa de propósito para o ronco da motocicleta ficar mais alto. Apontou para a própria orelha e balançou a cabeça. Desculpe. Não consigo ouvir.

O PEREGRINO

— Mais devagar! Você tem de me acompanhar!

Ele deu um largo sorriso como um menino levado, acelerou e partiu. De novo, ele seguiu pela estrada e foi absorvido pela névoa. Apareceu uma miragem no leito seco de um lago. A água falsa cintilava e fluía sob o sol escaldante.

Quando chegaram a Saltus, Gabriel parou numa combinação de loja que vende de tudo e restaurante projetado para parecer uma cabana de madeira de colonizador pioneiro. Encheu o tanque da moto de gasolina e entrou na casa.

Maya abasteceu a van, pagou ao velho que cuidava da venda e passou por uma porta aberta que dava no restaurante. O salão era decorado com equipamentos de fazenda e com rodas de carroça de luminárias no teto. Cabeças empalhadas de cervos e carneiros montanheses pendiam das paredes. Já era fim de tarde e não havia nenhum freguês além deles dois.

Maya se sentou num cubículo, de frente para Gabriel. Pediram o almoço para uma garçonete entediada de avental manchado. A comida veio logo. Maya ficou ciscando sua omelete e Gabriel devorou um hambúrguer e pediu outro.

As pessoas que atravessavam para mundos diferentes se tornavam líderes espirituais, mas Gabriel Corrigan não demonstrava nenhum sinal de espiritualidade. Agia a maior parte do tempo como um jovem comum que gostava de motocicletas e que usava ketchup demais na comida. Ele era apenas mais um cidadão — só isso — e no entanto Maya não se sentia à vontade perto dele. Os homens que tinha conhecido em Londres adoravam o som da própria voz. Escutavam o que ela dizia com uma orelha enquanto esperavam sua vez de falar. Gabriel era diferente. Ele a observava atentamente, concentrado no que ela dizia e parecia reagir de acordo com a variação de humor dela.

— O seu nome é realmente Maya? — perguntou ele.

— É.

— E qual é o seu sobrenome?
— Eu não tenho.
— Todo mundo tem sobrenome — disse Gabriel. — A menos que você seja uma estrela do rock ou um rei ou algo assim.
— Em Londres, eu dizia que meu nome era Judith Strand. Entrei neste país com um passaporte que dizia que eu era uma cidadã alemã chamada Siegrid Kohler. Tenho passaportes reserva de três países diferentes. Mas Maya é meu nome Arlequim.
— O que isso quer dizer?
— Os Arlequins escolhem um nome especial quando completam doze ou treze anos de idade. Não existe um ritual. Você simplesmente resolve qual vai ser o seu nome e informa à sua família. Os nomes nem sempre têm um significado óbvio. O nome do Arlequim francês, "Linden", é o nome de uma árvore com folhas em forma de coração. Uma Arlequim irlandesa muito violenta adotou o nome Madre Blessing.
— E por que você escolheu Maya?
— Escolhi esse nome para aborrecer meu pai. Maya é outro nome para a deusa Devi, consorte de Shiva. Mas também quer dizer ilusão, o falso mundo dos sentidos. Era nisso que eu queria acreditar, nas coisas que podia ver, ouvir e sentir. Não nos Peregrinos e nas outras dimensões, nos outros mundos.
Gabriel examinou o pequeno restaurante decadente. *Confiamos em Deus*, dizia uma placa. *Todos os outros devem pagar em dinheiro.*
— E os seus irmãos e irmãs? Eles também andam por aí com suas espadas, à procura dos Peregrinos?
— Sou filha única. Minha mãe descende de uma família sikh que já vivia na Inglaterra havia três gerações. Ela me deu isso... — Maya levantou o pulso direito e mostrou a pulseira de aço. — O nome disso é *kara*. Serve para lembrar que você não pode fazer nada que provoque vergonha ou desonra.
Maya queria acabar de comer e sair do restaurante. Se eles fossem lá para fora, ela poderia pôr de novo os óculos escuros e esconder seus olhos.

O PEREGRINO

— Como era o seu pai? — perguntou Gabriel.
— Você não precisa saber dele.
— Ele era maluco? Batia em você?
— É claro que não. Estava quase sempre em outro país, tentando salvar algum Peregrino. Ele nunca nos contou o que fazia. Nós nunca sabíamos se ele estava vivo ou morto. Meu pai perdia meus aniversários, não aparecia no Natal e então surgia em algum momento inesperado. Sempre agia como se tudo fosse normal, como se tivesse acabado de ir até a esquina comprar uma cerveja. Acho que eu sentia falta dele. Mas também não queria que ele voltasse para casa. Porque aí minhas aulas recomeçavam.
— Ele ensinou como usar a espada?
— Isso foi apenas uma parte. Também tive de aprender caratê, judô, kickboxing e como usar cinco tipos diferentes de armas de fogo. Ele tentou moldar meu modo de pensar. Quando íamos fazer compras, pedia de repente para eu descrever cada pessoa que tinha visto na loja. Quando andávamos juntos de metrô, ele dizia para eu observar todas as pessoas no vagão e determinar seqüências de batalha. Deve-se atacar primeiro a pessoa mais forte e ir descendo.

Gabriel meneou a cabeça como se soubesse do que Maya estava falando.

— O que mais ele fez?
— Quando eu já era mais velha, meu pai contratava ladrões ou viciados para me seguirem pela rua na volta da escola. Eu tinha de notá-los e inventar um jeito de escapar deles. Meu treinamento foi sempre nas ruas e o mais perigoso possível.

Maya já ia descrever a luta no metrô contra os arruaceiros da partida de futebol, quando a garçonete chegou com o segundo hambúrguer. Gabriel a ignorou e tentou continuar a conversa.

— Parece que você não queria ser uma Arlequim.
— Eu procurei levar uma vida de cidadã. Não foi possível.
— E tem raiva disso?
— Nem sempre podemos escolher nosso caminho.
— Parece que você tem raiva do seu pai.

As palavras se infiltraram por baixo da guarda de Maya e tocaram seu coração. Por um segundo, achou que ia começar a chorar, com tanto desespero que o mundo à sua volta ficaria em pedaços.

– Eu... eu respeitava meu pai – ela gaguejou.

– Não quer dizer que não pode sentir raiva dele.

– Esqueça meu pai – disse Maya – Ele não tem nada a ver com a nossa situação atual. Agora mesmo a Tábula está nos procurando e eu estou tentando proteger você. Pare de sair voando pela estrada na sua motocicleta. Tenho de manter você à vista o tempo todo.

– Nós estamos no meio do deserto, Maya. Ninguém vai nos ver.

– A Grade continua existindo, mesmo quando não vemos a trama – Maya se levantou e pendurou a bainha com a espada no ombro. – Termine logo de comer. Vou esperar lá fora.

Gabriel passou o resto do dia logo à frente dela, mantendo a mesma velocidade da van. O sol caiu no céu e derreteu no horizonte, enquanto os dois continuavam a viagem para nordeste. A uns sessenta quilômetros da fronteira com o estado de Nevada, ela viu a placa de néon verde e azul de um pequeno motel.

Maya pegou da bolsa o gerador de números aleatórios. Um número par seria para continuar a viagem. Um número ímpar, parar ali. Ela apertou o botão. O GNA mostrou 88167, então ela piscou o farol e entrou no pátio de cascalho. O motel tinha a forma de um U. Doze quartos. E uma piscina vazia com capim crescendo no fundo.

Maya desceu da van e foi ao encontro de Gabriel. Precisavam dividir o mesmo quarto para poder vigiá-lo, mas Maya resolveu não mencionar isso. Não force a barra, pensou. Invente uma desculpa.

– Nós não temos muito dinheiro. Fica mais barato dividir um quarto.

– Tudo bem – disse Gabriel e foi com ela até a recepção.

O PEREGRINO

A proprietária do motel era uma mulher idosa que fumava um cigarro atrás do outro e que fez cara de desdém quando Maya escreveu *Sr. e Sra. Thompson* numa pequena ficha branca.

– Vamos pagar em dinheiro – disse Maya.

– Sim, querida. Isso é ótimo. E procurem não quebrar nada.

Duas camas muito usadas. Uma mesa pequena e duas cadeiras de plástico. Havia um aparelho de ar-condicionado no quarto, mas Maya resolveu deixar desligado. O barulho abafaria os ruídos de alguém se aproximando. Abriu a janela sobre as camas e foi para o banheiro. Água morna pingava do chuveiro. Tinha um cheiro alcalino de água estagnada e foi difícil lavar seu cabelo grosso. Ela saiu de camiseta e short de atletismo e foi a vez de Gabriel tomar banho.

Maya puxou a colcha da cama e deitou embaixo do lençol com a espada a poucos centímetros da perna direita. Cinco minutos depois, Gabriel saiu do banheiro de cabelo molhado, de camiseta e cueca. Andou lentamente pelo carpete puído e se sentou na beira da cama dele. Maya pensou que ele ia dizer alguma coisa, mas deve ter mudado de idéia e se deitou.

De barriga para cima, Maya começou a catalogar todos os sons à sua volta. O vento empurrando a porta telada de leve. Um caminhão ou automóvel ocasionais, passando pela auto-estrada. Estava quase dormindo, meio sonhando, e virou criança de novo, parada, sozinha, no túnel do metrô, quando os três homens a atacaram. Não. Não pense nisso.

Abriu os olhos, virou um pouco a cabeça e olhou para Gabriel. Ele estava com a cabeça sobre o travesseiro e o corpo era uma forma suave sob o lençol. Maya imaginou se ele teve muitas namoradas em Los Angeles que o teriam paparicado dizendo o tempo todo "eu te amo". Ela desconfiava da palavra *amor*. Usavam muito nas canções e nos comerciais de televisão. Se amor era uma palavra escorregadia e duvidosa, uma palavra para cidadãos, então qual era a coisa mais íntima que um Arlequim podia dizer para outra pessoa?

E ela se lembrou da frase de repente, a última coisa que ouviu seu pai dizer em Praga: *Eu morreria por você.*

Ela ouviu um barulho quando Gabriel se mexeu na cama dele, inquieto. Passaram alguns minutos e ele levantou a cabeça, apoiado em dois travesseiros.

– Você ficou aborrecida quando estávamos almoçando esta tarde. Acho que não devia ter feito todas aquelas perguntas.

– Você não precisa saber nada da minha vida, Gabriel.

– Eu também não tive uma infância normal. Meus pais suspeitavam de tudo. Estavam sempre se escondendo ou fugindo.

Silêncio. Maya não sabia se devia dizer alguma coisa. Os Arlequins e as pessoas que eles protegiam deviam ter conversas pessoais?

– Chegou a conhecer o meu pai? – perguntou ela. – Você se lembra dele?

– Não. Mas me lembro de quando vi a espada de jade pela primeira vez. Eu devia ter oito anos.

Ele não disse mais nada e Maya não fez mais perguntas. Algumas lembranças eram como cicatrizes que se guardava escondido das outras pessoas. Uma caminhonete com trailer passou pelo motel. Um carro. Outra caminhonete. Se algum veículo entrasse no pátio, ela ouviria o barulho do cascalho solto.

– Consigo esquecer tudo isso sobre a minha família quando salto de um avião ou quando passeio de moto. – A voz de Gabriel estava calma, as palavras absorvidas pela escuridão. – Quando desacelero, volta tudo de novo...

29

— Todas as minhas lembranças mais antigas são dentro do nosso carro ou picape. Estávamos sempre fazendo as malas e partindo. Acho que por isso Michael e eu sempre tivemos essa obsessão de ter um lar. Quando morávamos num lugar mais de algumas semanas, fingíamos que íamos ficar lá para sempre. Então um carro passava pelo nosso motel mais de duas vezes ou o frentista de um posto de gasolina fazia uma pergunta incomum para meu pai. Nossos pais começavam a cochichar entre si, nos acordavam no meio da noite e tínhamos de nos vestir no escuro. Antes do nascer do sol, já estávamos de novo na estrada, indo para lugar nenhum.

— Seus pais nunca deram explicação para isso? — perguntou Maya.

— Não, realmente. E por isso era tão assustador. Eles só diziam: "É perigoso ficar aqui" ou "Homens maus estão nos procurando." Então fazíamos as malas e íamos embora.

— E você nunca reclamou disso?

— Não na frente do meu pai. Ele sempre usava roupas velhas e botas de trabalho, mas ele tinha alguma coisa diferente... era um olhar... e parecia muito poderoso e muito sábio. Pessoas estranhas sempre contavam segredos para ele, como se ele pudesse ajudá-las.

— E sua mãe, como era ela?

Gabriel ficou calado algum tempo.

— Fico pensando o tempo todo na última vez que a vi antes de morrer. Está difícil tirar isso da minha cabeça. Quando éramos pequenos, ela era muito positiva em relação a tudo. Se nossa picape enguiçava numa estrada rural, ela nos levava para o campo e começávamos a procurar flores silvestres ou algum trevo de quatro folhas.

— E como você se comportava? — perguntou Maya. — Como um bom menino ou era malcriado?

— Eu era bem calado, sempre fui introvertido.

— E o Michael?

— Ele era o irmão mais velho, sempre seguro. Quando precisávamos de um armário ou de mais toalhas no hotel, meus pais mandavam Michael falar com o gerente.

"Às vezes viajar o tempo todo não era tão ruim. Parecia que tínhamos dinheiro suficiente, apesar de o meu pai não trabalhar. Minha mãe detestava televisão, de modo que estava sempre nos contando histórias ou lendo livros em voz alta. Ela gostava de Mark Twain e de Charles Dickens e lembro que foi muito emocionante para nós quando ela leu *The Moonstone* de Wilkie Collins. Meu pai nos ensinou a regular o motor do carro, como ler um mapa e como não se perder numa cidade desconhecida. Em vez de estudar em livros escolares, nós parávamos em todos os pontos históricos do caminho.

"Quando eu tinha oito anos, e Michael doze, nossos pais disseram que iam comprar uma fazenda. Nós parávamos em cidades pequenas, comprávamos o jornal e íamos visitar fazendas com placas que diziam '*À VENDA*' na frente das casas. Todas pareciam boas para mim, mas meu pai sempre voltava para a picape balançando a cabeça e dizendo à minha mãe que: 'Os termos não eram o que eles queriam.' Depois de algumas semanas assim, comecei a achar que 'os termos' eram um grupo de mulheres velhas e más que gostavam de dizer 'não'.

"Fomos até Minnesota, depois viramos para oeste, para Dakota do Sul. Em Sioux Falls, papai soube de uma fazenda que estava à venda numa cidade chamada Unityville. Era uma região simpática, colinas baixas com lagos e abetos. A fazenda era muito legal. Tinha bordos bem grandes e um celeiro e uma casa velha de dois andares.

"Depois de barganhar muito, meu pai comprou a propriedade de um homem que queria o pagamento em dinheiro e nos mudamos duas semanas depois. Tudo parecia normal, até o fim do mês, quando ficamos sem energia elétrica. No início, Michael e eu pensamos que alguma coisa tinha se quebrado, mas nossos pais nos reuniram na cozinha e disseram que a energia elétrica e o telefone nos poriam em contato com o resto do mundo."

– Seu pai sabia que vocês estavam sendo caçados – disse Maya.
– Ele queria viver longe da Imensa Máquina.
– Papai nunca nos contou de fato o que acontecia, ele só disse que nosso nome passaria a ser Miller e que todos íamos escolher um novo prenome. Michael quis se chamar Robin, o Menino Prodígio, mas meu pai não gostou da idéia. Depois de muita conversa, Michael resolveu ser David e eu escolhi o nome de Jim, como o Jim Hawkins da *Ilha do tesouro*.

"Naquela mesma noite, papai pegou todas as armas e nos mostrou onde cada uma ia ficar guardada. A espada de jade ficava no quarto dos nossos pais e não podíamos encostar nela sem permissão."

Maya sorriu pensando naquela espada valiosa escondida num armário. Imaginou se ficava encostada num canto, perto de sapatos velhos.

– Um fuzil ficava atrás do sofá na sala de estar da frente e a escopeta era guardada na cozinha. Meu pai mantinha seu .38 num coldre de ombro por baixo do paletó quando estava trabalhando. Naquela época, isso não era nada de mais. As armas eram apenas mais um fato que nós aceitávamos. Você disse que meu pai era um Peregrino. Bem, eu nunca o vi sair levitando ou desaparecer, nem nada parecido.

– O corpo da pessoa fica neste mundo – disse Maya. – É a Luz que existe dentro de você que atravessa as fronteiras.

— Duas vezes por ano, meu pai entrava na picape e ia embora, se ausentava por algumas semanas. Sempre dizia que ia pescar, mas nunca levou nenhum peixe para casa. Quando estava em casa, ele fabricava móveis ou limpava o jardim. Em geral, parava de trabalhar às quatro horas da tarde. Levava Michael e eu para o celeiro e nos ensinava judô, caratê e kendo, com espadas de bambu. Michael odiava praticar. Ele achava isso uma perda de tempo.

— Ele alguma vez disse isso para o seu pai?

— Nós não tínhamos coragem de desafiá-lo. Às vezes meu pai apenas olhava para você e sabia exatamente o que você estava pensando. Michael e eu achávamos que ele podia ler as nossas mentes.

— O que os seus vizinhos achavam dele?

— Nós não conhecíamos muita gente. A família Stevenson morava numa fazenda nas colinas vizinhas, mas não era muito amigável. Um casal mais velho, Don e Irene Tedford, vivia do outro lado do riacho e um dia foram nos visitar levando duas tortas de maçã. Ficaram surpresos de não termos eletricidade, mas não deram muita importância para isso. Lembro que Don disse que televisão era uma grande perda de tempo.

"Michael e eu começamos a freqüentar a casa dos Tedford todas as tardes para comer sonhos. Às vezes minha mãe levava roupa para lavar na máquina de lavar deles. Os Tedford tinham um filho chamado Jerry que morrera na guerra e havia retratos dele por toda a casa. Ele estava morto, mas os dois falavam como se ainda estivesse vivo.

"Estava tudo bem, até o xerife Randolph aparecer em seu carro oficial na entrada da nossa casa. Era um homem grande, usava uniforme e portava uma arma. Fiquei com medo quando ele chegou. Pensei que era da Grade e que papai teria de matá-lo..."

Maya interrompeu.

— Uma vez eu estava num carro com um Arlequim chamado Libra e nos fizeram parar por excesso de velocidade. Eu pensei automaticamente que Libra ia cortar a garganta do policial.

O PEREGRINO

– A idéia era essa – disse Gabriel. – Michael e eu não sabíamos o que ia acontecer. Minha mãe fez chá gelado para o xerife Randolph e ficamos todos sentados na varanda da frente. Randolph, a princípio, falou de coisas agradáveis, de como melhoramos o lugar e então começou a falar do imposto territorial rural. Como não tínhamos ligação elétrica, ele achou que podíamos nos recusar a pagar o imposto por motivos políticos.

"Papai não disse nada, só ficou olhando para o xerife, realmente concentrado nele. De repente, ele disse que pagaria o imposto e todos se acalmaram. A única pessoa que não parecia satisfeita era Michael. Ele disse para o xerife que queria ir para a escola como todas as outras crianças.

"Quando o xerife foi embora, meu pai estava furioso. Disse para Michael que a escola era parte da Grade. Michael disse que precisávamos aprender coisas como matemática e ciências e história. Disse que não poderíamos nos defender dos nossos inimigos se não tivéssemos educação."

– E o que aconteceu? – perguntou Maya.

– Não falamos mais sobre isso o resto do verão. Então meu pai anunciou que tudo bem, nós íamos para a escola, mas que tínhamos de tomar cuidado. Não podíamos dizer para ninguém nosso verdadeiro nome, não podíamos mencionar as armas e não podíamos falar sobre a Grade.

"Eu fiquei nervoso quanto a conhecer outras crianças, mas Michael ficou feliz. No primeiro dia de aula, ele acordou duas horas mais cedo para escolher a roupa que ia usar. Contou que todos os meninos da cidade usavam calças jeans e camisas de algodão. E que nós tínhamos de nos vestir assim também. Para ficar igual a todo mundo.

"Minha mãe nos levou de carro até Unityville e nos matriculamos na escola com nossos nomes falsos. Michael e eu passamos duas horas na secretaria fazendo testes com a assistente do diretor, sra. Batenor. Nossa leitura estava no nível avançado, mas não éramos bons em matemática. Quando ela me levou para a sala de aula, os outros alunos ficaram olhando para mim. Foi a primeira vez que eu realmente entendi que a nossa família era muito diferente e como as outras pessoas nos viam. Todas as crianças começaram a cochichar e só pararam quando a professora ordenou que ficassem quietas.

"Na hora do recreio encontrei Michael no pátio e ficamos por lá, vendo os outros meninos jogarem futebol. Como Michael tinha dito, todos usavam calça jeans. Quatro meninos mais velhos pararam de jogar e foram falar conosco. Ainda lembro a cara do meu irmão. Ele ficou muito animado. Felicíssimo. Achou que os meninos iam nos convidar para jogar e que ficaríamos amigos.

"Um dos meninos, o mais alto, disse: 'Vocês são os Miller. Seus pais compraram a fazenda de Hale Robinson.' Michael quis apertar a mão dele, mas o menino disse: 'Seus pais são malucos.'

"Meu irmão continuou sorrindo alguns segundos, como se não pudesse acreditar no que o garoto tinha dito. Passara aqueles anos todos na estrada elaborando uma fantasia sobre a escola, amigos e uma vida normal. Ele me disse para chegar para trás e então socou a boca do menino mais alto. Todos pularam em cima dele, mas não tiveram chance de agarrá-lo. Michael desfechava chutes e socos de caratê nos garotos caipiras. Surrou-os até derrubá-los e ia continuar batendo, se eu não o arrancasse de cima deles."

– Então vocês nunca tiveram amigos?

– De verdade, não. Os professores gostavam do Michael porque ele sabia conversar com os adultos. Passávamos todo o tempo livre na fazenda. Isso não era ruim. Sempre tínhamos algum projeto em andamento, como construir uma casa na árvore ou adestrar Minerva.

– Quem era Minerva? O cachorro de vocês?

– Ela era nosso sistema de segurança coruja. – Gabriel sorriu com a lembrança. – Poucos meses antes de irmos para a escola, encontrei um filhote de coruja perto do riacho que passava pela propriedade do sr. Tedford. Não vi nenhum ninho por perto, por isso enrolei a corujinha na minha camiseta e a levei para casa.

O PEREGRINO

"Enquanto era filhote, a guardávamos numa caixa de papelão e a alimentávamos com comida de gato. Resolvi batizá-la de Minerva porque li num livro que a deusa tinha uma coruja como assistente. Quando Minerva cresceu, meu pai abriu um buraco na parede da cozinha, construiu uma plataforma dos dois lados, com uma pequena porta vai-e-vem. Ensinamos a ela como passar pela portinhola e entrar na cozinha.

"Papai pôs a gaiola de Minerva num bosque de abetos no fim do caminho da casa para a estrada. A gaiola tinha um gatilho acionado por um peso que abria a porta e o peso era amarrado a uma linha de pesca que atravessava a entrada da fazenda. Se um carro saísse da estrada na direção da nossa fazenda, passava por cima da linha e abria a gaiola. Minerva então voava até a casa e avisava que tínhamos visita."

— Uma boa idéia.

— Talvez, mas na época não achei que fosse. Quando vivíamos em motéis, assisti a vários filmes de espionagem na televisão e me lembrava de todos aqueles aparelhos de alta tecnologia. Se pessoas más estavam nos procurando, eu achava que devíamos ter proteção melhor do que uma coruja.

"De qualquer maneira, puxei a linha de pesca, a porta da gaiola se abriu e Minerva voou para o topo da colina. Quando meu pai e eu chegamos à cozinha, ela já tinha passado pela portinhola e estava comendo sua ração de gato. Levamos Minerva de volta para a entrada, testamos a gaiola uma segunda vez e ela voou de volta para a casa.

"Foi nesse dia que perguntei para o meu pai por que as pessoas queriam nos matar. Ele disse que explicaria tudo quando fôssemos um pouco mais velhos. Perguntei por que não podíamos ir para o pólo Norte, para algum lugar onde nunca pudessem nos encontrar.

"Ainda lembro o que ele me disse. Parecia cansado e triste: 'Eu podia ia para um lugar assim', ele disse. 'Mas você, Michael e sua mãe não poderiam ir comigo. Não vou fugir e deixar vocês sozinhos.'"

— Ele contou que era um Peregrino?

— Não — disse Gabriel. — Nada disso. Passaram-se uns dois anos e nada de ruim aconteceu. Michael parou de brigar na escola, mas os outros garotos achavam que ele era o maior mentiroso. Ele falava da espada de jade e do fuzil que nosso pai tinha, mas também dizia que tínhamos uma piscina no porão e um tigre no celeiro. Ele contava tantas histórias que ninguém percebia que algumas eram verdade.

"Uma tarde, quando esperávamos o ônibus da escola para voltar para casa, outro menino mencionou uma ponte de concreto que atravessava a rodovia interestadual. Havia um cano de água que passava por baixo da ponte e uns dois anos antes um garoto chamado Andy tinha usado o cano para atravessar a estrada.

"'Isso é fácil'", disse Michael. 'Meu irmãozinho poderia fazer isso dormindo.' Vinte minutos depois eu estava na margem, ao lado da ponte. Pulei, agarrei o cano e comecei a atravessar a interestadual, enquanto Michael e os outros meninos observavam. Ainda penso que podia ter conseguido, mas o cano estava enferrujado e era difícil firmar as mãos. Já estava na metade, quando o cano quebrou e caí na estrada. Bati a cabeça e fraturei a perna esquerda em dois lugares. Lembro que levantei a cabeça, olhei para a estrada e vi uma caminhonete rebocando um trailer vindo para cima de mim. Desmaiei. Quando acordei estava no pronto-socorro de um hospital, com a perna engessada. Estava dopado, mas tenho certeza de que ouvi Michael dizendo para a enfermeira que meu nome era Gabriel Corrigan. Não sei por que ele fez isso. Talvez pensasse que eu podia morrer se não desse o nome verdadeiro."

— E foi assim que a Tábula encontrou vocês — disse Maya.

— Pode ser. Mas quem sabe ao certo? Passaram-se mais alguns anos e não aconteceu nada conosco. Quando eu tinha doze anos e Michael dezesseis, estávamos sentados à mesa da cozinha fazendo nosso dever de casa depois do jantar. Era janeiro e fazia muito frio lá fora. Então Minerva entrou pela portinha e ficou lá piando e piscando por causa da luz.

O PEREGRINO

"Isso já tinha acontecido duas vezes antes, quando o cachorro dos Stevenson passava pela linha de pesca. Calcei minhas botas e saí, para encontrar o cachorro. Dei a volta na casa, olhei bem lá para baixo e vi quatro homens saindo do bosque de abetos. Todos usavam roupas pretas e seguravam rifles. Eles conversaram, se separaram e começaram a subir a colina."

— Mercenários da Tábula — disse Maya.

— Eu não sabia quem eram. Fiquei paralisado alguns segundos, depois corri para dentro de casa e contei para a minha família. Meu pai subiu correndo para o quarto e desceu com uma bolsa de lona e a espada de jade. Deu a espada para mim e a sacola para a minha mãe. Depois entregou a escopeta a Michael e disse que devíamos sair pela porta dos fundos e nos esconder no porão externo.

"Perguntamos o que ele ia fazer. Ele disse: 'Vão para o porão e fiquem lá. Não saiam até ouvir a minha voz.'

"Meu pai pegou o fuzil e nós saímos pela porta dos fundos. Ele disse para andarmos perto da cerca para não deixar pegadas na neve. Eu queria ficar para ajudá-lo, mas minha mãe disse que tínhamos de ir. Quando estávamos no jardim, ouvimos um tiro e o grito de um homem. Não era a voz do meu pai. Tenho certeza disso.

"O porão externo era apenas um depósito de ferramentas velhas. Michael abriu o alçapão e nós descemos a escada até lá embaixo. A porta estava tão enferrujada que Michael não conseguiu fechar completamente. Ficamos os três lá sentados no escuro, numa prateleira de concreto. Ouvimos disparos por algum tempo, depois silêncio. Quando acordei, a luz do sol entrava pela fresta do alçapão.

"Michael empurrou a porta e saímos atrás dele. A casa e o celeiro tinham queimado até o chão. Minerva voava lá em cima como se procurasse alguma coisa. Havia quatro homens mortos em lugares diferentes, distantes cerca de vinte ou trinta metros um do outro e o sangue deles tinha derretido a neve em volta.

"Minha mãe se sentou, abraçou os joelhos dobrados e começou a chorar. Michael e eu fomos ver o que sobrara da casa, mas não encontramos nenhum sinal do nosso pai. Eu disse a Michael que os homens não tinham conseguido matá-lo. Que ele havia fugido.

"Michael disse: 'Esqueça isso. É melhor a gente dar o fora daqui. Você tem de me ajudar com a mamãe. Vamos até a casa dos Tedford, pegar emprestada a picape deles.'

"Ele foi até o porão e voltou com a espada de jade e a sacola de lona. Abrimos a sacola e vimos que estava cheia de maços de notas de cem dólares. Mamãe estava sentada na neve, chorando e falando baixinho, como se estivesse louca. Carregando as armas e a sacola, levamos minha mãe até a fazenda dos Tedford. Michael bateu na porta e Don e Irene atenderam, com seus roupões de banho.

"Eu tinha ouvido Michael mentir centenas de vezes na escola, mas ninguém acreditava nas histórias dele. Dessa vez, ele mentiu como se acreditasse no que estava dizendo. Disse para os Tedford que nosso pai tinha sido soldado e que havia desertado do exército. Que naquela noite os agentes do governo tinham queimado a nossa casa e matado nosso pai. A coisa toda parecia loucura para mim, mas então lembrei que o filho dos Tedford havia morrido na guerra."

– Uma mentira engenhosa – disse Maya.

– Tem razão. Funcionou. Don Tedford nos emprestou a caminhonete. Michael já dirigia havia uns dois anos na fazenda. Pusemos as armas e a sacola de lona no carro e saímos pela estrada. Minha mãe se deitou no banco detrás. Eu a cobri com um cobertor e ela dormiu. Espiei pela janela e vi Minerva voando no meio da fumaça que se espalhava no céu...

Gabriel parou de falar e Maya ficou olhando fixo para o teto. Passou um caminhão pela estrada e a luz dos faróis varou a veneziana da janela. Escuridão de novo. Silêncio. As sombras em volta deles pareciam ganhar massa e peso. Maya teve a sensação de que estavam deitados no fundo de um poço.

O PEREGRINO

— E o que aconteceu depois disso? — perguntou ela.
— Passamos alguns anos viajando por aí, depois conseguimos certidões de nascimento falsas e fomos morar em Austin, no Texas. Quando fiz dezessete anos, Michael resolveu que devíamos nos mudar para Los Angeles e começar vida nova.
— Aí a Tábula encontrou vocês e agora você está aqui.
— É — Gabriel disse baixinho. — Agora estou aqui.

30

Boone não gostava da região de Los Angeles. Superficialmente era bem comum, mas havia um impulso no sentido da anarquia. Lembrava ter assistido ao vídeo de uma rebelião nos guetos. Fumaça subindo no céu ensolarado. Uma palmeira ardendo em chamas. Havia muitas gangues de rua em Los Angeles e a maior parte do tempo elas apenas tentavam matar umas às outras. Isso era aceitável. Mas um líder visionário, como um Peregrino, poderia impedir o uso de drogas e direcionar a raiva para fora.

Pegou a auto-estrada sul para Hermosa Beach, deixou o carro num estacionamento público e foi caminhando pela Sea Breeze Lane. Havia uma van de consertos da companhia de eletricidade parada na rua, do outro lado da casa do índio. Boone bateu na porta traseira da van e Prichett levantou a tela que cobria a janela. Sorriu e meneou a cabeça animado, ainda bem que você chegou. Boone abriu a porta e entrou.

Os três mercenários da Tábula estavam sentados em cadeiras baixas de praia montadas na traseira da van. Hector Sanchez era um ex-policial federal que tinha se envolvido num escândalo de suborno. Ron Olson era um ex-policial militar acusado de estupro.

O mais jovem do grupo era Dennis Prichett. Tinha cabelo castanho bem curto, rosto gorducho e modos educados, mas um jeito sério, que fazia com que parecesse um jovem missionário. Freqüentava a igreja três vezes por semana e nunca falava palavrão.

O PEREGRINO

Naqueles últimos anos, a Irmandade passara a contratar crentes verdadeiros de diversas religiões. Eram pagos como os mercenários, mas uniam-se à Irmandade por razões morais. Para eles, os Peregrinos eram falsos profetas que desafiavam o que acreditavam ser a verdadeira fé. Esses novos empregados deviam ser mais confiáveis e cruéis do que os mercenários comuns, mas Boone desconfiava deles. Entendia melhor a ganância e o medo do que o zelo religioso.

– Onde está o nosso suspeito? – ele perguntou.

– Na varanda dos fundos – disse Prichett. – Olhe só. Dê uma espiada.

Prichett se levantou da cadeira e Boone se sentou diante da tela do monitor. Um dos aspectos mais prazerosos do seu trabalho era ter a tecnologia para poder enxergar através das paredes. Para a operação de Los Angeles, a van tinha sido equipada com um aparelho de imagens térmicas. A câmera especial dava uma imagem em preto e branco de qualquer superfície que produzisse ou refletisse calor. Havia uma mancha branca na garagem: era o boiler. Outra mancha na cozinha, devia ser uma cafeteira elétrica. Um terceiro objeto – um ser humano – estava sentado na varanda dos fundos da casa.

A equipe de vigilância estava fazendo a varredura da casa havia três dias, monitorando telefonemas e usando o programa Carnívoro para rastrear e-mails.

– Alguma mensagem enviada ou recebida? – perguntou Boone.

– Ele recebeu duas ligações esta manhã, sobre a tenda do suor do fim de semana – disse Sanchez.

Olson examinou o monitor de outro computador.

– Nada nos e-mails dele, a não ser Spams.

– Bom – disse Boone. – Vamos tratar disso agora. Todo mundo tem distintivo?

Os três fizeram que sim, balançando a cabeça. Tinham recebido distintivos do FBI assim que chegaram a Los Angeles.

– Muito bem. Hector e Ron, vocês entram pela porta da frente. Se ele resistir, a Irmandade nos deu permissão para encerrar o arquivo deste homem. Dennis, você vem comigo. Nós vamos pela entrada dos fundos.

Os quatro desceram da van e atravessaram rapidamente a rua. Olson e Sanchez subiram na varanda da frente da casa. Boone abriu o portão de madeira e Prichett seguiu atrás dele pelo caminho lateral. Havia uma tenda tosca construída com galhos e pedaços de couro no quintal de terra batida.

Chegaram aos fundos da casa e viram Thomas Walks the Ground sentado diante de uma pequena mesa de madeira na varanda. O índio tinha desmontado um triturador de lixo enguiçado e estava montando de novo. Boone olhou para Prichett e viu que o jovem empunhava sua automática nove milímetros. Com força. As articulações dos seus dedos estavam brancas. Ouviram um estalo bem alto quando os outros dois mercenários puseram abaixo a porta da frente.

— Tudo bem — Boone disse para Prichett. — Não precisa se preocupar.

Boone enfiou a mão no bolso do paletó, tirou um mandado federal falsificado e subiu para a varanda.

— Boa-tarde, Thomas. Sou o agente especial Baker e este é o agente especial Morgan. Temos um mandado de busca para a sua casa.

Thomas Walks the Ground parou de apertar um parafuso no triturador de lixo. Largou a chave de fenda e analisou os dois visitantes.

— Acho que vocês não são realmente policiais — disse ele. — E acho que esse mandado não é verdadeiro. Infelizmente deixei a minha arma na cozinha, de modo que vou ter de aceitar essa realidade específica.

— É uma opção inteligente — disse Boone. — Bom para você. — Ele virou para Prichett. — Volte para a van e controle as comunicações. Diga para Hector vestir a roupa especial e usar o farejador. Ron fica na varanda da frente.

— Sim, senhor. — Prichett guardou a arma no coldre pendurado no ombro — E quanto ao suspeito, senhor?

— Ficaremos bem aqui. Vou ter uma conversa com Thomas, sobre as opções que ele tem.

Decidido a fazer um bom trabalho, Prichett saiu correndo pelo caminho lateral da casa. Boone puxou um banco e se sentou à mesa.

— O que houve com o triturador de lixo? — perguntou.

— Emperrou e fundiu o motor. Sabe qual era o problema? — Thomas apontou para um pequeno objeto em cima da mesa. — Um caroço de ameixa.

— Por que não compra um triturador novo?

— Caro demais.

Boone meneou a cabeça, concordando.

— Está certo. Examinamos sua conta no banco e do seu cartão de crédito. Você está sem dinheiro.

Thomas Walks the Ground continuou seu trabalho, remexendo nas peças espalhadas sobre a mesa.

— Fico muito feliz de um pretenso policial estar tão preocupado com a minha pretensa situação financeira.

— Você não quer manter esta casa?

— Não é importante. Sempre posso voltar para a minha tribo em Montana. Já fiquei tempo demais neste lugar.

Boone tirou um envelope do bolso de dentro do paletó e pôs na mesa.

— Aqui tem vinte mil dólares em dinheiro. Tudo seu, em troca de uma conversa sincera.

Thomas Walks the Ground pegou o envelope, mas não abriu. Segurou-o na palma da mão como se avaliasse o peso. E o deixou cair na mesa.

— Sou um homem honesto, de modo que terei essa conversa de graça.

— Uma jovem pegou um táxi e veio ao seu endereço. O nome dela é Maya, mas deve usar um nome falso. Vinte e poucos anos.

Cabelo preto. Olhos azuis bem claros. Foi criada na Inglaterra e tem sotaque britânico.

— Muita gente vem me procurar. Ela deve ter vindo para a minha tenda do suor. — Thomas sorriu para Boone. — Ainda tenho algumas vagas para a cerimônia deste fim de semana. Você e seus homens deviam vir. Tocar tambor. Transpirar seu veneno. Quando saírem para o frio aqui de fora, vão se sentir completamente vivos.

Sanchez chegou pelo caminho carregando o traje de risco biológico e o equipamento farejador. O farejador parecia um aspirador de pó portátil, ligado a uma bateria pendurada no ombro. Havia um transmissor de rádio acoplado à bateria que enviava os dados diretamente para o computador da van. Sanchez pôs o farejador numa cadeira de jardim. Enfiou os pés no traje, cobriu as pernas, braços e ombros.

— Para que isso? — perguntou Thomas.

— Nós temos uma amostra do DNA dessa jovem. O equipamento na cadeira recolhe dados genéticos. E usa um microchip para comparar o DNA da suspeita com o DNA encontrado na sua casa.

Thomas encontrou três parafusos iguais e sorriu. Pôs os três ao lado de um motor elétrico novo.

— Como já disse, muita gente vem à minha casa.

Sanchez puxou o traje especial por cima da cabeça e começou a respirar pelo filtro de ar. Agora o DNA dele não ia se misturar com a amostra. O mercenário abriu a porta dos fundos, entrou na casa e começou a trabalhar. As melhores amostras eram encontradas na roupa de cama, nos assentos dos banheiros e nos encostos de móveis estofados.

Os dois olharam um para o outro enquanto ouviam o ronco abafado do motor do farejador.

— Então diga, Maya esteve na sua casa? — Boone perguntou.

— Por que isso é tão importante para vocês?

— Ela é uma terrorista.

O PEREGRINO

Thomas Walks the Ground começou a procurar as três arruelas de aço que cabiam naqueles parafusos.

– Há terroristas de verdade no mundo, mas um pequeno grupo de homens usa o medo que temos deles para ampliar seu poder. Esses homens caçam xamãs e místicos... – Thomas deu um sorriso malicioso. – E gente que eles chamam de Peregrinos.

O ronronar continuou dentro da casa. Boone sabia que Sanchez passava de um cômodo para outro, encostando a ponta do farejador em vários objetos.

– Todos os terroristas são iguais – disse Boone.

Thomas reclinou na cadeira de jardim.

– Vou contar a história de um índio paiute chamado Wovoka. Na década de 1880, ele começou a viajar para outras dimensões. Voltou, conversou com todas as tribos e iniciou um movimento chamado Dança Espiritual. Seus seguidores dançavam em roda, cantando canções especiais. Quando não estava dançando, a pessoa devia levar uma vida honesta. Sem beber. Sem roubar. Sem se prostituir.

"Era de se imaginar que os brancos que administravam as reservas iam admirar isso. Depois de anos de degradação, o índio estava se moralizando e recuperando sua força. Infelizmente os lakotas não estavam obedecendo. Os dançarinos iniciavam o ritual na reserva de Pine Ridge na Dakota do Sul e os brancos da região ficavam muito assustados. Um agente do governo chamado Daniel Royer resolveu que os lakotas não precisavam de liberdade nem de terras. Eles precisavam aprender a jogar beisebol. Tentou ensinar para os guerreiros como se lança a bola, como se rebate com o taco, mas eles só se concentravam na Dança Espiritual.

"E os brancos comentaram entre eles: 'Os índios estão se tornando perigosos de novo.' Por isso, o governo enviou soldados para uma cerimônia da Dança Espiritual na reserva de Wounded Knee Creek e eles dispararam seus fuzis e assassinaram 290 homens, mulheres e crianças. Os soldados cavaram covas e jogaram os corpos no solo congelado. E o meu povo voltou para a bebida e para a confusão..."

O ruído do farejador cessou. Um minuto depois, a porta dos fundos se abriu com um rangido e Sanchez apareceu. Tirou o filtro da boca e o capuz do traje branco. Seu rosto brilhava de suor.

– Encontramos – disse ele.– Havia um fio de cabelo dela no sofá da sala de estar.

– Ótimo. Pode voltar para a van.

Sanchez tirou a roupa protetora e saiu pelo caminho lateral. Mais uma vez, Boone e Thomas ficaram sozinhos.

– Maya esteve aqui – disse Boone.

– Segundo essa máquina.

– Quero saber o que ela disse e o que fez. Quero saber se deu dinheiro para ela ou uma carona para algum lugar. Ela estava ferida? Mudou sua aparência?

– Não vou ajudar – Thomas disse calmamente. – Saia da minha casa.

Boone sacou a automática, mas deixou encostada na perna direita.

– Você não tem escolha, Thomas. Só quero que aceite o fato.

– Eu sou livre para dizer não.

Boone suspirou como um pai lidando com um filho teimoso.

– A liberdade é o maior mito que já criaram. É um objetivo destrutivo e inatingível que já provocou muito sofrimento. Pouquíssimas pessoas conseguem lidar com a liberdade. A sociedade só é saudável e produtiva quando está sob controle.

– E você acha que isso vai acontecer?

– Estamos entrando numa nova era. Num tempo em que teremos a tecnologia necessária para monitorar e supervisionar imensas quantidades de pessoas. Nos países industrializados, a estrutura já está montada.

– E vocês ficarão no controle?

– Ah, eu também serei vigiado. Todos seremos vigiados. É um sistema muito democrático. E é inevitável, Thomas. Não há como impedir isso. O seu sacrifício por algum Arlequim é completamente sem sentido.

— Pode ter a sua opinião, mas sou eu que resolvo o que tem sentido na minha vida.

— Você vai me ajudar, Thomas. Não existe negociação. Compromisso nenhum. Você tem de encarar a realidade da situação.

Thomas balançou a cabeça com simpatia.

— Não, meu amigo. É você que está fora da realidade. Olha para mim e vê um índio da tribo Corvo acima do peso, com um triturador de lixo quebrado e sem dinheiro. E pensa: ah, ele é apenas um homem comum. Mas precisa entender que homens e mulheres comuns têm capacidade de ver o que vocês estão fazendo. E vamos nos levantar, arrebentar a porta e sair da sua gaiola eletrônica.

Thomas se levantou, desceu da varanda e foi indo para a passagem para a rua. Boone girou no banco. Segurando a automática com as duas mãos, alvejou a rótula do joelho direito do inimigo. Thomas caiu, rolou de costas e ficou imóvel.

Ainda com a pistola apontada, Boone se aproximou dele. Thomas ainda estava consciente, mas respirava rápido. A perna tinha sido praticamente amputada do joelho para baixo e o sangue vermelho-escuro pulsava da artéria aberta. Thomas começou a entrar em choque, olhou para Boone e falou bem devagar.

— Ainda não tenho medo de você...

Uma raiva imensa tomou conta de Boone. Apontou a arma para a testa de Thomas, como se quisesse destruir todos os pensamentos e lembranças do homem, e apertou o gatilho.

O segundo disparo pareceu insuportavelmente alto, as ondas sonoras se espalharam pelo mundo.

31

Michael estava trancado numa suíte sem janelas, com quatro cômodos. De vez em quando, ouvia sons abafados e barulho de água passando pelos canos, por isso concluiu que havia outras pessoas no prédio. A suíte tinha um banheiro, um quarto, uma sala e outra saleta onde ficavam dois homens de blazer azul que impediam a saída. Ele não tinha certeza de que estava nos Estados Unidos ou se em algum país estrangeiro. Não havia relógio em nenhum dos cômodos e nunca sabia se era dia ou noite.

A única pessoa que falava com ele era um jovem nipo-americano que disse se chamar Lawrence Takawa. Lawrence estava sentado ao lado da cama de Michael quando ele acordou do seu sono induzido por drogas. Um médico de jaleco branco entrou minutos depois e examinou Michael rapidamente. Sussurrou alguma coisa para Lawrence e nunca mais apareceu.

Desde aquele primeiro dia, Michael começou a fazer perguntas. Onde estou? Quem são vocês? Que diabos está acontecendo? Lawrence sorria com simpatia e sempre dava as mesmas respostas. Você está entre amigos. Está em segurança. E estamos procurando Gabriel para dar segurança para ele também.

Michael sabia que era prisioneiro e que eles eram inimigos. Mas Lawrence e os dois guardas passavam a maior parte do tempo cuidando para que ele tivesse todo o conforto. A sala de estar tinha uma televisão cara e uma estante com filmes em DVD. No prédio, havia cozinheiros trabalhando dia e noite e preparavam tudo que ele queria comer. Assim que se levantou da cama pela primeira vez, Lawrence levou-o a um closet e mostrou roupas, sapatos e acessórios que valiam milhares de dólares. As camisas sociais eram de seda ou de algodão egípcio e tinham suas iniciais discretamente bordadas no bolso. Os suéteres eram feitos com a lã caxemira mais macia. Havia sapatos de couro, tênis esportivos e chinelos – tudo do tamanho dele.

Pediu equipamento de ginástica. Uma esteira e um conjunto de pesos apareceram na sala. Se queria ler um determinado livro ou revista, fazia o pedido para Lawrence e tudo aparecia poucas horas depois. A comida era excelente e podia pedir de uma lista de vinhos franceses e nacionais. Lawrence Takawa garantiu que depois teria mulheres também. Tinha tudo que queria, exceto a liberdade para sair dali. Lawrence disse que o objetivo em curto prazo era recuperar a saúde e ficar em forma depois de tudo que tinha sofrido. Michael iria conhecer um homem muito poderoso e essa pessoa explicaria o que ele queria saber.

Quando Michael saiu do banheiro viu que alguém tinha escolhido suas roupas e as posto em cima da cama. Sapatos e meias. Calça de lã cinza com pregas e uma camisa de malha preta que serviam perfeitamente nele. Foi para a sala e lá estava Lawrence bebendo vinho e ouvindo um CD de jazz.

– Como vai, Michael? Dormiu bem?

– Estou bem.

– Teve algum sonho?

Michael tinha sonhado que voava sobre o mar, mas não havia motivo para descrever o sonho. Não queria que eles soubessem o que se passava na sua cabeça.

– Nenhum sonho. Se tive algum, não me lembro.

– Agora você terá o que estava esperando. Em poucos minutos, vai conhecer Kennard Nash. Sabe quem ele é?

Michael se lembrou de um rosto num noticiário da televisão.

– Ele não trabalhava no governo?

— Ele era general-de-brigada. Desde que deixou o exército trabalhou para dois presidentes americanos. Todos o respeitam. Neste momento, ele é diretor-executivo da Fundação Sempre-Verde.

— Para todas as gerações — disse Michael, citando o slogan que a Fundação usava quando patrocinava programas de televisão.

O logotipo deles era muito distinto. Um filme com duas crianças, um menino e uma menina inclinados sobre um broto de pinheiro, e tudo se transforma num símbolo estilizado de uma árvore.

— São mais ou menos seis horas da tarde. Você está no prédio administrativo do centro nacional de pesquisa da fundação. Estamos no município de Westchester, a cerca de 45 minutos de carro da cidade de Nova York.

— Então por que me trouxeram para cá?

Lawrence largou a taça de vinho e sorriu. Era impossível saber o que ele estava pensando.

— Vamos subir para encontrar o general Nash. Ele responderá a todas as suas perguntas.

Os dois seguranças esperavam por eles na saleta dos guardas. Sem dizer palavra, escoltaram Michael e Lawrence para fora da suíte, por um corredor, até um grupo de elevadores. Havia uma janela a poucos metros de onde eles pararam e Michael viu que era noite. Quando o elevador chegou, Lawrence fez sinal para ele entrar. Passou a mão na frente de um sensor e apertou o botão do andar.

— Ouça com atenção o que o general Nash vai dizer, Michael. Ele é um homem muito inteligente.

Lawrence recuou para o corredor e Michael subiu sozinho até o último andar.

O elevador dava diretamente numa sala particular. Era uma sala bem grande, decorada para parecer a biblioteca de um clube masculino inglês. Estantes de carvalho com coleções de livros com capas de couro cobriam as paredes, havia poltronas e pequenas luminárias verdes de leitura. O único detalhe estranho eram três

O PEREGRINO

câmeras de vigilância embutidas no teto. As câmeras se moviam lentamente, de um lado para outro, monitorando a sala inteira. Estão me observando, pensou Michael. Alguém está sempre observando.

Michael caminhou pelo meio das poltronas e abajures, procurando não encostar em nada. Num canto da sala, pontos de luz iluminavam um modelo arquitetônico montado num pedestal de madeira. A maquete tinha duas partes: uma torre central com um prédio anelar em volta. A estrutura externa se dividia em pequenos cômodos idênticos, cada um com uma janela com grades na parede de fora e outra janela na parte superior da porta de entrada.

A torre parecia um monolito sólido, mas quando Michael foi para o outro lado do pedestal, viu a secção transversal do prédio. Na verdade, a torre era um labirinto de passagens e escadas. Tiras de madeira de pau-de-balsa cobriam as janelas como venezianas.

Michael ouviu uma porta ranger e viu Kennard Nash entrar na sala. Cabeça raspada. Ombros largos. Quando Nash sorriu, Michael lembrou todas as vezes que vira o ex-general nos programas de entrevistas da televisão.

– Boa-noite, Michael. Eu sou Kennard Nash.

O general Nash atravessou a sala rapidamente e apertou a mão de Michael. Uma das câmeras de vigilância girou um pouco, como se quisesse pegar a cena toda.

– Estou vendo que você encontrou o Panóptico.

Nash se aproximou da maquete.

– O que é? Um hospital?

– Suponho que poderia ser um hospital ou até um prédio comercial, mas é uma prisão desenhada pelo filósofo do século XVIII, Jeremy Bentham. Ele enviou essa planta para todos do governo britânico, mas nunca foi construído. O modelo se baseia nos desenhos de Bentham.

Nash chegou mais perto do modelo e o analisou com cuidado.

– Cada cômodo é uma cela com paredes suficientemente grossas para não haver nenhuma comunicação entre os prisioneiros. A luz vem do lado de fora, de modo que o prisioneiro fica sempre visível, iluminado por trás.

— E os guardas ficam na torre?

— Bentham chamou-a de alojamento de inspeção.

— Parece um labirinto.

— Essa é a esperteza do Panóptico. Foi projetado de forma que nunca se possa ver o rosto do guarda nem ouvir seus movimentos. Pense nas implicações, Michael. Pode haver vinte guardas na torre, ou um guarda, ou nenhum guarda. Não faz diferença. O prisioneiro deve pensar que está sendo observado o tempo todo. Depois de algum tempo, essa idéia passa a fazer parte da consciência do prisioneiro. Quando o sistema funciona perfeitamente, os guardas podem sair da torre para almoçar ou para um fim de semana prolongado. Não faz a menor diferença. Os prisioneiros já aceitaram a situação.

O general Nash se aproximou de uma estante de livros. Abriu uma parede falsa e revelou um bar cheio de copos, um balde de gelo e garrafas de bebida.

— São seis e meia. Costumo beber uma dose de uísque a essa hora. Temos bourbon, uísque escocês, vodca e vinho. Posso pedir qualquer coisa mais elaborada para você.

— Eu bebo uísque com um pouco de água.

— Excelente. Boa escolha. — Nash pegou as garrafas. — Faço parte de um grupo chamado Irmandade. Já existimos há bastante tempo, mas por centenas de anos apenas reagimos aos acontecimentos, procurando reduzir o caos. O Panóptico foi uma revelação para os nossos membros. Mudou o nosso modo de pensar.

"Até o aluno de história menos preparado sabe que os seres humanos são gananciosos, impulsivos e cruéis. Mas a prisão de Bentham mostrou que o controle social é possível, com o tipo certo de tecnologia. Que não havia necessidade de um policial em cada esquina. Tudo que precisamos é de um Panóptico virtual para monitorar a população. Você nem precisa vigiá-la literalmente o tempo todo, mas as massas têm de aceitar essa possibilidade e a inevitabilidade da punição. É necessário que a estrutura, o sistema, a ameaça implícita se tornem um fato da vida. Quando as pessoas se desfizerem de suas idéias de privacidade, permitirão a existência de uma sociedade verdadeiramente pacífica."

O general levou dois copos para um sofá e algumas poltronas em torno de uma mesa baixa de madeira. Pôs o de Michael na mesa e os dois se sentaram de frente um para o outro.

– Então um brinde ao Panóptico. – Nash levantou o copo para a maquete no pedestal. – Foi uma invenção fracassada, mas uma idéia maravilhosa.

Michael bebeu um gole de uísque. Não parecia ter sido adulterado, mas não podia ter certeza.

– Pode discorrer sobre a sua filosofia se quiser – disse ele. – Mas eu não me importo com isso. Tudo que sei é que sou um prisioneiro aqui.

– Na verdade, você conhece bem mais do que isso. A sua família viveu com nomes falsos muitos anos até um grupo de homens armados atacar a sua casa na Dakota do Sul. Fomos nós que fizemos isso, Michael. Aqueles homens eram empregados nossos e seguiam a nossa antiga estratégia.

– Vocês mataram meu pai.

– Será que matamos? – Kennard Nash franziu a testa. – Nossa equipe vasculhou o que restou da casa, mas nunca encontramos o corpo dele.

O tom casual da voz de Nash era revoltante. Seu filho da mãe, pensou Michael. Como pode ficar aí sentado, sorrindo? Passou pela cabeça dele pular por cima da mesa, agarrar Nash pelo pescoço e esganá-lo. Finalmente poderia se vingar daquela noite na fazenda.

O general Nash não dava sinais de perceber que estava prestes a ser atacado. Quando o telefone celular dele tocou, largou o drinque e tirou o celular do bolso do paletó.

– Pedi para não ser incomodado – ele disse para a pessoa ao telefone. – Sim. Ah, é? Que interessante. Bom, então acho que vou perguntar para ele.

Nash abaixou o celular e franziu a testa para Michael. Parecia um gerente de banco que acabava de descobrir um pequeno problema numa aplicação de empréstimo.

– Lawrence Takawa está ao telefone. Ele diz que você vai me atacar ou tentar fugir.

Michael parou de respirar por alguns segundos enquanto suas mãos agarravam as bordas da cadeira.

– Eu... eu não sei do que você está falando.

– Por favor, Michael, não desperdice o seu tempo sendo mentiroso. Nesse exato momento, você está sendo monitorado por um *scanner* infravermelho. Lawrence disse que você apresenta um aumento na taxa de batimentos cardíacos, resposta cutânea galvânica elevada e sinais de calor ao redor dos olhos. Todos esses dados são uma indicação clara de reações violentas ou de fuga. Isso me leva de volta à minha pergunta original: você irá me atacar ou fugirá?

– Apenas me diga por que queria matar meu pai.

Nash estudou o rosto de Michael e então decidiu continuar com a conversa.

– Não se preocupe – ele disse para Tanaka. – Acredito que estamos progredindo. – O general desligou o telefone celular e jogou-o de volta dentro do bolso.

– Meu pai era um criminoso? – Michael perguntou. – Ele roubou algo?

– Lembra-se do Panóptico? O modelo funciona de forma perfeita se todos os humanos viverem dentro da construção. Ele deixa de funcionar se um único indivíduo for capaz de abrir a porta e ficar fora do sistema.

– E meu pai podia fazer isso?

– Podia. Ele é o que chamamos de um "Peregrino". Seu pai era capaz de projetar sua energia neural para fora do corpo e viajar para outras realidades. Nosso mundo é o Quarto Reino. Existem barreiras fixas que ninguém deve ultrapassar para entrar nas outras realidades. Não sabemos se seu pai explorou todas elas.

O PEREGRINO

— Nash encarou Michael diretamente. — A habilidade de deixar esse mundo parece ter origem genética. Talvez você possa fazer o mesmo, Michael. Você e Gabriel podem possuir esse poder.

— E vocês são a Tábula?

— Esse nome é usado pelos nossos inimigos. Como já disse, nós nos chamamos de Irmandade. A Fundação Sempre-Verde é a nossa instituição pública.

Michael olhava para baixo, para o seu drinque, enquanto tentava imaginar uma estratégia. Era óbvio que a Irmandade queria alguma coisa dele, por isso ainda estava vivo. *Talvez você possa fazer isso, Michael.* Sim. Era isso. Seu pai havia desaparecido e eles precisavam de um Peregrino.

— Tudo que sei sobre a sua fundação são os anúncios que vi na televisão aberta.

Nash se levantou e foi até a janela.

— A Irmandade é formada por verdadeiros idealistas. Nós queremos o que é melhor para todos: paz e prosperidade. A única maneira de atingir esse objetivo é criando uma estabilidade política e uma organização social.

— Por isso quer prender toda a humanidade numa prisão gigantesca?

— Não está entendendo, Michael? Hoje em dia as pessoas têm medo do mundo em volta delas e é muito fácil estimular e manter esse medo. As pessoas *querem* estar no nosso Panóptico virtual. Vamos vigiá-las como bons pastores. Serão monitoradas, controladas e protegidas do desconhecido.

"Além disso, elas raramente reconhecem que estão numa prisão. Há sempre alguma distração. Uma guerra no Oriente Médio. Um escândalo envolvendo celebridades. A Copa do Mundo ou o Super Bowl. Drogas, tanto as ilegais quanto as receitadas pelos médicos. Propagandas. Uma música nova. Uma mudança na moda. O medo pode levar as pessoas a entrarem no nosso Panóptico, mas nós as mantemos entretidas quando estão lá dentro."

— E, nesse meio-tempo, matam os Peregrinos.

— Como eu disse, essa era nossa estratégia antiga. Era como um corpo saudável reagindo a diversos vírus. Todas as leis básicas já foram escritas, em inúmeras línguas. As regras são claras. A humanidade só tem de aprender como obedecer. Mas sempre que uma sociedade chegava perto de certo grau de estabilidade, um Peregrino aparecia com idéias novas e o desejo de mudar tudo. Enquanto os saudáveis e sábios tentavam construir uma imensa catedral, os Peregrinos sabotavam os alicerces e criavam problemas.

— E o que mudou? — perguntou Michael. — Por que vocês não me mataram?

— Nossos cientistas começaram a trabalhar numa coisa chamada computador quântico e obtiveram resultados inesperados. Não vou dar os detalhes esta noite, Michael. Você só precisa saber que um Peregrino pode ajudar a concretizar uma incrível reviravolta na tecnologia. Se o Projeto Travessia funcionar, mudará a história para sempre.

— E quer que eu me torne um Peregrino?

— Sim. Exatamente isso.

Michael se levantou e foi para perto do general Nash. A essa altura já tinha se recuperado da reação à varredura com infravermelho. Talvez aquela gente pudesse medir seus batimentos cardíacos e sua temperatura, mas isso não ia mudar nada.

— Poucos minutos atrás o senhor admitiu que a sua organização atacou a casa da minha família.

— Eu não tive nada a ver com isso, Michael. Foi um acidente lamentável.

— Mesmo se eu concordasse com esquecer o passado e ajudasse vocês, isso não significaria que é possível. Eu não sei peregrinar para lugar nenhum. Meu pai não nos ensinou nada, além de lutar espada com pedaços de bambu.

— É, eu sei disso. Já viu nosso centro de pesquisa?

Nash apontou e Michael espiou pela janela. Holofotes de segurança iluminavam o complexo muito bem guardado. A sala de Nash ficava no último andar de um prédio moderno ligado a três outros por passarelas cobertas. No meio do quadrilátero, havia um quinto prédio que parecia um cubo branco. As paredes de mármore branco desse cubo eram bastante finas, de modo que a iluminação interna fazia o prédio brilhar de dentro para fora.

— Se você tiver o potencial para se tornar um Peregrino, nós temos a equipe e a tecnologia necessárias para ajudá-lo a conquistar esse poder. No passado, os Peregrinos aprendiam com sacerdotes hereges, ministros dissidentes e rabinos presos em algum gueto. Todo o processo era dominado pela fé religiosa e pelo misticismo. Às vezes não funcionava. Como pode ver, não há desorganização nenhuma na nossa operação.

— Tudo bem. É claro que vocês têm prédios enormes e muito dinheiro. Mas isso ainda não faz de mim um Peregrino.

— Se você tiver sucesso, vai nos ajudar a mudar a história. Se falhar, nós vamos providenciar uma situação confortável para você. Nunca mais terá de trabalhar.

— E se eu me recusar a cooperar?

— Acho que isso não vai acontecer. Não se esqueça que sei tudo sobre você, Michael. A nossa equipe vem investigando sua vida há várias semanas. Diferentemente do seu irmão, você é ambicioso.

— Deixe Gabriel fora disso — Michael disse irritado. — Não quero ninguém à procura do meu irmão.

— Não precisamos do Gabriel. Temos você. E agora estou lhe oferecendo uma grande oportunidade. Você é o futuro, Michael. Você será o Peregrino que de fato trará a paz.

— As pessoas vão lutar sempre.

— Lembra o que eu disse? Tudo não passa de medo e distração. O medo faz com que as pessoas entrem no nosso Panóptico virtual e depois nós as mantemos felizes. Pode haver pequenas guerras ou ataques terroristas, mas isso só vai ajudar a justificar as modificações futuras do sistema. As pessoas terão liberdade para tomar antidepressivos, contrair dívidas e assistir à televisão. A sociedade pode parecer desorganizada, mas será muito estável. De tempos em tem-

pos, escolheremos uma cara diferente para fazer discursos no jardim da Casa Branca.
— Mas quem estará realmente no comando?
— A Irmandade, é claro. E você fará parte da nossa família, abrindo nosso caminho para o futuro.
Nash pôs a mão no ombro de Michael. Um gesto simpático, como se ele fosse um tio ou um novo padrasto bondoso. *Abrindo nosso caminho*, Michael pensou. *Parte da nossa família*. Ficou à janela olhando fixo para o prédio branco.
O general Nash se afastou e voltou para o bar.
— Vou servir mais uma dose para você. Vamos pedir o jantar, filé ou sushi, o que você preferir. E então conversamos. A maioria das pessoas passa a vida toda sem saber a verdade sobre os principais acontecimentos da época. Elas assistem a uma farsa desempenhada no palco, enquanto o drama verdadeiro acontece atrás dos bastidores.
"Esta noite vamos abrir as cortinas, entrar nos bastidores e ver como funciona a cenografia e o que existe atrás do cenário e como os atores se comportam no camarim. Metade de tudo que você aprendeu na escola não passa de conveniente ficção. A história é um teatro de marionetes para mentes infantis."

32

Gabriel acordou no quarto do motel e viu que Maya não estava mais lá. Sem fazer nenhum barulho, tinha saído da cama e se vestido. Ele achou estranho Maya ter arrumado a cama e posto a colcha gasta de algodão sobre os dois travesseiros. Era como se quisesse apagar todos os sinais da sua presença, o fato de que os dois tinham passado a noite no mesmo espaço.

Ele se sentou na cama e recostou na cabeceira que rangia. Desde a saída de Los Angeles, pensava no que significava ser um Peregrino. Será que todos não passavam de máquinas biológicas? Ou será que havia algo de eterno dentro de cada ser vivo, uma fagulha de energia que Maya chamava de Luz? E mesmo se isso fosse verdade, não significava que ele tivesse poder.

Gabriel procurou imaginar outro mundo, mas sua cabeça ficou cheia de pensamentos ao acaso. Não conseguia controlar. Sua mente pulava de um lugar para outro como um macaco barulhento numa jaula, lançando imagens de antigas namoradas, corridas de moto montanha abaixo e letras de antigas canções. Ouviu um zumbido e abriu os olhos. Uma mosca se debatia no vidro da janela.

Aborrecido consigo mesmo, Gabriel foi até o banheiro e jogou água fria no rosto. Maya, Hollis e Vicki tinham arriscado suas vidas por ele, mas iam ficar decepcionados. Gabriel se sentia como um penetra numa festa, fingindo ser alguém importante. O Desbravador do Caminho, se é que existia, ia rir da pretensão dele.

Voltou para o quarto e viu que a mala de viagem e o laptop de Maya estavam ao lado da porta. Então ela devia estar por perto. Será que tinha ido de van comprar comida? Não era possível. Não havia restaurantes ou mercadinhos naquela região.

Gabriel se vestiu e foi para o pátio onde era o estacionamento. A senhora que administrava o motel tinha desligado a placa de néon e o escritório dela estava às escuras. O céu tinha uma cor azul-prateada, como flores de lavanda. Ele deu a volta na ala sul do motel e viu Maya parada numa laje de concreto entre arbustos de artemísias. A laje parecia a base de alguma casa abandonada no deserto.

Maya devia ter encontrado o cano de aço no local da construção. Ela o segurava como uma espada e executava uma série de formas e combinações ritualísticas, semelhantes às que ele tinha visto nas aulas de kendo. Desviar. Investir. Defender. Cada movimento graciosamente ligado ao outro.

De longe, Gabriel podia observar Maya e ficar isolado da intensidade do propósito único do comportamento dela. Gabriel nunca conheceu ninguém como aquela Arlequim. Sabia que ela era uma guerreira capaz de matar sem um segundo de hesitação, mas havia também algo puro e honesto no seu jeito de encarar o mundo. Observando o treino de Maya, Gabriel imaginou se ela se importava com alguma coisa além daquele dever muito antigo, a violência que consumia sua vida.

Havia uma vassoura jogada ao lado da caçamba de lixo do motel. Ele quebrou a parte dos pêlos e levou o cabo para a laje de concreto. Quando Maya o viu, parou de se mexer e abaixou sua arma improvisada.

– Tive algumas aulas de kendo, mas você parece perita nisso – disse ele. – Quer praticar comigo?

– Os Arlequins nunca devem lutar contra os Peregrinos.

– Eu posso não ser um Peregrino, não é? Devemos aceitar essa possibilidade. – Gabriel moveu o cabo de vassoura de um lado para outro. – E isso não é exatamente uma espada.

O PEREGRINO

Ele segurou o cabo com as duas mãos e atacou Maya a meia velocidade. Maya desviou o golpe suavemente e girou a arma para o lado esquerdo dele. A sola da bota de motociclismo fazia um ruído leve raspando no retângulo de concreto com a movimentação dos dois. Pela primeira vez, Gabriel sentia que Maya olhava realmente para ele, que o tratava como igual. Ela até sorriu algumas vezes, quando ele bloqueou seu ataque e tentou surpreendê-la com um movimento inesperado. Lutando com graça e precisão, os dois se moviam sob a enormidade do céu.

33

O calor foi aumentando quando eles cruzaram a fronteira do estado de Nevada. Assim que saíram da Califórnia, Gabriel tirou o capacete e o jogou dentro da van. Pôs óculos escuros e saiu roncando na frente de Maya. Ela viu o vento estufar as mangas da camiseta e a barra da calça dele. Viraram para o sudeste, na direção do rio Colorado e do ponto onde fariam a travessia, na represa Davis. Pedras vermelhas. Cactos saguaro. Ondas de ar quente tremulando sobre o asfalto. Perto de uma cidade chamada Searchlight, Maya viu uma série de placas escritas a mão ao lado da estrada. *Restaurante Paraíso. Oito quilômetros. Coiote vivo! Mostre para as crianças! Cinco quilômetros. Restaurante Paraíso.*

Gabriel fez um sinal com a mão, vamos tomar café, e, quando o restaurante Paraíso apareceu, ele entrou no estacionamento de terra. O restaurante era uma construção com laje no lugar de telhado, que parecia um vagão de carga de trem com janelas. Tinha uma unidade de refrigeração de ar bem grande em cima. Maya desceu da van segurando a bainha com a espada e analisou o lugar antes de entrar. Porta da frente. Porta dos fundos. Uma picape vermelha em mau estado estacionada na frente do restaurante e uma segunda picape com carroceria de trailer na lateral.

Gabriel foi caminhando devagar para o lado dela. Ele girou os ombros, para relaxar os músculos cheios de nós.

O PEREGRINO

– Acho que não vamos precisar disso – disse ele, apontando para a bainha com a espada. – Vamos apenas tomar café da manhã, Maya. Não é a Terceira Guerra Mundial.

Maya se viu refletida nos olhos de Gabriel. Loucura de Arlequim. Paranóia constante.

– Meu pai me ensinou a andar sempre armada.

– Relaxe – disse Gabriel. – Vai ficar tudo bem. – E Maya viu, de forma inusitada, o rosto dele, seus olhos e cabelo castanhos.

Afastou-se um pouco dele, respirou fundo e guardou a espada na van. Não se preocupe, disse a si mesma. Nada vai acontecer. Mas verificou se as duas facas estavam bem presas nos braços.

O coiote ficava numa jaula perto da entrada do restaurante. Sentado numa laje de concreto cheia de fezes, o prisioneiro bufava de tanto calor. Aquela era a primeira vez que Maya via um coiote. Parecia um cachorro vadio com cabeça e dentes de lobo. Só os olhos escuros eram selvagens; eles observaram Maya intensamente quando ela levantou a mão.

– Eu detesto zoológicos – disse ela. – Lembram prisões.

– As pessoas gostam de ver animais.

– Os cidadãos gostam de matar as criaturas selvagens ou prendê-las em jaulas. Isso os ajuda a esquecer que também são prisioneiros.

O restaurante era um salão comprido e estreito, com cubículos perto das janelas, um balcão com bancos e uma pequena cozinha. Havia três caça-níqueis perto da porta da frente e todos com cores espalhafatosas. Circo de Apostas. Grande Vencedor. Sensação. Dois mexicanos com botas de vaqueiro e roupas empoeiradas de trabalho, sentados no balcão, comiam ovos mexidos e *tortillas* de milho. Uma garçonete jovem, de cabelo oxigenado e avental inteiro, derramava ketchup de uma garrafa para outra. Maya viu um rosto espiando pela janela que dava para a cozinha: um velho com olhos remelentos e barba emaranhada. O cozinheiro.

– Sentem-se onde quiserem – disse a garçonete e Maya escolheu a posição para melhor defesa, o último cubículo, de frente para a entrada. Sentou-se, olhou fixo para os talheres em cima da mesa de fórmica e procurou visualizar o lugar mentalmente. Aquele era um bom lugar para parar. Os dois mexicanos pareciam inofensivos e dali podia ver qualquer carro que se aproximasse do restaurante pela estrada.

A garçonete foi até a mesa deles com copos de água gelada.

– Bom-dia. Os dois querem café? – A voz dela era fina e fraca.

– Só suco de laranja – disse Gabriel.

Maya se levantou.

– Onde fica o toalete?

– Tem de dar a volta por fora. É nos fundos. E está trancado. Venha, eu a levo lá.

A garçonete, cujo nome no crachá era Kathy, deu a volta no restaurante com Maya e chegaram a uma porta sem placa nenhuma, com um cadeado. Ela não parava de falar enquanto procurava a chave no bolso.

– Papai tem medo de que alguém entre aí e roube todo o seu papel higiênico. Ele é o cozinheiro, o lavador de pratos e tudo o mais por aqui.

Kathy destrancou a porta e acendeu a luz. O banheiro era cheio de caixas de papelão de comida enlatada e outros suprimentos. Ela verificou tudo, se tinha toalhas de papel e limpou a pia.

– O seu namorado é muito bonito – disse Kathy. – Eu gostaria de passear por aí com um homem bonito assim, mas estou presa ao Paraíso até papai vender este lugar.

– Vocês estão um pouco isolados aqui.

– Só nós e aquele velho coiote. E algumas pessoas que vêm de Vegas. Já conhece Vegas?

– Não.

– Eu já estive lá seis vezes.

Quando a moça finalmente saiu do banheiro, Maya trancou a porta e se sentou numa pilha de caixas de papelão. Estava preocupada com o fato de poder sentir qualquer tipo de ligação com Gabriel. Os Arlequins não podiam ficar amigos dos Peregrinos que protegiam. A atitude correta era sentir-se um pouco superior aos Peregrinos, como se eles fossem crianças que não soubessem que havia lobos na floresta. O pai dela sempre dizia que havia um motivo prático para essa distância emocional. Os cirurgiões raramente operavam membros da própria família. Podiam ter seu discernimento prejudicado. Essa mesma regra se aplicava aos Arlequins.

Maya ficou na frente da pia e olhou para o espelho rachado. Olhe bem para você, pensou. Cabelo despenteado. Olhos vermelhos. Roupa escura e sem vida. Thorn a transformara numa assassina sem vínculo com nada nem com ninguém. Alguém sem o desejo acomodado de conforto e sem o desejo de segurança que os cidadãos tinham. Gabriel sabia quem ela era e o que era capaz de fazer. Daí o comportamento cauteloso perto dela. Os Peregrinos podiam ser fracos e confusos, mas tinham a capacidade de ir para o outro lado e escapar daquela prisão que era o mundo. Os Arlequins eram prisioneiros do Quarto Mundo até a morte.

Quando Maya voltou para o restaurante, os dois mexicanos tinham acabado de comer e ido embora. Gabriel e ela pediram o café da manhã, então ele se inclinou no assento e a olhou atentamente.

– Diga uma coisa – disse Gabriel. – Vamos supor que as pessoas realmente possam atravessar para outras dimensões. Como é do outro lado? É perigoso?

– Não sei grande coisa. Por isso você precisa da ajuda de um Desbravador do Caminho. Meu pai me falou de dois possíveis perigos. Quando você faz a travessia, a matéria, o seu corpo, fica aqui.

– E qual é o segundo perigo? – ele perguntou.

– A sua Luz, o seu espírito, qualquer que seja o nome que você queira dar a isso, pode morrer ou sofrer em outra dimensão. Se isso acontecer você fica preso lá, para sempre.

Vozes. Risadas. Maya viu quatro jovens entrando no restaurante. Lá fora, no estacionamento, o sol brilhava no veículo utilitário esporte azul-escuro dos rapazes. Maya avaliou cada um do grupo e deu apelidos para eles. Braços Fortes, Cabeça Raspada e

Garoto Gordo, todos vestindo um misto de blusões de times esportivos e calças de moletom. Pareciam fugitivos de um incêndio em alguma academia de musculação, que pegaram suas roupas ao acaso, em diversos armários. O líder, o menor de todos, mas com a voz mais sonora, usava botas de vaqueiro para parecer mais alto. Vou chamá-lo de Bigode, Maya pensou. Não. Fivela de Prata. A fivela era parte de um cinto de vaqueiro todo desenhado.

— Sentem-se onde quiserem — disse Kathy.

— É claro, porra — Fivela de Prata disse para ela. — Já íamos fazer isso de qualquer jeito.

As vozes barulhentas, o exibicionismo deles, deixaram Maya nervosa. Ela comeu rapidamente, terminou seu café da manhã, enquanto Gabriel passava geléia de morango numa torrada. Os quatro jovens pegaram a chave do banheiro com Kathy e fizeram seus pedidos, mudando de idéia e querendo porções extras de bacon. Disseram à garçonete que estavam voltando para o Arizona depois de assistir a uma luta de boxe em Las Vegas. Tinham perdido bastante dinheiro apostando no desafiante e mais ainda nas mesas de vinte-e-um. Kathy anotou os pedidos e foi para trás do balcão. O Garoto Gordo trocou uma nota de vinte dólares por notas de um e foi jogar nos caça-níqueis.

— Já terminou de comer? — Maya perguntou para Gabriel.

— Estou acabando.

— Vamos dar o fora daqui.

Gabriel achou graça.

— Você não gostou desses caras.

Ela balançou o gelo no copo com água e mentiu.

— Não presto atenção nenhuma aos cidadãos, a menos que eles fiquem no meu caminho.

— Pensei que gostasse da Vicky Fraser. Vocês duas pareciam amigas...

— Isso aqui é um roubo! — O Garoto Gordo deu um soco numa das máquinas. — Já enfiei vinte dólares e não ganhei nem um de volta.

O PEREGRINO

Fivela de Prata estava sentado num cubículo, de frente para Cabeça Raspada. Cofiou o bigode e deu um sorriso largo.

– Cai na real, Davey. Ela é programada para nunca soltar dinheiro nenhum. Eles não ganham dinheiro suficiente com esse café horrível, por isso arrancam mais alguns dólares dos turistas que jogam nessas máquinas.

Kathy saiu de trás do balcão.

– Às vezes soltam dinheiro, sim. Um caminhoneiro ganhou o prêmio máximo umas duas semanas atrás.

– Não vem com história, amorzinho. É só dar os vinte dólares de volta para o meu amigo. Deve haver alguma lei, ou coisa parecida, dizendo que vocês têm de pagar uma percentagem.

– Não posso fazer isso. Essas máquinas nem são nossas. Nós as alugamos do sr. Sullivan.

Braços Fortes voltou do banheiro. Parou perto da máquina caça-níqueis e ouviu a conversa.

– Não estamos nem aí pra isso – disse ele. – O estado inteiro de Nevada é um engolidor de dinheiro. Dê o dinheiro de volta ou uma refeição de graça.

– É – disse Cabeça Raspada. – Eu voto na refeição de graça.

– A comida não tem nada a ver com as máquinas caça-níqueis – disse Kathy. – Se vocês pedissem uma refeição, aí...

Garoto Gordo deu três passos até a caixa registradora e agarrou o braço de Kathy.

– Porra, eu aceito outra coisa no lugar da refeição grátis.

Os três amigos dele assobiaram e gritaram aprovando.

– Tem certeza disso? – perguntou Braços Fortes. – Acha que ela vale vinte dólares?

– Se ela der para nós quatro, são cinco dólares por cabeça.

A porta da cozinha se abriu e o pai de Kathy saiu de lá com um taco de beisebol na mão.

– Larga ela! Agora!

Fivela de Prata parecia estar achando graça.

– Está me ameaçando, velho?

— É isso mesmo! Agora peguem suas coisas e dêem o fora!
Fivela de Prata estendeu o braço e pegou o pesado açucareiro de vidro que estava na mesa, ao lado da pequena garrafa de molho Tabasco. Endireitou as costas no banco e arremessou o açucareiro com toda a força. O pai de Kathy desviou, mas o vidro bateu no lado esquerdo do rosto dele e se abriu. Voou açúcar para todo lado e o homem cambaleou para trás.
Cabeça Raspada saiu do cubículo. Segurou a ponta do taco de beisebol, torceu, tirou da mão do velho e deu-lhe uma gravata. Cabeça Raspada golpeou o homem diversas vezes com o taco. O velho apagou e Cabeça Raspada deixou a vítima cair no chão.
Maya tocou na mão de Gabriel.
— Saia pela cozinha.
— Não.
— Isso não tem nada a ver conosco.
Gabriel olhou para ela com desprezo e Maya teve a sensação de ter sido cortada com uma faca. Ela não se mexeu, não podia se mexer. Gabriel se levantou do banco e se aproximou dos homens.
— Saiam daqui.
— E quem é você, porra? — Fivela de Prata saiu do cubículo.
Os quatro ficaram perto do balcão.
— Não pode nos dizer o que fazer.
Cabeça Raspada chutou as costelas do velho.
— A primeira coisa que a gente vai fazer é trancar esse filho da mãe desse velho junto com aquele coiote.
Kathy tentou escapar, mas Garoto Gordo segurou-a com força.
— A segunda coisa vai ser examinar a mercadoria.
Gabriel exibiu a insegurança de alguém que só praticava luta numa academia de caratê. Ficou parado, esperando o ataque.
— Vocês ouviram o que eu disse.
— É. Ouvimos. — Cabeça Raspada balançou o taco de beisebol como um cassetete de polícia. — Você tem cinco segundos pra desaparecer daqui.

O PEREGRINO

Maya saiu do cubículo. Estava com as mãos abertas e tranqüila. *Nosso tipo de luta é como mergulhar no mar,* Thorn tinha dito para ela um dia. Caindo, mas com elegância. Puxado pela gravidade, mas com controle.

— Não toquem nele — disse Maya.

Os homens riram e ela avançou mais alguns passos, entrando na zona de abate.

— De que país você veio? — perguntou Fivela de Prata. — Parece inglesa, alguma coisa assim. Aqui as mulheres deixam as brigas para os homens.

— Ei, eu quero que ela entre nisso — disse Braços Fortes. — Ela tem um corpinho gostosinho.

Maya sentiu a frieza dos Arlequins gelar seu coração. Instintivamente avaliou as distâncias e trajetórias entre si mesma e os quatro alvos. Seu rosto não tinha expressão, não revelava qualquer emoção, mas procurou pronunciar as palavras da forma mais clara e distinta possível.

— Se encostarem nele, acabo com vocês.

— Ai, que medo!

Cabeça Raspada olhou para o amigo e sorriu.

— Você se meteu numa fria, Russ! A mocinha parece uma fera! É melhor tomar cuidado!

Gabriel virou para Maya. E pela primeira vez parecia controlar o relacionamento deles, como um Peregrino dando ordens para o seu Arlequim.

— Não, Maya! Está me ouvindo? Ordeno que não...

Ele prestava atenção nela, sem se dar conta do perigo, e Cabeça Raspada levantou o taco de beisebol. Maya pulou em cima de um banco, depois para cima do balcão. Com dois passos bem grandes, passou por cima dos vidros de ketchup e mostarda, projetou a perna direita para frente e atingiu a garganta de Cabeça Raspada. Ele cuspiu e emitiu um som de afogado, mas continuou segurando o taco. Maya segurou a ponta do taco e pulou para o chão, arrancando-o da mão dele com um único movimento e dando com o taco na cabeça dele com um segundo movimento. Ouviu-se o barulho de algo rachando e ele caiu para a frente.

Com o canto do olho, Maya viu Gabriel lutando contra Fivela de Prata. Ela correu para Kathy, com o taco na mão direita e o estilete na esquerda. Garoto Gordo estava apavorado. Levantou os braços como um soldado que se rendia numa batalha e Maya enfiou o estilete na palma da mão dele, prendendo-o ao painel de madeira da parede. O cidadão deu um berro agudo, mas Maya o ignorou e continuou avançando para cima de Braços Fortes. Finta de golpe na cabeça, ataque mais embaixo. Quebrar o joelho direito. Crac. Espatifado. Depois, a cabeça. O alvo caiu para a frente e Maya rodopiou. Fivela de Prata estava no chão, inconsciente. Gabriel tinha acabado com ele. Garoto Gordo choramingava, quando Maya se aproximou.

— Não — disse ele. — Por favor, meu Deus. Não.

Com uma tacada, Maya apagou o homem. Quando ele caiu de cara no chão, arrancou a faca da parede.

Maya largou o taco, abaixou-se e pegou o estilete. Estava sujo de sangue, por isso limpou na camisa do Garoto Gordo. Quando se endireitou, aquela clareza extrema de combate começou a diminuir. Havia cinco corpos no chão. Tinha defendido Gabriel, mas não havia ninguém morto.

Kathy olhava para Maya como se ela fosse uma assombração.

— Vão embora — disse ela. — Saiam daqui. Porque vou chamar o xerife daqui a um minuto. Não se preocupem. Se forem para o sul, eu digo que foram para o norte. Mudo a descrição do carro e tudo.

Gabriel saiu primeiro e Maya logo atrás. Ao passar pelo coiote, ela destrancou e abriu a porta da jaula. A primeira reação do animal foi não se mexer, como se tivesse perdido a lembrança do que era liberdade. Maya continuou andando e olhou para trás. Ele continuava na sua prisão.

— Vá embora! — gritou ela. — É sua única chance!

Quando Maya deu partida na van, o coiote saiu da gaiola, andando ressabiado, e examinou o estacionamento de terra. O

O PEREGRINO

ronco do motor da moto de Gabriel assustou o bicho. Ele pulou de lado, recuperou sua atitude calma e trotou para longe do restaurante.

Gabriel não olhou para Maya quando pegou a estrada. E nada de sorrisos e acenos, nenhuma costurada graciosa em S pela linha central. Maya protegeu Gabriel, salvou a vida dele, mas aquele ato, por algum motivo, afastou ainda mais os dois. Naquele momento, teve certeza absoluta de que ninguém poderia amá-la, nem curar sua dor. Como o pai, ia morrer cercada de inimigos. Ia morrer sozinha.

34

De máscara e macacão de cirurgião, Lawrence Takawa estava num canto da sala. O prédio novo de pesquisa no centro do quadrilátero ainda não estava equipado para um procedimento cirúrgico. Tinham montado uma instalação provisória no porão da biblioteca.

Lawrence observava Michael Corrigan deitado na mesa de operação. Srta. Yang, a enfermeira, chegou com um cobertor aquecido e cobriu as pernas dele. Mais cedo havia raspado todo o cabelo de Michael. Ele parecia um recruta do exército que acabara de entrar para o serviço militar.

O dr. Richardson e o dr. Lau, anestesista trazido de Taiwan, terminaram os preparativos para a operação. Enfiaram uma agulha no braço de Michael e o tubo plástico da intravenosa foi inserido num saco de solução estéril. Já tinham radiografado e feito imagens de ressonância magnética do cérebro de Michael numa clínica particular do município de Westchester que era controlada pela Irmandade. A srta. Yang pregou as chapas nas caixas de luz num canto da sala.

Richardson olhou para o paciente.

— Como está se sentindo, Michael?

— Isso vai doer?

— Não. Estamos usando anestesia por segurança. Durante o procedimento, sua cabeça tem de ficar completamente imóvel.

— E se alguma coisa der errado e danificar o meu cérebro?

O PEREGRINO

— É um procedimento simples, Michael. Não há motivo para preocupação — disse Lawrence.

Richardson fez um sinal com a cabeça para o dr. Lau, que enfiou uma seringa de plástico na entrada do tubo do soro.

— Muito bem. Lá vamos nós. Comece a contar de trás para frente, a partir de cem.

Em dez segundos, Michael estava inconsciente e respirando suavemente. Com ajuda da enfermeira, Richardson prendeu uma cinta de aço no crânio de Michael e apertou os parafusos acolchoados. Mesmo se Michael tivesse convulsões, a cabeça continuaria imóvel.

— Hora de mapear — Richardson disse para a enfermeira.

A srta. Yang deu-lhe uma régua de aço flexível e uma caneta pilot preta e o neurologista passou os próximos vinte minutos desenhando o enquadramento no topo da cabeça de Michael. Conferiu seu trabalho duas vezes e marcou oito pontos de incisão.

Os neurologistas estavam implantando eletrodos permanentes no cérebro dos pacientes que sofriam de depressão havia alguns anos. Esse estímulo profundo no cérebro permitia que os médicos girassem uma maçaneta, injetassem uma pequena quantidade de eletricidade no tecido e modificassem instantaneamente o humor da pessoa. Um dos pacientes de Richardson, uma jovem doceira chamada Elaine, preferia marcar dois no medidor eletrônico quando estava em casa assistindo à televisão, mas gostava de elevar seu cérebro para cinco no marcador quando trabalhava com afinco para criar um bolo de noiva. A mesma tecnologia que ajudava os cientistas a estimular o cérebro seria usada para rastrear a energia neurológica de Michael.

— Eu disse a verdade para ele? — perguntou Lawrence.

Richardson virou para Lawrence no fundo da sala.

— O que quer dizer?

— Essa operação pode danificar o cérebro dele?

— Se você quer monitorar a energia neurológica de alguém com um computador, você tem de inserir sensores no cérebro.

Eletrodos presos na parte de fora do crânio não seriam tão eficientes. Na verdade, podem até gerar dados conflitantes.

– Mas os fios não vão destruir os neurônios dele?

– Nós temos milhões de neurônios, sr. Takawa. Talvez o paciente esqueça como pronunciar a palavra Constantinopla ou pode esquecer o nome da menina que se sentava ao lado dele na aula de matemática do ensino médio. Não é importante.

Satisfeito com os pontos de incisão, o dr. Richardson se sentou num banco alto ao lado da mesa de operação e estudou o topo da cabeça de Michael.

– Mais luz – disse ele e a enfermeira Yang ajustou a lâmpada cirúrgica.

O dr. Lau estava a alguns metros do outro médico, observando uma tela de monitor e controlando os sinais vitais de Michael.

– Tudo em ordem?

O dr. Lau verificou os batimentos cardíacos e a respiração de Michael.

– Pode prosseguir.

Richardson puxou do teto uma broca de osso presa a um braço ajustável e cuidadosamente fez um pequeno furo no crânio de Michael. O ruído era áspero e agudo. Parecia o barulho da broca de dentista.

Ele tirou a broca. Uma gota minúscula de sangue apareceu na pele e começou a aumentar, mas a srta. Yang secou com um chumaço de algodão. Havia um injetor neuropático preso a um segundo braço mecânico pendendo do teto. Richardson pôs o injetor sobre o furo, apertou o gatilho e um fio de cobre revestido com teflon, da espessura de um cabelo humano, foi projetado para dentro do cérebro.

O fio era ligado a um cabo que transmitia dados para o computador quântico. Lawrence usava um fone de ouvido com linha aberta para o centro de informática.

– Comece o teste – disse para um dos técnicos. – O primeiro sensor está dentro do cérebro dele.

O PEREGRINO

Passaram cinco segundos. Vinte segundos. Então um técnico confirmou que estavam captando atividade neurológica.

— O primeiro sensor está funcionando — disse Lawrence. — Pode prosseguir.

O dr. Richardson pôs uma pequena placa de eletrodo no fio e deslizou até grudá-la na pele, depois aparou o excesso de fio do lado de fora. Noventa minutos mais tarde todos os sensores estavam ligados ao cérebro de Michael e às placas. De longe, parecia que Michael tinha oito moedas de prata grudadas no crânio.

Michael ainda estava inconsciente, de modo que a enfermeira permaneceu ao lado dele enquanto Lawrence acompanhava os dois médicos até a sala ao lado. Os três tiraram a roupa cirúrgica e a jogaram numa lata de lixo.

— Quando é que ele vai acordar? — Lawrence perguntou.

— Daqui a uma hora, mais ou menos.

— Ele vai sentir dor?

— Quase nada.

— Excelente. Vou perguntar para o centro do computador quando podemos iniciar a experiência.

O dr. Richardson parecia nervoso.

— Acho que temos de conversar.

Os dois saíram da biblioteca e atravessaram o quadrilátero até o centro administrativo. Tinha chovido na noite anterior e o céu ainda estava cinzento. Não havia quase rosas e as íris eram caules secos. O capim-de-burro que ladeava o caminho estava marrom e morrendo. Tudo parecia vulnerável à passagem do tempo, exceto o prédio branco e sem janelas no centro do pátio. A nova construção devia ser chamada de Instalação de Pesquisa Cibernética Neurológica, mas os membros mais jovens da equipe já a chamavam de "o Túmulo".

— Andei lendo mais dados sobre os Peregrinos — disse Richardson. — Neste momento já posso prever alguns problemas.

Temos um jovem que pode, ou não, ser capaz de atravessar para outra dimensão.
— Correto — disse Lawrence. — Só saberemos quando ele tentar.
— O material da pesquisa indica que os Peregrinos aprendem a atravessar sozinhos. Isso é possível graças a um estresse prolongado ou a um choque repentino. Mas a maioria das pessoas tem uma espécie de mestre para ensinar.
— São chamados de Desbravadores do Caminho — disse Lawrence. — Estivemos procurando alguém para desempenhar essa função, mas não encontramos.

Pararam na entrada do centro administrativo. Lawrence notou que o dr. Richardson não gostava de olhar para o Túmulo. O neurologista olhava fixo para o céu e depois para uma jardineira de concreto cheia de hera inglesa. Tudo, menos para o prédio branco.

— O que acontece se vocês não conseguirem encontrar um Desbravador do Caminho? — perguntou Richardson. — Como é que Michael vai saber o que fazer?

— Existe outra abordagem. A equipe de apoio está investigando diferentes tipos de drogas que podem funcionar como catalisadores neurológicos.

— Essa é a minha área e posso afirmar que essa droga ainda não foi criada. Nada que se possa tomar ou injetar vai provocar uma intensificação acelerada da energia neurológica.

— A Fundação Sempre-Verde tem inúmeros contatos e fontes. Estamos fazendo todo o possível.

— Está claro que não estão me contando tudo — disse Richardson. — Deixe eu dizer uma coisa, sr. Takawa. Essa atitude não vai levá-los a uma experiência bem-sucedida.

— E o que mais o senhor precisa saber, doutor?

— Não se trata apenas dos Peregrinos, não é? Eles são só parte de um objetivo muito maior, algo que envolve o computador quântico. Então o que estamos realmente procurando? Será que pode me dizer?

O PEREGRINO

— Nós o contratamos para pôr um Peregrino em outra dimensão — disse Lawrence. — A única coisa que tem de entender é que o general Nash não admite fracasso.

De volta à sua sala, Lawrence teve de cuidar de uma dúzia de telefonemas urgentes e mais de quarenta e-mails. Conversou com o general Nash sobre a operação cirúrgica e confirmou que o centro de informática tinha captado a atividade neurológica de todas as partes do cérebro de Michael. Passou duas horas escrevendo uma mensagem, escolhendo cuidadosamente as palavras, que enviou por e-mail para os cientistas que recebiam bolsas da Fundação Sempre-Verde. Não podia mencionar os Peregrinos, mas pedia informações explícitas sobre drogas psicotrópicas que produziam visões de mundos alternativos.

Às seis horas da noite, o Elo Protetor rastreou Lawrence saindo do centro de pesquisa e voltando de carro para a sua casa na cidade. Ele trancou a porta da frente, tirou a roupa de trabalho, vestiu um roupão preto de algodão e entrou no seu quarto secreto.

Queria passar os dados atualizados do Projeto Travessia para Linden, mas assim que se conectou à internet apareceu uma pequena janela azul piscando no canto superior esquerdo da tela. Dois anos antes, depois de Lawrence receber o novo código de acesso para o sistema de computador da Irmandade, ele criou um programa especial para buscar dados sobre seu pai. Uma vez acionado, o programa investigava a internet como uma doninha procurando ratos numa casa velha. E agora tinha encontrado informação sobre o pai dele nos arquivos de provas do Departamento de Polícia de Osaka.

Havia duas espadas na fotografia de Sparrow: uma com cabo de ouro e outra com cabo de jade. Em Paris, Linden explicou que a mãe de Lawrence dera a espada de jade para um Arlequim chamado Thorn, que por sua vez tinha dado a espada para a família Corrigan. Lawrence imaginou que Gabriel Corrigan devia ter levado a espada quando Boone e seus mercenários atacaram a fábrica de roupas.

Uma espada de jade. Uma espada de ouro. Talvez houvesse outras. Lawrence tinha sabido que o fabricante mais famoso de espadas da história do Japão era um monge chamado Masamune. Ele havia forjado suas lâminas no século XIII, quando os mongóis tentaram invadir o Japão. O imperador na época ordenou uma série de rituais de oração nos templos budistas e muitas espadas famosas foram fabricadas como oferendas religiosas. Masamune mesmo forjou uma espada perfeita com um diamante no cabo para inspirar seus dez discípulos, os Jittetsu. E quando aprendiam a marretar o aço, cada um dos alunos criava uma arma especial para apresentar ao mestre.

O programa de computador de Lawrence tinha encontrado o site de um monge budista que morava em Kyoto. O site dava os nomes de dez Jittetsu e de suas espadas especiais.

	FERREIRO	ESPADA
I.	Hasabe Kinishige	Prata
II.	Kanemitsu	Ouro
III.	Go Yoshihiro	Madeira
IV.	Naotsuna	Pérola
V.	Sa	Osso
VI.	Rai Kunitsugu	Marfim
VII.	Kinju	Jade
VIII.	Shizu Kaneuji	Ferro
IX.	Chogi	Bronze
X.	Saeki Norishige	Coral

Uma espada de jade. Uma espada de ouro. As outras espadas dos Jittetsu tinham desaparecido, provavelmente perdidas em terremotos ou guerras, mas a condenada linhagem de Arlequins japoneses tinha protegido duas dessas armas sagradas. Agora Gabriel Corrigan portava um desses tesouros e o outro tinha sido usado

O PEREGRINO

para matar gângsteres da Yakuza num salão de festas que se transformou num abatedouro.

O programa de busca passou pelas listas de provas da polícia e traduziu os caracteres japoneses para o inglês. *Tachi antiga (espada longa). Cabo de ouro. Investigação criminal 15.433. Prova desaparecida.*

Desaparecida não, pensou Lawrence. Roubada. A Irmandade deve ter tirado a espada de ouro da polícia de Osaka. Podia estar no Japão ou nos Estados Unidos. Talvez guardada no centro de pesquisa, a poucos metros da mesa dele.

Lawrence Takawa teve vontade de pegar o carro e voltar para o centro. Controlou suas emoções e desligou o computador. A primeira vez que Kennard Nash explicou para ele a filosofia do Panóptico virtual, aquilo não passou de teoria filosófica mesmo, mas agora ele estava vivendo concretamente dentro da prisão invisível. E, dali a uma ou duas gerações, todo cidadão do mundo industrializado teria de chegar à mesma conclusão: de que estava sendo rastreado e monitorado pela Imensa Máquina.

Estou sozinho, pensou Lawrence. Sim. Completamente sozinho. Mas adotou uma nova máscara para parecer alerta, diligente e pronto para obedecer.

35

O dr. Richardson às vezes tinha a sensação de que sua antiga vida havia desaparecido por completo. Sonhava em retornar para New Haven como o fantasma do livro *Canção de Natal* de Dickens, parado na rua, na escuridão gelada, enquanto seus ex-amigos e colegas davam risada e bebiam vinho dentro da casa dele.

Era claro que nunca devia ter concordado em ficar morando no complexo de pesquisa no município de Westchester. Tinha pensado que ia levar semanas para tratar da partida de Yale, mas a Fundação Sempre-Verde parecia ter um poder extraordinário na universidade. O diretor da Faculdade de Medicina de Yale tinha pessoalmente concordado com a licença de Richardson, recebendo salário integral, e depois perguntado se a fundação estaria interessada em patrocinar o novo laboratório de pesquisa genética. Lawrence Takawa contratou um neurologista da Universidade de Colúmbia, que aceitou ir para lá de carro toda terça e quinta-feira para dar aula para as turmas de Richardson. Cinco dias depois da entrevista com o general Nash, dois seguranças apareceram na casa dele, ajudaram o médico a fazer as malas e o levaram para o complexo.

Seu novo mundo era confortável, mas muito restrito. Lawrence Takawa dera para o dr. Richardson uma identidade eletrônica para prender com clipe na roupa, chamada de Elo Protetor, e isso determinava o acesso a várias partes da instalação. Richardson podia trabalhar na biblioteca e no centro administrativo, mas o

O PEREGRINO

Elo Protetor impedia que entrasse na área do computador e no prédio de pesquisa genética. Até a experiência começar, ele também não teve acesso ao cubo branco sem janelas no meio do quadrilátero, que a equipe chamava de "Túmulo".

Na primeira semana no centro de pesquisa, ele trabalhou no porão da biblioteca praticando suas habilidades de cirurgião no cérebro de cães e de chimpanzés e também de um cadáver gordo de barba branca que a equipe batizara de Kris Kringle. Agora que os fios revestidos de teflon estavam inseridos no cérebro de Michael Corrigan, Richardson passava a maior parte do tempo no seu quarto residencial no centro administrativo ou num cubículo da biblioteca.

O Livro Verde apresentava um resumo da extensa pesquisa neurológica feita com os Peregrinos. Nenhum relatório havia sido publicado e linhas pretas grossas escondiam os nomes das diversas equipes de pesquisa. Os cientistas chineses usaram tortura nos Peregrinos tibetanos. As notas de rodapé descreviam tratamentos de choque químico e elétrico. Se um Peregrino morria durante uma sessão de tortura, punham um discreto asterisco ao lado do número do processo daquele Peregrino.

O dr. Richardson achava que compreendia as características-chave da atividade cerebral de um Peregrino. O sistema nervoso produzia uma descarga elétrica suave. Quando o Peregrino estava passando para um estado de transe, a descarga ficava mais forte e apresentava um padrão bem distinto de pulsações. Subitamente parecia que tudo se desligava no cérebro. As atividades cardiovascular e respiratória eram mínimas. A não ser por um nível baixo de reação da *medulla oblongata*, o paciente tinha tecnicamente morte cerebral. Era nesse momento que a energia neurológica do Peregrino estava em outra dimensão, em outro Mundo.

A maioria dos Peregrinos apresentava um vínculo genético com o pai ou a mãe ou algum parente com o mesmo poder, mas nem sempre isso acontecia. Um Peregrino podia aparecer no meio da China rural, de uma família de camponeses que jamais viajara para outra dimensão. Uma equipe de pesquisa da Universidade de Utah estava naquele momento preparando um banco de dados secreto da genealogia de todos os Peregrinos conhecidos e seus ancestrais.

O dr. Richardson não tinha certeza de quais informações eram restritas e quais podiam ser reveladas para o resto da equipe. Seu anestesista, o dr. Lau, e a enfermeira, srta. Yang, tinham sido trazidos diretamente de Taiwan para a experiência. Quando os três almoçavam juntos na cantina, conversavam sobre questões práticas ou sobre a paixão da srta. Yang por musicais americanos antigos.

Richardson não tinha vontade de conversar sobre *A noviça rebelde* ou sobre *Oklahoma*. Estava preocupado com o possível fracasso da experiência. Não havia nenhum Desbravador do Caminho para orientar Michael e sua equipe não recebera nenhuma droga especial capaz de fazer com que a Luz saísse do corpo do Peregrino. O neurologista fez um pedido por e-mail de informação neurológica de outras equipes de pesquisa da instalação. Doze horas depois recebeu um relatório do laboratório do prédio de pesquisa genética.

Esse relatório descrevia uma experiência de regeneração celular. Richardson estudara esse conceito muitos anos antes, em seu curso de biologia na faculdade. Ele e o parceiro de laboratório cortaram um platelminto em doze partes separadas. Algumas semanas depois havia doze versões idênticas da criatura original. Certos anfíbios, como as salamandras, podiam perder uma perna e nascia outra. A Agência de Projetos de Pesquisa do Departamento de Defesa dos Estados Unidos gastou milhões de dólares em experiências de regeneração com mamíferos. O Departamento de Defesa dizia que queria criar novos dedos e braços para os veteranos mutilados, mas corriam boatos sobre tentativas mais ambiciosas de regeneração. Um cientista do governo disse para um painel de congressistas que o soldado americano do futuro seria capaz de curar sozinho um ferimento grave a bala e continuar lutando.

A Fundação Sempre-Verde tinha avançado muito mais em relação às pesquisas iniciais de regeneração. O relatório do laboratório descrevia um animal híbrido que chamavam de "sobreposto" que era capaz de estancar a hemorragia de um ferimento sério em um ou dois minutos e que regenerava um nervo seccionado da espinha em menos de uma semana. Nunca explicaram como esses cientistas chegaram a esses resultados. Richardson estava lendo o relatório pela segunda vez quando, de repente, Lawrence Takawa apareceu na biblioteca.

— Soubemos que o senhor recebeu informação não autorizada da nossa equipe de pesquisa genética.

— Ainda bem que isso aconteceu — disse Richardson. — Esses dados experimentais são muito promissores. Sabe o nome dos cientistas?

Em vez de responder à pergunta, Lawrence pegou o telefone celular e discou um número.

— Mande alguém aqui para a biblioteca, por favor — disse ele. — Obrigado.

— O que está havendo?

— A Fundação Sempre-Verde ainda não está preparada para publicar suas descobertas. Se mencionar esse relatório para qualquer pessoa, o sr. Boone vai considerar isso uma violação da segurança.

Um guarda da segurança entrou na biblioteca e Richardson ficou nauseado na mesma hora. Lawrence permaneceu parado ao lado do cubículo com uma expressão neutra.

— O dr. Richardson precisa trocar o computador dele — anunciou Lawrence como se a máquina tivesse enguiçado.

Na mesma hora, o guarda desligou o computador e o levou para fora da biblioteca. Lawrence olhou para o relógio.

— É quase uma hora, doutor. Por que o senhor não vai almoçar?

Richardson pediu um sanduíche de salada de frango e uma caneca de sopa de cevada, mas estava tenso demais para terminar a refeição. Quando voltou para a biblioteca, já tinham instalado um novo computador no seu cubículo. O relatório do laboratório não estava no novo disco rígido, mas a equipe de informática da fundação havia baixado um sofisticado simulador de jogo de xadrez.

O neurologista procurou não pensar nas conseqüências negativas, mas era difícil controlar seus pensamentos. Ficou jogando xadrez até o fim do dia, muito nervoso.

Uma noite, depois do jantar, Richardson ficou na cantina dos funcionários. Tentou ler um artigo do *New York Times* sobre o que chamavam de Nova Espiritualidade, enquanto uma equipe de jovens programadores de computador sentada a uma mesa próxima fazia piadas em voz alta sobre um videogame pornográfico.

Alguém tocou no ombro dele e o médico viu Lawrence Takawa com Nathan Boone. Richardson não via o homem da segurança havia algumas semanas e já pensava que o medo que sentia era uma reação irracional. Mas com Boone ali, olhando fixo para ele, o medo voltou. Havia algo naquele homem que era muito assustador.

— Tenho uma ótima notícia — disse Lawrence. — Um dos nossos contatos acabou de informar sobre uma droga que andamos investigando, chamada 3B3. Achamos que ela pode ajudar Michael Corrigan a fazer a travessia.

— Quem desenvolveu essa droga?

Lawrence levantou os ombros, como se isso não fosse importante.

— Nós não sabemos.

— Posso ler os relatórios do laboratório?

— Não há relatórios.

— Quando vou receber essa droga?

— O senhor vem comigo — disse Boone. — Vamos procurá-la juntos. Se descobrirmos a origem dela, o senhor terá de fazer uma rápida avaliação.

Os dois homens foram embora imediatamente, para Manhattan, na caminhonete de Boone. Ele estava com o telefone conectado a

O PEREGRINO

fones de ouvido e atendeu a uma série de ligações, sem dizer nada de específico nem o nome de qualquer pessoa. Ouvindo comentários ao acaso, Richardson concluiu que os homens de Boone estavam procurando alguém na Califórnia que tinha uma guarda-costas muito perigosa.

– Se a encontrar, cuidado com as mãos dela e não deixe que chegue perto – disse Boone para alguém. – Eu diria que o perímetro de segurança deve ficar em torno de dois metros e meio.

Uma longa pausa e Boone recebeu mais informações.

– Acho que a irlandesa não está nos Estados Unidos – disse ele. – Minhas fontes na Europa disseram que ela sumiu completamente do mapa. Se a vir, reaja de modo extremo. Ela não se sujeita a nada. Altamente perigosa. Sabe o que aconteceu na Sicília? Sabe? Bem, não esqueça.

Boone desligou o telefone e se concentrou na rua. A luz do painel de instrumentos do carro refletia nas lentes dos óculos dele.

– Dr. Richardson, eu soube que o senhor teve acesso à informação confidencial da equipe de pesquisa genética.

– Foi só um acidente, sr. Boone. Eu não tive a intenção de...

– Mas o senhor não viu nada.

– Infelizmente vi, mas...

Boone olhou furioso para Richardson como se o neurologista fosse uma criança teimosa.

– O senhor não viu nada – repetiu ele.

– É. Não vi.

– Ótimo. – Boone passou para a pista da direita e pegou a saída para a cidade de Nova York. – Então não tem problema.

Eram cerca de dez horas da noite quando chegaram a Manhattan. O dr. Richardson viu pela janela do carro um mendigo vasculhando uma lata de lixo e um grupo de moças dando risada, saindo de um restaurante. Depois do ambiente calmo do centro de pesquisa, Nova York parecia barulhenta e descontrolada. Tinha realmente visitado aquela cidade com sua ex-mulher, ido ao teatro e a restaurantes? Boone conduziu-os para a zona leste e estacionou a caminhonete na rua Vinte e Oito. Desceram do carro e foram caminhando na direção das torres escuras do Hospital Bellevue.

– O que viemos fazer aqui? – perguntou Richardson.

– Vamos encontrar um amigo da Fundação Sempre-Verde. – Boone examinou Richardson rapidamente. – Esta noite vai descobrir quantos novos amigos o senhor tem neste mundo.

Boone entregou um cartão de visita para a mulher entediada à mesa da recepção e ela permitiu que os dois pegassem o elevador para a ala psiquiátrica. No sexto andar, havia um guarda uniformizado do hospital sentado dentro de uma guarita de vidro. Ele não pareceu surpreso quando Boone tirou uma pistola automática do coldre pendurado no ombro e pôs a arma num pequeno armário cinza. Entraram na ala da psiquiatria. Um hispânico baixo de jaleco branco esperava por eles. Ele sorriu e estendeu as duas mãos, como se tivessem acabado de chegar para uma festa de aniversário.

– Boa-noite, cavalheiros. Qual dos dois é o dr. Richardson?

– Sou eu.

– É um prazer conhecê-lo. Eu sou o dr. Raymond Flores. A Fundação Sempre-Verde avisou que vocês vinham esta noite.

O dr. Flores acompanhou-os pelo corredor. Apesar de já ser bem tarde, havia alguns pacientes de pijama verde de algodão e roupão de banho andando por lá. Todos estavam dopados e se moviam lentamente. Tinham o olhar vazio e seus chinelos sibilavam raspando no chão de cerâmica.

– Então o senhor trabalha para a fundação? – perguntou Flores.

– Trabalho. Sou encarregado de um projeto especial – disse Richardson.

O dr. Flores passou por vários quartos de pacientes e parou diante de uma porta trancada.

– Alguém da fundação chamado Takawa me pediu para procurar pacientes admitidos aqui sob a influência dessa nova droga de

O PEREGRINO

rua, o 3B3. Ninguém fez uma análise química ainda, mas parece ser um alucinógeno muito potente. As pessoas que consomem essa droga pensam que têm visões de outros mundos.

Flores destrancou a porta e eles entraram numa cela de detenção que fedia a vômito e a urina. A luz provinha de uma única lâmpada protegida por uma grade de arame. Um rapaz enrolado numa camisa-de-força de lona estava deitado no piso de cerâmica verde. Tinha a cabeça raspada, mas uma leve penugem de cabelo louro já começava a despontar.

O paciente abriu os olhos e sorriu para os três homens parados em volta dele.

— Olá, pessoal. Por que não tiram seus cérebros e ficam à vontade?

O dr. Flores alisou as lapelas do jaleco e deu um sorriso simpático.

— Terry, esses cavalheiros querem conhecer o 3B3.

Terry piscou duas vezes e Richardson ficou imaginando se ele ia mesmo falar qualquer coisa. Subitamente o homem começou a rastejar pelo chão, empurrando com as pernas, até se erguer contra a parede e se sentar.

— Não é exatamente uma droga. É uma revelação.

— E é para injetar, fumar, inalar ou engolir? — A voz de Boone era calma e deliberadamente neutra.

— É um líquido, azul-claro, como um céu de verão. — Terry fechou os olhos por alguns segundos, depois abriu de novo. — Eu engoli no clube e saí desse corpo, voei, passei por água e fogo e cheguei a uma linda floresta. Mas só consegui ficar lá poucos segundos.

— Ele parecia desapontado. — O jaguar tinha olhos verdes.

Dr. Flores olhou para Richardson.

— Ele já contou essa história várias vezes e sempre termina falando do jaguar.

— E onde posso encontrar o 3B3? — perguntou Richardson.

Terry fechou os olhos de novo e sorriu tranqüilamente.

— Sabem qual o preço de uma dose dessa? Trezentos e trinta e três dólares. Ele diz que é um número mágico.
— E quem está recebendo esse dinheiro todo? — perguntou Boone.
— Pius Romero. Está sempre no Chan Chan Room.
— É uma danceteria no centro da cidade — explicou dr. Flores. — Já tivemos alguns pacientes com overdose vindos de lá.
— Esse mundo é pequeno demais — sussurrou Terry. — Vocês sabiam disso? É uma bolinha de gude jogada num lago.
Seguiram Flores de volta para o corredor. Boone se afastou dos dois médicos e ligou imediatamente para alguém pelo seu celular.
— Já examinou outros pacientes que usaram essa droga? — perguntou Richardson.
— Esse é o quarto que admitimos nos últimos dois meses. Nós damos uma combinação de Fontex e Valdov para eles por alguns dias até ficarem catatônicos, então diminuímos a dose e os trazemos de volta à realidade. Depois de algum tempo, o jaguar desaparece.

Boone foi com Richardson para a caminhonete. Recebeu mais duas ligações, disse "sim" para as duas pessoas e desligou o celular.
— O que vamos fazer? — perguntou Richardson.
— A próxima parada é no Chan Chan Room.
Havia limusines e carros de luxo pretos estacionados em fila dupla na frente do clube na rua Cinqüenta e Três. Contida por uma corda de veludo, a multidão aguardava para ser revistada com detectores de metal portáteis. As mulheres na fila usavam vestidos curtos ou saias transparentes com fendas do lado.
Boone passou pelo meio daquela gente toda e parou ao lado de um sedã estacionado no meio do quarteirão. Dois homens desceram do carro e chegaram até a janela de Boone. Um deles era um afro-americano baixo que vestia um paletó de camurça caro. Seu parceiro era branco e do tamanho de um atacante de futebol

americano. Usava uma jaqueta do exército e parecia estar com vontade de levantar alguns pedestres e jogá-los no meio da rua.

O homem negro deu um sorriso largo.

— Oi, Boone. Há quanto tempo. — Ele inclinou a cabeça para o dr. Richardson. — Quem é seu novo amigo?

— Dr. Richardson, esse é o detetive Mitchell e seu parceiro, detetive Krause.

— Já conversamos com os leões-de-chácara da boate. — A voz de Krause era profunda, parecia um rosnado. — Eles disseram que esse cara Romero chegou há uma hora.

— Vocês dois vão pela porta de emergência — disse Mitchell. — Nós vamos trazê-lo para fora.

Boone fechou a janela e seguiu rua abaixo. Estacionaram a duas quadras da danceteria. Boone enfiou a mão embaixo do banco da frente e pegou uma luva preta de couro.

— Venha comigo, doutor. O sr. Romero pode ter alguma informação para dar.

Richardson seguiu Boone por um beco até a saída dos fundos do Chan Chan Room. Uma música ritmada, com batida forte, atravessava a porta corta-fogo de aço. Poucos minutos depois, a porta se abriu e o detetive Krause jogou um porto-riquenho franzino no asfalto. Ainda animado, o detetive Mitchell foi andando lentamente até onde o homem estava e deu-lhe um chute na barriga.

— Cavalheiros, apresento-lhes Pius Romero. Ele estava sentado na sala VIP bebendo um coquetel com um pequeno guarda-chuva. Ora, isso não é justo, não é? Krause e eu nunca fomos convidados para a sala VIP.

Pius Romero continuou caído na rua, sem conseguir respirar direito. Boone pegou a luva preta de couro. Olhou para Romero como se o rapaz fosse uma caixa de papelão vazia.

— Ouça com atenção, Pius. Não estamos aqui para prendê-lo, mas eu quero algumas informações. Se você mentir, meus amigos vão te pegar e te arrebentar. Está entendendo? Mostre que você entendeu.

Pius se sentou e pôs a mão no cotovelo arranhado.

— Eu não estou fazendo nada de errado.

— Quem fornece 3B3 para você?

O nome da droga fez o homenzinho endireitar um pouco as costas.

— Nunca ouvi falar.

— Você vendeu para algumas pessoas. Quem foi que vendeu para você?

Pius ficou de pé com certa dificuldade e tentou fugir correndo, mas Boone o agarrou. Jogou o traficante contra a parede e começou a estapeá-lo com a mão direita. A luva de couro estalava toda vez que atingia o rosto de Romero. Escorria sangue do nariz e da boca do homem.

O dr. Richardson sabia que aquela violência era real — muito real — mas não se sentia ligado ao que estava acontecendo. Era como se estivesse um passo atrás do que ocorria, vendo um filme numa tela de televisão. Enquanto a pancadaria continuava, ele olhou bem para os dois detetives.

Mitchell sorria e Krause balançava a cabeça como um fã de basquete que acabava de ver uma cesta perfeita de três pontos.

A voz de Nathan Boone soava calma e racional.

— Já quebrei o seu nariz, Pius. Agora vou socar para cima e estilhaçar os ossos nasais embaixo dos seus olhos. Esses ossos nunca mais vão se recompor direito. Não como uma perna ou um braço. Você vai sentir dor o resto da vida.

Pius Romero levantou a mão como criança.

— O que você quer? — Ele gemeu. — Nomes? Eu dou os nomes. Digo tudo...

Por volta de duas horas da manhã, eles encontraram o endereço perto do aeroporto JFK em Jamaica, Queens. O homem que

O PEREGRINO

fabricava o 3B3 morava numa casa branca de tábuas com cadeiras de jardim de alumínio acorrentadas à varanda. Era um bairro calmo, de operários, o tipo de lugar em que as pessoas varriam as calçadas e punham estátuas de concreto da Virgem Maria nos minúsculos gramados do jardim. Boone estacionou a caminhonete e disse para o dr. Richardson descer. Foram andando até o carro dos detetives.

– Quer ajuda? – perguntou Mitchell.
– Fiquem aqui. O dr. Richardson e eu vamos entrar. Se houver problema, chamo vocês com o meu celular.

A sensação de desligamento que protegera Richardson quando Boone espancava Pius Romero havia desaparecido na viagem para o Queens. O neurologista estava cansado e assustado. Queria fugir dos três homens, mas sabia que seria inútil.

Tremendo de frio, seguiu Boone até o outro lado da rua.
– O que vai fazer? – perguntou.

Boone parou na calçada e olhou para a luz que saía de uma janela no terceiro andar.
– Eu não sei. Primeiro, tenho de avaliar o problema.
– Eu não gosto de violência, sr. Boone.
– E eu também não.
– O senhor quase matou o rapaz.
– Nem cheguei perto disso. – Nuvens de fumaça branca saíam da boca de Boone quando ele falava. – O senhor precisa estudar um pouco de história, doutor. Todas as grandes mudanças tiveram como base o sofrimento e a destruição.

Os dois homens entraram pelo caminho que dava na porta dos fundos da casa. Boone encostou a ponta dos dedos no batente e na fechadura da porta. De repente, deu um passo para trás e chutou logo acima da maçaneta. Ouviram um estalo e a porta se abriu. Richardson entrou atrás de Boone.

A casa estava muito quente e tinha um cheiro acre horrível, como se alguém tivesse quebrado uma garrafa de amônia. Eles passaram pela cozinha escura e Richardson pisou acidentalmente num pote de água. Havia criaturas se movendo pela cozinha e sobre os aparadores. Boone acendeu a luz do teto.

– Malditos gatos – disse Boone. – Não se pode ensinar nada a eles.

Havia quatro gatos na cozinha e mais dois no corredor. Eles se moviam silenciosamente nas patas macias e a camada interna dos seus olhos refletia a pouca luz e ficava dourada, cor-de-rosa e verde escuro. Suas caudas se curvavam para cima como pontos de interrogação e seus bigodes provavam o ar.

– Tem uma luz acesa no andar de cima – sussurrou Boone. – Vamos ver quem está em casa.

Subiram a escada de madeira até o terceiro andar em fila indiana. Boone abriu a porta e entraram num sótão que tinha sido transformado em laboratório. Mesas e recipientes de vidro. Um espectrógrafo. Microscópios e um bico de Bunsen.

Havia um velho sentado numa cadeira de vime com um gato persa branco no colo. Estava bem barbeado e bem-vestido, e usava óculos bifocais na ponta do nariz. Não demonstrou surpresa com a intromissão.

– Boa-noite, cavalheiros – disse o homem com muita precisão, pronunciando claramente cada sílaba. – Eu sabia que vocês iam acabar aparecendo. Na verdade, até previ isso. A terceira lei do movimento de Newton afirma que a toda ação corresponde uma reação idêntica, no sentido contrário.

Boone não tirava os olhos do velho, como se ele fosse sair correndo.

– Eu sou Nathan Boone. Como é o seu nome?

– Lundquist. Dr. Jonathan Lundquist. Se vocês são da polícia, podem sair agora mesmo. Não fiz nada ilegal. Não existe nenhuma lei contra o 3B3 porque o governo nem sabe que ele existe.

Um gato malhado quis se esfregar na perna de Boone, mas ele chutou o animal para longe.

– Não somos da polícia.

O dr. Lundquist manifestou surpresa.

O PEREGRINO

— Então devem ser... sim, é claro... vocês trabalham para a Irmandade.

Boone parecia prestes a calçar a luva de couro preto para quebrar o nariz do velho. Richardson balançou a cabeça discretamente. Não havia necessidade. Ele foi até o homem e se sentou numa cadeira dobrável.

— Eu sou o dr. Phillip Richardson, neurologista e pesquisador da Universidade de Yale.

Lundquist ficou aparentemente satisfeito de conhecer outro cientista.

— Que agora está trabalhando para a Fundação Sempre-Verde.

— É. Num projeto especial.

— Muitos anos atrás eu me candidatei a uma bolsa da fundação, mas eles nunca responderam à minha carta. Isso foi antes de eu saber sobre os Peregrinos em sites de renegados na internet. — Lundquist riu baixinho. — E achei melhor trabalhar por conta própria. Sem formulários para preencher. Sem ninguém me vigiando.

— O senhor estava tentando reproduzir a experiência dos Peregrinos?

— É muito mais que isso, doutor. Eu estava tentando responder a algumas perguntas fundamentais. — Lundquist parou de alisar o pêlo do gato persa e o bicho pulou do colo dele. — Alguns anos atrás, eu estava em Princeton, lecionando química orgânica... — Ele olhou para Richardson. — Eu tinha uma carreira respeitável, mas nada espalhafatosa. Sempre me interessei pelo quadro geral. Não apenas química, mas todas as áreas da ciência. Então, uma tarde, fui assistir a um seminário no departamento de física sobre algo chamado teoria Brane.

"Os físicos têm um problema sério hoje em dia. Os conceitos que explicam o universo, como a teoria da relatividade de Einstein, não são compatíveis com o mundo subatômico da mecânica quântica. Alguns físicos contornaram essa contradição com a teoria da corda, a idéia de que tudo é composto de objetos subatômicos minúsculos que vibram no espaço multidimensional. A matemática faz sentido, mas as ligações dessa corda condutora são tão diminutas que não se pode provar grande coisa através de experiências.

"A teoria Brane é uma ampliação disso e procura dar uma explicação cosmológica. 'Brane' é a abreviação de '*membrane*', membrana. Os teóricos acreditam que o nosso universo perceptível fica confinado em uma espécie de membrana de espaço e tempo. A analogia mais comum é que a nossa galáxia é como espuma num lago – uma camada fina de existência flutuando numa massa muito maior de alguma coisa. Toda matéria, incluindo o nosso corpo, está presa na nossa brane, mas a gravidade pode escapar para a massa ou influenciar sutilmente nosso fenômeno físico. Outras branes, outras dimensões, outros mundos ou reinos, use a palavra que preferir, podem estar muito perto de nós, mas nós não nos damos conta deles. Isso porque nem a luz, nem o som, nem a radioatividade podem se libertar da sua própria dimensão."

Um gato preto se aproximou de Lundquist e ele coçou atrás da orelha do animal.

– Essa é a teoria pelo menos, de forma bem simplificada. E eu estava com essa teoria na cabeça quando fui assistir a essa palestra em Nova York, dada por um monge do Tibete. Eu estava lá sentado, ouvindo o monge falar dos seis diferentes reinos ou mundos da cosmologia budista, e percebi que ele descrevia os branes, as diferentes dimensões e as barreiras que as separam. Mas há uma diferença crucial: meus companheiros em Princeton não conseguem conceber a ida para esses planos diferentes. Para um Peregrino isso é possível. O corpo não pode, mas a Luz interior pode.

Lundquist reclinou na cadeira e sorriu para os visitantes.

– Essa ligação entre a espiritualidade e a física fez com que eu passasse a encarar a ciência de um jeito novo. Neste momento, nós estamos esmagando átomos e desmembrando cromossomos. Vamos ao fundo do oceano e vislumbramos o espaço. Mas não estamos investigando de fato a região dentro do nosso crânio, exceto de forma bem superficial. As pessoas usam máquinas de ressonância magnética e de tomografia computadorizada para ver o cérebro, mas é tudo muito pequeno e fisiológico. Ninguém parece entender como a consciência é imensa. Ela nos associa ao resto do universo.

Richardson olhou em volta e viu um gato listrado sentado em cima de uma pasta de couro cheia de folhas de papel manchado. Procurou não assustar Lundquist, se levantou devagar e deu alguns passos na direção da mesa.

— Então o senhor iniciou sua experiência?

— Sim. Primeiro, na Princeton. Depois, eu me aposentei e me mudei para cá para economizar dinheiro. Lembre que sou químico, não físico. Por isso resolvi pesquisar uma substância que libertaria nossa Luz do nosso corpo.

— E chegou a uma fórmula...

— Não é uma receita de bolo. — Lundquist parecia irritado. — O 3B3 é uma coisa viva. Uma nova cepa de bactéria. Quando engolimos a solução, ela é absorvida pelo nosso sistema nervoso.

— Parece perigoso.

— Eu já tomei dezenas de vezes. E ainda consigo me lembrar de levar minhas latas de lixo para fora nas quintas-feiras e de pagar minhas contas de luz.

O gato listrado ronronou e se aproximou de Richardson, quando ele chegou à mesa.

— E o 3B3 faz com que veja mundos diferentes?

— Não. É uma experiência fracassada. Você pode tomar a quantidade que quiser, mas não vai virar um Peregrino. A viagem é muito curta, um breve contato, em vez de um verdadeiro pouso. Você fica tempo suficiente para captar uma ou duas imagens, depois tem de ir embora.

Richardson abriu a pasta e deu uma rápida olhada nos gráficos e anotações manchados.

— E se pegássemos a sua bactéria e déssemos para alguém?

— À vontade. Há um pouco na placa de Petri bem na sua frente. Mas vai perder o seu tempo. Como eu já disse, não funciona.

Por isso, comecei a dá-lo para um jovem chamado Pius Romero que costumava tirar a neve da entrada da casa. Achei que talvez houvesse algo de errado com a minha consciência. Que talvez outras pessoas pudessem tomar o 3B3 e atravessar para outro lugar. Mas o problema não era eu. Sempre que Pius volta para pegar mais, eu insisto para que me dê um relatório completo. As pessoas têm visões de outro mundo, mas não podem permanecer lá.

Richardson pegou a placa de Petri que estava em cima da mesa. Uma bactéria azul-esverdeada crescia numa curva graciosa dentro da solução de ágar.

– É isso aqui?

– Sim. A experiência malograda. Volte e diga para a Irmandade se hospedar num mosteiro. Para rezar. Meditar. Estudar a Bíblia, o Alcorão ou a Cabala. Não existe uma escapatória rápida desse nosso mundinho sem graça.

– Mas e se um Peregrino tomasse o 3B3? – perguntou Richardson. – Poderia lançá-lo em sua viagem e ele a terminaria sozinho.

O dr. Lundquist chegou para a frente e Richardson pensou que o velho ia pular da cadeira.

– Ora, essa é uma idéia interessante – disse ele. – Mas todos os Peregrinos não estão mortos? A Irmandade gastou um monte de dinheiro para dizimá-los. Mas quem sabe? Talvez possam descobrir algum escondido em Madagáscar ou em Katmandu.

– Nós encontramos um Peregrino disposto a cooperar.

– E estão usando esse Peregrino?

Richardson fez que sim com a cabeça.

– Não acredito. Por que a Irmandade está fazendo isso?

Richardson pegou a pasta e a placa de Petri.

– Essa é uma descoberta maravilhosa, dr. Lundquist. Só quero que saiba disso.

– Eu não estou em busca de elogios. Apenas uma explicação. Por que a Irmandade mudou sua estratégia?

Boone aproximou-se da mesa e falou com voz suave.

— É isso que nós viemos procurar, doutor?
— Acho que é.
— Nós não vamos voltar aqui. É melhor ter certeza.
— É tudo que precisamos. Ouça, eu não quero que nada de negativo aconteça com o dr. Lundquist.
— É claro, doutor. Compreendo como se sente. Ele não é um criminoso como Pius Romero — Boone pôs a mão suavemente no ombro de Richardson e guiou-o até a porta. — Volte para o carro e espere. Preciso explicar nossa preocupação com a segurança para o dr. Lundquist. Não vai demorar.

Richardson desceu tropeçando a escada, passou pela cozinha e saiu pela porta dos fundos. Uma lufada de ar frio fez seus olhos lacrimejarem, como se estivesse chorando. Quando parou na varanda, sentiu um cansaço tão grande que teve vontade de deitar e se encolher como uma bola. Sua vida havia mudado para sempre, mas seu corpo ainda bombeava sangue, digeria comida e respirava oxigênio. Não era mais um cientista que escrevia descobertas e sonhava com o Prêmio Nobel. De alguma forma, ele tinha diminuído, era quase insignificante, um pedacinho minúsculo de um mecanismo complexo.

Ainda segurando a placa de Petri, Richardson foi arrastando os pés até a calçada. E parece que a conversa de Boone com o dr. Lundquist não demorou muito. Boone alcançou o neurologista antes dele chegar ao carro.

— Está tudo bem? — perguntou Richardson.
— Claro que sim — disse Boone. — Eu sabia que não haveria problema. Às vezes é melhor ser claro e direto. Sem palavras a mais. Nada de falsa diplomacia. Eu me expressei com firmeza e obtive uma reação positiva.

Boone abriu a porta do carro e fez uma mesura debochada como um motorista insolente.

— O senhor deve estar cansado, dr. Richardson. A noite foi muito longa. Vou levá-lo de volta para o centro de pesquisa.

36

Hollis passou de carro na frente do apartamento de Michael Corrigan às nove horas da manhã, às duas da tarde e às sete da noite. À procura de mercenários da Tábula em carros parados ou nos bancos das praças, homens fingindo ser da companhia de eletricidade ou funcionários da prefeitura. Depois de cada passada, ele estacionava diante de um salão de cabeleireiro e escrevia tudo que tinha visto. *Uma senhora idosa empurrando um carrinho de supermercado. Homem de barba pondo uma cadeirinha de criança no carro.* Quando voltava ao local cinco horas depois, comparava suas anotações e não via nenhuma semelhança. Isso significava apenas que a Tábula não estava vigiando a entrada do prédio. Podiam estar no apartamento vizinho ao de Michael.

Ele imaginou um plano depois de dar sua aula noturna de capoeira. No dia seguinte, vestiu um macacão de brim azul e pegou o esfregão e o balde com rodinhas que usava quando lavava o chão da academia. O complexo de prédios onde ficava o apartamento de Michael ocupava um quarteirão inteiro do Wilshire Boulevard perto da Barrington. Havia três prédios bem altos, uma estrutura de quatro andares que servia de garagem e um grande pátio interno com uma piscina e quadras de tênis.

Seja objetivo, pensou Hollis. Você não vai querer enfrentar a Tábula, apenas brincar com a cabeça deles. Estacionou o carro a dois quarteirões da entrada, encheu o balde com rodinhas de água

O PEREGRINO

e sabão que derramou de dois garrafões de plástico, pôs o esfregão na água e foi empurrando tudo pela calçada. Quando se aproximou da entrada do condomínio, procurou raciocinar como um faxineiro, tentou desempenhar o papel.

Duas senhoras saíam do prédio, quando Hollis chegou.

— Estava limpando a calçada. Agora alguém sujou um dos corredores de novo — ele disse para elas.

— Ah, estão sempre fazendo isso — disse uma das mulheres.

A amiga segurou a porta para Hollis poder entrar na portaria com seu balde.

Hollis meneou a cabeça e sorriu e as duas senhoras foram embora. Esperou alguns segundos e então foi para os elevadores. Quando chegou o próximo elevador, ele empurrou o balde para dentro e subiu até o oitavo andar. O apartamento de Michael Corrigan ficava no fim do corredor.

Se os mercenários da Tábula estivessem escondidos no apartamento em frente, espiando pelo olho mágico, ele teria de começar logo a mentir. O sr. Corrigan me paga para fazer a faxina do apartamento dele. Sim, senhor. Faço isso uma vez por semana. O sr. Corrigan viajou? Eu não sabia disso, senhor. Ele não me paga há um mês.

Com a chave que Gabriel dera para ele, Hollis destrancou a porta e entrou. Estava bem alerta, pronto para se defender de um ataque, mas ninguém apareceu. O apartamento tinha um cheiro abafado e poeirento. Um exemplar do *Wall Street Journal* de duas semanas antes ainda estava em cima da mesa de centro. Hollis deixou o balde e o esfregão perto da porta e foi rapidamente para o quarto de Michael. Encontrou o telefone, tirou um pequeno gravador do bolso e discou o número da casa de Maggie Resnick. Ela não estava, mas Hollis não queria mesmo falar com ela. Ele tinha certeza de que a Tábula estava monitorando as linhas telefônicas. Quando a secretária eletrônica de Maggie foi acionada, Hollis ligou o gravador e segurou perto do fone.

— Oi, Maggie. Aqui é o Gabe. Vou sair de Los Angeles e me esconder em algum lugar. Obrigado por tudo. Tchau.

Hollis desligou o gravador, o telefone e saiu às pressas do apartamento. Sentiu-se tenso empurrando o balde pelo corredor, mas o elevador chegou logo e ele entrou. Tudo bem, pensou. Foi bem fácil. Não esqueça que você continua sendo o faxineiro.

O elevador chegou ao térreo, Hollis empurrou o balde para fora e cumprimentou um casal jovem com um cocker spaniel. A porta de entrada se abriu e três mercenários da Tábula entraram correndo na portaria. Pareciam policiais fazendo aquele serviço por dinheiro. Um deles usava um paletó de brim e os dois companheiros dele trajavam roupas de pintor de paredes. Os pintores de parede seguravam toalhas e panos de chão que escondiam suas mãos.

Hollis ignorou os mercenários que passaram apressados por ele. Estava a um metro e meio da porta, quando um senhor latino abriu a porta que dava para a área da piscina.

— Ei, o que está havendo? — ele perguntou para Hollis.

— Alguém quebrou uma garrafa de suco de uva no quinto andar. Eu acabei de limpar.

— Não vi isso no relatório da manhã.

— Acabou de acontecer. — Hollis estava na porta, quase alcançando a maçaneta.

— Além do mais, isso não é função do Freddy? Para quem você trabalha?

— Eu fui contratado pela...

Mas antes de Hollis poder terminar a frase sentiu um movimento às suas costas. E então encostaram a ponta do cano de uma arma na base da sua espinha.

— Ele trabalha para nós — disse um dos homens.

— Isso mesmo — disse o outro homem. — E ainda não terminou.

Os dois homens vestidos de pintores de parede ladeavam Hollis. Fizeram Hollis dar meia-volta e o levaram de novo para o elevador. O homem de paletó de brim azul conversava com o encarregado, mostrava uma carta que descrevia algum tipo de permissão oficial.

– O que está acontecendo? – Hollis procurou parecer surpreso e assustado.

– Não diga nada – sussurrou o homem mais forte. – Cale a boca.

Hollis e os dois pintores entraram no elevador. Logo antes de a porta fechar, Paletó de Brim entrou e apertou o botão do oitavo andar.

– Quem é você? – perguntou Brim.

– Tom Jackson. Sou o faxineiro aqui.

– Não enrola – disse o pintor mais baixo, o que segurava a arma. – Aquele cara lá não sabia quem você era.

– Acabei de ser contratado, há dois dias.

– Qual é o nome da firma que contratou você? – perguntou Brim.

– Foi o sr. Regal.

– Perguntei o nome da firma.

Hollis mudou de posição discretamente e se afastou do cano da arma.

– Sinto muito, senhor. Sinto mesmo. Mas só sei que quem me contratou foi o sr. Regal e me mandaram...

Ele virou de lado, agarrou o pulso do atirador e o empurrou para fora. Com a mão direita, socou o pomo-de-adão dele. A arma disparou com um estampido altíssimo naquele espaço reduzido e a bala atingiu o outro pintor. Ele berrou, Hollis rodopiou e deu uma cotovelada na boca de Brim. Hollis torceu o braço do atirador para baixo e o mercenário da Tábula deixou a pistola cair.

Virar. Atacar. Girar e socar novamente. Em poucos segundos, os três homens estavam caídos no chão. A porta abriu. Hollis apertou o botão vermelho para fazer o elevador parar e desceu. Saiu correndo pelo corredor, encontrou a saída de emergência e desceu as escadas pulando os degraus de dois em dois.

37

Quando era menino e vivia na estrada, Michael tinha uma reação automática às loucas histórias da mãe e aos planos impraticáveis de Gabriel para ganhar dinheiro. *É hora de ir para a Cidade Real*, ele dizia para os dois, querendo dizer que alguém na família precisava ter objetividade em relação aos problemas. Michael se considerava o prefeito da Cidade Real. Podia não ser um lugar agradável, mas pelo menos ali sabiam em que pé estavam.

Morando no centro de pesquisa, estava achando difícil ser objetivo. Não havia dúvida alguma de que era um prisioneiro. Mesmo se descobrisse um jeito de sair do quarto em que o trancavam, os guardas da segurança jamais permitiriam que passasse dos portões e pegasse um ônibus para a cidade de Nova York. Podia ter perdido a liberdade, mas esse fato não o incomodava. Pela primeira vez na vida, parecia que as pessoas dedicavam a ele respeito e deferência na medida certa.

Toda terça-feira, Michael se reunia com Kennard Nash para drinques e jantar no escritório revestido de painéis de carvalho. O general dominava a conversa, explicava os objetivos ocultos por trás do que pareciam ser acontecimentos ao acaso. Uma noite, Nash descreveu o chip RFID escondido nos passaportes americanos e mostrou fotografias de um aparelho chamado de "coador", capaz de ler passaportes a uma distância de vinte metros. Assim que propuseram essa nova tecnologia pela primeira vez, alguns

especialistas quiseram um passaporte de "contato" que precisava passar por um leitor como um cartão de crédito, mas os amigos da Irmandade na Casa Branca insistiram no chip com freqüência de rádio.
— A informação é criptografada? — perguntou Michael.
— Claro que não. Isso tornaria difícil compartilhar a tecnologia com os outros governos.
— Mas e se os terroristas usarem esses coadores?
— Certamente facilitará o trabalho deles. Digamos que um turista está passeando no mercado aberto no Cairo. Um coador poderia ler o passaporte dele, descobrir se é americano, se esteve em Israel. Quando esse americano chegasse ao fim da rua, um assassino já estaria em cima dele, saído de um vão de porta próximo.

Michael ficou algum tempo calado, analisando o sorriso afável de Nash.

— Nada disso faz sentido. O governo diz que quer nos proteger, mas está fazendo uma coisa que nos deixa ainda mais vulneráveis.

O general Nash reagiu como se seu sobrinho predileto tivesse cometido um erro inocente.

— Sim, é uma lástima. Mas temos de avaliar o peso da perda de algumas vidas contra o poder que adquirimos com essa nova tecnologia. Esse é o futuro, Michael. Ninguém pode impedir isso. Dentro de poucos anos, não serão apenas os passaportes. Todos levarão um mecanismo como o Elo Protetor e serão rastreados o tempo todo.

Foi numa dessas conversas semanais que Nash mencionou o que tinha acontecido com Gabriel. Aparentemente o irmão de Michael tinha sido capturado por uma fanática que trabalhava para um grupo terrorista cujos membros se chamavam de Arlequins. E ela havia matado algumas pessoas antes de fugir de Los Angeles.

— A minha equipe vai continuar procurando — disse Nash. — Não queremos que nenhum mal aconteça com o seu irmão.

— Avisem-me quando ele for encontrado.
— Claro. — Nash espalhou um pouco de requeijão e caviar numa torrada e acrescentou uma gota de suco de limão. — Estou mencionando isso porque os Arlequins podem estar treinando Gabriel para ele se tornar um Peregrino. Se vocês dois tiverem essa habilidade, talvez possam se encontrar em outra dimensão. Você terá de perguntar para ele a localização do seu corpo físico, Michael. De posse dessa informação, poderemos salvá-lo.
— Pode esquecer isso — disse Michael. — Gabe só iria para outro mundo se pudesse andar de motocicleta lá. Talvez os Arlequins acabem descobrindo isso e o soltem.

Na manhã em que iam começar a experiência, Michael acordou cedo e tomou uma ducha com uma touca de natação bem apertada para não molhar as placas de prata no topo da cabeça. Vestiu uma camiseta, calça com cordão na cintura e sandálias de borracha. Nada de café da manhã. O dr. Richardson achava que não seria uma boa idéia. Michael estava sentado no sofá, ouvindo música, quando Lawrence Takawa bateu de leve na porta e entrou no quarto.
— A equipe de pesquisa está pronta — disse ele. — Chegou a hora.
— E se eu resolver não fazer isso?
Lawrence pareceu surpreso.
— A escolha é sua, Michael. É óbvio que a Irmandade não ficará satisfeita com essa decisão. Eu teria de falar com o general Nash e...
— Acalme-se. Eu não mudei de idéia.
Michael cobriu a cabeça raspada com um gorro de lã e seguiu Lawrence até o corredor. Havia dois guardas lá, com suas gravatas pretas e blazers azul-marinho habituais. Formaram uma espécie de guarda de honra, um homem na frente, outro atrás. O pequeno grupo passou por uma porta que ficava trancada e chegou ao pátio.

O PEREGRINO

Michael se surpreendeu ao ver que todas as pessoas envolvidas no Projeto Travessia – secretárias, químicos e programadores de computador, tinham saído de seus postos para vê-lo entrar no prédio branco sem janelas que todos chamavam de Túmulo. A maioria da equipe não compreendia a natureza do Projeto Travessia, mas todos tinham sido informados de que esse projeto ia proteger os Estados Unidos dos seus inimigos e que Michael era uma peça importante do plano.

Ele inclinou a cabeça como um atleta cumprimentando a platéia e caminhou despreocupado pelo pátio até o Túmulo. Todos aqueles prédios tinham sido construídos e todas aquelas pessoas estavam reunidas, justamente para aquele momento. Aposto que custou muito dinheiro, ele pensou. Aposto que custou milhões. Ele se sentia como um astro de cinema numa produção caríssima que tinha apenas um papel, um único rosto na tela. Se realmente pudesse viajar para outra dimensão, eles o respeitariam. Não era por sorte que estava ali. Era um direito inato.

Abriram uma porta de aço e entraram numa sala muito ampla e escura. Uma galeria envidraçada, a cerca de seis metros acima do piso liso de concreto, se estendia por todo o perímetro das paredes do salão. A luz de painéis de controle e de monitores de computador brilhava dentro da galeria e Michael viu alguns técnicos lá em cima, olhando para ele. O ar era frio e seco e dava para ouvir um zumbido fraquinho.

Havia uma mesa cirúrgica de aço com um pequeno travesseiro no meio da sala. O dr. Richardson estava parado ao lado da mesa. A enfermeira e o dr. Lau verificavam o equipamento de monitoração e o que havia num gabinete de aço com tubos de ensaio cheios de líquidos de várias cores. Tinham posto oito fios conectados a placas prateadas com eletrodos ao lado do pequeno travesseiro branco. Cada um deles estava ligado a um cabo preto e grosso que descia da mesa e desaparecia no chão.

– Você está bem? – perguntou Lawrence.
– Até agora, sim.

Lawrence encostou de leve no braço de Michael e ficou perto da porta com os dois seguranças. Agiam como se ele fosse sair do prédio correndo, pular o muro e se esconder na floresta. Michael caminhou até o centro da sala, tirou o gorro de lã e o entregou para a enfermeira. Só de camiseta e calça de malha, deitou na mesa de barriga para cima. A sala estava fria, mas ele se sentia preparado para qualquer coisa, como um atleta antes de um jogo importante.

Richardson debruçou sobre ele e prendeu os oito fios sensores às oito placas de eletrodos no crânio. Agora o cérebro de Michael estava diretamente ligado ao computador quântico e o técnico lá em cima na galeria podia monitorar sua atividade neurológica. Richardson parecia nervoso e Michael desejou que o rosto do médico estivesse escondido atrás de uma máscara cirúrgica. Ele que se danasse. Não era o cérebro dele que estava cheio de pequenos fios de cobre. A vida é minha, pensou Michael. O risco é meu.

– Boa sorte – disse Richardson.

– Esqueça a sorte. Vamos apenas fazer isso e ver o que acontece.

O dr. Richardson concordou e pôs na cabeça um fone de ouvido para poder falar com os técnicos na galeria. Ele era o responsável pelo cérebro de Michael e o dr. Lau e a enfermeira, por todo o resto do corpo. Eles prenderam sensores ao peito e ao pescoço de Michael para poder acompanhar seus sinais vitais. A enfermeira passou anestésico tópico no braço dele e enfiou uma agulha intravenosa. A agulha era presa a um tubo plástico e uma solução salina começou a pingar na veia dele.

– Está pegando uma extensão de onda? – Richardson sussurrou ao microfone. – Ótimo. Sim. Muito bom.

– Precisamos de uma base para começar – ele disse para Michael. – Por isso vamos dar ao seu cérebro diversos tipos de estímulo. Não tem de pensar em nada. Você só vai reagir.

A enfermeira foi até o gabinete de aço e voltou trazendo os diferentes tubos de ensaio. O primeiro lote tinha gostos diferentes:

O PEREGRINO

salgado, azedo, amargo, doce. Depois, cheiros diferentes: rosa, baunilha alguma coisa que fez Michael se lembrar de borracha queimada. Richardson ficava murmurando ao microfone. Depois, pegou uma lanterna especial e acendeu luzes de várias cores diretamente nos olhos de Michael. Tocaram sons com volumes diferentes e encostaram no rosto dele uma pena, um bloco de madeira e um pedaço áspero de aço.

Satisfeito com os dados sensoriais, Richardson pediu para Michael contar em ordem decrescente, somar números e descrever o jantar que serviram para ele na véspera. Então foram para a memória mais profunda e Michael teve de contar a primeira vez que viu o mar e a primeira vez que viu uma mulher nua. Tinha um quarto só para você quando era adolescente? Como era esse quarto? Descreva os móveis e os quadros ou cartazes nas paredes.

Finalmente Richardson parou de fazer perguntas e a enfermeira pingou um pouco de água na boca do paciente.

— Muito bem — Richardson disse para os técnicos. — Acho que estamos prontos.

A enfermeira pegou no gabinete uma bolsa de transfusão cheia de uma mistura diluída da droga que chamavam de 3B3. Kennard Nash tinha chamado Michael para falar sobre a droga. Ele explicou que o 3B3 era uma bactéria especial desenvolvida na Suíça por uma equipe de cientistas de primeira linha. A droga era muito cara e difícil de fabricar, mas as toxinas criadas pela bactéria aparentemente aumentavam a energia neurológica. Quando a enfermeira levantou mais a bolsa, o líquido viscoso azul-turquesa balançou de um lado para outro.

Ela retirou a solução salina neutra, prendeu a bolsa e um fio do 3B3 correu pelo tubo plástico até a agulha no braço de Michael. Richardson e o dr. Lau ficaram olhando atentamente, como se ele fosse sair flutuando para outra dimensão.

— Como se sente? — perguntou Richardson.
— Normal. Quanto tempo leva para essa coisa fazer efeito?
— Não sabemos.

– Batimento cardíaco um pouco elevado – informou o dr. Lau. – Respiração sem alterações.

Procurando não demonstrar decepção, Michael ficou olhando para o teto alguns minutos, depois fechou os olhos. Talvez não fosse realmente um Peregrino ou talvez a nova droga não funcionasse. Todo aquele esforço e todo aquele dinheiro tinham servido para nada.

– Michael?

Ele abriu os olhos. Richardson olhava para ele. A sala continuava fria, mas o rosto do médico brilhava de suor.

– Comece a contar de trás para a frente a partir de cem.

– Nós já fizemos isso.

– Eles querem voltar para uma base neurológica.

– Desista. Isso não vai...

Michael moveu o braço esquerdo e viu algo extraordinário. Uma mão e um pulso formados por pequenos pontos de luz partindo da sua mão corpórea como um fantasma saindo de um armário trancado. Sem vida, sua mão corpórea caiu de novo na mesa e a mão fantasma continuou no ar.

Ele soube no mesmo instante que aquilo, aquela aparição, sempre foi parte dele, existia dentro do seu corpo. A mão fantasma lembrava os desenhos simples de constelações como os Gêmeos ou o Arqueiro. Sua mão era composta de estrelas minúsculas, conectadas por linhas muito finas, quase imperceptíveis, de luz. Não conseguia mover a mão fantasma como o resto do corpo. Quando pensava, mover o polegar, fechar os dedos, nada acontecia. Precisava pensar no que queria que a mão fizesse no futuro e, depois de um breve intervalo, ela reagia ao seu comando. Era complicado. Tudo acontecia com um leve atraso, como movimentos embaixo da água.

– O que acha disso? – ele perguntou para Richardson.

– Comece a contar de trás para a frente, por favor.

– O que acha da minha mão? Não vê o que está acontecendo?

Richardson balançou a cabeça.

O PEREGRINO

— Suas duas mãos estão pousadas na mesa de exame. Pode descrever o que está vendo?
Michael tinha dificuldade para falar. Não era só mover os lábios e a língua. Era o esforço estranho e laborioso de conceitualizar as idéias e encontrar palavras para elas. A mente era mais rápida do que as palavras. Muito mais rápida.
— Eu... acho... que... — Ele fez uma pausa que pareceu um tempo enorme. — Isso não é uma alucinação.
— Descreva, por favor.
— Isso sempre esteve dentro de mim.
— Descreva o que está vendo, Michael.
— Vocês... são... cegos.
A irritação de Michael aumentou, virou raiva, e ele fez força com os dois braços para se sentar na mesa. Foi como se saísse de dentro de algo velho e quebradiço, uma cápsula de vidro amarelado. Então percebeu que a parte de cima do seu corpo fantasmagórico estava na posição vertical e seu corpo de carne e osso continuava deitado. Por que eles não viam isso? Tudo era muito claro. Mas Richardson continuava a olhar fixo para o corpo na mesa, como se fosse uma equação que subitamente produzisse a própria resposta.
— Todos os sinais vitais cessaram — disse Lau. — Ele está morto ou...
— O que você está dizendo? — disse Richardson aborrecido.
— Não. O coração bate. Uma batida única. E os pulmões estão se mexendo. Ele está em algum tipo de estado latente, como alguém enterrado sob a neve. — Lau analisou a tela do monitor. — Lento. Tudo muito lento. Mas continua vivo.
O dr. Richardson se abaixou de modo que quase encostou os lábios na orelha esquerda de Michael.
— Pode me ouvir, Michael? Está...
E era tão difícil prestar atenção à voz humana, tão cheia de arrependimento, fraqueza e medo, que Michael soltou o resto do seu corpo fantasma do corpo material e flutuou acima deles. Aquela posição era meio desajeitada, como uma criança aprenden-

do a nadar. Flutuando para cima. Flutuando para baixo. Ele observava o mundo, mas estava desligado de sua comoção nervosa.

    Apesar de não poder enxergar qualquer coisa visível, sentia como se houvesse uma pequena abertura negra no chão da sala, como um ralo no fundo de uma piscina. E era puxado para baixo por uma força gentil. Não. Afaste-se disso. Ele podia resistir e ficar ali se quisesse. Mas o que haveria lá? Seria aquilo parte da transformação em Peregrino?

    O tempo passou. Poderiam ser alguns segundos ou vários minutos. Enquanto seu corpo luminoso vagava lá em cima, o poder, a força que o atraía foi crescendo e Michael começou a ficar com medo. Teve uma visão do rosto de Gabriel e sentiu uma vontade imensa de ver o irmão de novo. Deviam enfrentar aquilo juntos. Tudo era perigoso quando se estava sozinho.

    Mais perto. Muito perto agora. E ele desistiu de lutar e sentiu seu corpo fantasma se transformar num globo, num ponto, numa essência concentrada que era puxada para o buraco negro. Sem pulmões. Sem boca. Sem voz. Sumiu.

Michael abriu os olhos e se viu flutuando no meio de um mar verde-escuro. Havia três sóis pequenos acima dele em formação triangular. Brilhavam incandescentes, num céu amarelo-palha.

    Procurou ficar calmo e avaliar a situação. A água era morna e ondulava suavemente. Nenhum vento. Bateu as pernas embaixo da água e ficou subindo e descendo como uma rolha, examinando o mundo à sua volta. Viu uma linha escura e enevoada que marcava um horizonte, mas nenhum sinal de terra.

    – Olá! – gritou.

    Por um segundo, o som da própria voz transmitiu uma sensação de força e de vida. Mas a palavra desapareceu imediatamente, engolida pela expansão infinita do oceano.

    – Estou aqui! – berrou. – Aqui!

    Mas ninguém respondeu.

O PEREGRINO

Lembrou as transcrições dos interrogatórios dos Peregrinos que o dr. Richardson deixara no seu quarto. Havia quatro barreiras bloqueando o acesso aos outros mundos: água, fogo, terra e ar. Não havia uma ordem para essas barreiras e os Viajantes as encontravam de várias maneiras. Tinham de descobrir um modo de vencer cada uma delas, mas os Peregrinos usavam palavras diferentes para descrever aquela provação. Havia sempre uma porta. Uma passagem. Um Peregrino russo a chamou de *um corte de faca na longa cortina preta*.

Todos concordavam que se podia escapar para outra barreira ou de volta ao seu ponto de partida no mundo original. Mas nenhum deles deixou um manual de instruções explicando como fazer esse truque. *Você encontra um caminho*, explicou uma mulher. *Ou o caminho encontra você*. As explicações diferentes irritavam Michael. Por que não podiam dizer simplesmente, ande três metros e vire à direita. Ele queria um mapa rodoviário e não uma filosofia.

Michael praguejou em voz alta e bateu com as mãos na água, só para ouvir algum som. A água atingiu seu rosto e escorreu até a boca. Ele esperava um gosto forte, salgado, como o do mar, mas aquela água era completamente neutra, sem gosto, sem cheiro. Pegou um pouco na palma da mão e examinou bem de perto. Havia pequenas partículas suspensas no líquido. Podiam ser grãos de areia, algas ou um pó mágico. Não tinha como saber.

Será que aquilo era apenas um sonho? Será que podia realmente se afogar? Olhou para o céu e procurou lembrar as notícias de pescadores perdidos ou de turistas que caíam de navios e flutuavam no mar até ser resgatados. Quanto tempo eles sobreviviam? Três ou quatro horas? Um dia?

Enfiou a cabeça na água, subiu e cuspiu a água que tinha entrado na boca. Por que havia três sóis no céu? Será que aquele era um universo diferente, com leis diferentes para a vida e para a morte? Ele tentava pensar naquelas idéias, mas a própria situação, o fato de estar sozinho, sem terra à vista, se firmou mais no pensamento dele. Não entre em pânico, pensou. Você pode resistir muito tempo.

Michael se lembrou de antigas baladas de rock-and-roll e cantou em voz alta. Contou de trás para frente e cantarolou cantigas de ninar. Qualquer coisa para ter a sensação de que ainda estava vivo. Respire fundo. Solte todo o ar. Espadane na água. Gire. Espadane mais. Mas todas as vezes, quando parava, as pequenas ondas eram absorvidas pela quietude em volta dele. Será que estava morto? Talvez estivesse morto. Richardson podia estar se empenhando sobre seu corpo inerte naquele exato momento. Talvez estivesse quase morto e se afundasse na água, o último fragmento de vida seria arrancado do corpo dele.

Com medo, escolheu uma direção e começou a nadar. Nadava crawl e depois de costas, quando os braços cansavam. Michael não tinha como medir quanto tempo tinha passado. Cinco minutos. Cinco horas. Mas quando parou de nadar e boiou de novo na água viu a mesma linha do horizonte. Os mesmos três sóis. O céu amarelo. Estava ficando cansado. Sem pensar, ele afundou e subiu rapidamente, cuspindo água e gritando.

Boiou com as costas arqueadas e fechou os olhos. A uniformidade do ambiente em volta dele, a natureza estática, sugeria uma invenção da mente. No entanto, seus sonhos sempre incluíam Gabriel e as outras pessoas que conhecia. A solidão absoluta daquele lugar era algo estranho e perturbador. Se aquilo era um sonho dele, então devia ter um navio pirata ou uma voadeira cheia de mulheres.

De repente, sentiu alguma coisa encostar na sua perna com um movimento deslizante. Michael começou a nadar freneticamente. Bateu as pernas. Estendeu os braços. Puxou a água. Só pensava em avançar o mais rápido possível e fugir da coisa que havia tocado nele. A água encheu suas narinas, mas livrou-se dela fungando. Fechou os olhos e nadou às cegas, com movimentos violentos, desesperados. Pare. Espere. O som da própria respiração. Então o medo tomou conta dele de novo e mais uma vez começou a nadar para lugar nenhum, para o horizonte infinito que se afastava.

O tempo passou. Tempo do sonho. Tempo do espaço. Não tinha certeza de nada. Mas parou de se mexer e boiou de costas, exausto, ofegante, sem ar. Todos os pensamentos desapareceram, exceto o desejo de respirar. Como uma peça única de tecido vivo, ele se concentrou no ato de respirar, que parecia simples e automático na sua outra vida. Mais tempo passou e ele percebeu uma sensação nova. Era como se estivesse indo numa direção só, puxado para alguma parte específica do horizonte. Aos poucos, a correnteza foi ficando mais forte.

Michael ouviu a água fluindo pelos seus ouvidos e então um ronco fraco, como uma cachoeira distante. Ficou na posição vertical, forçou a cabeça para cima e procurou ver para onde estava indo. Ao longe, uma névoa fina subia no ar e pequenas ondas quebravam na superfície do oceano. A correnteza agora estava muito potente e era muito difícil nadar contra ela. O ronco foi crescendo cada vez mais até sua própria voz desaparecer nele. Michael levantou o braço direito no ar como se um pássaro gigantesco, ou um anjo, pudesse chegar e salvá-lo da morte. A correnteza continuou puxando até que o mar pareceu despencar diante dele.

Por um instante, ficou embaixo da água e esforçou-se para ir na direção da luz. Estava na lateral de um imenso redemoinho, do tamanho de uma cratera lunar. A água esverdeada rodopiava em volta de um vórtice negro. E ele era levado pela correnteza, cada vez mais fundo, para longe da luz. Continue em frente, pensou Michael. Não desista. Alguma coisa dentro dele ficaria completamente destruída se permitisse que a água enchesse sua boca e seus pulmões.

Na metade do caminho para o fundo daquele cone verde, ele viu uma pequena sombra preta mais ou menos do tamanho de uma escotilha de navio. A sombra era alguma coisa independente do redemoinho. Desaparecia sob a espuma e os respingos do mar, como uma pedra escura escondida num rio, e aparecia de novo, na mesma posição.

Batendo as pernas e os braços, Michael foi caindo na direção da sombra. Perdeu-a. Encontrou-a de novo. E então lançou-se naquele núcleo negro.

38

A galeria envidraçada corria todo o interior do Túmulo. A maior parte do espaço era usada pela equipe técnica, mas a galeria do lado norte do prédio era um espaço separado para quem quisesse assistir à experiência. A área de observação era atapetada e ocupada por um sofá e lâmpadas de pé de aço inoxidável. Pequenas mesas pretas e cadeiras de camurça de espaldar reto ficavam perto das janelas com um leve toque de cor.

Kennard Nash estava sozinho, sentado a uma das mesas, e seu guarda-costas, um ex-policial peruano chamado Ramón Vega, servia Chardonnay numa taça de vinho. Ramón uma vez tinha assassinado cinco trabalhadores das minas de cobre suficientemente tolos para organizar uma greve, mas Nash dava valor ao homem por sua habilidade de valete e garçom.

— O que há para o jantar, Ramón?

— Salmão. Purê de batata com alho. Vagem e amêndoas. Vão trazer do centro administrativo.

— Excelente. Cuide para a comida não chegar fria.

Ramón voltou para a ante-sala perto da porta de segurança e Nash bebericou o vinho. Uma das lições que Nash tinha aprendido nos vinte e dois anos que passou no exército foi a necessidade de os oficiais ficarem separados dos soldados. Você era o líder deles, não um amigo. Quando trabalhou na Casa Branca, a equipe seguia esse mesmo procedimento. A cada duas ou três semanas, o

O PEREGRINO

presidente saía da reclusão para lançar uma bola de beisebol ou para acender a árvore de Natal, mas em geral ficava protegido do acaso perigoso dos acontecimentos inesperados. Apesar de ser um militar, Nash tinha aconselhado pessoalmente o presidente a não comparecer a nenhum funeral de soldado. Uma mulher emocionalmente instável podia chorar e gritar. Uma mãe podia se jogar sobre o caixão e um pai podia exigir um motivo para a morte do filho. A filosofia do Panóptico ensinava à Irmandade que o verdadeiro poder tinha como base o controle e a previsibilidade.

Como o Projeto Travessia tinha um resultado imprevisível, Nash não havia informado para a Irmandade que a experiência já estava acontecendo. Havia simplesmente variáveis demais para poder garantir o sucesso. Tudo dependia de Michael Corrigan, o jovem cujo corpo estava lá na mesa no centro do Túmulo. Muitos rapazes e moças que tomaram o 3B3 acabaram em hospitais psiquiátricos. O dr. Richardson reclamava que não podia medir a dosagem correta da droga nem prever o efeito dela num suposto Peregrino.

Se aquilo fosse uma operação militar, Nash teria dado total responsabilidade a um subordinado e ficaria afastado da batalha. Era mais fácil evitar a culpa não estando na mesma área. Nash conhecia bem essa regra básica e a seguiu durante toda a sua carreira, mas achava impossível ficar longe do centro de pesquisa. O projeto do computador quântico, a construção do Túmulo e a tentativa de criar um Peregrino, tudo isso era decisão dele. Se obtivesse sucesso com o Projeto Travessia, ele poderia mudar o curso da história.

O Panóptico virtual já estava assumindo o controle do local de trabalho. Bebendo seu vinho, Kennard Nash se entregou ao prazer de uma visão grandiosa. Em Madri, um computador contava as batidas de uma jovem cansada no teclado, digitando informações de um cartão de crédito. O programa do computador que monitorava o trabalho dela criava um mapa que mostrava se tinha atingido sua cota. Mensagens automáticas diziam: *Bom trabalho, Maria* ou: *Estou preocupado, srta. Sanchez. Está atrasada.* E a jovem inclinava o corpo para frente, digitava mais rápido e mais rápido, para não perder o emprego.

Em algum lugar de Londres, uma câmera de vigilância focalizava os rostos no meio de uma multidão, transformando um ser humano numa seqüência de números que podiam ser comparados com um arquivo digital. Na Cidade do México e em Jacarta, ouvidos eletrônicos escutavam telefonemas e o bate-papo constante da internet estava sendo monitorado. Computadores do governo sabiam que certo livro tinha sido comprado em Denver, enquanto outro tinha sido retirado de uma biblioteca em Bruxelas. Quem comprou um livro? Quem leu o outro? Rastreamento dos nomes. Referência cruzada. Novo rastreamento. Dia a dia, o Panóptico virtual vigiava seus prisioneiros e passava a fazer parte do mundo deles.

Ramón Vega entrou novamente na sala e fez uma pequena mesura. Nash imaginou que tinha algo de errado com o jantar.

– O sr. Boone está aqui, general. Disse que o senhor queria vê-lo.

– Sim, claro. Diga para ele entrar.

Kennard Nash sabia que, se estivesse na Sala da Verdade, o lado esquerdo do seu córtex estaria iluminado pelo vermelho da falsidade. Não gostava de Nathan Boone e ficava nervoso quando o homem estava por perto. Boone tinha sido contratado pelo predecessor de Nash e sabia muita coisa do funcionamento interno da Irmandade. Naqueles últimos anos, Boone havia estabelecido relações individuais com os outros membros da diretoria executiva. A maioria dos membros da Irmandade achava que o sr. Boone era corajoso e que tinha iniciativa: o perfeito chefe da segurança. Incomodava Nash o fato de não ter o controle completo das atividades de Boone. Recentemente tinha descoberto que o chefe da segurança havia desobedecido a uma ordem direta.

Ramón acompanhou Boone até a galeria e depois deixou os dois homens sozinhos.

O PEREGRINO

— O senhor queria falar comigo? — perguntou Boone, parado com as pernas um pouco afastadas e com as mãos para trás.

Nash devia ser o líder, o homem no comando, no entanto os dois homens sabiam que Boone podia atravessar a sala e quebrar o pescoço do general em poucos segundos.

— Sente-se, sr. Boone. Aceite uma taça de Chardonnay.

— Agora não. — Boone foi andando devagar até a janela e observou lá embaixo a mesa cirúrgica. O anestesista estava ajustando um sensor cardíaco no peito de Michael. — Como está indo?

— Michael está em transe. Pulso fraco. Respiração lenta. Tomara que esteja se transformando num Peregrino.

— Ou talvez esteja meio morto. O 3B3 pode ter fritado o cérebro dele.

— A energia neurológica saiu do corpo dele. Parece que nossos computadores estão acompanhando relativamente bem o movimento.

Eles ficaram em silêncio, espiando pela janela.

— Vamos supor que ele seja realmente um Peregrino — disse Boone. — Ele pode morrer nesse momento?

— A pessoa deitada na mesa de exame pode deixar de estar biologicamente viva.

— Mas o que aconteceria com a Luz dele?

— Eu não sei — disse Nash. — Mas não poderia voltar para o corpo.

— Ele pode morrer em outra dimensão?

— Pode. Acreditamos que se você morrer em outro mundo, ficará preso nele para sempre.

Boone virou de costas para a janela.

— Espero que isso funcione.

— Temos de prever todas as possibilidades. Por isso é crucial encontrar Gabriel Corrigan. Se Michael morrer, vamos precisar de um substituto imediatamente.

— Compreendo.

O general Nash abaixou a taça de vinho.

— Segundo as minhas fontes, o senhor deu ordem de recuar para os seus agentes na Califórnia. Essa era a equipe que procurava Gabriel.

Boone não pareceu perturbado com a acusação.

— A supervisão eletrônica continua. Também tenho uma equipe procurando o mercenário Arlequim que plantou uma pista falsa no apartamento de Michael Corrigan. Acho que é um instrutor de artes marciais que já teve ligação com a igreja de Isaac Jones.

— Mas ninguém está procurando Gabriel especificamente — disse Nash. — O senhor desobedeceu a uma ordem direta.

— A minha responsabilidade é proteger a nossa organização e ajudar a atingir nossos objetivos.

— Neste ponto, o Projeto Travessia é nosso principal objetivo, sr. Boone. Não existe nada mais importante que isso.

Boone chegou mais perto da mesa, como um policial prestes a confrontar um suspeito.

— Talvez seja melhor discutir esse problema com a diretoria executiva.

O general Nash olhou para a mesa e avaliou suas opções. Tinha evitado revelar para Boone todos os fatos sobre o computador quântico, mas não podia mais guardar segredo.

— Como o senhor sabe, agora nós temos um computador quântico funcionando. Não é hora de discutir os aspectos tecnológicos dessa máquina, mas ela envolve partículas subatômicas em suspensão num campo de energia. Por um período extremamente breve de tempo, essas partículas desaparecem do campo de força e depois voltam. E para onde elas vão, sr. Boone? Os nossos cientistas me dizem que elas viajam para outra dimensão, outro mundo.

Parecia que Boone estava se divertindo.

— Elas viajam com os Peregrinos.

— Essas partículas voltaram para o nosso computador com mensagens de uma civilização avançada. No início, recebemos códigos binários simples e depois informações com complexidade cada vez maior. Essa civilização passou para os nossos cientistas novas descobertas da física e dos computadores. Eles nos mostraram como fazer modificações genéticas em animais e como criar os sobrepostos. Se pudermos aprender mais dessa tecnologia avançada, poderemos instalar o Panóptico agora. A Irmandade finalmente terá o poder de observar e controlar um grupo imenso de pessoas.

– E o que essa civilização quer em troca? – perguntou Boone.

– Ninguém dá nada de graça.

– Eles querem vir para o nosso mundo e nos conhecer. E é por isso que precisamos dos Peregrinos. Para mostrar o caminho para eles. O computador quântico está rastreando Michael Corrigan enquanto ele se move entre os diferentes mundos. Está entendendo, sr. Boone? Ficou tudo bem claro?

Pela primeira vez Boone pareceu impressionado. Nash se permitiu curtir o momento enquanto pegava mais vinho.

– Foi por isso que dei ordens para encontrar Gabriel Corrigan. E não estou contente com a sua incompetência.

– Eu retirei os agentes por um motivo – disse Boone. – Acho que há um traidor nesta organização.

A mão de Nash tremeu um pouco quando ele pôs a taça de vinho na mesa.

– Tem certeza disso?

– A filha de Thorn, Maya, está nos Estados Unidos. Mas não consegui capturá-la. Os Arlequins previram todos os nossos atos.

– E o senhor acha que algum agente nos traiu?

– A filosofia do Panóptico diz que todos deviam ser observados e avaliados, até os responsáveis pelo sistema.

– Está insinuando que eu tenho alguma coisa a ver com isso?

– De maneira alguma – disse Boone, mas ficou olhando fixo para o general como se levasse em consideração aquela possibilidade. – Neste momento, estou usando a equipe da internet para rastrear todas as pessoas que têm ligação com este projeto.

– E quem examinará as suas atividades?

– Eu nunca tive segredos para a Irmandade.

Não olhe para ele, pensou Nash. Não deixe que ele veja seus olhos. Ele espiou pela janela e observou o corpo de Michael.

O dr. Richardson andava nervoso de lá para cá ao lado do seu paciente imóvel. De alguma forma, uma mariposa branca tinha penetrado naquele ambiente climatizado do Túmulo. O médico ficou espantado quando ela surgiu das sombras e adejou para o espaço iluminado e para o escuro novamente.

39

Maya e Gabriel passaram pela cidade de San Lucas por volta de uma hora da tarde e seguiram para o sul por uma estrada de duas pistas. A cada nova milha registrada no odômetro da van, Maya tentava ignorar a tensão que sentia. Em Los Angeles, a mensagem de Linden tinha sido bem clara. *Vá para San Lucas, no Arizona. Siga pela rodovia 77 sul. Procure a fita verde. Nome do contato – Martin.* Talvez tivessem passado direto pela fita ou então o vento do deserto podia tê-la levado embora. Linden podia ter sido enganado pelo grupo da Tábula na internet e eles estariam preparando uma emboscada.

Maya estava acostumada com instruções vagas que levavam a casas seguras ou a pontos de acesso, mas proteger um possível Peregrino como Gabriel modificava tudo. Desde a luta no restaurante Paraíso, ele mantinha distância dela e falava pouco quando paravam para abastecer e examinar o mapa. Gabriel agia como um homem que tivesse concordado em escalar uma montanha perigosa, preparado para encarar os obstáculos no caminho.

Ela abriu a janela da van e o ar do deserto secou o suor na sua pele. Céu azul. Um gavião planava numa corrente de ar quente. Gabriel rodava quase dois quilômetros à frente de Maya e subitamente fez a volta e voltou a toda pela estrada. Apontou para a esquerda e sinalizou com a palma da mão. Tinha encontrado.

Maya viu um pedaço de fita verde amarrado na base de aço de um marcador de quilometragem. Uma estradinha de terra, com a largura do eixo das rodas, chegava à auto-estrada naquele ponto, mas não havia placa indicando para onde ia. Gabriel tirou o capacete e pendurou no guidom, enquanto seguiam pela estrada. Passavam pela área central do deserto, uma terra plana e árida com cactos, tufos de capim seco e acácias unha-de-gato que riscavam as laterais da van. Toparam com duas encruzilhadas na estrada de terra, mas Gabriel encontrou as fitas verdes que os guiavam rumo ao leste. Começaram a subir, carvalhos cinzentos e algarobeiras apareceram e havia arbustos com pequenas flores amarelas que atraíam abelhas produtoras de mel.

Gabriel avançou até o topo de uma colina e parou. O que antes parecia uma linha de montanhas da estrada, na verdade, era um platô que estendia dois braços enormes em volta de um vale abrigado. Mesmo de longe, dava para ver algumas casas em forma de caixotes meio escondidas atrás de pinheiros. Bem acima dessa comunidade, na extremidade do platô, havia quatro turbinas eólicas. Cada torre de aço sustentava um rotor com três lâminas rodando, como uma enorme hélice de avião.

Gabriel limpou a poeira do rosto com uma bandana e continuou subindo a estradinha de terra. Ele rodava devagar, olhando para um lado e para o outro, como se esperasse que alguém saltasse do meio dos arbustos e os surpreendesse.

A escopeta de combate estava no chão da van, com um velho cobertor por cima. Maya pegou a arma, engatilhou e deixou no banco ao seu lado. Imaginou se havia mesmo um Desbravador do Caminho morando naquele lugar ou se ele tinha sido perseguido e morto pelos mercenários da Tábula.

A estrada virou diretamente para o vale e atravessou um riacho estreito por uma ponte de pedra em arco. Do outro lado do riacho, Maya viu um movimento no meio da vegetação e diminuiu a marcha.

Quatro... não, cinco crianças carregavam pedras grandes por um caminho que dava no rio. Deviam estar construindo uma espécie de represa ou formando uma piscina. Maya não tinha certeza. Mas todas pararam e ficaram olhando para a motocicleta e para a van. Trezentos metros adiante na estrada, passaram por um menino pequeno que carregava um balde de plástico e que acenou para eles. Ainda não tinham visto nenhum adulto, mas as crianças pareciam bem satisfeitas sozinhas. Por alguns segundos, Maya imaginou um mundo de crianças crescendo sem a influência constante da Imensa Máquina.

Mais perto do vale, a estradinha era pavimentada com blocos de argila marrom-avermelhada, um pouco mais escuros do que a terra em volta. Passaram por três estufas compridas com janelas envidraçadas e Gabriel parou no pátio de uma oficina de automóveis. Havia quatro picapes empoeiradas estacionadas do lado de fora de um pavilhão aberto que era usado como oficina mecânica. Um trator, dois jipes e um antigo ônibus escolar estavam alinhados ao lado de um barracão de madeira repleto de ferramentas. Degraus de tijolos subiam até um grande galinheiro cheio de galinhas brancas.

Maya deixou a escopeta escondida embaixo do cobertor, mas pendurou a bainha com a espada no ombro. Ao fechar a porta da van, ela viu uma menina de dez anos sentada em cima de uma mureta de tijolos. A menina era asiática, tinha cabelo preto comprido, que chegava até os ombros estreitos. Como as outras crianças, usava roupas velhas, uma calça jeans e camiseta, e calçava botas boas de trabalho. Um grande facão de caça com cabo de chifre e bainha pendia do seu cinto. A arma e o cabelo comprido faziam a garota parecer um escudeiro de cavaleiro, pronto para pegar os cavalos na chegada ao castelo.

— Olá! — disse a menina. — Vocês são o pessoal da Espanha?

— Não, nós somos de Los Angeles. — Gabriel se apresentou e apresentou Maya. — E você, quem é?

— Alice Chen.

— Este lugar tem nome?

— Nova Harmonia — disse Alice. — Escolhemos esse nome há dois anos. Todos votaram. Até as crianças.

A menina desceu pulando do muro e foi inspecionar a motocicleta empoeirada de Gabriel.

– Estamos esperando dois candidatos da Espanha. Os candidatos vivem aqui durante três meses e depois votamos para aceitá-los. – Ela se afastou da moto e olhou bem para Maya. – Se vocês não são candidatos, então o que estão fazendo aqui?

– Estamos procurando alguém chamado Martin – explicou Maya. – Sabe onde ele está?

– Acho melhor vocês falarem com a minha mãe primeiro.

– Não precisa...

– Venham comigo. Ela está no centro comunitário.

A menina levou os dois para outra ponte sob a qual o riacho roncava sobre pedras vermelhas e rodopiava nas piscinas. Casas grandes construídas no estilo do sudoeste ladeavam a estrada. As casas tinham paredes externas de estuque, janelas pequenas e telhados chatos que podiam ser usados como terraços nas noites quentes. A maioria era bem espaçosa e Maya ficou imaginando como os construtores tinham feito para transportar toneladas de tijolos e concreto pela estradinha estreita de terra.

Alice Chen ficava o tempo todo olhando para trás, como se esperasse que os visitantes fugissem dela. Quando passaram por uma casa pintada de verde-claro, Gabriel alcançou Maya.

– Essas pessoas não estavam à nossa espera?

– Parece que não.

– Quem é Martin? O Desbravador do Caminho?

– Eu não sei, Gabriel. Mas vamos descobrir logo.

Atravessaram um bosque de abetos e chegaram a um complexo de quatro prédios brancos construídos em torno de um pátio.

– Esse é o centro comunitário – disse Alice ao abrir uma pesada porta de madeira.

Seguiram a menina por um corredor curto até uma sala de aula cheia de brinquedos. Uma jovem professora lia um livro cheio de ilustrações para cinco crianças sentadas num tapete. Ela cumprimentou Alice movendo a cabeça e ficou olhando para os desconhecidos que passavam pela porta.

— Crianças pequenas têm escola o dia inteiro — explicou Alice.

— Mas eu saio às duas da tarde.

Saíram da escola, atravessaram um pátio com uma fonte de pedra no centro e entraram no segundo prédio. Esse continha três salas sem janelas, cheias de computadores. Numa das salas, as pessoas estavam sentadas em cubículos individuais, estudando imagens num computador, conversando por meio de fones de ouvido.

— Virem o mouse — disse um rapaz. — Estão vendo uma luz vermelha? Isso quer dizer... — Ele parou de falar alguns segundos e olhou para Maya e para Gabriel.

Os três continuaram andando, passaram de novo pelo pátio e entraram num terceiro prédio com mais mesas e computadores. Uma mulher chinesa de jaleco branco de médico saiu de uma sala nos fundos. Alice correu para ela e disse alguma coisa em voz baixa.

— Boa-tarde — disse a mulher. — Eu sou a mãe da Alice, dra. Joan Chen.

— Ela é Maya e ele é Gabriel. Eles não são da Espanha.

— Estamos procurando...

— Sim. Eu sei por que estão aqui — disse Joan. — Martin mencionou vocês na reunião do conselho. Mas não chegamos a um acordo. Não votamos essa questão.

— Nós só queremos falar com Martin — disse Gabriel.

— Sim. É claro. — Joan tocou no ombro da filha. — Leve-os até a colina para falar com o sr. Greenwald. Ele está ajudando a construir a casa nova para a família Wilkins.

Alice foi correndo na frente quando saíram da clínica e continuou subindo a estrada.

— Eu não esperava uma banda militar tocando na nossa chegada — disse Gabriel. — Mas seus amigos não parecem muito hospitaleiros.

— Os Arlequins não têm amigos — disse Maya. — Temos compromissos e alianças. Não diga nada até eu poder avaliar a situação.

Pedaços de palha cobriam a estrada. Algumas centenas de metros adiante chegaram a um monte de fardos de palha empilhados ao lado de uma construção movimentada. Vergalhões de aço enfiados no concreto dos alicerces de uma nova casa e os fardos de palha espetados nos vergalhões como tijolos amarelos gigantescos. Umas vinte pessoas de todas as idades trabalhavam na obra ao mesmo tempo. Adolescentes com camisetas manchadas de suor martelavam vergalhões nos fardos com marretas enquanto outras três pessoas fixavam uma malha de aço galvanizado nas paredes externas. Dois carpinteiros com cinturões próprios para carregar ferramentas construíam uma moldura para suportar as vigas do telhado da casa. Maya percebeu que todas as casas do vale tinham sido construídas daquele mesmo jeito simples. A comunidade não precisava de quantidades enormes de tijolos e de cimento, apenas tábuas de madeira e algumas centenas de fardos de palha.

Um latino musculoso de quarenta e poucos anos, ajoelhado na terra, media o comprimento de uma tábua. Estava de short, camiseta manchada e um cinturão de ferramentas bem gasto. Ao ver os dois desconhecidos, ele se levantou e se aproximou deles.

– Posso ajudá-los? – perguntou ele. – Estão procurando alguém?

Antes que Maya pudesse responder, Alice saiu pela porta da casa com um homem mais velho, atarracado, de óculos fundo de garrafa. O homem correu até eles e deu um sorriso forçado.

– Bem-vindos à Nova Harmonia. Eu sou Martin Greenwald. E esse é o meu amigo, Antonio Cardenas. – Ele se virou para o latino. – Esses são os visitantes sobre os quais falamos na reunião de conselho. Fui avisado pelos nossos amigos na Europa.

Antonio não parecia estar feliz em vê-los. Seus ombros se enrijeceram e ele afastou um pouco as pernas, como se estivesse pronto para lutar.

– Está vendo o que ela tem pendurado no ombro? Sabe o que isso significa?

O PEREGRINO

— Fale baixo — disse Martin.
— Ela é uma porra de Arlequim. Você sabe o que a Tábula faria conosco se soubesse que ela está aqui?
— Essas pessoas são minhas convidadas — disse Martin. — Alice vai levá-las até a Casa Azul. Por volta das sete horas, elas podem ir até a Casa Amarela para jantar. — Ele se virou para Antonio. — E você também está convidado, meu amigo. Vamos conversar sobre isso bebendo uma taça de vinho.

Antonio hesitou alguns segundos e voltou para a obra. Como guia turística, Alice Chen acompanhou os visitantes de volta ao estacionamento. Maya enrolou suas armas no cobertor e Gabriel pendurou a espada de jade no ombro. Seguiram Alice de volta ao vale até uma casa pintada de azul numa estrada secundária perto do riacho. Era bem pequena. Uma cozinha, um quarto, uma sala com uma cama num mezanino. Duas janelas de sacada davam para um jardim murado com pés de alecrim e mostarda brava.

O banheiro tinha pé-direito alto e uma banheira antiga com pés de garras e manchas verdes nas torneiras. Maya tirou a roupa suja e tomou um banho. A água tinha um leve cheiro de ferro, como se saísse do fundo da terra. Quando a banheira estava meio cheia, ela se deitou e procurou relaxar. Alguém tinha posto uma rosa silvestre numa garrafa azul-escura sobre a pia. Por um momento, Maya esqueceu os perigos que os cercavam e se concentrou naquele ponto exclusivo de beleza no mundo.

Se Gabriel fosse mesmo um Peregrino, ela poderia continuar a protegê-lo. Se o Desbravador do Caminho resolvesse que Gabriel era apenas mais uma alma comum, então ela teria de deixá-lo para sempre. Deslizou para baixo da água e imaginou Gabriel morando em Nova Harmonia, apaixonado por uma jovem simpática que gostava de fazer pão. Aos poucos, sua imaginação foi enveredando por um caminho mais sombrio e ela se viu parada diante de uma casa à noite, espiando por uma janela, enquanto Gabriel e a mulher preparavam o jantar. Arlequim. Sangue nas suas mãos. Afaste-se.

Ela lavou e enxaguou o cabelo, encontrou um roupão de banho no armário, seguiu pelo corredor e foi para o seu quarto. Gabriel estava sentado na cama do mezanino que ocupava a metade do pé-direito da sala. Alguns minutos mais tarde, ele se levantou apressado e Maya ouviu quando praguejou, falando sozinho. Um tempo depois, a escada de madeira rangeu quando ele desceu para tomar banho.

O sol já estava se pondo. Maya vasculhou sua mala e encontrou um top azul e uma saia de algodão que ia até o tornozelo. Olhou no espelho e ficou satisfeita de parecer tão comum. Como qualquer mulher que Gabriel podia ter conhecido em Los Angeles. Então levantou a saia e prendeu as duas facas nas pernas. As outras armas estavam escondidas sob a manta que cobria sua cama.

Foi até a sala e encontrou Gabriel de pé, no escuro. Ele espiava por uma fresta da cortina.

– Alguém está escondido no mato a uns vinte metros daqui, subindo o morro – disse ele. – Estão vigiando a casa.

– Deve ser Antonio Cardenas ou um dos amigos dele.

– E o que vamos fazer?

– Nada. Vamos procurar a Casa Amarela.

Maya procurou parecer tranqüila quando andavam pela estrada, mas não sabia se alguém os estava seguindo. Ainda fazia calor e parecia que os pinheiros tinham capturado pequenos pedaços da escuridão. Viram uma grande casa amarela perto de uma das pontes. Lampiões a óleo brilhavam no terraço do telhado e ouviram pessoas conversando.

Entraram na casa e encontraram oito crianças de idades variadas jantando numa mesa comprida. Uma mulher baixa, de cabelo ruivo e crespo, trabalhava na cozinha. Vestia uma saia de brim azul e uma camiseta com um desenho de uma câmera de vigilância e uma faixa vermelha sobre ela. Aquele era o símbolo da resistência contra a Imensa Máquina. Maya tinha visto o símbolo na pista de

O PEREGRINO

dança de uma boate em Berlim e grafitada com spray num muro no bairro Malasaña, em Madri.
Com a colher na mão, a mulher foi cumprimentá-los.
— Eu sou Rebecca Greenwald. Bem-vindos à nossa casa.
Gabriel sorriu e apontou para as crianças.
— Vocês têm um monte de crianças aqui.
— Só duas são nossas. Os três filhos do Antonio estão jantando conosco, mais a filha de Joan, Alice, e mais dois amigos de outras famílias. As crianças dessa comunidade estão sempre jantando na casa dos outros. Depois do primeiro ano, tivemos de criar uma regra: a criança tem de avisar a pelo menos dois adultos até as quatro horas da tarde. Isto é, essa é a regra, mas as coisas podem ficar meio frenéticas. Na semana passada, estávamos fabricando os blocos da estrada, por isso acabamos com sete crianças enlameadas por aqui e mais três adolescentes que comiam por dois cada um. Eu fiz uma montanha de espaguete.
— O Martin...?
— Meu marido está no terraço com os outros. É só subir a escada. Vou para lá daqui a poucos minutos.
Os dois atravessaram a sala de jantar e deram num jardim-de-inverno. Subiram a escada externa até o telhado e Maya ouviu vozes, discutindo.
— Não se esqueça das crianças dessa comunidade, Martin. Temos de proteger nossos filhos.
— Eu estou pensando nas crianças do mundo inteiro. Elas crescem aprendendo o medo, a ganância e o ódio com a Imensa Máquina...
A conversa parou na hora em que Maya e Gabriel apareceram. Tinham posto uma mesa de madeira no terraço, iluminado com lampiões de óleo vegetal. Martin, Antonio e Joan estavam sentados em volta da mesa, bebendo vinho.
— Bem-vindos de novo — disse Martin. — Sentem-se, por favor.
Maya fez uma avaliação rápida da direção lógica de onde partiria qualquer ataque e se sentou ao lado de Joan Chen. Daquela

posição, dava para ver quem subia a escada. Martin se ocupou cuidando para que eles tivessem talheres e serviu duas taças de vinho de uma garrafa sem rótulo.

— Esse é um Merlot que compramos diretamente de uma vinícola — explicou ele. — Quando ainda estávamos imaginando Nova Harmonia, Rebecca perguntou como era a visão que eu tinha daqui e eu disse que queria um copo de vinho decente à noite com bons amigos.

— Parece um objetivo modesto — disse Gabriel.

Martin sorriu e se sentou.

— É, mas até um desejo pequeno como esse tem suas implicações. Significa uma comunidade com tempo livre, um grupo com renda suficiente para comprar Merlot e o desejo de todos de aproveitar os pequenos prazeres da vida. — Ele sorriu e levantou a taça. — Nesse contexto, uma taça de vinho é um manifesto revolucionário.

Maya não conhecia nada de vinho, mas o Merlot tinha um gosto agradável que lembrava cerejas maduras. Uma leve brisa desceu pelo vale entre as montanhas e as chamas dos pavios dos três lampiões tremelicaram um pouco. Milhares de estrelas brilhavam lá em cima no céu do deserto.

— Quero pedir desculpas a vocês dois pela recepção nada hospitaleira — disse Martin. — E também quero me desculpar com o Antonio. Eu mencionei vocês na reunião de conselho, mas não chegamos a votar. Não pensei que chegariam tão cedo.

— Apenas diga onde está o Desbravador do Caminho — disse Maya. — E vamos embora agora mesmo.

— Talvez o Desbravador do Caminho nem exista — rosnou Antonio. — E talvez vocês sejam espiões enviados pela Tábula.

— Esta tarde você ficou zangado pelo fato de ela ser uma Arlequim — disse Martin. — E agora a está acusando de ser uma espiã.

— Tudo é possível.

Martin sorriu e a mulher dele subiu a escada carregando uma bandeja com comida.

O PEREGRINO

— Mesmo se forem espiões, são nossos hóspedes e merecem uma boa refeição. Eu acho que vocês devem comer primeiro e depois conversar, de barriga cheia.

Travessas e potes de comida foram passados em volta da mesa. Salada. Lasanha. Um pão de trigo crocante, assado no forno da comunidade. Enquanto jantavam, os quatro membros da Nova Harmonia foram relaxando e passaram a conversar mais livremente, comentando as tarefas que tinham pela frente. Um cano de água com vazamento. Uma das picapes precisava de troca de óleo. Um comboio ia descer até San Lucas dali a alguns dias e precisavam sair bem cedo, porque um dos adolescentes ia fazer uma prova de admissão para a faculdade.

Depois dos treze anos, as crianças eram orientadas por um professor do centro comunitário, mas seus instrutores eram do mundo inteiro, principalmente universitários que ensinavam pela internet. Várias universidades ofereceram bolsas integrais para uma menina que se formara no ano anterior pela escola da Nova Harmonia. Estavam impressionados com uma aluna que havia aprendido cálculo e que era capaz de traduzir as peças de Molière, mas que também tinha habilidade para cavar um poço de água e para consertar um motor a diesel.

— Qual é o maior problema que vocês têm aqui? — perguntou Gabriel.

— Tem sempre uma coisa ou outra, mas acabamos resolvendo — explicou Rebecca. — Por exemplo, a maioria das casas tem pelo menos uma lareira, mas a fumaça costumava ficar pairando sobre o vale. As crianças viviam com tosse. Mal dava para enxergar o céu. Por isso, nos reunimos e resolvemos que ninguém poderia acender fogo a lenha sem uma bandeira azul hasteada no centro comunitário.

— Vocês são todos religiosos? — perguntou Maya.

— Eu sou cristão — disse Antonio. — Martin e Rebecca são judeus. Joan é budista. Temos o espectro completo de crenças aqui, mas nossa vida espiritual é assunto particular.

Rebecca olhou para o marido.
— Todos nós vivíamos na Imensa Máquina. Mas tudo começou a mudar quando o carro de Martin enguiçou na auto-estrada.
— Suponho que esse foi o ponto de partida — disse Martin. — Oito anos atrás, eu morava em Houston e trabalhava como consultor imobiliário para famílias ricas, donas de propriedades comerciais. Tínhamos duas casas, três carros e...
— E ele vivia desesperado — disse Rebecca. — Quando voltava para casa do trabalho descia para o porão com uma garrafa de uísque e assistia a filmes antigos até adormecer no sofá.
Martin balançou a cabeça.
— Os seres humanos possuem uma capacidade quase ilimitada de se iludir. Podemos justificar qualquer grau de tristeza, se isso combinar com nosso padrão particular de realidade. Eu provavelmente teria me arrastado por aquele mesmo caminho o resto da minha vida, mas então aconteceu uma coisa. Viajei a trabalho para a Virginia e foi uma experiência horrível. Meus novos clientes eram como crianças gananciosas, sem qualquer noção de responsabilidade. Num certo ponto da reunião, sugeri que dessem um por cento da renda anual deles para instituições de caridade na comunidade deles e eles reclamaram que eu não era suficientemente firme para cuidar dos seus investimentos.
"E tudo só piorou depois disso. Havia centenas de policiais no aeroporto de Washington por causa de algum alerta especial. Fui revistado duas vezes quando passei pela segurança e então vi um homem tendo um ataque do coração na sala de espera. Meu vôo atrasou seis horas. Passei o tempo bebendo e olhando para uma televisão no bar do aeroporto. Mais morte e destruição. Terrorismo. Crimes. Poluição. Todas as notícias diziam para eu ter medo. Todos os anúncios diziam para eu comprar coisas das quais não precisava. O recado era que as pessoas só podiam ser vítimas ou consumidores passivos.
"Na volta para Houston, o calor era de 42 graus, com 90 por cento de umidade relativa do ar. Na metade do caminho para casa,

meu carro enguiçou na estrada. Ninguém parou, é claro. Ninguém queria me ajudar. Lembro que saí do carro e olhei para o céu. Estava marrom, de tanta poluição. Lixo por toda parte. O barulho do trânsito em volta. Descobri que não precisava me preocupar com o inferno depois da morte, porque já tínhamos criado o inferno na terra.

"E foi aí que aconteceu. Uma picape parou atrás do meu carro e um homem desceu da cabine. Tinha mais ou menos a minha idade, estava de calça jeans e camisa de brim e segurava uma antiga xícara de cerâmica, sem asa, do tipo que se usa para a cerimônia do chá no Japão. Ele se aproximou de mim, não se apresentou nem perguntou sobre o meu carro. Olhou bem nos meus olhos e tive a sensação de que ele me conhecia, que compreendia o que eu sentia naquele momento. Então me ofereceu a xícara e disse: 'Beba um pouco de água. Você deve estar com sede.'

"Eu bebi e a água estava fresca e gostosa. O homem abriu o capô do meu carro, mexeu no motor e o fez funcionar em poucos minutos. Ora, normalmente eu daria algum dinheiro para o homem e seguiria o meu caminho, mas aquilo não parecia direito, por isso o convidei para ir jantar na minha casa. Vinte minutos depois, chegamos em casa."

Rebecca se levantou e sorriu.

– Eu achei que Martin tinha enlouquecido. Tinha encontrado um homem na estrada e aquele estranho estava jantando com a nossa família. Primeiro, pensei que era um sem-teto. Talvez um criminoso. Quando terminamos de jantar, ele tirou os pratos e começou a lavá-los enquanto Martin punha as crianças na cama. O estranho perguntou sobre a minha vida e não sei bem por que comecei a contar tudo para ele. Que eu era infeliz. Que me preocupava com meu marido e meus filhos. Que tinha de tomar remédio para conseguir dormir à noite.

– Nosso hóspede era um Peregrino – disse Martin, olhando para Gabriel e para Maya do outro lado da mesa. – Não sei quanto vocês sabem sobre o poder deles.

— Eu gostaria de ouvir tudo que você puder contar — disse Gabriel.

— Os Peregrinos já saíram deste nosso mundo e voltaram — disse Martin. — Eles têm um modo diferente de ver as coisas.

— Como estiveram do lado de fora das prisões em que nós vivemos, os Peregrinos enxergam as coisas com toda a clareza — disse Antonio. — É por isso que a Tábula tem medo deles. Querem que acreditemos que a Imensa Máquina é a única verdadeira realidade.

— No início, o Peregrino não falou muito — disse Rebecca. — Mas quando você ficava perto dele era como se ele pudesse ver dentro do seu coração.

— Tirei três dias de folga no trabalho — disse Martin.

— Rebecca e eu só conversávamos com ele, procurando explicar como tínhamos acabado naquela situação. Depois desses três dias, o Peregrino foi para um motel no centro de Houston. Toda noite, ele ia até a nossa casa e começamos a convidar alguns amigos nossos também.

— Eu era o empreiteiro que tinha construído o quarto novo na casa dos Greenwald — disse Antonio. — Quando Martin telefonou, pensei que ia ouvir algum tipo de pregador. Fui à casa deles uma noite e foi então que conheci o Peregrino. Havia muita gente na sala, e fiquei afastado em um canto. O Peregrino olhou para mim uns dois segundos, e isso mudou a minha vida. Era como se eu tivesse conhecido de verdade todos os meus problemas

— Ficamos sabendo sobre os Peregrinos muito depois — disse Joan. — Martin entrou em contato com outras pessoas através da internet e descobriu os sítios secretos da rede. O que era crucial saber era que cada Peregrino é diferente. Eles vêm de religiões e culturas diferentes. A maioria apenas visita um ou dois mundos. Quando retornam para este, têm interpretações diversas de suas experiências.

— O nosso Peregrino esteve no Segundo Mundo dos fantasmas famintos — explicou Martin. — O que ele viu lá fez com que com-

O PEREGRINO

preendesse por que as pessoas estão tão desesperadas para alimentar a fome de suas almas. Ficam procurando novos objetos e novas experiências que só as satisfazem por um breve tempo.

— A Imensa Máquina nos mantém insatisfeitos e amedrontados — disse Antonio. — É só mais uma maneira de nos tornar obedientes. Fui percebendo aos poucos que todas aquelas coisas que eu comprava não me deixavam mais feliz. Meus filhos tinham problemas na escola. Minha mulher e eu falávamos de divórcio. Às vezes eu acordava às três da manhã e ficava lá deitado, pensando na minha dívida dos cartões de crédito.

— O Peregrino nos fez sentir que não estávamos irremediavelmente presos — disse Rebecca. — Ele olhou para todos nós, apenas um grupo de pessoas comuns, e nos ajudou a ver como podíamos melhorar nossa vida. Ele nos fez entender o que podíamos fazer por nossa conta.

Martin acenou com a cabeça lentamente.

— Nossos amigos conversaram com os amigos deles e depois de uma semana, mais ou menos, tínhamos uma dúzia de famílias vindo à nossa casa toda noite. Vinte e três dias depois da chegada dele, o Peregrino se despediu e foi embora.

— Depois que ele partiu, quatro famílias pararam de comparecer às reuniões — disse Antonio. — Sem o poder dele, não eram capazes de se libertar de seus antigos hábitos. Então outras pessoas pesquisaram os Peregrinos na internet e descobriram que era muito perigoso se opor à Imensa Máquina. Passou mais um mês e ficamos reduzidos a cinco famílias. E esse era o núcleo de pessoas que queriam mudar suas vidas.

— Nós não queríamos viver num mundo estéril, mas não queríamos desistir de trezentos anos de tecnologia — explicou Martin. — O que era melhor para o nosso grupo era uma mistura de alta tecnologia com pouca tecnologia. É uma espécie de "Terceiro Caminho". Então juntamos o nosso dinheiro, compramos esta terra e viemos para cá. O primeiro ano foi difícil à beça. Foi complicado montar as turbinas de vento para ter nossa fonte independente de energia. Mas Antonio foi sensacional. Ele projetou tudo e botou os geradores para funcionar.

— Nessa época, éramos só quatro famílias — disse Rebecca. — Martin nos convenceu a construir primeiro o centro comunitário. Usando telefones por satélite, conseguimos nos conectar com a internet. Agora damos suporte técnico para clientes de três companhias diferentes. Essa é a principal fonte de renda da comunidade.

— Todos os adultos de Nova Harmonia têm de trabalhar seis horas por dia, cinco dias por semana — explicou Martin. — Você pode trabalhar no centro comunitário, ajudar na escola ou na estufa. Produzimos cerca de um terço da nossa comida, ovos, legumes e verduras e compramos o resto. Não existe crime na nossa comunidade. Não temos hipotecas nem dívidas de cartão de crédito. E temos o maior luxo de todos: muito tempo livre.

— E o que vocês fazem com esse tempo? — perguntou Maya.

Joan pôs seu copo na mesa.

— Faço caminhadas com a minha filha. Ela conhece todas as trilhas por aqui. Alguns adolescentes estão me ensinando a voar de asa-delta.

— Eu faço mobília por encomenda — disse Antonio. — É como uma obra de arte, só que se pode usar. Eu fiz esta mesa para o Martin.

— Estou aprendendo a tocar violoncelo — disse Rebecca. — Meu professor vive em Barcelona. Com uma câmera de computador, ele pode me ver e me ouvir tocar.

— Eu passo o tempo me comunicando com outras pessoas pela internet — disse Martin. — E algumas vieram viver em Nova Harmonia. Agora temos vinte e uma famílias aqui.

— Nova Harmonia ajuda a espalhar informações sobre a Imensa Máquina — disse Rebecca — Dois anos atrás, a Casa Branca propôs algo chamado carteira de identidade Elo Protetor. A proposta foi rejeitada no Congresso, mas ouvimos dizer que atualmente está sendo usado pelos funcionários das grandes empresas.

O PEREGRINO

Dentro de poucos anos o governo vai reapresentar a idéia e torná-la obrigatória.

— Mas vocês não se isolaram realmente da vida moderna — disse Maya. — Têm computadores e eletricidade.

— E medicina moderna — disse Joan. — Eu consulto outros médicos pela internet e temos um seguro básico de grupo para o caso de alguma doença grave. Não sei se é o exercício, a dieta ou a ausência de estresse, mas as pessoas raramente ficam doentes por aqui.

— Não queríamos fugir do mundo e fingir ser fazendeiros medievais — disse Martin. — O nosso objetivo era obter o controle das nossas vidas e provar que esse nosso Terceiro Caminho podia funcionar. Há outros grupos como Nova Harmonia, a mesma mistura de alta tecnologia com pouca tecnologia, e estamos todos conectados pela internet. Uma nova comunidade acabou de ser criada no Canadá, uns dois meses atrás.

Gabriel estava calado havia algum tempo, mas não parava de olhar para Martin.

— Diga uma coisa — disse ele. — Qual era o nome desse Peregrino?

— Matthew.

— E o sobrenome?

— Ele nunca nos contou — disse Martin.

— Vocês têm alguma foto dele?

— Acho que tenho uma no baú de guardados. — Rebecca se levantou. — Quer que eu...

— Não precisa — disse Antonio. — Eu tenho uma.

Ele enfiou a mão no bolso da calça e tirou um caderno de anotações com capa de couro cheio de listas, antigos recibos e plantas de construções. Pôs o caderno em cima da mesa, folheou as páginas e tirou uma pequena fotografia.

— Minha mulher tirou essa foto quatro dias antes de o Peregrino ir embora. Ele jantou na minha casa aquela noite.

Segurando a pontinha da fotografia como se fosse uma relíquia preciosa, Antonio estendeu o braço por cima da mesa. Gabriel pegou a foto e ficou olhando para ela um longo tempo.
— E quando foi tirada?
— Uns oito anos atrás.
Gabriel olhou para eles. Seu rosto exibia dor, esperança, alegria.
— Este é o meu pai. Achamos que tinha morrido, carbonizado num incêndio, mas aqui está ele... sentado ao lado de vocês.

40

Gabriel examinou a foto antiga do pai sob o céu estrelado. Queria acima de tudo que o irmão estivesse ali com ele. Michael ia compreender. Estavam juntos olhando para os restos carbonizados da casa da fazenda na Dakota do Sul. Tinham viajado pelo país juntos, cochichando baixinho quando a mãe dormia. Será que o pai ainda estava vivo? Será que procurava os filhos?

Os irmãos Corrigan viviam à procura do pai, tinham sempre esperança de vê-lo sentado num ponto de ônibus ou espiando pela janela de um café. Às vezes, quando entravam numa nova cidade, os irmãos se entreolhavam, tensos e animados. Talvez o pai deles estivesse morando lá. Podia estar bem perto... muito perto... era só seguir dois quarteirões para oeste e virar à esquerda. Foi só quando chegaram a Los Angeles que Michael anunciou que as especulações tinham terminado. Que o pai deles estava definitivamente morto. Vamos esquecer o passado e seguir com a nossa vida.

As estrelas cintilavam lá no alto e Gabriel fez perguntas para os quatro membros da Nova Harmonia. Antonio Cardenas e os outros foram gentis, mas não puderam dar muitas informações. Não sabiam como encontrar o Peregrino. Ele não tinha entrado em contato com eles novamente nem deixado um endereço.

– Ele alguma vez mencionou que tinha uma família? Uma mulher? Dois filhos?

Rebecca pôs a mão no ombro de Gabriel.

— Não. Ele nunca disse nada.
— O que ele disse quando se despediu?
— Ele abraçou cada um de nós e ficou parado na porta. — A voz de Martin estava embargada, cheia de emoção. — Ele disse que homens poderosos tentariam nos intimidar e nos encher de ódio. Eles tentariam controlar nossas vidas e nos distrair...
— ... com ilusões atraentes — disse Joan.
— É. Com ilusões atraentes. Mas nós nunca devíamos esquecer que a Luz estava nos nossos corações.

A fotografia — e a reação de Gabriel — resolveu um problema. Antonio deixou de acreditar que ele e Maya eram espiões da Tábula. Enquanto bebiam o resto do vinho, Antonio explicou que a comunidade protegia um Desbravador do Caminho e que essa pessoa vivia num lugar isolado a cerca de cinco quilômetros ao norte dali. Se eles quisessem, poderia levá-los até lá na manhã seguinte.

Maya voltou para a Casa Azul em silêncio. Quando chegaram à porta, ela passou a frente de Gabriel e entrou primeiro na casa. Aquele ato provocava uma sensação de agressividade, como se em cada lugar novo eles corressem o perigo de ser atacados. A Arlequim não acendeu as luzes. Parecia ter decorado a posição de cada móvel. Examinou toda a casa rapidamente e os dois ficaram frente a frente na sala de estar.

— Calma, Maya. Estamos seguros aqui.

A Arlequim balançou a cabeça como se ele tivesse dito uma grande tolice. Segurança era uma palavra falsa para ela. Mais uma ilusão.

— Eu não conheci seu pai e não sei onde ele está — disse Maya. — Mas só queria dizer que... talvez ele tenha feito isso para proteger vocês. Sua casa foi destruída. Sua família passou a viver na clandestinidade. De acordo com o nosso espião, os membros da

O PEREGRINO

Tábula pensaram que vocês estivessem mortos. E estariam a salvo se Michael não tivesse voltado para a Grade.
— Pode ter sido esse o motivo. Mas eu ainda...
— Você quer vê-lo.
Gabriel fez que sim com a cabeça.
— Talvez você o encontre um dia. Se tiver o poder de se transformar num Peregrino, pode encontrá-lo em outro mundo.

Gabriel subiu a escada para a cama no mezanino. Tentou dormir, mas não conseguiu. Talvez Maya tivesse razão. Ele poderia encontrar o pai e Michael em outra dimensão. Um vento frio desceu pelo cânion e balançou o vidro da janela. Gabriel se sentou na cama e tentou se transformar num Peregrino. Nada daquilo era real. Seu corpo não era real. E podia deixá-lo. Era muito simples.
Ficou mais ou menos uma hora se debatendo consigo mesmo. Partindo do princípio de que eu tenho esse poder, tudo que preciso fazer é aceitar o fato. A mais B é igual a C. A lógica não funcionou, ele fechou os olhos e foi envolvido pelas emoções. Podia encontrar o pai e conversar com ele, se conseguisse se libertar daquela prisão que era seu corpo de carne e osso. Mentalmente Gabriel procurou partir da escuridão para a luz, mas ao abrir os olhos continuava sentado na cama. Com raiva e frustrado, socou o colchão.
Depois de um tempo, acabou dormindo e acordou com o nascer do sol e enrolado no cobertor. Quando o sol iluminou todos os cantos do mezanino, ele se vestiu e desceu a escada. Não havia ninguém no banheiro e o quarto também estava vazio. Foi pelo corredor até a cozinha e espiou por uma fresta da porta. Maya estava sentada com a espada no colo e a mão esquerda espalmada sobre a mesa, olhando para um raio de sol no piso de cerâmica vermelha. A espada e a expressão tensa e concentrada deram a Gabriel a impressão de que a Arlequim estava desligada de qualquer contato humano concreto. Duvidou de que existisse vida mais solitária

do que aquela: sempre perseguida, sempre preparada para lutar e para morrer.
Maya virou um pouco a cabeça quando Gabriel entrou na cozinha.
— Eles deixaram alguma coisa para o café da manhã? — perguntou ele.
— Tem chá e café solúvel no armário. Leite, manteiga e pão na geladeira.
— Para mim está bom. — Gabriel encheu de água uma chaleira e pôs na boca do fogão elétrico. — Por que não preparou alguma coisa?
— Não estou com fome.
— Sabe alguma coisa desse Desbravador do Caminho? — perguntou Gabriel. — Se ele é jovem ou velho? Qual a nacionalidade dele? Não nos deram nenhuma informação ontem à noite.
— O Desbravador é o segredo deles. Escondê-lo é o ato de resistência da comunidade contra a Imensa Máquina. Antonio estava certo quanto a uma coisa. Essa comunidade teria problemas sérios, se a Tábula descobrisse que estamos aqui.
— E o que vai acontecer depois do encontro com o Desbravador? Você vai ficar só me vendo fazer papel de bobo?
— Tenho outras coisas para fazer. Não esqueça que a Tábula continua procurando você. Tenho de fazer com que acreditem que está em outro lugar.
— E como planeja fazer isso?
— Você disse que seu irmão lhe deu dinheiro e um cartão de crédito quando se separaram na confecção.
— Eu às vezes usava os cartões dele — disse Gabriel. — Não tenho nenhum no meu nome.
— Será que pode me emprestar?
— Mas e a Tábula? Eles não vão rastrear o número do cartão?
— É exatamente isso que eu quero — disse Maya. — Vou usar o cartão e a sua motocicleta.

O PEREGRINO

Gabriel não queria perder a motocicleta, mas sabia que Maya estava certa. A Tábula conhecia o número da placa da moto e mais uma dúzia de maneiras de rastreá-lo. Tudo da sua antiga vida precisava ser descartado.

– Está bem. – Ele deu pra ela o cartão de crédito de Michael e a chave da motocicleta.

Parecia que Maya queria dizer alguma coisa importante para ele, mas ela se levantou sem dizer nada e foi para a porta.

– Tome seu café – disse ela. – Antonio vai chegar em poucos minutos.

– Isso pode ser uma perda de tempo. Talvez eu não seja um Peregrino.

– Eu já considerei essa possibilidade.

– Então não arrisque sua vida nem faça loucuras.

Maya olhou para ele e sorriu. Gabriel sentiu que naquele momento havia uma ligação entre os dois. Não exatamente de amizade, mas de soldados do mesmo exército. E então, pela primeira vez no relacionamento deles, ele ouviu a Arlequim dar uma risada.

– Tudo é loucura, Gabriel. Mas vá encontrar a sua sanidade.

Antonio Cardenas apareceu dez minutos depois e disse que ia levá-los de carro para o lugar onde o Desbravador do Caminho morava. Gabriel pegou a espada de jade e a sacola de lona cheia de roupas. Na traseira da picape, havia três sacos de lona com comida enlatada, pão e legumes frescos da estufa.

– Logo que o Desbravador chegou, passei semanas no lugar instalando um moinho para fornecer energia para uma bomba de água e luz elétrica – disse Antonio. – Agora só apareço lá a cada duas semanas para levar suprimentos.

– E como ele é? – perguntou Gabriel. – Você não nos contou nada.

Antonio acenou para algumas crianças, enquanto a picape seguia lentamente pela estrada.

— O Desbravador do Caminho é uma pessoa muito forte. É só dizer a verdade que tudo dará certo.

Chegaram à rodovia de duas pistas que voltava para San Lucas, mas saíram dela alguns quilômetros depois e entraram numa estrada de asfalto abandonada que cortava o deserto em linha reta. Havia placas de *Proibida a Entrada* por toda parte, algumas penduradas em postes de aço, outras caídas na estrada esburacada.

— Isso aqui já foi uma base de mísseis — explicou Antonio. — Usaram-na por trinta anos. Toda cercada. Ultra-secreta. Então o Ministério da Defesa retirou os mísseis e vendeu a terra para a Secretaria de Saneamento do município. Quando o município resolveu se desfazer da propriedade, nós compramos todos os cento e sessenta hectares.

— Isso parece um deserto — disse Maya.

— Vocês vão ver que isso representa certas vantagens para o Desbravador do Caminho.

Iúcas e cactos inclinados por cima da estrada arranhavam as laterais da picape. Uns cem metros da estrada estavam cobertos de areia e depois o caminho reaparecia. O terreno começou a se elevar e eles passaram por pilhas de pedras vermelhas e bosques de xerófilas. Cada arvorezinha anã do deserto erguia seus galhos cheios de espinhos como os braços de um profeta rezando para o céu. Fazia muito calor e o sol parecia cada vez maior acima deles.

Depois de vinte minutos de direção cautelosa, chegaram a uma cerca de arame farpado e uma porteira dilapidada.

— Daqui para frente temos de ir a pé — disse Antonio e todos desceram da picape.

Carregando os sacos de suprimentos, passaram por um buraco na porteira e seguiram pela estradinha.

Gabriel avistou um dos moinhos de vento de Antonio ao longe. O calor que subia da terra fazia a torre balançar e se inclinar. Sem tempo para reagir, ele viu uma cobra atravessando a estrada. Tinha mais ou menos um metro de comprimento, cabeça arredondada, corpo preto com listras creme. Maya parou e pôs a mão na bainha com a espada.

— Não é venenosa — disse Gabriel. — Acho que deve ser uma *garter* ou uma *gopher*. Elas costumam ser bem ariscas.

— É uma cobra comum — disse Antonio. — E não são nada ariscas por aqui.

Continuaram andando e viram outra grande cobra movendo-se na terra, depois uma terceira tomando banho de sol na estrada. Todas tinham corpos pretos, mas o desenho e a cor das listras variavam. Branco. Creme. Amarelo-claro.

Apareceram mais cobras na estrada e Gabriel parou de contar. Dúzias de répteis se enrolavam e deslizavam e olhavam para todos os lados com seus olhinhos pretos. Maya ficou nervosa... sua atitude parecia quase de medo.

— Você não gosta de cobras?

Ela abaixou os braços e procurou relaxar.

— Não há muitas na Inglaterra.

Chegaram mais perto do moinho de vento e Gabriel notou que tinha sido construído ao lado de uma área retangular de concreto, mais ou menos do tamanho de um campo de futebol. Parecia um imenso bunker de metralhadoras abandonado pelo exército. Diretamente ao sul dessa área de concreto, havia um pequeno trailer de alumínio que refletia a luz do deserto. Um pára-quedas tinha sido montado como proteção contra o sol sobre uma mesa de madeira de piquenique e caixas de plástico cheias de ferramentas e suprimentos.

O Desbravador do Caminho estava ajoelhado na base do moinho, pregando uma longarina de reforço. Usava calça jeans, camisa xadrez de manga comprida e luvas grossas de couro. Um capacete de soldador cobria seu rosto e ele parecia muito concentrado na chama enquanto soldava dois pedaços de metal.

Uma cobra de um metro e meio passou, quase encostando no bico da bota de Gabriel. Ele viu que a areia dos dois lados da estrada tinha milhares de marcas em S, sinal dos movimentos dos répteis na terra seca.

A cinqüenta metros da torre, Antonio gritou e acenou. O Desbravador ouviu, ficou de pé e levantou o capacete. A primeira impressão de Gabriel foi de que era um homem idoso, de cabelo branco. À medida que foi se aproximando, viu que iam ao encontro de uma mulher, com mais de setenta anos. A testa dela era larga e o nariz reto. Era um rosto muito forte, sem um pingo de sentimentalismo.

– Bom-dia, Antonio. Trouxe amigos dessa vez.

– Dra. Briggs, esse é Gabriel Corrigan. Ele é filho de um Peregrino e quer saber se...

– Sim, claro. Sejam bem-vindos.

A doutora tinha um leve sotaque da Nova Inglaterra. Tirou uma das luvas de soldador e apertou a mão de Gabriel.

– Eu sou Sophia Briggs.

Os dedos dela eram fortes e os olhos azul-esverdeados muito intensos, analíticos. Gabriel teve a sensação de estar sendo avaliado. Ela se virou para Maya.

– E você é...

– Maya. Amiga do Gabriel.

A dra. Briggs ficou olhando para a bainha negra de metal pendurada no ombro de Maya. Como Antonio, soube imediatamente o que continha.

– Muito interessante. Pensei que todos os Arlequins estivessem mortos, dizimados em um dos seus gestos tipicamente autodestrutivos. Talvez você seja jovem demais para esse negócio.

– E talvez você seja velha demais.

– Esse é o espírito – disse Sophia. – Um pouco da resistência dos Arlequins. Gosto disso.

Ela apontou para o trailer e jogou o equipamento de solda dentro de uma caixa de leite no chão. Assustadas com o barulho, duas cobras grandes saíram do escuro embaixo do trailer e colearam para o moinho.

O PEREGRINO

— Bem-vindos à terra das *Lampropeltis getula*, a cobra comum do deserto. É claro que elas não têm nada de comum. São corajosas, inteligentes, répteis adoráveis, mais uma dádiva de Deus para este mundo decadente. As que vocês estão vendo são da subespécie *splendida*, a cobra do deserto do Arizona. Elas comem cobras venenosas e cascavéis, além de sapos, pássaros e ratos. Elas adoram matar ratos. Especialmente aqueles grandes, horríveis.

— A dra. Briggs estuda cobras — disse Antonio.

— Eu sou bióloga, especializada em répteis. Lecionei vinte e oito anos na Universidade de New Hampshire até me forçarem a sair. Vocês deviam ver o presidente Mitchell, um homenzinho bobo que mal consegue subir uma escada sem ficar ofegante e bufando, dizendo que eu era frágil demais para a sala de aula. Que bobagem. Algumas semanas depois do jantar da aposentadoria, comecei a receber mensagens dos meus amigos na internet de que a Tábula havia descoberto que eu era um Desbravador do Caminho.

Antonio deixou o saco com alimentos em cima da mesa.

— Mas ela se recusava a partir.

— E por que deveria? Não sou covarde. Tenho três armas de fogo e sei como usá-las. Então Antonio e Martin arrumaram este lugar e me atraíram para cá. Vocês dois são alunos muito espertos.

— Sabíamos que você não podia resistir — disse Antonio.

— E tinham razão. Cinqüenta anos atrás, o governo desperdiçou milhões de dólares construindo este ridículo campo de mísseis. — Sophia passou pelo trailer e apontou para a região em volta. Gabriel viu três enormes discos de concreto apoiados em estruturas de aço enferrujado. — Lá estão as tampas dos silos. Podiam ser abertas e fechadas por dentro. Era ali que armazenavam os mísseis.

Ela deu meia-volta e apontou para um monte de terra a uns oitocentos metros de distância.

— Depois que os mísseis foram retirados daqui, o município transformou aquela área lá num depósito de lixo. Sob vinte centímetros de terra e uma cobertura de plástico, estão vinte anos de lixo podre que sustenta uma população enorme de ratos. As ratazanas comem o lixo e se multiplicam. As cobras comem os ratos e vivem e se reproduzem nos silos. Eu estudo as *splendida* e elas têm tido bastante sucesso até agora.

— E o que nós vamos fazer? — perguntou Gabriel.

— Vamos almoçar, é claro. É melhor comer esse pão antes que fique seco.

Sophia distribuiu tarefas para todos e eles prepararam uma refeição com os alimentos perecíveis. Maya ficou encarregada de fatiar uma bisnaga de pão e irritou-se com a faca, que era meio cega. O almoço era simples, mas delicioso. Tomates frescos temperados com vinagre e azeite. Um queijo de cabra cortado em pedaços grandes. Pão de centeio. Morangos. Como sobremesa, Sophia pegou uma barra de chocolate belga e deu exatamente dois quadrados para cada um.

Havia cobras por toda parte. Quando ficavam no caminho, Sophia as recolhia com firmeza e levava até um lugar de terra úmida perto da cobertura do pára-quedas. Maya se sentou de pernas cruzadas no estilo da ioga, como se uma das cobras pudesse se enroscar nelas. Enquanto comiam, Gabriel aprendeu mais alguns fatos sobre Sophia Briggs. Sem filhos. Nunca se casou. Tinha consentido em fazer uma cirurgia no quadril alguns anos antes mas, fora isso, mantinha distância dos médicos.

Aos quarenta e poucos anos, Sophia começou a viajar todos os anos para o Serpentário Narcisse em Manitoba para estudar as cinqüenta mil cobras *garter* de barriga vermelha que saíam de suas cavernas de calcário para o ciclo anual de reprodução. Ficou muito amiga de um padre católico que vivia na região e, depois de muitos anos, ele revelou que era um Desbravador do Caminho.

— Padre Morrissey era um homem extraordinário — disse ela. — Como a maioria dos padres, presidia milhares de batizados, casamentos e enterros, mas tinha realmente aprendido alguma coisa com essa experiência. Era um homem muito perspicaz. Muito sábio. Às vezes eu tinha a impressão de que ele podia ler a minha mente.

O PEREGRINO

— E por que ele escolheu você? — perguntou Gabriel.
Sophia partiu um pedaço de pão.
— As qualidades do meu povo não são as melhores do mundo. Na verdade, não gosto muito de gente. As pessoas são vaidosas e tolas. Mas eu me exercitei para ser observadora. Consigo me concentrar numa coisa e descartar os detalhes supérfluos. Talvez padre Morrissey pudesse encontrar alguém melhor, mas ele teve um câncer linfático e morreu dezessete semanas após o diagnóstico. Tirei seis meses de licença, sentei ao lado do leito dele e ele me passou seus conhecimentos.

Quando todos terminaram de comer, Sophia se levantou e olhou para Maya.

— Acho que é hora de você ir, minha jovem. Tenho um telefone por satélite no trailer que funciona a maior parte do tempo. Telefono para o Martin quando terminar.

Antonio pegou os sacos vazios e saiu assobiando pela estrada. Maya e Gabriel ficaram quietos, um ao lado do outro, sem dizer nada. Ele pensou no que podia dizer para ela. Cuide-se. Faça uma boa viagem. Até breve. Nenhuma despedida comum parecia adequada para uma Arlequim.

— Até logo — disse ele.
— Até logo.
Maya deu alguns passos, parou e olhou para ele.
— Mantenha a espada de jade sempre com você — disse ela. — Não esqueça. É um talismã.

E então ela foi embora. Seu corpo foi ficando cada vez menor e desapareceu na estrada.

— Ela gosta de você.
Gabriel deu meia-volta e percebeu que Sophia os observava.
— Nós nos respeitamos...
— Se uma mulher me dissesse isso, acharia que ela era muito burrinha, mas você é só um homem típico. — Sophia voltou para a mesa e começou a tirar os pratos usados. — Maya gosta de você, Gabriel. Mas isso é totalmente proibido para um Arlequim. Eles

têm um grande poder. Em troca desse dom, devem ser as pessoas mais solitárias do mundo. Ela não pode deixar que qualquer tipo de emoção comprometa sua capacidade de julgamento.

Os dois guardaram os suprimentos e lavaram os pratos numa bacia de plástico. Sophia fez perguntas para Gabriel sobre as experiências dele naquelas últimas semanas. Sua formação científica ficou bem clara no modo sistemático que obtinha as informações.

– Como sabe disso? – ela sempre perguntava. – Por que acha que isso é verdade?

O sol foi se aproximando do horizonte ocidental. À medida que o solo rochoso foi esfriando, o vento foi ganhando força. O pára-quedas batia e se enchia de ar como uma vela de barco. Sophia achou graça quando Gabriel descreveu suas tentativas frustradas para se tornar um Peregrino.

– Alguns Peregrinos conseguem aprender a passar para outras dimensões sozinhos – disse ela. – Mas não no nosso mundo frenético.

– Por que não?

– Nossos sentidos estão sobrecarregados com todo esse ruído e essas luzes brilhantes à nossa volta. Antigamente um pretenso Peregrino podia se isolar numa caverna ou encontrar refúgio numa igreja. É preciso estar num ambiente tranqüilo, como o nosso silo de mísseis. – Sophia tampou o resto das caixas de alimentos e encarou Gabriel. – Quero que você prometa que ficará no silo por pelo menos oito dias.

– Parece muito tempo – disse Gabriel. – Achei que saberia logo se eu tenho o poder para fazer a travessia.

– Essa descoberta é sua, meu jovem, não minha. Aceite as regras ou volte para Los Angeles.

– Tudo bem. Oito dias. Não tem problema. – Gabriel foi até a mesa pegar sua mochila e a espada de jade. – Quero fazer isso, dra. Briggs. É importante para mim. Talvez eu possa entrar em contato com meu pai e com meu irmão...

— Eu não pensaria nisso. Não ajuda muito. — Sophia afastou uma cobra de um recipiente de guardados e pegou um lampião a gás. — Sabe por que eu gosto de cobras? O Todo-poderoso as criou para serem limpas, belas... e simples. Observe as cobras: se quiser libertar sua mente, terá de se livrar de todas as futilidades de sua vida.

Gabriel olhou em volta, para a área dos mísseis e a paisagem do deserto. Ele se sentia como se estivesse a ponto de abandonar tudo e partir em uma longa viagem.

— Faço tudo que for necessário.
— Ótimo. Vamos lá para baixo.

41

Um grosso cabo negro de energia ligava o gerador de eletricidade do moinho ao silo de mísseis. Sophia Briggs seguiu esse cabo através da área cimentada até uma rampa que descia para uma área coberta com piso de aço.

– Quando guardavam os mísseis aqui, a entrada principal era por um elevador de carga. Mas o governo levou o elevador quando vendeu a propriedade para o município. As cobras entram por dezenas de caminhos diferentes, mas nós temos de usar a escada de emergência.

Sophia pôs o lampião a gás no chão e acendeu o pavio com um fósforo. Quando o lampião se iluminou com uma chama branca, ela puxou uma escotilha com as duas mãos e expôs uma escada de aço que descia para a escuridão. Gabriel sabia que as cobras do deserto não representavam perigo para as pessoas, mas ficou meio aflito de ver um espécime bem grande deslizando nos degraus.

– Para onde ela vai?

– Para um de muitos lugares. Há entre três e quatro mil *splendida* no silo. É o lugar onde elas procriam. – Sophia desceu dois degraus e parou. – As cobras incomodam você?

– Não. Mas parece um pouco incomum.

– Toda nova experiência é incomum. O resto da vida é apenas sono e reuniões de negócios. Agora venha e feche a porta.

O PEREGRINO

Gabriel hesitou um pouco, depois foi atrás dela e fechou a escotilha. Ele estava nos primeiros degraus de uma escada que formava um caracol ao lado de um poço de elevador protegido por uma gaiola de arame. Havia duas cobras na frente dele e muitas outras dentro da gaiola, subindo e descendo pelos antigos canos condutores, como se fossem ramificações de uma auto-estrada de répteis. Elas pareciam gostar de deslizar uma por cima da outra com as lingüinhas saindo e entrando na boca, saboreando o ar.

Ele seguiu Sophia escada abaixo.

— Já orientou alguém que pensava ser um Peregrino?

— Tive dois alunos nos últimos trinta anos: uma jovem e um homem mais velho. Nenhum deles conseguiu atravessar, mas talvez tenha sido culpa minha. — Ela olhou para trás. — Não se pode *ensinar* as pessoas a ser Peregrino, Gabriel. É mais uma arte do que uma ciência. A única coisa que um Desbravador pode fazer é tentar escolher a técnica certa para a pessoa descobrir o próprio poder.

— E como faz isso?

— O padre Morrissey me ajudou a decorar *Os 99 caminhos*. É um livro manuscrito com noventa e nove técnicas e exercícios criados durante anos por visionários de diversas religiões. Se você não estivesse preparado para o livro, poderia pensar que é tudo magia e ilusão, um monte de besteiras imaginadas pelos santos cristãos, pelos judeus que estudam a Cabala, pelos monges budistas e assim por diante. Mas *Os 99 caminhos* não é nada místico. É uma lista de idéias práticas com um mesmo objetivo: libertar a Luz do seu corpo.

Seguiram pela escada até o fundo do poço do elevador e pararam na frente de uma porta enorme de segurança que ainda pendia de uma dobradiça. Sophia ligou duas partes do cabo elétrico e uma lâmpada acendeu perto de um gerador abandonado. Empurraram a porta, seguiram por um corredor curto e entraram num túnel que era suficientemente espaçoso para uma picape passar. Vigas enferrujadas se emparelhavam nas paredes como as costelas de um animal enorme. O chão era coberto de placas de aço. Antigos dutos de ventilação e canos de água corriam pelo teto. A velha iluminação fluorescente tinha sido desligada e a única luz que tinham provinha de seis lâmpadas comuns, presas ao cabo de energia.

— Esse é o túnel principal — disse Sophia. — De uma extremidade à outra, tem cerca de um quilômetro e meio. Toda a área é como um lagarto gigante enterrado. Estamos bem no centro do corpo do lagarto. Ande para o norte, para a cabeça, e chegará ao silo do míssil um. As pernas da frente do lagarto levam ao silo dois e ao silo três e as duas patas de trás, para o centro de controle e para os alojamentos. Ande para o sul até o fim da cauda e encontrará a antena do rádio que era guardada aqui no subterrâneo.

— Onde estão todas as cobras?

— Embaixo do piso e nos dutos em cima de você. — Sophia guiou Gabriel pelo túnel. — É muito perigoso explorar este lugar sem saber para onde está indo. Todo o piso é oco, montado sobre molas de aço para suportar o choque de uma explosão. Há níveis construídos sobre outros níveis e em alguns pontos a queda pode ser bem longa.

Viraram num corredor lateral e entraram num grande salão redondo. As paredes externas eram feitas de blocos de concreto pintados de branco e quatro meias-paredes dividiam o espaço em quartos de dormir. Um desses quartos tinha uma cama turca dobrável com um saco de dormir em cima, um travesseiro e um colchonete de espuma. A poucos metros da cama, havia um lampião a gás, um balde com tampa que servia de sanitário e três garrafas de água.

— Aqui era o dormitório da equipe. Fiquei aqui embaixo algumas semanas quando fiz meu primeiro censo da população das *splendida*.

— E é aqui que vou ficar?

— É. Por oito dias.

O PEREGRINO

Gabriel examinou o quarto vazio. Fez lembrar uma prisão. Sem reclamações, ele pensou. Faça apenas o que ela disser. Deixou cair seu saco de lona no chão e se sentou no catre.

– Está bem. Então vamos em frente.

Sophia começou a andar de um lado para outro, pegando pedaços de concreto quebrado e jogando todos num canto.

– Vamos começar com o básico. Todos os seres vivos têm uma espécie de energia que chamamos de Luz. Você pode chamar de "alma", se quiser. Não ligo a mínima para teologia. Quando as pessoas morrem, a Luz delas volta para a energia que nos cerca. Mas os Peregrinos são diferentes. A Luz deles pode ir embora e depois voltar para seus corpos vivos.

– Maya disse que a Luz viaja para outros mundos.

– É. As pessoas chamam essas dimensões de "reinos" ou "mundos paralelos". Nesse caso, você também pode usar o termo que faz mais sentido para você. As escrituras de todas as principais religiões descrevem características diferentes desses mundos. São a fonte de todas as visões místicas. Muitos santos e profetas escreveram sobre esses mundos, mas os monges budistas que vivem no Tibete foram os primeiros que procuraram entendê-los. Antes da invasão dos chineses, o Tibete era uma teocracia de mais de mil anos. Os camponeses ajudavam os monges e as monjas que examinavam os relatos de Peregrinos e organizavam os dados num sistema. Os seis mundos não são um conceito budista ou tibetano. Os tibetanos são simplesmente o primeiro grupo a descrever a coisa como um todo.

– E como é que consigo fazer isso?

– A Luz se liberta do seu corpo. Você precisa estar em movimento para o processo acontecer. A primeira vez é surpreendente, chega a ser doloroso. Então a sua Luz tem de atravessar quatro barreiras para atingir cada um dos diferentes mundos. Esses obstáculos são compostos por água, fogo, terra e ar. Não há uma ordem determinada para atravessá-los. Depois que a sua Luz descobre uma passagem, você sempre encontra essa passagem de novo.

— E aí você entra nos seis mundos — disse Gabriel. — E como eles são?

— Nós estamos vivendo no Quarto Mundo, Gabriel. Essa é a realidade humana. E como o nosso mundo parece? Lindo. Horrível. Cheio de sofrimento. Extasiante. — Sophia pegou uma lasca de concreto e jogou num canto do quarto. — Qualquer realidade com cobras do deserto e sorvete de menta com chocolate tem seu lado bom.

— Mas e os outros lugares...

— Cada pessoa é capaz de encontrar traços dos mundos no próprio coração. Os mundos são dominados por uma qualidade específica. No Sexto Mundo dos deuses, o pecado é o orgulho. No Quinto Mundo dos semideuses, o pecado é inveja. Você precisa entender que não estamos falando de Deus, o poder que criou o Universo. Segundo os tibetanos, os deuses e semideuses são como seres humanos, mas de outra realidade.

— E nós estamos no Quarto Mundo...

— Onde o pecado é o desejo. — Sophia virou-se e ficou observando uma cobra descendo lentamente por um cano condutor. — Os animais do Terceiro Mundo ignoram a existência de todos os outros. O Segundo Mundo é habitado pelos fantasmas famintos que nunca se satisfazem. O Primeiro Mundo é uma cidade de ódio e fúria, governada por pessoas sem compaixão. Há outros nomes para esse lugar: Sheol, Hades, Inferno.

Gabriel se levantou como um prisioneiro preparado para o pelotão de fuzilamento.

— Você é a Desbravadora do Caminho. Então me diga o que devo fazer.

Sophia Briggs achou graça da atitude dele.

— Está cansado, Gabriel?

— Foi um dia muito longo.

— Então você deve dormir.

Sophia tirou uma caneta hidrocor do bolso e foi até a parede.

— Você precisa derrubar as diferenças entre este mundo e os

seus sonhos. Vou mostrar o octogésimo primeiro caminho. Foi descoberto pelos judeus cabalistas que viviam no norte da Galiléia, na cidade chamada Safed.

Com a caneta, Sophia escreveu quatro letras hebraicas na parede.

– Esse é o tetragrammaton, o nome de Deus de quatro letras. Procure guardar essas letras na sua mente quando for dormir. Não pense em você nem em mim... nem nas *splendida*. Quando estiver dormindo deve se perguntar três vezes: "Estou acordado ou estou sonhando?" Não abra os olhos, fique no mundo onírico e observe o que acontece.

– É só isso?

Ela sorriu e saiu do quarto.

– É um começo.

Gabriel tirou as botas, se deitou na cama e ficou olhando para as quatro letras em hebraico. Não conseguia lê-las nem pronunciá-las, mas as formas começaram a flutuar na mente dele. Uma letra parecia um abrigo numa tempestade. Uma bengala. Outro abrigo. E depois uma pequena linha curva que parecia uma cobra.

Ele caiu num sono profundo, depois achou que estava acordado, ou meio acordado, não tinha certeza. Olhava para baixo, para o tetragrammaton desenhado com areia vermelha num piso de ardósia cinza. E uma lufada de vento desmanchou o nome de Deus.

Gabriel acordou molhado de suor. Alguma coisa tinha acontecido com a lâmpada do dormitório e o salão estava às escuras. Uma luzinha fraca entrava pelo corredor que levava ao túnel principal.

– Alô! – gritou ele. – Sophia?

– Estou indo.

Gabriel ouviu passos chegando ao dormitório. Mesmo no escuro, Sophia parecia saber para onde ia.

– Isso acontece toda hora. A água se infiltra no concreto e entra nas ligações elétricas. – Sophia bateu com o dedo na lâmpada e o filamento acendeu. – Pronto.

Sophia foi até a cama e apontou para o lampião a gás.
— Esse lampião é seu. Se a luz apagar ou se quiser sair por aí explorando, leve com você. — Ela analisou a expressão dele. — Dormiu bem?
— Dormi.
— Teve consciência do seu sonho?
— Quase. Mas não pude continuar lá.
— Tudo isso leva tempo. Venha comigo. E traga a sua espada.

Gabriel seguiu Sophia para o túnel principal. Não sabia quanto tempo tinha dormido. Já era de manhã ou ainda era noite? Notou que a iluminação das lâmpadas sempre mudava. Vinte e cinco metros acima deles, o vento balançava as folhas das iúcas e empurrava as pás do moinho. Às vezes o vento ficava mais forte e as lâmpadas mais brilhantes. Quando o vento diminuía ou parava, toda a energia saía das baterias e os filamentos das lâmpadas ficavam cor de laranja como brasas de uma fogueira que se apaga.

— Eu quero que você trabalhe o caminho dezessete. Como você trouxe essa espada, parece uma boa idéia. Esse caminho foi inventado pelos japoneses ou chineses, algum povo que cultua a espada. Ensina a concentrar seus pensamentos em não pensar.

Pararam no fim do túnel e Sophia apontou para uma poça de água nas placas de aço enferrujadas do chão.
— Lá vamos nós...
— O que eu tenho de fazer?
— Olhe para cima, Gabriel. Bem para cima.

Ele levantou a cabeça e viu um pingo de água se formando numa das vigas curvadas acima deles. Três segundos depois a gota caiu e bateu no aço na frente dele.

— Empunhe sua espada e corte a gota ao meio antes de bater no chão.

Gabriel chegou a imaginar que Sophia estava brincando, inventando uma tarefa impossível, mas ela não sorriu. Gabriel sacou a espada de jade. A lâmina polida cintilou no escuro. Segurando a arma com as duas mãos, ele ficou numa posição de

O PEREGRINO

kendo e esperou a hora do ataque. A gota lá em cima foi crescendo, tremeu e então caiu. Ele brandiu a espada e errou completamente.

— Não tente se antecipar — disse ela. — Apenas fique preparado.

A Desbravadora do Caminho deixou Gabriel sozinho embaixo da viga. Uma nova gota de água estava se formando. Ia cair em dois segundos. Um segundo. Agora. A gota caiu e ele golpeou com a espada, com esperança e desejo.

42

Depois do confronto no prédio de Michael, Hollis voltou para sua academia de artes marciais na Florence Avenue e deu as últimas aulas do dia. Disse para seus dois melhores alunos, Marco Martinez e Tommy Wu, que ia passar a academia para eles. Marco daria as aulas para os alunos mais avançados e Tommy para os iniciantes. Eles dividiriam igualmente os custos no primeiro ano e depois podiam resolver se queriam continuar com a sociedade.

– Alguns homens podem aparecer aqui procurando por mim. Podem ser verdadeiros policiais ou pessoas com identidades falsas. Digam para eles que resolvi voltar para o Brasil e participar novamente do circuito das lutas.

– Você precisa de dinheiro? – perguntou Marco. – Eu tenho trezentos dólares no meu apartamento.

– Não. Está tudo bem. Espero receber um pagamento de pessoas na Europa.

Tommy e Marco olharam um para o outro. Deviam estar achando que Hollis andava traficando drogas.

Hollis parou num mercadinho no caminho de casa e percorreu os corredores jogando alimentos numa cesta de compras. Estava começando a entender que tudo que um dia pensara ser uma grande decisão – deixar a igreja, viajar para o Brasil – era apenas uma preparação para aquele momento em que Vicky Fraser e Maya entraram na sua academia. Ele podia ter se recusado a ajudá-las, mas não seria a coisa certa. Ele estava se preparando para aquela batalha a vida inteira.

No carro, indo para casa, Hollis procurava desconhecidos que não combinavam com a população do bairro. Sentiu-se vulnerável ao abrir o portão e estacionar seu carro na garagem. Algo se mexeu no escuro quando abriu a porta dos fundos e entrou na cozinha. Deu um pulo para trás e riu ao ver que era Garvey, seu gato.

Àquela altura, a Tábula já sabia que um homem negro enfrentara três dos seus mercenários num elevador. Hollis sabia que não ia demorar para os computadores deles apresentarem seu nome. Shepherd tinha usado Vicki para encontrar Maya no aeroporto. A Imensa Máquina já devia ter os nomes de todos da igreja de Jones local. Hollis se desligara da igreja havia alguns anos, mas a congregação sabia que ele era mestre em artes marciais.

Apesar de a Tábula querer matá-lo, ele não ia fugir. E tinha motivos práticos para isso. Precisava receber o pagamento de cinco mil dólares dos Arlequins e permanecer em Los Angeles também combinava com seu estilo de luta. Hollis era um contra-atacante. Sempre que lutava num torneio, deixava o oponente atacar no início de cada round. Quando levava um golpe, ele se sentia forte e com a justificativa de ter de se defender. Queria que os bandidos tomassem a iniciativa para poder destruí-los.

Hollis carregou seu fuzil e se sentou na sala de estar escura. Deixou a televisão e o rádio desligados e comeu cereal do desjejum como jantar. De vez em quando, Garvey aparecia com o rabo para o alto e olhava desconfiado para ele. Quando anoiteceu, Hollis subiu no telhado da casa com um colchonete de espuma e um saco de dormir. Escondido atrás do equipamento de ar-condicionado, deitou de costas e ficou olhando para o céu. Maya tinha dito que os membros da Tábula usavam aparelhos de imagens térmicas para ver através das paredes. Hollis podia se defender durante o dia, mas não queria que a Tábula soubesse onde estava dormindo. Deixou o ar-condicionado ligado e torceu para que o calor do motor elétrico ocultasse o calor do seu próprio corpo.

No dia seguinte, o carteiro entregou uma encomenda da Alemanha: dois livros sobre tapetes orientais. Não havia nada entre as páginas, mas quando cortou as capas com uma navalha, encontrou cinco mil dólares em notas de cem. A pessoa que enviou o dinheiro incluiu também um pequeno cartão de um estúdio de gravação alemão. Nas costas do cartão, alguém havia escrito um endereço de site na internet e uma mensagem social. *Solitário? Novos amigos esperam por você.* Hollis sorriu enquanto contava o dinheiro. Novos amigos esperam por você. Arlequins. Para valer. Bem, ele talvez precisasse de apoio num novo encontro com os membros da Tábula.

Hollis pulou o muro e conversou com seu vizinho dos fundos, um ex-líder de gangue chamado Deshawn Fox, que vendia aros de roda sob medida. Deu mil e oitocentos dólares para Deshawn comprar uma picape usada com cobertura de encerado na carroceria.

Três dias depois, a picape já estava na entrada da casa de Deshawn com roupas, comida enlatada e munição. Enquanto Hollis procurava equipamento de camping, Garvey entrou no espaço entre o telhado e o teto do sótão. Hollis tentou atrair o gato com um rato de borracha e com um prato de atum em lata, mas Garvey continuou escondido entre os caibros.

Uma caminhonete da companhia de eletricidade apareceu e três homens de capacete fingiram consertar o cabo elétrico na esquina. Um novo carteiro também apareceu, um homem branco mais velho, com cabelo cortado no estilo militar, que tocou a campainha e esperou alguns minutos, depois foi embora. Hollis subiu para o telhado depois que o sol se pôs, com seu fuzil e algumas garrafas de água. A iluminação da rua e a poluição dificultavam a visão das estrelas, mas ele se deitou de costas e observou os jatos circulando na chegada ao aeroporto de Los Angeles. Procurou não pensar em Vicki Fraser, mas o rosto dela flutuava na sua mente. A maioria das garotas jonesie permanecia virgem até o casamento. Hollis ficou imaginando se ela também era assim ou se tinha namorados secretos.

O PEREGRINO

Acordou por volta das duas horas da madrugada, quando ouviu um ruído no portão de entrada. Algumas pessoas pularam por cima do portão trancado e caíram no piso de concreto. Depois de alguns segundos, os mercenários da Tábula arrombaram a porta do fundos com os pés e entraram na casa.

— Não está aqui! — vozes gritaram.

— Nem aqui!

Um prato e uma panela caíram no chão.

Passaram dez ou quinze minutos. Hollis ouviu a porta dos fundos ranger, depois o motor de dois carros e eles foram embora. Silêncio novamente. Ele pendurou o fuzil no ombro e desceu do telhado. Quando bateu com os pés no chão, destravou o pino de segurança da arma.

Parado num canteiro de flores, ele ouviu o som abafado do equipamento de som de um carro que passava pela rua. Hollis já ia pular o muro para a casa de Deshawn quando se lembrou do gato. Os mercenários da Tábula podiam ter assustado Garvey e ele talvez tivesse saído do sótão enquanto vasculhavam a casa.

Hollis abriu a porta dos fundos e entrou na cozinha. Entrava só um pouco de luz pelas janelas, mas deu para ver que os membros da Tábula tinham destruído tudo. A porta do armário estava aberta e tudo que havia dentro dos armários da cozinha tinha sido jogado no chão. Hollis pisou nos cacos de um prato quebrado e se assustou com o barulho. Acalme-se, pensou. Os bandidos já foram embora.

A cozinha ficava nos fundos da casa. Um corredor curto dava no banheiro, em um quarto e no outro, onde guardava seu equipamento de ginástica. No final desse corredor, outra porta se abria para a sala de estar em L. A parte maior do L era onde Hollis ouvia música e assistia à televisão. Tinha transformado a pequena área lateral no que chamava de "quarto da lembrança", onde guardava porta-retratos com fotos da sua família, antigos troféus de caratê e um caderno de anotações sobre suas lutas profissionais no Brasil.

Hollis abriu a porta do corredor e sentiu um cheiro ruim. Parecia de uma jaula suja num abrigo para animais.

— Garvey? — ele chamou baixinho, subitamente se lembrando do gato. — Onde é que você se meteu?

Com todo o cuidado, ele seguiu pelo corredor e encontrou alguma coisa espalhada no chão. Sangue. Tufos de pêlo. Aqueles filhos da mãe da Tábula tinham encontrado Garvey e o estraçalhado.

O cheiro ficou mais forte quando ele chegou perto da porta do fim do corredor. Ficou lá parado um minuto, ainda pensando no Garvey. E então ouviu um som que parecia uma risada aguda vindo da sala de estar. Seria algum animal? Será que os mercenários tinham deixado um cão de guarda na casa dele?

Hollis levantou o fuzil, abriu a porta de uma vez só e entrou na sala. A luz da rua era filtrada pelos lençóis que ele usava como cortina, mas Hollis viu um animal grande sentado no canto da sala de estar, perto do sofá. Chegou mais perto e viu que não era um cão e sim, uma hiena. Tinha ombros largos, orelhas curtas e mandíbula grande e poderosa. Quando a coisa viu Hollis, arreganhou os dentes.

Uma segunda hiena, de pêlo manchado, saiu das sombras do quarto da lembrança. Os dois animais se entreolharam e o líder, o que estava perto do sofá, emitiu um rosnado profundo. Procurando manter distância, Hollis foi em direção à porta da frente, que estava trancada. Ouviu um latido atrás dele, como um riso nervoso, e se virou para ver outra hiena saindo do corredor. Esse terceiro animal tinha ficado escondido até Hollis entrar na sala.

As três hienas se posicionaram formando um triângulo, com Hollis no meio. Ele sentiu o fedor delas, ouviu as garras arranhando o piso de madeira. Hollis começou a ter dificuldade para respirar. Uma sensação de medo intenso percorreu seu corpo. O líder emitiu um som de risada e exibiu as presas novamente.

— Vão para o inferno — disse Hollis e disparou o fuzil.

Atirou primeiro no líder, virou-se um pouco e acertou a hiena malhada perto do quarto da lembrança. O terceiro animal saltou

O PEREGRINO

para cima dele e Hollis se jogou de lado. Sentiu uma dor aguda no braço esquerdo perto do ombro e caiu no chão. Rolou de lado e viu a terceira hiena girando para atacar. Apertou o gatilho e atingiu o animal num ângulo baixo. As balas perfuraram o peito da hiena e ela foi jogada contra a parede.

Quando Hollis se levantou, pôs a mão no ombro e sentiu sangue. A hiena devia tê-lo arranhado com as garras ao pular em cima dele. Agora o animal estava caído de lado, respirando com dificuldade, com sangue saindo do ferimento no peito. Hollis olhou para ela, mas não chegou perto. A hiena olhava para ele com expressão de ódio.

A mesa de centro estava caída. Ele deu a volta e examinou a hiena líder. O animal tinha buracos de bala no peito e nas patas dianteiras. Os beiços estavam repuxados e parecia que o animal sorria.

Hollis pisou numa poça de sangue que se espalhou pelo chão. As balas tinham furado o pescoço da hiena malhada e quase arrancado a cabeça dela. Hollis se abaixou um pouco e viu que o pêlo amarelo-e preto do animal cobria uma pele fina que mais parecia couro de vaca. Garras afiadas. Focinho e dentes muito fortes. Era uma perfeita máquina de matar, bem diferente das hienas menores e mais ariscas que tinha visto nos filmes da televisão. Essa criatura era uma distorção, algo criado para caçar sem medo, para atacar e matar. Maya tinha avisado que os cientistas da Tábula tinham conseguido subverter as leis da genética. Qual a palavra que ela havia usado? Sobrepostos.

Alguma coisa mudou na sala. Ele deu as costas para a hiena malhada e percebeu que não ouvia mais o som da respiração ofegante da terceira hiena. Hollis levantou o rifle e viu uma sombra se movendo à esquerda. Virou-se na hora em que o líder ficava de pé e saltava sobre ele.

Hollis começou a atirar às cegas. Uma bala atingiu o líder e o animal caiu para trás. Ele continuou apertando o gatilho até esgotar as trinta balas. Segurou o fuzil pelo cano, correu e começou a golpear o animal com fúria histérica, esmagando o crânio e a mandíbula da hiena. O cabo de madeira rachou, quebrou e soltou-se do cano. Ele ficou lá no escuro, agarrado à arma inútil.

Ouviu um som áspero. Garras arranhando o chão. A dois metros dele, a terceira hiena se levantava. O peito continuava encharcado de sangue, mas ela se preparava para atacar. Hollis jogou o fuzil nela e correu para o corredor. Fechou a porta, mas a hiena partiu em disparada, jogou-se contra a porta e conseguiu abri-la.

Hollis entrou no banheiro, fechou a porta e encostou o corpo na madeira compensada fina, segurando a maçaneta. Pensou em fugir pela janela mas percebeu que a porta não agüentaria mais que dois segundos.

O animal geneticamente modificado se chocou com força contra a porta. Ela se abriu alguns centímetros, mas Hollis empurrou com os pés e conseguiu fechá-la de novo. Encontre uma arma, pensou. Qualquer coisa. Os mercenários da Tábula tinham espalhado as toalhas e os artigos de toucador pelo chão do banheiro. Ainda escorando a porta, Hollis se abaixou e mexeu desesperadamente naquela bagunça. A hiena bateu na porta outra vez, abrindo um pouco. Hollis viu os dentes da criatura e ouviu a risada frenética, então usou toda a sua força para fechar a porta.

Havia uma lata de aerossol no chão. Um isqueiro a gás em cima da pia. Pegou os dois, recuou cambaleando até a janela e a porta abriu com violência. Hollis olhou nos olhos do animal um segundo e viu a intensidade do desejo de matar. Foi como encostar num fio elétrico desencapado e sentir uma chicotada de energia maligna percorrer seu corpo.

Hollis apertou o botão da lata e espirrou o conteúdo nos olhos da hiena, depois acendeu o isqueiro. Uma nuvem de fixador de cabelo pegou fogo e uma chama laranja atingiu a hiena. O animal soltou um uivo que parecia o grito de dor de um ser humano. Em chamas, a hiena correu pelo corredor até a cozinha. Hollis voou para o quarto de musculação, pegou um bastão de aço e seguiu o animal. A casa se encheu do cheiro acre de carne e pêlo queimados.

Hollis parou perto da porta da cozinha e ergueu a arma. Estava preparado para atacar, mas a hiena ainda uivava e queimava e avançava, até que acabou caindo embaixo da mesa e morreu.

43

Gabriel não sabia quanto tempo havia que estava no subterrâneo. Quatro ou cinco dias, talvez. Talvez mais. Sentia-se isolado do mundo lá fora e do ciclo diário de luz do sol e escuridão da noite.

O muro criado entre a vigília e o sonho começava a desaparecer. Em Los Angeles, os sonhos dele eram confusos ou sem sentido. Agora pareciam um tipo diferente de realidade. Quando adormecia concentrado no tetragrammaton, conseguia permanecer consciente nos sonhos e andar por eles como um visitante. O mundo dos sonhos era intenso, quase forte demais, por isso ele passava a maior parte do tempo olhando para os próprios pés, levantando a cabeça só de vez em quando para ver o novo ambiente que o cercava.

Dentro de um sonho, Gabriel caminhava por uma praia deserta onde cada grão de areia era uma estrela minúscula. Ele parou e observou um mar azul-esverdeado com pequenas ondas quebrando na praia. Uma vez, tinha ido parar numa cidade deserta com estátuas assírias barbudas incrustadas em enormes muros de tijolos. No centro da cidade, havia uma praça com aléias de bétulas, uma fonte e um canteiro de íris azuis. Cada flor, cada folha e cada lâmina de grama era perfeita e diferente: uma criação ideal.

Ao despertar de uma dessas experiências, Gabriel encontrou biscoitos, latas de atum e pedaços de frutas numa caixa plástica ao lado da cama. A comida aparecia quase como mágica e ele nunca descobriu como Sophia Briggs conseguia entrar no dormitório sem fazer barulho. Gabriel comeu até ficar saciado, então saiu do salão e entrou no túnel principal. Se Sophia não estivesse por lá, pegaria o lampião a gás e iria explorar o subterrâneo.

As cobras do deserto costumavam ficar longe das lâmpadas acesas no túnel principal, mas ele sempre as encontrava nas câmaras laterais. Às vezes se enroscavam formando uma massa ondulante de cabeças e caudas e corpos deslizantes. Em geral, ficavam paradas passivamente no chão como se estivessem digerindo alguma ratazana grande. As cobras nunca sibilavam para Gabriel nem faziam qualquer movimento ameaçador, mas ele ficava aflito de olhar para os olhos delas, límpidos e perfeitos como pequenas jóias negras.

Os répteis não faziam mal a ele, mas o próprio silo era perigoso. Gabriel explorou a sala de controle abandonada, o gerador e a antena de rádio. O gerador estava coberto de bolor, grudado no aço como um tapete verde peludo. Na sala de controle, os medidores e painéis tinham sido destruídos e saqueados. Cabos de eletricidade pendiam do teto como raízes numa caverna.

Gabriel lembrou ter visto uma pequena abertura em uma das tampas de concreto sobre um silo de lançamento. Talvez pudesse se arrastar para fora daquele buraco, até a luz do sol, mas a área dos mísseis era a parte mais perigosa do complexo subterrâneo. Gabriel tinha tentado explorar um silo de lançamento. Acabou se perdendo nas passagens escuras e quase caiu num buraco no chão.

Perto dos tanques vazios de combustível para o gerador de eletricidade, ele encontrou um exemplar de um jornal de Phoenix, o *Arizona Republic*, datado de quarenta e dois anos antes. O papel estava amarelado e esfarelando nas pontas, mas ainda era legível. Gabriel passou horas na cama dobrável, lendo as notícias, os classificados e os proclamas de casamento. Ele fingia que vinha de outro mundo e que o jornal era sua única fonte de informação sobre a raça humana.

A civilização que se revelava nas páginas do *Arizona Republic* parecia violenta e cruel. Mas também tinha coisas positivas.

Gabriel gostou de ler um artigo sobre um casal de Phoenix, casado há cinqüenta anos. Tom Zimmerman era um eletricista que gostava de miniaturas de trens. A mulher dele, Elizabeth, era professora aposentada, membro ativo da igreja metodista. Deitado na cama, Gabriel analisou a fotografia do qüinquagésimo aniversário de casamento do casal. Os dois sorriam para a câmera e tinham dado as mãos e entrelaçado os dedos. Gabriel tinha se envolvido com várias mulheres em Los Angeles, mas era como se essas experiências tivessem acontecido num passado muito distante. A fotografia dos Zimmerman era prova de que o amor era capaz de sobreviver à fúria do mundo.

O jornal antigo e a lembrança de Maya eram apenas distrações. Ele em geral ia até o túnel principal e encontrava Sophia Briggs. Um ano antes, ela havia contado todas as cobras dentro do silo de mísseis e agora estava fazendo outro censo para saber se a população tinha aumentado. Com uma lata de tinta aerossol atóxica, ela, ao encontrar uma cobra, marcava aquele espécime para saber que estava na contagem. Gabriel se acostumou a ver cobras do deserto com listras de néon laranja na pontinha do rabo.

Gabriel estava andando por um corredor comprido num sonho, abriu os olhos e se viu deitado no catre dobrável. Bebeu um pouco de água, comeu um punhado de biscoitos, saiu do dormitório e encontrou Sophia na sala de controle abandonada. A bióloga olhou para ele de cima a baixo, avaliando seu estado. Gabriel tinha sempre a sensação de ser um aluno novo nas turmas dela na faculdade.

— Dormiu bem? — perguntou ela.
— Bem.
— Encontrou a comida que deixei para você?
— Encontrei.

Sophia viu uma cobra se movendo no escuro. Ela agiu depressa, pintou uma listra no rabo da cobra e acrescentou aquele espécime no seu contador manual.

O PEREGRINO

— E como vai aquela simpática gota de água? Já cortou com a sua espada?
— Ainda não.
— Bem, talvez consiga dessa vez, Gabriel. Experimente de novo.

Ele voltou para o local com o piso molhado, encarou a gota no teto e amaldiçoou os noventa e nove caminhos. A gota de água era pequena e rápida demais. A lâmina da espada era estreita demais. Era uma tarefa impossível.

No início, Gabriel procurava se concentrar no que acontecia de fato, na gota que se formava, flexionando os músculos e segurando a espada como um jogador de beisebol à espera de uma bola rápida. Infelizmente não havia nada de regular naquele acontecimento específico. Às vezes a gota ficava vinte minutos sem cair. Às vezes duas gotas caíam com menos de dez segundos de intervalo. Gabriel golpeava com a espada e errava. Ele xingava e tentava de novo. A raiva enchia seu coração com tanta intensidade que chegava a pensar em fugir do silo e voltar a pé para San Lucas. Ele não era o príncipe perdido das histórias que a mãe contava, apenas um jovem tolo que obedecia às ordens de uma velha meio doida.

Naquele dia, não foi diferente, mais fracassos. Mas, parado com a espada na mão sozinho por um longo tempo, Gabriel se esqueceu de si mesmo e do seu problema. Apesar de continuar com a arma nas mãos, não sentia que a segurava de modo consciente. A espada era uma simples extensão da sua mente.

A gota d'água caiu, mas dessa vez foi em câmara lenta. Quando girou a espada, estava um passo atrás da própria experiência, observando a lâmina tocar na gota de água e dividi-la em duas. O tempo parou naquele momento e ele viu tudo muito claramente — a espada, suas mãos e as duas metades da gota de água partindo em direções opostas.

Então o tempo voltou a passar e a sensação desapareceu. Tinham se passado apenas alguns segundos, mas parecia um vislumbre da eternidade.

Gabriel deu meia-volta e saiu correndo pelo túnel.
— Sophia! — gritou ele. — Sophia! — E sua voz ecoou nas paredes de cimento.
Ela ainda estava na sala de controle, escrevendo alguma coisa num pequeno caderno com capa de couro.
— Algum problema? — perguntou Sophia.
Gabriel gaguejava, como se sua língua não funcionasse mais.
— Eu... eu cortei a gota com a espada de jade.
— Bom. Muito bom. — Ela fechou o caderno — Você está progredindo.
— Tinha mais alguma coisa, mas é difícil explicar. O tempo parece que ficou mais lento enquanto acontecia.
— Você viu isso?
Gabriel olhou para o chão.
— Eu sei que parece maluquice.
— Ninguém pode fazer o tempo parar — disse Sophia. — Mas há pessoas que conseguem concentrar seus sentidos bem além das fronteiras normais. Pode parecer que o mundo está indo mais devagar, mas tudo isso acontece dentro do seu cérebro. Sua percepção ficou acelerada. De vez em quando, grandes atletas conseguem fazer isso. Jogam ou chutam uma bola e são capazes de ver tudo com a maior precisão. Às vezes os músicos ouvem cada um dos instrumentos de uma orquestra sinfônica num mesmo momento. Pode até acontecer com pessoas comuns que meditam ou rezam.
— E isso acontece com os Peregrinos?
— Os Peregrinos são diferentes de nós porque eles podem aprender a controlar esse tipo de percepção intensificada. Dá a eles o poder de ver o mundo com imensa clareza — Sofia analisou o rosto de Gabriel como se os olhos dele pudessem dar-lhe a resposta. — Você pode fazer isso, Gabriel? É capaz de apertar um botão na sua mente e fazer o mundo parecer andar mais devagar e parar um pouquinho?
— Não. A coisa toda simplesmente aconteceu.

O PEREGRINO

Ela meneou a cabeça.
— Então temos de continuar trabalhando.
Sophia pegou seu lampião e foi saindo da sala.
— Muito bem. Vamos experimentar o décimo sétimo caminho para aprimorar seu senso de equilíbrio e de movimento. Quando o corpo de um Peregrino se move levemente, ajuda a liberar a Luz.

Alguns minutos depois, eles estavam sobre uma laje na metade da altura do silo de duzentos metros que tinha abrigado a antena de rádio. Uma viga de aço, de uns oito centímetros de largura, atravessava o silo. Sophia levantou o lampião e mostrou para Gabriel que a queda dali era de uns cem metros até uma pilha de máquinas abandonadas.

— Há uma moeda na viga, mais ou menos no meio dela. Vá pegá-la.
— Se eu cair, vou quebrar as pernas.
Sophia não pareceu preocupada.
— É, se cair pode quebrar as pernas. Mas acho mais provável que quebre os dois tornozelos. É claro que se cair de cabeça poderá morrer. — Ela abaixou o lampião e fez sinal com a cabeça. — Pode começar.

Gabriel respirou fundo e pisou de lado na viga, de modo a apoiar seu peso nos arcos dos pés. E começou a se arrastar para longe da laje, com todo o cuidado.

— Assim não está certo — disse Sophia. — Pise com os dedos para frente.
— Assim é mais seguro.
— Não, não é. Seus braços devem estar estendidos num ângulo de noventa graus com a viga. Concentre-se na sua respiração, não no seu medo.

Gabriel virou a cabeça para falar com Sophia e perdeu o equilíbrio. Balançou de um lado para outro, abaixou-se e agarrou a viga com as duas mãos. Já ia cair de novo, mas estendeu as pernas para frente e montou na viga. Levou dois minutos para voltar para a laje.

– Isso foi patético, Gabriel. Tente novamente.
– Não.
– Se quer ser um Peregrino...
– Eu não quero morrer. Pare de me pedir coisas que nem você consegue fazer.

Sophia pôs o lampião na laje. Pisou na viga como o acrobata que anda na corda bamba, foi rapidamente até o meio da viga, abaixou-se e pegou a moeda. A velha mulher pulou para o alto, girou no ar e caiu em um pé só. Voltou bem depressa para a laje e jogou a moedinha na direção de Gabriel.

– Descanse um pouco, Gabriel. Você já está acordado há muito mais tempo do que pensa. – Ela pegou o lampião e foi para o túnel principal. – Quando eu descer de novo vamos experimentar o caminho vinte e sete. Esse é bem antigo, criado no século XII por uma freira alemã chamada Hildegard de Bingen.

Furioso, Gabriel jogou fora a moeda e foi atrás de Sophia.

– Há quanto tempo estou aqui embaixo?
– Não se preocupe com isso.
– Não estou preocupado. Só quero saber. Quanto tempo faz que estou aqui e quantos dias me restam?
– Vá dormir. E não se esqueça de sonhar.

Gabriel pensou em ir embora, mas desistiu da idéia. Se saísse antes do prazo, teria de explicar sua decisão para Maya. Se ficasse mais alguns dias e falhasse, ninguém ia se importar com o que poderia acontecer com ele.

Dormir. Mais um sonho. Olhou para cima e viu que estava no pátio de um prédio grande, de tijolos. Parecia um tipo de mosteiro ou escola, mas não havia ninguém por ali. Só papéis espalhados pelo chão, soprados pelo vento.

Gabriel passou por uma porta aberta e entrou num corredor comprido, com janelas quebradas à direita. Não havia corpos nem

O PEREGRINO

manchas de sangue, mas ele percebeu na mesma hora que naquele lugar tinha havido uma luta. O vento açoitava os caixilhos das janelas sem vidro. Uma folha de caderno pautada deslizou no chão diante dele. Gabriel foi até o fim do corredor, dobrou a esquina e viu uma mulher de cabelo preto sentada no chão, segurando um homem no colo. Foi se aproximando e viu que o homem era ele mesmo, estava com os olhos fechados e parecia não estar respirando.

A mulher levantou a cabeça e afastou o cabelo comprido do rosto. Era Maya. Sua roupa estava cheia de sangue e sua espada quebrada no chão, ao lado da sua perna. Ela abraçava o corpo dele com força, balançando para frente e para trás. Mas a coisa mais impressionante era que a Arlequim estava chorando.

Gabriel acordou numa escuridão tão absoluta que nem conseguia saber se estava vivo ou morto.

– Alô! – ele gritou e o som da sua voz ecoou nas paredes de concreto do dormitório.

Alguma coisa devia ter acontecido com o fio elétrico ou com o gerador. Todas as lâmpadas estavam apagadas e ele era refém da escuridão. Procurou não entrar em pânico, apalpou embaixo da cama e encontrou seu lampião e uma caixa de fósforos. Assustou-se com o clarão da chama do palito de fósforo. Acendeu o pavio e o dormitório se encheu de luz.

Ajustou a manga do lampião e ouviu o som áspero de um chocalho. Olhou para a esquerda bem na hora em que a cascavel armava o bote a meio metro da sua perna. A cobra tinha entrado no silo, talvez atraída pelo calor do corpo dele. Seu chocalho vibrava intensamente na extremidade da cauda e o réptil moveu a cabeça para trás, pronto para atacar.

Sorrateira e silenciosa, uma enorme cobra do deserto saiu da sombra como uma linha negra e reta e mordeu a cascavel na parte de trás da cabeça. As duas cobras caíram juntas no chão e a cobra do deserto se enrolou em volta da sua presa.

Gabriel pegou o lampião e saiu do dormitório tropeçando. As luzes estavam apagadas em toda a extensão do túnel principal e ele levou cinco minutos para encontrar a escada de emergência para a superfície. Suas botas emitiam um ruído oco enquanto ele subia os degraus até a escotilha. Chegou ao patamar superior, empurrou a escotilha com força e viu que estava trancada.
– Sophia! – gritou Gabriel. – Sophia!
Mas ninguém respondeu. Ele voltou para o túnel principal e ficou parado ao lado da linha de lâmpadas apagadas. Todas as suas tentativas de se transformar num Peregrino tinham falhado. Parecia inútil continuar. Se Sophia ia manter a escotilha trancada, ele ia ter de entrar nos silos de lançamento e encontrar outra saída.
Gabriel saiu apressado rumo ao norte pelo túnel e entrou no labirinto de corredores e passagens. Os silos tinham sido construídos para resistir à explosão das chamas quando os mísseis eram lançados e ele só encontrava dutos de ventilação que não iam a lugar nenhum. Finalmente parou de andar e olhou para o lampião que segurava. Com um intervalo de poucos segundos, a chama tremia como se recebesse uma lufada fraca de brisa. Lentamente ele foi andando na direção de onde vinha a corrente de ar até sentir o ar fresco fluindo no túnel. Passou por uma porta empenada e foi parar numa plataforma que partia da parede do silo de lançamento central.
O silo era uma imensa caverna vertical com as paredes de concreto. Anos antes, o governo havia retirado as armas apontadas para a Rússia, mas Gabriel ainda conseguia ver a silhueta sombreada de uma plataforma de míssil a cerca de noventa metros abaixo dele. Uma escada em caracol subia da base do silo até a abertura lá em cima. E sim, lá estava um raio de sol, transpondo uma fresta na tampa do silo.
Alguma coisa pingou no rosto dele. A água de algum lençol subterrâneo escorria pelas rachaduras do cimento da parede. Gabriel soprou a chama do lampião e começou a subir na direção da luz. A escada balançava cada vez que ele pisava num degrau.

O PEREGRINO

Cinqüenta anos de água tinham enferrujado os parafusos de aço que prendiam a estrutura na parede.

Mais devagar, ele pensou. É preciso ter cuidado. Mas a escada começou a tremer como se estivesse viva. De repente, um parafuso se desprendeu da parede e caiu na escuridão abaixo. Gabriel parou e ouviu o parafuso ricochetear na plataforma. E então, como balas de uma metralhadora, uma fileira de parafusos se desprendeu do concreto e a escada toda começou a se soltar da parede.

Ele largou o lampião e se agarrou ao corrimão com as duas mãos quando a parte de cima da escada foi caindo na direção dele. O peso da queda da estrutura arrancou mais parafusos e então ele começou a cair visivelmente, apenas para bater de volta no concreto, a uns seis metros abaixo do patamar da saída. O corrimão ficou preso por apenas um dos suportes.

Gabriel ficou um tempo pendurado na balaustrada, dominado pelo medo. O silo se abria embaixo dele como um portal para uma escuridão infinita. Lentamente começou a subir pela balaustrada e então ouviu um rugido enorme.

Havia algo de errado com o lado direito do seu corpo. Parecia paralisado. Ele procurou se segurar e viu um braço fantasma feito de pequenos pontos de luz sair do seu corpo, enquanto seu braço direito pendia imóvel. Estava se segurando com uma mão, mas não conseguia desviar os olhos da luz.

– Agüente firme! – berrou Sophia. – Estou bem aqui em cima de você!

O som da voz da Desbravadora do Caminho fez o braço fantasma desaparecer. Gabriel não conseguia ver onde Sophia estava, mas uma corda de náilon caiu lá de cima e bateu na parede de concreto. Ele estendeu a mão e agarrou a corda no momento em que o suporte do corrimão se desprendeu do cimento. O corrimão inteiro passou por ele e despencou no piso de lançamento.

Gabriel se içou até o patamar e ficou um tempo deitado na plataforma, ofegante, sem ar. Sophia estava de pé ao lado dele, segurando o lampião.

— Você está bem?
— Não.
— Eu estava lá em cima quando o gerador pifou. Fiz funcionar de novo e desci imediatamente.
— Você... você me trancou aqui.
— Isso mesmo. Ainda faltava um dia.

Gabriel se levantou e voltou para o corredor. Sophia foi atrás dele.

— Eu vi o que aconteceu, Gabriel.
— É. Eu quase morri.
— Não é disso que estou falando. O seu braço direito ficou inerte alguns segundos. Eu não pude ver, mas sei que a Luz saiu do seu corpo.
— Não tenho certeza se é dia ou se é noite, se estou acordado ou sonhando.
— Você é um Peregrino como seu pai. Não entende isso?
— Pode esquecer. Não quero que isso aconteça. Só quero ter uma vida normal.

Sophia não disse mais nada, deu um passo rápido para perto de Gabriel. Ela estendeu o braço, agarrou a parte de trás do cinto dele e o puxou com força. Gabriel teve a sensação de que alguma coisa rasgava, se partia dentro dele. Então sentiu a Luz saindo e flutuando para cima enquanto seu corpo caía de cara no chão. Ficou apavorado, querendo voltar desesperadamente para tudo que era familiar.

Gabriel olhou para suas mãos e viu que tinham se transformado em centenas de pontos de luz, cada um bem definido e brilhante como uma estrela. Sophia se ajoelhou ao lado do corpo inerte e o Peregrino flutuou para o alto, atravessando o teto de concreto.

As estrelas pareciam estar mais próximas umas das outras quando ele virou um ponto de energia concentrada. Ele era um mar inteiro contido numa gota de água, uma montanha espremida num grão de areia. Então a partícula que continha sua energia, sua

O PEREGRINO

verdadeira consciência, entrou numa espécie de canal ou passagem que o impulsionou para frente.

Aquele momento podia ter durado mil anos ou apenas um segundo. Gabriel tinha perdido toda a consciência do tempo. Só sabia que se movia com muita rapidez, voando pela escuridão, seguindo o limite curvo de um espaço restrito. Então o movimento cessou e ocorreu uma transformação. Uma respiração única, mais fundamental e difusa do que pulmões e oxigênio, preencheu o seu ser.

Vá agora. Encontre o caminho.

44

Gabriel abriu os olhos e se viu caindo no céu azul. Olhou para baixo, de um lado para o outro, mas não viu nada. Não havia chão embaixo dele. Nenhum lugar para aterrissar, nenhum destino. Aquela era a barreira de ar. E Gabriel percebeu que sempre soube que ela existia. Preso a um pára-quedas, ele tentara recriar aquela sensação no seu próprio mundo.

Mas agora estava livre do avião e da inevitável descida à terra. Gabriel fechou os olhos um tempo e abriu de novo. Arqueou as costas e abriu os braços, para controlar seus movimentos no ar. Procure a passagem. Era isso que Sophia tinha dito para ele. Havia uma passagem para atravessar as quatro barreiras e entrar nos outros mundos. Inclinou o corpo para a direita e começou a cair em círculos como um falcão à procura da presa.

O tempo passou e então ele viu ao longe uma linha fina e preta, como uma sombra flutuando no espaço. Gabriel esticou os braços, interrompeu a espiral da queda e desceu rapidamente para a esquerda, numa diagonal fechada. A sombra cresceu e adquiriu uma forma oval e ele planou na direção do centro negro.

Sentiu mais uma vez uma compressão de luz, um movimento para frente e o sopro de vida. Abriu os olhos e se viu de pé no meio de um deserto, a terra vermelha toda rachada como se sufocasse sem ar. Gabriel girou num calcanhar para examinar aquela nova paisagem. O céu era azul-safira. O sol tinha desaparecido, mas uma luz brilhava em todo o horizonte. Nenhuma rocha nem vegetação. Nada de vales nem de montanhas. Ele estava preso na barreira da terra, era a única matéria naquele mundo completamente plano.

Gabriel começou a andar. Parou, olhou em volta; sua visão panorâmica não tinha mudado nada. Abaixou-se e tocou a terra vermelha com os dedos. Precisava de um segundo ponto na paisagem, alguma marca que confirmasse a sua existência. Chutou e cavou o chão até juntar um monte de terra de uns vinte e cinco centímetros de altura.

Como uma criança que joga as coisas no chão e assim muda o mundo, ele deu algumas voltas no monte para ter certeza de que ainda estava lá. Começou a andar de novo, dessa vez contando os passos. Cinqüenta. Oitenta. Cem. Mas quando olhou para trás, o monte tinha desaparecido.

Gabriel sentiu uma onda de pânico pressionar seu coração. Ele se sentou, fechou os olhos e descansou, depois levantou de novo e recomeçou a andar. Procurou a passagem e se sentiu perdido, desesperado. Chutou a terra com a ponta da bota. Torrões subiam e caíam, imediatamente absorvidos por aquela nova realidade.

Virou rapidamente e viu uma mancha escura atrás dele. Era sua própria sombra que o seguia naquela viagem sem destino, mas a imagem tinha uma profundidade e uma nitidez incomuns, como se alguém a tivesse cortado no solo. Seria a saída? Será que estava lá o tempo todo? Ele fechou os olhos, caiu para frente e foi puxado pela abertura.

Respire, Gabriel pensou. Respire de novo. E viu que estava ajoelhado numa rua de terra que passava pelo meio de uma cidade. Gabriel se levantou ressabiado, esperando que o chão se abrisse e ele caísse no vazio, na água ou no mundo desértico. Bateu com o pé no chão contrariado, mas aquela nova realidade continuou lá, recusou-se a desaparecer.

A cidade lembrava um posto fronteiriço num filme antigo de faroeste. O tipo de lugar onde se encontram vaqueiros, xerifes e dançarinas de salão. Os prédios tinham dois e três andares, eram construídos com telhas e tábuas de madeira. Havia calçadas de madeira nos dois lados da rua, como se os construtores quisessem evitar que a lama espirrasse nas portas. Mas não havia lama, nem chuva, nem água em lugar nenhum. As poucas árvores da rua pareciam mortas. As folhas eram secas, quebradiças e marrons.

Gabriel desembainhou a espada de jade e segurou-a com força quando pisou na calçada de madeira. Experimentou uma maçaneta, estava destrancada, e entrou numa barbearia de um cômodo só, com três cadeiras. Havia espelhos nas paredes e Gabriel viu o próprio rosto e a espada nas mãos. Parecia assustado, como alguém que espera ser atacado a qualquer momento. Saia desse lugar. Depressa. E ele voltou para a calçada, sob o céu limpo e as árvores sem vida.

Todas as portas estavam destrancadas e ele começou a examinar cada prédio. Suas botas produziam um som oco nas tábuas da calçada. Descobriu uma loja de tecidos cheia de rolos de fazenda. Tinha um apartamento no andar de cima, com uma pia, uma bomba manual e um fogão de ferro fundido. A mesa estava posta com pratos e copos para três pessoas, mas as prateleiras e a caixa de gelo estavam vazias. Em outro prédio, encontrou uma oficina de tanoeiro com barris de madeira em diferentes estágios de fabricação.

A cidade tinha apenas duas ruas e elas se encontravam numa praça com bancos e um obelisco de pedra. Não havia nada escrito naquele memorial, só uma série de símbolos geométricos que incluía um círculo, um triângulo e um pentagrama. Gabriel foi seguindo pela rua até a cidade desaparecer e chegou a uma barreira de árvores mortas e arbustos de espinhos. Ficou algum tempo procurando um caminho, desistiu e voltou para a praça.

– Olá! – gritou ele. – Tem alguém aí?

O PEREGRINO

Mas ninguém respondeu. Começou a se sentir um covarde agarrado à espada e guardou-a na bainha de novo.

Uma construção perto da praça tinha uma cúpula abaulada em cima e a porta da frente era feita de madeira escura e pesada, com dobradiças de ferro. Gabriel entrou pela porta e se viu numa igreja com bancos e vitrais nas janelas com desenhos geométricos complexos. No fundo da nave, havia um altar de madeira.

Os habitantes ausentes da cidade tinham decorado o altar com rosas que estavam mortas e murchas, apresentando apenas uma leve idéia da sua cor original. Uma vela preta ardia no centro dessa oferenda seca. A chama brilhante tremulava de um lado para outro. Fora ele mesmo, era a única coisa viva e em movimento na cidade inteira.

Gabriel chegou perto do altar e respirou profundamente, como se suspirasse. A vela negra caiu do castiçal de bronze e a chama encostou nas pétalas e folhas secas. Uma rosa pegou fogo e uma chama alaranjada desceu pelo cabo e passou para outra flor. Gabriel saiu à procura de uma garrafa de água ou um balde de areia, qualquer coisa para apagar o fogo. Nada. Voltou e viu que o altar todo pegava fogo. As chamas giravam em torno dos pilares, e lambiam as volutas e arabescos.

Ele saiu correndo e parou no meio da rua. De boca aberta, mas sem dizer nada. Onde podia se esconder? Haveria algum refúgio por ali? Procurou controlar o medo e correu para o lado da rua onde ficavam a barbearia e a loja de tecidos. No fim da cidade, ele parou e olhou para a floresta. Todas as árvores estavam em chamas e a fumaça subia para o céu como uma grossa parede cinzenta.

Uma partícula de cinza tocou seu rosto e ele a afastou com a mão. Gabriel sabia que não tinha saída, mas correu de volta para a igreja. A fumaça escapava pelas frestas em volta da porta pesada. Os vitrais brilhavam por dentro. Ele viu aparecer uma rachadura na janela central que foi ficando mais larga, como uma ferida rasgada na pele de alguém. O ar se expandiu dentro do prédio e a janela explodiu, derramando cacos de vidro na rua. As labaredas saíram pelo batente da janela e uma fumaça negra subiu pelo lado da cúpula branca.

    Gabriel correu até o outro lado da cidade e viu um pinheiro explodir em chamas. Volte, pensou. Fuja daqui. Mas agora todos os prédios estavam pegando fogo. O calor intenso criou um vento que fez fagulhas rodopiarem como folhas numa tempestade de outono.

    Em algum lugar, no meio daquela destruição toda, devia haver uma saída, aquela passagem escura que o guiaria de volta para o mundo humano. Mas o fogo destruía todas as sombras e a fumaça que subia transformava o dia em noite. Quente demais, pensou. Não consigo respirar. Voltou para a praça e se ajoelhou ao lado do obelisco de pedra. Os bancos e o mato seco queimavam. Tudo se incendiava. Gabriel cobriu a cabeça com os braços e se encolheu todo. O fogo o cercou e penetrou na sua pele.

E então isso passou. Quando Gabriel abriu os olhos viu que estava no meio das ruínas carbonizadas da cidade e da floresta. Grandes toras de madeira ainda queimavam e fios de fumaça subiam para o céu cinza-ardósia.

    Gabriel deixou a praça e caminhou lentamente pela rua. A igreja, a oficina do tanoeiro e a loja de tecidos com o apartamento no andar de cima estavam destruídos. Pouco depois, ele chegou ao fim da cidade e aos restos da floresta. Algumas árvores tinham caído, mas outras continuavam de pé, como corpos feitos de linhas pretas com braços retorcidos.

    Seguiu seus próprios passos pelas ruas cobertas de cinzas e viu que um mourão de cerca tinha sobrevivido no meio daquela destruição toda. Gabriel tocou no mourão, deslizou a mão pela superfície lisa. Seria possível? Como aquilo tinha resistido? Ficou ali perto do poste, tentando entender seu significado, e viu um muro de reboco branco a uns seis metros de distância. O muro não existia minutos antes... ou talvez estivesse atordoado demais para notar.

O PEREGRINO

Continuou andando e encontrou uma cadeira de barbeiro no meio das cinzas. O objeto era completamente real. Podia tocar na cadeira, sentir o couro verde e os braços de madeira. E compreendeu que a cidade ia reaparecer exatamente da mesma forma. Ia se refazer, só para queimar novamente, num processo que se repetia eternamente. Aquela era a maldição da barreira de fogo. Se não encontrasse a passagem para sair dali, ficaria preso naquele ciclo interminável de renascimento e destruição.

Em vez de procurar uma sombra, ele voltou para a praça e encostou no obelisco. Diante dos seus olhos uma porta reapareceu, depois uma parte da calçada de madeira. A cidade começou a se formar e a reivindicar seu espaço, crescendo como uma criatura viva. A fumaça desapareceu e o céu ficou azul de novo. Estava tudo mudado, mas tudo era a mesma coisa, enquanto as cinzas se desfaziam à luz do sol, como flocos de neve suja.

E finalmente o processo se completou. Uma cidade com cômodos vazios e árvores mortas em volta dele. Só então sua mente recuperou certa clareza. Esqueça as elucubrações da filosofia. Havia apenas dois estados de ser: equilíbrio e movimento. A Tábula venerava o ideal do controle político e social, a ilusão de que tudo devia permanecer igual. Mas aquele era o vazio frio do espaço, não a energia da Luz.

Gabriel abandonou seu refúgio e partiu à procura de uma mancha negra. Como um detetive que procura uma pista, entrou em todos os prédios, abriu os armários vazios. Espiou embaixo das camas e procurou olhar para cada objeto de um ângulo diferente. Quem sabe não conseguiria ver a passagem se ficasse na posição correta?

Quando voltou para a rua, o ar parecia um pouco mais quente. A cidade estava renovada e completa, mas ganhando poder para a próxima explosão de fogo. Gabriel ficou irritado com a inevitabilidade do ciclo. Por que não podia impedir o que ia acontecer? Assobiou uma canção de Natal e curtiu o som débil no silêncio. Voltou para a igreja, abriu a porta e marchou para o altar de madeira.

A vela tinha reaparecido como se nada tivesse acontecido e ardia brilhante no seu castiçal de bronze. Gabriel lambeu o polegar e o indicador e estendeu a mão para apagar a chama. Assim que encostou na vela, a chama se separou do pavio e começou a flutuar em volta da cabeça dele como uma borboleta amarela. Pousou no cabo de uma rosa e o graveto seco começou a arder. Gabriel tentou apagar o fogo com a palma da mão, mas as fagulhas saltaram e caíram no resto do altar.

Em vez de correr para longe do fogo, ele se sentou num banco central e observou a destruição se espalhar pela igreja. Será que podia morrer naquele lugar? Se seu corpo fosse destruído, será que reapareceria, como o altar e a cadeira de barbeiro? Sentiu o calor intenso, mas tentou negar aquela nova realidade. Talvez tudo aquilo fosse um sonho, mais uma invenção da sua mente.

A fumaça tinha subido para o teto e começava a descer, puxada pela porta meio aberta. Quando Gabriel se levantou e já ia saindo da igreja, o altar virou uma coluna de fogo. A fumaça entrou nos seus pulmões. Ele começou a tossir, então olhou para a esquerda e viu uma sombra em uma das janelas de vitral. A sombra era preta e profunda; flutuava para lá e para cá como uma partícula trêmula de noite. Gabriel pegou um banco e arrastou até a parede. Subiu no banco, içou-se até a beirada estreita do peitoril da janela.

Desembainhou a espada, golpeou a mancha preta e sua mão direita desapareceu na negritude. *Pule*, ele pensou. *Salve-se*. Ele caiu na passagem escura, sendo puxado para frente, para o espaço. Foi só no último momento que olhou para trás e viu Michael parado na porta da igreja.

45

Com a moto de Gabriel escondida no interior da van, Maya foi para o norte, na direção de Las Vegas. Viu dezenas de placas na estrada anunciando vários cassinos, depois um conjunto de torres iluminadas despontando no horizonte. Passou por motéis na periferia da cidade, registrou-se no Frontier Lodge, que tinha dez quartos individuais projetados para parecerem cabanas de toras de madeira. O banheiro tinha manchas verdes escorrendo das torneiras e o colchão era afundado no meio, mas ela dormiu doze horas com sua espada ao lado.

Maya sabia que os cassinos deviam ter câmeras de vigilância e que algumas poderiam estar ligadas aos computadores da Tábula. Ao acordar, ela pegou uma seringa e injetou drogas para disfarçar os lábios e a pele embaixo dos olhos. As drogas fizeram com que parecesse inchada e acabada, como uma mulher que bebia demais.

Foi a um centro comercial e comprou roupas escandalosas e baratas – uma calça Capri, uma camiseta rosa e sandálias -, depois foi a uma loja em que uma senhora idosa vestida de vaqueira vendia maquiagem e perucas sintéticas. Maya apontou para uma peruca loura numa cabeça de isopor atrás do balcão.

– Esse é o modelo louro-champanhe, querida. Quer que embrulhe ou vai usá-la agora?

– Vou usar agora.

A vendedora balançou a cabeça, aprovando.

— Os homens adoram esse cabelo louro. Ficam enlouquecidos.

Agora estava pronta. Foi para a cidade, deixou a van num estacionamento atrás do Hotel Paris Las Vegas e passou pela entrada dos fundos para chegar ao saguão. O hotel era uma versão parque de diversões da Cidade Luz. Tinha uma torre Eiffel e um Arco do Triunfo, com a metade da altura dos originais, e prédios com as fachadas pintadas que imitavam o Louvre e a Ópera de Paris. Havia restaurantes e bares e uma enorme área de cassino onde as pessoas jogavam vinte-e-um ou apostavam nas máquinas caça-níqueis cheias de luzes.

Maya foi andando até outro hotel e viu gondoleiros levando turistas por um canal que não ia para lugar nenhum. Apesar de os dois hotéis terem temas diferentes, eram basicamente iguais. Nenhum salão de jogos tinha relógios ou janelas. Você estava lá e em lugar nenhum ao mesmo tempo. Assim que Maya entrou num cassino seu senso de equilíbrio a ajudou a perceber uma coisa que os turistas jamais entenderiam. O piso era levemente inclinado, de modo que a gravidade puxava os visitantes para dentro sem que eles percebessem, da parte do hotel para as máquinas caça-níqueis e para as mesas de vinte-e-um.

Para a maioria das pessoas, Las Vegas era um lugar alegre, onde se podia beber demais, apostar e observar mulheres desconhecidas tirando a roupa. Mas aquela cidade do prazer era uma ilusão tridimensional. Câmeras de vigilância sempre observando tudo e todos, computadores monitorando as apostas e uma legião de seguranças com bandeiras americanas costuradas na manga de seus uniformes cuidando para que nada de muito estranho acontecesse. Esse era o objetivo da Tábula: a aparência de liberdade com a realidade totalmente controlada.

Num ambiente tão organizado, seria difícil enganar as autoridades. Maya tinha passado a vida toda evitando a Imensa Máquina, mas naquele momento precisava acionar todos os sensores dela e escapar sem ser capturada. Tinha certeza de que os programas de computador da Tábula buscavam uma grande variedade de dados

O PEREGRINO

na Imensa Máquina, inclusive o uso do cartão de crédito de Michael. Se tivessem registrado o cartão como roubado, talvez ela tivesse de enfrentar os guardas de segurança que não conheciam a Tábula. Os Arlequins evitavam prejudicar cidadãos ou vagabundos, mas às vezes isso era necessário para sobreviver.

Depois de verificar o resto dos hotéis naquela rua, ela resolveu que o Hotel New York–New York tinha mais opções de fuga. Maya passou a tarde numa loja do Exército da Salvação, onde comprou duas malas usadas e roupas de homem. Comprou um kit de toalete e pôs dentro uma lata de creme de barbear, um tubo de pasta de dentes pela metade e uma escova de dentes que raspou no cimento do lado de fora da cabana do hotel. O detalhe final era o mais importante: mapas rodoviários com marcas a lápis indicando uma viagem de costa a costa, com a cidade de Nova York como destino final.

Gabriel tinha deixado o capacete, as luvas e a jaqueta de motociclista na van. Maya voltou para a cabana e vestiu o uniforme de motoqueiro. Era como se estivesse coberta com a pele de Gabriel, com a presença dele. Maya teve uma Vespa quando morava em Londres, mas a motocicleta italiana de Gabriel era uma máquina bem maior e muito mais possante. Era difícil controlá-la e sempre que passava uma marcha ouvia a embreagem rangendo.

Naquela noite, deixou a moto no estacionamento do Hotel New York – New York e usou um telefone público para reservar um quarto. Vinte minutos depois, ela se aproximou do balcão da recepção carregando duas malas.

– Meu marido fez a reserva – explicou para o recepcionista. – Ele vai chegar mais tarde, à noite.

O funcionário do hotel era um jovem musculoso, com uma penugem de cabelo louro cortado bem curto. Parecia um monitor de acampamento de esportes de verão na Suíça.

– Espero que vocês dois tenham um fim de semana bem divertido – ele disse e pediu algum tipo de identificação.

Maya entregou o passaporte falso e o cartão de crédito de Michael Corrigan. Os números passaram do terminal da recepção para um computador central e depois para o principal, em algum outro lugar do mundo. Maya observou atentamente a expressão do recepcionista, à procura do menor sinal de tensão se as palavras *cartão roubado* aparecessem na tela do monitor. Estava preparada para mentir, correr ou matar, se fosse necessário, mas o funcionário sorriu e lhe deu um cartão-chave de plástico. Maya entrou no elevador e teve de passar o cartão numa ranhura antes de apertar o botão do andar. Agora o computador do hotel sabia exatamente onde ela estava. No elevador, subindo para o décimo quarto andar.

A suíte de dois cômodos tinha uma televisão gigantesca. A mobília e as peças do banheiro eram maiores do que qualquer coisa que vira nos hotéis ingleses. Os americanos eram grandes, em geral, pensou Maya. Mas não era só isso, era questão de um desejo consciente de ser dominado pela decoração grandiosa.

Maya ouviu gritos e um ronco profundo. Abriu a cortina e viu que havia uma montanha-russa na cobertura de um prédio a uns cento e cinqüenta metros de distância da janela. Ignorou a distração, encheu a pia e a banheira de água, usou um sabonete e umedeceu algumas toalhas. Na sala de estar da suíte, ela pôs os mapas rodoviários e um lápis numa mesa de canto. Ela deixou ao lado da televisão um saco de papel com embalagens gordurosas de uma lanchonete. Com cada peça de lixo e de roupa, ela construía uma pequena história que seria lida e interpretada por algum mercenário da Tábula. Já devia fazer uns dez minutos que o número do cartão de crédito tinha entrado na Imensa Máquina. Maya voltou para o quarto, abriu as malas e pôs algumas roupas numa gaveta. Pegou a pequena pistola automática alemã que tinha achado na Auto-peças Ressurreição e escondeu embaixo de uma camisa dobrada.

A arma era a principal prova de que ela tinha estado no hotel. A Tábula nunca acreditaria que um Arlequim se desfaria propositalmente de alguma arma. Se a polícia descobrisse a pistola, ela seria registrada no banco de dados e os computadores da Tábula que varriam a internet a detectariam imediatamente.

Maya estava amassando os lençóis e cobertores quando ouviu um estalo baixinho no outro cômodo. Alguém tinha enfiado o cartão-chave na tranca e estava abrindo a porta.

Maya tocou a bainha da espada com a mão direita. Teve o desejo Arlequim de atacar – sempre atacar – e destruir a ameaça à sua segurança. Mas assim não atingiria seu verdadeiro objetivo, que era confundir a Tábula com informações falsas. Maya olhou em volta do quarto e viu uma porta corrediça de vidro que dava para uma varanda. Ela empunhou o estilete e se aproximou das cortinas. Levou poucos segundos para cortar duas tiras do tecido.

O piso rangeu na sala quando o intruso pisou de leve no tapete. A pessoa no outro cômodo parou alguns segundos perto da porta do quarto de dormir e Maya imaginou se estava criando coragem para atacar.

Segurando as tiras da cortina, ela abriu a porta de correr e entrou na varanda. O ar quente do deserto a envolveu. As estrelas ainda não tinham aparecido, mas luzes verdes e vermelhas de néon piscavam na rua lá embaixo. Não havia tempo para fabricar uma corda. Amarrou as duas tiras à balaustrada e passou por cima dela.

As cortinas eram de algodão fino e não suportariam seu peso. Quando Maya desceu um pouco, uma delas rasgou e se desprendeu. Ela ficou pendurada no ar, segurando a outra tira, e continuou a descer para o andar de baixo. Ouviu uma voz vindo de cima. Podiam tê-la visto.

Não havia tempo para pensar, nem sentir, nem ficar com medo. A Arlequim agarrou a balaustrada de ferro e se jogou na varanda. Sacou de novo o estilete e viu que tinha cortado a palma da mão. Amaldiçoada pela carne. Salva pelo sangue. Forçou a porta de correr e atravessou o quarto vazio.

46

O fato de a equipe estar sempre se antecipando às suas necessidades era um dos motivos para Michael gostar de morar no centro de pesquisa. Da primeira vez que ele voltou das barreiras, sentiu-se frágil e desnorteado, sem reconhecer muito bem a realidade do próprio corpo. Depois de alguns exames médicos, o dr. Richardson e Lawrence Takawa o levaram para a galeria do primeiro andar para se encontrar com o general Nash. Michael pediu um suco de laranja e eles apareceram cinco minutos depois com uma embalagem longa-vida com cento e setenta mililitros de suco, provavelmente tirada da marmita de algum faxineiro.

Agora retornava de sua segunda experiência através das barreiras e estava tudo preparado para o seu conforto. Numa mesa de canto na galeria havia uma jarra de vidro com suco de laranja gelado. Ao lado, uma bandeja de prata com biscoitos com pedacinhos de chocolate recém-saídos do forno, como se uma equipe de mães de avental tivesse feito os preparativos para sua volta ao lar.

Kennard Nash estava sentado diante dele numa poltrona de couro preto, bebendo uma taça de vinho. Nas suas primeiras conversas, Michael se surpreendeu de o general não anotar nada. Mas agora percebia que as câmeras de vigilância estavam sempre ligadas. Michael achava bom que tudo que dizia ou fazia fosse bastante importante para ter de ser gravado e analisado. Todo o complexo de pesquisa dependia do seu poder.

O PEREGRINO

Nash inclinou o corpo para a frente e falou em voz baixa:
— E então o fogo recomeçou?
— É. As árvores começaram a pegar fogo. Foi então que descobri um caminho que ia dar numa cidadezinha no meio do nada. A cidade também estava em chamas.
— Tinha alguém lá? — perguntou Nash. — Ou você estava sozinho?
— A princípio, pensei que a cidade estava vazia. Então entrei numa igreja e vi meu irmão, Gabriel. Não nos falamos. Ele estava entrando numa passagem, que provavelmente o traria para este mundo.

Nash tirou um telefone celular do bolso do paletó, apertou um botão e falou com Lawrence Takawa.
— Copie os últimos cinco segundos da nossa conversa e envie para o sr. Boone. Ele precisa desses dados o mais rápido possível.

O general fechou a tampa do celular e pegou sua taça de vinho.
— O seu irmão ainda é prisioneiro de um grupo terrorista chamado Arlequim. É óbvio que o treinaram para fazer a travessia.
— Gabriel estava com a espada japonesa do nosso pai. Como isso é possível?
— Nossas pesquisas indicam que certos objetos chamados de talismãs podem ser levados pelos Peregrinos.
— Não me importo com o nome que dão para eles. Encontre um e consiga para mim. Quero ter uma arma quando atravessar.

O general Nash balançou a cabeça rapidamente como se dissesse: *Tudo que quiser, sr. Corrigan. Sem problemas. Vamos cuidar disso.* Michael recostou na cadeira e sentiu-se suficientemente seguro para fazer o próximo pedido.
— Isto é... se eu resolver visitar as outras dimensões.
— É claro que vai fazer isso — disse Nash.
— Não me ameace, general. Não estou servindo no seu exército. Se quiser me matar, vá em frente. Estará perdendo o elemento mais importante desse projeto.
— Se quer dinheiro, Michael...

– É claro que quero dinheiro. Mas isso é trivial. O que eu realmente quero é ser informado de tudo. No nosso primeiro encontro, o senhor me disse que eu ia ajudá-los a chegar a uma descoberta tecnológica. Disse que íamos mudar a história juntos. Muito bem, agora eu sou um Peregrino. Então por que tenho esses fios na minha cabeça? Para que todo esse esforço?

Nash se levantou, foi até a mesa de canto e pegou um biscoito de chocolate.

– Venha comigo, Michael. Quero lhe mostrar uma coisa.

Os dois saíram da galeria e foram andando calmamente por um corredor até o elevador.

– Tudo isso começou alguns anos atrás, quando eu estava na Casa Branca e desenvolvi o programa Livres do Medo. Todos nos Estados Unidos iam usar um Elo Protetor. Isso teria acabado com o crime e com o terrorismo.

– Mas não funcionou – disse Michael.

– Na época, a nossa tecnologia não era tão sofisticada. Não tínhamos um sistema de computação capaz de processar essa quantidade de dados.

Eles saíram do prédio e dois seguranças os seguiram pelo pátio central. A neve continuava caindo e pousava sobre os ombros deles. Michael ficou surpreso de ver que estavam indo para o centro de computação. Onde só permitiam a entrada dos técnicos.

– Quando assumi a liderança da Irmandade, comecei a incentivar a criação de um computador quântico. Sabia que ele seria bastante potente para resolver problemas complexos e lidar com quantidades imensas de informação. Com uma bancada de computadores quânticos, podíamos literalmente rastrear e monitorar as atividades diárias de todas as pessoas no mundo. Algumas podiam reclamar, mas a maioria desistiria de bom grado de um pouco de privacidade em troca da segurança. Pense só nas vantagens. Não haveria mais desvios de comportamento. Não teríamos mais surpresas desagradáveis...

– E Peregrinos também não – disse Michael.

O general Nash deu uma risada.
— Sim, tenho de admitir. Livrar-nos dos Peregrinos era parte do plano. Mas tudo mudou. Agora vocês está no nosso time.

Os seguranças ficaram do lado de fora, quando Michael e Nash entraram no saguão vazio do centro de computação.

— Um computador comum funciona com o sistema binário. Por maior que seja, ou por mais potente que seja, ele tem apenas dois estados de consciência: 0 ou 1. Os computadores comuns podem funcionar com muita rapidez ou ligados uns aos outros, mas continuam limitados por essas duas possibilidades.

"Um computador quântico se baseia na mecânica quântica. Parece lógico que um átomo possa apresentar rotação para cima ou para baixo: 0 ou 1. E mais uma vez, é um sistema binário. Mas a mecânica quântica nos diz que um átomo pode subir ou descer, ou estar nos dois estados ao mesmo tempo. Graças a isso, cálculos diferentes podem ser processados simultaneamente e com grande velocidade. Como o computador quântico usa chaves quânticas em vez das convencionais, ele possui um poder imenso."

Entraram num cubículo sem janelas e uma porta de aço se fechou atrás deles. Nash pressionou a palma da mão num painel de vidro. Uma segunda porta se abriu, deslizando e sussurrando, e entraram numa sala pouco iluminada.

No centro da sala, havia um tanque de vidro selado, com cerca de um metro e meio de altura e um metro e vinte de largura, montado num pesado pedestal de aço. Cabos grossos serpenteavam pelo chão, indo do pedestal até uma bancada de computadores binários encostada na parede. Três técnicos de jalecos brancos rodeavam o tanque de vidro como acólitos em volta de um altar, mas quando o general Nash olhou furioso para eles, saíram imediatamente.

O tanque estava cheio de um líquido espesso e verde que se movia e rodava lentamente. Pequenas explosões, como minúsculos relâmpagos, despontavam em diversas partes do líquido. Michael ouviu um zumbido e sentiu um cheiro de queimado no ar, como se alguém tivesse posto fogo num monte de folhas secas.

– Esse é o nosso computador quântico – disse Nash. – É um conjunto de elétrons flutuando em hélio líquido super-resfriado. A energia que passa através do hélio força os elétrons a interagirem e a executarem operações lógicas.

– Parece um grande aquário.

– É. Só que os peixinhos são as partículas subatômicas. A teoria quântica revelou que, por um curto espaço de tempo, as partículas da matéria passam para dimensões diferentes e depois voltam.

– Exatamente como um Peregrino.

– E foi isso que aconteceu, Michael. Nas nossas primeiras experiências com o computador quântico, começamos a receber mensagens de outros mundos. No início, não sabíamos o que estava havendo. Pensamos que era um erro no programa do computador. Depois, um dos nossos cientistas percebeu que tínhamos recebido versões binárias de equações matemáticas padronizadas. Quando enviamos mensagens similares, passamos a receber diagramas que explicavam como construir um computador mais potente.

– E foi assim que construíram essa máquina?

– Na verdade, essa é a nossa terceira versão. Tem sido um processo contínuo de aperfeiçoamento. Sempre que o nosso computador evoluía, podíamos receber informações mais avançadas. Foi como construir uma série de rádios potentes. Com cada novo receptor, dava para ouvir mais palavras, obter mais informação. E aprendemos outras coisas além dos computadores também. Nossos novos amigos nos ensinaram como manipular cromossomos e criar diversas espécies híbridas.

– O que eles querem? – perguntou Michael.

– Essa outra civilização sabe tudo a respeito dos Peregrinos e acho que estão um pouco enciumados. – Nash parecia estar se divertindo. – Eles estão presos no mundo deles, mas gostariam de visitar o nosso.

– E isso é possível?

O PEREGRINO

— O computador quântico tem rastreado você quando atravessa as barreiras. Foi por isso que pusemos todos esses fios no seu cérebro. Você é o batedor que vai fornecer o mapa do caminho para os nossos novos amigos. Se você passar para outro mundo, eles prometeram enviar o projeto da mais nova geração desta máquina.

Michael chegou mais perto do computador quântico e ficou observando os pequenos clarões dos relâmpagos. Nash pensava que entendia o poder em todas as suas formas, mas Michael subitamente se deu conta dos limites da visão do general. A Irmandade estava tão obcecada em obter o controle da humanidade que não enxergava muito além do que eles podiam ver. Eu sou o guardião do portal, pensou Michael. Sou eu que controlo o que acontece. Se essa outra civilização realmente quiser entrar no nosso mundo, sou eu que vou decidir como isso irá acontecer.

Ele respirou bem fundo e se afastou do computador quântico.

— Muito impressionante, general. Nós vamos conquistar grandes coisas juntos.

47

Maya pegou uma estrada errada no deserto e se perdeu quando procurava a base de mísseis abandonada. Já era tarde quando finalmente encontrou a cerca de arame farpado e o portão quebrado.

Sentia-se bem usando roupas escuras sob medida, mas chamariam muita atenção naquele ambiente. Enquanto estava em Las Vegas, ela foi a uma loja do Exército da Salvação e comprou calças de malha, saias e tops, nada muito justo nos ombros e nas pernas. Aquela tarde, Maya usava um blusão de algodão e uma saia pregueada, roupa que uma estudante inglesa usaria. Nos pés, sapatos com ponteiras de aço, muito eficientes num chute giratório de armada.

Desceu da van, pendurou a bainha com a espada no ombro e examinou sua imagem no espelho retrovisor. Aquilo era um erro. Seu cabelo preto embaraçado parecia um ninho de ratos. Não tem importância, pensou Maya. Só estou aqui para protegê-lo. Ela foi pisando firme até o portão, hesitou um pouco, teve vontade de voltar para a van. Maya ficou furiosa, quase berrou de raiva, mas continuou escovando o cabelo com movimentos rápidos. Boba, pensou. Idiotice pura. Você é uma Arlequim. Ele não liga para você nem para o seu cabelo. Terminou de escovar o cabelo e jogou a escova na van, irritada.

O ar do deserto estava ficando mais frio e dúzias de cobras deslizavam no asfalto da estrada. Não havia ninguém para ver, por

O PEREGRINO

isso ela sacou a espada e ficou de prontidão, caso os répteis se aproximassem demais. O reconhecimento do medo que sentia foi ainda mais frustrante do que o incidente com a escova de cabelo. Elas não são perigosas, pensou. Não seja covarde.
Todos aqueles pensamentos irritantes desapareceram assim que ela se aproximou do trailer ao lado do moinho de vento. Gabriel estava sentado à mesa de piquenique, sob a proteção do pára-quedas. Ele a viu, levantou-se e acenou. Maya olhou fixo para o rosto dele. Estava diferente? Tinha mudado? Gabriel sorriu como se acabasse de voltar de uma longa viagem. Ele estava cansado e contente de vê-la novamente.

— Foram nove dias — disse ele. — Comecei a ficar preocupado quando você não apareceu ontem à noite.

— Martin Greenwald enviou uma mensagem para mim pela internet. Ele não tinha notícias de Sophia, por isso achava que estava tudo bem.

A porta do trailer se abriu. Sophia Briggs saiu com uma jarra de plástico e alguns copos.

— E está tudo bem neste exato momento. Boa-tarde, Maya. Seja bem-vinda novamente.

Sophia pôs a jarra em cima da mesa e olhou para Gabriel.

— Você contou para ela?

— Não.

— Ele atravessou as quatro barreiras — ela disse para Maya. — Você está protegendo um Peregrino.

Primeiro Maya sentiu-se compensada. Todo aquele sacrifício tinha valido a pena para defender um Peregrino. Mas então possibilidades bem mais sombrias afloraram na cabeça dela. Seu pai tinha razão: a Tábula tinha se tornado poderosa demais. Com o tempo, iam acabar encontrando Gabriel e aí iam matá-lo. Tudo que ela havia feito — encontrá-lo, levá-lo até a Desbravadora do Caminho — apenas o punha mais perto da destruição.

— Isso é maravilhoso — disse Maya. — Esta manhã, fiz contato com meu amigo em Paris. Nosso espião contou para ele que Michael também atravessou.

Sophia concordou balançando a cabeça.
— Já sabíamos disso antes de você. Gabriel o viu logo antes de passar pela barreira do fogo.

Quando o sol se pôs, os três estavam sentados embaixo do páraquedas, bebendo limonada em pó. Sophia se ofereceu para preparar o jantar, mas Maya rejeitou a idéia. Gabriel tinha ficado tempo demais ali e já era hora de partir. Sophia pegou uma cobra perdida enrolada embaixo da mesa e a carregou até o silo. Na volta, parecia cansada e um pouco triste.
— Adeus, Gabriel. Volte para cá se puder.
— Vou tentar.
— Na Roma antiga, quando um grande general retornava de uma guerra vitoriosa, levavam-no em triunfo pelas ruas da cidade. Primeiro, iam as armaduras dos homens que ele havia matado e os estandartes que tinha capturado, depois os soldados prisioneiros e suas famílias. Em seguida, o exército do general e seus oficiais e finalmente o grande homem, numa carruagem dourada. Um servo conduzia os cavalos e outro ficava de pé atrás do vencedor e sussurrava no ouvido dele: "Você é mortal. Você é um homem mortal."
— Isso é um aviso, Sophia?
— Uma jornada pelos mundos nem sempre ensina compaixão. Um Peregrino frio é uma pessoa que pegou o caminho errado. Eles usam o poder deles para trazer mais sofrimento ao mundo.

Maya e Gabriel voltaram para a van e seguiram pela estrada de duas pistas que cortava o deserto. As luzes da cidade de Phoenix brilhavam no horizonte a oeste, mas o céu sobre eles estava limpo e dava para ver três quartos da lua e a névoa iluminada da Via Láctea.
Enquanto dirigia a van, Maya explicou seu plano. Eles precisavam de dinheiro, de um lugar seguro para se esconder e de mui-

O PEREGRINO

tas formas de identidades falsas. Linden ia enviar dólares americanos para contatos em Los Angeles. Hollis e Vicki ainda estavam lá e seria bom contar com aliados.

– Não os chame de aliados – disse Gabriel. – Eles são nossos amigos.

Maya queria dizer para Gabriel que não podiam ter amigos, não de verdade. Ele era a principal obrigação dela. Ela só podia arriscar a vida por uma única pessoa. A principal responsabilidade de Gabriel era evitar a Tábula e sobreviver.

– Eles são *amigos* – repetiu Gabriel. – Você entende isso, não entende?

Maya resolveu mudar de assunto.

– E então, como foi lá? – perguntou. – Como foi atravessar as barreiras?

Gabriel descreveu o céu sem fim, o deserto e o mar imenso. E finalmente contou que viu o irmão na igreja em chamas.

– E você falou com ele?

– Eu tentei, mas já estava na passagem. Quando voltei, Michael havia desaparecido.

– O nosso espião na Tábula diz que seu irmão tem sido muito cooperativo.

– Você não sabe se isso é verdade. Ele só está procurando sobreviver.

– É mais do que sobrevivência. Ele os está ajudando.

– E agora você teme que ele se transforme num Peregrino frio?

– Isso pode acontecer. O Peregrino frio é alguém que foi corrompido pelo poder. Eles podem provocar muita destruição neste mundo.

– Os Arlequins protegem os Peregrinos frios?

– É claro que não.

– Vocês matam essas pessoas?

A voz do Peregrino parecia diferente e Maya virou-se para olhar para ele. Gabriel olhava fixo para ela com enorme intensidade.

– Você mata essas pessoas? – ele repetiu.

— Às vezes. Quando é possível.
— Você mataria o meu irmão?
— Se fosse necessário.
— E quanto a mim? Você me mataria?
— Tudo isso não passa de especulação, Gabriel. Não precisamos falar sobre isso.
— Não minta para mim. Eu posso ver a sua resposta.

Maya segurou firme na direção, sem ousar olhar para ele. Uns cem metros à frente deles, uma forma negra atravessou a estrada e desapareceu no mato.

— Eu tenho esse poder, mas não consigo controlá-lo — sussurrou Gabriel. — Posso acelerar minhas sensações um momento e ver tudo com muita clareza.

— Você pode ver o que quiser, mas eu não vou mentir para você. Se você se transformasse num Peregrino frio, eu o mataria. Teria de ser assim.

A solidariedade cautelosa entre eles, o prazer de ver um ao outro, desapareceu naquele momento. Em silêncio, os dois seguiram pela estrada deserta.

48

Lawrence Takawa pôs a mão direita na mesa da cozinha e ficou algum tempo olhando para a pequena protuberância no lugar em que tinham inserido o Elo Protetor de identificação sob a sua pele. Pegou uma lâmina de barbear com a mão esquerda e contemplou o gume afiado. Faça isso logo, pensou. Seu pai não teve medo. Prendeu a respiração e fez um corte curto e profundo. O sangue escorreu do ferimento e pingou na mesa.

Nathan Boone tinha estudado as fotos das câmeras de vigilância da recepção do Hotel New York–New York em Las Vegas. Era óbvio que a jovem loura que tinha se registrado com o cartão de crédito de Michael Corrigan era Maya. Enviara um mercenário para lá imediatamente, mas a Arlequim escapou. Vinte e quatro horas depois, uma das duas equipes de segurança de Boone encontrou a motocicleta de Gabriel no estacionamento do hotel. Será que era mesmo Gabriel que estava usando a moto? Ele estava viajando com ela? Ou aquilo não passava de uma operação de disfarce?

Boone resolveu ir para Nevada e interrogar todas as pessoas que tiveram contato com a Arlequim. Ele estava indo de carro para o aeroporto do município de Westchester, quando recebeu uma ligação de Simon Leutner, administrador-chefe do grupo da Irmandade de monitoramento da internet, instalado em Londres.

— Bom-dia, senhor, Leutner falando.
— O que está havendo? Encontraram Maya?
— Não, senhor. É outro assunto. Uma semana atrás, o senhor nos pediu para fazer uma verificação de segurança de todos os empregados da Fundação Sempre-Verde. Além da verificação padrão de ligações telefônicas e do uso do cartão de crédito, examinamos também se alguém tinha usado o código de acesso para entrar no nosso sistema.
— Esse seria um alvo lógico.
— O computador faz uma varredura de códigos de acesso a cada vinte e quatro horas. Acabamos de saber que um funcionário de nível três chamado Lawrence Takawa entrou num setor de dados não autorizado.
— Eu trabalho com o sr. Takawa. Tem certeza de que isso não foi um engano?
— De jeito nenhum. Ele estava usando o código de acesso do general Nash, mas a informação foi diretamente para o computador pessoal dele. Acho que ele não se deu conta de que tínhamos acrescentado o dispositivo de destino específico na semana passada.
— E qual era o objetivo do sr. Takawa?
— Ele procurava remessas especiais do Japão para o nosso centro administrativo em Nova York.
— Onde está o funcionário neste momento? Vocês verificaram a localização do Elo Protetor?
— Ainda está na residência dele, no município de Westchester. O diário diz que ele informou uma doença virótica e que não irá trabalhar hoje.
— Se ele sair de casa, me avise.

Boone ligou para o piloto que estava à sua espera no aeroporto e adiou o vôo. Se Lawrence Takawa estava ajudando os Arlequins, a segurança da Irmandade estava seriamente comprometida. Um traidor era como um tumor maligno. Iam precisar de um cirurgião — alguém como Boone — sem medo de cortá-lo e destruí-lo.

O PEREGRINO

A Fundação Sempre-Verde era dona do prédio de escritórios da esquina da rua Cinqüenta e Quatro com a avenida Madison em Manhattan. Dois terços do edifício eram usados pelos funcionários da fundação que supervisionavam os pedidos de fundos de pesquisa e administravam os recursos. Esses empregados, apelidados de Cordeiros, não tinham a menor idéia da existência da Irmandade nem de suas atividades.

A Irmandade usava os últimos oito andares do prédio, com acesso separado por elevadores exclusivos. No painel de endereços do prédio, esses andares eram listados como a sede de uma organização sem fins lucrativos chamada Nations Stand Together, que supostamente ajudava os países do terceiro mundo a aprimorar suas defesas contra o terrorismo. Dois anos antes, numa reunião da Irmandade em Londres, Lawrence Takawa conheceu a jovem suíça que atendia aos telefonemas e respondia aos e-mails enviados para a Nations Stand Together. Ela era uma especialista em descartar todas as perguntas de forma cortês e neutra. Parecia que o embaixador do Togo nas Nações Unidas estava convencido de que a Nations Stand Together queria custear a compra de máquinas de raios X para o aeroporto do país dele.

Lawrence sabia que o prédio tinha um ponto vulnerável. Os guardas de segurança no andar térreo eram Cordeiros que desconheciam os planos da Irmandade. Depois de estacionar seu carro numa vaga na rua Quarenta e Oito, ele foi a pé pela Madison até lá e entrou no saguão. Fazia frio, mas ele deixou o sobretudo e o jaleco no carro. Também não levou a pasta, apenas uma xícara de café com tampa e uma pasta de papelão. Era parte do plano.

Lawrence mostrou o cartão de identificação para o guarda mais velho na recepção e sorriu.

— Vou para a sala da Nations Stand Together no vigésimo terceiro.

— Fique dentro do quadrado amarelo, sr. Takawa.

Lawrence ficou diante de um identificador de íris, uma grande caixa cinza sobre a mesa da recepção. O guarda apertou um botão e uma lente fotografou os olhos de Lawrence, depois comparou as imperfeições da íris dele com os dados do arquivo de segurança. Uma luz verde acendeu. O guarda virou para um jovem latino de pé ao lado da mesa.

— Enrique, por favor, dirija o sr. Takawa para o vinte e três.

O jovem guarda acompanhou Lawrence até os elevadores, passou um cartão no sensor de segurança e Lawrence ficou sozinho. O elevador foi subindo, ele abriu a pasta de papelão e tirou uma pequena prancheta com papéis que pareciam oficiais.

Se estivesse usando um jaleco ou carregando uma maleta, as pessoas nos corredores podiam perguntar para onde estava indo. Mas um jovem bem-vestido e tranqüilo, com uma prancheta na mão, tinha de ser um colega. Podia ser um funcionário novo dos serviços de informática que acabava de voltar do seu intervalo para o café. Ladrões não andavam por aí carregando xícaras de café com leite fumegante.

Lawrence encontrou rapidamente a sala de correspondência e usou seu cartão de identidade para entrar. Havia caixas empilhadas contra as paredes e os envelopes de correspondência já tinham sido postos nos diversos escaninhos. O funcionário do correio devia estar empurrando um carrinho pelos corredores e voltaria em poucos minutos. Lawrence tinha de encontrar o pacote e sair do prédio o mais rápido possível.

Quando Kennard Nash mencionou a idéia de obter uma espada que era um talismã, Lawrence concordou passivamente e prometeu descobrir uma solução. Ligou para o general alguns dias depois e deu as informações mais vagas possíveis. O sistema de dados dizia que um Arlequim chamado Sparrow tinha sido morto num confronto no Hotel Osaka. Era possível que a Irmandade japonesa tivesse ficado com a espada do homem morto.

Kennard Nash disse que ia entrar em contato com seus amigos em Tóquio. Quase todos eram empresários muito poderosos que achavam que os Peregrinos minavam a estabilidade da sociedade japonesa. Quatro dias depois, Lawrence usou o código de acesso de Nash para entrar no arquivo de mensagens do general. *Recebemos o seu pedido. Será um prazer ajudá-lo. O item pedido foi enviado para o centro administrativo de Nova York.*

Lawrence deu a volta numa meia-parede e viu uma caixa plástica postal num canto. Na etiqueta, viu caracteres japoneses e a declaração da alfândega que descrevia o conteúdo da caixa como material de divulgação para estréia de um filme de samurais. A Irmandade não podia informar o governo de que estava despachando uma espada do século XIII, um tesouro nacional criado por um dos Jittetsu.

Havia um cortador de caixa no balcão que Lawrence usou para cortar a fita adesiva e os selos da alfândega. Abriu a tampa e ficou desapontado ao ver uma armadura de fibra de vidro criada para um filme de samurais. Peitoral. Elmo. Luvas. E então, quase no fundo da caixa, encontrou uma espada, embrulhada em papel pardo.

Lawrence pegou a arma e percebeu que era pesada demais para ser de fibra de vidro. Tirou o papel que cobria o cabo da espada rapidamente e viu que era feito de ouro envelhecido. A espada do seu pai. Um talismã.

Boone sempre desconfiava quando um empregado problemático resolvia não ir trabalhar. Cinco minutos depois da conversa com a equipe de Londres, ele enviou um membro do seu grupo de segurança para a residência de Lawrence Takawa. A van de vigilância já estava estacionada na frente da casa, quando Boone chegou. Ele entrou na traseira da van e encontrou um técnico chamado Dorfman mastigando salgadinhos de milho e olhando para a tela de um aparelho de imagens térmicas.

– Takawa continua em casa, senhor. Ele telefonou para o centro de pesquisa hoje de manhã e disse que estava gripado.

Boone se ajoelhou no chão da van e examinou a imagem. Linhas tênues mostravam as paredes e os canos. Havia uma mancha brilhante de calor no quarto.

– Esse é o quarto – disse Dorfman. – E aí está nosso empregado doente. O Elo Protetor continua ativo.

Eles viram o corpo pular da cama e ir de gatinhas até a porta aberta. Hesitou alguns segundos, depois voltou para a cama. Em toda a seqüência de movimentos, o corpo jamais ficou a mais de sessenta centímetros do chão.

Boone chutou a porta de trás da van e desceu.

– Acho que é hora de fazer uma visita ao sr. Takawa ou ao que quer que esteja ocupando a cama dele.

Levaram quarenta e cinco segundos para arrombar a porta da frente e alguns segundos para entrar no quarto de Lawrence. Havia biscoitos para cachorro espalhados em cima da colcha da cama, onde um vira-latas mordia um osso. O animal gemeu um pouco quando Boone se aproximou.

– Cachorro bonzinho – murmurou ele. – Cachorro bonzinho.

O animal tinha um saco plástico para sanduíche preso à coleira. Boone abriu o saco e encontrou um Elo Protetor coberto de sangue dentro.

Lawrence estava indo para o sul pela Segunda Avenida, quando uma gota de chuva caiu no pára-brisa do carro dele. Nuvens escuras cobriam o céu e uma bandeira americana num mastro de aço balançava sem parar. Uma tempestade violenta se aproximava. Ia ter de dirigir com cuidado. As costas da mão direita de Lawrence estavam cobertas com um curativo, mas o ferimento ainda doía. Esforçando-se para ignorar a dor, ele olhou para o banco de trás do carro. Um dia antes, havia comprado um jogo completo de tacos de golfe, uma sacola para os tacos e outra maior, de viagem. A espada e a bainha estavam no meio dos tacos de metal.

Ir para o aeroporto dirigindo o carro dele era um risco calculado. Lawrence tinha pensado em comprar um automóvel usado, sem o Sistema de Posicionamento Global (GPS), mas a compra podia ser detectada pelo sistema de segurança da Tábula. A última coisa que ele queria naquele momento era um questionário do computador perguntando: Por que comprou outro carro, sr. Takawa? O que há de errado com o seu veículo franqueado pela Fundação Sempre-Verde?

O melhor disfarce era agir da forma mais comum possível. Iria de carro até o aeroporto Kennedy, pegaria um avião para o México e chegaria ao balneário de Acapulco às oito da noite. A essa altura, ele deveria ter desaparecido da Imensa Máquina. Em vez de ir para um hotel, contrataria um dos motoristas mexicanos que faziam ponto no aeroporto e iria para o sul, rumo à Guatemala. Usaria motoristas diferentes para cada segmento de duzentos quilômetros da viagem, ficaria em pensões pequenas e encontraria um novo motorista horas depois. Quando chegasse à América Central, evitaria os scanners faciais e os programas Carnívoros acessados pela Irmandade.

Tinha doze mil dólares costurados na bainha da sua capa de chuva. Lawrence não tinha idéia do tempo que aquele dinheiro ia durar. Talvez tivesse de subornar autoridades para comprar uma casa numa cidadezinha rural. O dinheiro vivo era tudo que tinha. Se usasse um cheque ou um cartão de crédito seria imediatamente detectado pela Tábula.

Mais gotas de chuva caíram, duas ou três de cada vez. Lawrence estava parado num sinal fechado e viu que as pessoas andavam apressadas com seus guarda-chuvas, procurando um abrigo antes de a tempestade começar. Virou à esquerda e foi para o leste, em direção ao túnel Queens Midtown. *É hora de começar uma vida*, pensou. *Jogue a vida antiga fora*. Ele abaixou o vidro da janela e jogou seus cartões de crédito na rua. Se alguém os encontrasse e usasse, a confusão seria ainda maior.

Um helicóptero estava à espera de Boone quando ele chegou ao centro de pesquisa da fundação. Desceu do carro, atravessou o gramado rapidamente e entrou na aeronave. Enquanto o helicóptero alçava vôo lentamente, Boone ligou seus fones de ouvido no equipamento de comunicação e ouviu a voz de Simon Leutner.

– Takawa esteve no centro administrativo de Manhattan vinte minutos atrás. Entrou na sala do correio usando seu cartão de identificação e saiu do prédio seis minutos depois.

– Dá para saber o que ele fez lá?

– Imediatamente não, senhor. Mas estão começando a fazer um inventário da correspondência e dos pacotes que podiam estar na sala.

– Inicie uma varredura completa, com todas as informações à procura de Takawa. Ponha uma de suas equipes vigiando o cartão de débito e as movimentações na conta corrente.

– Já estamos fazendo isso. Ele raspou sua conta ontem.

– Organize outro grupo para entrar no sistema de dados das linhas aéreas e verifique as reservas de vôo.

– Sim, senhor.

– Direcione o esforço maior na busca do carro dele. Nesse momento, nós temos uma vantagem. Takawa está indo de carro para algum lugar, mas acho que ele não sabe que estamos no seu encalço.

Boone espiou pela janela lateral do helicóptero. Viu as pistas asfaltadas de Westchester e, ao longe, uma auto-estrada do estado de Nova York. Carros e outros veículos indo para todas as direções. Um ônibus escolar. Um caminhão de entregas do FedEx. Um carro esporte verde costurando no meio dos carros.

No passado, as pessoas gastavam muito dinheiro para instalar tecnologia de rastreamento em seus carros, mas esse equipamento já estava se tornando padrão. Os GPS davam orientações para o motorista e ajudavam a polícia a encontrar veículos roubados. Davam aos serviços de monitoramento a capacidade de destrancar as portas ou piscar os faróis, quando alguém perdia o carro num estacionamento, mas também transformavam cada carro num grande objeto em movimento que podia ser facilmente monitorado pela Imensa Máquina.

A maioria dos cidadãos não se dava conta de que seus carros continham um sistema que era como uma caixa preta que fornecia informação de tudo que acontecia no veículo segundos antes de uma colisão. Os fabricantes tinham começado a implantar microchips nos pneus que podiam ser lidos por sensores remotos. Os sensores associavam o pneu com o número de identificação do veículo e com o nome do proprietário.

O helicóptero continuou subindo e enquanto isso os computadores da Irmandade em Londres invadiam os sistemas de dados protegidos por códigos. Como fantasmas digitais, eles passavam através das paredes e apareciam dentro dos depósitos. O mundo exterior parecia o mesmo, mas os fantasmas conseguiam ver as torres e os muros ocultos do Panóptico virtual.

Quando Lawrence saiu do túnel Queens Midtown, já chovia muito. As gotas explodiam na calçada e metralhavam o teto do carro. O trânsito estava completamente parado e avançava centímetros como um exército esgotado. Ele entrou na Grand Central Parkway numa fila de carros. Ao longe, via cortinas de chuva caindo em diagonal, impelidas pelo vento.

Tinha uma última responsabilidade antes de desaparecer na selva. Lawrence ficou atento às luzes de freio do carro à sua frente e digitou o número do telefone de emergência que Linden tinha dado quando se encontraram em Paris. Ninguém atendeu. Em vez disso, ele ouviu uma mensagem gravada falando sobre fins de semana na Espanha: Deixe o seu recado que ligaremos em seguida.

— Aqui é o seu amigo americano — disse Lawrence, depois disse a data e a hora. — Vou fazer uma viagem muito demorada e não volto mais para cá. Você deve supor que a minha empresa sabe que estive trabalhando para o nosso rival. Por isso, eles vão acessar todos os meus antigos contatos e todos os pedidos que fiz para o sistema de dados. Estarei fora da Grade, mas pode contar que o irmão mais velho continuará no nosso centro de pesquisa. A experiência está indo bem...

Chega, Lawrence pensou. Não diga mais nada. Mas era difícil desligar o telefone.

— Boa sorte. Foi um privilégio conhecer você. Espero que você e seus amigos sobrevivam.

Lawrence apertou o botão no descanso de braço e abaixou o vidro elétrico da janela. A chuva voou para dentro do carro, açoitando seu rosto e suas mãos. Jogou o telefone celular na rua e seguiu em frente.

Impelido pela tempestade, o helicóptero rumou para o sul. A chuva batia ruidosamente no pára-brisa de Plexiglas do piloto, como pequenos torrões de lama. Boone não parava de discar números de telefone e de vez em quando perdia o sinal. O helicóptero despencou num buraco no céu, caiu uns cem metros e depois recuperou a estabilidade.

— O alvo acabou de usar seu telefone celular — disse Leutner. — Já descobrimos a localização. Ele está no Queens. Na entrada da via expressa Van Wyck. O Sistema de Posicionamento Global do carro dele confirma essa mesma localização.

— Ele está indo para o aeroporto Kennedy — disse Boone. — Eu chego lá em vinte minutos. Alguns amigos nossos devem me encontrar lá.

— O que quer fazer?

— Vocês têm acesso ao dispositivo de rastreamento do carro dele?

O PEREGRINO

— Fácil. — Leutner parecia muito orgulhoso de si mesmo. — Posso fazer isso em cinco minutos.

Lawrence pegou o tíquete da máquina e entrou no estacionamento mensal do aeroporto. Teria de abandonar o carro. Quando a Irmandade descobrisse sua deslealdade, não poderia mais voltar para os Estados Unidos.

A chuva continuava a cair e algumas pessoas se espremiam nos quiosques do estacionamento à espera do ônibus do aeroporto que as levaria ao terminal de passageiros. Lawrence encontrou uma vaga e parou o carro entre as linhas brancas desbotadas. Olhou para o relógio; faltavam duas horas e meia para seu vôo para o México. Bastante tempo para registrar a bagagem e os tacos de golfe, passar pela segurança e tomar um café na sala de espera.

Quando Lawrence tocou na maçaneta, viu os botões das trancas descendo como se alguma mão invisível os apertassem. Um estalo bem alto. Silêncio. Alguém sentado diante de um terminal de computador longe dali tinha acabado de trancar as quatro portas do seu carro.

O helicóptero de Boone pousou numa pista perto do terminal de vôos particulares vizinho ao aeroporto Kennedy. A hélice principal continuou a girar lentamente e Boone abriu a porta, abaixou-se e saiu correndo sob a chuva até o sedã Ford parado à beira da pista. Puxou a porta de trás e pulou dentro do carro. Os detetives Mitchell e Krause estavam no banco da frente, comendo sanduíches.

— Pode trazer a arca — disse Mitchell. — O dilúvio está chegando...

— Vamos. O localizador GPS diz que o carro de Takawa deve estar no estacionamento um ou dois, perto do terminal.

Krause olhou para o parceiro e girou os olhos nas órbitas.

— O carro talvez esteja lá, Boone. Mas ele já deve ter escapado.
— Acho que não. Acabamos de trancá-lo dentro do carro.
O detetive Mitchell ligou o motor e foi indo para a saída.
— Há milhares de carros nesses estacionamentos. Vamos levar horas para encontrá-lo.
Boone pôs fones e microfone na cabeça e discou um número no seu celular.
— Estou cuidando disso também.

Lawrence tentou puxar o pino e forçar a maçaneta da porta. Nada. Sentiu-se preso num caixão. A Tábula sabia de tudo. Talvez o estivessem rastreando por horas. Esfregou o rosto com as mãos frias. Acalme-se, pensou. Procure agir como um Arlequim. Eles ainda não o encontraram.

De repente, a buzina do carro começou a tocar e os faróis a piscar. O barulho pulsante parecia furar o corpo dele como uma faca. Lawrence entrou em pânico e socou a janela lateral, mas o vidro de segurança não quebrou.

Lawrence se virou, engatinhou para o banco detrás e abriu a sacola de viagem com os tacos de golfe. Enfiou a mão no saco, tirou um taco e começou a golpear o vidro repetidamente. Apareceram rachaduras como um cristal intrincado e então a cabeça de metal estourou o centro do vidro.

Os dois detetives sacaram suas armas ao se aproximarem do carro, mas Boone já tinha visto o vidro quebrado e uma sacola de náilon vazia caída no chão.

— Nada — disse Krause, examinando o interior do carro.

— Nós devíamos dar uma volta por todo o estacionamento — disse Mitchell. — Ele pode estar correndo por aí agora mesmo.

Boone voltou para o carro, ainda falando com a equipe em Londres.

O PEREGRINO

— Ele está fora do veículo. Desligue o alarme contra furto e inicie a varredura facial em todas as câmeras de vigilância do aeroporto. Preste mais atenção à zona de chegada, do lado de fora do terminal. Se Takawa pegar um táxi, quero o número da placa.

O trem do metrô avançou aos trancos, as rodas de aço rangendo, na saída da estação de Howard Beach. De cabelo e capa de chuva molhados, Lawrence se sentou no último banco do vagão. Tinha a espada no colo, a bainha preta e o cabo de ouro ainda embrulhados com papel pardo.

Ele sabia que as câmeras de vigilância do aeroporto o tinham fotografado quando ele entrou no ônibus que levava os passageiros para a estação do metrô. Havia três outras câmeras na entrada da estação, nas roletas e na plataforma. Àquela altura, a equipe da internet da Tábula já sabia que ele estava no trem A, voltando para Manhattan.

Esse dado seria inútil se ele continuasse no trem e sempre em movimento. O sistema do metrô de Nova York era imenso; muitas estações tinham vários níveis e diversos corredores de saída. Lawrence achou graça da idéia de passar o resto da vida nos túneis do metrô. Nathan Boone e os outros mercenários ficariam neutralizados nas plataformas das estações, enquanto ele passava voando num trem expresso.

Não dá, ele pensou. Com o tempo acabariam conseguindo segui-lo e bastaria esperar. Tinha de descobrir um modo de sair da cidade de Nova York sem ser monitorado pela Imensa Máquina. A espada e a bainha provocavam uma sensação de perigo nas mãos dele; o peso, a solidez, davam uma sensação de bravura. Se queria se esconder no terceiro mundo, precisava encontrar lugares similares nos Estados Unidos. Em Manhattan, os táxis eram registrados, mas na periferia era fácil encontrar táxis particulares. Seria muito difícil rastrear um táxi independente rodando pelas ruas. Se o motorista pudesse levá-lo para a outra margem do rio, até Newark, talvez conseguisse pegar um ônibus para o sul.

Na estação do metrô do leste de Nova York, Lawrence saltou e subiu correndo para pegar o trem Z que ia para o sul de Manhattan. A água da chuva escorria de uma grade no teto e o ar estava úmido, com cheiro de mofo. Ele ficou sozinho na plataforma até avistar os faróis do trem brilhando no túnel. Não podia parar. Tinha de ficar sempre em movimento. Era a única maneira de escapar.

Nathan Boone estava no helicóptero pousado no chão, junto com Mitchell e Krause. A chuva continuava a cair no piso de concreto do heliponto. Os dois detetives ficaram irritados quando Boone disse para não fumar. Ele ignorou a reação deles, fechou os olhos e ficou escutando as vozes que chegavam pelos fones de ouvido.

Naquele momento, a equipe da internet da Irmandade já havia acessado as câmeras de vigilância de doze organizações diferentes, do governo e de empresas particulares. Enquanto as pessoas caminhavam apressadas pelas calçadas e pelos corredores do metrô, enquanto paravam nas esquinas e desciam dos ônibus, os pontos nodais dos seus semblantes eram reduzidos a uma equação de números. Quase ao mesmo tempo, essas equações eram comparadas aos logaritmos específicos de Lawrence Takawa.

Boone gostava daquela visão de informações fluindo constantemente, como água fria e escura, através dos cabos e das redes de computadores. Tudo são números, pensou. Realmente somos apenas isso, números. Ele abriu os olhos quando Simon Leutner começou a falar.

– Muito bem. Acabamos de acessar o sistema de segurança do CitiBank. Há um caixa eletrônico na rua Canal com uma câmera de vigilância. O nosso alvo acabou de passar por essa câmera, indo na direção da ponte Manhattan. – Parecia que Leutner estava sorrindo. – Acho que ele não notou a câmera do caixa eletrônico. Elas já se tornaram parte da paisagem.

O PEREGRINO

Pausa.
– Tudo bem. Agora o alvo está na calçada para pedestres da ponte. Isso é fácil. Já acessamos o sistema de segurança das autoridades portuárias. As câmeras ficam no alto das torres de iluminação, fora de vista. Podemos acompanhá-lo em toda a travessia.
– Para onde ele está indo? – perguntou Boone.
– Para o Brooklyn. O alvo está caminhando bem rápido, segurando uma espécie de bastão na mão direita.
Pausa.
– Chegando ao fim da ponte.
Pausa.
– O alvo está andando para a avenida Flatbush. Não. Espere. Está fazendo sinal para o motorista de um táxi com bagageiro soldado no teto do carro.
Boone estendeu a mão e ligou o intercomunicador do helicóptero.
– Nós o encontramos – disse ele. – Vou dizer para onde temos de ir.

O motorista do táxi particular era um haitiano idoso que usava uma capa de chuva de plástico e um boné de beisebol dos Yankees. O teto do carro tinha goteiras e o banco de trás estava molhado. Lawrence sentiu a água fria molhar suas pernas.
– Para onde quer ir?
– Newark, Nova Jersey. Pegue a Verrazano. Eu pago o pedágio.
O velho não achou a idéia boa.
– É muito longe e ninguém vai me pagar a volta. Ninguém em Newark quer ir para Fort Greene.
– Quanto custa a ida?
– Quarenta e cinco dólares.
– Eu pago cem dólares. Vamos embora.
Satisfeito com o trato, o velho engatou a marcha e o Chevrolet caindo aos pedaços seguiu pela rua.

O motorista começou a murmurar uma canção em creole, tamborilando o ritmo na direção.
— *Ti chéri*. *Ti chéri*...
Um ronco ensurdecedor caiu sobre eles e Lawrence viu um vento muito forte espalhar gotas de chuva nos carros estacionados. O motorista pisou no freio, espantado com a visão diante dele: um helicóptero pousando lentamente no cruzamento das ruas Flatbush e Tillary.
Lawrence pegou a espada e abriu a porta do táxi com um chute.

Boone saiu em disparada pela chuva. Deu uma olhada para trás e viu que os dois detetives já estavam ofegantes, sacudindo os braços. Takawa corria a uns duzentos metros na frente deles, pela avenida Myrtle, entrando na St. Edwards. Boone passou por uma loja do tipo pegue e pague com grades nas janelas, um consultório de dentista e uma pequena butique com uma placa cor-de-rosa e roxa de mau gosto.
As torres do conjunto habitacional Fort Greene dominavam a linha do horizonte como uma muralha partida. Quando as pessoas andando na calçada viam os três homens brancos perseguindo o jovem asiático, instintivamente recuavam para o abrigo das entradas dos prédios ou atravessavam a rua às pressas. Prisão de traficante, pensavam. Polícia. Não se envolver.
Boone chegou à St. Edwards e olhou de um lado para outro. A chuva ricocheteava na calçada e nos carros estacionados. A água corria para os bueiros e formava poças no cruzamento. Um movimento. Não. Apenas uma senhora de guarda-chuva. Takawa tinha desaparecido.
Em vez de esperar os detetives, Boone continuou correndo. Passou por dois prédios de apartamentos dilapidados, examinou um beco e viu Takawa passar por um buraco num muro. Desviando de sacos plásticos de lixo e de um colchão descartado,

O PEREGRINO

Boone chegou ao buraco e descobriu uma folha de aço galvanizado que um dia tinha selado uma porta. Alguém, provavelmente os viciados do lugar, tinha entortado a folha para trás e agora Takawa estava lá dentro.

Mitchell e Krause chegaram à entrada do beco.

— Cubram as saídas! — berrou Boone. — Vou entrar e encontrá-lo!

Com cuidado, Boone empurrou a folha de metal e entrou numa sala comprida com piso de cimento e pé-direito alto. Lixo por toda parte. Cadeiras quebradas. Muitos anos antes, o prédio tinha sido uma oficina. Havia uma bancada de ferramentas ao longo de uma parede e uma que os mecânicos usavam para consertar os carros. A baia retangular estava cheia de água e óleo e com a iluminação fraca parecia que levava a uma caverna distante. Boone parou perto de uma escada de concreto e ficou escutando. Ouviu água pingando no chão e depois algo se arrastando no andar de cima.

— Lawrence! Sou Nathan Boone! Eu sei que você está aí em cima!

Lawrence estava sozinho no segundo andar. Sua capa de chuva encharcada pesava muito com os milhares de dólares escondidos na bainha. Tirou a capa lentamente e jogou longe. Fazia frio e a água da chuva escorria pelos seus ombros, mas isso não era nada. Era como se tivessem tirado um peso imenso das suas costas.

— Desça! — gritou Boone. — Se descer imediatamente, ninguém vai machucar você!

Lawrence arrancou o papel que embrulhava a espada do pai dele, tirou-a da bainha e examinou o brilho trêmulo da lâmina. A espada de ouro. Uma espada Jittetsu. Forjada em fogo e oferecida aos deuses. Uma gota de água escorreu pelo rosto dele. Acabado. Tudo acabado. Descartado. Precisou jogar tudo fora. Seu emprego e sua posição. Seu futuro. As únicas coisas que realmente possuía eram aquela espada e a sua bravura.

Lawrence deixou a bainha no chão molhado e andou até a escada com a espada na mão.
— Fique aí! — gritou ele. — Estou descendo!
Lawrence desceu a escada suja. A cada passo perdia um pouco do peso das ilusões que oprimiam seu coração. Finalmente compreendeu a solidão revelada na fotografia do pai. Tornar-se um Arlequim era ao mesmo tempo uma libertação e o reconhecimento da própria morte.
Chegou ao andar térreo. Boone estava no meio da sala cheia de lixo com uma pistola automática na mão.
— Largue a arma! — berrou Boone. — Jogue-a no chão!
Depois de usar máscaras a vida inteira, Lawrence removeu a máscara final. Segurando a espada de ouro, o filho de Sparrow correu na direção do inimigo. Sentia-se livre, libertado das dúvidas e da hesitação. Boone ergueu lentamente a pistola e atirou no coração de Lawrence.

49

Vicki era uma prisioneira na casa da mãe. Vigiada pela Tábula e também pela congregação da igreja. O caminhão da companhia de energia elétrica tinha ido embora, mas outras equipes de vigilância apareceram. Dois homens que trabalhavam para uma empresa de televisão a cabo começaram a trocar as caixas de relés no alto dos postes telefônicos. À noite nem se davam ao trabalho de recorrer à camuflagem. Um negro e um branco ficavam sentados numa caminhonete, do outro lado da rua. Uma vez, um carro da polícia parou ao lado da caminhonete e os dois patrulheiros conversaram com os homens da Tábula. Vicki espiou por trás da cortina e viu os mercenários exibindo cartões de identidade e trocando apertos de mão com os policiais.

A mãe dela pediu proteção para a igreja. À noite, uma ou duas pessoas dormiam no sofá da sala de estar. De manhã, o pessoal do turno da noite ia embora e dois outros crentes chegavam para passar o dia na casa. Os jonesies não acreditavam em violência, mas se consideravam defensores da fé, armados com a palavra do profeta. Se a casa fosse atacada, eles cantariam hinos e deitariam na frente dos carros.

Vicki passava o tempo todo assistindo à televisão, mas depois de alguns dias desligou o aparelho. Todos os programas pareciam infantis ou enganosos para quem compreendia o que realmente havia por trás deles. Ela pegou emprestados uns halteres de um diácono da igreja e começou a levantar pesos na garagem todas as tardes até seus músculos ficarem doídos. À noite, ficava acordada até tarde e procurava na internet os sítios secretos da rede criados na Polônia, na Coréia do Sul e na Espanha que mencionavam os Peregrinos e a Imensa Máquina. A maioria dessas páginas parecia concordar com que todos os Peregrinos tinham desaparecido, destruídos pela Tábula e seus mercenários.

Quando era pequena, Vicki sempre esperava com ansiedade o serviço dominical na igreja. Acordava bem cedo, passava perfume no cabelo e usava seu vestido branco especial. Agora todos os dias da semana pareciam iguais. Continuava na cama aquela manhã de domingo quando Josetta entrou no quarto.

– Você tem de se arrumar, Vicki. Mandaram um carro para nos pegar.

– Eu não quero ir.

– Não há por que ter medo. A congregação vai protegê-la.

– Não estou com medo da Tábula. Estou preocupada com os meus amigos.

Josetta apertou os lábios e Vicki sabia o que a mãe estava pensando: eles não são seus amigos. Ela ficou ao lado da cama até Vicki se levantar e se vestir.

– Isaac Jones um dia disse para o irmão dele...

– Não venha citar o profeta para mim, mãe. Ele disse um monte de coisas que nem sempre combinam. Quando se buscam as idéias básicas, fica claro que Isaac Jones acreditava em liberdade, compaixão e esperança. Não podemos ficar repetindo as palavras dele, pensando que estamos certos. As pessoas precisam modificar suas vidas.

Uma hora depois, Vicki estava sentada na igreja ao lado da mãe. Tudo parecia igual – os hinos conhecidos, os bancos bambos e os rostos que a cercavam –, mas ela não teve a sensação de fazer parte da cerimônia. Toda a congregação sabia que Victory From Sin Fraser tinha se envolvido com Hollis Wilson e com uma Arlequim malévola chamada Maya. Todos olhavam para Vicki e manifestavam seu medo durante as confissões públicas.

O PEREGRINO

A confissão pública era exclusiva da igreja de Jones, uma mistura peculiar de renovação batista com reuniões de quacres. Naquela manhã, o ritual aconteceu como de hábito. Primeiro, o reverendo J. T. Morganfield fez um sermão sobre o maná no deserto, não apenas o alimento oferecido aos israelitas, mas também todos os tesouros à disposição de qualquer crente. Quando uma banda com três instrumentos, bateria, violão e órgão, começou a tocar numa batida emocionante de gospel, a congregação cantou "Call Your Faith Forward", um antigo hino jonesie. As pessoas se levantavam durante a cantoria e, no fim de cada refrão, expressavam suas preocupações.

Quase todos mencionavam Vicki Fraser. Preocupavam-se com ela. Tinham medo. Mas sabiam que Deus ia protegê-la. Vicki olhava para a frente o tempo todo e procurava não parecer constrangida. Do jeito como falavam, parecia ser basicamente culpa dela, por acreditar na Dívida Não Paga. Outro refrão. Uma confissão. Um refrão. Uma confissão. Vicki sentiu vontade de se levantar e sair correndo da igreja, mas sabia que todos iriam atrás dela.

Quando o canto ficou mais forte, a porta do diácono perto do altar se abriu e Hollis Wilson apareceu. Todos pararam de cantar, mas ele não se perturbou com isso. Parou na frente da igreja e tirou de dentro do casaco um exemplar com capa de couro da *Coletânea de Cartas de Isaac T. Jones*.

– Quero confessar uma coisa – disse Hollis. – Tenho um testemunho para todos vocês. Na quarta carta, escrita em Meridian, Mississippi, o profeta escreve que não existe o homem ou a mulher perdidos. Qualquer pessoa, até o pior dos pecadores, pode tomar a decisão de voltar para Deus e para o círculo dos fiéis.

Hollis olhou para o reverendo Morganfield e o pastor respondeu, quase automaticamente.

– Amém, irmão.

Todos os crentes na igreja respiraram fundo e se acalmaram. Sim, um homem perigoso estava ali diante deles perto do altar, mas o estilo da confissão era familiar. Hollis olhou para Vicki pela primeira vez e inclinou a cabeça quase imperceptivelmente, como se quisesse afirmar a ligação entre eles.

— Eu fiquei muitos anos afastado — disse Hollis. — Levei uma vida desregrada de desobediência e pecado. Peço desculpas a quem magoei ou ofendi, mas não exijo perdão. Em sua nona carta, Isaac Jones diz que só Deus pode dar o perdão e que Ele perdoa igualmente a todo homem e a toda mulher, toda raça e nação sob o sol. — Hollis abriu o livro verde e leu uma passagem. — Nós, que somos iguais aos olhos de Deus, devemos ser iguais aos olhos da humanidade.

— Amém — disse uma senhora.

— Eu também não imploro perdão por ter me aliado a uma Arlequim para lutar contra a Tábula. No início, fiz isso por dinheiro, como matador de aluguel. Mas agora tirei a venda dos olhos, vi o poder da Tábula e o plano deles para controlar e manipular o povo da Nova Babilônia.

"Há muitos anos, esta igreja está dividida em relação à Dívida Não Paga. Eu acredito, com muita convicção, que essa discussão perdeu o sentido. Zachary Goldman, o Leão do Templo, morreu com o profeta. Isso é fato e ninguém pode negar. Mas o que é mais importante é o mal que está sendo feito *agora*, a intenção da Tábula de trair a humanidade. Como disse o profeta, os Justos devem lutar contra o Dragão na escuridão e na luz."

Vicki examinou as pessoas em volta. Hollis havia conquistado algumas, mas não o reverendo Morganfield. Os crentes mais velhos balançavam a cabeça, rezavam e sussurravam: "Amém."

— Nós temos de apoiar os Arlequins e seus aliados, não só com as nossas preces, mas com nossos filhos e filhas. Por isso, vim aqui hoje. Nosso exército precisa da ajuda de Victory From Sin Fraser. Vim pedir para ela se juntar a nós e dividir conosco as provações que temos enfrentado.

Hollis levantou a mão direita e fez um gesto como se dissesse: venha comigo. Vicki sabia que aquela era a maior escolha que faria na vida. Olhou para a mãe e viu que Josetta estava chorando.

— Eu quero a sua bênção — Vicki sussurrou.

O PEREGRINO

— Não vá. Eles vão te matar.
— A vida é minha, mãe. A escolha é minha. Você sabe que eu não posso ficar aqui.

Ainda chorando, Josetta abraçou a filha. Vicki sentiu os braços da mãe segurando com firmeza, apertados, mas finalmente soltando. Todos observaram atentos quando Vicki foi se juntar a Hollis perto do altar.

— Adeus — ela disse para a congregação, surpresa com a própria voz, que parecia forte e segura. — Nas próximas semanas, vou procurar muitos de vocês para pedir ajuda e apoio. Vão para casa e rezem. Decidam se querem ficar do nosso lado.

Hollis pegou a mão dela e caminharam rapidamente para a porta. Uma picape com a carroceria coberta por um encerado estava estacionada no beco lateral da igreja. Quando entraram no carro, Hollis tirou uma automática da cintura e pôs no banco entre os dois.

— Dois mercenários da Tábula estão na frente da igreja, do outro lado da rua — disse ele. — Vamos torcer para que não haja um segundo grupo nos vigiando.

Ele saiu do beco lentamente e entrou numa ruazinha de terra que passava entre as duas fileiras de prédios. Depois de muitas voltas, chegaram a uma rua asfaltada a alguns quarteirões da igreja.

— Você está bem? — Vicki olhou para Hollis e ele sorriu.

— Tive uma briguinha contra três animais híbridos, mas conto essa história depois. Tenho rodado de carro pela cidade esses últimos dias, indo a bibliotecas públicas para usar os computadores. Estive em contato com um Arlequim na França, chamado Linden. Ele é amigo de Maya, é o cara que enviou o dinheiro para mim.

— Quem mais faz parte desse "exército" que você mencionou?

— Até agora somos só você, Maya, Gabriel e eu. Ela o trouxe de volta para Los Angeles. Mas ouça só isso... — Hollis socou o volante. — Gabriel atravessou as barreiras. Ele é um Peregrino. De verdade.

Vicki olhou para o trânsito quando entraram na auto-estrada. Milhares de pessoas sozinhas, cada uma dentro de sua caixinha sobre rodas. Os cidadãos olhavam para os pára-choques diante deles, ouviam os ruídos que saíam dos rádios e achavam que aquele momento, aquele lugar eram a única realidade verdadeira. Na cabeça de Vicki, tudo havia mudado. Um Peregrino fizera a travessia, rompendo as amarras que o prendiam àquele mundo. A auto-estrada, os carros e os motoristas não eram a resposta final, apenas uma alternativa possível.

– Obrigada por ir à igreja, Hollis. Foi um ato perigoso.

– Eu sabia que você estaria lá e me lembrei do beco. Além disso, precisava da permissão da congregação. Deu para perceber que a maioria me apoiava.

– De que tipo de permissão você está falando?

Hollis recostou no banco e deu uma risada.

– Estamos escondidos na Arcádia.

Arcádia era uma base da igreja nas montanhas a noroeste de Los Angeles. Uma mulher branca chamada Rosemary Kuhn que gostava de cantar os hinos da igreja jonesie doara dezesseis hectares da fazenda Malibu para a congregação. Vicki e Hollis tinham visitado Arcádia quando eram pequenos, onde faziam caminhadas, nadavam na piscina e cantavam em volta da fogueira nas noites de sábado. Alguns anos antes, o poço do acampamento tinha secado e a secretaria de zoneamento condenou a área por diversas irregularidades. A igreja jonesie estava tentando vender a propriedade e os filhos de Rosemary Kuhn tinham entrado com um processo para recuperá-la.

Hollis pegou a Rota 1 subindo a costa, depois seguiu pela pista dupla que passava pelo cânion Topanga. Quando virou à esquerda no correio de Topanga, a estrada ficou mais estreita e muito íngreme. Carvalhos e chaparral fechado ladeavam a estrada. Finalmente passaram sob um arco de madeira com uma placa destruída onde estava escrito CÁDIA e chegaram à vertente da serra. Uma longa

O PEREGRINO

estradinha de terra, esburacada pela erosão provocada por enchentes, levou-os ao estacionamento de cascalho.

As construções do acampamento não tinham mudado nada naqueles últimos vinte anos. Tinha dormitórios para homens e para mulheres, uma piscina seca com uma casa ao lado e um grande centro comunitário onde serviam as refeições e se reuniam para os serviços religiosos. As casas compridas e brancas tinham telhados de telhas vermelhas no estilo espanhol. Canteiros de flores e uma horta, que os jonesies mantinham sempre cuidados nos bons tempos, estavam cobertos pelo mato. Tinham quebrado todas as janelas e o chão estava coalhado de latas de cerveja. Da vertente da serra, dava para ver as montanhas de um lado e o oceano Pacífico do outro.

Vicki pensou que estavam sozinhos e foi então que Maya e Gabriel saíram do centro comunitário e foram encontrar os dois no estacionamento. Maya parecia a mesma, forte e agressiva. Vicki olhou bem para Gabriel, à procura de alguma mudança na aparência dele. Seu sorriso não havia mudado, mas ele olhou para ela com uma nova intensidade. Ela ficou um pouco nervosa, mas Gabriel disse oi e a abraçou.

– Estávamos preocupados com você, Vicki. Que bom que veio.

Hollis tinha comprado camas dobráveis e sacos de dormir para os dois dormitórios numa loja de material do exército. Na cozinha do centro comunitário, tinha um fogão de acampamento, garrafas de água e enlatados. Usaram uma vassoura velha para tirar um pouco da poeira e se sentaram a uma das mesas compridas. Maya ligou o computador e mostrou as informações pessoais de americanos da idade deles que tinham números do seguro social e que tinham morrido em acidentes de automóvel. Nas semanas seguintes, iam conseguir as certidões de nascimento desses mortos, depois carteiras de motorista e passaportes com identidades diferentes. Maya queria que todos tivessem pelo menos três passaportes falsos. Finalmente eles iam atravessar a fronteira com o México e procurar um lugar seguro para se esconder.

— Vamos tomar muito cuidado com isso — disse Hollis. — Não quero acabar preso numa cadeia mexicana. Se vamos deixar o país, precisamos de dinheiro.

Maya explicou que Linden tinha enviado milhares de dólares para os Estados Unidos escondidos dentro de uma imagem antiga de Buda. O pacote estava com um comerciante de arte em West Hollywood. Era perigoso despachar dinheiro e pegar encomendas com a Tábula no seu encalço. Hollis se ofereceu para ficar de guarda nos fundos do prédio, enquanto ela entrava pela porta da frente.

— Não posso deixar Gabriel sozinho.

— Eu ficarei bem — Gabriel disse. — Ninguém conhece este lugar. E mesmo que a Tábula descobrisse, ainda teriam de subir a estrada cheia de curvas da serra. Nós veríamos o carro dez minutos antes de chegarem aqui.

A Arlequim mudou de idéia duas vezes durante o almoço e acabou resolvendo que era importante pegar o dinheiro. Vicki e Gabriel ficaram no estacionamento vendo a picape de Hollis descer a serra.

— O que você acha da Maya? — perguntou Gabriel.

— Ela é muito corajosa.

— O pai de Maya a fez passar por um treinamento muito severo para transformá-la numa Arlequim. Acho que ela não confia em ninguém.

— O profeta escreveu uma carta para a sobrinha de doze anos, Evangeline, dizendo que os pais nos dão a armadura que devemos usar e que decidimos nos proteger mais quando ficamos mais velhos. Quando nos tornamos adultos, as diversas partes da armadura não se encaixam e não nos protegem completamente.

— Maya é muito bem protegida.

— É. Mas continua a mesma por baixo das defesas. Somos todos iguais.

Vicki encontrou uma vassoura velha e começou a varrer o chão do centro comunitário. De vez em quando, ela espiava pela janela e via que Gabriel andava de um lado para outro no estacio-

O PEREGRINO

namento. O Peregrino parecia inquieto e triste. Estava pensativo, parecia querer resolver algum problema. Vicki terminou de varrer e limpava as mesas com um pano úmido, quando Gabriel apareceu na porta.

— Resolvi fazer a travessia.
— Por que agora?
— Tenho de encontrar o meu irmão, Michael. Eu o vi na barreira do fogo, mas talvez ele esteja em algum mundo agora.
— Você acha que ele está ajudando a Tábula?
— É isso que me preocupa, Vicki. Eles podem estar forçando-o a fazer isso.

Vicki seguiu Gabriel até o dormitório dos homens e ele sentou em uma das camas dobráveis, com as pernas esticadas para frente.

— Quer que eu saia daqui? — perguntou ela.
— Não. Pode ficar. O meu corpo permanece aqui. Não há labaredas nem anjos.

Segurando a espada de jade com as duas mãos, Gabriel respirou lenta e profundamente. De repente, caiu deitado na cama. O movimento rápido parecia ter mudado tudo. Ele respirou fundo mais uma vez e então Vicki viu a transformação. O corpo dele estremeceu e ficou completamente inerte. Fez Vicki lembrar uma imagem que tinha visto, de um cavaleiro de pedra deitado num túmulo.

Gabriel estava acima dela? Flutuando no espaço? Ela olhou em volta à procura de algum sinal e não viu nada além das paredes com manchas de infiltração e o teto sujo. Tome conta dele, ela rezou. Meu Deus, proteja esse Peregrino.

50

Gabriel estava do outro lado, sua Luz tinha atravessado as quatro barreiras. Ele abriu os olhos e se viu no topo de uma escada, numa velha casa. Estava sozinho. A casa estava silenciosa. Uma luz cinza e fraca escapava por uma janela estreita.

Havia uma penteadeira antiga atrás dele, com um vaso e uma rosa de seda e Gabriel tocou nas pétalas macias. A rosa, o vaso e tudo que o cercava eram tão falsos como os objetos no mundo dele. Só a Luz era permanente e real. Seu corpo e suas roupas eram imagens fantasmas que o seguiam naquele lugar. Gabriel puxou a espada de jade para fora da bainha alguns centímetros e a lâmina de aço cintilou com uma energia prateada.

Afastou as cortinas de renda e espiou pela janela. Era início da noite, logo depois do pôr-do-sol. Estava numa cidade com calçadas e ruas arborizadas. Do outro lado da rua, viu uma série de casas geminadas que lembravam as dos bairros de prédios de arenito pardo da cidade de Nova York ou de Baltimore. Havia luzes acesas em alguns apartamentos e as cortinas eram amarelo-claro, como pergaminhos antigos.

Gabriel pendurou a espada no ombro, com a bainha encostada nas costas. Sem fazer barulho, desceu a escada até o terceiro andar. Abriu uma das portas, esperando ser atacado, e viu um quarto vazio. Toda a mobília era pesada e escura. Uma cômoda grande com puxadores de bronze e uma cama de madeira traba-

O PEREGRINO

lhada. O quarto tinha um ar antigo que lembrava os cenários dos filmes dos anos 20. Não encontrou nenhum rádio nem aparelho de televisão, nada de novo, colorido, brilhante. No segundo andar, ouviu o som de um piano vindo do andar de baixo. A música era lenta e triste, uma melodia simples, repetida com algumas variações.

Gabriel procurou evitar que os degraus rangessem enquanto descia o último lance da escada. No andar térreo, uma porta aberta dava para uma sala de jantar com uma mesa comprida e seis cadeiras de espaldar alto. No aparador ao lado, havia um pote com frutas de cera. Gabriel seguiu pelo corredor e passou por um escritório com poltronas de couro e uma luminária solitária de leitura, depois chegou à sala de estar nos fundos da casa.

Uma mulher sentada de costas para a porta tocava um piano de armário. Vestia uma saia longa preta e uma blusa azul-clara de mangas bufantes. O cabelo grisalho estava preso num coque. Gabriel se aproximou dela. O chão rangeu e ela olhou para trás. Ele se espantou ao ver o rosto dela. Era emaciado e pálido, como se a tivessem trancado na casa para morrer de fome. Só seus olhos tinham vida. Brilhantes e vívidos, olhavam fixo para ele. Parecia surpresa, mas não assustada, com o fato de um desconhecido aparecer na sua sala.

— Quem é você? — perguntou a mulher. — Nunca o vi antes.

— Meu nome é Gabriel. Pode me dizer o nome deste lugar?

A saia preta da mulher farfalhou quando ela se aproximou dele.

— Você é diferente, Gabriel. Deve ser novo.

— É. Acho que é isso mesmo. — Ele se afastou da mulher, mas ela foi atrás dele. — Desculpe entrar assim na sua casa.

— Ah, não tem nada do que se desculpar.

Antes de Gabriel tentar impedir, ela segurou a mão dele. Uma expressão de espanto surgiu na face dela.

— Sua pele está quente. Como é possível?

Gabriel tentou se soltar, mas a mulher se agarrava à mão dele com uma força que não combinava com seu corpo frágil. Um pouco trêmula, ela se abaixou e beijou as costas da mão dele. Gabriel sentiu os lábios frios encostando na sua pele e depois uma dor aguda. Puxou a mão para trás com força e percebeu que estava sangrando.

Viu uma pequena gota de sangue – do seu sangue – no canto da boca da mulher. Ela tocou na gota com o dedo indicador, examinou o vermelho vivo e pôs o dedo na boca. Em êxtase, possuída pelo prazer, ela estremeceu e fechou os olhos. Gabriel saiu apressado da sala, passou pelo corredor e foi para a porta da frente. Atrapalhou-se um pouco com o trinco e acabou chegando à calçada.

Antes de poder encontrar algum lugar para se esconder, viu passar lentamente pela rua um automóvel preto. O carro era semelhante a um sedã de quatro portas da década de 1920, mas o modelo era meio indefinido. Parecia apenas a idéia de um carro, um gesto, e não uma máquina de verdade, feita numa fábrica. O motorista era um velho encolhido e murcho. Ele olhou bem para Gabriel enquanto passava por ele.

Não apareceu mais nenhum carro e Gabriel ficou vagando pelas ruas escuras. Chegou a uma praça com um jardim pequeno e bancos no centro, um coreto e algumas árvores. Lojas com vitrines pontuavam o andar térreo dos prédios de três andares em volta. Luzes brilhavam nas janelas dos quartos nos últimos andares. Cerca de doze pessoas passeavam na praça. Usavam o mesmo tipo de roupa formal e antiquada da mulher que tocava piano: ternos pretos, saias compridas, chapéus e sobretudos que escondiam corpos magros.

Gabriel sentiu-se muito evidente de calça jeans e blusão de moletom. Procurou ficar nas sombras dos prédios. As vitrines das lojas tinham vidros grossos e caixilhos de aço como os usados para expor jóias. Cada loja tinha uma vitrine e cada vitrine um objeto, todo iluminado. Gabriel passou por um homem esquálido e calvo que movia o rosto com tiques nervosos. O homem olhava para um relógio antigo de ouro na vitrine. Parecia em transe, quase hipno-

O PEREGRINO

tizado pelo objeto. Duas portas adiante, havia uma loja de antiguidades com uma pequena estátua de mármore de um menino nu na vitrine. Uma mulher de batom vermelho-escuro olhava fixo para a estátua. Quando Gabriel passou, ela se inclinou para frente e beijou o vidro da vitrine.

Tinha um mercadinho no fim do quarteirão. Não era um estabelecimento moderno, com corredores largos e geladeiras com portas envidraçadas, mas tudo parecia limpo e bem organizado. Os fregueses seguravam suas cestas de compras de arame vermelho e caminhavam no meio das prateleiras com a mercadoria. Uma jovem de avental branco atendia na caixa registradora.

A moça olhou para Gabriel quando ele entrou na loja e ele foi logo para trás de uma prateleira para escapar da curiosidade dela. As gôndolas continham caixas e vidros sem nada escrito. Em vez disso, cada recipiente tinha desenhos muito coloridos dos produtos que continham. Desenhos de crianças com seus pais sorrindo alegremente e consumindo cereais no café da manhã ou sopa de tomate.

Gabriel pegou uma caixa de biscoito. Não pesava quase nada. Pegou outra caixa, abriu e descobriu que estava vazia. Examinou outras caixas e vidros, passou para o outro corredor e encontrou um homenzinho ajoelhado no chão, repondo a mercadoria nas prateleiras. O avental branco e engomado e a gravata-borboleta vermelha davam aparência de limpo e organizado. O homem trabalhava com muita precisão, fazendo questão de que cada caixa ficasse virada de frente para o corredor.

– O que houve? – perguntou Gabriel. – Está tudo vazio.

O homenzinho se levantou e olhou bem para Gabriel.

– Você deve ser novo por aqui.

– Como pode vender caixas vazias?

– É porque eles querem o que há dentro delas. Todos nós queremos.

O homem foi atraído pelo calor do corpo de Gabriel. Chegou para a frente animado, mas Gabriel o empurrou para longe. Procurou não se apavorar, saiu da loja e voltou para a praça. Seu coração batia descompassado e uma onda gelada de medo percorreu seu corpo. Sophia Briggs tinha falado daquele lugar. Ele estava no Segundo Mundo, dos fantasmas famintos. Eram espíritos perdidos, fragmentos de Luz sempre à procura de alguma coisa para preencher toda a dor do vazio. Ficaria lá para sempre, se não encontrasse logo uma saída.

Gabriel dobrou uma esquina e viu um açougue muito bem iluminado. Atravessou a rua e surpreendeu-se de ver costeletas de carneiro, pernil de porco e bifes em bandejas de aço num balcão dentro da loja. Um açougueiro corpulento, de cabelo louro, estava atrás do balcão com seu assistente, um jovem de vinte e poucos anos. Um garoto com um avental de adulto varria cuidadosamente o chão de ladrilhos brancos. A carne era real. Os dois homens e o menino pareciam saudáveis. Gabriel pôs a mão na maçaneta. Hesitou um pouco, depois entrou.

– Você parece recém-chegado – disse o açougueiro com um sorriso animado. – Conheço todo mundo por aqui e nunca o vi antes.

– Tem alguma coisa para comer? – perguntou Gabriel. – Que tal esses pernis?

Ele apontou para três pernis defumados, pendurados em ganchos sobre o balcão. O açougueiro achou graça e o assistente deu uma risadinha. Sem pedir permissão, Gabriel pôs a mão em um pernil. Estranho. Havia alguma coisa errada. Tirou o pernil do gancho, deixou-o cair no chão e viu o objeto de cerâmica se espatifar. Tudo na loja era falso, comida imaginária exposta como se fosse verdadeira.

Gabriel ouviu um estalo e deu meia-volta. O menino tinha trancado a porta. Gabriel girou de novo e viu o açougueiro e seu assistente saindo de trás do balcão das carnes. O assistente puxou um facão de quinze centímetros da bainha de couro que tinha na cintura. O açougueiro segurava um cutelo grande. Gabriel sacou a espada e chegou para trás, para perto da parede. O menino largou

O PEREGRINO

a vassoura e pegou uma faca fina e curva, do tipo que era usado para separar a carne do osso.

Sorrindo, o assistente levantou o braço e arremessou sua arma. Gabriel desviou para a esquerda e a lâmina penetrou no painel de madeira. O açougueiro se adiantou, balançando e girando o pesado cutelo. Gabriel fingiu dar um golpe na cabeça, abaixou-se e cortou o braço do açougueiro. O fantasma deu um sorriso largo e exibiu o ferimento: pele cortada, músculo e osso, mas nada de sangue.

Gabriel atacou. O cutelo subiu e bloqueou a espada dele. As duas lâminas rasparam uma na outra e o aço guinchou como um pássaro preso. Gabriel pulou para um lado, foi para trás do açougueiro e cortou a perna esquerda do fantasma, logo abaixo do joelho. O açougueiro caiu para a frente e bateu no chão ladrilhado. Ficou lá de barriga para baixo, gemendo e estendendo os braços como se quisesse nadar em terra seca.

O assistente correu com a faca na mão. Gabriel se preparou para se defender. Mas o assistente ajoelhou ao lado do açougueiro e enfiou a faca nas costas dele. Fez um corte profundo, puxando a faca no músculo até os quadris. O menino correu e atacou o açougueiro junto com ele, cortando pedaços de carne seca e enfiando na boca.

Gabriel destrancou a porta e saiu correndo. Atravessou a rua, chegou ao pequeno jardim no centro da praça e percebeu que as pessoas estavam saindo dos prédios. Reconheceu a mulher que tocava piano e o homenzinho de gravata-borboleta. Os fantasmas sabiam que ele estava na cidade. Tinham ido procurá-lo, com a esperança de que ele pudesse preencher o vazio de todos.

Gabriel estava sozinho ao lado do coreto. Devia fugir deles? Tinha como escapar dali? Ouviu o barulho do motor de um carro, deu meia-volta e viu faróis em uma das ruas transversais. O carro se aproximou e Gabriel percebeu que era um táxi antigo, com uma luz amarela em cima. Alguém começou a buzinar no táxi e o veículo parou perto do meio-fio. O motorista abaixou o vidro da janela e sorriu. Era Michael.

— Entre aqui! — gritou ele.

Gabriel se jogou dentro do carro e Michael deu a volta na praça, buzinando e desviando dos fantasmas. Entrou por uma rua transversal e acelerou um pouco.

— Eu estava no telhado de uma casa, olhei para baixo e vi você na praça.

— Como conseguiu o táxi?

— Corri pela rua e apareceu um motorista de táxi. Era um velho magricela que só ficava perguntando se eu era "novo". Eu o puxei para fora do carro, dei um soco na cara dele e fugi com o táxi. — Michael riu alto. — Eu não sei onde nós estamos, mas duvido que alguém venha me prender por roubar o carro.

— Estamos no Segundo Mundo, dos fantasmas famintos.

— Deve ser isso mesmo. Entrei num restaurante e havia quatro pessoas sentadas nos cubículos. Nada de comida em lugar nenhum. Só pratos vazios.

Michael deu um tranco na direção e embicou o táxi para um beco.

— Rápido — disse ele. — Temos de entrar nesse prédio antes que alguém nos veja.

Os dois desceram do táxi. Michael segurava uma espada com um triângulo de ouro incrustado no cabo.

— Onde foi que arrumou isso? — perguntou Gabriel.

— Com uns amigos.

— É um talismã.

— Eu sei. É bom ter uma arma num lugar como este.

Os irmãos Corrigan saíram do beco e correram pela calçada até um prédio de quatro andares com fachada de granito. A grande porta de entrada era de metal escuro, dividida em quadrados com esculturas em baixo-relevo representando trigo, maçãs e outros alimentos. Michael abriu a porta e os dois entraram num longo corredor sem janelas com piso xadrez e luminárias penduradas em correntes de bronze. Michael correu pelo corredor e parou diante de uma porta com uma placa que dizia *Biblioteca*.

O PEREGRINO

— Chegamos. O lugar mais seguro da cidade.
Gabriel seguiu o irmão para uma sala de dois andares com uma janela com vitral no fundo. Todas as paredes eram cobertas com estantes de carvalho cheias de livros. Havia escadas em trilhos que percorriam a sala toda e uma passarela a cinco metros de altura que dava acesso a outro conjunto de estantes. Cadeiras de madeira maciça e mesas de leitura forradas de couro verde ficavam no meio da sala. Luminárias de vidro verde-escuro iluminavam as mesas. A biblioteca fazia Michael pensar em história e tradição. Qualquer livro podia ser encontrado ali.
Michael parecia o bibliotecário do lugar.
— Legal, não é?
— E ninguém vem aqui?
— É claro que não. Por que viriam?
— Para ler um livro.
— De jeito nenhum. — Michael pegou um livro grosso com capa de couro preto e jogou para o irmão. — Dê só uma olhada.
Gabriel abriu o livro e só encontrou páginas em branco. Largou-o em cima da mesa e tirou outro da estante. Páginas em branco. Michael deu uma risada.
— Eu examinei a Bíblia e um dicionário. Tudo em branco. As pessoas que vivem neste mundo não podem comer, nem beber, nem ler. E aposto que não podem fazer sexo, nem dormir. Se isso é um sonho, é definitivamente um pesadelo.
— Não é sonho. Nós dois estamos aqui.
— Isso mesmo. Somos Peregrinos. — Michael assentiu com a cabeça e tocou no braço do irmão. — Eu estava preocupado com você, Gabe. Estou contente de ver que está bem.
— Papai está vivo.
— Como sabe disso?
— Fui a um lugar chamado Nova Harmonia no sul do Arizona. Oito anos atrás, nosso pai conheceu e inspirou umas pessoas a criar uma comunidade que vive livre da Grade. Ele podia estar no nosso mundo... neste mundo... em qualquer lugar.

Michael andava de um lado para outro no meio das mesas de leitura. Pegou um livro, como se tivesse uma resposta nele, e o jogou longe.

— Está bem — disse ele. — Papai está vivo. Esse é um fato interessante, mas não relevante. Temos de nos concentrar no nosso problema atual.

— E qual é?

— Neste momento, o meu corpo está deitado numa mesa num centro de pesquisa perto da cidade de Nova York. Você está onde, Gabe?

— Estou deitado numa cama de armar num acampamento deserto de uma igreja nas montanhas Malibu.

— Está cercado de guardas?

— É claro que não.

— Quando eu voltar para o mundo normal, vou dizer a eles onde você está...

— Ficou maluco? — Gabriel se aproximou do irmão. — Você é que foi capturado pela Tábula. As mesmas pessoas que atacaram e queimaram a nossa casa.

— Sei tudo a respeito disso, Gabe. Um homem chamado Kennard Nash explicou a história toda para mim. Mas isso é passado. Agora eles *precisam* de um Peregrino. Estão em contato com uma civilização mais avançada.

— Que diferença isso faz? Eles querem destruir qualquer tipo de liberdade pessoal.

— Esse é o plano para as pessoas comuns, mas não para nós. Não existe certo ou errado nisso tudo. Vai acontecer de qualquer maneira. Ninguém pode impedir. A Irmandade já está pondo o sistema para funcionar.

— Os nossos pais não viam o mundo desse jeito.

— E o que nós ganhamos com isso? Não tínhamos dinheiro. Não tínhamos amigos. Não podíamos usar nossos verdadeiros nomes e passamos a vida toda fugindo. Não se pode evitar a Grade. Então por que não se unir a quem está no comando?

O PEREGRINO

— A Tábula fez uma lavagem cerebral em você.
— Não, Gabe. É exatamente o contrário. Eu sou o único da família que enxerga as coisas com clareza.
— Dessa vez, não.
Michael pôs a mão no cabo da espada de ouro. Os dois Peregrinos se olharam nos olhos.
— Eu protegi você quando éramos jovens — disse Michael. — Acho que vou ter de fazer isso de novo.
Ele deu meia-volta e saiu correndo da sala.
Gabriel ficou no meio das mesas.
— Volte aqui! — berrou ele. — Michael!
Esperou alguns segundos e então correu para o corredor. Vazio. Ninguém ali. A porta da biblioteca estalou baixinho ao fechar, depois que ele saiu.

51

Michael se sentou na mesa cirúrgica no centro do Túmulo. O dr. Richardson e o anestesista se afastaram e ficaram observando enquanto a srta. Yang removia os sensores do corpo dele. Quando terminou, a enfermeira pegou um casaco de lã da bandeja e ofereceu estendido nas palmas das mãos. Michael pegou o casaco e o vestiu. Ele se sentia exausto e com muito frio.

— Conte-nos o que aconteceu. — O dr. Richardson parecia preocupado.

— Onde está o general Nash?

— Nós o chamamos imediatamente — disse o dr. Lau. — Ele estava no prédio da administração.

Michael pegou a espada na bainha que estava ao seu lado na mesa. Como um espírito guardião, ela viajara com ele através das barreiras. A lâmina brilhante da espada e o cabo de ouro continuaram exatamente iguais no Segundo Mundo.

A porta se abriu e uma nesga de luz apareceu no piso escuro. Michael pôs a espada de volta na mesa e Kennard Nash entrou correndo na sala.

— Está tudo bem, Michael? Disseram que você queria falar comigo.

— Livre-se dessas pessoas.

Nash fez sinal com um movimento de cabeça. Richardson, Lau e a srta. Yang saíram pela porta do laboratório sob a galeria norte. Os técnicos de informática continuaram espiando pelas janelas da galeria.

– Podem ir! – disse Nash bem alto. – E por favor, desliguem todos os microfones! Muito obrigado!

Os técnicos reagiram como alunos pegos espionando a sala do professor na escola. Afastaram-se imediatamente das janelas e voltaram para seus monitores brilhantes.

– E então? Para onde você foi, Michael? Para um novo mundo?

– É, mas falarei disso depois. Tenho um assunto mais importante agora. Encontrei meu irmão.

O general Nash se aproximou da mesa.

– Que maravilha! Conseguiram conversar?

Michael se ajeitou e ficou sentado na beirada da mesa. Quando Gabriel e ele viajavam juntos pelo país, Michael passava horas admirando a paisagem pelo pára-brisa. Às vezes se concentrava em um objeto específico à beira da estrada e guardava aquela visão na cabeça alguns segundos, até ela desaparecer. Agora a mesma sensação tinha voltado com muito mais força. As imagens permaneciam em sua mente e podia analisar os menores detalhes.

– Quando éramos pequenos, Gabriel nunca pensava no futuro nem fazia planos. Era eu que sempre inventava o que fazer.

– É claro, Michael. Eu entendo. – A voz de Nash era suave e sedutora. – Você é o irmão mais velho.

– Gabe tem um monte de idéias malucas. Eu preciso ser objetivo. Fazer a escolha certa.

– Tenho certeza de que os Arlequins contaram para seu irmão suas lendas idiotas. Ele não enxerga o quadro geral. Não é como você.

Parecia que o tempo passava mais devagar. Sem esforço, Michael conseguia ver as mudanças na expressão do rosto de Nash a cada fração de segundo. Normalmente tudo acontecia muito rápido numa conversa. Uma pessoa falava e a outra aguardava sua vez de falar. Havia barulho, movimento, confusão e todos esses fatores ajudavam as pessoas a esconderem suas verdadeiras emoções. Mas agora estava tudo muito claro.

Ele lembrou como seu pai agia com estranhos, quando os observava com muito cuidado enquanto falavam. Era assim que você fazia, pensou Michael. Você não lia seus pensamentos... apenas a expressão do rosto.

– Você está bem? – perguntou Nash.

– Depois que conversamos, eu o deixei e encontrei a passagem para voltar para cá. Acho que Gabriel ainda está no Segundo Mundo. Mas o corpo dele está num acampamento de igreja nas montanhas Malibu.

– Essa é uma notícia maravilhosa. Vou enviar uma equipe para lá imediatamente.

– Mas não quer dizer que você tem de machucá-lo. Apenas mantê-lo sob controle.

Nash olhou para o chão como se quisesse ocultar a verdade. Moveu um pouco a cabeça e exibiu os dentes num sorriso breve. Michael piscou os olhos e o mundo voltou ao normal. O tempo continuou a passar e cada movimento caía no futuro como uma fila de peças de dominó.

– Não se preocupe. Faremos todo o possível para proteger o seu irmão. Obrigado, Michael. Você fez a coisa certa.

O general Nash deu meia-volta e saiu apressado no escuro. Os saltos do sapato dele faziam um barulho áspero no piso de concreto. Clique-clique. Clique-clique. O som ecoava nas paredes do Túmulo cavernoso.

Michael pegou a espada de ouro e segurou o cabo com força.

52

Eram quase cinco horas da tarde, mas Hollis e Maya ainda não tinham voltado. Vicki se sentia como uma Arlequim, protegendo o Peregrino deitado na cama diante dela. A cada dois ou três minutos, encostava os dedos no pescoço de Gabriel. A pele dele estava quente, mas não havia sinal de batimentos cardíacos.

Vicki se sentou perto dele e leu umas revistas antigas de moda que encontrou num armário. As revistas falavam de roupas e de maquiagem, de conquistar os homens e de perdê-los e de ser versada em sexo. Vicki ficou constrangida ao ler certos artigos e por isso folheou rapidamente as revistas. Ficou imaginando como seria usar roupas justas que revelassem seu corpo. Hollis a acharia mais atraente, mas ela poderia se transformar em uma das garotas que ganhavam escova de dentes e uma carona para casa na manhã seguinte. O reverendo Morganfield sempre condenava as mulheres modernas, sem-vergonha.

– Sem-vergonha – sussurrou ela. – Sem-vergonha.

Aquelas palavras podiam soar como uma pluma ou como uma serpente coleante.

Vicki jogou as revistas numa lata de lixo, foi lá para fora e olhou para o pé da colina. Voltou para o dormitório e viu que a pele de Gabriel estava pálida e fria. Talvez o Peregrino tivesse entrado num mundo perigoso. Podia ter sido morto por demônios ou pelos fantasmas famintos. E ela sentiu medo, como uma voz suave que ganhava volume e poder. Gabriel estava perdendo as forças. Morrendo. E ela não podia salvá-lo.

Desabotoou a camisa dele, inclinou-se sobre seu corpo e encostou a orelha no peito dele. Procurou escutar as batidas do coração. De repente, ouviu um ruído como uma pancada surda, mas percebeu que vinha do lado de fora.

Abandonando o corpo de Gabriel, Vicki correu porta afora e viu um helicóptero preto pousando na área plana ao lado da piscina seca. Homens que pareciam robôs com capacetes, máscaras e coletes à prova de bala desceram do helicóptero.

Vicki voltou correndo para o dormitório. Abraçou o peito de Gabriel e o puxou, mas ele era pesado demais, não podia carregá-lo. A cama de armar virou de lado e teve de deixá-lo no chão. Ainda segurava o Peregrino, quando um homem alto de colete à prova de balas entrou no dormitório.

— Largue-o! — ele berrou e apontou o fuzil para ela.

Vicki não se mexeu.

— Afaste-se e ponha as mãos na cabeça!

O homem já ia apertar o gatilho e Vicki se preparou para levar o tiro. Ia morrer ao lado do Peregrino, como o Leão do Templo tinha morrido por Isaac Jones. Depois de todos aqueles anos, a dívida seria paga.

No minuto seguinte, Shepherd entrou no dormitório. Parecia elegante como sempre, com seu cabelo loiro espetado e o terno sob medida.

— Já chega — disse ele. — Isso não é necessário.

O homem alto abaixou o fuzil. Shepherd avançou com passos largos, como se estivesse atrasado para uma festa.

— Olá, Vicki. Estávamos à sua procura. — Ele se abaixou sobre o corpo do Peregrino, tirou a espada de perto e apalpou a carótida de Gabriel. — Parece que o sr. Corrigan passou para outro mundo. Não faz mal. Mais cedo ou mais tarde, ele tem de voltar para casa.

O PEREGRINO

— Você já foi um Arlequim — disse Vicki. — É pecado trabalhar para a Tábula.

— Pecado é uma palavra muito antiquada. É claro que vocês, garotas jonesie, sempre foram antiquadas.

— Você é escória — disse Vicki. — Conhece essa palavra?

Shepherd deu um sorriso benevolente.

— Considere isso tudo um jogo muito complexo. Eu escolhi o lado vencedor.

53

Maya e Hollis estavam a cerca de sete quilômetros da entrada de Arcádia, quando viram o helicóptero da Tábula. Ele apareceu no céu e voou em círculos sobre o acampamento da igreja, como um predador à procura da presa.

Hollis saiu da estrada e estacionou a picape nos arbustos que cresciam perto de um muro de contenção. Ficaram observando por trás dos galhos de um carvalho e viram o helicóptero passar pela vertente da montanha.

– O que vamos fazer? – perguntou Hollis.

Maya queria socar a janela, chutar, gritar; qualquer coisa para extravasar sua raiva. Mas empurrou as emoções para dentro de um pequeno cubículo no cérebro e trancou a porta. Quando era pequena, Thorn a mandava ficar num canto e fingia atacá-la com uma espada, uma faca ou com os punhos. Se piscasse ou se assustasse, o pai ficava decepcionado. Se permanecesse calma, ele elogiava a força da filha.

– A Tábula não vai matar Gabriel imediatamente. Vão interrogá-lo primeiro e descobrir o que ele sabe. Enquanto isso acontece, eles deixarão uma equipe no acampamento da igreja para pegar de surpresa quem voltar para lá.

Hollis espiou pela janela.

– Quer dizer que tem alguém lá esperando para nos matar?

O PEREGRINO

— Isso mesmo — Maya pôs os óculos escuros para Hollis não ver seus olhos. — Mas isso não vai acontecer...

O sol se pôs por volta das seis horas e Maya começou a subir o monte para Arcádia. O chaparral era um emaranhado de mato seco, com o aroma doce e forte de anis silvestre. A Arlequim estava tendo dificuldade de avançar em linha reta. Parecia que os galhos e as gavinhas seguravam suas pernas e tentavam arrancar a bainha com a espada do seu ombro. Na metade da encosta, uma touceira e um carvalho do cerrado bloquearam seu caminho e ela teve de procurar uma trilha mais fácil.

Finalmente chegou à cerca de arame que rodeava o acampamento da igreja. Segurou a parte de cima e passou para o outro lado. Os dois dormitórios, a área da piscina, a caixa-d'água e o centro comunitário estavam bem iluminados pela lua. Os mercenários da Tábula deviam estar lá, escondidos no escuro. Talvez achassem que a única entrada era a estrada que subia o morro. Um líder convencional posicionaria seus homens formando um triângulo em torno do estacionamento.

Ela sacou a espada e lembrou a aula que o pai tinha dado, de como andar sem fazer barulho. Tinha de imaginar que estava sobre um lago coberto por uma fina camada de gelo. Pé para a frente, avaliar o terreno e finalmente apoiar o peso do corpo.

Maya chegou a uma área escura perto da caixa-d'água e viu alguém abaixado perto da casa da piscina. Era um homem baixo, de ombros largos, que segurava um fuzil. Ela se aproximou por trás e ouviu o homem cochichando ao microfone de um rádio de ouvido.

— Você tem mais água? A minha acabou. — Ele ficou ouvindo alguns segundos e depois demonstrou irritação. — Entendi, Frankie. Mas eu não trouxe duas garrafas como você.

Maya deu um passo para a esquerda, correu para a frente e golpeou o homem na nuca com a espada. Ele caiu como um bezerro morto. O único barulho foi o da arma dele batendo no cimento. Maya se abaixou e tirou o aparelho de rádio da cabeça do homem morto. Ouviu outras vozes murmurando.

– Eles chegaram – disse uma voz com sotaque sul-africano. – Está vendo os faróis? Estão subindo o morro...

Hollis subiu pela estrada com a picape, parou no estacionamento e desligou o motor. A luz do luar era suficiente para ver a silhueta dele dentro da cabine do veículo.

– E agora? – perguntou uma voz com sotaque americano.
– Está vendo uma mulher?
– Não.
– Mate o homem, se ele sair da picape. Se ficar lá sentado, espere a Arlequim. Boone disse para atirar na mulher assim que ela aparecer.
– Só estou vendo o homem – disse o americano. – E você, Richard?

O homem morto não respondeu. Maya deixou a arma dele no chão e correu para o centro comunitário.

– Richard? Está me ouvindo?

Nenhuma resposta.

Hollis ficou dentro da picape, distraindo os homens do verdadeiro perigo. Maya encontrou outro mercenário da Tábula no segundo vértice do triângulo. Ajoelhado perto do centro comunitário, ele apontava o rifle de precisão para a picape. Os passos de Maya não fizeram barulho no terreno de terra batida, mas ele deve ter sentido que alguém se aproximava. O mercenário virou um pouco para trás e a lâmina da espada atingiu o lado de seu pescoço. O sangue espirrou da artéria cortada e o homem caiu.

– Acho que ele está saindo do carro – disse o sul-africano. – Richard? Frankie? Estão me ouvindo?

Maya fez a escolha rápida e acertada de um Arlequim em combate e correu para o dormitório das mulheres. E o terceiro homem estava mesmo de pé num canto do prédio, tão assustado que falava alto.

O PEREGRINO

— Estão me ouvindo? Atirem no homem da picape!
Surgindo das sombras, Maya golpeou o braço direito dele. O sul-africano deixou cair o rifle e ela atacou novamente, cortando os tendões da parte detrás da perna esquerda dele. O mercenário caiu para a frente, berrando de dor.

Quase terminado. Maya parou ao lado do homem e apontou a espada.

— Onde estão os dois prisioneiros? Para onde os levaram?

O mercenário tentou escapar, mas ela deu um novo golpe com a espada e cortou os tendões da outra perna. Ele ficou deitado de barriga para baixo, rastejando como um animal, cravando os dedos na terra fofa.

— Onde eles estão?

— Levaram os dois para o aeroporto de Van Nuys. Embarcaram num... — Ele gemeu e moveu-se para a frente. — Jatinho particular.

— Para onde?

— Para o município de Westchester, perto da cidade de Nova York. Para o centro de pesquisa da Fundação Sempre-Verde. — O homem rolou de costas e levantou as mãos. — Eu juro por Deus que estou dizendo a verdade. Foi a Sempre-Verde...

A espada dela brilhou no escuro.

A luz dos faróis da picape dançava na estrada, quando Hollis descia a serra depois de sair do acampamento da igreja.

Maya estava encostada na porta com a espada Arlequim no colo. Tinha estado lutando ou fugindo desde que chegara aos Estados Unidos e agora tinha fracassado completamente. Naquele momento, Gabriel e Vicki estavam sendo transportados para a Costa Leste num jato particular. A Tábula tinha os dois Peregrinos sob controle.

— Temos de atacar o centro de pesquisa da Fundação Sempre-Verde — disse ela. — Nós somos apenas dois, mas não vejo outra opção. Temos de ir para o aeroporto e pegar um avião para Nova York.

— Não é uma boa idéia — disse Hollis. — Eu não tenho uma identidade falsa e vai ser difícil transportar as nossas armas. Foi você que me falou da Imensa Máquina. A Tábula já deve ter entrado em todo o sistema de dados da polícia nos Estados Unidos e posto as nossas fotos na categoria de "fugitivos".

— Será que podemos ir de trem?

— Aqui na América não temos um sistema de trens-bala como na Europa ou no Japão. Uma viagem dessas levaria quatro ou cinco dias.

Maya elevou a voz, manifestando sua raiva.

— Então o que vamos fazer, Hollis? Temos de reagir imediatamente.

O PEREGRINO

— Vamos atravessar o país de carro. Já fiz isso uma vez. Demora cerca de setenta e duas horas.

— Tempo demais.

— Digamos que um tapete mágico nos leve direto para o centro de pesquisa. Ainda assim teríamos de imaginar a melhor maneira de entrar lá — ele sorriu para Maya, tentando parecer otimista. — Tudo de que precisamos para atravessar a América é cafeína, gasolina e boa música. E, enquanto estamos na estrada, teremos três dias para arquitetar um plano.

Maya olhava sem piscar para o pára-brisa e meneou a cabeça. Incomodava pensar que emoções podiam estar influenciando as escolhas que fazia. Hollis tinha razão; ele já pensava como um Arlequim.

Havia caixas de sapato cheias de CDs no banco entre os dois. A picape tinha um par de alto-falantes grandes e dois CDs players compactos, um em cima do outro. Quando entraram na auto-estrada, Hollis pôs um CD no aparelho e apertou o botão para tocar. Maya esperava música house com batida forte, mas, de repente, ouviu o guitarrista cigano Django Reinhardt tocando "Sweet Georgia Brown".

Hollis descobria vínculos misteriosos entre jazz, rap, música clássica e popular. Rodando pela auto-estrada, ele segurava a direção com a mão esquerda e usava a direita para selecionar os CDs nas caixas de sapato. Montou uma trilha sonora contínua para a viagem, emendando uma música na outra, de modo que o solo do saxofone de Charlie Parker fluía para um coral de monges russos que seguia com Maria Callas cantando uma ária de *Madame Butterfly*.

Os desertos e as montanhas do oeste eram como um belo sonho de espaço aberto e liberdade. A realidade não fazia parte da paisagem americana; só era encontrada nos imensos caminhões que passavam velozes por eles carregando gasolina, madeira compensada ou uma centena de porcos apavorados que enfiavam os focinhos nas aberturas das grades dos contêineres de carga.

Enquanto Hollis dava o máximo na direção, Maya usou seu celular por satélite e seu laptop para se conectar com a internet. Encontrou Linden numa sala de bate-papo e explicou, com palavras amenas, para onde estava indo. O Arlequim francês tinha contatos nas novas tribos que se formavam nos Estados Unidos, na Europa e na Ásia – a maioria jovens que se opunham à Imensa Máquina. Um desses grupos se reunia num website renegado chamado Stuttgart Social Club. Nenhum desses hackers morava em Stuttgart, mas o clube ocultava suas identidades e oferecia comunicação instantânea. Linden disse para eles que tinha necessidade urgente de descobrir tudo sobre o centro de pesquisa da Fundação Sempre-Verde em Purchase, Nova York.

Primeiro, o Stuttgart Social Club enviou para Maya artigos de jornal sobre a Fundação Sempre-Verde. Algumas horas depois, os membros do clube passaram a invadir os bancos de dados de empresas privadas e do governo. Um hacker espanhol chamado Hércules entrou no computador da firma de arquitetura que tinha feito o projeto do centro de pesquisa e as plantas eletrônicas começaram a aparecer na tela do computador de Maya.

– É um vasto complexo numa área da periferia – disse Maya, examinando as informações. – Há quatro prédios grandes, construídos em torno de um quadrilátero central. No centro, fica um prédio sem janelas.

– E como é a segurança? – perguntou Hollis.

– É como um castelo moderno. Tem um muro de três metros em volta. Câmeras de vigilância.

– Nós temos uma vantagem. Aposto que a Tábula é tão orgulhosa e confiante que não espera um ataque. Existe alguma maneira de entrar sem disparar todos os alarmes?

– O prédio que foi construído para a pesquisa genética tem quatro andares subterrâneos. Tem canos de água, fiação elétrica e dutos de ar-condicionado que correm por túneis lá embaixo. Um dos pontos de manutenção do sistema de ventilação fica a dois metros do muro, do lado de fora.

O PEREGRINO

— Parece bom.
— Vamos precisar de ferramentas para arrombar.

Hollis pôs mais um novo CD para tocar e os alto-falantes das portas vibraram com música dance de um grupo chamado Funkadelic.

— Não tem problema — ele gritou e a música os impeliu através da imensidão da paisagem.

55

Era quase meia-noite, quando o corpo de Gabriel chegou ao centro de pesquisa. Um segurança bateu na porta da sala do dr. Richardson no prédio da administração e disse para ele se vestir. O neurologista guardou um estetoscópio no bolso do jaleco e foi levado para fora do quadrilátero central. Fazia frio naquela noite de outono, mas o céu estava limpo. O Túmulo sem janelas estava iluminado por dentro e parecia flutuar como um cubo gigantesco no escuro.

O dr. Richardson e o guarda encontraram uma ambulância particular e uma van de passageiros preta no portão de entrada e foram andando atrás do comboio, como se seguissem um cortejo fúnebre. Quando os veículos chegaram ao prédio de pesquisas genéticas, dois funcionários da fundação desceram da van, junto com uma mulher afro-americana. O funcionário mais jovem disse que seu nome era Dennis Prichett. Ele era o responsável pela transferência e estava decidido a não cometer nenhum erro. O homem mais velho tinha cabelo espetado e feições gastas, indolentes, decadentes. Prichett o chamava de "Shepherd" – como se só tivesse esse nome. Um tubo de metal preto pendia do ombro esquerdo de Shepherd e ele tinha na mão uma espada japonesa dentro da bainha.

A jovem negra ficou o tempo todo olhando para o dr. Richardson, mas ele evitava olhar para ela. Richardson teve a impressão de que ela era uma espécie de prisioneira, mas não tinha poder para salvá-la. Se ela murmurasse: "Por favor, salve-me", teria de reconhecer que também era um prisioneiro... e a própria covardia.

Prichett abriu a porta traseira da ambulância. O dr. Richardson viu que Gabriel Corrigan estava amarrado a uma maca com as correias grossas de lona que usavam nos pacientes violentos nos prontos-socorros dos hospitais. Gabriel estava inconsciente. Quando puxaram a maca para fora da ambulância, a cabeça dele rolou de um lado para outro.

A jovem tentou se aproximar de Gabriel, mas Shepherd agarrou o braço dela e a segurou com força.

— Pode esquecer — disse ele. — Temos de levá-lo para dentro.

Empurraram a maca para o prédio de pesquisa genética e pararam na porta. O Elo Protetor de nenhum deles tinha autorização para entrar no prédio. Prichett teve de chamar a segurança pelo seu celular, enquanto o grupo ficava lá parado no frio. Finalmente um funcionário sentado em frente a um computador em Londres autorizou a entrada para os diversos cartões de identidade deles. Prichett empurrou a maca pelas portas e o grupo entrou atrás.

A leitura acidental dos relatórios do laboratório sobre os animais híbridos tinha aguçado a curiosidade de Richardson em relação ao prédio altamente secreto de pesquisa genética. Não havia nada de imponente nos laboratórios do andar térreo. Luzes fluorescentes no teto. Refrigeradores e mesas de laboratório. Um microscópio eletrônico. O prédio fedia como um canil, mas Richardson não via nenhum animal de laboratório — e certamente nada que pudesse ser chamado de "sobreposto". Shepherd levou a jovem pelo corredor enquanto Gabriel era empurrado na maca para uma sala vazia.

Prichett ficou ao lado do corpo de Gabriel.

— Achamos que o sr. Corrigan atravessou para outra dimensão. O general Nash quer saber se o corpo dele está ferido ou não.

— Eu só tenho um estetoscópio.

— Faça o que puder, mas apresse-se. Nash estará aqui em poucos minutos.

Richardson pressionou as pontas dos dedos no pescoço de Gabriel para sentir a pulsação. Nada. Tirou um lápis do jaleco, espetou a sola do pé do rapaz e obteve uma reação muscular. Sob a vigilância de Prichett, o neurologista desabotoou a camisa de Gabriel e encostou a extremidade do estetoscópio no peito do Peregrino. Dez segundos. Vinte segundos. E finalmente, o coração dele bateu uma única vez.

Ouviram vozes no corredor. Richardson se afastou do corpo e Shepherd conduziu Michael e o general Nash para dentro da sala.

— E então? — perguntou Nash. — Ele está bem?

— Está vivo. Não sei se houve algum dano neurológico.

Michael se aproximou da maca e tocou o rosto do irmão.

— Gabe ainda está no Segundo Mundo, procurando uma saída. Eu já tinha encontrado a passagem, mas não contei para ele.

— Essa foi uma decisão sábia — disse Nash.

— Onde está o talismã do meu irmão? A espada japonesa?

— Está com Shepherd — disse Prichett.

Shepherd tinha a expressão de alguém acusado de roubar alguma coisa. Entregou a espada e Michael a pôs sobre o peito do irmão.

— Não podem deixá-lo preso para sempre — disse Richardson — Ele vai ficar cheio de escaras como os pacientes com lesão na coluna. Os músculos vão começar a se deteriorar.

O general Nash parecia aborrecido com o fato de alguém ter levantado objeções.

— Eu não me preocuparia com isso, doutor. Ele vai ficar sob controle até nós o fazermos mudar de idéia.

Na manhã seguinte, Richardson procurou ficar fora de vista no laboratório de neurologia localizado no porão da biblioteca. Tinha recebido acesso a um jogo de xadrez online no computador do centro de pesquisa e aquela atividade o fascinava. Suas peças pretas de xadrez e as peças brancas do computador eram pequenas figuras animadas com rostos, braços e pernas. Quando não estavam se movendo pelo tabuleiro, os bispos liam seus breviários, enquanto os cavaleiros acalmavam seus pequenos cavalos. Os peões entediados estavam sempre bocejando, coçando aqui e ali e adormecendo.

Depois que Richardson se acostumou com as peças vivas, passou para o que chamavam de segundo nível interativo. Nesse nível, as peças do xadrez xingavam umas às outras ou davam sugestões para Richardson. Se ele fazia um movimento errado, a peça fazia algum comentário sobre estratégia e andava contrariada para o outro quadrado. No terceiro nível interativo, Richardson não tinha de fazer nada, só observar. As peças andavam sozinhas e as mais poderosas matavam as mais fracas, destruindo-as com maças ou cortando-as com espadas.

– Trabalhando muito, doutor?

Richardson olhou para trás e viu Nathan Boone parado na porta.

– Só estou jogando um pouco de xadrez com o computador.

– Ótimo. – Boone caminhou até a mesa. – Todos nós precisamos encarar desafios o tempo todo. Para manter o cérebro alerta.

Boone se sentou do outro lado da mesa. Qualquer pessoa que passasse ia pensar que eram dois colegas discutindo alguma idéia científica.

– E como vão as coisas, doutor? Não nos falamos há algum tempo.

O dr. Richardson continuou olhando para a tela do computador. As pequenas peças de xadrez conversavam entre elas, esperando para atacar. Richardson imaginou se as figurinhas acreditavam que eram reais. Talvez rezassem e sonhassem e curtissem suas pequenas vitórias, sem perceber que era ele que as controlava.

– Eu... eu gostaria de ir para casa.

– Nós compreendemos isso – disse Boone, com um sorriso simpático. – Daqui a algum tempo poderá voltar para a sua sala de aula, mas neste momento é um membro importante da nossa equipe. Disseram que esteve aqui a noite passada, quando trouxeram Gabriel Corrigan.

— Eu apenas o examinei rapidamente. Só isso. Ele ainda está vivo.

— Isso mesmo. Ele está aqui, está vivo e agora temos de cuidar dele. E isso representa um problema bastante específico, como se faz para manter um Peregrino trancado num quarto? De acordo com Michael, se ele ficar imobilizado, não poderá sair do corpo. Mas isso pode provocar problemas físicos.

— Exatamente. Eu disse isso para o general Nash.

Boone chegou para frente e apertou um botão no notebook. O jogo de xadrez com todos os seus personagens desapareceu.

— Nesses últimos cinco anos, a Fundação Sempre-Verde tem patrocinado pesquisas sobre os processos neurológicos da dor. Como certamente deve saber, a dor é um fenômeno bastante complexo.

— A dor é processada por diversas regiões do cérebro e passa por vias nervosas paralelas — disse Richardson. — Assim, se uma parte do cérebro estiver danificada, ainda poderemos reagir a um ferimento.

— Correto, doutor. Mas os nossos pesquisadores descobriram que se podem implantar fios em cinco regiões diferentes do cérebro e as áreas mais importantes são o cerebelo e o tálamo. Dê uma olhada nisso.

Boone tirou um DVD do bolso e o enfiou no computador de Richardson.

— Isso foi filmado cerca de um ano atrás, na Coréia do Norte.

Um macaco reso marrom-claro apareceu na tela do computador. Ele estava sentado numa jaula com fios saindo da cabeça. Os fios estavam ligados a um radiotransmissor preso ao corpo do animal.

— Está vendo isso? Ninguém está cortando esse espécime nem queimando a pele dele. Basta apertar um botão e...

O macaco gritou e caiu com uma expressão de dor intensa. Ficou deitado na jaula, contorcendo-se e choramingando baixinho.

O PEREGRINO

— Está vendo o que acontece? Não há trauma físico, mas o sistema nervoso está sobrecarregado com uma sensação neurológica fortíssima.

Richardson mal conseguia falar.

— Por que está me mostrando isso?

— Não é óbvio, doutor? Queremos que o senhor insira fios no cérebro de Gabriel. Quando ele retornar de sua viagem, será libertado das correias. Será bem tratado e vamos procurar mudar suas opiniões rebeldes sobre certos assuntos. Mas na hora em que ele tentar nos deixar, alguém apertará um botão e...

— Não posso fazer isso — disse Richardson. — Isso é tortura.

— Palavra errada. Estamos apenas impondo conseqüências imediatas para certas escolhas negativas.

— Eu sou médico. Fui treinado para curar as pessoas. Isso... isso é errado.

— O senhor realmente tem de aprimorar seu vocabulário, doutor. O procedimento não é errado. É *necessário*.

Nathan Boone se levantou e foi para a porta.

— Estude a informação no DVD. Em poucos dias, mandaremos mais dados.

Ele sorriu e desapareceu no corredor.

O dr. Richardson se sentia como um homem que acabara de saber que estava com câncer. As células malignas se espalhavam em seu sangue e em seus ossos. Devido ao medo e à ambição, ele havia ignorado todos os sintomas e agora era tarde demais.

Sentado lá no laboratório, ele observava diversos macacos que apareciam na tela do computador. Deviam escapar das gaiolas, pensou. Deviam fugir e se esconder. Mas uma ordem foi dada, apertaram um botão e foram obrigados a obedecer.

56

Arrombar casas era considerada uma habilidade menor, mas importante para os Arlequins. Quando Maya era adolescente, Linden passou três dias ensinando tudo sobre fechaduras e trancas de portas, cartões de segurança e sistemas de vigilância. No fim desse curso informal, o Arlequim francês ajudou a jovem a invadir a Universidade College de Londres. Eles andaram pelos corredores vazios e puseram um cartão-postal no bolso do paletó preto que cobria o esqueleto de Jeremy Bentham.

A planta eletrônica do centro de pesquisa mostrava um duto de ventilação que descia até o último nível subterrâneo do prédio onde faziam pesquisas genéticas. Em vários pontos da planta, o arquiteto tinha escrito "PIR" com letras miúdas, indicando o sistema de detectores de movimento de raios infra-vermelhos passivos. Havia um jeito de lidar com aquele problema específico, mas Maya estava preocupada porque não sabia se tinham instalado outro sistema de segurança mais tarde.

Hollis parou num centro comercial no oeste da Filadélfia. Compraram equipamento de alpinismo para paredões de pedra numa loja de artigos esportivos e uma pequena garrafa de nitrogênio líquido de uma loja de equipamento médico. Havia uma loja de material de construção perto do centro comercial e os dois fica-

O PEREGRINO

ram uma hora passeando para lá e para cá pelos corredores. Maya encheu o carrinho com um martelo, um cinzel, uma lanterna, um pé-de-cabra, um pequeno maçarico a gás e dois cortadores. Ela teve a sensação de que todo mundo olhava para eles, mas Hollis brincou com a jovem na caixa registradora e saíram da loja sem problemas.

Naquela tarde, eles chegaram à cidade de Purchase, Nova York. Era uma comunidade rica, com casas grandes, escolas particulares e escritórios de empresas cercados por parques arborizados. Maya concluiu que era um lugar perfeito para um centro de pesquisa secreto. Ficava perto da cidade de Nova York e dos aeroportos da região, mas os membros da Tábula podiam manter facilmente suas atividades escondidas atrás de um muro de pedra.

Registraram-se num motel e Maya dormiu algumas horas com a espada ao seu lado. Quando acordou, encontrou Hollis fazendo a barba no banheiro.

– Está pronto? – perguntou ela.

Hollis vestiu uma camisa limpa e prendeu o cabelo rastafári num rabo-de-cavalo.

– Dê-me uns dois minutos – disse ele. – O homem tem de estar bem-arrumado antes de uma briga.

Por volta das dez horas da noite, eles saíram do motel, passaram pelo Old Oaks Country Club e seguiram para o norte por uma estrada de duas pistas. Foi fácil encontrar o centro de pesquisa. Tinha lâmpadas de segurança de sódio no muro e um segurança sentado numa cabine na entrada. Hollis ficava o tempo todo olhando para o espelho retrovisor, mas ninguém os seguiu. Dois quilômetros mais adiante, ele pegou uma estrada secundária para o norte e estacionou a picape no acostamento, perto de um bosque de macieiras. As maçãs tinham sido colhidas semanas antes e folhas mortas cobriam o chão.

Estava muito quieto dentro da picape. Maya percebeu que tinha se acostumado com a música dos alto-falantes, o esteio deles durante a viagem.

— Isso não vai ser fácil — disse Hollis. — Tenho certeza de que há muitos guardas de segurança dentro do prédio.

— Você não precisa ir.

— Sei que está fazendo isso por Gabriel, mas temos de salvar a Vicki também. — Hollis espiou o céu pelo pára-brisa. — Ela é inteligente e corajosa e defende o que é certo. Qualquer homem teria muita sorte de fazer parte da vida dela.

— Parece que você quer ser esse homem.

Hollis sorriu.

— Se eu tivesse sorte, não estaria aqui sentado numa picape caindo aos pedaços com uma Arlequim. Vocês têm inimigos *demais*.

Desceram da picape e abriram caminho no meio do mato fechado de carvalhos e arbustos de amoras. Maya carregava sua espada e a escopeta de combate. Hollis levava um rifle semiautomático e uma bolsa de lona com todas as ferramentas. Quando saíram de baixo das árvores, perto da parte norte do muro do centro de pesquisa, encontraram um duto de ventilação saindo do chão. A abertura era coberta por uma grade pesada de aço.

Hollis quebrou dois cadeados com o cortador e abriu a grade com o pé-de-cabra. Iluminou o duto com a lanterna, mas o facho de luz não ia além de três metros. Maya sentiu o ar quente tocar sua pele.

— De acordo com a planta, o duto de ventilação vai direto para o porão — ela disse para Hollis. — Não sei se há espaço suficiente para manobras, por isso vou de cabeça.

— Como vou saber se você está bem?

— Você vai me abaixando de metro em metro. Quando eu puxar a corda duas vezes, pode soltar mais.

Maya vestiu o equipamento para escalada de pedra, enquanto Hollis prendia um mosquetão e uma roldana na extremidade da grade. Depois de tudo bem preso, a Arlequim desceu pelo duto de ventilação com algumas ferramentas dentro do casaco. O duto de aço era escuro, quente e com espaço suficiente para apenas uma pessoa. A sensação era de estar descendo numa tumba.

Depois de doze metros de corda, Maya chegou a uma intercessão em T onde o duto seguia em duas direções. Pendurada de cabeça para baixo, ela tirou o martelo e o cinzel do casaco e se preparou para cortar a folha de metal. Quando a lâmina do cinzel bateu no duto, o som ecoou em volta dela. O suor escorria do seu rosto a cada martelada que dava. De repente, o aço se partiu e apareceu uma nesga de luz. Maya cortou um buraco, entortou o aço para dentro e deu dois puxões na corda. Hollis a fez descer em um túnel subterrâneo com piso de cimento e paredes de blocos de concreto. O túnel tinha encanamentos de água, energia e tubos de ventilação. A única iluminação vinha de uma série de lâmpadas fluorescentes instaladas a intervalos de seis metros.

Levaram dez minutos dobrando a corda de alpinismo e abaixando uma sacola com as ferramentas. Cinco minutos depois, Hollis estava ao lado de Maya.

– Como chegaremos lá em cima? – perguntou ele.

– No canto norte do prédio, há uma escada de emergência. Precisamos encontrar a escada sem disparar o sistema de segurança.

Eles foram andando pelo túnel e pararam na primeira porta aberta. Maya pegou um pequeno espelho e o segurou formando um ângulo. Do outro lado do batente da porta, havia uma pequena caixa de plástico branco com uma lente difusora curva.

– As plantas dizem que eles usam detectores de movimento PIR. Eles reagem à energia infravermelha que os objetos emitem e o alarme dispara se se passar de certo limite.

– Por isso trouxemos o nitrogênio?

– Exatamente.

Maya tirou a garrafa de nitrogênio líquido da sacola. O recipiente parecia uma garrafa térmica preta com um bocal na ponta. Com todo o cuidado, ela esticou os braços, pôs a garrafa do outro lado da porta e borrifou o detector de movimento. O aparelho ficou coberto com uma camada branca e gelada de nitrogênio e eles seguiram pelo túnel.

Os engenheiros que construíram aquela área subterrânea tinham mandado pintar números dos setores nas paredes, mas Maya não entendia o que significavam. Em certas partes do túnel, podiam ouvir um zumbido mecânico constante que parecia uma turbina de vapor, mas as máquinas continuavam fora de vista. Depois de andar por dez minutos, chegaram a uma junção no túnel. Duas passagens em direções diferentes, sem placas para indicar o caminho certo. Maya tirou do bolso o gerador de números aleatórios. Número ímpar significa direita, ela resolveu e apertou o botão. Apareceu o número 3531.

– Vamos para a direita – ela disse para Hollis.

– Por quê?

– Nenhuma razão especial.

– O túnel da esquerda parece maior. Acho que devemos ir por ele.

Foram para a esquerda e passaram dez minutos explorando depósitos vazios. Finalmente chegaram a um beco sem saída. Voltaram e encontraram o alaúde dos Arlequins que Maya tinha rabiscado na parede com a faca.

Hollis parecia irritado.

– Isso não quer dizer que a sua maquininha de números deu a resposta certa. Dá um tempo, Maya. O número não *significa* nada.

– Significa ir para a direita.

Entraram na segunda passagem e desativaram mais um detector de movimento. Subitamente Hollis parou e apontou para cima. Havia uma pequena caixa prateada no teto.

– Isso é um detector de movimento?

Maya balançou a cabeça e colocou uma das suas mãos nos lábios.

– Apenas diga o que é.

Ela segurou o braço dele e saíram correndo pelo corredor. Abriram uma porta de aço e entraram numa sala do tamanho de um campo de futebol, cheia de colunas de concreto.

O PEREGRINO

– O que está havendo?
– Era esse o sistema de garantia deles. Um detector de som. Deve estar ligado a um programa de computador chamado Echo. O computador filtra os ruídos mecânicos e detecta o som de vozes humanas.
– Então eles sabem que estamos aqui?
Maya abriu a bainha onde guardava a espada.
– O detector pode ter captado as nossas vozes vinte minutos atrás. Venha, temos de encontrar a escada.

A área subterrânea tinha apenas cinco fontes de luz: uma única lâmpada em cada canto distante e uma quinta no meio. Saíram do canto do salão e caminharam lentamente entre as colunas cinzentas para a luz do centro. O piso de concreto estava empoeirado, o ar quente e viciado.

As lâmpadas piscaram e depois se apagaram. Por alguns segundos, os dois ficaram na mais completa escuridão, até Hollis acender a lanterna que tinham levado. Ele parecia tenso e pronto para a luta.

Ouviram um som agudo e áspero, como se alguém estivesse forçando para abrir uma porta. Silêncio. Então a porta bateu com estrondo. As pontas dos dedos de Maya formigavam. Ela encostou a mão no braço de Hollis – não se mova – e os dois ouviram um rápido latido que parecia uma risada.

Hollis apontou a lanterna para um ponto entre duas fileiras de colunas e viram alguma coisa passar nas sombras.

– Sobrepostos – disse ele. – Puseram-nos aqui para nos matar.

Maya enfiou a mão na sacola e pegou o maçarico a gás. Atrapalhou-se um pouco para girar o pino de aço e acender o bico com um isqueiro. Uma chama azul saiu do bico com um ronco suave. Maya suspendeu o maçarico e deu alguns passos para frente.

Formas escuras passaram entre as colunas. Mais risadas rápidas. Os sobrepostos estavam mudando de posição, correndo em círculos em volta deles. Maya e Hollis ficaram de costas um para o outro no pequeno círculo de luz.

— Não é fácil matá-los — Hollis disse para ela. — E não adianta atirar no corpo deles. O ferimento sara na mesma hora.

— Temos de mirar na cabeça?

— Se der. Eles não param de atacar até serem destruídos.

Maya deu meia-volta e viu o bando de hienas a uns seis metros de distância. Eram cerca de oito a dez sobrepostos e se moviam com muita rapidez. Pelagem amarelada com manchas pretas. Focinhos grossos e pretos.

Um dos animais emitiu uma risada aguda. O bando se separou, correu pelo meio das colunas e atacou por dois lados. Maya pôs o maçarico no chão na frente dela e engatilhou uma bala no cano da escopeta. Esperou até a matilha estar a três metros de distância e disparou no animal líder. O tiro atingiu o bicho no peito e ele foi jogado para trás, mas os outros continuaram avançando. Hollis ficou perto dela, disparando seu rifle contra o outro grupo.

Maya apertou o gatilho diversas vezes, sem parar, até acabar a munição. Largou a escopeta, sacou a espada e apontou para frente como uma lança. Uma das hienas saltou para cima dela e ficou empalada na lâmina. Seu corpo pesado caiu diante de Maya. Desesperada, ela puxou a espada e começou a golpear com movimentos rápidos quando outros dois animais atacaram. Eles ganiram e uivaram e a espada perfurou sua pele grossa.

Maya virou para trás e viu Hollis correndo para longe, tentando recarregar seu rifle, perseguido por três sobrepostos. Ele girou, deixou cair a lanterna e deu uma pancada com o rifle no primeiro atacante, que caiu de lado. Outros dois animais pularam em cima dele e Hollis caiu para trás, na escuridão.

Maya pegou o maçarico com a mão esquerda e segurou a espada com força, com a direita. Correu para Hollis que tentava afastar os dois sobrepostos. Ela golpeou para baixo, cortou fora a cabeça de um deles e enterrou a espada na barriga do outro. O casaco de Hollis estava rasgado. O rosto dele coberto de sangue.

— Levanta daí! — gritou ela. — Você precisa se levantar!

O PEREGRINO

Hollis ficou de pé com dificuldade, encontrou um estojo de munição e o encaixou no rifle. Um sobreposto ferido tentava se arrastar para longe, mas Maya o golpeou com a espada para baixo como um carrasco. Pisou no animal morto e seus braços tremiam. A boca do bicho estava aberta e dava para ver os dentes.
— Prepare-se — disse Hollis. — Eles estão voltando.
Ele apontou o rifle e começou a murmurar uma prece jonesie.
— Peço a Deus de todo o coração que Sua Luz me proteja do Mal que...
O latido que parecia risada soou atrás deles e foram atacados por três lados. Maya lutou com a espada, enfiando e cortando os dentes e garras que apareciam em cima dela, línguas vermelhas e olhos injetados que ardiam de ódio. No início, Hollis deu um tiro de cada vez, querendo economizar munição, mas logo passou a utilizar os disparos automáticos. Os sobrepostos atacavam sem parar, até que o último animal avançou para cima de Maya. Ela levantou a espada, pronta para golpeá-lo, mas Hollis se adiantou e atirou na cabeça do bicho.

Ficaram parados, juntos, cercados de animais mortos. Maya sentia um torpor por dentro, o desgaste provocado pela fúria do ataque.
— Você está bem? — A voz de Hollis estava rouca e fraca.
Maya virou de frente para ele.
— Acho que sim. E você?
— Um deles arrebentou meu ombro, mas ainda posso mover o braço. Vamos. Temos de continuar.
Maya guardou a espada na bainha. Carregando a escopeta com uma mão, ela seguiu na frente para o fundo da área subterrânea. Levaram poucos minutos para encontrar uma porta de aço de emergência, protegida por um sensor eletromagnético. Um cabo ia da porta até uma caixa de fusíveis, que Hollis abriu. Fios e chaves por toda parte, mas codificados por cores, o que facilitava as coisas.

— Eles já sabem que estamos no prédio — explicou Maya. — Não quero que saibam que chegamos à escada.
— Qual é o fio que vamos cortar?
— Não corte nada. Isso só serve para disparar o alarme.
Nunca fuja de uma decisão difícil, seu pai disse uma vez. *Só os tolos pensam que podem garantir a escolha certa.* Maya resolveu que os fios verdes eram os terra e que os vermelhos eram os condutores. Usou o maçarico para derreter a cobertura plástica de cada par de fios vermelhos, depois juntou todos com pequenos pregadores dentados.
— Isso vai funcionar?
— Talvez não.
— Eles estarão à nossa espera?
— Provavelmente.
— Bem, parece promissor.
Hollis deu um pequeno sorriso e isso a fez se sentir melhor. Ele ainda não se parecia com o pai dela nem com Madre Blessing, mas já estava começando a pensar como um Arlequim. Tinham de aceitar seu destino e ainda ter coragem.
Nada aconteceu quando abriram a porta de aço. Estavam na base de uma escada de emergência de cimento com uma lâmpada em cada lance. Maya pôs o pé no primeiro degrau e depois apressou o passo.
Encontre o Peregrino.

57

Kennard Nash conversou com um dos técnicos que monitorava o computador quântico. Deu um tapinha nas costas do homem como um treinador que manda o jogador voltar para o jogo, depois atravessou a sala e se sentou ao lado de Michael.

– Recebemos uma mensagem preliminar dos nossos amigos – explicou Nash. – Quer dizer que a transmissão principal deve acontecer dentro de cinco ou dez minutos.

O guarda-costas do general, Ramón Vega, serviu mais vinho nas duas taças, enquanto Michael comia um biscoito salgado. Gostava de ficar naquela sala escura observando o tanque de vidro cheio de hélio líquido. Pequenas explosões aconteciam dentro do líquido verde e as chaves de elétrons no coração do computador eram manipuladas dentro de uma gaiola de energia.

Os elétrons existiam dentro daquele mundo, mas a propriedade quântica da superposição capacitava essas partículas subatômicas a ligar e desligar, subir e descer, rodar para a esquerda e para a direita, tudo ao mesmo tempo. Por um segundo quase imperceptível, elas estavam aqui e lá, passando para uma dimensão paralela. Nesse outro mundo, uma civilização muito avançada aguardava com outro computador. Esse computador capturava os elétrons, os organizava num pacote de informações e os mandava de volta.

– Está esperando alguma coisa específica? – perguntou Michael.

— Uma mensagem deles. Talvez uma recompensa. Três dias atrás, transmitimos os dados que obtivemos quando você entrou no Segundo Mundo. Era isso que eles queriam de nós... um mapa rodoviário de um Peregrino.

Nash apertou um botão e três telas de televisão de plasma desceram do teto. Um técnico do outro lado da sala olhava fixo para o monitor de um computador e então começou a digitar comandos. Segundos depois, pontos de luz e manchas escuras apareceram na tela da televisão à esquerda.

— É isso que eles estão enviando para nós. É um código binário — explicou Nash. — Luz e não-luz é a linguagem básica do universo.

Os computadores traduziram o código e apareceram números na tela do lado direito. Passado mais um tempo, Michael viu um conjunto de linhas retas e inclinadas na televisão do meio. Parecia a planta de uma máquina complexa.

O general Nash estava agindo como um verdadeiro crente que tivesse acabado de ver a face de Deus.

— Era isso que estávamos esperando — murmurou ele. — Você está vendo a evolução final do nosso computador quântico.

— Quanto tempo vão levar para construí-lo?

— A minha equipe vai analisar os dados e dar uma data de entrega. Até lá, temos de manter nossos amigos satisfeitos. — Nash sorriu confiante. — Estou fazendo uma jogada com essa outra civilização. Queremos aumentar o poder da nossa tecnologia. Eles querem poder se movimentar livremente de um mundo para outro. É você que vai mostrar para eles como se faz isso.

Código binário. Números. E depois o projeto de uma nova máquina. Os dados da civilização avançada fluíam nas três telas e Michael ficou hipnotizado com as imagens que surgiam diante dos seus olhos. Quase não notou quando Ramón Vega se aproximou do general Nash e deu para ele um telefone celular.

— Estou ocupado — disse Nash ao aparelho. — Não pode esperar até... — De repente, a expressão do general mudou. Parecendo

O PEREGRINO

tenso, ele se levantou e começou a andar de um lado para outro. – O que você disse? Quem deu permissão para abrir as gaiolas? Onde está Boone? – perguntou. – Já falou com ele? Bem, apresse-se, faça isso logo. Diga para ele vir para cá imediatamente.

– Algum problema? – Michael perguntou, quando Nash desligou o celular.

– Alguém entrou no centro de pesquisa. Pode ser um daqueles Arlequins fanáticos que eu mencionei para você. Tudo isso é muito incomum. Essas pessoas não têm recursos para entrar nos nossos centros.

– Essa pessoa está neste prédio?

A possibilidade assustou o general Nash. Ele olhou para o guarda-costas e controlou o medo.

– É claro que não. Isso é impossível.

58

Depois de vagar pela cidade dos fantasmas famintos, Gabriel acabou encontrando o caminho para casa. Era como se estivesse no fundo de uma piscina muito profunda, olhando para a superfície tremulante. O ar nos pulmões o empurrava para cima. Primeiro devagar, depois cada vez mais rápido. Estava perto da superfície, a poucos metros, quando entrou novamente no seu corpo.

O Peregrino abriu os olhos e percebeu que não estava deitado na cama de armar no dormitório do acampamento da igreja. Em vez disso, estava amarrado a uma maca de hospital, sendo levado por um longo corredor com luminárias embutidas. Protegida pela bainha, a espada de jade estava em cima do seu estômago e do seu peito.

– Onde... – sussurrou ele.

Mas seu corpo estava gelado e era muito difícil falar. De repente, a maca parou de andar e dois rostos olharam para ele – Vicki Fraser e um homem mais velho, de jaleco branco.

– Bem-vindo de volta – disse o homem mais velho.

Com ar de preocupação, Vicki tocou no braço de Gabriel.

– Você está bem? Pode me ouvir?

– O que aconteceu?

Vicki e o homem empurraram a maca para uma sala cheia de jaulas de animais vazias e desataram as correias. Gabriel se sentou e tentou movimentar os braços. Vicki explicou que os membros da

O PEREGRINO

Tábula tinham atacado Arcádia e levado os dois de avião para o centro de pesquisa perto da cidade de Nova York. O homem de jaleco branco era um neurologista chamado Phillip Richardson. Ele havia tirado Vicki de uma sala trancada e os dois tinham encontrado Gabriel.

– Eu não planejei nada disso. Simplesmente aconteceu. – Dr. Richardson parecia ao mesmo tempo alegre e assustado. – Tinha um segurança vigiando você, mas ele teve de atender um chamado em outro lugar. Parece que alguém está atacando o centro de pesquisa...

Vicki olhou bem para Gabriel, procurando avaliar a força dele.

– Se conseguíssemos chegar até o estacionamento subterrâneo, o dr. Richardson acha que poderíamos escapar em uma das vans da manutenção.

– E o que acontece depois? – perguntou Gabriel.

– Estou aceitando qualquer idéia – disse Richardson. – Tenho um antigo colega da faculdade que mora numa fazenda no Canadá, mas pode ser difícil atravessar a fronteira.

Gabriel sentiu fraqueza nas pernas ao se levantar, mas sua mente já estava clara e concentrada.

– Onde está meu irmão? – perguntou ele.

– Eu não sei.

– Temos de encontrá-lo.

– Isso é perigoso demais. – disse o dr. Richardson. – Daqui a alguns minutos, o pessoal aqui vai descobrir que você e Vicki desapareceram. Não podemos enfrentá-los. É impossível.

– O dr. Richardson tem razão, Gabriel. Quem sabe não podemos voltar depois para salvar o seu irmão? Mas agora o que temos de fazer é dar o fora daqui.

Discutiram em voz baixa e Gabriel acabou concordando com o plano. A essa altura, o dr. Richardson já estava ficando apavorado.

– Eles já devem saber de tudo – disse ele. – Podem estar à nossa procura agora mesmo.

Ele espiou por uma fresta da porta e levou os dois por um corredor comprido, até o elevador.

Chegaram ao andar do estacionamento alguns segundos depois. O andar inteiro era de cimento com colunas de sustentação. Havia três vans brancas estacionadas a cerca de seis metros dos elevadores.

– Os funcionários costumam deixar a chave na ignição – explicou Richardson. – Se pudermos sair pelo portão da frente, teremos chance de escapar.

O médico se aproximou da primeira van e tentou abrir a porta do lado do motorista. Estava trancada, mas ele continuou puxando a maçaneta, como se não acreditasse. Vicki foi para perto dele e disse, com a voz calma e suave:

– Não se preocupe, doutor. Vamos experimentar a outra.

Vicki, Gabriel e Richardson ouviram um som estridente quando alguém abriu uma porta de emergência e depois passos no piso de cimento. Um segundo depois, Shepherd aparecia na escada de incêndio.

– Ora, isso é maravilhoso. – Shepherd passou pelos elevadores andando com passos largos e sorrindo. – Achei que a Tábua ia se livrar de mim, mas agora vão me dar um prêmio. O Arlequim renegado salvador da pátria.

Gabriel olhou para Vicki e desembainhou a espada de jade. Rodou-a lentamente no ar e lembrou o que Maya tinha dito. Alguns objetos fabricados pelo homem eram tão belos, tão puros, que não obedeciam à ganância nem ao desejo.

Shepherd bufou como se acabasse de ouvir uma piada sem graça.

– Não seja tolo, Gabriel. Talvez Maya não ache que sou um verdadeiro Arlequim, mas isso não compromete minhas qualidades de guerreiro. Fui treinado para usar espadas e facas desde os quatro anos de idade.

Gabriel virou um pouco a cabeça.

O PEREGRINO

— Examine dentro da outra van — ele disse para Vicki. — Veja se a chave está na ignição.

Shepherd pôs a mão na bainha pendurada no ombro. Sacou sua espada Arlequim e encaixou a guarda do cabo no lugar.

— Muito bem. Como quiser. Uma coisa boa vai resultar disso. Sempre quis matar um Peregrino.

Shepherd adotou a posição de luta e Gabriel o surpreendeu atacando imediatamente. Ele correu para frente e fingiu espetar o rosto de Shepherd. Quando Shepherd se defendeu do golpe, Gabriel girou e desfechou um golpe na altura do coração. Aço bateu em aço, duas, três, quatro vezes, mas Shepherd se defendeu com facilidade. As duas espadas se engancharam. Shepherd deu meio passo atrás, fez um movimento rápido com os pulsos e torceu a espada de jade das mãos de Gabriel.

A espada caiu no chão de concreto. Na estrutura deserta do estacionamento, o barulho soou bem alto e distinto. Os dois homens se entreolharam e o Peregrino viu seu oponente com clareza. O rosto de Shepherd exibia a máscara do Arlequim, mas havia alguma coisa errada na sua boca. Tremia um pouco, como se os lábios não pudessem decidir se iam sorrir ou fazer careta.

— Vamos lá, Gabriel. Tente pegar a espada...

Alguém assobiou, um som agudo, estridente. Shepherd deu meia-volta na hora em que uma faca voou e se enterrou na garganta dele. Suas mãos soltaram a espada e ele despencou de joelhos.

Maya e Hollis entraram no estacionamento. A Arlequim olhou para Gabriel — para ter certeza de que ele estava salvo –, depois se aproximou do homem ferido.

— Você traiu meu pai — disse ela. — Sabe o que fizeram com ele, Shepherd? Sabe como ele morreu?

Shepherd mal estava conseguindo focalizar qualquer coisa diante dele, mas mexeu um pouco a cabeça como se o fato de admitir a culpa pudesse salvar sua vida. Maya juntou as palmas das mãos como se fosse rezar. Então deu um chute rápido para a frente, atingiu o cabo da faca e fez com que penetrasse mais fundo.

59

Maya virou e apontou sua arma para o homem alto de jaleco branco.
— Não faça isso! — Vicki apressou-se em dizer. — Esse é o dr. Richardson. Ele é um cientista. É amigo. Está nos ajudando a sair daqui.

Maya fez uma avaliação rápida e resolveu que Richardson estava assustado, mas era inofensivo. Se ele entrasse em pânico nos túneis, lidaria com esse problema na hora. Gabriel estava vivo e isso era tudo que importava.

Maya deixou Hollis conversando com os outros enquanto recuperava sua faca no corpo de Shepherd. Procurou evitar pisar no sangue espalhado no concreto, abaixou-se ao lado do homem morto e pegou a faca. Shepherd era um traidor, mas Maya não estava feliz com a morte dele. Lembrou o que ele havia dito no depósito da Autopeças Ressurreição. *Nós somos iguais, Maya. Nós dois crescemos com pessoas que veneravam uma causa perdida.*

Ela voltou para perto do grupo e viu que Hollis estava discutindo com Gabriel. Vicki, parada no meio dos homens, tentava fazer o papel de mediadora na discussão.

— Qual o problema?
— Converse com Gabriel — disse Hollis. — Ele quer procurar o irmão dele.

Richardson parecia apavorado com aquela idéia.

O PEREGRINO

— Nós temos de fugir agora mesmo. Tenho certeza de que os guardas estão à nossa procura.

Maya encostou a mão no braço de Gabriel e o afastou dos outros.

— Eles estão certos. É perigoso ficar aqui. Talvez possamos voltar mais tarde.

— Você sabe o que vai acontecer — disse Gabriel. — E mesmo se voltássemos mesmo para cá, Michael não estaria aqui. Vão levá-lo para outro lugar, com mais guardas ainda. Essa é a minha única chance.

— Não posso permitir que você faça isso.

— Você não me controla, Maya. Essa decisão é minha.

Maya teve a sensação de que Gabriel e ela estavam amarrados um ao outro como dois alpinistas num paredão de pedra. Se um escorregasse ou se um apoio desmoronasse, os dois cairiam. Nenhuma das aulas que teve com o pai a tinha preparado para aquela situação. Invente um plano, ela pensou. Arrisque sua vida. Não a dele.

— Está bem. Tive uma outra idéia — manteve a voz o mais calma possível. — Você vai com Hollis e ele o tira do prédio. Prometo que fico aqui para procurar seu irmão.

— Mesmo que o encontrasse, ele não confiaria em você. Michael sempre desconfiou de todo mundo. Mas a mim ele ouve. Sei que ouve.

Gabriel olhou bem nos olhos de Maya e por uma fração de segundo, um instante apenas, ela sentiu uma ligação entre eles. Desesperadamente, Maya tentava resolver qual a decisão correta, mas isso era impossível. Naquele momento, não existia decisão correta, apenas destino.

Aproximou-se do dr. Richardson e tirou o cartão de identificação preso no jaleco dele.

— Isso abre alguma porta por aqui?

— Mais ou menos a metade delas.

— Onde está Michael? Sabe para onde o levaram?

— Ele costuma ficar numa suíte no prédio da administração com guardas na porta. Nós estamos na extremidade norte do centro de pesquisa. O prédio da administração fica do outro lado do quadrilátero, para o sul.
— E como chegamos lá?
— Use os túneis e fique longe das passagens superiores.
Maya tirou alguns cartuchos do bolso e começou a carregar a sua arma.
— Volte para o porão — ela disse para Hollis. — Leve esses dois para fora pelo duto de ventilação, enquanto eu volto com Gabriel.
— Não faça isso — disse Hollis.
— Não tenho alternativa.
— Faça-o vir conosco. Arraste-o para fora daqui, se for preciso.
— Isso é o que a Tábula faria, Hollis. Nós não agimos assim.
— Olhe aqui, eu entendo por que Gabriel quer ajudar o irmão dele. Mas vocês dois serão mortos.
Ela engatilhou uma bala no cano da arma e o estalo ecoou pelo estacionamento vazio.
Maya nunca tinha ouvido o pai dizer "obrigado". Os Arlequins não deviam agradecer a ninguém, mas ela queria dizer alguma coisa para a pessoa que lutara ao seu lado.
— Boa sorte, Hollis.
— Você é que vai precisar de sorte. Dê uma olhada rápida por aí e caia fora daqui logo.

Poucos minutos depois, Gabriel e Maya caminhavam pelo túnel de concreto que passava por baixo do quadrilátero. O ar estava quente e abafado. Dava para ouvir a água correndo pelos canos pretos presos às paredes.
Gabriel olhava para ela o tempo todo. Ele parecia pouco à vontade, quase como se se sentisse culpado.
— Sinto muito termos de fazer isso. Eu sei que você queria sair daqui com Hollis.

O PEREGRINO

— Foi a escolha que eu fiz, Gabriel. Não protegi seu irmão quando estava em Los Angeles. Agora tenho mais uma chance — ela evitou o olhar dele e procurou parecer confiante. — Nós estamos tomando uma decisão emocional. Não uma decisão lógica. Talvez eles não possam prever isso.

Chegaram ao prédio da administração do outro lado do quadrilátero e o cartão de identificação do dr. Richardson deu acesso a uma escada que levava até o saguão. Maya usou o cartão para abrir o elevador e eles subiram para o quarto andar. Percorreram rapidamente um corredor acarpetado, examinando os escritórios e as salas de reunião.

Maya não se sentia muito à vontade carregando a escopeta. Viu uma máquina de café, arquivos e um descanso de tela num computador com anjos flutuando num céu azul. Lembrou o seu trabalho na firma de design em Londres. Tinha passado horas sentada num cubículo branco com um cartão-postal de uma ilha tropical pregado na parede. Todo dia às quatro horas, uma senhora gorda bengali aparecia empurrando o carrinho de chá. Aquela vida já parecia tão distante como outro mundo.

Maya pegou uma cesta de papel de uma das salas e os dois voltaram para o elevador. No terceiro andar, ela deixou a cesta entre as portas do elevador. Foram andando devagar pelo corredor. Maya fez Gabriel ficar dois metros atrás dela enquanto ia abrindo as portas.

Os corredores eram iluminados com luminárias embutidas no teto que criavam uma sombra diferente no chão. No fim do corredor, uma dessas sombras ficou um pouco mais escura. Podia ser qualquer coisa, pensou Maya. Talvez uma lâmpada queimada. Ela chegou mais perto e a sombra começou a se mexer.

Maya se virou para Gabriel e pôs um dedo na frente da boca. Fique quieto. Apontou para uma sala e fez sinal para ele se esconder atrás da mesa. Olhou de novo para o corredor. Alguém havia deixado um carrinho de limpeza perto de uma das salas, mas o faxineiro tinha desaparecido.

Maya foi até o fim do corredor, virou a curva e deu um pulo para trás quando três homens atiraram nela. As balas arrancaram pedaços do reboco da parede e lascas da porta de uma sala.

Maya voltou correndo pelo corredor e disparou a escopeta contra o dispositivo de água de combate a incêndio que havia no teto. A borboleta se abriu e a água jorrou. Um alarme de incêndio começou a soar. Um dos mercenários da Tábula espiou na curva do corredor e disparou a esmo na direção onde ela estava. A parede ao lado de Maya pareceu explodir e pedaços de reboco se espalharam pelo tapete. Quando ela revidou os tiros, o homem recuou e se escondeu.

O sprinkler quebrado espirrava água no corredor. A maior parte das pessoas, quando se via numa situação de perigo, ficava com a visão prejudicada, limitada, como se espiasse através de um túnel. Olhe em volta, Maya pensou, e olhou para o teto. Ela levantou a arma outra vez e atirou duas vezes na lâmpada bem em cima do carrinho do faxineiro. A tampa de plástico se desintegrou e surgiu um buraco no gesso.

Maya enfiou a escopeta no cinto e subiu no carrinho. Enfiou a mão no buraco e segurou o cano de água. Com um chute rápido, empurrou o carrinho pelo corredor e se içou para o rebaixamento do teto. Só ouvia o alarme de incêndio e a água escorrendo do sprinkler quebrado. Maya sacou a escopeta. Dobrou as pernas em volta do cano e se pendurou de cabeça para baixo como uma aranha.

– Preparem-se – disse uma voz. – Agora!

Os membros da Tábula apareceram no corredor e dispararam suas armas. O alarme parou de tocar alguns segundos depois e de repente tudo ficou muito quieto.

– Para onde ela foi? – perguntou uma voz.

– Não sei.

– Tenham cuidado – disse uma terceira voz. – Ela pode estar em uma das salas.

Maya espiou pelo buraco do teto e viu um, dois, três mercenários da Tábula passando embaixo dela, carregando suas escopetas.

O PEREGRINO

— Prichett aqui — disse a terceira voz. Parecia que ele falava por um rádio ou um telefone celular. — Nós a vimos no terceiro andar, mas ela escapou. Sim, senhor. Estamos verificando cada...

Com as pernas presas no cano de água, Maya se pendurou através do buraco. Estava de cabeça para baixo, o cabelo preto balançando no ar. Viu os três homens da Tábula de costas e atirou no primeiro.

O coice da escopeta empurrou Maya para trás e ela deu um salto mortal, aterrissando de pé no meio do corredor. A água caía do sprinkler, mas ela ignorou isso e atirou no segundo homem, quando ele começava a virar para trás. O terceiro ainda segurava o telefone celular quando o projétil acertou seu peito. Ele bateu na parede e deslizou para o chão.

O sprinkler parou de espalhar água e Maya ficou lá, olhando para os três corpos. Era perigoso demais continuar naquele prédio. Tinham de voltar para os túneis. Mais uma vez, viu as sombras se movendo de novo na parede e um homem desarmado apareceu no fim do corredor. Mesmo sem os traços da família, ela saberia que era o segundo Peregrino. Abaixou a arma imediatamente.

— Olá, Maya. Sou Michael Corrigan. Todo mundo por aqui tem medo de você, mas eu não tenho. Sei que está aqui para me proteger.

A porta de uma sala se abriu atrás dela e Gabriel saiu para o corredor. Os irmãos ficaram frente a frente e Maya ficou no meio dos dois.

— Venha conosco, Michael. — Gabriel deu um sorriso forçado. — Estará seguro. Sem ninguém para ficar dando ordens.

— Quero fazer algumas perguntas para a nossa Arlequim. É uma situação bem estranha, não é? Se eu fugisse com vocês dois, seria como dividir uma namorada.

— Não é nada disso — disse Gabriel. — Maya só quer nos ajudar.

— Mas e se ela tiver de escolher? — Michael deu um passo para frente. — Quem você vai salvar, Maya? Gabriel ou eu?

— Os dois.

— Este é um mundo perigoso. Talvez isso não seja possível.

Maya olhou para Gabriel, mas ele não deu nenhuma pista do que ela devia dizer.

— Eu protegerei qualquer um que possa tornar este mundo um lugar melhor.

— Então, esse sou eu. — Michael deu mais um passo à frente. — A maioria das pessoas não sabe o que quer. Quero dizer, as pessoas querem uma casa grande ou um carro novo em folha. Mas têm muito medo de decidir o caminho que tomarão na vida. Por isso, vamos fazer isso por elas.

— Foi a Tábula que disse isso para você — disse Gabriel. — Só que não é verdade.

Michael balançou a cabeça.

— Você está agindo exatamente como o nosso pai, levando uma vida limitada, escondido sob uma pedra. Eu detestava toda aquela conversa sobre a Grade quando éramos pequenos. Nós dois recebemos esse poder, mas *você* não quer usá-lo.

— O poder não vem de nós, Michael. Não é assim.

— Nós crescemos como gente maluca. Sem eletricidade. Sem telefone. Lembra daquele primeiro dia na escola? Lembra como as pessoas apontavam para o nosso carro quando íamos para a cidade? Nós não temos de viver assim, Gabe. Podemos controlar tudo.

— As pessoas têm de ter o controle da vida delas.

— Por que você não entende, Gabe? Não é difícil. É só fazer o que é melhor para você e que se dane o resto do mundo.

— Isso não vai deixar você feliz.

Michael olhou para Gabriel e balançou a cabeça.

— Você fala como se soubesse todas as respostas, mas uma coisa é certa. — Michael levantou as mãos como se fosse abençoar o irmão. — Só pode existir um Peregrino...

Um homem de cabelo grisalho e curto, de óculos, surgiu no final do corredor e apontou uma pistola automática. Gabriel parecia ter perdido sua família para sempre. Traído.

O PEREGRINO

Maya empurrou Gabriel para o outro corredor quando Boone atirou. A bala atingiu a perna direita de Maya, empurrando-a contra a parede, e ela caiu de cara no chão. Foi como se tivessem tirado todo o ar do seu corpo.

Gabriel segurou-a nos braços. Correu alguns metros e se jogou dentro do elevador, enquanto Maya tentava se desvencilhar dele. *Salve-se*, ela queria dizer, mas sua boca não articulava as palavras. Gabriel chutou a cesta de papel que prendia as portas e apertou os botões da cabine. Tiros. Pessoas gritando. Então as portas se fecharam e eles desceram para o andar térreo.

Maya desmaiou e quando abriu os olhos estavam no túnel subterrâneo. Gabriel estava de joelhos no chão, ainda a segurando com força. Ela ouviu alguém falar e descobriu que Hollis estava com eles. Empilhava garrafões de produtos químicos que tinha tirado do prédio de pesquisa genética.

— Ainda me lembro dos pequenos avisos vermelhos do laboratório no ensino médio. Tudo isso é perigoso se ficar perto do fogo. — Hollis girou a ponta de um recipiente verde. — Oxigênio puro. — Ele pegou uma garrafa de vidro e derramou um líquido transparente no chão. — E isso é éter líquido.

— Mais alguma coisa?

— Só precisamos disso. Vamos dar o fora daqui.

Gabriel carregou Maya até a porta de incêndio no fim do túnel. Hollis acendeu o maçarico de propano, ajustou a chama azul sibilante e jogou para trás. Eles entraram num segundo túnel. Alguns segundos depois, ouviram um estalo ruidoso e a pressão do ar abriu a porta de incêndio.

Quando Maya abriu os olhos novamente, eles estavam subindo pela escada de emergência. Ouviram uma explosão muito maior, como se uma enorme bomba tivesse acabado de atingir o prédio. Ficaram sem eletricidade e se encolheram na escuridão até Hollis acender a lanterna. Maya procurou se manter consciente, mas entrava e saía de um sonho. Lembrou-se da voz de Gabriel e de uma corda amarrada em seus ombros quando era puxada pelo duto de ventilação. Então se viu deitada de costas na grama molhada, olhando para as estrelas. Ouviu mais explosões e o som de uma sirene da polícia, mas nada tinha importância. Maya sabia que estava morrendo de hemorragia. Era como se a terra fria absorvesse toda a vida do seu corpo.

– Você está me ouvindo? – disse Gabriel. – Maya?

Ela queria dizer alguma coisa para ele – uma última coisa – mas alguém tinha roubado sua voz. Um líquido preto se formou no canto dos olhos e começou a se espalhar e a escurecer como uma gota de tinta num copo de água limpa.

60

Mais ou menos às seis horas da manhã, Nathan Boone olhou para o céu sobre o centro de pesquisa e viu uma linha nevoenta de luz do sol. Sua pele e sua roupa estavam cobertas de fuligem. O fogo nos túneis estava supostamente sob controle, mas uma fumaça preta com cheiro acre de produtos químicos continuava a sair pelos dutos de ventilação. Parecia que a terra estava queimando.

Havia carros do corpo de bombeiros e da polícia espalhados pelo quarteirão central. À noite, as luzes vermelhas piscando pareciam fortes e chamativas. Ao amanhecer, elas piscavam debilmente. Mangueiras de lona serpenteavam dos caminhões-pipa para os dutos de ventilação. Algumas ainda jorravam água por baixo, enquanto os bombeiros, com os rostos pretos de fuligem, bebiam café em copos de papelão.

Boone tinha feito uma avaliação geral minutos antes. A explosão nos túneis e a resultante falha de eletricidade tinham provocado danos em todos os prédios. Aparentemente o computador quântico tinha desligado e parte do mecanismo sido destruído. Um jovem técnico de informática estimava que levariam de nove meses a um ano para tudo voltar a funcionar. Os porões estavam alagados. Todos os laboratórios e as salas de escritórios carbonizados. Uma geladeira computadorizada do laboratório de pesquisa genética tinha parado de funcionar e diversas experiências com animais sobrepostos estavam perdidas.

Boone não se importava com a destruição. No que dizia respeito a ele, todos os prédios do complexo podiam desmoronar e virar entulho. O verdadeiro desastre era que tinham deixado escapar uma Arlequim e um Peregrino.

Sua capacidade de iniciar uma busca imediata tinha sido minada por um guarda de segurança que ganhava salário mínimo e ficava sentado na guarita da entrada do centro de pesquisa. Quando começaram as explosões, o rapaz tinha entrado em pânico e chamado a polícia e o corpo de bombeiros. A Irmandade era influente no mundo inteiro, mas Boone não podia controlar uma equipe de bombeiros locais, determinados a cumprir seu dever. Enquanto os soldados do fogo montavam um comando e jogavam água nos túneis, ele tinha ido ajudar o general Nash e Michael Corrigan a sair do quarteirão num comboio armado. Boone passou o resto da noite certificando-se de que ninguém encontrasse o corpo de Shepherd, nem dos três homens mortos no centro administrativo.

– Sr. Boone? Com licença, sr. Boone...

Ele olhou para trás e viu o capitão dos bombeiros, Vernon McGee, se aproximando. O capitão, pequeno e atarracado, estava no quarteirão desde a meia-noite, mas ainda parecia cheio de energia, quase alegre. Boone concluiu que os bombeiros da periferia se entediavam de ter de ficar verificando os hidrantes e tirando gatos do alto das árvores.

– Creio que agora estamos prontos para iniciar a inspeção.

– Do que o senhor está falando?

– Já apagamos o fogo, mas levaremos ainda algumas horas para percorrer os túneis da manutenção. Neste momento, preciso entrar em cada prédio para verificar possíveis danos à estrutura.

– Isso é impossível. Como eu disse para o senhor ontem à noite, a nossa equipe aqui está envolvida com pesquisas confidenciais para o governo. Praticamente todas as salas exigem passe de segurança.

O capitão McGee inclinou o corpo um pouco para trás, apoiado nos calcanhares de suas botas de bombeiro.

O PEREGRINO

— Não dou a mínima para isso. Sou capitão bombeiro e esse é o meu município. Tenho o direito de entrar em qualquer um desses prédios pela segurança pública. Pode nomear um acompanhante para entrar comigo, se quiser.

Boone procurou esconder a raiva, enquanto McGee voltava para perto dos seus homens com uma atitude arrogante. Talvez os bombeiros pudessem mesmo fazer uma inspeção. Era possível. Os corpos já tinham sido removidos para uma van, em sacos plásticos. Mais tarde, naquele dia, seriam levados para o Brooklyn, onde um agente funerário cooptado ia cremá-los e jogar as cinzas no mar.

Boone resolveu dar uma olhada no centro administrativo antes de McGee começar a meter o nariz por lá. Dois homens da segurança deviam estar no corredor do terceiro andar, arrancando o carpete manchado de sangue. Apesar das câmeras de segurança não estarem funcionando, Boone sempre achava que tinha alguém vigiando. Ele atravessou o quarteirão com passos firmes, como se tudo estivesse sob controle. Seu telefone celular tocou e quando atendeu ouviu a voz retumbante de Kennard Nash.

— Em que pé estamos?

— O corpo de bombeiros vai fazer uma inspeção de segurança.

Nash vociferou aos gritos.

— Para quem eu tenho de apelar? Para o governador? Será que o governador pode impedir isso?

— Não há motivo para impedir nada. Nós já eliminamos os problemas maiores.

— Eles vão descobrir que alguém provocou o incêndio.

— É exatamente o que quero que eles façam. Neste momento, estou com uma equipe no apartamento de Lawrence Takawa. Eles vão deixar um artefato explosivo inacabado sobre a mesa da cozinha dele e escrever uma carta de vingança no computador dele. Quando os investigadores de incêndio culposo aparecerem, contarei a história do nosso funcionário revoltado...

— E eles vão começar a procurar um homem que já terá desaparecido. — Nash riu baixinho. — Bom trabalho, sr. Boone. Conversaremos esta noite.

O general Nash encerrou o telefonema sem se despedir e Boone ficou sozinho perto da entrada do centro administrativo. Se repassasse seus atos nas últimas semanas, teria de reconhecer alguns erros. Tinha subestimado a eficiência de Maya e ignorado a própria suspeita de Lawrence Takawa. Havia cedido à raiva em algumas ocasiões e isso tinha influenciado suas decisões.

Enquanto o incêndio ia se apagando, a fumaça mudava de cor, passando de negra para cinza sujo. Parecia escapamento de automóvel – apenas uma poluição comum – saindo dos dutos de ventilação e desaparecendo. Talvez a Irmandade tivesse sofrido um retrocesso temporário, mas a vitória era inevitável. Os políticos podiam falar de liberdade, lançando suas palavras no ar feito confete. Não queriam dizer nada. A idéia tradicional de liberdade estava se desfazendo. Pela primeira vez, naquela manhã, Boone apertou um botão no relógio e ficou satisfeito de ver que seu pulso estava normal. Empertigou-se, jogou os ombros para trás e entrou no prédio.

61

Maya estava mais uma vez presa no sonho. Sozinha no túnel escuro, lutava contra três torcedores violentos e escapava pela escada. Homens brigavam na plataforma, tentando acertar as janelas do trem, enquanto Thorn a agarrava com a mão direita e a puxava para dentro do trem.

Tinha se lembrado daquele incidente tantas vezes que parecia uma parte permanente do seu cérebro. *Acorde*, disse a si mesma. *Já foi suficiente*. Só que dessa vez continuou revivendo a lembrança. O trem partiu aos trancos e ela enfiou o rosto no sobretudo do pai. Seus olhos estavam fechados, enquanto ela mordia os lábios e sentia o gosto de sangue na boca.

A raiva de Maya era violenta e forte, mas outra voz sussurrava em seu ouvido no escuro. E então soube que um segredo estava para ser revelado. Thorn sempre fora forte e corajoso e muito seguro de si mesmo. Tinha traído a filha naquela tarde no norte de Londres, mas tinha acontecido outra coisa.

O trem do metrô estava andando, saindo da estação, e ela olhou para o pai e viu que ele chorava. Na hora, pareceu impossível que Thorn alguma vez pudesse mostrar qualquer sinal de fraqueza. Mas agora Maya sabia que era verdade. Uma única lágrima no rosto de um Arlequim era uma coisa rara e preciosa. Perdoe-me. Era isso que ele estava pensando? Perdoe-me pelo que fiz com você.

Maya abriu os olhos e viu que Vicki olhava para ela. Ficou alguns segundos num limbo de sombras entre o sonho e o mundo real. Ainda podia ver o rosto de Thorn enquanto encostava a mão na ponta de um cobertor. Soprou o ar dos pulmões. E seu pai desapareceu.

– Pode me ouvir? – perguntou Vicki.
– Posso. Estou acordada.
– Como se sente?

Maya tateou embaixo do lençol e sentiu o curativo que cobria sua perna ferida. Quando movia o corpo bruscamente, sentia uma dor aguda, como uma estocada com uma faca. Quando ficava imóvel, parecia que alguém tinha queimado sua pele com ferro de passar. Thorn havia ensinado que não se pode ignorar a dor. Que devíamos tentar reduzi-la a um ponto específico, isolado do resto do corpo.

Ela olhou em volta do quarto e lembrou quando a puseram na cama. Estavam numa casa de praia em Cape Cod, a península curva de Massachusetts que se projetava no Oceano Atlântico. Vicki, Gabriel e Hollis tinham ido de carro para lá depois de passar algumas horas numa clínica particular de um médico em Boston. Esse médico era membro da igreja de Vicki e usava a casa nas férias de verão.

– Quer mais um analgésico?
– Nada de remédios. Onde está o Gabriel?
– Caminhando na praia. Não se preocupe. Hollis está cuidando dele.
– Quanto tempo eu dormi?
– Umas oito ou nove horas.
– Chame o Gabriel e o Hollis – disse Maya. – Faça as malas. Nós temos de continuar em movimento.
– Isso não é necessário. Estamos seguros aqui... pelo menos por alguns dias. Ninguém sabe que estamos nessa casa, a não ser o

dr. Lewis, e ele acredita na Dívida Não Paga. Ele jamais trairia um Arlequim.

— A Tábula está nos procurando.

— Não há ninguém na praia porque está muito frio. A casa ao lado fica vazia o inverno todo. A maioria das lojas na cidade está fechada e não vimos nenhuma câmera de segurança.

Vicki parecia forte e segura e Maya se lembrou da tímida menina de igreja que a abordara no aeroporto de Los Angeles algumas semanas antes. Tudo havia mudado, tudo seguira em frente, por causa do Peregrino.

— Preciso falar com o Gabriel.

— Ele voltará daqui a poucos minutos.

— Ajude-me a me levantar, Vicki. Não quero ficar na cama.

Maya apoiou-se nos cotovelos para levantar o corpo. A dor voltou, mas ela conseguiu controlar a expressão do rosto. De pé na perna boa, pôs o braço no ombro de Vicki e as duas saíram devagar do quarto e seguiram pelo corredor.

A cada passo instável, Vicki dava mais informações para Maya. Depois de escapar do Centro de Pesquisa da Fundação Sempre-Verde, o dr. Richardson ficou cuidando de Maya enquanto Hollis os levava para Boston. Neste momento, o dr. Richardson viajava para o Canadá para ficar na casa de um antigo colega da faculdade que morava numa fazenda de gado leiteiro em Newfoundland. Hollis estacionou sua picape num bairro pobre e deixou as chaves na ignição. Agora estavam usando uma van de entregas que era de outro membro da igreja de Vicki.

A casa de praia tinha um espesso tapete berbere. Os móveis de madeira e de couro eram simples e funcionais. Uma porta de correr dava para um deque e Maya pediu para Vicki levá-la lá para fora. Quando recostou numa espreguiçadeira, Maya compreendeu todo o esforço que tinha representado andar aqueles cem metros. Suor cobria seu rosto e o corpo começou a tremer.

Vicki entrou na casa e voltou com um cobertor. Enrolou-o bem apertado em Maya, da cintura para baixo, e a Arlequim começou a se sentir mais confortável. A casa ficava perto de dunas de areia pontilhadas com rosas silvestres, tufos de capim e urzes verde escuro. O vento estava suficientemente forte para mover as lâminas secas do capim para lá e para cá e Maya sentia o cheiro do mar. Uma andorinha-do-mar solitária voou em círculos sobre as duas, como se procurasse lugar para pousar.

Degraus de madeira levavam do deque para a praia. A maré estava baixa e Gabriel a cerca de uns cento e cinqüenta metros dela, na beira do mar. Hollis estava sentado na areia, a meio caminho entre a casa e o Peregrino. Tinha alguma coisa no colo, embrulhada numa toalha de praia colorida, e Maya achou que devia ser a sua arma. Não havia necessidade nenhuma da presença de um Arlequim naquela casa tão tranqüila e isolada. Vicki e Hollis tinham cuidado de tudo sem a sua ajuda. Ela devia proteger Gabriel, mas ele é que tinha arriscado a vida para tirá-la dos túneis.

O céu nublado e a água verde acinzentada se misturavam um com o outro. Era difícil distinguir o horizonte. Cada onda quebrava produzindo um som sussurrante, a água fluía sobre a areia batida e depois voltava para o mar. Gabriel estava de calça jeans e um blusão escuro. Parecia que se desse só mais um passo ia ser absorvido pelo cinza em volta e desaparecer deste mundo.

O Peregrino se afastou da beira do mar e olhou para a casa.

– Ele nos viu – disse Vicki.

Maya se sentia como uma criança enrolada no cobertor, mas ficou lá sentada em silêncio, enquanto os homens deixavam a praia e subiam os degraus até o deque. Gabriel ficou perto da balaustrada, Hollis deu um sorriso largo e se aproximou de Maya.

– Maya! Como está se sentindo? Pensamos que você ainda ia levar uns dias para acordar.

– Estou bem. Precisamos falar com Linden.

– Já fiz isso de um cybercafé em Boston. Ele vai enviar dinheiro para três lugares diferentes na Nova Inglaterra.

– Ele só disse isso?

O PEREGRINO

— Segundo Linden, o filho de Sparrow desapareceu. Acho que a Tábula descobriu que ele estava...
Vicki interrompeu.
— Vamos fazer mais café, Hollis.
— Eu não quero mais.
— Mas os outros podem querer.
Uma leve mudança no tom de voz de Vicki fez Maya se lembrar da suave pressão da mão de alguém. E parece que Hollis entendeu o recado.
— Certo. É claro. Café fresco.
Hollis olhou para Gabriel e depois seguiu Vicki para dentro da casa.
Agora os dois estavam sozinhos, mas mesmo assim Gabriel não disse nada. Um bando de gaivotas apareceu ao longe, pontinhos pretos voando em círculos e formando um funil compacto que lentamente começou a descer para a terra.
— O dr. Lewis disse que você vai poder andar de novo dentro de mais ou menos um mês. Você teve sorte da bala não ter esfacelado o osso.
— Não podemos ficar aqui esse tempo todo — disse Maya.
— Vicki tem muitos contatos através da igreja e Hollis conhece gente do mundo das artes marciais. Acho que teremos muitos lugares para nos esconder até conseguir identidades e passaportes falsos.
— Então devemos sair dos Estados Unidos.
— Não tenho tanta certeza disso. As pessoas desejam acreditar que existe uma ilha tropical ou uma caverna nas montanhas que possa servir de esconderijo, mas isso não é mais verdade. Goste ou não, estamos todos conectados uns com os outros.
— A Tábula vai procurar você.
— Vai. E meu irmão vai ajudá-los nisso. — Gabriel se sentou ao lado de Maya, com aparência de cansado e triste. — Quando éramos pequenos, eu achava que Michael e eu lutávamos juntos contra o mundo inteiro. Eu teria feito qualquer coisa pelo meu irmão. Confiava nele completamente.

Maya se lembrou do sonho do metrô – a tristeza do pai dela – e se permitiu sentir pena de outro ser humano. Ofereceu a mão e Gabriel a apertou com força. A pele quente dele tocou a frieza dela. Maya sentiu que se transformava. Não era felicidade. Não, felicidade era uma ilusão infantil, passageira. A dor dentro dela derreteu, desapareceu, e ela teve a sensação de que eles dois tinham criado um centro, uma constância, um todo.

– Não sei se meu pai ainda está vivo e Michael se virou contra mim – disse Gabriel. – Mas eu me sinto ligado a você, Maya. Você é importante para mim.

Ele olhou para ela com uma energia intensa nos olhos, depois soltou a mão dela e se levantou rapidamente. A proximidade era dolorosa. A sensação era de que eles tinham ultrapassado um limite.

Sozinho e desprotegido, Gabriel desceu os degraus de novo e voltou para a areia da praia. Maya permaneceu no deque, procurando controlar seus sentimentos. Se queria proteger aquele Peregrino, não podia se permitir sentir carinho por ele. Qualquer emoção só a tornaria hesitante e vulnerável. Se se deixasse dominar por aquela fraqueza, poderia perdê-lo para sempre.

Ajude-me, pensou. Era a primeira vez que rezava na vida. Por favor, me ajude. Mostre-me o que eu devo fazer.

Um vento gelado tocou seu cabelo negro e ela sentiu algo acelerar em seu corpo, uma concentração de forças. Tanta gente apenas passava pela vida, desempenhando papéis para os outros, sem reconhecer seus verdadeiros destinos. Todas as dúvidas e hesitações que ela sentira em Londres tinham desaparecido. Maya sabia quem era: uma Arlequim. Sim, ia ser difícil, mas ficaria com Gabriel.

Levantou um pouco o corpo e olhou para o mar. O bando de gaivotas tinha pousado na praia e, quando o Peregrino se aproximou delas, as aves alçaram vôo, gritando e avisando umas às outras.

FIM

Livro Um do Quarto Mundo